LOCUS

LOCUS

林佩芬系列

林佩芬系列 03

努爾哈赤（下）

作者：林佩芬
責任編輯：韓秀玫
校對：呂佳真
排版：帛格有限公司
封面設計：顏一立
封面題字：薛平南
封面繪圖：何亦桓
法律顧問：全理法律事務所董安丹律師
出版者：大塊文化出版股份有限公司
台北市105南京東路四段25號11樓
www.locuspublishing.com
讀者服務專線：0800-006689 TEL：(02) 87123898　FAX：(02) 87123897
郵撥帳號：18955675　　戶名：大塊文化出版股份有限公司

總經銷：大和書報圖書股份有限公司
地址：新北市新莊區五工五路2號
TEL：(02) 89902588 (代表號)　FAX：(02) 22901658

初版一刷：2014年2月
二版一刷：2016年2月
定價：新台幣500元

ISBN 978-986-213-637-9
Printed in Taiwan

大清開國之君

努爾哈赤

下

林佩芬 著

卷五　日麗於天

卷六 元亨利貞

卷五　日麗於天

第十七章

直掛雲帆濟滄海

1

壯麗的山河一入冬季便盡是銀白，日光一照，折射出反光，有如披上一件金色衣裳，美得令人情不自禁的伸展雙臂，大聲呼頌……

從高聳入天際的長白山頭，延綿到萬里無涯的松遼平原，無論樹石屋舍、平疇沃野，都是晶瑩潔白的雪色，蒼蒼茫茫，壯闊雄偉；宛如天地初由混沌開闢而成，處處樸實無華，處處顯露著博大高遠的氣象，處處生機盎然，處處展現著磅礴的大氣。

遼闊的大地上，黑龍江結冰了，松花江結冰了，遼河結冰了……蘇克蘇滸河也結冰了。結了冰的河川堅硬結實如平地，和被白雪覆蓋的土地連成一片，將矗立在河畔的赫圖阿拉城拱得更顯出氣勢。

而赫圖阿拉城中是熱鬧的——

沒有任何一個人因為滿天冰雪而被凍得顯得瑟縮……人人都在忙碌中流露出強旺的生命力和高昂的意志，天地間盡成銀白，唯有這裏的人臉頰上透出紅光，眼神一片勃發。

這天是元旦，全城的軍民歡慶鳴鞭，迎接璀璨的未來歲月，一面作最後的戰前準備——大軍預定在初二日出發。

長達幾年的備戰的工作終於接近尾聲，人人摩拳擦掌。

用兵的對象是烏拉部——統一遼東各部是早在幾十年前就預定的目標，現在，只不過是付諸最具體的實行而已；甚至，實行的步驟也早在數十年前就展開，一步步循序漸進，直到如今。

而這一步步緩緩展開的行動，也是努爾哈赤在經過周密的思考後制定的；他不只一次次親口說給所有的子弟、部屬們聽，也命筆帖式書寫成文章，分抄多份，發給眾人，令他們時常讀誦，謹記在心：

欲伐大木，豈能驟折？必以斧斤伐之，漸至微細，然後能折。相等之國，欲一舉取之，豈能盡滅乎？且將所屬城郭，盡削平之，獨存其都城。如此，則無僕何以為主，無民何以為君？❶

這個做法包含了多種用意。

除了讓大家瞭解他採「緩緩進行」的方式統一遼東的原因和原則之外，也在警戒幾個激進的人。

包括他的長子褚英在內的一小部分人，對許多事的想法出現了「操之過急」的現象——當建州軍每戰必勝，建州的實力迅速擴展的當兒，少年氣盛的褚英便不免把所有的事情都想得很簡單，把自己想成無所不能，彷彿伸一下手就能摘下太陽似的；僅是對烏拉部用兵的事，就曾好幾次背著他向人大剌剌的說：

「烏拉部早就不行了，只要父汗許我出征，就帶著我手下這幾個牛彔，一鼓作氣，沒兩天便拎著布占泰的人頭回來了！」

這固然是少年豪氣，但他得知後，立刻不自覺的皺起眉頭。

他是不贊成「激進」的。

於是，他多次利用閒話家常的機會，把已成年的兒子們都叫到身邊，先是間接而仔細的為他們解釋「緩」與「急」的兩種做法。

首先，他提出自己多年來累積的人生體驗：

「一個心懷大志，能力也足夠的人，要完成一件了不起的大事，除了奮發努力之外，還須掌握成功與失敗的重要關鍵，那就是選擇進行的方法——選對了，事情就成了；選錯了，就全完了！有些事情應該馬上去做，有些事情應該慢慢進行，這點，在表面上看來不重要，其實卻是最要緊的關鍵；該急著做的事如果慢下來，就錯失了時機；該慢慢進行的事如果急巴巴的動手，也會壞事！」

他舉出一個非常具體的例子來說明：

「十五年前，日本派出大軍攻打朝鮮——那個時候，日本軍很強，而朝鮮因為兩百年沒打過仗，軍隊都不行了，一開戰就被日本打垮，情況很慘，軍民百姓被殺得數不清，朝鮮國王一面逃亡，一面派人向明朝求援；明朝派了李如松去救援……」

他把當時的情勢重加詳細分析，也把三方的戰爭經過再重複說上一遍，最後才提示：

「那場戰的結果你們都是知道的——李如松先勝後敗，日本軍也是先勝後敗！」

這是教訓：

「積小勝為大敗，是戰場上常有的事，我等絕不可犯上！」

他一面說，一面暗自觀察幾個兒子的反應；發現，聽得最專注、最入神，眼中有光而又頻頻點頭的人是排行第八的皇太極。

皇太極還沒有真正上過戰場，但彷彿帶著與生俱來的戰爭才華，對他的指導很能心領神會……

他看得暗自欣慰，卻也帶著一分失望：

「這番話，我原本是針對褚英講的，告誡他不可激進——」

而褚英的反應不如皇太極——褚英像是無可無不可似的，漫不經心——他的心中暗暗一嘆，默一思忖，自己對自己說：

「難怪古人說，龍生九子，個個不同；又說，兒孫自有兒孫福——我這些話，說歸說，領略多少就全看他們自己了！」

褚英不是沒有優點，一上戰場就身先士卒，驍勇異常，因而頻頻立功；但在智慧上，遠不如皇太極……

不過，他隨即遏止自己的思緒再往下發展，而回到教育兒子們的話題上——畢竟，此時，給予兒子們正確的指引和教育，要比暗中比較兒子們的天賦和優缺點要重要得多了——因此，他繼續往下說：

「你們回去，拿三天時間，好好想想我方才說的話，把『緩』與『急』的道理都想得更透徹些，想出了新的東西，來仔細說與我聽！」

但，三天後，大家來到他面前時，褚英一言不發，皇太極侃侃而談，並且引經據典的以書籍上的記載來印證他的話：

「我讀到《遼史》上說的遼興宗征討西夏的史事——遼興宗就是犯了『激進』的毛病，一路長驅直入，進攻西夏，被西夏景宗李元昊採『堅壁清野』之策打個大敗❷——當時，遼為大國，西夏為小國，國力、兵力，雙方都極為懸殊；遼興宗急於求勝，大舉進攻，過程和結果都如父汗說的『積小勝為大敗』——」

他登時對皇太極刮目相看——甚至以不自覺的驚異口氣讚美他：

「很好——你能把書上所記史事想得這麼清楚，還能用來印證眼前……很好！書都給你讀活了！」

當著所有成年的兒子們，他對皇太極的讚美便止於此，不再多說，而將欣慰之感悄悄放在心上；只是，最重要的目標依然沒有達到——褚英似乎沒有受到這些談話的影響——問題依然存在，他也依然感到煩惱。

於是，他另想別的教育方法——幾天後，他採用了這個方法：讓筆帖式寫成文章，命每人時時誦讀，以深入心中。

當然，他採用的具體實行的方法也全都依據這個原則；有計劃的逐步用兵，以小規模、不太引起注意的戰役來削減烏拉的實力，增長建州的實力。

計畫訂得周密、完善，執行得確實、徹底，於是，原先或歸屬、或臣服於烏拉的諸多小部，逐漸轉為建州所有：

萬曆三十七年二月，努爾哈赤收鄰朝鮮而居的瓦爾喀部民一千戶。六月，派莽古爾泰率萬騎駐紮撫順關外，並修復南關舊城。九月，建州軍擊敗攻寧古塔城的虎爾哈兵。十二月，扈爾漢率兵向東北深入，收取渥集部所屬滹野路❸，俘獲兩千。

三十八年十一月，額亦都率兵千人，赴圖們江北岸、綏芬河、牡丹江一帶，招服渥集部的那木都魯、綏芬、寧古塔、尼馬察四路，使之歸附、遷往建州居住；且因之前綏芬路路長圖楞降附建州後，被雅攬路人擄掠，額亦都便乘勝擊取雅攬路❹，獲人畜萬餘而回。

三十九年七月，阿巴泰、費英東、安費揚古率軍征取渥集部的烏爾古宸、木倫二路❺，俘虜一千。十二月，何和禮、額亦都、扈爾漢率兵二千，征討東海虎爾哈部札庫塔城❻，俘獲兩千，並招撫附近居民。

這些行動，都在刻意的控制下悄然進行，甚至，無聲無息的進行；因此沒有赫赫威名；但是幾年下來收穫著實非常大，「孤立烏拉」的目標也圓滿完成。

看著新繪成的地圖，他頻頻點頭。

附屬盡歸建州，烏拉部便確確實實成為一株枝葉盡去的大樹，一座為千峰萬仞包圍的孤城，這也意味著，進行下一個步驟的時機到了。

他仔細審視地圖，緩緩的用朱筆在地圖上畫出六個小圈，然後，命侍衛掛在牆上，給部屬們觀看。

大家一目瞭然——這次用兵的目標是烏拉部臨河的六座環衛城。

計畫依舊按循序漸進的原則進行，現下還不到進攻烏拉本城的時候，仍然以削弱烏拉部實力為目的，而對象由烏拉的附屬小部進展到本部的環衛城，實質上是往前大跨一步。

他的心裏興起了一股特別的感覺，像是某一道隱藏的熱流被觸動了，向全身擴散、奔騰。於是，已有好一段日子未曾披掛上陣的他決定親自出馬——畢竟是朝向畢生的心願前進，生命中有一股無可抑遏的巨大衝力……

時為萬曆四十年九月，他親率勁旅征討烏拉部臨河的六座城。

這場戰，他也刻意縮小規模，並且找到了絕佳的藉口出兵；而在實質上，他很明確的昭示眾人：

「打從咱們在古勒山的戰場上俘擄了布占泰回來，至今十九年了——我打算以二十年的時間滅烏拉，現在還有一年的時間做準備的工作——這一次，咱們先砍掉他這六個環衛城，為明年的大征打個前哨戰！」

他同時對烏拉部發出征伐的文書，指責布占泰數度背盟，有一次還用鳴鏑穿射舒爾哈赤嫁給布占泰的女兒娥恩哲——這些都是不可饒恕的事。

而且，他不待布占泰收到文書後作出回復就率領大軍出發。

這一次，經他挑選，跟隨出征的兩個兒子是莽古爾泰和皇太極。

莽古爾泰已有過優秀的表現，皇太極則是第一次上戰場——他在私心中非常看重皇太極，認為皇太極天賦特佳，這一次是蓄意培植，要讓皇太極多磨練，多增加實際的戰爭經驗，以得到更好的發展。

行前，他特地把皇太極叫來吩咐：

「無論做什麼事，要緊的就只在『用心』和『盡力』而已，打仗也是一樣——」

話只有三言兩語，但是重點明確，他相信皇太極能心領神會；分派任務的時候，他更刻意派遣皇太極擔任前鋒，指示他：

「率三千輕騎，前鋒先行，沿烏拉河而下❼，進攻其河西六城——」

而後，他親率五千鐵騎為中軍，以黃、紅、藍、白四旗前引、指揮，分列開拔。

由赫圖阿拉出發到烏拉河的路途並不近，快馬加鞭仍須好幾個時辰；皇太極的先鋒隊伍因為數量少，速度快，比大軍早了一個時辰到達，接著立刻展開攻城奪門的行動。

皇太極雖是第一次上戰場，但因自幼習武，不但騎射功夫了得，刀槍劍戟各種武器也操練得嫻熟精良，正好大大的施展、發揮……

努爾哈赤率中軍到達時，皇太極已經率領三千名前鋒攻破了第一座城；兩軍會合後，越發勢如破竹，很快就連克烏拉部的河西六城，全軍在距離烏拉本城西門二里的金州城駐紮立營，對烏拉全城形成半包圍。

布占泰在前一天收到宣戰文書，接著又得到建州大軍在整隊待發的消息，但目標不明確，他打聽不出來，無法準確判斷建州軍將由何處進攻，只得作一個概括性的防禦準備；同時又反覆推想，這幾年來，努爾哈赤總是出其不意的收取他的屬部，這次行動也許不是直接進攻本城；卻怎奈，想來想去，還是不敢冒險分兵防守，而將主力集中在本城。

而反覆猶豫之際，心裏數度閃過求和的念頭和方法，第一個升起的念頭是讓穆庫什和娥恩哲去替他求情，但隨即就倒抽一口冷氣，打消了這個念頭——他平日與這兩名建州妻子感情不睦，甚至曾以武力相向，到了這節骨眼上，她們哪裏肯為他求情呢？

他想得心裏如遭蜂螫，如遭冰凍，最後只剩一絲絲微渺的希望在心中掙扎：

「或者，派人去說，以後會全力善待她們……換得個建州退兵……」

這是盱衡情勢後，能設想出的唯一的可行之道，於是，他鼓起勇氣來派人執行；不料，剛分派完任務，部屬們還沒走出門去工作，噩耗就傳進來了——門外狂奔進來幾個人，給他緊急通報：

「建州進攻河西六城——我方不敵——至多再支撐半個時辰！」

他的心口更冷，頓了一下之後，顫聲吩咐：

「嚴守本城！」

說完再一頓，像下定決心似的揮手，命人去見努爾哈赤，而自己像一團泥般的癱坐下來。

烏拉已陷入危境，即使集中全力防守本城，也未必是建州軍的對手，屬部已全失，如今，環衛城已被攻破……他舉起雙手蒙住自己的臉，儘量不讓部屬們看見眼角溢出的淚。

不明白何以只有短短的幾年，原本建州、葉赫、烏拉鼎足而三的局面會大幅改變，但，一切橫在面前，不能不接受這個事實；成為女真共主的美夢早已破碎，也不敢奢望還能保有大部的聲威，只求能保住烏拉本城……

古勒山兵敗被俘的畫面又回到眼前，那是一場噩夢，而在此時此刻想起，心中的羞憤和恐懼又增加了幾倍，他遲遲沒有放下掩面的雙手。

去到建州軍中見努爾哈赤的部屬回來了，帶來的倒是好消息：

「建州汗答應退兵，但有條件——第一，立刻將娶自建州的福晉送到他軍中，由他接回建州，毀去婚約。第二，河西六城為建州所有，大軍退後留千人駐守。第三，日後須送人質到建州，現下請貝勒爺親到軍前說話。」

條件並不苛，聽來有如「皇恩大赦」，他立刻停止流淚，一迭聲的說：

「好辦，好辦……去告訴他，立刻辦妥！」

但是，嘴裏說好辦，心裏還是在打鼓——最後一條，到軍前說話，令他害怕面對，不敢去，但也不敢不去。

最終，總算想出了兩全的法子——他乘了獨木舟，駛到烏拉河中流，在舟中遙見努爾哈赤，以謙卑的態度叩首求和，再三低聲下氣的告饒。

他的模樣看起來很可憐，也有幾分滑稽，令努爾哈赤在心裏暗笑不已；但在表面上厲聲指責他虐待自己的女兒和侄女，不可原諒；這次建州出兵的目的在於接回被欺凌的女兒和侄女，而無意殺掠，隨即宣布雙方的「翁婿」關係結束，也宣布這場戰爭結束，建州軍班師凱旋。

大軍退走後，布占泰大大的鬆了口氣，慶幸自己安度了難關，接下來卻兩眼一翻，直直的暈了過去；侍衛們手忙腳亂的扶住他，將他抬回房裏去急救；部屬們看著這情景，既明白他這是精神從過度緊繃到放鬆下來之際的反應，並無大礙；卻同時竊竊私議起來：

「貝勒爺怎麼越來越不濟事？不過是虛驚一場，他竟承受不住——」

「要是建州不退軍，他豈非要自刎？」

一個有遠見的人適時指出：

「這回建州沒打本城，只怕是礙著女兒在城裏，現在，女兒給接了回去，難保過些時候來攻烏拉本城——貝勒爺這麼不濟事，到時候，可怎麼好喲！」

這個推測和憂慮都非常合理，引起不少共鳴，大家議論了一番，一致認為，眼前的難關雖過，未來的狀況堪憂，於是，這個有遠見的人小聲的提示大家：

「烏拉部沒有希望了——咱們與其在這裏等死，不如早早投了建州——建州汗一向厚待投效的人，咱們趁早投過去，比到時候被殺、被俘強得多了！」

這話引起的共鳴更多，一些早就在反覆盤算的人更是下定決心，付諸行動；於是，沒多久時間，烏拉部就少了一批為數可觀的人馬。

而這些也只是努爾哈赤所使用的諸多謀略之一，屬於「伐大木」計畫中的細節——班師途中，他不時接到烏拉的人馬追上隊伍、歸附建州的通報，也親自接見這些人員，親自好言嘉勉；同時，讓皇太極和莽古爾泰陪侍一旁，體會「得人心」的意義，並且派給他們回到建州後安頓這些人員的任務。

皇太極不但心領神會，還能舉一反三——他很快就和這些人員打成一片，和其中幾個原本職位高的人更是一見如故般的投緣，邊走邊聊起天來，也就很快的把烏拉本城裏的情況瞭解得非常透徹。

努爾哈赤暗自冷眼觀看他的行止，頗感欣慰：

「倒是聰明……」

他已能斷定，在先天稟賦上，皇太極的政治能力優於他人，確是「孺子可教」；於是，他叫過皇太極來吩咐：

「再給你十天時間，畫出烏拉本城裏的詳細圖形，並且擬一份用兵的計畫來！」

烏拉本城的詳細圖形其實早經潛伏人員傳回，用兵的計畫更不會由一個二十出頭的少年來擬定——這不過是在考較皇太極的能力而已。

而不知道他用心的皇太極展現了少年的豪情壯志，朗聲回應：

「孩兒遵命！孩兒全力以赴！」

他則不再給皇太極任何提示，繼續抬頭挺胸的策馬前進；走到城外二里處，遠遠就看見所有留守的人都已出城迎接，排滿了整條大路，更有許多百姓羅列，一看到凱旋的隊伍出現就高聲歡呼起來……

氣氛非常熱烈，百姓們爭先恐後的向他道賀凱旋，歡呼聲如潮般一波接一波；他含笑揮手回應，完全沒有間隙能與出迎的部屬們談話；進城的步伐變得緩慢如蟻，一小段路走了大半個時辰。

他的心裏掛著許多樁待辦的事，面對這樣的情景，也只有按捺一陣；到達住處，卻是札青率著所有的家人在門口迎接，又是一大羣人，晚餐則是洗塵宴……直到入夜以後身邊才安靜下來，才能命侍衛去請札青過來單獨談話。

「穆庫什和娥恩哲剛回來，雖然都有自己的母親照顧，但別的人也要儘量多陪陪她們，讓她們早點忘記在烏拉部裏的不高興的事！」

而這不過是「開場白」，他真正要告訴札青、讓札青去辦的是後續的事：

「方才，我在城外見到額亦都，心裏立刻有了決定——這一路上，我好幾次想，怎麼安頓穆庫什和娥恩哲，她們受了委屈，接了回來，要重新選個好夫婿——」

札青立刻明白他的意思：

「大汗是選中了額亦都——這，太好了——額亦都跟隨大汗起兵，立了許多功勞，而且已經結了三次親，是完完全全的自己人，女兒嫁給他，最好不過了！」

對這個決定，她非但贊成，還非常高興，因而語音上揚；但努爾哈赤反而沉默下來，過了一會兒，有感而發似的輕輕一嘆：

「女兒要嫁給自己人，我才放心！」

穆庫什的錯誤婚姻令他感到遺憾，重新審視起以婚姻為結盟工具的做法，於是又連連搖頭嘆息；札青看著他的神情，猜到了他心裏的感受，思索了一會兒，試著勸慰他：

「幸好穆庫什和娥恩哲嫁到烏拉部的日子不算長……是吃了點苦……不過，重新挑個好女婿，以後的日子好了，也算給她們補償了！」

這麼一說，努爾哈赤就釋懷了，同時提出要求：

「娥恩哲也要挑個新夫婿，我還沒有想到合適的——你幫著留意！」

札青立刻應承：

「我盡力物色——先從最親近的人考慮起——明天，我先去同她的母親商量商量。」

事情有了具體的做法，札青便告退離去；不料，才走到門口又被努爾哈赤叫了回去。

「這幾天，阿巴亥是什麼情況？」

這個詢問札青並不以為異，立刻作出詳細說明：

「她將在下個月分娩，最近都在忙著準備分娩，而且，阿濟格淘氣，鬧得她費去許多時間，應該是沒多少餘力能為烏拉部操心的——我也關照過家裏的人，別對她提起烏拉部來；不過，今天，穆庫什和娥恩哲一回來，就不一樣了，沒辦法不讓她知道您對烏拉部用兵了。」

努爾哈赤默默的點了點頭，表示知道了，而沒再嘆氣，但心裏不由自主的想起了蒙古姐姐來，神色也為之一黯。

夾處在兩部的恩怨情仇間，心中悲傷，終日不歡，乃至盛年早逝——這個悲劇他牢牢記在心頭，而今，歷史重演，阿巴亥也夾處在兩部的恩怨情仇間，他也一樣絕不可能為了她而改變對烏拉部用兵的計畫，更不會因此影響了統一女真的大業。

無可奈何——萬一她步上蒙古姐姐的後塵，也只能聽天由命。

他的神色再度改變，感慨和黯淡消失了，堅毅和果斷恢復了，於是，他定定的指示札青：

「多陪陪她，多和她說說養育孩子的事。」

能為她做的只有這些——

不料，兩天後，阿巴亥竟給他帶來一個驚人之舉。

深秋的午後，天氣晴朗，不寒不暖，陽光柔麗如黃菊的色澤，他踏著交錯的光影，親自前往倉庫檢視各項儲備的物資，人的糧食、馬的草料，穿的盔甲、用的武器，全都仔細察看，聽取專司其責的部屬們作詳盡的報告；然後去視查在牧場中飼養的馬匹，到練馬場觀看侍衛們試騎一批剛訓好的良駒……返回時，日已將落，餘光如一盞淡茶灑潑。而他的興致極好，對視察的情況非常滿意，下馬時交代侍衛們：

「叫褚英、代善來，我要吩咐他們辦事！」

他打算在入冬前辦一場小規模的騎射競技賽，讓新訓成的馬匹和戰士顯一顯訓練的成果；入冬後則多辦幾場大規模的狩獵，獵獲的獸既是重要物資，也能從狩獵的過程中磨練新人新馬的能力，自己更能在過程中看清眾人的表現，挑選出最優秀的人員和馬匹來重用。

而這些都是常辦的事，褚英、代善等人早已辦得得心應手；因此，他毫不操心，神閒氣定的進屋，坐下來喝茶，等著兒子們過來。

腳步聲響起，進門來的卻是阿巴亥，他頗感意外，目不轉睛的看著她。

懷胎九個月，阿巴亥的肚腹已非常大，以致行動緩慢，起坐吃力，但臉上依舊容光煥發，絲毫沒有憔悴之色；頗令他驚異的是，她不但眼角眉梢沒現憂慮、悲傷，還笑靨如花，而且眸光定靜，顯示著笑容並非偽裝；然後，她侃侃而談，提出的請求更加令他吃驚：

「我想請求大汗允准我立刻去到烏拉部，勸說布占泰叔叔——我想，布占泰叔叔或是糊塗了，或是聽了一些不對的話，或是貪圖一些好處，才會做出不應該的事，又欺負了穆庫什和娥恩哲，惹得大汗生氣了，率大軍討伐；我去勸說他，先向大汗認個錯、賠個不是；然後，帶著人馬歸附建州，大家一起過著和樂的日子！」

聽她說著，努爾哈赤不由自主的升起一個特殊的想法：

「沒想到，她和蒙古姐姐完全不一樣……小小年紀，能說出這番話來，真不容易……雖然說的是些傻話！」

蒙古姐姐心思柔細，多愁善感；阿巴亥卻充滿了理智，積極樂觀，提出的意見雖然幼稚、不可行，但是顯現了她的特點——他忍不住笑了，也對她刮目相看起來，一面讚美了她幾句，一面為她作個言簡意賅的說明：

「你的用意很好，但是行不通——布占泰不會聽你的勸，率眾歸附的——會的話他早就歸附了，更不會任意欺凌穆庫什和娥恩哲——你離開烏拉部已久，一定不知道，布占泰早已聯結了葉赫部，約定一起出手吞併建州呢！」

阿巴亥登時臉色大變，失聲驚呼：

「什麼——」

她又驚又慌，心思亂了，沒法再說話，唯有淚水翻滾，簌簌落下；努爾哈赤看著她的淚眼，再看看她隆起如球的肚腹，頓感不忍，於是換上最溫和的語氣對她說：

「你無須為這些事操心，也無須擔憂——建州與烏拉終須一戰，烏拉終歸要納入建州麾下；但我答應你，對布占泰個人網開一面，不殺他！」

這個承諾無異是一道「特赦令」，聰明的阿巴亥立刻止住淚水，恭敬的說：

「謝大汗。」

努爾哈赤隨即露出笑容：

「你安心準備臨盆吧，我若再度俘擄了布占泰，依舊會讓他在建州居住，你們叔侄還能時常見面呢！」

這下，阿巴亥破涕為笑了，她無法行禮，唯有用語言千恩萬謝，然後起身告退，踏著平穩的步子回房去；而努爾哈赤卻被自己的話觸動了隱藏在內心深處的啞弦，也想起了昔年古勒山之役卜寨陣亡，蒙古姐姐為之摧心折肺的往事，不自覺的出神了。

「當時，卜寨並無意與建州為敵……我也無意殺卜寨……怎奈，戰場上刀槍無眼……」

往者已矣，而來者可追，事先設想周全，便能避免悲劇再生，於是，他的心思開始往「戰而不殺」的路子上前進……

註一：原文引自《滿洲實錄》第三卷。其他各史書記載、引用這段話的地方很多，不詳列。

註二：本段史事亦見於《宋史．夏國傳》。事在遼（契丹）與宗重熙十三年，西夏景宗天授禮法延祚七年，北宋仁宗慶曆四年，西元一〇四四年。

註三：滹野的滿語意為「射鵰的隱身穴」。

其地在琿春東北，烏蘇里江上游支流瑚葉河（今蘇俄濱海地區刀畢河）一帶。明朝於正統時期設「呼夜衛」。

註四：雅攬路以河得名，《吉林通志》載：「雅蘭河出錫赫特山，南行二百餘里入海。」明永樂六年置牙魯衛，設在臨近海邊的牙魯河流域，清代稱雅蘭河，雅攬路在今海參崴東北雅蘭河一帶。

註五：《吉林通志》載：「烏爾古宸路，一作庫爾布新，河名也；在與凱湖東北入烏蘇里江，路亦以河名也。」

木倫路因穆稜河得名，其部民居住在今穆稜河流域及與烏蘇里江會流處附近。

註六：札庫塔為滿語「各八」之意。其城在圖們江北岸，琿春河、海蘭河之西，距琿春城一百二十里。

註七：烏拉河為今之松花江上游，本城位河東岸。

2

又是一個元旦到來，歲月進入萬曆四十一年，而這新的一年具有特別的意義，年前，建州全體成員一致忙著備戰；元旦一過，所有的準備都已就緒，行動如期進行。

黃、紅、藍、白四面顏色鮮豔的大旗重新在半空中展開，迎著巨風虎虎作響，延伸著文書的宣告，也象徵著大軍的摧毀力。

大旗後面展開的是壯盛的軍容。

這一次，出征的人馬高達三萬，率軍的將帥包括了努爾哈赤最重要的部屬、子侄——額亦都、費英東、安費揚古、何和禮、扈爾漢、褚英、代善、阿敏、莽古爾泰、皇太極……

赫圖阿拉城中只留下雅爾哈赤、穆爾哈赤和巴雅喇駐守——這是一場重大的戰役，努爾哈赤不但親征，而且精銳盡出。

準備了二十年，這一戰的意義非比尋常——儘管烏拉部已非「大木」，實力已經薄弱得遠非建州之敵，他仍然大張旗鼓，因為，這場戰爭的意義是在宣示扈倫四部即將結束的命運。

他並非高估了烏拉部，而是重視這一戰的實質意義；也同時再度暗示葉赫部……

歷史即將進入新頁。

這天，雞才啼鳴他就起身，漱洗後，穿上全新的戰袍，披上新打造好的鎖子甲，戴上閃閃發光的頭盔，親手攜著四色令旗……

出發前，一切都按照以往的習慣進行，天亮前，所有的人馬齊聚，排列好整齊劃一的隊伍，等待他出現、登臺祭天；然後，全部人馬像旋風一般的騰空飛奔而出。

浩蕩的隊伍如怒濤奔湧，馬蹄踏冰，聲勢大得如雷霆萬鈞。

而命運是抗拒不了的魔力……

精神幾近崩潰的布占泰已數日未眠，紅著兩隻眼睛，焦慮的在室內踱著方步，互搓著雙手，嘴裏不停的喃喃自語：

「怎麼辦……可怎麼好……怎麼去擋……啊，往哪裏逃……」

他早在得到消息時就火速命人送信，向葉赫部求救，但是沒有得到任何回覆。召集來所有的部屬商議，整整講了兩天兩夜，也拿不出應付得了建州的好辦法來；想要集中兵力，全力抵抗建州的進攻，卻根本沒有戰勝的希望。

烏拉部的人馬總數並不少，各軍加起來約有三萬之眾，與建州軍旗鼓相當；但，士氣低落，戰鬥力薄弱，就跟建州軍沒得比。

他哭喪著臉想道：

「前幾年，在烏碣岩……我帶了一萬人馬，那幾個毛孩子加起來只有一千多……結果竟然是我被打了個落花流水……更何況是現在！」

這一想便更加悔不當初：

「古勒山之役以後，努爾哈赤待我挺好的呀，我怎麼偏就鬼迷心竅，交結葉赫部來對付建州……唉呀呀，如今，葉赫也不幫我……」

他由衷的發出一聲哀鳴：

「是天亡我啊——」

但，哀鳴亦復無用，急得如熱鍋上的螞蟻更是無用……兩天後，消息如刀箭一般的來刺戳他：

「建州軍已越過烏拉河東，我部孫札泰、郭多、俄漠三城失陷——」

兵臨城下了——烏拉部的地理環境他當然再清楚不過，河西六城早已屬於建州，現在，建州軍只要一渡過烏拉河，河東的幾座城一陷，要不了兩、三天時間，就能進逼烏拉本城。

恐懼感從心底快速升起，快速擴散到全身，他全身僵冷；只是，身為一部之長，要維護身分和面子，必須硬著頭皮面對。

部屬們七嘴八舌的向他進言：

「貝勒爺快快拿個主意……是戰，是和，早早定奪，遲了便失先機！」

話多，且雜亂，是提醒，是請示，也是逼迫，逼他面對現實，而他承受不了壓力，感到心慌意亂，焦頭爛額……精神惶恐到極致時，他幾乎向部屬們發出一聲狂吼：

「橫豎一樣是粉身碎骨——」

而這話經過他全力控制後，總算從舌尖口上吞回腹中，取而代之的是兩排牙齒一面互相撞擊，一面發出帶著結巴與顫抖的語聲：

「努爾哈赤……不會講和了……咱們……戰……」

說著，先派出一撥快馬，奔往葉赫部求援，然後，他在戰慄中下令：

「去……召集所有的人馬……咱們越虎爾哈城，迎擊……」

虎爾哈城位在烏拉本城的東門二里外——它和西門二里外的金州城相對，本是烏拉本城的環衛外城，像烏拉本城的兩個前哨……這一次，虎爾哈城之戰果真成了前哨戰。

布占泰自知已別無選擇，調集烏拉部所有的三萬多人馬，出虎爾哈城，在城外的平野上列陣，準備迎擊。

三萬多名烏拉兵倒也無人潛逃，無人後退，無人抗命……一起跟隨著他，整齊的擺開陣勢。

他看得略感欣慰：

「總算都是男子漢……好歹不丟人！」

於是越發的逼迫自己硬撐起一口氣來，打著精神，作出懷著必勝信心的模樣披甲上馬，並且極盡丹田之力，擠出聲音來訓勉將士：

「這次，建州來攻烏拉，實是無理侵略，大家務要同心協力，打退敵人，護衛家園——」

日正時分，建州軍開到了。

依然是四面大旗分統四軍，列隊前進。

這一次，努爾哈赤擺出了威嚴的、尊貴的排場，顯示了他的身分。

他仿製了在北京城中所見的黃蓋，也準備了儀樂，分列在他自己居中隊伍的前後左右；當他在四面大旗的簇擁下現身的時候，喇叭、嗩吶、鼓樂齊鳴，頂上張著的黃蓋巍然聳起，更有幾面大旗在側，上繡幾個大字：

「昆都侖汗——」

這些既展現了女真諸部從未見過的帝王排場，也造成一個先聲奪人的氣勢……

然後，他下令在距烏拉兵陣營的百步之外列陣，隨即展開攻擊。

戰事由他親自指揮，因為成竹在胸，他神態從容閒定，舉止安詳，下達命令不疾不徐：

「褚英居中，代善、阿敏分左右翼，各率五百輕騎，先衝一陣——」

說完，鼓手隨即擊起鼓來，三路人馬分別向前衝鋒；而這一千五百名輕騎兵一上陣，他就吩咐扈爾漢傳善射軍上前：

「放箭掩護！」

扈爾漢立刻指揮——善射軍早已待命候傳，一聲令下，三千名善射軍飛快的在陣前一字排開，半以機弩，半以長弓，搭起羽箭。

馬蹄聲響起的時候，扈爾漢發出一聲如雷的喝叫：

「放——」

霎時間，風雪全被阻隔，天色成黑；密得無間隙的羽箭組成黑霧，遮蔽了天空……箭勢快過奔馬，成為第一波攻擊敵人的武力。

衝上來迎戰的烏拉軍，原本還帶著一份信心，策馬舞刀，但，尚未觸及建州的輕騎兵，就先被這批羽箭射倒了十之三、四，緊接著，兵士的慘叫聲、馬匹的長嘶聲和雙方的馬蹄聲、喊殺聲相雜相混，戰場上越發有如地動山搖，亂洪奔流……

緊接著，雙方的人馬衝到了對面，展開激烈的搏鬥、廝殺；三路建州軍的人數雖然不多，但個個驍勇，領軍的褚英、代善、阿敏全都是少年恃勇之人，練得一身武藝，又有過人的膽量，往來衝殺，酣戰得忘情所以。

努爾哈赤則冷靜的觀戰，作全盤的思考。

三支衝鋒的輕騎一開戰就占得先機，衝破烏拉軍的第一道防禦；他估計，無須多久就可以破陣攻城了……於是，他逐次吩咐扈爾漢傳下命令，第一個是：

「輕騎衝刺，已然大勝，烏拉敗象已生，命步軍出戰，可以加速破陣！」

因為，雙方在近距離，步軍行動靈活，利於搏殺；而且雙方實力懸殊，無須出動速度慢的重甲軍。

扈爾漢立刻發出命令——

步軍三千，由皇太極率領，飛快的上陣，排山倒海似的席捲了戰場；而正在陣上馳騁的輕騎兵們一聽號令，立刻機動性的改變戰術，由衝刺改為掩護步軍搏殺。

不到一個時辰，這場戰就結束了——步軍們的短兵相接果然大占上風，烏拉軍節節敗退，四下潰散，將近三成的人馬索性竄逃，留下來應戰的人馬因傷亡過大，沒多少就少了半數，布列的戰陣也就支撐不住，很快便瓦解；眼見大勢已去的布占泰只有立刻鳴金收兵，以求減少損失，然後，率著殘餘的半數人馬退入烏拉本城。

戰場上只剩下陣亡者的屍體，折斷的旗子，丟棄的武器、馬匹……烏拉軍死傷的人數大約一千，投降的將近三千——這一切，建州軍很快就清理完畢。

投降的人員很快的被計數、編組，分別歸併到建州各將領的麾下；傷者就地醫治，而後列入俘獲的隊伍，屍體則集中起來，挖個大坑掩埋。

處理完這些，天時已近黃昏，正月裏晝短夜長，不宜再戰；努爾哈赤便宣布：

「明日一早，乘勝奪城——」

他指揮建州軍，天黑前入駐虎爾哈城，晚餐後分派第二天的任務。

攻打烏拉本城當然是大事，他決定：

「明天，由老將出馬；孩兒們在半路上埋伏，邀擊逃軍——」

明天，將是一場大規模的戰役——

3

已是最後關頭了。

烏拉城上遍插旗幟，遍列弓箭手，齊集所有的人馬守城，布占泰親自把關，坐鎮城樓。

他的心中只餘下半絲絲的指望，那是一個微渺的僥倖的想法——

早先，烏拉部因是大部，所建的城非常講究，城牆高大堅固，筆直，陡峭❶，很不容易攻打——他希望能依靠這建築物本身的屏蔽，延長努爾哈赤攻破城池、進入本城的時間。

「也許拖一拖，葉赫的援軍就到了，助我解除危機！」

他像是在偷偷的向天祈禱，又像是在欺騙自己似的呢喃著……

但，事實的一切已極明確的橫在眼前；天才破曉，建州的大軍就開始發動強烈的攻勢；而葉赫的人馬始終沒有出現。

建州方面，擔任中軍主攻的是安費揚古，左翼費英東，右翼額亦都，前鋒何和禮；四個人全是從努爾哈赤起兵之初就追隨左右的重要部屬，人人身經百戰，卓越超羣；率領的人馬更是建州久經訓練的精銳隊伍，任何一名普通士兵都有以一當十之能。

在建州住過好幾年的布占泰當然對這羣人毫不陌生——他們的厲害他更是清楚：

「糟了！這幾個，只要一個就讓人招架不住，這回，竟然四個一起上——」

他根本不敢派人馬出城迎戰，只吩咐：

「緊閉城門，守——」

而一語未畢，建州軍的鼓聲、號角聲和喊殺聲、馬蹄聲都一起響了起來。

他探頭一看，霎時間，心口怦怦跳得一如戰鼓大作……

建州軍對烏拉本城高大堅固的情形早已摸得一清二楚，也作了非常充分的準備——一眼望去，似有不信，似有詫疑，看清後，他才不由自主的發出一聲驚呼：

「雲梯車——」

這種攻城的武器，他確知世上曾有，因為曾從父老們的嘴裏輾轉聽說過，但不曾親眼見過；因為，遼東的女真各部從未使用過這樣精良的攻城武器……

「努爾哈赤是從哪裏學來的？造出了這傳說中的雲梯車？」

他慌張得幾乎哭出聲來。

「城牆再高都擋不住了——」

已經逼近烏拉城的雲梯車多達十輛，每輛上都配置了百名持盾、穿重甲的武士，放箭射去也擋不住他們的攻勢；更何況，這些雲梯車的高度像是經過了精密的算計，專門用來攻打烏拉城似的，竟與烏拉城的城牆等高……車上的武士如履平地般的跨過來，隨手一舞槍、一揮矛，就可以刺中守城的武士！

他急得冷汗直流。

「怎麼會這樣?」

可是，這道思緒剛一掠過，他在驚懼中不自覺的低下頭，一看，登時又加倍膽戰心驚。城下的建州軍正在施展另一個新的、難以抵禦的戰術——

在輕騎和步軍的掩護下，建州的工兵出動——看起來，有數百名士卒推著近百輛板車飛快前進，板車上裝著一袋袋的土，到了城下後，士卒們飛快的將土袋堆起，讓步軍沿土袋往上爬，很快就爬到城上，與雲梯軍會合，威力更大。

他不由自主的長聲哭號：

「大勢已去了——」

而就在這間隙，守城的烏拉軍中傳出了此起彼落的慘叫聲，緊接著是更高聲浪的求降聲……

他本不是個愚笨的人，也馬上作出正確的選擇：

「總不能在這裏束手就擒——還是走吧！」

一咬牙，立刻轉身下樓，丟下眾多守城的軍士，只管自己逃命；看到他的動作，跟隨上來的人馬還不到百名，他也無從計較……一撥人悄悄奔到城後，由後側門逃出去，沿山路往葉赫部的方向前進。

一路提心吊膽，渾身汗濕，出了城之後，立刻加速狂奔，半個時辰後逃入山裏，沿崎嶇的山路前進，走了半晌，他估計離戰場已有大段距離，建州軍追不上了，便停下來喘口氣，暗謝一聲老天，讓他逃離險境；卻不料，在山裏埋伏的代善帶著一隊人馬從岔路上殺了出來。

一下子又成驚弓之鳥，他慌得險些立時暈過去，連應戰之事都不及想，轉身奪路而逃。

代善在馬上一眼瞥見，立刻取箭、張弓，卻在羽箭上弦之際想起了努爾哈赤的吩咐——對布占泰務要生擒，不可擅殺。

於是，他立刻收了弓箭，喝令屬下：

「追——活捉他——」

然後，自己一馬當先的朝布占泰奔去，卻怎奈，就在這行動轉換的剎那，布占泰占到了熟悉路徑的便宜，搶到了生機——他在彎曲、複雜的山路上繞了幾個彎子後就逃出了代善的視界。

代善和手下的建州軍雖然驍勇善戰，卻吃虧在初來乍到，不熟悉環境，追蹤困難，轉來轉去，找不到布占泰的人影，只得退而求其次，將跟隨布占泰逃亡的部屬一網打盡。

收穫很不少，這些人在眼看大勢已去的情況下，大多自動投降，有些且就地宣誓效忠起來；少數幾個存有頑抗之心的人，也戰鬥不了多久就束手就擒。

唯一的遺憾是走脫了布占泰；在建州軍的慶功宴上，代善自請處分：

「山路多岔，多彎曲，我軍於地形還不甚熟悉，繞了幾彎，為辨方向，動作慢了些，竟被布占泰乘隙逃脫——請父汗責罰！」

但，這件事，努爾哈赤原諒了他：

「你初到烏拉部後山，地形不熟悉自是難免，這次的失誤，尚可寬恕；這次，我不責罰你；但你須將這次的教訓謹記在心，下次無論到哪裏打仗，要先熟悉當地的地形——」

說著，也向其他的兒子們曉諭：

「你們也都再聽一次——我以往常對你們說，打仗不是全靠武力，天時、地利、人和，樣樣都要顧得！你們不是從小就愛聽《三國演義》的故事嗎？那裏頭說，孔明借了東風，在赤壁打了個大勝仗，不就是最好的例子嗎？你們總沒忘了這個故事吧！」

可是，這麼一說，代善反而分外臉紅，再次囁嚅著請罪：

「但，若非這個失誤，布占泰已經成為建州的俘虜——」

努爾哈赤哈哈一笑，打斷他的話：

「不要緊的——他只不過是逃到了葉赫，又不是飛上了天去，終究還是會成為建州的俘虜！咱們征葉赫的時候，便由你負責擒拿布占泰，將功折罪吧！」

他的意思很明顯，對葉赫用兵已是近日的事……

而這麼一說，代善心裏的難受消失了，立刻朗聲回應：

「是的——孩兒下次一定用心顧得天、地、人三方，再不讓布占泰走脫！」

努爾哈赤點著頭道：

「很好——你能學得教訓，便讓布占泰走脫一次也是值得的！」

而其實，他對布占泰隻身逃往葉赫部的結局感到非常滿意——隻身逃往葉赫部是意味著布占泰從此將過著寄人籬下的日子，了此餘生，既不能有作為，也不會受到重視，自己則守住了對阿巴亥的承諾——

出征的前一天，阿巴亥抱著出生還不滿三個月的兒子來請他命名；這是他第十四個兒子，身兼建州與烏拉兩方的血緣；被抱到他跟前來的時候，還兀自熟睡，全身散發著嬰兒特有的奶香，小臉上洋溢著幸福與滿足，看得他也升起了幸福與滿足的感覺。

很快的，他給孩子取了「多爾袞」這個名字；卻在這命名的剎那間，他想到了，阿巴亥選在這個時候抱著孩子來到他跟前，是另有用意的，是提醒他以往的承諾，是要他看在孩子的分上——雖然嘴裏什麼也沒說。

他也沒說什麼，但是牢記在心，到了開戰時便吩咐只能生擒……而得到這樣的結局，非常好，非常圓滿。

但這另類的想法不能告訴兒子和將領們——他下意識的微微搖了搖頭，驅走這樁心事；定定神，開始獎賞有功將士——

先是此役的主將安費揚古躬身向他報告戰績，同時向大眾宣布：

「這次我軍擊潰敵兵三萬人，但殺戮不多，烏拉兵自動投降者約有半數，為我軍俘獲的有一萬餘人，獲甲七千副……」

這個戰果很合乎他的心意——發動這場戰爭的目的是收服烏拉部，而不是殺人——因此，他非常欣慰的說：

「很好，非常好——這是最好、最恰當的戰果！」

然後，他讓安費揚古逐一宣讀受獎賞的將士名單；而美酒佳肴也緊接著一道一道的送上來，全體從征者皆有所賜……一場盛宴直到深夜才告結束。

但，整理戰場，處理俘虜等事卻不是一、兩天就可以完成，於是，他整整在烏拉城中停留了十天，讓麾下的人馬既得以休息，又得以從容的整頓；而他也充分利用了這停留的時間，親自走遍這原屬烏拉部、現在已歸屬建州的每一個地方，仔細的觀察，仔細的思考，把每一個該想的細節都想清楚。

然後，心思開始轉到征葉赫部的重點上。

他把這次對烏拉用兵的各個優缺得失都想通透了，能拿過來做征葉赫部的借鏡的地方，當然就更不會錯過，再三反覆設想……

在凱旋的途中，征討葉赫部的戰略已經在他心中成形。

註一：據《盛京通志》記載，烏拉城的規模是：「周圍十五里，四面有門；內有小城，周圍二里，東西各一門；有土臺，高八尺，周圍一百步。」

4

一切都定案了，唯獨心裏還存著一個長久以來的顧忌：

「葉赫部一向與明朝交好，也一向倚明朝為靠山……出兵打葉赫，須防明朝干涉……無論如何，目下，建州還不能與明朝為敵，一定要先有個妥善的應付明朝的說詞，才能出兵……」

少年時代出入李成梁府中，這幾年又多次拿「朝貢」當理由，親自到北京城中觀看一切，他遠比任何一個女真人都瞭解明朝——明朝的國土之大、人口之多、都城之繁華、經濟之富庶、文教之昌明，都遠非遼東所能比——他相信，將來，自己必然能夠趕過明朝的實力，從而打敗明朝；但，現在還不行。

「萬一受到明朝與葉赫兩相夾攻，便是自取滅亡——數十年來建立的基業毀於一旦，全建州的子民淪為囚虜，女真人未來的希望也就完全破滅了——」

因此，他非常非常小心謹慎。

所擬定的策略還是一如先前對付烏拉部的「剪除枝葉」——先逐步收服周邊的環衛小城，慢慢的消滅葉赫部的實力，最後才進攻葉赫本城。

而為了應付明朝，他也想妥了說詞，以及逐步進行的方法。

於是，他一面暗中積極備戰，一面派出兩撥使者，一撥去到葉赫部，一撥去到明朝的遼東巡撫衙門。

兩撥使者的任務不盡相同，但說詞略有些重疊——

去到葉赫部的使者，主要的說詞是索討布占泰：

「布占泰從前戰敗時，被我建州擒住，做了俘虜；我建州之主厚待他，恩養他，還把女兒嫁給他，不料他竟忘恩負義，悖亂胡為；我建州部因此興師問罪，他戰敗，逃往葉赫部來——請葉赫貝勒將布占泰交給建州，以全葉赫、建州兩部之好吧！」

而去到明朝遼東巡撫衙門的使者，提出的是請求：

「布占泰射殺我建州部長之女，建州部長與他興師問罪，他逃往葉赫，葉赫部包庇他，不肯將他交出——請明朝上國主持公道，責令葉赫部將那忘恩負義的布占泰交出來！」

明朝的官吏研商了一番後，認為建州有理，接受了這個請求，於是派人去向葉赫部說，要葉赫部交出布占泰來。

但，葉赫貝勒金臺石與布揚古不但不肯交出布占泰來，而且對明朝使者態度冷漠、對建州使者態度倨傲，同時，不說明理由，逕自對這個要求不予理會。

這對努爾哈赤來說卻是「正中下懷」——

他先是在表面上作出非常尊重明朝、更不想與葉赫部為敵的樣子，葉赫部相應不理，便再派出使者去說……這樣重複了三次，便連明朝的官員都詫異起葉赫部的態度來了。

「金臺石和布揚古是怎麼回事？好話都說盡了，還不領情？」

努爾哈赤也就順勢作出又委屈又氣憤的樣子，恨聲怒罵：

「葉赫部實在太過分了！」

於是，出兵的理由也有了，應付明朝更已順水推舟——葉赫部以惡劣態度相對，明朝官員既自覺失了面子，又拿不出辦法來改善，便贊成他給葉赫部一點教訓了。

時間選在九月，倒不是蓄意拖延，而是身邊發生了一樁意外，費去他不少時間料理。

那是褚英所造成的——

激進的褚英既不全盤的、深入的瞭解他顧忌明朝的原因，便不贊成他在大舉滅了烏拉之後，對葉赫仍採迂迴緩進的方式進行，所擬定的戰略仍是縮小規模、攻打環衛的小城，於是常有不滿的話出口：

「為什麼不乘勝追擊，直搗葉赫本城，一舉滅了葉赫呢？」

在他面前，這個話沒有明白出口；但是，在他背後，這個話常說，而且開始在人羣中傳播，連帶的經常有人在談論這個話題。

褚英甚至更大膽的、明白的說：

「真不知道父汗是怎麼了，對付這麼個小小的葉赫，居然要比照烏拉——還不如由我自己帶些人馬，直入葉赫本城，一舉滅了葉赫部！」

他很快就得知了這些語言，也瞭解到這些話所造成的影響：已經有少許人在聽了這番話後大表同感，也跟著散播起這些話來。

「這怎麼得了？」

他大吃一驚，立刻想到後果：

「再不制止他，要不了多久，建州全軍都會被他煽動起來，更何況，話會傳揚出去……」

於是，他飛快的派人找來褚英，斷然命令：

「你那些信口胡扯的話，以後絕對不可以再提——否則，重重治罪！」

哪裏知道，褚英根本不服氣，漲紅了臉，鼓著腮幫，大聲抗辯：

「我哪裏錯了？征葉赫部原本是您既定的主張，為什麼要一再拖延？一再只打些小仗？明朝有什麼好怕的？您自己不也常說，明朝只是一隻紙老虎，去援朝鮮，反而給日本打得大敗；而且，連派到遼東的將才都沒有了，哪裏是咱們的對手——」

話還沒全說完，衝突就發生了。

他氣得身體亂顫，一掌把身旁的小几拍了個粉碎，怒聲罵道：

「你這不知死活的糊塗蛋——」

褚英卻冷冷的答上一句：

「早早滅了葉赫，哪有什麼死活？」

他忍不住了，順手一巴掌打在褚英臉上，喝責說：

「你這是在跟我說話？」

一面冷峻而嚴厲的瞪著他，然後沉下臉來說：

「你要不顧死活，就自個兒去吧——別拖累建州的人給你陪葬！」

接著，立刻下令：

「給我綁起來——鎖進空房去！」

侍衛們都在他跟前，沒有人敢違抗命令，幾個人一上來，就將褚英綑綁結實；褚英掙扎不了幾下就放棄了，心裏卻賭氣，鼓著嘴一言不發，眼睛移開視線不與他正對。

他的態度也就變得更冷：

「給你幾天時間，好好的想想——要是不改自己的想法，就休想再見天日！」

說罷，一揮手，指示侍衛們將褚英帶下去❶。

人一走，跟前變成一片寂靜；他獨自坐下，思忖了好一會兒之後，長聲一嘆：

「不能容他這樣下去！」

兒子頂撞他，固然讓一向威權十足、高高在上的他大為光火，但，存在於心中的真正原因是必須顧全大局——

就全面性的角度思考，褚英是他的長子，年已三十四歲，以往多次領兵出征，立了不少戰功，得了封號，也擁有了可觀的實力；他多次給予表現的機會，也時時暗自觀察，但結果是失望的，這兩、三年來，更且是憂慮的。

身為長子，褚英跟在他身邊見習、磨練、表現的機會都比弟弟們多，怎奈，隨著歲月的遞增，不但沒有長成一個智勇雙全的英雄，還反而像承襲了舒爾哈赤「有勇無謀」的特色似的，有諸多不當的想法與言行，而且，毛躁的程度有過之而無不及；個性衝動，想法激進，處事只憑直覺，只依據自己的好惡，從不冷靜思考，年紀不小了，心智還十分幼稚。

這樣的人，適合做一名衝鋒陷陣的士卒，而不能做治國平天下的君主；怎奈，生為他的兒子，不能只負責衝鋒陷陣——問題的關鍵在這裏。

隨著年齡逐漸增長、隨著立的戰功逐漸增加、個人勢力逐漸擴大，造成的負面影響也迅速擴大。

主觀、武斷、自以為是、目空一切……這些都是致命的缺點；這些年來，他用了許多迂迴宛轉的方法間接教育、啟發，奈何沒有成效；到現在，已經形成極度危險的狀況。

輕忽葉赫部，以為唾手可得，這是非常錯誤的想法，輕忽明朝，不但出言貶低，還流露出出兵的意圖，更是萬萬不可以——

他隨時都在作審慎的評估，認為目前建州的實力還不足以打敗明朝，不但不能輕舉妄動，不能流露意圖，還必須以恭敬的態度與明朝保持良好關係；以免讓明朝來個先下手為強，使建州成為覆巢之卵。

「不懂事的毛孩子，腦袋裏只有一根單線，凡事想得太簡單……」

只能先囚禁，防止不當的言論傳播出去——

而這個處置，儘管是出自理智的正確作法，他在獨坐靜思之際，心中還是免不了遺憾，竟不由自主的長聲嘆息，怔忡出神。

而就在這當兒，侍衛進來通報，札青來了。

札青正在病中，抱病前來見他，當然是為了褚英；他不自覺的再度嘆息，心中升起了一道不忍，又有點酸楚，身體下了座，往門口迎上去；一看，除了腳步不穩的札青之外，阿巴亥也來了，後面還跟著懷抱多爾袞的婢女。

褚英被縛被囚的消息傳報給札青的時候，阿巴亥正抱著多爾袞去探望札青；一面關注的看著婢女們煎藥，一面逗多爾袞笑來引札青高興，氣氛原本非常好，卻被這突如其來的消息破壞了；札青掙扎著從病床上起身，阿巴亥不放心，親自扶著她前來，而把多爾袞交給婢女抱著，一起跟過來，於是形成這支老弱婦孺的隊伍，也使得場面有點尷尬。

還不到半歲的多爾袞更是令他失措——因為完全不懂得大人們的事，多爾袞顯得非常高興，一路上不停的發出咿咿呀呀的聲音，進門以後便咯咯的笑，揮舞著雙臂要他抱，他只得裝作沒看見，先吩咐侍衛給札青看座，接著便親自去扶她就座，一面說：

「你養病要緊，有事差人來說就可以了，何苦親自走一趟呢！」

札青的病原本不重，但褚英的事使精神受到刺激，兼之挺起一口氣，支撐著軀體趕過來，雖然只有幾步路，還是非常吃力，因而說起話來倍顯衰弱：

「總是……我沒把兒子教好……才讓大汗氣惱……」

說著，眼眶濕了，她勉力忍著，沒讓淚水流出來；他委實不忍心看她，不敢與她四目相對，便仰起目光，望向半空，聽她說完話也無法接腔，唯有兩道眉毛抽了抽，然後皺緊；阿巴亥站在他旁邊，低著頭，不敢發出任何聲音，因而明確的聽到他的呼吸聲變得濁重，過了好一會兒才總算有了語言：

「這不關你的事，別這麼想……褚英有錯，我也只是把他關在空屋裏，令他自己反省，改過；等他徹底想明白了，不再犯錯了，就放他出來……你別替他操心，只管好好養病，我會命看守的人每天去向你說明他的情況！」

聽起來，事態並不嚴重，阿巴亥放心了，緩緩抬起頭，而正好迎著了多爾袞的笑靨和清純的赤子眸光，年輕的她還不完全體會得人世的複雜與無奈，內心立刻被母愛的光輝占滿，於是忘情所以的過去逗弄多爾袞，又親手抱過來，引得多爾袞更高興，歡笑不已。

氣氛變得很特別，像是這個出生不久的小兒子讓大家都忘了大兒子的事；但是，當阿巴亥扶著札青返回臥房的時候，卻發現札青的身體在不停的發抖，而且體溫很低。

註一：《清史稿．諸王列傳》記載：「褚英屢有功，上委以政。不恤眾，諸弟及羣臣愬於上，上寖疏之。褚英意不自得，焚表告天自訴，乃坐詛咒，幽禁，是歲癸丑。越二年乙卯閏八月，死於禁所，年三十六。明人以為諫上毋背明，忤旨被譴。」

但，〈太祖本記〉記為「自縊死」。

清史館吳士鑑輯王公列傳稿、清國史館欽定宗室王公功績表傳、清史列傳褚英傳記為「以罪伏誅」。《舊滿洲檔》記其死是被囚兩年後，太祖深謀遠慮，將之處死。《太祖實錄》記其死亡時間，但諱言死因。

5

大軍出發的時候，情況又有了變化。

由於褚英先前的四下張揚，葉赫部已然聽到風聲，而建州出兵的日期又因褚英之故拖延了一下，於是，葉赫部得以從容準備……

在計畫中，建州要攻打的確定目標是葉赫的張城與吉當阿、兀蘇三座外圍小城；而因為時間許可，葉赫貝勒金臺石與布揚古召回了張城與吉當阿城的居民，牲畜財物全都搬運一空；只餘下兀蘇城，因為城中正在鬧痘疫而沒有撤回。

三個目標只剩下一個——

葉赫部的損失將減少許多，但，努爾哈赤並沒有因為目標少了三分之二而改變出兵的計畫——這一次的戰爭，他原本就不是以多得人畜財物為目的，而是在示威、恫嚇、削弱葉赫，以及製造一些出兵的理由，因此，他一本初衷。

決定時，他暗自在心中評估：

「葉赫忙忙的撤回兩城居民，在實質上減少了損失，在聲威和士氣上卻適得其反——世人將認為，葉赫不敢與建州對抗，這才是大損失啊！」

而這一戰，要對付的只剩下兀蘇城，行動便很輕鬆——他索性取來地圖，細看後詳加思索，又選定十幾處葉赫所屬的小城寨：

「既然已經出兵了，就順勢收服了他們，總是『此消彼長』的作用！」

這些小城寨平日裏根本不起眼，有的小至僅幾百人，拿下來完全不費吹灰之力。

他一共發兵四萬，親率中軍進逼兀蘇城，兀蘇城的守將山談、扈石木自知不敵，還未交戰就投降；其餘十九處小城寨，他派出了子侄、部屬，各率三千人馬，逐一包圍，使之降附，僅費時半天就完事。

沒有任何地方真正開打，是徹底的「不戰而勝」，收穫卻不少——兀蘇城有民三百戶，其餘十九座小城寨，加起來逾千戶，全數成為建州子民。

而他畢竟心存謹慎，大軍沒在葉赫多停留，放火燒了這些城寨的房舍後，當天就帶著大軍和所收附的人畜返回建州。

出軍一趟，根本沒有打仗——他的心中和所有的軍士一樣，升起了一股「力氣沒使出來」的難受感，儘管表面上依然是凱旋班師，精神上卻少了一股歡騰……他的情緒不由自主的處在低調中。

而且，返回建州後，他一向顧忌的後果發生了——

金臺石和布揚古當然不甘於被他平白入侵，奪人劫財，而這兩人也非泛泛之輩，立刻想出了對付建州的上上之策。

兩人透過各種管道向明朝的官員們進言，內容很具說動力：

「我遼東本有扈倫四部，如今只餘我葉赫一部了——哈達、輝發、烏拉都已被努爾哈赤滅了；現在，他來侵我葉赫，是想一統遼東，然後入侵明朝！」

兩人還想出一句危言聳聽的話：

「他是想效法蒙古的成吉思汗啊！」

蒙古的成吉思汗先統一蒙古各部，然後四處征討，開疆拓土，三傳至忽必烈汗，南下用兵、入主中原的史事，當然是人人耳熟能詳的……明朝的官員們產生警惕心了。

於是，遼東巡撫衙門中開始研擬對策……

幾天後，明朝的官員們商議定了——一面派人去找努爾哈赤，告誡他以後不可以再攻打葉赫，一面選派了一千名善使火器的兵丁，由游擊馬時楠、周大岐率領，進駐葉赫，協助葉赫防守二城。

明朝的態度算是面面顧到，既偏著建州一方，也保護著葉赫；又像個和事佬般的調和兩方。這個作法是溫和的，遠比幾十年前李成梁的作法要好得多了——這個「好」字當然是針對女真而言。

努爾哈赤在心中暗自一嘆：

「若是換了李成梁，便是盡可能的挑起兩部大戰，然後在兩方戰事將盡，俱已力疲的時候出兵，來個『漁翁得利』！」

當然，他也明白，明朝自老了李成梁之後，在對付遼東上已大不如前，而且，巡撫、總兵等重要職位時常換人，奉派的官員長則一、兩年，短則幾個月就去職，頻繁如走馬燈，以致沒有人能善加治理遼東；目前在位的總兵官張承胤是去年五月才上任的，至今十個月；張濤被任命為以都察院右僉都御史巡撫遼東是在去年十二月，上任才三個月，對遼東的整體環境和事務都還在「不夠熟悉、不夠瞭解」的階段——他暗叫一聲僥倖——這對建州來說，乃是天賜的發展時機！

而這次，明朝的出面干預，僅只是這麼輕微的動作——要應付得好並不難，他仔細想了一陣之後決定：

「我親自去撫順，向李永芳解釋解釋……送他個大禮，大約就沒事了！」

李永芳的官職是駐守撫順游擊將軍，不大不小，正方便行事，而且與他交好——透過李永芳的管道，他有把握讓絕大部分的遼東官員繼續偏袒建州。

明朝畢竟還是他有所顧忌的大國，這一趟拜訪不能省免，厚禮更不能省免。

6

明朝內部的敗壞有如蟲蛀大木，漸漸的把木心都蛀光了，只剩下外皮，而這外皮上塗著金碧輝煌的油彩，繪著龍鳳呈祥的圖案，象徵著皇家的尊榮。

朱翊鈞便日復一日的披著這尊榮的外衣，日復一日的讓自己心中的蛀蟲蛀光自己的血肉，蛀光大明朝的列祖列宗遺留給他的豐富資源。

他已經懶到極點，再也沒有什麼字眼可以形容他，再也沒有更壞的情況可以比擬——他與大明朝的朝政都已壞到極致。

朝臣中發生激烈的政治鬥爭，他懶得管；官員們「拜疏自去」的數量已達一半，他根本不聞不問；百姓的生活已被敗壞的吏治與苛捐繁稅壓迫得無以為繼，不少人淪為盜匪，衍生成各種社會問題，他更不想知道……大明朝全國都處在畸形的狀態中，從他的心開始腐爛。

日子還是一天天的混過去……

直到這一天，他蒙受了一個重大的打擊，心中像被突如其來的羽箭射中了，鮮血直淌，才無法繼續醉生夢死，繼續在福壽膏中昏沉；而從龍床上坐起，下床，偏又站立不穩的跌倒在地，然後發出一聲聲腔調奇特的號啕痛哭來。

李太后崩逝了。

他親生的母親——幾年來，這是唯一令他產生反應的事！

太監稟奏時，他只聽了一句，身體就從龍床上彈跳而起，然後摔倒在地，隨即發出撕心裂肺般的嚎叫、痛哭；太監們趕上來扶他，他卻暈過去了。

半個時辰後，他在太醫們的急救下醒來，繼續承受刀斧交加、利箭穿心般的傷痛；又過了一個時辰，他才勉強說出話來，命太監去傳旨……

接下來，國之大喪的儀制由禮部官員負責辦理，而他因哀傷生出了精神力量，每天早起晚歇，行禮如儀；每天在李太后的靈前痛哭，每天為李太后的喪禮指示大臣……他像是變了一個人似的，所有的懶散都消失了。

然而，沒有任何一個人深刻的瞭解他心中真正的傷痛，沒有一個人知道他藏在心中的聲音——包括貴為帝王的他自己。

這一個夜裏，他著實哭累了，在自己半溫熱的淚水的陪伴中闔上了眼睛，然後不知不覺的沉沉睡去。

不過片刻，他發出了如雷的鼾聲，使得李太后的靈前不得清靜，僧人們的誦經也只好暫時停頓下來。

但他自己並沒有被這鼾聲干擾。

入夢以後，他非但沒有聽到自己的鼾聲，反而處在一種極其寧靜的氛圍中回到了從前。

回復成一個嬰兒，被擁在母親的懷抱中……非常非常溫暖，非常非常滿足，非常非常愉悅，非常非常……

他張嘴吸吮乳汁——

他伸出雙手揮舞——

他勾著母親的脖頸——

他咿咿呀呀的歌唱，歌詠著他初臨的世界——

他的臉頰貼著母親的臉頰——

他的小手伸入母親溫暖的胸口——

他的心跳和母親一起律動，發出同樣的怦怦聲，柔和的，徐緩的，安詳的……

然後，他醒了。

兩手一伸，撲了個空；睜開眼來之後，他覺得自己的心直直的往下墜落，然後，全身的血隨之一起而出，使身體內空空如也。

他沒有再哭泣，但是悵悵失神。

而後，他再度陷入沉思。

這一次，他沒再入夢，沒再發出鼾聲，沒再錯亂不自知；往事回到眼前，他仔細的回憶。

他想起了小時候，和母親相依相隨的甜蜜時光——直到登上皇帝的寶座才有所改變。

那幾年，母親所給他的不再是甜蜜、溫馨和滿足……母親變成一個任務執行者；天不亮就把他從溫暖的被窩中拉起來，逼他去上早朝；然後，逼他讀書……

才只是一線之隔啊！

做皇帝前，母親給他的是溫暖——

做皇帝後，母親給他的是寒冷——

他想起了那一年，年輕的自己，不過因為偶爾貪玩，一夜嬉遊，母親就大發雷霆，讓他跪在冰冷的地面上接受責罰。

接著又想起，那一年，母親為了他遲不冊立常洛為皇太子，竟出手打他，使他的心，他的生命，他的靈魂墜入地獄。

他要的不是這些啊——

多少年了呀，他心中所渴望的只是母親抱他、餵他、哄他、逗他、為他唱歌、教他說話，拍他的小背脊……

突然間，他打心底深處發出一聲怪吼來：

「我不要做皇帝啊——」

他連連喊叫，但是，沒有得到任何回應；再次張開眼，睜大了仔細四顧，卻發現四下裏一個人影也沒有，唯有自己站立在一個邈無邊際的白色中。

一向大羣大羣跟在他身後的太監宮女也不見了，只有他孤獨的站立著。

母親早已不見了。

風聲虎虎的在耳中吼著，提醒著他，他是孤獨的。

他根本沒有母親——他所渴望的母親，在實質上從來不曾存在過。

他被徹底的擊倒了，再也沒有支撐起精神的力氣，再也沒有面對自己的勇氣。

精神上，他已成片片粉碎。

在太監們眼中，他病了，因母親去世而悲傷過度，病倒了，於是，忙不迭的召了太醫來診治，煎藥餵藥的忙了個不休。

而在大臣們眼中，他的孝心可感——不少迂腐的人甚且連連稱頌：

「百善孝為先——萬歲爺果然是全天下的表率，足以為天下臣民敬效！」

因此，更加沒有人瞭解他的心；他也更加把自己的心幽閉起來，只與福壽膏為伍。

不久，朝裏的人事再起風浪，並且以極大的力道推湧到他面前來，使他既極度不耐煩，又不得不忍耐著作出處理，因此心情極壞。

事端的中心在內閣首輔葉向高辭官，非常堅決的辭官。

葉向高是個有理想、有抱負、有能力的人，而這些優秀的條件卻是他非辭官不可的原因。

他在萬曆三十五年入閣時，本與王錫爵、于慎行、李廷機並命，但上任時于慎行已逝，第二年，首輔朱賡亦逝，王錫爵、李廷機杜門不出，只剩他一人在閣；他有心用事，勤敏奉公，怎奈朝政已混亂到難以收拾，皇帝不上朝、不理政，他無法施展才能、推行政事，於是上疏乞休。

但是，皇帝並不批閱奏疏，他的乞休疏便如石沉大海，而因為身為首輔，又是唯一的輔臣，不能像別人那樣「拜疏自去」，於是再上……

幾年下來，他這內閣首輔最常做的事便是上乞休疏，不停的上乞休疏，每個月都上，但，一直沒有批示，辭不了官；後來，他病了，而閣中無人，只得將公事都送到他府裏，由他處理；這事違反體制，引起議論，他也自覺失宜，於是以這個理由再次辭官，一樣沒有批示；而後，言官們紛紛攻擊他，風波越來越大，使他去意更堅，每天上一封乞休疏，怎奈，還是得不到回應，唯一有點成績的是，增置閣臣的請求被批准了，多了方從哲和吳道南兩個人。

這一回，李太后崩逝，葉向高盡了極大的努力辦事，接著又圓滿的辦完了已經拖延多年的福王常洵就藩的大事，自認已竭盡全力，心神過度耗損，再也沒有餘力任事，又重新上乞休疏，連上了十幾道；攻擊他的人也認為他應該去位，重新上疏指責他……每天有近兩百封的奏疏彈劾他，情況委實嚴重。

而這些原因固屬絕對真實不虛，卻只是表面，且非全盤——他的心中還拴著另外一道解不開的死結。

事情還沒有完全浮現到表面來，其他的人還不曾感覺其嚴重性，唯有已做了七年輔臣的他體認到，本朝的政爭已經開始，而且埋下了更嚴重的惡因，範圍從朝廷擴展到民間，將形成全面性惡鬥的局面。後果堪憂，常令他不想則已，一想就憂心如焚。

追溯遠因，當然要推到自萬曆十五年，顧憲成罷官返鄉，而後修復東林書院，聚眾講學、議論時事，逐漸形成民間的輿論力量，影響朝政為始；近因則是以顧憲成為首的東林人士與朝中的「非東林」產生了摩擦衝突，乃至互鬥……

猶記萬曆三十五年，他剛入閣時，顧憲成就致書，提出高度的期望，相對的，也帶給他很大的壓力；而其時，朝中一些因受「東林」嚴批，或不滿「東林」的人已經悄悄的結合起來，秘密形成浙、齊、楚三黨[1]，與東林對抗，以致朝中暗潮洶湧，難解難分。

身為首輔，他給自己的座右銘是「有容乃大，無欲則剛」，行事的原則是「調劑羣情，輯和異同」，因此對朝中暗自對壘的雙方費了許多功夫「調和」，希望大家一團和氣，互相容忍異己，不作無謂的爭鬥；怎奈沒有成效，而且，政爭很快就化暗為明。

引爆的導火線是推舉李三才入閣的事——

李三才是個能人，萬曆二年中進士，歷任戶部主事、郎中各職，而後外放，在河南、山東、山西等地都出任過要職，政績極好；萬曆二十七年以右僉都御史總督漕運，巡撫鳳陽諸府，在任內壓制橫行不法的礦稅使為民除害，因此聲望極高，而且他與顧憲成私交甚篤，理所當然的成為「東林之友」，成為輿論推許的名人。

於是，在萬曆三十六年朱賡病逝、李廷機告病、朱翊鈞同意增補閣臣時，東林人士便大力為李三才造勢，提出多項有力的說法；最令人信服的一項是：以往閣臣多由詞臣出任，常因對京師以外的各地民情瞭解不夠而影響施政成績，如增補的閣臣由外官中遴選，將彌補這缺失；而李三才揮霍有大略，出任外官多年，既熟知民情，且得民心，是最適當的人選。

而李三才的政敵、「非東林」、三黨人士、有意入閣的其他人選及擁護者一起展開反對的行動，收集了許多證據大力攻擊李三才，並且趁萬曆三十八年「外察」，大計外官的時機全面彈劾李三才。

卻在這個時候，領導「東林」的顧憲成寫了兩封信到京師，一封致「內閣首輔」，一封致主持外察的吏部尚書孫丕揚，極力推許李三才的能力；御史吳亮一向與李三才交好，便把這兩封信附在邸報中公開，卻幫了倒忙：攻擊李三才的人以此為證，指出李三才與東林有密切的關係，這次的政爭係東林在幕後操縱；甚至造出「東林黨」之名來加大攻擊的力度。

朝臣結黨是明令禁止的事，是大忌諱，且為朱翊鈞所深惡痛絕，以往的「三黨」也僅是秘密成形——「東林黨」一詞既出，事情就鬧得更大了；而在這諸多不利的情勢下，李三才唯有自動辭官了事。

這一回，「東林」徹底戰敗，但隨即又在第二年的「京察」中扳回一城——主持京察的吏部尚書孫丕揚既是顧憲成昔日的長官，一向器重顧憲成，也認同「東林」的政治理想，且為人剛直，行事果斷，在「大計」中雷厲風行的察劾黜落不適任的官員，三黨中有多人被劾，包括領導者湯賓尹和顧天埈，使三黨元氣大傷。

東林大勝，占了上風，但隨即化泰為否；「京察」之後，因為多職出缺，孫丕揚上疏薦舉顧憲成、高攀龍等人出任，但，疏入「留中」，朱翊鈞完全沒有回應，朝中便雪上加霜的更無法推行政事；孫丕揚年近八十，陷入這種無可奈何的困境，頓感意興闌珊，上疏辭官，朱翊鈞沒有回應，他索性於第二年二月「拜疏逕歸」了。

而這一年——萬曆四十年，東林還遭受了非常重大的損失：顧憲成因病去世。

這固是令親痛仇快的大不幸事，也形成新的情勢：東林書院由高攀龍繼任山長，制度、作風全數「蕭規曹隨」；但，高攀龍的個性、才能都與顧憲成不同，他所領導的東林不久就展開變化，走上新的道路。

高攀龍是位道德高尚、心性純良、學問淵博的讀書人，跟隨他求學的年輕學生很不少，常在科考中取得好成績，成為新進官員，因此，「東林第二代」有著蓬勃的發展，也帶來新的隱憂。

因為年輕，所以氣盛，月旦人物、批評時事、攻擊異己的言語更尖銳，行為更激烈；而高攀龍是位學者，涉世不深，學問雖好，卻不懂得處世之道，更拿不出治國平天下的方法來，甚至，連引導學生們以溫和的態度說話都不能。

「以往，顧憲成行事還兼顧三分情理，猶且時時造成政爭；而今，高攀龍約束不了東林弟子的過激意氣……終將與非東林的人生出大衝突來！」

惡因已經種下，終將結出惡果——

身為內閣首輔，他對東林引發政爭，以及政爭雙方皆欲置對方於死地的心態都很不以為然；怎奈，自己無力改善；以往，他頗推崇顧憲成的理想和高攀龍的學問，因而與東林人士相善；而今，卻是眼睜睜的看著東林的發展走岔了路，所作所為不但無益於國計民生，還造成問題——儘管這是個時代和整體環境共同形成的問題。

「長此下去，如何是好？以後，東林的成員會越來越多，一個比一個意氣用事……少不更事，自以為是正人君子，意見不同的人全是小人，都該打下地獄去……唉！這樣下去，怎麼得了？」

他有先見之明，因而心中加倍痛苦，唯一能做的事就是上乞休疏，不停的上……

終於被批准辭官的聖旨下來的時候，葉向高已經稱病不出了好長一段日子，行李也早已收拾妥當，一接到聖旨就立刻啟程，離京返鄉——他解脫了，心裏放下了重擔，暫時遺忘了所有的擔憂，腦海裏浮現的是遠在福建的老家的景觀和家人的音容，因此，出京的步伐非常輕快；

只是，大明朝廷裏又少了一個有能有為的人，損失無法估算。

而後，又一樁人倫的不幸事降臨在大明皇宮中。

時間到了萬曆四十三年。

五月初四日，正當端午節的前一天，皇宮裏絕大多數的人都在為準備過節的事而忙碌，極少有閒心閒空去關心、注意其他的事，意外的變故卻發生了。

時間已近黃昏，日色偏西，日照半明，皇太子常洛所住的慈慶宮中竟出現了刺客。

這人是個年輕男子，在蓄意的安排和掩護下，躲過了皇宮的重重警衛，悄然無聲的闖進慈慶宮。

像是突然從天上掉下來，地上鑽出來……他像一具幽靈，突然出現；卻又像個受人挾制、操縱的殭屍，自己無意識的行動著，幾近瘋狂的行動著——

一進慈慶宮中，他像一切都失了控似的，手持棗木棍，不由分說的見人就打。

慈慶宮中原本因為皇太子常洛不是深受朱翊鈞疼愛的人，所配的近侍員額很少，而且大多是老邁者，垂暮者……整座宮中顯得非常冷清；這名男子出現的時候，第一道宮門上根本無人把守，第二道宮門前也僅有兩名皆已六、七十歲的老太監看守。

兩名老太監一下子就被打倒——卻幸好，兩人在倒地前發出了慘叫，引得宮裏的其他太監探頭出來查看。

而這持棍的男子已經奔到了前殿的簷下，距離皇太子常洛只有一門與數步之隔。

好不容易躲過這場驚險——常洛身邊幾個稍微年輕力壯的太監衝了出去，一面大聲呼喊，一面七手八腳的上前擒凶。

聽到喊叫聲的御林軍也趕到了……折騰了好半天，費了好一番手腳，刺客終於被擒住。

常洛固然有驚無險，但已嚇得臉色發白，人像失心般的傻了，儘管有太監扶住他，沒讓他倒下，他還是失去了神智。

可是，他個人的膽怯、失神是其次——「行刺太子」的案子才是大事，頃刻間就轟動了朝野。

朱翊鈞得報，當然更不能不說句話——於是，他勉強打起精神，交代了句：

「嚴審吧——」

註一：三黨的形成不同於「東林」因志同道合而結合，是以地理區隔和同鄉關係而組合；其一是浙黨，主要成員是沈一貫和他的擁護者，沈一貫是浙江人，故名。其二是宣黨，以湯賓尹為首，其三是崑黨，以顧天埈為首。後來這三黨重組，改成了浙、齊、楚三黨；因沈一貫已去職，遂以湯賓尹為首。

7

刺客擒獲後交給東華門守門指揮朱雄處理，然後由巡視皇城的御史劉廷元負責審訊。第一次審問的收穫很小。

刺客招認自己名叫張差，薊州井兒峪人，然後便胡言亂語起來——宛如得了失心瘋一般的顛三倒四、亂說些莫名其妙的話。

劉廷元無奈，只得據實上奏。

但，無論劉廷元聽到的供詞是些什麼，京師的輿論已經因此沸騰，羣情洶洶，人人異口同聲的猜測、議論，而矛頭一致對準鄭玉瑩。

幾乎十之八、九的人都認為，這個名叫張差的刺客是鄭玉瑩所收買、指使，命令他潛進宮來打死皇太子常洛，以便由她親生的兒子福王常洵來繼承皇太子之位。

言之鑿鑿，卻非毫無依據。

有心人直言指出幾點：

「皇宮一向禁衛森嚴，尋常人等怎麼進得去？要躲過重重警衛，除非是神仙！」

附和的人響應著說：

「是啊！即使有人能飛簷走壁，光天化日之下，眾目睽睽之際，也難以遁形！」

第二個要點則是：

「即便進了皇宮，也不知慈慶宮在何處，皇太子在何處！」

附和的人又說：

「是啊，除非有人引路！」

幾說之下，結論更明確：

「不是鄭貴妃，還會是誰？」

當然不可能是皇帝自己，或者長年臥病的王皇后……

於是，這個推論一直被延伸下去：

「打從二十多年前，鄭貴妃就有謀立己子之心——這二十多年來，從未中斷過！」

「大家細數，已經有多少紛爭生出來過了？多到數不清了！」

「可不是嗎？光是『妖書』，就鬧了兩次……前幾年，那什麼『王曰乾案』，可不又是關係著鄭貴妃母子的野心？」

大家你一言我一語的議論，越說參與的人越多，聲浪越大……宮朝中受到的壓力當然就更沉重。

朱翊鈞恨得直咬牙：

「為什麼總有這許多事生出來，教朕過不得耳根清淨的日子！」

但是，畢竟事涉內宮，「行刺」更是茲事體大；劉廷元審不出所以然來，他只得下令，交由三法司提審，務要審出口供，廓清是非；於是，案子發到刑部——越發的非同小可。

原已人手不足的刑部將此案當作最要緊的事來辦，放下其他所有的案子，齊集全部的人力來辦理這件滔天大案。

然而，百姓們的議論並沒有因為刑部官員的努力而稍有停息……大家不諒解鄭玉瑩，無論案情的真相是什麼，先認定鄭玉瑩是元凶。

這些情況，沒有任何一個官員能改善、能承擔；於是，朱翊鈞更加焦頭爛額，即使不上朝也無法完全不受干擾，弄得他每每一聽太監們奏報，就恨不得揮手打人。

而這一天，他的心中閃過一道光：

「怎的不叫葉向高回來，把這事料理妥當呢？」

葉向高致仕，固然是因為對大明朝充滿了無力感，幾度辭官；他也厭煩葉向高老愛勸諫，索性准了——現在卻有點後悔起來。

畢竟，葉向高是個能人……

他想起了兩年前的萬曆四十一年，葉向高以非常高明的手法料理了一樁也是有關皇太子常洛的疑案，料理得大事化小，小事化無，迅速平息風波。

那是一個無聊的人王曰乾，上奏告發「奸人」孔學受鄭玉瑩指使，欲毒死皇太子；而且列舉了許多孔學所施的「巫蠱」為證。

事情交到葉向高手裏，他老謀深算的用了些其他名義將一干人犯逮捕入獄，並授意三法司嚴訊；結果王曰乾被刑斃獄中，了結一切胡言亂語——不但沒有鬧得滿城風雨，不可收拾，還處理得神不知、鬼不覺，宛如根本沒有發生過事情一樣。

他嘆了一口氣，命令太監：

「著人設法，給葉向高復官吧！」

但，這事行不通——他心裏比誰都明白，葉向高好不容易辭了官，哪裏還肯回來呢？即使肯回來，也不可能在三、兩天內到達；他唯有面對現實，親自指示太監：

「每日去刑部看看——看問出什麼來了沒有？」

而後，也索性明言：

「事情越拖越不好——去告訴刑部的人，就比照王曰乾的前例辦吧！」

他的意思很明白：就像上次那樣，隨便找個理由，刑斃張差，一了百了，也可以封住百姓們的口，不再多議論下去。

然而，他沒有想到，兩年前刑斃王曰乾滅口，湮滅所有的事端，是在案情傳揚出去之前，可以做得神不知鬼不覺，毫無痕跡，毫無紛爭；而今，案情已經外洩，哪裏還能再「一手遮天」呢？更何況，因為這件事已成民間最激烈的談論對象，已有多名刑部官員為了順應民意，下定決心要將此案查個水落石出。

任職刑部主事的王之寀，郎中胡士相、岳駿聲，大理寺署寺事添注右侍丞王士昌，戶部行人司正陸大受……這些官員們雖非一、二品高官，但卻是中層官員中的佼佼者，一向有極好的官聲與清望，因為這件事情，更加和民意結合在一起，——要不把鄭玉瑩、常洵、鄭國泰等幾個人扯出來，是很難的事。

後續的骨牌效應將更嚴重，更激烈……

果然，事情拖了將近一年才告結束，而且傷害一路綿延。

張差供出許多內情後被處死，而這些供詞早在大臣奏報前就廣為百姓知悉，又由京師散播到全國各地，成為街頭巷尾談論的話題、家喻戶曉的惡事。

事情果然與鄭玉瑩有關——張差並沒有瘋病，那只是失手時的偽裝，而在經驗豐富的刑部官員的審問下，說了實話。

他供說自己平日在家鄉薊州井兒峪做雜工維生，有親戚做鄭府建屋時的粗工，因緣際會的認識了龐保、劉成兩名太監；得了一筆錢後，兩太監帶他到京師，進皇宮，指揮他往慈慶宮打人……

真相大白、天下沸騰；內閣輔臣方從哲、吳道南則慌了手腳、愁白了頭，成天皺著眉頭悄自商議，但是毫無結果；心裏明知道上上之策是「大事化小，小事化無」，卻苦於拿不出辦法來做；悄悄請來刑部的官員交換意見，倒是很有共識：

「事情不宜窮究，絕對不宜——難不成還能審貴妃？定罪名？」

卻只奈，這共識也只是處理的原則，而不是行事的方法，多些人會商，只是多些人發愁而已。

而鄭玉瑩已經先有了對策——行刺失敗的當夜，馮非煙就悄然進宮來與她商量好了方法，並且按部就班的進行。

「這事絕不能把國泰扯出來，要追究，只能讓他們追到龐保、劉成身上為止——」

鄭國泰提供了所有的花費，幸虧沒落下任何證據，也從不曾親自出面說話，更沒有任何證據；至於龐保和劉成，因為是實際執行的人，抵賴不得，只好犧牲了他們，來堵悠悠眾口。

思慮縝密的馮非煙還預留後路：

「萬一大臣們不肯善罷干休，還須得向萬歲爺求情——大臣們辦事，還不都是拿萬歲爺的心意作準！」

這幾年，朱翊鈞與鄭玉瑩的恩愛已淡，但是無妨：

「我先去知會壽寧公主，請她適時進宮求情。」

女兒是朱翊鈞的心頭至寶，只要一開口求情，就萬無一失，要是再加上幾滴眼淚，威力就更大。

果然，朱翊鈞屈服了，逼著自己想出解決的方法；首先，命速將張差定了罪處死，龐保、劉成無須審判，即在宮裏處死，然後命鄭玉瑩親自向皇太子把事情原委解釋清楚。

於是，鄭玉瑩披頭散髮、哭哭啼啼的向朱常洛說明，龐保、劉成、張差的行為她事先完全不知情，也不知道張差是何許人，但龐保、劉成是翊坤宮中的太監，做錯了事，她應負管束不周之責，因此願領責罰。

「請皇太子降罪！」

一邊說，一邊且盈盈下拜，同時哭得淚如湧泉；而朱常洛哪裏禁受得起這些，立時慌得心亂如麻，沒想到該令太監扶住她，不使她真的下拜，而是自己搶先拜倒在地，緊接著也哭了起來，哭了好一會兒才抽抽搭搭的說出話來：

「此事……與貴妃無涉……」

而這句話就是結論了——朱翊鈞命太監把現場的情況去向大臣們說一遍，又命朱常洛親自把這句話去對大臣們說一遍，然後，他緩緩的吐出一口長氣。

有了朱常洛出面說事情與鄭玉瑩無涉，大臣們還能說些什麼呢？刑部官員只能依此結案，處死張差了事——果然大事化小，小事化無了。

但，這「化無」只是使大臣們停止追查這件事，而宣告本案了結，卻不能使天下百姓停止議論，以及產生惡感……

8

避免與明朝正面衝突，暗自擴展實力的策略被努爾哈赤執行得更加徹底。

行刺太子的「梃擊」案的消息透過管道傳到他耳裏，他暗暗牢記，但因為一時之間想不到這事與遼東有什麼關聯，也就不再繼續深思。

這一兩年來，他不再與葉赫部發生紛爭，更不再出兵攻打——他努力維持住表面上的和平，以使明朝減少對他的注意。

種種作法，在在都更利於他創造一個輝煌的新時代……

這一兩年來，他確立的幾個發展重點也全都順利的、如期的完成。

首先，他非常周密的規畫了交結蒙古的計畫，第一個步驟是通婚——已長大成人的兒子有十二個，盡量多聘娶蒙古女子為妻，於是，喜事接二連三：他為代善娶了蒙古札魯特部鐘嫩貝勒的女兒為妻，為莽古爾泰娶納齊貝勒的妹妹為妻……

接著，他聽說蒙古科爾沁貝勒莽古思的女兒哲哲美慧雙全，賢德知書，便立刻為皇太極聘娶；哲哲有侄女名叫布木布泰，年紀尚幼，但聰明端秀、氣度不凡，他也毫不猶豫的為皇太極訂下了親事❶。

而後，為德格類聘蒙古札魯特部額爾濟格貝勒的女兒，為阿濟格聘科爾沁部孔果爾貝勒之女……

在武力的擴張上，他縮小了動作，只派少數人馬併了錫林、雅攬，渥集部的額赫庫倫等地，規模非常小，而把主要的力量用在發展建州的內政與經濟上。

這一天，他特地召集了「五虎將」以及穆爾哈赤等三個弟弟前來議事。命代善和皇太極隨侍，而蓄意一改以往正式會議的嚴肅氣氛，形式也不再是他正襟危坐、部屬們排列整齊如棋子、人人面色凝重的討論軍政要事，而像個親友聚會、隨意閒話家常般的輕鬆自在。

眾人到齊後，他且不展開會議，而是率領大家外出巡城，但是不備馬，不用大批侍衛扈從——形式上竟宛如散步、踏青。

赫圖阿拉城的春景極美，天高地闊，日暖雲柔，柳梢綻出的新綠嫩得宛如塗了一層羊脂，柔滑晶透，看得人心曠神怡，情緒更加高揚，也就更加覺得這座屬於自己的城邦美得如同人間天堂。

因為一切建設都突飛猛進，原先看來頗為空曠的赫圖阿拉城在短短幾年內擴建了許多房舍，城郊悉數開闢為農田，空地已寥寥可數，但他卻伸手指著舉目能見的少許空地，笑吟吟的說：

「來，來，大家一起合計合計，這幾塊地夠不夠用——」

但，這語意不明，且又突如其來的話，令人無法回答；幸好，他毫不停頓的往下說：

「多年來，我藏著個極大的心願——要像明朝一樣設『國子監』，發展文教，培育人才；以往，條件不夠，現在，夠了！」

文字已經創制，各種書籍已譯出多部；通曉文字，有巴克什、筆貼式稱號、能負責教學的人已近三百——只待建築物落成，就功德圓滿。

曾經隨他到過北京城的額亦都、何和禮立刻不約而同的發出驚嘆：

「是啊——這是您多年來的心願！」

欣慰和興奮隨之湧起，掩蓋了要屈指細數積累多少年的念頭——大家一起目測，而後紛紛發表意見：

「這塊地不小，建了屋，能容千人以上——興學、建校，足夠了！」

「能容千人的校舍，至少，十年之內不用另建！」

於是，這樁要事立刻就能發交下去執行：

「盡快畫出圖樣，擇日動工——」

工期只需幾個月，美好的願景可期。

而這只是第一樁要事，接著，他繼續領著大家在城內行走，一面侃侃而談：

「以往，我邦的重點是開疆闢地，一大半的精神都用在爭戰上面；而今，土地、子民大增，要多分出些精神來擬定善策，治理百姓；設學校，推展文教，培育文官，是第一要務，其次，須有其他力量輔助——所以，我打算在別的空地上興建佛寺，推廣佛教！」

這也是他思謀多年後的決定——宗教是輔佐政治，治理百姓的大好良方，早在多年前他得知蒙古多位可汗崇佛，迎請高僧說法，信徒萬千以上的實事時就時常思考其中的奧妙，終於想通了宗教的功能。

「信佛的人能把現在受的苦想成是前世的業報，現今受苦，能換得來世的福報——這麼一想，就不會有怨、有抗、有叛，而且能吃苦、不怕死，不生二心；因此，阿勒坦、林丹可汗麾下兵強馬壯，人人唯命是從；我也曾聽說過，明朝的開國皇帝朱元璋小時因家貧，做了和尚，想必他因此學得了許多抓住人心的辦法，日後能掌控軍民、豪士、富人、文士為他所用，於是得了天下！」

宗教的妙處極多，雖然他只想通了這幾點，但已足夠；他決定大力推廣，善加利用。

但，這件事提出後，引來大家一陣小聲討論，而後向他進言：

「女真族人一向信奉薩滿，自古至今，代代傳承；忽然命百姓們改信佛教，似乎……不易進行！」

但，對他來說，這不是問題：

「兩者可以並行不悖的——讓百姓們到寺中進香、禮佛，聽高僧說法，並無礙薩滿跳神——頒布崇佛政令的時候，同時說明，不影響原有的薩滿信仰，大家一併崇信便是！」❷

於是，這樁事也決定了下來，興建寺廟的工程被列為第二大事，交下執行。

接著，他加強發展農業的政策——因為人口大量增加，糧食的供應也必須大量增加；他早在多年前就注意到這個問題，因而除了保留以往由游牧、漁獵的方式獲取食物外，還開始發展農業，凡可用之地都開墾、種植，收穫雖不算少，但趕不上人口大量增加的速度；更何況，他預估到，不久之後，人口還會急速增加；於是費心苦思，訂出「計丁授田」制；並且參酌漢制實行「屯田」，令每牛彔出十男四牛，在空地上耕種，收穫儲於糧倉；同時，因為已得到東海之地，便派人在東海之濱曬鹽，徹底解決了困擾多年的食鹽問題。

遼東也富礦產、木材，這是非常有利的條件，他當然沒有疏忽，仔細的思考、規劃，發交下去，大量開發，善加使用並盡力提高冶煉、製造的技術……

一切都步入正軌，富足強盛便指日可待；於是，他笑著宣告：

「我邦已進入新的領域，將達文治武功兩強的階段；以往的『五虎將』名號雖好，但偏重於用武，今後，應改成『五大臣』，方合乎我邦的發展！」

而且，他明訂政治制度，設置理政聽訟大臣五人，札爾固齊十人❸，專門因應百姓大增後隨之而來的各種紛爭，以治理建州的內部。

而因為建州的人員、兵丁在幾年來的急速擴張下，原來「四旗」的編制不夠用了，他費了好幾個月的時間詳加考慮之後，決定擴大編制；接著，又反覆思考、推廣，再依據以往的優缺、得失，重新整頓軍制，稍作改革，並且把原來的「四旗」擴增為「八旗」。

原來的黃、紅、藍、白四旗各分出一半人戶，編入增設的鑲黃、鑲紅、鑲藍、鑲白四旗中。

這增設的「四鑲」旗仍沿用原來的旗色而加鑲邊——他親手繪圖，將黃、藍、白三旗加上紅邊，紅旗加上白邊，和原來的「四整」旗合計為八旗❹；而基本的編制不改，依舊是以三百人設一牛彔額真，五牛彔設一甲喇額真，五甲喇設一固山額真，左右設兩梅勒額真❺。

然後，他審慎的衡量，挑選出子侄中能力優秀的人和自己一起擔任領旗貝勒……

註一：博爾濟吉特．哲哲於皇太極稱帝後被冊立為皇后，即清太宗之孝端文皇后。布木布泰先於崇德元年封永福宮莊妃，其後生清世祖福臨，世祖即位後與哲哲並為皇太后，因而謚號為「孝莊文皇后」；世祖逝後，康熙繼立，尊為太皇太后；她經歷三帝，對清初的歷史影響重大；清史學家所稱的清代「興亡兩太后」，興國者即孝莊太后，亡國者為慈禧太后。

皇太極原娶嫡妻鈕祜祿氏，為額亦都之女；《清史稿．后妃傳》記為「元妃」，生一子洛博會；「繼妃」烏拉納喇氏，子二：豪格、洛格；唯鈕祜祿氏似早逝。洛博會亦早逝，年僅七歲。

註二：滿族的民間傳說裏有一些佛教推展後喇嘛與薩滿鬥法的故事，玄奇、神怪而有趣，既可印證史實，也可印證民間的反應。

金啟孮《滿族的歷史與生活》收錄了這種傳說。

註三：《清史稿．太祖本紀》記：「乙卯（萬曆二十一年）……置理政聽訟大臣五，以札爾固齊十人副之。」臺北版《清史稿校注》註為：「札爾固齊，語出蒙古文，意即審事人；《太祖（武）實錄》作『都堂』。」

註四：《清史稿．太祖本紀》關於本年（萬曆四十三年）擴建八旗的記載中有「易黑為藍」一句；其意似為原本的四旗顏色是黃紅白黑，至此改黑旗為藍旗。《八旗通志》的說法是：「本朝龍興，建旗辨色……，尤以相勝為用；兩黃旗位正北，取土勝水；兩白旗位正東，取金勝水木；兩紅旗位正西，取火勝金；兩藍旗位正南，取水勝火。水色本黑，而旗以指揮六師，或夜行則黑色難辨，故以藍代之。」

朝鮮李民寏著《紫巖集》卷六〈建州聞見錄〉記：「有五色大小之不同者，奴酋（努爾哈赤）黃旗；貴盈哥（代善）黑旗；紅歹是（皇太極）白旗。」

但，《清史稿．兵志》及《太祖（武）實錄》都記為初設四旗，以純色為別，曰黃白藍紅，未言黑旗。

而據文獻資料，努爾哈赤與蒙古諸部盟誓書中曾自稱「滿州十旗執政貝勒」，瀋陽故宮所建為「十王亭」等證，似可印證「可能有十旗」之說，其名稱為文獻上常出現的「左翼」與「右翼」。但現今傳世的實物，仍為「八旗」。

究竟如何，仍待詳考。

註五：「額真」一詞在皇太極時代改稱「章京」。入關後，牛彔額真稱「佐領」，甲喇額真稱「參領」，固山額真稱「都統」，梅勒額真為「副都統」。

「固山」即是滿文的「旗」，因而八旗有時被稱作「八固山」；「固山額真」、「固山章京」亦為「旗主」的意思。

9

諸事處理完善之後，潛藏在心底深處的一道痛苦開始向上浮起，浮到了心口。

「終究是要面對的——」

時間一過兩年多，事情懸而不決——努爾哈赤長長的嘆著氣，深深的皺著眉，背剪著雙手獨自在屋裏踱了好一會兒方步，而後，在窗口停下佇立，眺望窗外的雲。

時已入秋，雲層深濃，蓄積成陰，但是不雨，因而形成一股特別難受的鬱氣；他停目不移，隨口吩咐侍衛：

「傳代善！」

代善很快就來到他的跟前，恭敬的行禮，一面說：

「孩兒恭聽父汗訓誨！」

他收回視線，轉向代善，不料，眼睛一看到代善，心念就改變了，原先想說的話全部打住，半句都沒有出口，神情也變得有點愣。

代善不明所以，但是下意識的心裏一緊，立刻悄自飛快尋思，自己是不是犯了錯，要受責罰；而表面上不敢動聲色，低頭垂手，恭敬的立著。

過了好一會兒，努爾哈赤才有話吩咐下來：

「你母親病得厲害，你要多去看望！」

原來是交代這個——代善心裏壓著的石頭立刻消失，暗自鬆了口氣，一面恭敬的回稟：

「是，孩兒常去看望——以後，每日去看三次！」

努爾哈赤很滿意這個話，微點了一下頭，於是，代善行禮告退。

代善一走，努爾哈赤的神色又變了；他垂著眼，注視腳下的地，然後舉步出門；侍衛們全都不知道他要往何處去，但是立刻跟在他身後，排成兩列整齊的隊伍，一起走出去。

心裏有事，他不自覺的加大了步伐，加快了速度，侍衛們也就加快步子跟著，走了好一段路，才確認他是往囚禁褚英的地方而去。

越走得近，他的腳步就越重、越快……侍衛們人人都感覺到了，事情不尋常，但還是靜默無聲、動作一致的跟在他身後走。

而他的步伐只是心緒激烈起伏的投影——原本，他傳代善來問話，話到舌尖時認為，代善並不負責看管褚英，所知未必翔實、真確；更何況，既係同母兄弟，即使知道全盤的狀況，要在父親面前說出口來，也將大感為難，因此取消；第二個念頭是傳負責看管的侍衛來問話，又想到，經由他人傳述，不如自己親眼目睹——

「時間逼近了，不容再拖延！」

心底深處發出了長長的嘆息，但是毫不影響他要解決問題的決心，於是，步伐更快。

一會兒工夫，目的地只餘十幾步之遙；負責看守的侍衛們遙遙看見他到來，立刻在領班的率領下迎上來；同時，褚英發出的怪吼怪叫聲也透屋而出，傳到他耳中來。

語音雖有點模糊，但能聽出內容——被囚禁了兩年多的褚英情緒惡劣，正大聲的詬詈、詛咒，既怨責上天不公，也詛咒自己的父親……

負責看管的侍衛們為難、尷尬至極，一起跪伏請罪；他臉色沉黑而沒有表情，淡淡的說：

「你們無罪——都起來！」

侍衛們站起了身，但是仍感惶恐，不知道怎麼辦好，一個個低頭垂手肅立，等待吩咐；但他一言不發，轉身就走；直到他走遠了，負責看管的侍衛們才悄悄鬆出一口氣來；而毫無所覺的褚英仍在大聲詬詈、詛咒。

雖然走遠了，實質的聲音聽不見了，但仍陣陣刺戳耳膜，努爾哈赤的心裏激盪得更厲害，腳下卻不停步，逕往札青的住處走；走了一大段之後，事情已考慮周全，便隨口交代：

「傳杜度到大福晉屋！」

說完，自己作了個深呼吸，緩解情緒，放鬆肢體，改以平和的神色去看望札青。

一進門，發現奉他命而來的代善還在，正坐在炕前陪伴札青；代善的一妻一妾也來了，在炕前侍立著，兩名婢女在牆角煎藥，藥已將成，濃郁的氣息瀰漫了整間屋子。

看見他到來，代善連忙起身，一面向他行禮，一面說明：

「方才，小福晉在，因為孩兒來了，才退開——」

這事不重要，他不理會，而逕自走到炕前去看札青；久病的札青非常虛弱，看見他，心裏高興，眼睛張得大了些，亮了些，嘴裏掙扎著想說話，卻發不出具體的聲音來。

努爾哈赤連忙露出笑容，在炕前坐下，親切的對她說：

「你好好養病，現下，我有幾樁事要同你商量、商量，你且慢慢的考慮——」

他當然選擇能讓她高興的事情說：

「首先，杜度和他大妹都成年了，該辦喜事了，也好讓你早點抱重孫子；杜度的正室，我準備為他向蒙古聘娶，至於他大妹，我已決定——費英東喪妻已經一年整，他是我最重要、最倚仗、最信任的人之一，應把大妹嫁給他！」

札青枯瘦的臉上有了波動，嘴角有了笑意：

「好……」

他接著說：

「杜度成婚後，可以自立門戶了，我會分給他人馬，讓他領十個牛彔——他是你最疼愛的長孫，我要給他挑最好的人丁！」

札青果然更高興，眼睛連眨了好幾下；而就在這個時候，侍衛來報，杜度到了。

十八歲的杜度雖然猶帶三分稚氣，但是器宇軒昂，少年英發，而且一向與札青親近，一到跟前，又給札青增加幾分喜悅，也能多說幾句話：

「好……很好……杜度……像你……像你從前……」

她說的是最真實的心聲，努爾哈赤卻感慨萬千——十八歲，那是札青初嫁的年齡，當時的形貌也是帶著三分稚氣，沒想到，札青牢記了這許多年！

同時，心中又升起一道酸楚，乃至心口顫抖。

自十八歲至今，是整整三十九年的歲月，歷經許多艱難困苦之後，他大業初成，即將率領所有的子民步入歷史新頁，而她已病入膏肓，各種跡象都在顯示，她將不久人世——她分擔了他奮鬥時期的辛勞，卻無法分享他大功告成後的榮耀；而且，有子不肖，只能讓孫子來給她一點安慰。

但，這份悲涼不能顯現出來，必須強力壓回心底深處——表面上，他仍維持著笑容，繼續向札青說幾句以杜度為主的家常話，直到走出札青的住房後，他才悄悄仰頭望天，讓眶中打轉的眼淚為天光烘乾……

偏偏，到了夜裏，代善竟來求見，囁嚅了好一陣子後提出請求：

「額娘曾提起大哥來……孩兒斗膽……想……想……想求父汗，特准……大哥探望額娘……」

代善鼓起了極大的勇氣才把話說完，而他何嘗體會不到札青的心呢？病已重，思念近在咫尺的兒子——他心酸了，衝口就要答應這個請求。

但，他隨即用力的搖頭：

「褚英心神已經錯亂，萬一去到札青跟前時胡言亂語起來，情況會更壞！」

於是，他吩咐代善：

「由你和杜度為主，率領孫輩們輪流陪伴就行了！此外，請你姑姑、姊姊多來陪陪——還有，我已許婚費英東，立刻辦喜事，讓她高興高興！」

代善不敢再說，低著頭出去，他獨自靜坐了一會，出了會兒神，冷靜的思謀諸事，最後，他作了決定：

「暫時不處置褚英吧，以免傷了札青的心……大典應盡早舉行，要能趕得上冊立札青……」

建國的基礎已奠，國家的規模已具，大臣們已經在緊鑼密鼓地籌備建國稱號的大典，預定舉行的時間是明年，原本可以從容布置，現在，為了札青，他希望能提早——於是，他立刻吩咐，傳「五大臣」來議事。

眾人到達的時候，他已經親筆書就了兩份文書，一份是「四大貝勒」的名單；依序是代善、阿敏、莽古爾泰、皇太極。

另一份是「八旗領旗貝勒」名單❶：

正黃、鑲黃兩旗由他親領。

正紅、鑲紅兩旗由代善率領。

正藍旗由莽古爾泰率領。

鑲藍旗由阿敏率領。

鑲白旗由皇太極率領。

正白旗由杜度率領。

這兩份名單大致上與原先的預估很接近，「五大臣」逐一看完後，大多沒有異議，唯獨對「正白旗由杜度率領」這一項有意見——五個人幾乎異口同聲：

「杜度年紀小，經驗少，能擔領旗重任嗎？而且沒有立過戰功，如何服眾？」

言之有理，但他提出的理由也很正確：

「把褚英的舊部都歸他——這些人馬，歸了別人會不服，不合適！」

這麼一說就沒有異議了，於是事情拍板定案。

接下來討論大典提早舉行的事，他很坦誠的說：

「我想冊立札青為『元妃』，但她已病重——如能提早，或許，還趕得上——」

但，事情非常困難——大臣們向他說明：

「原訂建國大典在元旦舉行，是有特別的意義——元旦為一年之始，具有『始建』之意，如果提早至秋季或冬日，便失去意義；何況，各項工程、器物均在趕建、趕製中，無法提早；已約定了蒙古部前來道賀，更不能改期！」

理由充足，他沒法堅持要求，唯有長嘆，唯有默求上天庇佑札青能延壽到明年。

但札青畢竟命薄，竟在中秋之夜就撒手人寰。

臨終的時候，他守在她身旁，在她迴光返照、神思清明之際握著她的手，對她說：

「你為我付出一生的辛勞，我永生銘記；你雖趕不上大典的時間，但我將在大典過後追封你為『元妃』」

札青已不能言語，但似是聽明白了，眨動了一下眼皮，眼神微弱，但是異常澄明，很清楚的傳達了給自己的一生作下的總結，而後緩緩的合上了。

鬆開握著她的手，他望著一輪滿月，心中有千言萬語——札青自覺這一生雖辛勞而無憾，而他不同，他充滿了遺憾，默默的對著明月傾訴了許久；接下來，他齋戒三日，親自為札青守靈，感念她一生辛勞。

然而，他畢竟是個以建國大業為重的人，札青逝後十日，他下令處死對大業有妨的褚英。

註一：八旗始建時的領旗貝勒名單有多種說法，有待詳考。日後八旗及八領旗貝勒曾歷經多次變革，清史學者孟森、陳捷先、杜家驥諸君均有深入研究。

10

萬曆四十四年，正月初一。

一個新的時代來臨了。

美麗、潔白的雪花自天上飄灑下來，緩緩的在風中旋舞，亦如在迎接這即將到來的新時代；春正月，天地間別有一股廣闊的、更新的大氣象，展現著宇宙萬物蓬勃的生命力；而在這一個為白雪妝點成琉璃世界的赫圖阿拉，一片無垠無涯的銀白中，處處都流露著歡欣鼓舞的氣象……

清晨——辰時正一到，歡呼聲立刻響起：

「大汗……」

「偉大的大汗……」

「大汗萬歲……萬萬歲……」

大如雷霆的聲浪一波波排山倒海似的澎湃洶湧，連接著迴音的反覆重疊，在天地間響出磅礴的氣勢；這是雄赳赳、氣昂昂，行走在雪地上的六萬旗兵異口同聲的歡呼，久久不絕，聲傳數里之外，震撼得山嶽幾乎動搖。

這六萬騎兵個個甲冑鮮明，容光煥發，踏著整齊的步伐前進，組成軍容壯盛的隊伍；隊伍的前面分列八面旗幟，旗作四方形，共有四種顏色，分別是黃、紅、藍、白四色正旗和黃底鑲紅邊、紅底鑲白邊、藍底鑲紅邊、白底鑲紅邊的四鑲旗；除兩黃旗外，各由領旗貝勒率領，一路歡呼前進，在雪地上留下清晰的腳印。

而後，氣氛再次升高——

六萬旗兵不多時便走到大殿前的廣場上，立定腳步，排出整齊劃一的行列，然後又發出雷動般的歡呼。

「大汗萬歲——」

呼聲立刻傳到大殿上，受了這氣氛的感召，原來立在一處的四大貝勒代善、阿敏、莽古爾泰、皇太極便低下頭來，悄聲商議，而後，由大貝勒代善代表，向在列的五大臣垂詢：

「也請其他領旗貝勒上殿來吧？」

五大臣交換了一下目光，個個欣然同意；於是，由額亦都代表，回覆：

「應該。」

殿上頃刻間又多了幾位貝勒，顯得更熱鬧；這座殿堂是一座木造建築，頂為黃瓦，主體為粗大的白木柱和白石臺階，簷下梁間並沒有彩繪藻飾，陳設也不繁複，而在簡單和樸素中隱隱透出開天闢地的大氣來。

而後，時辰到了。

樂聲揚起，鐘鼓齊鳴，四周的氣氛一變為莊嚴肅穆，候立的羣臣也立刻肅靜下來，一個個依序低頭站立，恭敬的迎接。

就在鼓樂聲中，侍衛的前導下，受擁戴的大汗現身了。

他頭戴貂帽，梳辮；長形面容，膚色稍深，長眉入鬢，一雙丹鳳眼炯炯有神，鼻大而直，唇邊留著短鬚；身材高壯魁梧，身著黃袍錦衣，腰繫銀入絲金帶，足納鹿皮烏刺鞋，步履沉穩有力，全身散發著威武剛毅、令人望而生敬的不凡氣度。

「大汗萬歲……萬萬歲……」

他甫一現身，四下裏就再度響起歡呼聲，在殿中候立的貝勒、大臣們一起跪地，應和著羣眾的歡呼與頌讚：

「大汗英明……萬歲……」

於是，他在這羣臣的跪拜和六萬旗兵的歡呼聲中登上御座，接受全體臣民的衷心擁戴和朝拜。

羣眾的情緒高漲到了極點，歡呼聲在天地間迴盪，久久不去；而高坐在御座上的他，在這龐大聲浪的衝擊下，內心湧起了千萬股暖流，彙集成一道強烈的感動，使他全身熱血沸騰；於是，他緩緩的自御座上立起，伸出雙臂，向羣眾傳達內心的感動，一面說道：

「好……好……大家平身！」

語罷，他緩緩就座，殿中的諸貝勒、大臣依旨恢復立姿，分列在大殿兩旁；然後，幾位代表自行列中出班，在御座前跪下，由為首的額亦都高舉表書過頂，呈現在他的座前。

兩名侍衛阿敦巴克什和額爾德尼立刻從御座前的側後方走上前來，恭恭敬敬的接過額亦都手上高舉的表書。

劃時代的一刻終於到來，殿上依次序立的貝勒、大臣和殿外雄壯威武的六萬旗兵都鴉雀無聲的屏息以待。

寧靜、莊嚴、肅靜……天地間彷彿為這創造歷史的一刻展現出不尋常的氣象。

雪花飄過，映襯得矗立在雪地裏的八面旗幟更加鮮明豔麗，正黃、鑲黃、正紅、鑲紅、正藍、鑲藍、正白、鑲白……

大殿上，額爾德尼肅穆恭敬的跪在御座前宣讀表文，他的聲音清晰宏亮，咬字清楚，一字一句的宣讀，鏗鏘的聲音直入每一個人心中。

尤其是高坐在御座上的他，心中奔騰著洪流，燃燒著巨焰，全身流動的血液彷彿在逐步燃燒，燃燒到沸點。

「神武絕倫，為國為民……」額爾德尼的聲音如鐘聲般傳揚：「受全民擁戴……即請進號為『覆育列國英明汗』❶……」

「覆育列國英明汗——」額爾德尼讀到這裏，殿上的羣臣立刻呼應，一起齊聲高呼這個頌揚的稱號；聲音傳到殿外，雪地上的六萬旗兵也立刻齊聲高呼。

「覆育列國英明汗……覆育列國英明汗……」

六萬人的聲音匯聚成一股長江大河般的力量，代表著他們赤誠的心，使他受到深深的震撼；高高的坐著，目光可以由近而遠，逐一望見他的臣子、軍隊，親耳聽到他們的心聲，在這一剎那間，他的心在跳動中傳達一個聲音：他將要帶領這眾多的子民走向康莊……他的心告訴著自己，眼眶卻在不知不覺中紅了一些，也微帶著濕熱；而在感動中，他再次體認著此生的責任重大，此後的道路長遠，此刻，他更有千言萬語要說。

但是，他無暇顧及自己的心聲；典禮正在進行，等待他完成一切儀式……於是，他再一次自御座上緩緩立起身子，下座來，步下臺階。

侍衛們早已準備好香案，他下座後，立刻舉行焚香告天的儀式；然後，他再率領殿中的貝勒和大臣們向天行三跪九叩禮。

「天佑吾國，國運昌隆……」他在心中默念，虔誠的祈禱著；四周充滿了端肅的氣氛，身後的羣臣跟著他行禮，三跪九叩，為國祈福。

鐘鼓聲再度響起來，悠揚的在四下裏迴盪，帶來崇高與希望的感覺……他就在樂聲中緩緩立起身子，重新拾級上階，登上御座。

侍衛們飛快的過來，撤走香案，然後，貝勒、大臣們重新歸位，向他行慶賀禮：

「恭賀覆育列國英明汗……大汗萬歲！萬萬歲！」

殿外的六萬旗兵也高呼：

「大汗萬歲！萬萬歲！」

他定定的坐著，接受羣眾的歡呼；在這樣一個永恆的時刻裏，他感受到的是一種空前絕後的激動，但是，他極力保持平靜，以溫煦的眸光、和祥的微笑面對全場，羣臣和旗兵山呼萬歲完畢之後，他開始對眾人說話：

「我女真人早在先世就曾建國，當時的國號為『金』；為人子孫者不可忘祖，所以，今日吾人再建吾國，仍當以『金』為國號！」

說著，他頓了一頓，目光一一掠過羣臣，才接著說：

「至於朕，既受爾等擁戴為覆育列國英明皇帝，民之命即天之命，朕實受命於天，受民擁戴為天子，所以，朕之年號應定為『天命』，今日即天命元年元月元日……」

註一：《清史稿．太祖本紀》及《清太祖高皇帝實錄》所記載的內容為：「諸貝勒大臣上尊號曰覆育列國英明皇帝。」但，這似為後人所潤改，易「汗」為「皇帝」，最明確的實證之一，此後鑄造的「天命汗錢」即是一例；而《滿文老檔》的記載為「英明汗」。亦有史家指出，當時並未建元，亦未自稱「後金」的國名，直到薩爾滸之役才建「天命」年號。

黃彰健著《奴兒哈赤所建國號考》載：「奴兒哈赤建立國號，並不自萬曆四十四年始。從萬曆二十四年起，一直至死，他的國號凡五變。最初係稱女直，旋改女真，又改建州，後又改後金，最後改稱金。在萬曆三十三年時，已稱建州等處國王；在萬曆四十四年時仍沿用建州國號，並未另定新名；其改稱後金，則在萬曆四十七年已未三月；其改稱金，則在天啟元年辛酉。後金係其自稱，並非史家所追稱。女直、女真、建州、後金及金，係不同時間所定。各有其所行用的時間。」

11

登極、即位的典禮完成了，歷史性的關鍵時刻也在青史中成為一個永恆。

雪花依然在天地間紛飛，大地在雪花的掩蓋下，呈現出潔白、無瑕、壯闊的完美；人羣散去了，一切都回復了寧靜。

剛剛由昆都侖汗被擁戴為覆育列國英明汗的他，正靜靜的坐在大廳中，隔著窗口，遙遙望著室外的雪景，心中的雜念也彷彿都被潔淨的雪滌去了似的，使他的心回復到靈明，使他的思緒清晰……

手中還握著一份紙卷，是費英東等五大臣給他擬的稿，他已經看過了，但還想再仔細思索一下，正好借著這場雪，使自己在心靈寧靜祥和的狀態下來細讀：

朕聞上古至治之世，君明臣良，同心共濟。天降禎祥，休和洊至。果秉志公誠，勵精圖志，天心必加眷佑，地靈亦為協應。為人君者，不可不秉志公誠而去私也。蓋天無私，四時順序；地無私，萬物發生；人君無私，則庶事咸理，而底於有成。撫有大國者，能以公誠存心，建立綱紀，教養兼施，則天地神祇必交相感應，而羣方亦莫不愛戴；以之均平邦國，臻於帝王之道無難矣！且修身與齊家治國，其道一也，一其心以修身，則君德清明；一其心以齊家，則九族親睦；一其心以治國，則黎庶又安；由是協和萬邦，亦不外此，為治之道，唯在君心之一而已！

讀罷，他不覺發出會心的微笑，自言自語：

「為治之道，唯在君心之一而已——好個費英東！」

他瞭解他們——費英東、額亦都、何和禮、安費揚古、扈爾漢，這五大臣，都是從二十歲左右就跟隨他一起開創事業，出生入死，任勞任怨，多年來，在戰場上、政事上都付出了極大的心血，對建國的貢獻極大——只是，沒想到，就在這個時候，他們借著為他草擬諭諸貝勒、大臣旨書的機會，再次提醒他身為領導人的責任。

「為治之道……任重而道遠！」

他默默的想著，這幾人都是骨鯁之臣，在這個時候，宛轉的對他提出這句話——用意當然是提醒，是期盼！

就這一點，他的心中連帶興起了一絲欣慰——自己畢竟沒有看錯這些如兄如弟的夥伴們，他們不但不是些歌功頌德的佞臣，還時時提醒他，甚至，像鞭策似的告誡他：

「受到羣眾的擁戴……接受上天所賦予的使命……身為大汗，往後的責任更重了。」

典禮上羣眾的歡呼、道賀，種種聲音都還在耳際縈繞，每一個聲音都是期許，發自羣眾內心的敬愛；也都是督促他完成使命的力量。

「不能辜負了他們……不能辜負了天意……」

他默默的對自己說，然後，他放下手中的紙稿，踱步到窗口，凝視窗外的雪景。

雪景所呈現的依然是廣闊、純潔和完美，白茫茫的一片，令他的心胸舒張，思路清明，方才典禮上的聲音也彷彿從這寧靜中再回到耳際：

「大汗萬歲……萬萬歲……」

12

朱翊鈞當然沒有聽到這澎湃於建州的聲浪——非但如此，他便連身邊的聲音都難以聽聞。

這一回，他病了，而且是真的病了，病得無法醫治，只有任憑病情一日復一日的拖延下去，直到終了的那日。

他的生命已被腐蝕，已被蛀空，已被他自己折磨得瀕臨絕境。

現在，他只要一仰起上半身就覺得頭暈，沒奈何，只得再躺下。

但是，躺在豪華舒適的龍床上，他總覺得腰痠背痛，覺得肩頸僵硬，覺得四肢無力，覺得胸口發悶，覺得想要嘔吐；甚至，覺得視力不濟，老是看不清楚東西，眼前只有黑影晃動；而且，耳朵也聽不清楚，太監們來向他說話，他時常覺得耳中一片嗡嗡嗡的含糊亂響，聽不清楚他們的咬字，不知道他們在說些什麼。

而後，他連數銀子、聽太監報金銀之數的事也沒興趣了——現在，他唯一關心的、想做的事只有宣召太醫來侍疾，然後，要太醫說明他的病情，開出治療的藥方；別的，什麼也不想了。

宮中的妓樂，他也許久不理會了——看不清、聽不清了，妓樂的歌舞只有徒然惹來心煩，只有偶爾在夢中，他反而能清晰的聽一段悅耳的歌聲，常常是他自己生平第一次唱出的〈如夢令〉，而音調不一致，時而輕柔，時而低迷，時而宛轉，時而淒沉，時而像在泣訴今生，時而像在追尋前生；一致的是最終歸於空，歸於零。

唯有一次，他聽到了多年前常聽的「西施」的低唱：

秋江岸邊蓮子多，採蓮女兒棹船歌；
花房蓮實齊戢戢，爭前竟折歌綠波；
恨逢長莖不得藕，斷處絲多刺傷手。
何時尋伴歸去來？水遠山長莫回首……

歌聲彷彿來自另外一個世界，但卻深入他的心中；而且，即便閉著眼睛，眼前也出現了西施曼妙的舞姿，婀娜飄搖，既像隔著霧、隔著紗般的隱約綽約，又像是遠在天的另一頭，隔著迢遙的天涯路，傳送了一份美感，牽引著他內心深處的一個牽絆。

那幾近完美的身影其實並不是西施——那該是他生身的母親……

他其實並不特別對西施的美麗或者亡吳的傳說有什麼特別的關注或偏愛——自始至終，他心中最最眷戀的女性的形象是母親，最最渴盼的、最想獲得的、最想擁有的也是母親的愛——他所注目過的每一名女子，其實都是他在追尋母愛的過程中衍生的種種投影而已，無論是西施還是鄭玉瑩。

他其實從來沒有真正的愛過……尤其是生命已經萎縮得近於枯雛的時刻，精神上已成全然的空洞之際，耳中眼中心中除了幻覺與假象之外已無其他，西施的歌聲和母親的叮嚀早已成為他無法區分的聲音，唯一的意義不過是在填補他生命中的空洞與悲哀而已。

在實質上，他已是一個活著的死人，依靠這些偶爾出現的聲音與身形的幻覺，支撐起精神上的一點點慰藉感，延長著呼吸與心跳而已。

萬曆四十四年——他已做了四十四年皇帝，而生命卻毫無意義，在往後的日子裏，他也不過是一天天的空等著，等著死亡到來。

13

烈焰使整個空間都為紅光籠罩，火舌四竄，像是到處在報喜訊，但是四下裏也就因此而熱得遠非一般人所能忍受；所有參與工作的人全都打著赤膊，辮子盤在頭頂上，臉孔被烤成赭色，斗大的汗珠不停的打肌膚中汩汩而出，唯一著的一條短褲當然是濕透的……

但，這裏卻沒有一個人熬受不住，沒有一個人顯露疲容，更沒有一個人因循怠惰；人人都在鼎沸的熱火周遭勤奮努力的工作著。

專司冶煉和鑄造的火房總共有幾十間之多，全都集中在一處，上千名工匠分日夜兩班工作；爐中的大火從無止息的燃燒著，宛如永恆的運轉般不舍晝夜，自強不息。

一批又一批的武器被打造出來，刀、槍、劍、戟、矛、盾、斧、鉞……到了戰場之後，成為敵人的剋星，為建州軍的無戰不勝、無往不利提供最好的條件，也作最大的貢獻。

而近日來，這幾十間火房、煉爐與千名工匠，又接到新的任務，像走上新里程似的，帶著幾分嘗試的興奮，雀躍的工作著。

但，這份新任務卻不同於以往——不是努爾哈赤又設計出新的武器，送來圖樣給工匠們打造，先試造出一件，合用後再大量打造。

這一回，所要打造的並不是武器——

建國稱汗以後，努爾哈赤更加積極的、大幅的規畫各種建設，推行各種政策，促進各種發展；五月裏，他發布了《汗諭》，公開說明他用人的原則在於隨才器使，任何人來投效他，都能得到發揮專長的機會，從而得到他的重用，成為後金國中的棟梁——他希望借此獲取更多更好的人才，來使後金國發展得更好。

至於對外的擴張，他也早有腹案，一等時機成熟，便展開具體行動。

七月裏，他派遣扈爾漢、安費揚古等率軍兩千征討薩哈連部[1]。

薩哈連部是「野人女真」的一支——黑龍江女真部的一個小部。

黑龍江女真以居住於黑龍江流域而得名，分成虎爾哈部、薩哈連部、使犬部、使鹿部、索倫部等，大都以狩獵，畜牧、採集、捕魚、採珠為生。

這其中，尤其以「採珠」之業最為特別。

在美麗的黑龍江流域，混同、烏拉、寧古塔等幾條河流中，盛產著珍貴的東珠；每年四到八月的採珠季節，採珠人乘著獨木舟，負袋潛水，從水中撈起河蚌，裝入袋中，然後碎蚌取珠；往往千百個河蚌中只取得一顆東珠；但，這就足夠了——黑龍江女真的貢賦上品，只要有了東珠，就傲視他部。

而為黑龍江女真之一的薩哈連部則居住在黑龍江中游，東到烏蘇里江口，接鄰使犬部，西為索倫部，南到黑龍江虎爾哈部，北面與使鹿部交界——這裏，原本是遠離建州、少有戰事發生的地方。

這一次，卻是薩哈連部「咎由自取」。

彷彿是鬼迷了心竅似的，薩哈連部竟然與虎爾哈部商議說：

「我們把來這裏做生意的三十人，連同我們兄弟帶來的四十人，全都殺死，一同叛亂！」

虎爾哈部竟也同意了，在五月裏一舉謀殺這七十人——這些全是後金的子民。

但，事情陰錯陽差——七十人中有九個倖免，乘隙逃了出去；這樁謀殺、叛亂的消息也就隱藏不住；六月二十八日，努爾哈赤聽到了這件事的全部經過情形；怒氣油然而起，無可止遏，憤慨的對臣屬們說道：

「我平日對這些『野人女真』部寬厚，竟是錯了——他們竟恩將仇報的公然造起反來！」

他隨即下令：

「立刻準備，派兵征討！」

令出之後，他冷冷的一哼：

「簡直無法無天——須得給這些人一個重重的教訓！」

但是，臣屬們卻向他提出意見：

「夏季裏多雨泥濘，大軍行動不便——不如，等到冬季，黑龍江結成了冰時再進攻吧！」

這個建議非常合乎現實的考量，周到而穩當，但，努爾哈赤沒有接受；他有另一個層面的想法，於是他改以溫和的口氣反駁這個建議：

「薩哈連部的想法一定和你們一樣，夏季多雨，大軍難行——他們定然認為我軍不會前去攻打，也就不會有備戰之心；所以，我軍現在出征，必能一舉全勝！」

接著，他又說明了另一層考量：

「路途難行，是件可以克服的事，而我軍如果不在此刻出征，等秋天一到，他們就把糧食埋藏各處，自己拋棄屯寨去使犬部躲著，讓我軍撲個空；等我軍退走後，他們再返回故地——這樣，就永遠也打他們不著了！」

一席話說得所有的人心悅誠服，準備的工作立刻展開。

七月一日，他發布新的命令：

「從每一牛彔中挑選強壯的馬各六匹，把這些馬都放在田中養肥！」

七月初九，他又下令：

「從每牛彔中各派出三人負責製造獨木船，派六百人去兀爾簡河發源處的密林中，造獨木船兩百艘！」

當這些準備工作都就緒之後，具體的行動隨之展開。

七月十九日，他正式派遣安費揚古和扈爾漢兩名重臣率軍兩千人出征，到達兀爾簡河後，分出一千四百人乘兩百艘獨木船前進，其餘的六百名騎馬由陸路進發。

命令發布當天，安費揚古和扈爾漢就領軍出發了；一切按照計畫進行，兩千人馬在第八天到達兀爾簡河發源處的密林中——兩百艘獨木舟早已造好——安費揚古和扈爾漢親率一千四百人乘獨木舟前進，六百騎兵由陸上前進；第十八天，水路兩軍會合，兩天後的八月十九日，全軍到達薩哈連部。

情況果然如努爾哈赤所料，薩哈連部的人沒有想到後金軍隊能克服路途難行的問題，在黑龍江結冰以前就大舉進攻；變生肘腋，難以招架……後金軍在到達的當天立刻展開行動，襲擊茂克春大人居住在河北岸的十六個屯寨，勢如破竹的全部奪取；接下來是博濟里大人居住在河南岸的十一個屯寨……幾天下來，後金軍連戰皆捷，薩哈連部所屬的三十六個屯寨全數被征服，然後，全軍在薩哈連江南岸的佛多羅袞寨駐營。

十一月初七日，出征的軍隊凱旋返回赫圖阿拉城，隨行的人員中多了投降後歸附後金的薩哈連部路長四十人。

面對這樣的成績，努爾哈赤滿懷高興，精神暢快，他親自接見有功的將士，親口讚美、獎賞，也撥出財物作為具體的賜給；而對於歸附的薩哈連部四十名路長，他的態度尤其好，不但絕口不提薩哈連部背叛的往事，還擺下歡迎酒宴，賞給他們豐厚的財物，一面極為誠懇的對他們說道：

「安心在後金國定居吧！」

他知道籠絡這些人的重要和必要——使用軍事手段征服的地方，必得要盡快收服人心，引以為己用，才是長久之道。

「征服了別人之後，若是將他們徹底摧毀、消滅，那不過是少了些敵人而已；但若在征服之後能收為己用，那麼，不但少了敵人，也增加了自己的人馬——」

他把這個道理同子侄們說上一遍，除了讓子侄們瞭解他的治國之道以外，還讓子侄們幫著他去執行這些既定的政策……

接下來的目標是野人女真的薩哈爾察部❷、使犬部❸和使鹿部。

薩哈爾察部的居民散布於牛滿河一帶，是個小部，無須出兵——努爾哈赤僅派人招撫，薩哈爾察部就自動歸附後金。

而這當然是件應該好好獎勵和大肆宣揚的事——努爾哈赤只稍稍一考慮，就決定給予薩哈爾察部的部長薩哈連一個特別重大的賞賜；他得知薩哈連尚無妻室，索性挑了一個族女嫁給他，讓他做後金的額駙。

使犬部則散居在烏蘇里江下游、松花江與黑龍江會流處和沿混同江兩岸一帶，與使鹿部相接；主要為三部：奇雅喀喇部、赫哲喀喇部和額登喀喇部，大致包括了達斡爾人、赫哲人、鄂倫春人和鄂溫克人，以善於畜犬、使犬而得名。

犬隻在使犬部中所發揮的功能，不但一如其他地方的人所飼養的牛、馬，還多了許多牛、馬不能發揮的功能：使犬部的人主要以狩獵和捕魚為生，大量的犬隻被用來協助人們獵捕獸物，也用來拉船和拖耙犁。

在夏季逆水行船時，犬隻能為人們拉縴行船；通常用四隻或六隻壯犬，在頸上戴著套圈，套圈繫著皮條，皮條的另一端繫在船上，犬隻們便拖著船前進，拉耙犁也用同樣的辦法——效率並不亞於牛馬負軛。

使犬部同時有「魚皮部」的別稱，亦是以生活上的特徵命名——使犬部人主要以捕魚為生，黑龍江中盛產各種魚類，供應無缺，他們生活的各項所需幾乎都來自於魚；以魚肉為食，魚骨製作器物，魚油點燈，並以魚皮縫製衣服……魚皮所縫製的衣服，色彩鮮豔且保暖，也成為部人的最大特徵，因而常有以「魚皮韃子」稱呼部人。

使鹿部居住的範圍在使犬部之北與東，混同江下游以東濱海，包括庫頁島全部，主要有費雅喀部、奇勒爾部、吉烈迷部等。

努爾哈赤對這兩部的關切從未疏忽過——一如他關切海西女真扈倫四部的用心一樣，在在都是他一統江山的雄圖霸業的計畫之一。

以往，他全都放在心中，暗自思索、研判、定策……而今，時機成熟了，他開始付諸實際行動，對這兩部用兵。

使犬部和使鹿部的兵力，和文明的水準一樣，遠遜後金國，很快就被招撫了。

後金國的領域也就再大大擴增……

而在完成了對野人女真的招撫後，他心中的另一樣規畫也成熟了——這天，他便發下命令，鑄造後金國的錢幣。

錢幣被命名為「天命汗錢」❹，圖樣是他親自手繪，被送到火房來命工匠鑄造……

這當然是大事——

他不只一次如此曉諭臣屬：

「我後金既已建國，便非草昧可比，如今，國中的一切都要盡速做得與大國一般，無論典章、制度、國政、軍力、百姓的食衣住用、器物、財富……鑄造錢幣已是當務之急——完成後將更有利於財貨流通與商事，使我國用更加富足，大家須努力完成！」

而被賦予執行這重責大任的工匠們，更是懷抱著興奮與謹慎雙重心情進行工作，一次又一次不厭其煩的試鑄，務求合乎圖樣上的形狀標準。

終於，大功告成了！

第一枚銅幣出爐了——從燃著烈火的爐中夾出的銅幣因火的鑄煉而通體發紅，熱氣蒸騰，浸入清水中後，「嗤」的一聲，冒出一大股白煙來。

「哇——」

工匠們集體發出鞭炮四起般的歡呼：

「成了——成了——」

人羣中早有幾個機伶的人搶先趕去飛報……

不多時，努爾哈赤的身影在臣屬、隨從們的前呼後擁中出現了——這是他特別關注的事，一聽稟報，立刻放下手邊的事，親自來觀看這枚新鑄成的錢幣。

火房中的酷熱對他來說不算什麼——甚至，他根本不曾注意到周遭的熱。

他的心比爐火還熱……

伸手從清水盆中揀起那枚新鑄成的錢幣，慢慢的舉到眼前，他的心口撲通撲通的劇跳不已。

「天命汗錢」——

紅銅鑄造，外圓內方，幣面上鑄著滿文書寫的「天命汗錢」四個字，不獨看起來歷歷分明，手指觸摸的感覺更是細緻……而這枚錢幣所代表的意義還遠遠超過這些。

打從少年時代往來於撫順時，他就已深刻體悟到「經商」的意義和重要性——那是對國力與民生有直接影響的要事。

而女真自金朝亡後，文明的程度一再退化，早已無「商」可言；多次爭取到的由明朝開設

「馬市」進行貿易，也一直停留在「以物易物」的情況——這種種現象，都已到了非得改善、提升的地步。

因此，錢幣的鑄造象徵著後金國又將進入新的里程……

註一：薩哈連是滿語「黑色」，烏拉意思為「江」，《滿文老檔》所記「薩哈連烏拉」即黑龍江，亦稱黑水。

註二：薩哈爾察是滿語「黑色貂皮」。

註三：使犬部在部分書籍中記為「陰達琿塔庫喇喇部」，係滿語音譯。

註四：「天命汗錢」始鑄年代有多種說法，待考。而錢幣本身現今仍有收藏品可見，錢以紅銅鑄造，外圓內方孔，一面無字，另一面為無圈點滿文，左邊鑄「天」字，右鑄「命」字，上鑄「汗」字，下鑄「錢」字；流通了一段時日後以「銀子充足，不必鑄錢」的原因停鑄；但清興以後仍鑄造過各種銅錢，如「乾隆通寶」等。

第十八章

四邊伐鼓雪海湧

1

這天夜裏，他在睡熟了之後回到往昔。

雖然是夢境，但一切清晰分明……

他騎馬狂奔，心中的怒火熊熊燃燒，胯下的馬毫無目標的狂奔，手上的馬鞭只是在發洩心中的悲憤……不知跑了多久，胯下的馬累得脫了力，長嘶一聲後，前足就地跪下。

微呼出一口氣來，下了馬，舉目一看，自己置身在樹林裏，四周一個人影也沒有，除了自己的馬在急促喘氣之外，沒有任何聲息。

可是，心中的怒火並沒有因為這一陣策馬狂奔而平息，更沒有因為置身在寧靜安詳的樹林中而得到平靜，相反的，一腔怒火在他胸中翻湧沸騰，令他全身都要冒出火來。

驀的，他的喉中發出一聲狂吼，身體彈起、前衝，掄起拳頭，沒命的往樹幹上擊打，一拳重似一拳的猛力撲打，恨不能打倒每一棵堅實粗大的樹木……心中已無理智，直覺中像每一拳都打在李成梁身上……手上的皮早已破了，泌出了鮮血，他毫不覺得痛，依舊不停的搥打樹身，直到一聲淒厲的馬嘶傳到他耳中，令他受到重大刺激，這才停下拳來查看究竟。

他的馬發出厲嘶——果然發生了狀況，頭一抬，立刻看見，樹林中正有一隻錦紋斑斕的老虎，風一樣的由遠而近，快速奔來。

他心中一涼，而情緒立刻冷靜下來；猛虎當前，自己孤身一人，當然不能掉以輕心；而且，自己的馬匹又累又驚，已無舉足狂奔的能力，除了迎戰猛虎之外別無選擇。

弓箭武器全沒帶在身上，只有靴筒中還藏著一把小匕首——他立刻伸手去摸，幸好還在，心裏也就立刻盤算好了戰虎的主意；可是就在他一摸一思之間，猛虎已經到了跟前，「呼——」的一聲大吼，全身往上躍起，從半空中撲下來，兩隻爪子朝他抓過來。

幸好他打獵經驗豐富，熟悉老虎的習性，也清楚老虎攻擊人的方法，所以，雖然處在被虎攻擊的驚險萬分的狀況中，心中卻不慌亂；他身手敏捷，反應快，幾下蹤跳閃躲便躲過了老虎的攻擊；那隻老虎幾下撲他不著，便一邊咆哮怒吼，一邊加快動作，忽而尾巴掃過來，忽而爪子撲過來，兩眼凶光畢露，咆哮聲越來越大。

他先是忽前忽後的躲閃著，一面仔細觀看，等待下手的機會；可是，那隻老虎撲了半天，沒有收穫，性子被激怒了，使出來的力氣更大，一撲個空，爪子在地上趴出個大坑，弄得塵土四下飛揚，影響了他的視線，便不容易抓住適當的出手時機，只得繼續在樹與樹間跳躍著閃避牠的攻擊。

忽然，他停止了閃躲，一跳跳到老虎身後，那老虎也察覺了他在身後，便把前爪按在地上，身體凌空扭轉過來，就勢拿人；可是，就在虎凌空撲來的當兒，他忽然略一蹲身，身體蜷成球狀，一個翻滾，就從老虎的肚腹下滾過去，手中的匕首準確的插入虎腹，然後再快速的往旁邊滾出去，以避免被虎尾掃中。

而這隻老虎非常勇猛，雖然肚腹被刺，受了重傷，卻毫無退逃之意；儘管腹中鮮血直冒，口中依然吼叫得震山撼林，攻擊性也依然不減，爪子又往他撲去；他才剛從牠的腹側下滾出來，還不及站起身子，牠的爪子已到，只得仍用滾姿往旁邊閃躲；這下卻慢了分毫，左肩上竟生生的被牠抓下一塊肉來；而且，牠一撲得手，竟接二連三的連番撲來，他只得就地打滾躲閃。

可是，那老虎畢竟腹中插入了匕首，幾撲之後攻擊的力道就減弱了，淌了一地的鮮血，動作也慢了；他這才得到機會，翻身跨上虎背，掄起拳頭，往虎頭上一拳又一拳的打去……一打百來十拳，那隻老虎才不再動彈，而他自己也大口大口的喘氣……

睜眼醒來後，他猶兀自大口喘氣，胸腹之間上下起伏得如牛如蛙，情緒也仍停留在夢境中，過了許久才回到現實。

他索性起身，穿好衣物，推門而出；夜猶深沉，萬籟俱寂，其他的人都在酣睡，他就不叫人起來伺候，自己點了燈，走到廳上坐著。

這一走，身心便減去了幾分睡夢中的火熱，再一深呼吸，又涼了一分。

頭腦清醒了，腦海裏什麼都浮起來了：

「夢裏其實是實境——」

那是往事——他永生也不會遺忘的往事！

萬曆十一年，殘酷的命運奪去了他原本擁有的一切，奪去了祖父和父親的生命，奪去了義母、妻兒的生命，也差點奪去自己的生命……他在酷寒徹骨的大風雪中狂奔，後方是追趕他的千軍萬馬，前方是黑茫酷冷的荒野，僅憑著一口氣，硬撐過那段艱絕險絕的困絕難絕的時刻，戰勝命運！

他以隻手搏虎，以十三副遺甲起兵，不停的東征西討！

而今，他早已不再使用「萬曆」的紀年——他所締創的「天命」元年已經開始，而他是天命皇帝，是大英明汗！

心中激動了起來，心口怦怦劇跳，生命中潛藏的強旺的力量澎湃了起來，令他全身熱血沸騰，他忍不住高舉雙臂，向天發出一聲高呼：

「我是上天的兒子——」

他終將完成使命。

一年後，他將心中埋藏了許久的決定正式向臣屬們宣告：

「時機成熟了，我決定在今年大舉用兵！」

他指的是正式向明朝宣戰，攻打明朝——臣屬們當然瞭解，幾十年來，這是潛藏於心中始終不曾出口、但卻念茲在茲的心願，日復一日的悄悄進行準備工作，從無一天懈怠；而今，如一枝新芽自土中冒出般的勃然而起，經他親口宣布，昂然的向天地間伸展枝葉。

沒有人發出疑問、提出異議……事實上，這些追隨他多年的臣屬，心中的意念與他完全一致，征伐明朝，是期盼了多年的大事；是畢生奮鬥的目標。

興奮的感覺油然而生——不少人屈起指來，細數著自萬曆十一年至今的三十五個年頭，也有人仔細的回憶過往的歲月，點滴血汗所累積的奮鬥過程……幾個人互相對視，臉上已長出皺紋、鬚眉與髮辮都已半白，絲絲分明、毫不留情的展露開來，驅趕得青春年少的痕跡蕩然無存，平常不注意，而這下感受得深。

額亦都率先拍著安費揚古和費英東的肩，用力的點著頭說：

「等了三十五年，咱們都等成老頭子了——」

但，隨即他就仰天大笑起來：

「這一天總算來了——只要一舉成功，咱們這三十五年便沒有白幹白等！」

他的話和笑聲具有感染力，鼓動著每一個人的情緒往上升揚，氣氛更加熱絡，也引來更多的聲音。

漫長的三十五年過去了，辛苦奮鬥、開創、蓄積……而今，又將要面臨一個新的開創與奮鬥，走上一個新的里程，迎接一個新的使命。

這許多人的心中都是毫無詫惑的了然，對明朝用兵，原本是努爾哈赤最終極的目標——遠在三十五年前，他以十三副甲起兵為父、祖復仇，表面上，所要征討的兇手是尼堪外蘭，真正的仇家是李成梁；但，實際上，他所要征討的真正的對象乃是明朝，因為，尼堪外蘭只是李成梁的走狗，李成梁只是明朝遼東政策的執行者；只不過，當時力量薄弱，只有隱忍，只有採取縮小復仇的目標，暫時限於尼堪外蘭的範圍；但是，他從來沒有忘記過，跟在他身邊的人也從來沒有忘記過；每個人的心中都在等待……等待著實力強大到足以與明朝抗衡的這一天！

這一天終於到來了！

對於努爾哈赤來說，更是別有感懷，點滴在心頭。

這一年，他整壽六十——一甲子的歲月，於天地日月的運轉是一種完美，於人世，也代表一個完整的意義，生命的運行與宇宙同步，他所追尋的意義同樣會有圓滿的完成。

宿世的使命早已在他的心中與生命融合成為一體，並且激發出強大的力量，也一步步的在具體的完成中前進。

「我將帶領全體子民走向康莊大道——」

一切都準備妥當了——

四月十三日，他率領麾下的貝勒、大臣、將領們，點起馬、步軍兩萬，出發征明；啟程時，他舉行了盛大的典禮，鳴鼓奏樂，到堂子祭天；在祭天的儀典中，他親捧將焚告上天的黃表，向天行禮；然後，他命儀官大聲朗誦黃表的內容。

表上是伐明的宣誓——他將伐明的理由歸納為「七大恨」❶，每一「恨」都是不共戴天。

儀官從第一恨讀起：

「我祖與父，未嘗損明邊一草寸土，明無端起釁邊陲，害我祖與父，一恨也——」

這名儀官聲音宏亮，咬字清楚，語氣在抑揚頓挫間自然而然的流瀉出激昂憤慨來，令所有的人聽得熱血沸騰，不能自已。

「明雖起釁，我尚修好，設碑勒誓，明滄誓言，縱兵越界，衛助葉赫，二恨也——」

「明人於清河以南，江岸以北，每歲竊踰疆場，肆其攘奪，我遵誓行誅，明負前盟，責我擅殺，拘我使臣綱古里、方吉納，脅取十人，殺之邊境，三恨也——」

「明越境以兵助葉赫，俾我已聘之女，改適蒙古，四恨也——」

「柴河、三岔、撫安三路，我累世分守之疆土，耕田藝谷，明不容刈穫，遣兵驅逐，五恨也——」

「邊外葉赫，獲罪於天，明乃偏信其言，特遣使臣遺書詬詈，肆行凌侮，六恨也——」

「昔哈達助葉赫二次來侵，我自報之，天既授我哈達之人矣，明又黨之，挾我以還其國……夫列國之相征伐也，順天心者勝而存，逆天意者敗而亡……今明助天譴之葉赫，抗天意，倒置是非，妄為剖斷，恨七也——」

七條大恨讀完，在場的人全都情緒賁張，恨不能立刻殺進北京城，一舉滅明，消去心中的大恨……

而就在這同仇敵愾之心高揚、軍心士氣上升到頂點的當兒，努爾哈赤親自從儀官手中接過黃表，高高舉過頭頂，送上半空；然後，他向天發出如雷霆般的呼喊：

「明朝對我女真，欺凌太甚，情所難堪，因此七大恨之故，是以征之——」

這是呼告，也是宣誓——

接著，他將手中的黃表送入爐中的熊熊烈火中，讓火焰飛快的燒盡黃表，以示上天接受了他的呼告和宣誓；然後，他轉過身來，向著台下的羣眾呼叫：

「我等誓師伐明——即刻啟程——」

羣眾們則以聚合起來的排山倒海般的聲浪回應他：

「汗王必勝——汗王必勝——」

聲浪往返激盪中，全身甲冑的他越發顯得威武昂揚，神光四射；在他身後的黃、紅、藍、白四正旗和四鑲旗，也更鮮明，更飄揚得虎虎生風……

註一：「七大恨」是努爾哈赤伐明的重要宣言，許多史書都有詳細記載，但文字略有出入；如將《滿文老檔》、《清太祖武皇帝實錄》、《清太祖高皇帝實錄》、《滿洲實錄》、《東華錄》、《明神宗實錄》、朝鮮《李朝實錄》互作比較，可得出異同。而《清史稿．太祖本紀》僅記其事，未錄全文。

2

「邊關失守了——」

說這話的語氣並不是驚呼，而是虛浮得毫無力道的低聲喘息——暫代兵部尚書之職的薛三才有氣無力，勉強發出聲音來，而偏偏這勞累付出得不值得，折騰了整整一晝夜，換來的是徹徹底底的無力感——他實在無計可施，只得邊說話邊自懷中掏出個裝了銀兩的紅封，悄悄塞給身邊的太監，再發出哀告似的乞求聲：

「實在緊急之至！萬萬求請萬歲爺聖目一覽奏疏！」

打從遼東送來的「八百里快傳」，十萬火急的傳遞著緊急軍情：撫順陷於女真之手！

時間是在四月十五日——伐明的第一役，努爾哈赤當然不會掉以輕心，既先作好周密的戰爭準備，也非常審慎的制定戰略和戰術，最後決定用「智取」；選在這一天，乃是為撫順集市的開市之日，城中商旅如織，交易熱絡，而數百扮作趕集商販的女真軍士按計畫行事，在早已悄悄投效到麾下的佟養性等撫順人士的引領下，順利混進城中，約定的時間一到，配合著攻城的精銳騎兵裏應外合，一起襲擊明朝的軍隊，俘虜了游擊李永芳，攻陷了撫順城；接著又攻占了東州、馬根丹兩地；第二天，遼東巡撫李維翰命廣寧總兵張承蔭率遼陽副將頗廷相、海州參將蒲世芳，游擊梁汝貴等帶領一萬人馬救援撫順，但被殺得大敗，張承蔭和諸將全部殉職……

太監們也曉得茲事重大，但是，面對著急得隨時會暈死過去的薛三才，還是只能實話實說：

「咱家盡力去試試，讓萬歲爺龍心關注上這件事——但只是，萬歲爺肯不肯關注，咱家也沒法子打包票；更何況，萬歲爺委實龍體欠安，今年，打開春以來，還沒哪一天能下床，邁開腳走幾步路呢！」

薛三才只得再次打躬作揖：

「國土易幟，實在非同小可——望乞公公費心！」

而換來的也一樣是嘆息：

「咱家一定費心！只不知，萬歲爺肯不肯費心！」

兩天後，他的「費心」總算有了成績——朱翊鈞破例般的命人連續讀了幾封奏疏來聽，然後作出指示：

「狡虜計陷邊城，一切防剿事宜，行該地方相機處置，軍餉著上緊給發。其調發應援，該部便酌議其奏。」

算是「皇恩浩蕩」了，但是，這指示作了等於沒作——薛三才一接到這份「上諭」，心裏就先嘀咕：

「相機處置？怎麼個處置法？調哪裏的兵去援？著發餉？拿什麼錢去發？」

遼東的軍餉無法如時、如數發放早已是司空見慣的事，戶部怎麼也籌不出錢糧來，官員們對解決這個問題，所持的看法倒是一致的：

「請開內帑——」

內庫帑金，朱翊鈞的私蓄，早已屯積到令人驚愕的數字，如能撥出一部分來，全國三兩年的軍餉都不成問題。

但，誰都心知肚明，要朱翊鈞拿出私房錢來，絕對比登天還難——暫代兵部尚書還沒多久的薛三才，其他的政事還有不深入明白處，唯獨對這一點知之深刻！

偏偏，這些念頭在心裏轉了兩圈，還沒到結束的當兒，遼東來的「八百里快傳」又送進來了；緊急軍報，報告的是張承蔭殉職後，臨近撫順的幾個地方倍感威脅，紛紛求援；文書上也附加說明，被俘的游擊李永芳已經投降了努爾哈赤，被招為額駙，授以高官，也成了引路人，為努爾哈赤率兵攻打撫順一帶的城池，朝廷必須立刻派大軍來援，否則後果不堪想像。

一張寫得密密麻麻的宣紙箋，其實薄如蟬紗，但他拿在手上竟有如千斤之重，每讀一個字就重重嘆出一口氣，讀完後更且皺著眉頭，不聲不響的呆坐許久，過了好半天才想到應該著人去請兵部的同僚們來商議這事。

重點還是只有兩項：調派軍馬援遼，抵禦努爾哈赤的攻勢，以及籌措軍餉。

被請的人到來之前，他的心中兀自嘀咕：

「遼東拖欠的軍餉，已達五十萬，戶部自身也欠給遼東的馬價銀十幾萬兩，唉！總得多少湊點出來送去吧……至於調兵遣將，唉！本朝哪裏還有將才可用呢？李成梁老了，幾個兒子都差他太遠，李如松早已死了，下面呢？李如柏？唉！好歹還在遼東待過，總不會全然外行吧！再有呢？杜松？在朝裏還有個『勇』名，打起戰來一馬當先，從不後退，值得重用吧？」

而他真正要徵詢意見的人是右侍郎楊鎬[1]。

楊鎬是他唯一能商議遼東兵事的人——現今的內閣首輔方從哲不但是個尸位素餐的鄉愿，只會在朱翊鈞跟前磕頭而不會辦事，現在還正為了養子不教、犯下殺人的官司而閉門不出，在家避風頭，遇上這麼大的國土淪陷的事，也依然告假——內閣首輔如此，逼得他這個「兵部尚書」雖只是「暫代」之職，卻必須獨當一面；而放眼滿朝官員，「知遼事」的寥寥可數，整個兵部中竟只有曾在遼東任官的楊鎬一人。

當然，他並不是不知道楊鎬的底細——早在援朝之役中，楊鎬就因為私心太重和能力太差兩大原因，貽誤了不少大事，回國後受到處罰，「霉」了好些年都不得意，好不容易熬到前些日子才得著機會，重回官場，爬到兵部右侍郎的位子；而事情逼到這當兒，別無選擇，非重用楊鎬不可！

「沒有別的人才——難怪先人要大聲感慨：『才難』啊！」

所有的官員——包括他自己在內，都不熟悉、不懂得關於遼東的事務……

楊鎬來了，倒也很盡心盡力的為他訂出一份計畫；他看不出這份計畫是好是壞，但，畢竟是訂出來了，有個具體的東西可以上奏，至少可以顯現他的「赤膽忠心」。

他命師爺連夜謄寫奏疏，將楊鎬為他訂出的計畫呈給朱翊鈞，同時大力保舉楊鎬主持「固遼滅夷」的大計，「叩請」重用楊鎬。

這份奏疏送到朱翊鈞面前的時候，朱翊鈞依然故我的高躺在龍床上「聽」，而不親自閱讀；

但，這一回，他卻不是躲懶，也不是不關心遼東的戰事，而是病了。

這一回，他是真的病了——除了無形的症狀，像「頭暈」、「目眩」、「噁心」、「氣悶」等之外，還有具體的症狀，那便是瀉腹。

太醫用了好幾次藥，都無法止瀉；而推測他瀉腹的原因，既非關飲食，也不是冷暖失調所致，應是情緒與心境的影響，這便不是藥石能醫；同時，這又形成惡性循環：無法止瀉則體力差、精神壞、身體虛，而這三者又是無法止瀉的主因！

因此，當這道奏疏經由太監之口讀出來的時候，他只聽得一半明白；但他畢竟不是個天生糊塗的人，也不是個會白白的把自己的江山讓給別人的人，「遼東」還是個讓他放在心上的地方；於是，他以虛弱的聲音下達旨意：

「都如薛卿所奏——至於軍費，著戶部加徵賦稅——便稱作『遼餉』吧！」

秉筆太監全部一字不漏的替他記著：

「著授楊鎬為遼東經略，賜尚方寶劍，即日啟程赴遼——」

而後，他也勉強自己打起精神，加重語氣吩咐太監：

「傳朕口諭，務要楊鎬盡心盡力的辦事——遼事重要非凡，不可有半點輕忽！」

這些話，太監們替他傳遞得無一字一語疏忽，飛來橫福，受到重用的楊鎬聽了更是感動得涕泗橫流，跪在地上，朝著皇宮的方向連連叩首，說：

「皇恩浩蕩，微臣必然肝腦塗地——」

當然，這種光景下，眼中雖然流淚，心中卻是喜不自勝，偷笑不已；而且，一等來自皇宮的太監跨出門去之後，他臉上的淚痕立刻無風自乾，神情更是在瞬間就換上了洋洋得意。

手捧尚方寶劍，滿臉滿身俱是神光——美好的政治前途就在前方，他即將施展長才……

而他在志得意滿中當然料想不到，就在他接過尚方寶劍的這一刻，努爾哈赤的大軍又攻下了一座城堡——他的新官職為「遼東經略」，卻在他由北京赴遼東的短短幾天的路程中，努爾哈赤已陸續攻陷了撫安堡、花豹衝、三岔堡、崔三屯堡等十一個地方，直接進逼鴉鶻關，圍清河城——他一到遼東，迎面而來的就是這一連串的噩耗。

註一：楊鎬前事參見本書卷三〈霞滿關山〉。其後，楊鎬於薩爾滸戰敗後下獄論罪，判死刑，但因「賄賂有方」，沒有執行，拖延到崇禎二年才處決。

3

福壽膏的香氣濃得有如化不開的煙霧，瀰漫了整座乾清宮，尤其是朱翊鈞身之所在的龍床——由繡著龍鳳呈祥圖紋、鑲著卍字邊的錦帳所為他圍繞起來的小天地裏，全部被福壽膏的香氣盤據；而他猶嫌不足，再三命令太監增加分量，於是把整座宮殿薰得旁人無法跨足，一進門就會咳嗽不止。

但他卻依靠這帶有特殊作用的香氣使自己的精神略微好了些，因而能坐起身來親自發布命令，心裏更是再三憤然的想著：

「建州女真不過是看邊小夷，竟敢起兵作亂！須著令楊鎬早日平定！」

因此，他讓自己強撐起精神來，親自處理這事，也很快批准兵部擬的新人事任命——除了楊鎬特授遼東經略之外，處罰原任巡撫李維翰以削籍為民，改派周永春為遼東巡撫；調原寧夏總兵李如柏任遼東總兵，負責主剿，並以山海關總兵杜松、開原總兵馬林、保定總兵王宣等為援，並起用已辭官還鄉的老將劉綎赴遼東效命。

在調集兵馬方面，他也准了兵部的奏請——調集福建、浙江、四川、山東、山西、陝西、甘肅等地屯駐的兵馬援遼；並且咨文朝鮮，令朝鮮出兵，合力征討；更火速指示戶部，加徵賦稅，於田賦上每畝加三釐五毫，可得二百餘萬兩，名為「遼餉」……

吩咐完這些，他彷彿力氣用完了，累了，乏了，虛了，人隨即躺下，眼皮很自然的鬆垂下來；然而，這一回的事件畢竟是他在意的，因此，睏歸睏，虛歸虛，精神再怎麼不濟，還是再撐持了一會，吩咐身前的太監：

「算一算，我軍調集了多少人馬去打遼東？」

飛快的一算，答案很快就有：

「稟萬歲爺，共五十七萬——」

他「唔」了一聲，頭一歪，將要睡去了，卻宛如還有點不放心似的，再強撐著眼皮，語音模糊的問上一句：

「那邊，建夷，有多少人馬？」

太監回說：

「兵部上的奏，都說只有幾萬——大約四、五萬吧！」

「差上十倍呢！」

於是，他放心了：

「人多上十倍，一起撲上去，壓都能壓死敵方——這一回，楊鎬準能替朕打個大勝仗回來！」

眼一闔，他沉沉的睡去，不久就作了個大軍旗開得勝，凱旋而歸的美夢。

但，努爾哈赤卻是深夜不寐，為著即將來臨的戰爭而忙碌。

輕而易舉的攻破了撫順和周圍大小十一座城池，他的收穫非常豐富，人丁有六千多，牲畜幾十萬，糧食、財物、甲冑、武器也都高以萬計，軍心士氣更是因此而大振，讓他高興極了。

七月裏，他率軍進鴉鶻關，圍清河城；這一次，他受到了守軍頑強的抵抗，以致戰事進行得不太順利。

但，他不能放棄——清河城是個重要的地方，左近瀋陽，右鄰靉陽，南枕遼陽，北控寬甸，地勢險隘，向來是遼、瀋的屏障，也是兵家必爭之地；明方在清河的守軍約有萬人，統領的主將是鄒儲賢、張旆，很有幾分能耐，而且，城上配備了火器，施放起來威力不小，便增加了攻城的困難。

第一度進攻，他就因為城上施放火器而折損了千餘人馬，不得不鳴金收兵，暫停攻城的行動。

他讓麾下的將士們歇息、醫治傷兵、重整隊伍，自己陷入苦思中；三天後，終於讓他想出了破解城上守軍的火器優勢的辦法。

「多備大塊的木板來——」

材料來源並不難，就地在山林中伐樹便得；然後，他教給軍士們方法：

「每幾人抬一塊木板，頂在頭上，以禦火器；行到城下，不可爬牆登城，也不可出手攻城；只須頂著木板挖牆腳——從牆破處入城，便不畏火器了！」

這個方法果然奏效，第二次進攻，清河城便被攻破了，這個險要之地落入他手，瀋陽、遼陽也就進入他無形的威脅中。

但他並沒有趁著這場勝利一鼓作氣的進逼遼、瀋，而是讓將士們返回赫圖阿拉，重新整備器械，編組新投降、歸附的人丁加以操練，熟悉他特有的指揮方式。

他自己又陷入加倍的忙碌中，先是忙著將潛伏在明方的情報人員傳回的消息仔細思考、研判，然後想出對策，擬定己方的戰略……直忙到歲末，還不得休息。

明朝派來遼東的新任官、將的名單，他早就拿到了；明朝「固遼滅夷」的政策他也早已知悉，「調兵遣將，犁庭掃穴」的計畫更是以重金購得了一份抄本——

這天，他召集了額亦都、安費揚古、費英東、何和禮、扈爾漢五名重臣和代善、皇太極等幾個兒子來議事；一開始就明白宣示：

「明朝要對我們『大舉征剿』來了！」

而說的雖然是這樣重大的事，他的語氣卻不但不沉重嚴肅，還顯得輕鬆自若；接著，他以帶著幾分玩笑的口氣向大家說：

「喏，你們先來看一樣東西！」

說著，他從手邊厚厚一疊文件中取出最上面的一封，將內容攤在桌上；赫然是明朝兵部刊印的曉諭天下的榜文，他自己笑著念出文句：

「能擒斬努爾哈赤者，賞銀一萬兩，升都指揮世襲。」

念完他仰天大笑，說：

「明朝也未免太小氣、太小看我了吧！只肯花一萬兩銀，就想買得人來擒斬我？」

額亦都跟著笑起來：

「明朝打從李成梁老了以後，就再也沒有人懂得遼東的事了！真是好笑！」

皇太極接下去說：

「父汗，明朝沒有人懂遼東的事，不正是大大有利於我方麼？」

努爾哈赤點點頭說：

「漢人有句話說：『知己知彼，百戰百勝。』如今，明朝忘卻老祖宗的教訓了；咱們卻須牢牢記住！」

說著，又取過一疊厚厚的文件：

「你們看——這是明朝『四路分進合擊，進攻赫圖阿拉』的計畫！」

隨即又吩咐皇太極：

「你念一念，讓大家都聽個明白！」

皇太極雙手接過去，朗聲讀出：

「西路：為撫順路，以山海關總兵官杜松為主將，率保定總兵王宣、原任總兵趙夢麟、都司劉遇節、原任參將龔念遂等官兵兩萬餘人，以分巡兵備副使張銓為監軍，由瀋陽出撫順關，沿渾河右岸入蘇克蘇滸河谷，從西面進攻赫圖阿拉……

「南路：為清河路，以遼東總兵官李如柏為主將，率管遼陽副總兵事參將賀世賢、都司張應昌、管義州參將事副總兵李懷忠、游擊尤世功等官兵兩萬餘人，以分守兵備參議閻鳴泰為監軍，推官鄭之范為贊理，由清河出鴉鶻關，從南面進攻赫圖阿拉。

「北路：為開原路，以原任總兵官馬林為主將，率開原管副總兵事游擊麻岩、都司鄭國良、游擊丁碧、原任游擊葛世風等官兵兩萬餘人，以開原兵備道僉事潘宗顏為監軍，岫岩通判董爾礪為贊理。並有葉赫軍兩千人助攻，以管游擊事都司竇永澄監葉赫軍。由靖安堡出，趨開原、鐵嶺，從北面進攻赫圖阿拉。

「東路：為寬甸路，以總兵官劉綎為主將，率管寬甸游擊事都司祖天定、南京六營都司姚國輔、山東管都司事周文、浙兵營備禦周冀明等官兵一萬餘人，以海蓋兵備副使康應乾為監軍，同知黃宗周為贊理。並由朝鮮國派元帥姜弘立、副元帥金景瑞領兵一萬三千人，受總兵官劉綎節制，並以管鎮江游擊事都司喬一琦為監軍。由涼馬佃出，會合朝鮮軍，從東面進攻赫圖阿拉——」

皇太極一念，全場的氣氛立刻由輕鬆一變為嚴肅，念完後，努爾哈赤補充說明幾點：

「明軍號稱總數五十七萬，全由遼東經略楊鎬統籌調度；而依我看來，這四路人馬的總數不會超過十萬；一是因為，明軍向有『吃空缺』的慣例，以少報多，多領軍餉，主帥得利；其二，據說，福建、浙江、四川等地都在千里之外，即便調了兵馬，也無法在短期內趕到；這份計畫上列的人數確實了些，大約只虛加了三成而已；所以，實際上的人馬數量，敵我雙方差不多；但若比將才，我方就優勝上十分——明朝重用的楊鎬，其實是個大庸才，只會誤事，不會成事！其次，杜松號稱『杜瘋子』，打仗只會逞蠻勇，李如柏更不用說，劉綎已經老邁……總之，沒一個大才，根本不足畏！」

皇太極卻問：

「依父汗高見，明軍會在什麼時候進攻我方呢？」

努爾哈赤微微一笑道：

「正確的消息是，直到前兩日，他還在催軍催餉，顯然還沒有完成備戰諸事；因此，最快也要明年開春——正好讓我方作充分準備，從容迎擊！」

皇太極先是讚嘆一聲：

「父汗耳目靈通，因此戰而必勝，真令孩兒敬服！」

一面又接著問：

「明方兵分四路，父汗決定如何迎擊？」

努爾哈赤道：

「他兵分四路，便把力量都分散了，上上之策是集中兵力，各個擊破……但，仍須注意他的出師之期，所經路徑與所需時間，再作最後定奪；須知，計畫是死的，只是原則，行動必須靈活，得視當時狀況調整……」

他似是有意教導兒子們戰爭法則，索性非常詳細的說了個明白……

4

雪大得有如天上打翻了一只銀碗，碗裏盛著的雪譁然一聲傾出，倒向人間；連續了三、四個晝夜，天地間便更有如倒扣了一只銀碗，一切都被映襯得晶瑩發光。

大雪中的遼東更美、更壯闊、更雄偉……

努爾哈赤冒雪出門，帶著幾名侍衛翻身上馬，一路奔出赫圖阿拉城，在城外的原野上馳騁了一圈。

原野上的景色美極了，極目皆是無垠無涯的銀白，有如太虛仙境；但他無心欣賞，無心領略雪景之美；儘管一雙眼睛不時的仔細觀看周遭，所發出的光卻是利如鷹隼般的尋捕獵物，而不帶半點悅樂；目的是仔細的把自己原本就很熟悉的地理環境再作一次檢視，因而使得這日常慣有的策馬馳騁活動多出了不尋常的意義。

一連好幾天，他冒雪策馬出城，馳騁的時間較平常延長了兩倍，回到城裏後則一言不發的獨自出神思考。

而這些反常的舉止，並沒有人出言詢問——人人都視這反常為正常的事，戰爭即將展開，這也是戰前的準備之一。

特別私下留意他行動的皇太極曾悄悄的對代善耳語：

「父汗又出去察看地形了，好不好，咱們也跟去？」

代善報之以搖頭：

「不好——父汗沒要咱們跟，冒冒失失的去了，反而讓父汗生氣！」

而這兩個跟父親最親近的兒子卻沒有想到，他的策馬馳騁，另外還有著紓解壓力的功效——他所要迎接的戰爭其實是一場關鍵性的決戰，勝負決定著女真全族的命運，決定著他所創立的後金國的興亡；他有必勝的把握，卻也再三提醒自己，絕不可掉以輕心，不能有半點疏失，在戰爭結束以前，他心中壓負著的巨石不會消失。

其實，他所作的戰前準備已經周密得無任何疏失——自去年克清河城以來，他在九月間攻掠了撫順城之北的會安堡，十月裏，東海虎爾哈部部長納哈答率眾來歸，接著又準備征伐葉赫，一過年就用兵，收取了二十幾個大小屯寨；二月裏，他按原定計畫，派出五萬夫役在赫圖阿拉城外西北方的鐵背山上築界凡城；同時，他一面加倍注意明軍的動靜，命派出去的耳目們一天三次通報消息，以確實掌握明軍的全部情況，一面加強己方的實力，既在赫圖阿拉城中多屯糧食，並撤回各路屯寨的兵民，以集中力量。

多次察看地形，則是選擇迎戰、設伏的地點……

既定的戰略並沒有改變：

「憑你幾路來，我只一路去！」

用以對付明方四路分兵合圍的戰術，他更是思謀已久……

而後，時間逼近了。

二月上旬，他得到準確的消息：

「楊鎬令四軍於二月二十一日出發——」

幾天後，新的消息再傳過來：

「明軍因大雪迷路，行程延後——杜松、劉綎等都請緩師，但楊鎬再三催戰，他親自坐鎮遼陽，懸尚方寶劍於軍門，要斬不從軍令、拖延不前者；因此，出師之期，不致延緩太久！」

第二天則來報：

「楊鎬命令，大軍必須在二十五日起行，三月一日進攻；否則要斬主將；杜松已經接令，即將啟程！」

看到這些報告的時候，努爾哈赤笑了：

「楊鎬不知兵——明軍不熟地形，再逢大雪，已是天時、地利兩項不對頭，怎可再三催戰，逼迫人馬開拔呢？」

他向諸將及兒子們解說：

「而且，他這四路軍，既由不同的地方出發，行經不同的路線，所費的時間就不盡相同，他完全不懂，自以為是的命令四軍在同一天出發——以為可以在同一天到達，同一天進攻——真是愚蠢！」

然後，他更深入的說明：

「如今，杜松已經接令——他所率為西路軍，路程最短，又最先出發，必然最先到達；我方正好先將他擊潰，再逐一對付此後陸續到達的其他三路！」

對這位首先要迎戰的對手，他早已不惜重金，買到了詳細的資料：

杜松是名將杜桐之弟❶，崑山人，懷有一身武藝，由舍人從軍，立下不少戰功，因而由小兵升寧夏守備、延綏參將、副總兵而至延綏總兵、薊州總兵等職；十一年前，他曾代李成梁為遼東總兵；在職期間與女真的往來不多，卻屢在蒙古及兀良哈三衞手下吃虧，因而罷職；前幾年才起復，任山海關總兵。

他確是一員勇將，但個性走極端，異於常人；任事雖廉，卻失之器量狹小，不能容物，曾經為一件小事生氣，竟致剃髮為僧；在延綏任事時，因為百戰百勝，頗受尊敬，邊胡稱他為「杜太師」，他也樂得受了；打仗的時候，常裸身上陣，身上滿是如蚯蚓黏附的傷疤，卻激得士氣大振，但也因此被戲稱為「杜瘋子」……

「早有情報傳來，杜松和馬林、劉綎都不和，已經當面吵過架了——這一回，他比其他三路先行，也不無搶功之意！」

這樣，更加的「知己知彼」——於是，他發下號令：

「全力準備，迎擊杜松！」

同時，他命人攤開地圖，輔佐他的指示：

「杜松由西而來，從瀋陽出發，經撫順關到赫圖阿拉，這條路線，須渡渾河，越薩爾滸山——我軍最宜在薩爾滸山、吉林崖及界凡城攔擊！」

他派出的五萬夫役早已將界凡城築成，夫役們仍留在界凡，並派有四百精銳騎兵護衛——

這些都是戰力；而薩爾滸山與吉林崖俱是天險，熟悉地理環境的他很快就完成了部署：

「代善和皇太極率右翼二旗軍馳往吉林崖埋伏，日聞鼓聲，夜見火光，一起殺出，夾擊杜松——」

「另派五百兵丁防守南路，一有敵蹤，立刻飛報——」

他自己親率六旗的兵馬往薩爾滸，各旗留下少許人馬留守赫圖阿拉，也作機動性迎戰的準備……

雪下得更大了。

二月十九日，杜松率領西路明軍兩萬多人到達撫順關——這一天，由馬林率領的北路軍剛從鐵嶺出發；由劉綎率領的東路軍，雖然也在二月二十五日從寬奠出發，但因為在涼馬佃會合朝鮮軍，行程慢了下來；由李如柏率領的南路軍還沒有出發——杜松果然是第一支進逼赫圖阿拉的隊伍。

搶到了這個「領先」，杜松得意極了，朗聲向左右們笑稱：

「這是天上掉下來的首功啊！誰叫那三路人馬腿短腳慢呢？」

說著命人取酒來慶賀，自己先一口氣喝下一大罐，趁著酒興又仰天大笑著叫嚷：

「咱們快馬加鞭，一舉進攻，拿下努爾哈赤的頭來，領取那白花花的萬兩銀子，給全軍添酒加菜！」

於是，情緒更加高昂，心思越發急進，索性下令燃起火炬，星夜急馳，一口氣趕到渾河北岸。

到達的時候，天還沒大亮，而人馬俱已疲累不堪，唯獨他一個人的精神在酒精的催發下特別蓬勃健旺，竟不許軍士們紮營歇息。

「立刻渡河——」

大雪中的渾河遠望像塊不帶任何瑕疵的羊脂玉，白得純淨，白得完美；他的精神又亢奮了起來，一迭聲的大叫大嚷。

「這首功咱們拿定了，立刻渡河——不許延誤——」

麾下的總兵趙夢麟帶著所有的將官來勸阻他，他不但不聽，還索性將衣甲脫去，露出全身的肌肉和傷疤，揮舞著大刀，躍身上馬，裸騎渡河。

「杜瘋子」慣有的行徑再次出爐，趙夢麟等人攔阻無效，不得已之下，只有跟進，但，一口氣趕到薩爾滸山下，人馬都因體力過度透支而幾乎全體癱倒在地。

杜松卻精神猶旺，不覺疲憊；當場又下令，以一半的人馬留在薩爾滸山下結營，一半的人馬跟隨他繼續前進，往吉林崖攻打界凡城。

而他雖常遭「有勇無謀」之譏，卻也不是完全的糊塗，因而深知，界凡城是赫圖阿拉的護衛城，據有天險，必須搶先攻下；於是，不顧人馬疲困，冒雪前進，頃刻間，半數人馬走得一個不剩；而留在薩爾滸山下的一半兵丁，全都大大鬆出一口氣來，也立刻動手紮營，升火造飯，準備補一補日夜兼程所耗損的元氣，沒幾個人還存有警戒心。

早已在薩爾滸山中等候多時的努爾哈赤，等著了這天賜良機，當然不會錯失——杜松的行蹤全都逃不出他的眼線，一動一靜，全數為他掌握，也立刻採取行動——

嗚嗚的號角聲響徹雲霄，穿破黎明前的黑暗，準備充分，以逸待勞的大軍大舉出動了。

努爾哈赤親自披甲上馬，親自指揮軍隊；早在前一天就率眾上山在山林間埋伏的他，對薩爾滸山的整體環境既已一遍遍的看了個通透，這個夜裏居高臨下的俯望，更是一目了然；前往吉林崖的明軍一路燃火把，宛如一條火龍般前進；山下的明軍紮營，升火造飯，同時以戰車環陣，挖塹樹柵，外列火器，作為環護，每一個動作都在他的注視中進行；看著看著，他微微一笑，向左右們說：

「趁明軍忙於紮營的時候衝殺過去吧！」

山下的明軍只有一萬餘人，而他手下的六旗兵丁共有四萬——他估計，只要半天的時間就足夠了——

命令隨即發下。

他舉起手中的兩支黃色小旗，向前一揮：

「兩黃旗出動，居中主攻，直搗明營！」

正黃、鑲黃兩旗的統領應聲大喝：

「汗王有令，兩黃旗出動！」

霎時間，全軍中幾十面正黃、鑲黃的大旗一起高舉，迎風虎虎招展，身著黃色和黃色鑲紅邊衣甲的騎兵動作整齊一致的飛身上馬，號角一吹，總數一萬六千的兩黃旗騎兵齊聲大喝：

「奉汗王令，兩黃旗出動！」

一萬六千人齊聲大喝，聲浪大得如令山林搖撼，天地變色；而緊隨發出的聲響又更大過喝聲數十倍——一萬六千鐵騎出動，一起衝下山，包著鐵片的馬蹄踏過山路，挾著雷霆萬鈞之勢奔騰，震耳欲聾的聲浪烘托著壯盛的軍容……

然後，努爾哈赤繼續發令：

「正紅旗左翼包抄！正藍旗右翼包抄！鑲紅旗負責支援，鑲藍旗出發，到往吉林崖方向的半路埋伏，截殺明軍竄逃的殘餘人馬！」

說完，他也策馬下山，親自督戰。

戰爭飛快的展開：

兩黃旗的前鋒五百鐵騎宛如疾風般衝入明營，緊隨在後的是三千善射軍，專職施放弩箭，射向明營；接著，四旗勁旅分從三方進擊，隱隱形成包圍之勢。

明軍在料想不及的情況下遭逢攻擊，只得倉卒應戰；怎奈，天時、地利、人和三個基本條件都落居劣勢，更兼營中被點起的火把照得一片通明，而成為敵暗我明的情形，劣上加劣，欲發火器，卻吃虧在地勢與明暗之劣，根本無法命中……一萬人馬，全都成了刀俎上的魚肉。

努爾哈赤目不轉睛的直視戰場，由暗視明，分外清楚；他親手訓練出來的軍隊果然沒有辜負他，士氣高昂，戰技精良，個個都能以一當十；負責主攻的兩黃旗表現得非常優異，五百前鋒鐵騎，策馬衝鋒，不但如入無人之境般的衝破明營列布在外的戰車和木柵，也直接衝散明軍的陣伍；弓箭手們萬矢齊發，密如急雨，明方的人馬紛紛中箭倒地；而後，四旗勁旅形成合圍之勢，不多時，包圍圈逐漸縮小。

他在震天的殺聲中暗自點頭稱許：

「很好——」

念頭剛忖完，眼前已閃起一道道紅光；原來，明營中的軍士被殺戮得所剩無幾，無法再護營帳，竟有不少座被丟了火把，熊熊燃燒起來。

他明白，這場仗快要結束了；於是吩咐左右：

「再過片刻就鳴金收兵！」

明軍中少數倖存的人馬奪路而逃，他並不下令追趕：

「讓鑲藍旗截殺吧！」

大獲全勝的勁旅必須重新整隊、進食、休息，然後繼續完成任務——戰只打了一半，殲滅的明軍只是西路的一半，杜松帶著另一半人馬往吉林崖而去，那是後一半要殲滅的對象。

探子們非常準確的掌握著杜松的行程，每隔半個時辰輪番來向他稟報一次；在他讓全軍重新整好隊伍，準備出發的當兒，接到的最後的消息是：

「明軍逃走的人馬被我軍截住，殺得只餘幾十人與杜松會合；但，杜松仍然不肯停留、紮營，繼續奔向吉林崖！」

情形與他預估的幾乎完全一致，對策也早已謀定——又是一場穩操勝券的戰役！

杜松的目標很明顯：越吉林崖攻界凡城。

而杜松當然沒有料到，他早就派代善、皇太極率領兩白旗一萬六千鐵騎在吉林崖上「等候」這千載一逢的時機。

他笑了：

「我軍加快腳程趕路，天黑前可到吉林崖，八旗軍會合，正好上下夾殺杜松！」

大勝之後，士氣更旺，於是，兼程奔馳……

杜松軍行進的速度慢，和軍士人馬疲乏以及路徑不熟有關，而後，在薩爾滸山下戰敗、奔逃的殘餘兵丁追上來，訴說全軍覆沒的消息，大大影響了軍心士氣，更有不少人心裏迅速打起退堂鼓，想伺機逃跑；杜松不得不調整一貫「急進」的作法，放慢腳步，因而直到黃昏才到達吉林崖。

但他不讓軍士們在山下紮營：

「薩爾滸的教訓才在眼前——山下容易受到攻擊，不如上山，在山上紮營過夜！」

他的信心已經動搖，深恐遇敵，想借山林的隱秘作掩護：

「奴酋必然率眾追來，不如上山，明日再戰！」

基於這些考量，他僅讓軍士們稍作歇息就帶隊上山；天色很快就黑了下來，一入山林，更是黑得伸手不見五指，大雪中的山路崎嶇難辨，濕滑難行，容易出事；於是，他下令：

「每五人點一支火把照路！」

令出之後，不多時，全軍點起了火把，半個吉林崖的山腰便有如滿天星斗一起墜落般的閃閃發光，亮得一片通明。

而這對帶著兩白旗軍在山上埋伏的代善和皇太極來說是個重要的訊號。

「來了——」

猶是少年心性的皇太極登時興奮起來，拍著手歡呼：

「父汗說，日聞鼓聲，夜見火光，就可以出戰了！」

已經在山上等了兩天，委實讓他覺得「悶得慌」，這下，可以大展身手了。

他忙不迭的和代善分執一支白色小旗，指揮兩白旗的勁旅，一面笑著向代善說：

「你看，杜松多蠢，點著火把，告訴我們他在哪裏！活像兵書上說的史事，戰國時代，龐涓與孫臏交戰，夜裏，龐涓點起火把去看一行字，孫臏只須命人將箭往火光處射去，便立時把龐涓射成刺蝟！」

說著，他搖頭晃腦的補充：

「那行字是『龐涓死於此處』！」

代善回他一句：

「杜松是個不讀書的人，不一定知道這個典故！」

但是，這話還沒說完，皇太極已經翻身上馬，不但不再跟他說閒話，還立刻開跑，一口氣跑了好幾步之後，高高舉起手上的令旗，大喝一聲：

「鑲白旗弓箭手預備——」

他彷彿由龐涓之死得到了靈感，立刻發出行動；而他這發布號令的動作，雖是一個簡單的、自然而出的舉止，但，舉旗發令的手勢強勁有力，喝令的聲音雄壯沉穩，隱隱挾帶著一股無形的氣勢，很明顯的展露出他與生俱來的英武飛揚之氣和領袖羣倫的風華；代善先是看得不自覺的一愣，繼而引發了另外一個想頭：

「難怪旁人都說，他最有父汗之風，果然……」

而也就在這一思忖之間，耳畔傳來「嘩」的一聲巨響，他立刻意識到，鑲白旗的弓箭手已經出動——自己落後了。

於是，他也翻身上馬，趕到皇太極身邊，皇太極卻搶先對他說：

「放了箭，你左我右，分頭衝下去吧！」

他點頭應好，於是，皇太極再次高舉令旗，向前一指：

「鑲白旗出動！弓箭手先行，鐵騎右路衝殺——」

指揮若定，自己更是身先士卒的策馬開步，跑在最前線，逼近明軍後，他揮旗指示：

「弓箭手上——朝火光處——射！」

代善不敢再落後，立刻指揮正白旗弓箭手放箭，目標一起集中在火光閃動處……

杜松的大軍正在吃力的登山，一羣人既看不見黑暗的山林中所隱藏的危機，也沒有人用心推想可能發生的情況，先是聽到轟轟的一些聲響，但無法辨認究竟是什麼聲音，也就有人猜成是風聲或雪聲和樹濤的齊響；但，世上畢竟沒有僥倖，片刻之後，無情的羽箭就飛射而來。

第一聲在箭矢的穿刺下發出的慘叫響起時，經歷過多次戰役的杜松登時醒悟，悚然心驚，大呼：

「有埋伏——」

而一切都已經晚了！

人馬中箭的慘號、嘶叫聲幾乎和羽箭一樣形成密網，密得沒有半點縫隙，不過片刻之間，全軍已經死傷累累，秩序大亂。

趙夢麟和王宣不約而同的趕過來向杜松請求：

「不能再上山了，大帥，請速下令後退吧！」

人在箭雨裏，委實不能不低頭——杜松雖然恨得咬牙切齒，紅了雙眼，也只能同意：

「先退下去，避避這陣敵箭！」

不料，話才說完，幾名哨兵大口的喘著氣，飛撲似的到他跟前來說：

「奴酋親率人馬殺來了——」

消息是雪上加霜……杜松豎耳仔細一聽，果然，山下已經響動著殺聲，在風雪的呼吼聲中起伏，顯得特別可怖，也像催命似的明白曉諭：

「退不了了——」

他忍不住仰天發出一聲厲喝：

「索性拚了——」

兩眼紅得如同射出了血光，熱氣隨著他的聲音從口中呼出，形成一團白煙，他再次扯開衣襟，露出虬結如盤蛇的傷疤和起伏鼓動的肌肉，舞起手中的大刀，長嘯著奮勇上前；他全身熱血沸騰，意志和精神都被刺激成異常的狀態，因而爆發出生命中全部的潛能，在身旁乃至大部分將士都陣亡喪命的情形下，竟而不畏羽箭射中身體，刀槍砍中軀殼，整個人化成一團血肉模糊的紅光，仍然挺刀向前……直到皇太極手上閃著銀花的槍尖準確的刺入他的咽喉。

註一：杜桐早在萬曆初年就以謀勇著稱，歷任延綏副總兵、總兵，此後鎮保定、延綏、寧夏等地，於明朝對蒙古的邊防很有貢獻，能力優於杜松許多。

5

「這一仗打得好——」

努爾哈赤由衷的露出笑容，稱許皇太極：

「出擊的時間把握得好，是致勝的最大原因！」

皇太極紅了臉，回說：

「我是按照父汗的指示，夜見火光便領兵殺敵！」

努爾哈赤笑得哈哈出聲：

「我原本的意思是，等我到了山下，打火光給你看見，一起動手；而你所見的是杜松自己照路用的火光，該是杜松助你得勝！」

但是，話一說完，他就立刻轉變話題，不但不再繼續讚美皇太極，還明白宣示：

「下一仗，輪到阿敏和莽古爾泰出擊！」

下一場戰役，他已有成竹在胸——明軍由馬林率領的北路軍剛出三岔口，在種子谷宿營，天明後將繼續往赫圖阿拉的方向而來——探子們依然每個時辰報告一次敵軍的最新動態，他掌握得分毫不差。

夜裏，他讓軍士們提早歇息，自己不解甲，只在帳中靜坐閉目養神，而依然每個時辰接見來報告消息的探子，聽取情報，仔細思考研判；一夜間，他聽了三次報告，對敵軍的動靜瞭解得非常確實；天不亮，他就叫「四大貝勒」——代善、皇太極、阿敏、莽古爾泰——進帳來，指示他們說：

「馬林的北路軍於昨夜得知杜松兵敗，鬧嘩了一下，逃跑了一些人馬，剩餘的，馬林鎮住了，聽馬林之命，在離薩爾滸山西北三十多里地富勒哈山的尚間崖安營；全軍總共分三股，布成『牛頭陣』；馬林親自率中軍駐尚間崖，依山結成方陣，環營挖三層壕，壕外排列騎兵，騎兵外布火器，壕內布列精兵，列隊三匝；此外，潘宗顏在飛芬山紮營，龔念遂在斡琿鄂漠結營；三營之間相距只有幾里，形成犄角——」

阿敏聽後立刻問：

「他分結三營，咱們也兵分三路去打？」

努爾哈赤搖頭說：

「不——馬林之後，還有劉綎、李如柏兩路軍，咱們不宜分散軍力——集中力量，才能速戰速決，將他們各個殲滅！」

說著下令：

「阿敏、莽古爾泰各率一萬人馬，主力進攻；代善、皇太極各率一千精兵，分別擔任前鋒與後援！」

第一個目標是龔念遂營。

龔念遂在得知杜松慘敗陣亡的消息後，採取的戰術便以杜松的「前車之鑑」為依據，既和馬林一致的「改攻為守」，結營禦敵，也特別針對敵軍的特點布置——杜松軍為箭矢所傷的占大半，他便特別擺開了堅楯來防禦敵軍的強弓強弩、箭風矢雨，周邊再布列戰車；這種種布置，算得上是周全。

然而，他還是錯了——錯在他不知道，努爾哈赤的戰術並非一成不變。

早已偵知他的防禦戰術的努爾哈赤，這一次既沒有派出弓箭手、善射軍來取勝，也沒有採用包圍的戰術。

戰車與楯牌失去了效用——皇太極僅率一千騎兵，到達斡琿鄂漠後並不立刻進攻，而是文風不動的遙望觀察；龔念遂既摸不清他的動向，也不敢出擊，便只能堅守；不料，皇太極在觀察完畢之後，突然發出旗令，並且一馬當先的衝殺過來，隊伍只集中在一點，而非全面，進攻的方位正是防守最弱的一隅；很快的，龔念遂的陣營被衝破了一個缺口；而緊隨在皇太極身後的阿敏所率的隊伍半是步兵，最利於短距離搏戰，不多時就殺得明軍少有活口，地上的白雪全被屍體覆蓋、染紅，陣營全數瓦解。

而斬獲大豐的八旗大軍並不休息，立刻奔馳趕撲尚間崖的馬林本營。

馬林才接到龔念遂全軍被滅的消息，還來不及作出任何應變措施，就已被迫應戰。

這一仗，努爾哈赤改調代善為前鋒；而由於馬林先到尚間崖，結營於半山，必須由下往上仰攻，他也立刻調整戰術：

「下馬步戰——」

隨即指示阿敏和莽古爾泰：

「不可強行登山，改以步兵攻擊——明軍設有火器，火器利於遠攻，但在山林中施展不開；步戰可勝！」

於是，阿敏和莽古爾泰率領兩藍旗的軍士下馬潛行，悄悄逼近；不料，馬林竟沉不住氣，半晌不見八旗騎兵衝鋒陷陣，以為有機可趁，下令改守為攻，率軍衝下山來發動攻擊；這麼一來，擔任前鋒的代善立刻有了大顯身手的機會，一千精騎，怒馬衝殺，縱橫馳突；阿敏和莽古爾泰也立刻配合行動，指揮步兵應戰。

兩軍形成短兵相接之勢，酷烈的殺戮立時展開；馬林麾下的士卒大多是遼東當地的衛所兵，而遼東兵打自李成梁失勢之後就疏於訓練，個人的武藝乃至於全軍的戰鬥力都遠遜於經過嚴格訓練、經常上戰場的八旗勁旅，人數也是懸殊之比，交戰不久就呈「一面倒」的局面；半天後，明軍死傷殆盡，斷折的旌旗、武器和血肉模糊的人馬屍體一起橫陳，現場是一幅宛似地獄的畫面。

督戰的馬林從一開始就神魂不定，開戰後，親眼目睹戰場上的殘忍和血腥，更是心驚肉跳，惶怖不能自已，戰爭還只進行到一半，他便和幾名親信帶著一小隊人馬逃跑了。

努爾哈赤任由他鼠竄而去，不派出人馬追擊——收兵後，他從容不迫的指示代善等人：

「馬林便是逃得回開原，也要承擔戰敗遁逃的罪行，這種無用之輩，不值得去追——下令全軍盡速整隊，早早去解決飛芬山的潘宗顏！」

潘宗顏的個人才能優於馬林，但，「牛頭陣」的三營已破其二，一切都處於劣勢，根本回天乏力——他奮勇應戰，全力殺敵，不過是將戰爭的時間延長了些而已，並沒有奇蹟出現。

北路明軍也全數被殲。

戰爭結束之後，探子們上來向努爾哈赤作了個補充報告：

「潘宗顏原本約了葉赫部助戰，葉赫貝勒金台石、布揚古領兵五千上路，走到開原中固城，聽說明軍敗得慘，忙忙的退回去了！」

努爾哈赤聽後的反應只是淡淡一笑：

「葉赫的帳，改日再算；明天，咱們要全力將明方的東路軍也來個趕盡殺絕！」

6

大雪依然傾倒般的暴降，依然如鎖鏈般的擊打大地，也依然如白沫般一層又一層的塗染山林原野，僅只半夜的時間，不但戰場上遺留的血肉殘骸、折戟斷旗全數為白雪所掩蓋，一切零亂破碎都了無痕跡，便連慘酷的氣氛也消失了，大地間盡是銀白的雪光，顯現出來的竟是安詳與寧靜。

天亮以後，陽光射出的金線映照著積了一夜白雪、被包裹成銀芽的樹枝，熠熠生光，而後，枝上白雪緩緩融成水，緩緩滴落，緩緩還給樹枝深褐的色澤，「樹掛」的奇景，於美麗中猶且帶著幾分迷離虛幻，烘托著整座山林都像個不真實的幻境。

劉綎率領著東路軍於二月二十五日從寬甸出發，到達涼馬佃後與由都元帥姜宏立、副元帥金景瑞率領的一萬三千名朝鮮軍會師，再一起進攻赫圖阿拉；這路人馬行進的路線是四路中最險阻難走的，既須越過陡峭的山嶺，也得涉渡江河；而之所以被楊鎬分配率領這一軍，劉綎的個人因素占了極大的原因。

他是名父之子——父親劉顯功名極著，他沾光，從少年時代就蔭襲了指揮使之職；劉顯蓄養了許多家將，部曲也多為能征慣戰的勇士，因而在戰場上常立大功，威名遠播；但也因此之故，養成了他驕縱的習性，功勳雖高，人緣卻不好，仕途便幾度受挫。

他所參與的最大規模的戰役，莫過援朝鮮及平播州兩役，殺敵甚多，戰功亦高，敘功升官；卻因為驕恣的本性不改，數度被彈劾，丟官歸鄉。

這次起復，實是因為朝中已無可用之將，「不得已」而起用了他；但是，同僚中排擠他的占了半數以上，楊鎬也對他存有反感，因而派給他的是一條行走最艱難的路，調撥給他的人馬、器械也是四路中最差的，而且還要他與陌生的朝鮮軍會師、一起行動，弄得他還沒出師就心生怒氣。

偏偏，這次雖徵調了兩萬他所熟稔的、多次率領參加戰事的蜀兵赴遼東，卻因為長途跋涉，誤了師期，左等右等，總是不見蹤影；怎奈出發之日逼近，楊鎬且不停催戰，再三逼迫他如期出發，他只得放棄等待蜀兵，率領這支陌生而且極不理想的隊伍上路，心裏加倍不樂。

出發當天，天時更為不利——滿天颳起大風雪，不但吹折了誓師時的軍旗，又吹得兵士們無法張眼，還吹得山路盡為風雪遮蔽，咫尺之間無法辨物——

這麼一來，天、地、人三方面帶給他的都是不利的劣勢，令他倍感艱苦；二月二十七日，這隊人馬渡越橫江和鴨兒河，吃盡苦頭才勉強通過，到得路上，全軍已經疲憊不堪，所帶的軍糧也將用盡。

而且，再接下去的路程走得又倍加辛苦——進入女真之界後，一路上盡是巨石大木阻路，木為新伐，顯然是努爾哈赤特別派出人手砍下樹木、推來石頭作為路障的；一連三處，縱橫澗谷，人馬不得通行；他只得命士兵們合力推移木石，重新開路；好不容易打通了路，得以繼續行軍，但，才走到牛毛寨，糧食就已毫無剩餘。

偏偏，牛毛寨一帶原有的三十幾戶人家，都已為努爾哈赤所撤，房屋盡已焚毀，連半粒米糧都不剩。

他恨得咬牙切齒：

「這奴酋，到哪裏學得了這『堅壁清野』之計？委實可惡——」

他空有一身武藝和驍勇善戰的威名，而活活困處在荒無一糧的郊野，有力也使不出；軍士們必須捕獸為食，勉強果腹，行程也就一再延誤，整整三天時間，隊伍僅前進了六十里……三月二日才到達渾河。

而行程已然遲誤，和其他幾路軍之間的聯絡也就中斷了——他不但不知道杜松和馬林戰敗的訊息，更不知道預定由南路出發的李如柏根本沒有啟程進發的消息——而且，一到渾河，就遇上戰事。

那是一支約莫四、五百人的後金騎兵，看來是個擔負偵防任務的小隊，沿著雪地緩行，並且走走停停的觀察四周的地形；他一得到報告，就眉開眼笑，歡聲對左右們說：

「才四、五百人，豈不是來送死的嗎？」

他立刻決定親自出馬邀擊，搏個「旗開得勝」的好彩頭……他出身將門，武藝非凡，所用的鑌鐵刀重達一百二十斤，馬上輪轉如飛，初見者都驚愕得無法言語，『劉大刀』之名也就不脛而走；他自己也喜歡展現這一手無人能及的臂力和刀法，一上陣就先如表演似的亮出來，每每看得敵軍目瞪口呆，自知不敵，而後四下閃躲、竄逃。

這回，他的興頭既起，當然也就故技重施起來，一馬當先的上陣，舞起大刀。果然，這四、五百後金騎兵立刻望而生畏，沒有幾個人敢上來抵擋他的攻勢，全軍支撐不了片刻便落荒而逃。

劉綎高興極了，軍士們更是湊趣的為他齊聲高喊：

「大帥旗開得勝——大破敵軍！」

他越發得意，立刻下令：

「加緊行軍，明日便進攻赫圖阿拉！」

敵軍如此不堪一擊，他必勝的信心更強了；心裏唯一升起的隱憂卻是：

「我軍已經遲到了幾日——杜松和馬林只怕早已在準備攻城了，敵軍這麼弱，極易得手，我得加快腳程，別讓他們搶去了大功才好！」

於是越發催軍前進，一口氣趕到阿布達里岡；而後，他親駐阿布達里岡，坐鎮大營，分一小部分人馬和朝鮮兵一起在十里外的富察岡紮營。

阿布達里岡距離赫圖阿拉只有七十里❶，怎奈到達時天色已黑，無法觀察地勢地形，又只得延後到天亮時進行。

他本是將門虎子，治軍頗有一套，軍紀和效率都高於他軍，紮營等事的進行當然迅速、俐落；而他的軍隊還有一些特殊的布陣方式——行軍時，每個人都帶了鹿角，一停下來，將鹿角堆排起來，便成柵圍，既可作為夜間的護拒，也可作為戰陣的屏堵；而且片刻之間就可完成，省去了軍士樹柵的勞苦。

這一夜，他便在鹿角柵圍中歇息，讓軍士們養精蓄銳……卻在亥時將近之際，圍起的鹿角柵打開了一個缺口，迎入了幾名明軍——他聽人來報，說是杜松遣人來見，會商攻城事宜；事屬必要，他當然下令迎接這幾名杜松麾下的軍士進帳。

「杜大帥命我等向劉大帥問好——」

軍士中為首的人口齒極其伶俐，態度極其恭敬，話也說得十分中聽，行了禮，自報姓名是「張彪」，而後接著說：

「杜大帥方才得報，劉大帥的大軍已經到了，要我等先來請安；杜大帥因須坐鎮大營，不好擅離，只等明日一早會見——」

劉綎聽得哈哈一笑：

「杜大帥太客氣了——明日一早，本帥也派人過營去拜望他吧！」

張彪道：

「我軍紮營於鐵背山，距離赫圖阿拉約五十里——杜大帥預定明日出兵進攻赫圖阿拉，想請劉大帥同時出兵，一起攻下赫圖阿拉；杜大帥說，兩軍合擊，勝算更高，萬請劉大帥成全！」

這麼一說，劉綎越發高興，便把曾與杜松吵架的不愉快的事給忘到九霄雲外去了；他連連點頭：

「當然，當然——經略大人原本的命令也是各軍分進合擊！」

一面又問：

「馬大帥那邊呢？」

張彪回道：

「杜大帥派了別的人去往馬大帥和李大帥營，此刻大約也到了！」

劉綎暗一忖：

「這麼聽起來，其他三軍都還沒有出動……想是不敢貿然開打，要等四路合擊……可太好了，沒讓他們搶了先！」

於是一口答應下來：

「明日一早發兵，卯時拔營，辰時進攻！」

說完，忽然又觸及了個想頭，問道：

「杜大帥怎不發砲傳報呢？」

張彪回答他：

「杜大帥急著安排明日合擊的事，令我等先來通報；黑夜之中，大營紮於山野，烽堠極為不便，須等天亮，才好傳砲為報！」

這個理由，劉綎接受了：

「明日一早，本帥便聽砲聲為號，配合杜大帥，合力進擊吧！」

張彪也就行禮告辭：

「小的告退——回去向杜大帥覆命！」

他還回埋伏在阿布達里岡上的皇太極大營，詳細稟報經過情形，並且加以說明：

「原本，兩軍之間，三里傳一砲，作為信號；劉綎等砲聲為號——」

皇太極莞爾一笑：

「這有何難？」

後金繳獲的杜松、馬林軍中的火砲多得是，原本負責放砲的兵丁被俘擄的也大有人在：

「挑幾個來放幾砲給『劉大帥』聽聽吧！」

張彪原本也是杜松軍的降卒，什麼人原司火砲，他清楚得很……

天微亮的卯時，這一切便都準備好了。

劉綎的大軍卯時拔營，卯時三刻，砲聲在遠遠的東北方響起，一連三聲；劉綎一聽，心中暗叫：

「杜松早我一刻出發了——」

於是親自指揮，下令火速進軍；他的養子劉招孫擔任前鋒，率一千精騎先行，他親領大軍緊隨其後，都不到辰時就出發。

但是，一上阿布達里岡，困難就跟著來了。

阿布達里岡山巒起伏，重嶂疊嶺，高峻陡峭，山路更是狹小崎嶇，險窄難行，馬無法成列，人亦無法成隊，而大軍因時間緊迫，不及詳細偵察地形，探尋路徑；劉綎只得因勢就行，下令人馬單列前進，登山越岡，於是，全軍頓成一條細瘦的長蛇，蜿蜒爬行。

走到辰時將盡，巳時將臨之際，前隊已進入山腰之中，後隊剛要開始上山，又是一聲砲聲傳來。

劉綎更加著急：

「約莫是杜松開始攻城了——」

哪裏知道，全盤皆錯了！

這砲聲是後金軍的訊號……砲聲一起，埋伏在山岡裏的八旗勁旅立刻一湧而出。

霎時間，風雪為之色變——

努爾哈赤所訂下的戰略是誘敵深入後，由代善率領左翼兩旗軍從岡隘口前曠野正面攻擊，皇太極率領右翼兩旗軍由山上往下衝殺，阿敏和莽古爾泰率領藍旗軍埋伏在山岡南谷，等劉綎的大軍通過一半時從中截擊，阿敏攻其後半部，莽古爾泰攻其前半部——劉綎大軍的這條長蛇遂成頭、尾、胸、腹同時受擊的局面，後金軍密如洪水般的席捲整座山岡，切斷所有生路。

而劉綎的武藝確是不凡，確有超人般英勇，雖眼見大勢已去，己方陷入了滿山滿谷的後金刀槍箭雨中，殺不出血路脫逃了，還猶自奮戰衝殺；一面舞著手中的大刀，刀鋒的銀光和血光一起閃撲，一面嘶吼出殺聲來，直欲穿越山林；左臂中箭了，他不肯停歇；右臂也受了傷，他依然舞刀殺敵……

時間飛快流去，他支撐到天黑了下來的酉時，身邊的親信家將已所剩無幾，一萬多名兵丁更是死的死，降的降，再也無人上陣；他雙目盡赤，厲喝一聲，揮起大刀再戰，幾個回合後，他的大刀掃倒了幾名後金軍，自己臉上也中了敵刀，削去半頰，全身染成了個血人，卻依然揮刀殲敵，殺了幾十個人之後才倒下去。

幾名僅餘的家將奮力衝到他跟前，驍勇的劉招孫背起他的屍體，揮刀奪路，而畢竟寡不敵眾……

第二天，趁勝追擊的後金軍一鼓作氣，進逼紮營於富察岡的朝鮮兵營；朝鮮兵本是勉強奉命前來助戰，一看明軍大敗，更不敢出戰，打算施放火器，卻因為不熟悉施放之術，又正逢大風，飛沙走石中，火焰反入己營，更經不起後金兵的衝殺，不多時就全數投降了。❷

註一：阿布達里是滿文「婆羅樹」的意思，位在今拉法河、加哈河分水嶺處的老道溝山嶺。

註二：據朝鮮《李朝實錄》的記載，朝鮮國王幾次降諭領兵援明的都元帥姜弘立，所持的態度是既不敢得罪明朝而出兵，又懼怕因此得罪了後金而招禍，於是命姜弘立敷衍了事，「唯以自立於不敗之地為務」，姜弘立投降後，也沒有如朝中部分官員所請的「論罪」。而姜弘立本人的態度也採消極敷衍，一開始且數度推辭，不肯出任都元帥之職領兵參戰，勉強就任後既不認真督軍備戰，對於軍中糧餉、器械等各種問題更無意改善，甚至與後金暗通款曲，投降後且受到後金優厚的待遇。當時一起投降後金的朝鮮官員李民寏著有《紫巖集》一書，第五卷〈柵中日錄〉所記參戰前後的親身見聞，為重要史料，與《李朝實錄》、《光海君日記》中的記載，並為朝鮮方面關於薩爾滸戰役及與明朝、後金關係的重要研究資料。

7

戰爭完全結束了，前後僅歷時五天，除了南路的李如柏先是畏戰不前，繼而不戰退返外❶，東、西、北三軍全數敗於後金之手。

這一戰，後金大獲全勝，不但殲敵四萬五千多人，擄獲的戰利品馬、騾、駝兩萬八千多匹及甲仗火砲車輛無數，而且聲威大震，使得遼東地區原本就已經呈現的微妙情勢和走向統一的趨勢更加明朗❷。

尤其重要的是，一個觀念、一道信心、一股希望深深的植入了每一個後金子民的心中：

「明軍不堪一擊，明朝是隻大而老掉了牙的紙老虎，不中用了——我後金國才是天命所歸！」

衰老而腐朽的王朝終究要為新興的力量所取代……

後金早已是遼東地區實質上的領袖、真主，消滅僅餘的葉赫部已是遲早的事；而第一次對明朝用兵，就大敗明朝的十萬征遼軍，誅殺杜松、劉綎兩名曾身經百戰，功勳卓著、素負威名的勇將，更是形成一個良性循環，確立了後金國的威望，也越發吸引遠近地區的游離人口、小部落前來歸附，人人都願為後金子民，以謀求更美好的遠景。

這天，努爾哈赤舉行了大規模的祭天儀，感謝上天庇佑後金大勝；隨後以酒宴犒賞有功將士，盛宴由他親自主持，全程參與，親口嘉獎戰士，親手頒給獎賞，興起時且親自彈琵琶助興，將宴會的氣氛帶上鼎沸的高點；這一年，他雖達六十一歲的高齡，髮辮鬚眉半數成白絲，但，健碩的體魄依然顯得威武雄壯，臉頰紅潤發光，雙目炯炯有神，整個人英姿勃發，氣概干雲，有如麗日當空，照耀著他親手開創出來的嶄新的世代。

相對的，朱翊鈞在病中接到征遼明軍大敗的消息，情緒一激動，胸腹中逆氣上湧，一口痰翻上來，哽到咽喉中，噎得他喘不過氣來；太監們一面火速去宣太醫，一面搶上來幾個人，死命的用力為他揉胸拍背，緊急救護，一會兒之後他才勉強發出幾許「吼吼吼」的呼喘聲來；太醫趕到的時候，他的臉色在慘白中微現青紫，四肢抽搐，肥胖臃腫、肌肉鬆弛無力的身體有如中了巨毒，半睜半開的眼睛有如垂死，微微張開的口中流出涎來，而無法說話。

太醫們當然看得出來，病情非同小可，十幾名太醫會診，誰都沒有治癒的把握；沒奈何，只能開些順氣降火、培元固本的藥方，先穩住病情，再徐圖改善。

而這麼一來，內閣首輔方從哲便得不到指示來進行遼東戰敗的善後工作，事情便懸著、拖著，乃至於連戰敗的罪魁禍首楊鎬、畏戰不前的李如柏都無法議罪論刑、給予處罰。

唯一能做的事是向宮中的太監們打聽朱翊鈞的健康狀況，然後，耐心的等著；每隔兩天命師爺寫道請安疏，送進宮裏……

當然，這樣的度日方式，於他個人來說，是有利無弊的——日子一天一天的過，他的首輔寶座也就一天一天的坐，無事可辦，也就無錯會出；朱翊鈞只要病著一天，不理事一天，他的這一天便是「太平天」，既無須有「伴君如伴虎」的心理壓力，也無須絞盡腦汁的奏事、請示，或者案牘勞形；已經位極人臣，而又無下臺之虞，豈不是有百利而無一弊？

而他的心態既是如此，也就不會關注到，他的國家也和朱翊鈞一樣，已被斲傷得將至油盡燈枯。

註一：李如柏畏戰不前，藉故延緩出發，東、西、北三路軍敗亡後，為楊鎬急檄退回，途中曾遇後金在虎欄山巡邏的牛彔額真武理堪截殺，越發倉皇退回。但也有一說，是他的愛妾乃舒爾哈赤之女，為他生育第三子，他因而不敢出戰。日後，他被下獄，戶科給事中李奇珍以此事彈劾，他畏罪在獄中自殺。

註二：明朝在薩爾滸戰役中損失的數字詳見王在晉編《三朝遼事實錄》，而此役的經過及影響，後世研究的學者甚多；努爾哈赤所採取的戰術戰略，尤為戰爭學研究的重要史事實例。

8

大明朝中心憂天下的有識之士當然不是沒有——已成為士林之首、輿論領袖的「東林」成員便是最重要的一羣人……

當薩爾滸之役戰敗的消息在民間傳播開來的時候，所引起的恐怖和震驚，乃至於大大影響民心的負作用，對大明朝的殺傷力實遠過於戰爭本身。

未曾親臨戰場的人們，對於戰爭的情況都是「道聽途說」，經過一再傳播，加油添醋的成分便為真相的一倍以上；而即便是根據朝廷中直接傳出的訊息，也不盡確實——光是軍隊的人數，就因為層層虛報而大幅膨脹，一般人咸信楊鎬所倡言的「調集大軍五十七萬」，因而使得街頭巷尾的議論更雪上加霜：

「我軍有五十七萬之眾，竟會敗給建夷那種三、五之眾的小部？」

「努爾哈赤不過是我朝的看邊小夷，作起亂來，竟能殺光我天朝五十七萬大軍？難道竟有鬼神之助？」

幾番言語，一傳揚開來，匹夫匹婦們聽了，既心中惶惶，也四處奔告，加速了傳播，於是造成惡性循環；朝野中少數懂得軍事和遼東問題的專才，認真苦思下析論的朝中用人失當、楊鎬的戰略錯誤、將領們的草率用兵以及未能配合天時、熟悉地理、調和人事等幾項實際的戰敗原因，反而被這些無妄之言掩蓋；充斥於民間的，盡是不實的、誇誕的、浮泛而動搖人心的話——甚至有人問說：

「難道建夷都有三頭六臂？能以六萬夷兵殺光五十七萬天朝大軍？」

這話一出，影響又更大，幾天後，便開始化出「建夷都有三頭六臂」的傳聞，形成了更嚴重的「妖言惑眾」……

而當這一波波的傳聞、耳語，傳播到無錫，傳進高攀龍的耳中時，他緊緊的皺起眉頭，連著好幾天都一言不發。

但，他的沉默僅只於表面——心中的聲音澎湃奔騰衝擊如海嘯，震得他幾乎不能自已。

他當然知道世上沒有三頭六臂的人，「建夷」打敗明朝大軍，更非得到鬼神之助……

博覽羣籍的他當然熟悉歷史，當然懂得以史為鑑，也當然有深思熟慮後的想法：

「邊患向為中原各朝存亡續絕之關鍵，亡於北虜之手的朝代歷歷可數……三百年前，女真、蒙古相繼興起，金、元建國，不久便南下滅宋……」

「我朝以逐元而建國，開國以來，頻年對蒙古用兵；英宗遭逢土木堡之變，嘉靖時俺答入侵，京師戒嚴；都歷經許多凶厄艱難，幸得化險為夷；如今，蒙古已平靜多年，卻又逢女真興起；而我朝中亂象時起，衰象百出，天子已三十年不臨朝，朝中非庸即佞，政事敗壞；現在又逢大軍被殲，慘敗敵手……唉！難道我朝氣數已盡，將要步上宋朝的後塵了嗎？」

而後，他也想到了處身在這樣一個時代中的自己——

離開充滿是非的官場，回到家鄉來專心讀書、研究學問，已經超過二十年，付出極大心力所恢復的東林書院已經蔚然有成，不但集合了許多志同道合的朋友時常聚會、講學、批評時政，成為在野的輿論重鎮；也培養了不少優秀的年輕人，第二代的東林成員們紛紛中試任官，使得東林的精神重返朝中，比起早些年純粹在野的情況來，力量又大了幾分。

而他自己的責任也越來越重。

七年前，他視之如師，一手挑起建立東林重責大任的顧憲成病逝，他很自然而然的繼承了遺志，承擔顧憲成來不及完成的理想和使命；於是，有形的「東林書院山長」的職務和無形的「東林領導人」的責任全部交到他手裏；他清楚的記得，自己在顧憲成的喪禮上，手拈清香時，心中除了哀痛之外，更多的是無以名之的惶恐。

他自知，自己的個性、能力和顧憲成大不相同——顧憲成活動力、組織力、羣眾魅力都高人一等，學問和道德受到世人尊崇，博得了極高的聲望，和朝中諸多要人也都有深厚的交情；集合這些條件創辦東林，便能在當代形成重大的影響；而自己是個單純的學者，最大的才能、最適合的發展是苦心鑽研學問，而不是在社會上奔走，推動政治改革；因此，他對於要接下「東林」的棒子，沒有很大的自信……

幾年下來，他屢次檢討自己，總覺得，自己勉力做到了「守成」，而沒有法子將「東林」推動得更上一層樓，也沒法完成顧憲成念茲在茲的理想和使命——顧憲成臨終前，執他之手，再三反覆呢喃：

「讀聖賢書，所學何事？值此衰世，須奮力挽救世道人心……」

當時，他感動得熱淚盈眶；幾年後，他再三檢討時，依然熱淚盈眶，但是，胸懷中除了感動外竟是慚愧，因而竟使身體微帶戰慄。

「這些年下來，我沒能使『東林』發揮出好作用……輿論的力量越來越小，時局越來越壞，讀書、講學，都已無挽救世道人心之力，而只是書房中的事……現今，唯有把希望寄託在已中試任官的第二代弟子上，少年英銳……」

他的心中積聚了大股無力感，唯一能掩去這無力感的是寄託希望於下一代——楊漣、左光斗、魏大中等幾個優秀的東林成員，中試任官以後，開始有了建樹，也許，不久的將來，他們能把「東林」的精神發展到極致！

「已呈衰亂的當世，確是需要大力挽救——世道人心、政治、軍事……」

他重重嘆氣，眼光定定的注視著顧憲成留下的對聯——那是他最熟悉的兩句話：

風聲雨聲讀書聲聲入耳

國事家事天下事事事關心

重新再讀上一遍，沉重的心情更加沉重，應對之道還是只能自我安慰，或竟是逃避現實似的，把希望寄託在下一代身上……除了寄託希望以外，他完全沒有具體的想法。

然而，遼東的問題根本不容他等待第二代成長後來改善——不過短短的三個月後，努爾哈赤又展開了新的行動。

9

朱翊鈞的病還不見起色，薩爾滸之役大敗後的遼東政策還沒有擬定，努爾哈赤的大軍已經連下開原和鐵嶺，使瀋陽、遼陽的屏蔽盡失……

一路南下，進據全遼，這本是努爾哈赤既定的策略，而薩爾滸之役大捷，他的軍心士氣都處在高昂勃發的狀態，當然要「打鐵趁熱」，繼續用兵。

時在六月，山巒與原野都被草木染成蒼碧與翠綠，間雜著隨風搖曳的山花點出姹紫嫣紅，聯合繪成極美之景。

六月十日，他率軍出發——在這之前，他已收集了完整的情報，對開原城中的一切情形都瞭如指掌，因而，所訂出的戰略高明得無任何缺失。

大軍出發的同時，他派皇太極率領幾百騎兵，逕向瀋陽而去，沿途盡量虛張聲勢，誘使明朝誤以為他的目標在瀋陽；他自己親率主力部隊四萬精兵悄然直抵靖安堡，於六月十六日突襲開原城。

開原城的守軍力量薄弱，總兵官馬林二月裏才自尚間崖大敗逃回，驚魂未定，立刻再倉卒應戰，先就氣虛膽戰，居了下風；後金的精兵既一面圍攻，一面以精銳進擊明軍在東門外的設防，把明軍殺得大敗，爭先恐後的逃回城中，在東門的門口擠成如蟻羣的一片，於是後金軍越發有機可趁——一聲令下，立刻展開奪門戰——後金軍雖然多是騎兵，但是下馬步戰，人馬一湧而入，助攻西、南、北三門，裏應外合的夾擊，不多時便全部攻下，盡殲明軍。

馬林早先派了人馬四處求援，但僅有鐵嶺派兵馬來援，而且走到半路遇上後金截擊，怯戰退回；瀋陽原本駐有大軍，卻因為皇太極率隊虛張聲勢，使瀋陽方面不敢支援，而眼睜睜的坐視開原陷落……

後金軍在開原停留了三天，將財物、布匹、糧食、牲畜、降兵、降民等仔細整理，裝載，分批運回；而努爾哈赤並沒有率領大軍返回赫圖阿拉——他藉口天熱，帶著隊伍進駐鐵背山上的界凡城，俟秋涼再返，以避開炎暑；其實，他是讓士卒在界凡城中休息一陣後，重新進行對明朝用兵的計畫。

下一個目標是鐵嶺。

鐵嶺位在開原城南六十里——他當然不必徒然浪費力氣，往返赫圖阿拉一趟。

這次進攻，他也運用了一貫的「智取」的方法：先以金銀財物買通一部分城中守將，令他們裏應外合，一舉下城。

七月二十五日，他率領大軍包圍鐵嶺。

鐵嶺本由四月間才上任的遼東總兵李如楨屯駐——朝中實無將才了，好不容易才想到李成梁的第三子李如楨在朝，於是重用了他；到任後，楊鎬因為鐵嶺是李氏祖地，便命他守鐵嶺。

然而，李如楨根本不成材；他由父廕為指揮使，官至右都督，並任職錦衣衛，曾掌南、北鎮撫司；但是從未經歷過戰陣，根本不知兵；受任總兵之後，倚恃著父兄的權勢，又以錦衣衛近臣自居，傲慢驕縱，多行不法；而且不知職責之重，只知享受，來到鐵嶺一看，沒有繁華熱鬧可供逸樂，便待不住，索性給楊鎬好處，改駐瀋陽。

鐵嶺的守軍便由參將丁碧率領，而丁碧早已接受了後金的收買；因此，即便麾下的游擊喻成名、史鳳鳴、李克泰等奮勇抵抗，苦苦支撐，也難逃戰死城陷的命運。

戰爭進行不到一個時辰，丁碧就悄悄打開城門，讓後金兵進城……

豔陽高照下，後金的八旗軍旗虎虎生風，閃閃發光，八旗勇士們高聲歡呼，努爾哈赤的聲威再增加一成，而明朝在遼東的國土已喪失大半。

事態實在太嚴重，內閣首輔方從哲不得不率領著兵部的官員們，「冒死」跪在皇宮門口，叩請朱翊鈞關注遼東問題，給堆積如山的奏疏一點裁示……

「遼東不保，胡騎將長驅直入，犯我京師——」他仔細的向太監們剖陳利害，請太監們轉呈朱翊鈞，並且拿出袖藏的地圖指給太監們看，以示他不是危言聳聽，同時詳加解說：

「各位請看，開原、鐵嶺已陷，瀋陽已失去屏蔽，如瀋陽再失，建夷便可直下山海關；而由山海關奔北京，只有兩天路程……後果實在不堪想像！」

甚至，他加重語氣，半帶威脅半是哀求的說給太監們聽：

「我朝開國以來，已有幾次京師戒嚴的事發生，許多人身家性命不保——這次，萬萬不可再出這種事，各位公公，萬請盡力！」

太監們也曉得茲事體大，爽快的答應他：

「咱家們一定盡力！」

為首的一名更是具體答覆他：

「咱家們一定全日全夜的候著，只要萬歲爺一有精神，就立刻替閣老稟奏；也一定再三催著萬歲爺給句話，下個詔！」

而且，他果然說到做到……

幾天後，太監們的努力有了成果：

朱翊鈞總算在病情稍微減輕，略可強撐起精神說幾句話的當兒，裁示大臣們的請求。

首先，他對薩爾滸之役大敗的事，表示了意見：

「從重懲處失職者——」

而對兵部請求加重遼東地區的兵備，以盡速收復失土，以及所擬的新的遼東經略人選，他也說了聲：

「准奏——」

於是，「皇恩浩蕩」了，所有的人都如釋重負，遙向皇宮叩首謝恩，然後忙忙的辦理自己被批准的事情。

兵部和刑部會商後擬了旨，逮楊鎬和李如柏回京下獄定罪，而新任命的遼東經略熊廷弼❶也立刻準備上路就任。

熊廷弼乃是朝臣中少數熟悉遼東事務的人——他曾在萬曆三十六年十一月至三十九年六月的兩年七個月間，擔任遼東巡按一職；任事當時，官聲極好，對遼東也頗有建樹——再怎麼千挑百選，也沒有比他更好、更適當的人了。

他是湖北武昌人，字飛白，號芝岡；小時家境極為貧苦，幾度瀕臨餓斃的困境，卻因此而磨練了心志，形成他堅毅剛烈的個性；而且他的家境雖窮，天賦卻異常聰穎，無力上學，但一面放牛協助家中生計，一面自修讀書，成績竟比同鄉中其他人要好得多。

萬曆二十五年，他高中鄉試第一名舉人，次年即以三十之齡一舉考中進士。

步入宦途後，他先被授為保定推官，不久擢任御史；萬曆三十六年，升任遼東巡按；在職期間，時任遼東總兵的李成梁與巡撫趙楫有諸多不法的事，他逐一查明，上疏彈劾，怎奈，這兩人在朝中黨羽甚多，一力迴護，他的彈劾根本到不了朱翊鈞跟前，弄得他心灰意懶；但是，這兩年七個月間，他杜餽遺、核軍實，按劾將吏，不事姑息，風紀大振，卻是有目共睹的政績。

萬曆三十九年，他調任南直隸提學御史，在任內，他採雷厲風行的態度整頓早已流於浮弊的教育，也因此而有「嚴明」之聲；不料，兩年後，他於杖責諸生時發生意外，芮永縉因此而死，以致他蒙上「殺人」的罪名，罷官回籍聽勘；此後整整七年，始終沒有機會起復。

這一次，他被廷議「破例」以「熟邊事」起用，原本打算賦他以「大理寺丞兼河南道御史，宣慰遼東」的官職，卻在他到達京師前就改成「兵部右侍郎兼右僉都御史，經略遼東」──官位提高了，所賦予的許可權也增大了，更且因為遼東情勢危急，新任經略責任重大，又特別賞賜了尚方寶劍，以加重他個人的威望和權力，期許他盡快收復被努爾哈赤攻陷的失土……

而對於明朝重用了這麼一個能人來到遼東，努爾哈赤還是先盡量收集他的資料作為依據，再擬定因應之道，對於自己既定的對明朝用兵、統有全遼的計畫並不會因此而改變。

這一天，他主動向代善、皇太極等幾個兒子提起熊廷弼其人來，要兒子們注意他到達遼東的時間，一面笑咪咪的說：

「聽說此人左右手都能射箭，武藝想必不錯——不容易啊，明朝的文官裏頭學過武的，怕只有他一個人；改天若能與他在戰場上較量較量，會是件過癮的事！」

他確有此意——出兵的新計畫已經盤在腦海裏了，遇上熊廷弼對陣，不是沒有機會——雖然他打算在最近征伐的對象並不是明朝……

註一：關於熊廷弼的研究專著不少，成專書者有：
(1)李光濤著《熊廷弼與遼東》（中央研究院出版）。
(2)喻蓉蓉著《熊廷弼與遼東經略》（中國文化大學博士論文）。
單篇論文有韓道誠撰〈熊廷弼之經略遼東〉、喻蓉蓉撰〈傳首九邊的悲劇〉等。

10

熊廷弼於八月三日入遼東首府遼陽城，正式就任經略，而努爾哈赤已作好周全的戰前準備，幾天後，後金的八旗勁旅四萬人馬大舉出動。

但，兩人並未相遇、交鋒——這一次，後金作戰的目的是消滅扈倫四部中最後殘餘的葉赫部。

大軍出發前，努爾哈赤召集從征的諸貝勒、將領來談話；他先是感慨萬千似的說了一句意在言外的話：

「咱們跟葉赫部糾糾葛葛的牽扯了這麼多年，現在，也該扯出個結果來了！」

許許多多的往事，恩怨情仇，牽絲絆葛，前後已近四十年的時光，而一切的感觸，全都不必再說，更不必想，最好的處理方式是化為具體行動，徹底結束有形、無形的糾葛，完成女真的統一大業。

「這次征葉赫，如不能徹底消滅葉赫，我誓不返回！」

這話是目標，也是堅定確實的宣誓，接下來，他一如發動其他戰爭時的前奏：命人打開繪製詳細的地圖。

而在場的每一個人對葉赫部都是熟得不能再熟，沒有任何事不清楚的……

葉赫總寨分東、西兩城，兩城相距三里，東城由貝勒金臺石居住，西城由貝勒布揚古居住；目前的實力東城優於西城——東城依山修築，堅固險要，又稱葉赫山城，本是納林布祿的大本營，納林布祿死後移交給親弟弟金臺石駐領。

金臺石的能耐比起納林布祿來差了許多，因此，葉赫山城在武力上已經不足為懼，比較要在意的是它的地勢和建築——

葉赫山城的主結構外大城主要以巨石堆疊建成，外圍木柵，內為木造城。城內外的大壕有三道，其中堅是一山特起巒，山坂，周迴使峻絕，再於其上建石城。城裏又是木城，木城中有八角明樓，是指揮中心和居住、儲財物的所在。如此上下內外，共有城四層，木柵一層。

而山城儘管險固，軍隊卻不過萬餘人——葉赫部打自萬曆十一年，貝勒清佳砮和楊吉砮為李成梁設下的「市圈計」所殺，此後又遭幾次剿掃，元氣大傷；乃至萬曆十九年，發動「九部聯軍」進攻建州，再度慘敗之後，實力、聲威都大受損傷，逐漸由原先的第一強部而趨衰萎；十年前，納林布祿病死，金臺石繼位，實力衰退得更加厲害；而今，葉赫在實質上已是個不起眼的小部，軍隊不過萬餘人，甲冑不過上千；而且許久沒有打過勝仗了。

努爾哈赤當然有必勝的信心——

「我後金軍不但先前破哈達、收輝發、伐烏拉，扈倫四部已得其三；近日的薩爾滸之役、開原、鐵嶺等役都大勝明軍——哪裏還會拿不下一個小小的葉赫呢？」

實力此消彼長，當年，他赤手空拳，面對葉赫強部，是以小搏大；而今，後金建國，國力蒸蒸日上，比之逐日衰退的葉赫，乃是以大博小……他自知，自己麾下八旗，只要派出任何一旗去征葉赫，都能剿滅葉赫，凱旋而歸。

但，他仍然沒有掉以輕心，仍然一如往常，布下周密的戰略；而且，特別派出大批人手，注意蒙古察哈爾部的動向——葉赫雖已勢弱，但，金臺石將長子德爾格勒之女嫁給了林丹汗，結了親家，遇有戰爭，難保不向林丹汗求援——葉赫固然不是己方的對手，但兵強馬壯、實力雄厚的林丹汗委實是個不容忽視的人物，因此，他特別多費工夫。

準備周全後，他開始具體進行——一如往常，他親率大軍出征，自督中軍，而將其他的人馬分派各項任務：

「額亦都責領前鋒軍；假扮蒙古兵的模樣，逕馳葉赫山城——」

「大貝勒代善、二貝勒阿敏、三貝勒莽古爾泰、四貝勒皇太極等各率本旗半數人馬，偽稱征討蒙古，繞路潛行，直向葉赫貝勒布揚古所駐西城進攻——」

八月二十二日，兩支隊伍分別包圍葉赫的東、西兩城。

兵力薄弱的西城貝勒布揚古原先得到的消息是後金將征蒙古，因此，注意力放在蒙古的戰況上，既派出人手向林丹汗報訊，通知蒙古方面作應戰的準備；也非常小心謹慎的繼續打聽消息，卻沒料到，自己才是真正被攻伐的對象；事到臨頭才知凶危，倉促間慌了手腳，而且，原先沒作應戰的準備，也沒向外求援，臨時被圍，只能向東城告急，但東城也已被後金軍包圍，無法前來支援。

他先是與堂弟吳達哈一起領兵巡禦四門，親自上陣抵抗後金兵的攻勢，苦苦支撐了一個多時辰，城寨還是被驍勇的後金軍攻破；他退入自己居住的樓中，周圍只餘幾十名親兵護衛，情勢危險極了；但，後金兵包圍了他的木樓之後，卻像有意放他一條生路似的，並沒有發動攻勢進逼；反而是大貝勒代善單人單騎來與他見面，勸他投降。

他哪有猶豫、考慮的餘地呢？開門出降，才是唯一的選擇……

四大貝勒的任務很順利、很迅速的圓滿完成，而就在代善接受布揚古攜全家投降的當兒，一名傳令兵過來傳遞努爾哈赤新發出的命令：

「大汗命大貝勒與二貝勒、三貝勒留駐西城，完成善後諸事；單請四貝勒火速赴東城助戰，無須另率人馬，只須親身前來！」

皇太極當然領命，於是單獨行動，飛身上馬，和那名傳令兵一起離開西城，直奔東城。

他向那名傳令兵問道：

「東城的戰況如何？」

傳令兵帶著得意的笑容告訴他：

「早就打下來了——那座葉赫山城雖然據天險，但在大汗手裏算什麼呢？」

然後詳細描述戰況：

後金的八旗勁旅天一亮就整隊出發，未交辰時，大軍已然團團包圍葉赫山城。

金臺石當然不會束手就擒——他手下約有六、七千人馬，聚合起來，頑強抵抗。

山城居高臨下，最最適當的戰略是據險設阻，在陡峻的山路上設埋伏，並且由上往下射矢鏃、發巨石、推滾木、擲火器，使敵軍無法登城而致勝；但，身經百戰的後金軍哪裏會拿這些簡單的防守戰術沒輒呢？

「打清河的時候，大汗不是想出來過抬木板擋箭、擋火的辦法嗎？有什麼難的呢？」

「父汗的戰術當然高人一等——」

「葉赫山城周邊樹的是木柵，大汗命弟兄們過去，不必衝鋒，從下掩進，把那些木柵下段砍斷就行了；果然，不用打，木柵就全倒了；然後，鑿空石城的城腳……要不了半天，再怎麼堅固的城牆也倒了；兵士們怎麼守呢？咱們的人馬一衝過去，就死的死，降的降；第三圍，又是木城，更不費事，沒多久就打下來了！」

他說的極其輕鬆，但皇太極還是忍不住追問：

「我軍死傷如何？」

傳令兵回答他：

「不很嚴重——其實，就連葉赫兵的死傷也不怎麼嚴重；葉赫整部都已經沒有鬥志了，士氣低得很，投降的人非常多；大汗是從來不為難降兵的，連降兵中有傷的，也叫一起醫治，反倒救活了不少人呢！」

皇太極一聽，心中油然興起一陣感慨：

「兩軍對壘，最重要的便是鬥志與士氣；葉赫部全無鬥志，難怪『一面倒』，我方士氣高，鬥志強，當然大勝——」

他經歷過薩爾滸之役，登時覺得，這次征葉赫，只是場小規模的小戰役：

「弟兄們一定殺得『不過癮』——」

但是，心裏也不免嘀咕：

「既已大獲全勝，父汗怎說要我去『助戰』呢？山城都已倒陷，我還能助什麼戰呢？」

出口詢問了那名傳令兵，所得的答案卻是：

「大汗命我到西城傳令時，正是金臺石後退，逃往他所住的八角樓，我軍一路前追的時刻；大汗命我傳令，我便按照大汗的命令傳達，並不知道為什麼——」

而到了東城之後，皇太極才恍然大悟——

葉赫山城的建築已經倒的倒，塌的塌，天險無法再據，葉赫的軍隊已然全數瓦解；而正如那名傳令兵所言，這場戰爭進行得並不激烈，投降的人多過死傷的人許多，因而現場的情況並不是血流成河、橫屍遍野的慘酷畫面；而且，重重包圍了金臺石的八角樓的後金兵也沒有發動攻勢——一如包圍西城的布揚古一樣，努爾哈赤是有意放金臺石一條生路……

皇太極的心中登時興起了一股複雜的感受，勉強控制著不在臉上顯露出來；然後，他策馬趨前，去見努爾哈赤。

努爾哈赤的神情也是平靜的——他在一把張開的大黃傘下坐著，目光遙遙凝望不遠處的八角樓；手中的八面令旗已經捲了起來，現場一千名包圍八角樓的軍士，雖然有部分張著弓弩，卻沒有人發射，也沒有人喊殺喊衝；氣氛相當和緩，和緩得不像個戰場。

八月裏豔陽高照，爽朗的氣候平靜無風，世間的驚心動魄都被隱藏起來，潛伏在人的心中。

皇太極下馬，徒步到努爾哈赤跟前。

「父汗召喚，孩兒領命——」

努爾哈赤移過目光來看他，隨即點點頭說：

「金臺石就在前面的樓上，已無戰力；他的大兒子德爾格勒已經投降，小兒子和他的妻子跟他在樓上耗著；他方才嚷著要舉火自焚，吼吼叫叫的——」

說著，語鋒一轉：

「他是你的舅父，你去勸他投降吧！」

這是個尷尬、為難的任務，而皇太極是唯一人選——皇太極心裏打鼓，但既不敢推辭，也毫無完成任務的把握，因而低著頭，不敢抬眼正視他，唯有大聲的應出個：

「是——孩兒領命——」

反身走了，獨自默默的步行到八角樓前去；雙眼看著自己的雙腳和腳下的身影，心裏無聲的數數。走得近了，包圍八角樓的後金兵自動讓出一道空隙來，讓他走到樓臺前。他抬起頭來，亮麗的陽光刺眼，連帶的刺進心裏，讓他想起自己的母親來，於是刺得更痛；他強忍著，眼睛瞇成一條線；然後，他高聲喊：

「舅父——舅父——請與我說句話——」

八角樓上只剩下少數幾名葉赫軍士守台，張著弓，挺著槍，似是準備隨時垂死一搏，金臺石聽到了皇太極的喊聲，手一揮，讓軍士將弓收了，自己從樓上伸出半身來與皇太極對話。

皇太極力持和婉的口氣向他說：

「舅父，事已至此，您就主動下樓來，歸附我父汗吧！」

然而，金臺石的反應卻是發出悲悽的一笑：

「我葉赫部幾次與建州為敵，你父汗早就恨透了我部——你總不會忘記吧，你父汗多少次咬牙切齒的說，他跟葉赫部，跟納林布祿是不共戴天的；如今，他強了，葉赫弱了，要我歸附他，任他殺剮，我還不如死在自己家裏呢！」

皇太極小心翼翼的對他說：

「父汗恨的是納林布祿舅舅，並不是您——您無須多慮！」

金臺石冷笑一聲說：

「我是納林布祿的親弟弟，他不把帳算到我的頭上才怪！」

皇太極說：

「不會的——否則，父汗不會特意叫我從西城趕過來勸您！」

金臺石嘿然道：

「那是在做樣子啊，讓人家都看到了，他可是仁至義盡了，叫我的親外甥來勸降！」

說著，他一揮手，不耐煩了似的向皇太極說：

「好了，不信你去問他，我若降了，他將怎麼對待我？或者，你去跟他要一個承諾，讓他對天立誓，會善待我——」

這下，皇太極為難了，心裏暗忖：

「父汗絕不會對天立這種誓的……」

但是，不能對金臺石這麼說——他只能竭力苦思，想出個完善的說法來，讓金臺石接受；偏偏，短時間之內想不出來。使他苦惱極了。

而就在這個時候，金臺石的妻子也從樓上伸出半身來，向皇太極說：

「德爾格勒已經投降了，是否安好？如你父子可以善待他，我的小兒子沙渾也一起投降，沙渾年幼，你要保證日後能厚養他！」

皇太極頓覺遇到了救星，連忙高聲對她說：

「舅母請放心，德爾格勒和沙渾是我的表兄弟，骨肉至親，我保證，絕不會有半點差失——也請您勸勸舅父，彼此至親，何苦僵持下去呢？投降的話，大家重新敘親情，都是一家人呀！」

說著命人帶已投降的德爾格勒過來，讓大家都看到他不但安然無恙，而且神色如常；然後再高喊：

「舅母，舅母——您看見德爾格勒了，他很好——他不是戰俘，是我的兄弟哪——」

接著，德爾格勒幫腔：

「皇太極說得對——大家骨肉至親，姑父一點也沒有為難我——」

這話起了作用，剛說完，金臺石的妻子就下定了決心，一手牽著沙渾的小手，一手扶梯，款步下樓，但是，金臺石反而抽身退入房裏。

皇太極一身顧不得兩面，只能先帶著德爾格勒上前迎接沙渾母子，卻不料，才接了沙渾母子出圍，說不到兩句親切的話語，還不及關注金臺石的動向，八角樓上就突然冒起大片熊熊火光，他登時心中一驚，一涼，口中惶然出聲：

「糟了！舅父自焚了！」

11

連著十幾天馬不停蹄的奔波，翻山越嶺，涉水渡江，走遍水路兩道，看遍大小關隘；熊廷弼彷彿欲把遼東的每一寸土地都烙上足印，都深入的探測個一清二楚；為了達成這個目的，別說是勞累，便是可能遇上敵軍的危險他都置之不顧，一心一意的仔細勘察地形地勢，並且隨手筆記，入夜以後更不休息，一面思考，一面督促手下們繪製圖表……

一趟路走下來，他自覺收穫良多；而隨行人員們的感受卻是大大相反，口裏雖然不敢吭氣，心裏無不叫苦連天，暗暗抱怨：

「你來做這大剌剌的『經略』，要把命賣給皇帝老子，便只管自己賣去，何苦來瞎整我們，叫我們跟你上山下海？吃這等從來沒見識過的苦頭？」

怨毒一點的，甚至詛咒起來：

「什麼經略，什麼巡撫，可都是三天兩頭換人的——俺們吃了十幾年軍糧，見過的文官兒都數不清啦！憑你再怎麼賣命，只要朝廷裏的權要、宮裏的太監沒打點好，就待不久——越是正派的人越做不了遼東的官！哼哈，瞧你這一本正經、二五八萬的，兩榜進士出身，滿口為國為民，就以為皇帝老子真疼你了？呸！上回的遼東巡按才做多久就回家吃老米飯去了？這回，這個經略，瞧你能做多久！」

而這些話，當然沒有人會傳到他耳中去，他也就疏於注意切身的這一點：遼東的軍士打自李成梁老朽、去職以來就日趨荒怠，少見操練，早已懶散得吃不得半點苦頭，對他這個剛上任就逼得所有的人立刻變勤、變勇的經略，簡直恨到骨子裏了！

他的心中只放著一件事，那便是如何護衛遼東，如何擋住努爾哈赤的攻勢。

偏偏，才剛一返回遼陽，一腳跨進官署，就看到桌上堆積著厚厚一大疊文書，所傳遞的又是一個大不利於明朝的消息。

「大人，您可回來了——」

迎接他的師爺立刻為這疊文書的內容作重點摘要，言簡意賅的說明：

「後金國汗親率大軍，剿滅了葉赫，葉赫貝勒，一個投降，一個自焚；葉赫部煙消雲散——和哈達、輝發、烏拉一樣的煙消雲散了！扈倫四部全數不復存在！」

才進門，一身的塵泥，一臉的風沙都還沒有洗去，人才剛坐下，乾渴的喉中還不曾喝下半口水來潤，耳中就聽到這麼刺心的事，熊廷弼不由得雙眉一揚，下意識的從又乾又燥的喉中發出一聲嘶啞的怒喝：

「什麼——」

接著，他重重一拳擊在木桌上，將剛端上來的茶盅擊得簌簌亂顫：

「這奴酋，才下我數城，又吞了葉赫——簡直日見猖狂！」

他是個體格魁梧壯碩的人，容貌端肅，鳳目長髯，平時即帶著一股威武之氣，情緒一激動，神情又分外可畏；幸好這師爺已追隨他多年，不像其他人會登時受到驚嚇，瞠目結舌，手足失措——等他怒氣稍歇的時候，師爺繼續向他請示：

「大人，上奏朝廷吧？」

這請示當然是形式——發生了這麼重大的事情，哪裏能不奏報呢？雖然，奏報了之後，不見得會獲得皇帝的關注，但還是要竭盡全力。

「嗯——」他吩咐師爺：

「詳細說明全部的情形，越詳細越好——語氣重些，此事關係極大，務要引得萬歲爺重視！」

師爺去擬稿了，而他心中越發百味雜陳；悶不吭聲的坐了好久，出神了，連茶水都忘了喝；許久之後，他長長的吁出一口氣來：

「這奴酋，委實是個不好對付的厲害角色！」

這是嘆息、感慨，也包含了無奈，而心中不由自主的想起了往事：

那是十一年前的萬曆三十六年，他受命巡按遼東，生平第一次踏上遼東的土地，儘管各方面都陌生，但立刻感受到一股不尋常的氣象。

「有一道新生的力量在滋長——」

無形、無聲，但是隱然有力、有氣；再經過一段時日的觀察和思考之後，他很明確的告訴自己，這不尋常的氣象中包含了蓬勃與旺盛，像春天裏四處抽芽、滋長、蔓延的野草，能在瞬間席捲原野，沒有任何力量可以阻擋。

而這個結論令他不安、憂懼，乃致整夜不能入眠；因為，這股蓬勃旺盛的生命力的擁有者並不是己方，不是已有兩百多年歷史的明朝，而是表面上看起來還不怎麼起眼的女真部，以努爾哈赤為首的建州！

因此，他一面竭盡全力的做好自己巡按遼東的工作，整飭吏治、軍紀，興文修武，一面分心注意努爾哈赤的動向、作為和整個建州的發展，也再三上奏朝廷，提出預警似的建言：

「今為患最大，獨在建奴——」

職責所在，他務要提醒朝廷注意，早作防範；怎奈，說破了嘴、寫爛了筆，也沒有人將他的話放進心裏，更沒有人好好的思考，接受他的建議，早擬對策……

時間一過十年，他再次來到遼東，所面對的是那無形、無聲的新力量已化為具體的國家，形成一個更難對付的情勢，嚴重的程度比他十年前預估超出了不知多少倍。

「建國稱帝，敗我大軍，統一各部，日趨壯大……接下來，可不就是逐鹿中原？」

他想得喟然長嘆：

「即便是十年前，我已看出他的為患，卻還是將他低估了……短短的十年，竟讓他創出這樣的局面！」

他不是楊鎬那等無知無識之輩，面對這樣一個非凡的人物，原本就不敢低估，不敢輕忽；現在，更要加倍重視；甚至，他提醒自己，對手的傑出和強大都已經遠勝己方，以往的心態和遼東政策都需調整，出京前所擬的幾個用兵計畫都得放棄。

「他早非『看邊小夷』，而且，不宜草率用兵征剿，否則，必會重蹈薩爾滸大敗之覆轍——」

而這一趟親身馳赴各邊隘口相度地形、察考形勢之後，心中的謀策在逐日細思之後更加明確，為因應現實情況，不得不改變原訂的計畫：

「看來，已陷他手的幾個地方，短期內無法收復……收復開原以保遼之策更不可行，進剿、用兵都不是良策——」

連同他在出京赴遼的途中，一路苦思的遼東政策都得放棄——考察了一趟之後，他擬出最合適的對策：

「目下，當以『守』為準——先固守遼陽，阻他前進，再徐圖收復！」

這趟察考，他也找出了四處適於布兵的險要之地，可以扼阻努爾哈赤的鐵騎進犯遼、瀋；這四處分別為東路靉陽、南路清河、西路撫順、北路為柴河與三岔兒之間——他估算過，薩滸大敗之後，遼東兵力大損，兵員、馬匹、武器、糧草都不足，無法作全面性的廣布守軍，唯有擇這四處險要，駐以精兵；如若努爾哈赤率軍進犯，還能發揮作用，否則，整個遼東淪陷，已近在眼前。

「這是唯一可行之道——」

他緊皺著眉頭，心裏不時長吁短嘆：

「職責所在，我務必要守住遼東僅餘的這半邊國土，否則，全遼一陷，八旗鐵騎進逼山海關，而後下北京，後果嚴重……但如遼、瀋能守住，拖過幾年，情勢或可能有所改變……唉！以後的事，只有聽憑天意，眼前的防衛、堅守之策，才是當務之急……」

因此，心中又轉念：

「多想無益，我還是先擬出防守之策，上奏朝廷吧！」

但，理智上儘管這麼想，情緒仍不免收不回來，於是，依然連聲嘆氣；甚至，待要潛心想好守策的完整計畫，又不免心猿意馬的岔出去想：

「朝廷會許我易攻為守嗎？萬歲爺向來『龍心難測』，朝中諸老對遼東事務幾乎無一通曉，能有什麼辦法讓他們瞭解遼東的現況與情勢，進而向萬歲爺美言，准我之奏呢？」

這麼一想，心緒越發不寧，不確定感油然而生，而且越往深處想，越是憂慮不已：

「朝廷命我經略遼東，本意是接續楊鎬之責，征剿努爾哈赤，只怕難以准我採『守』之策……唉！屆時，只怕不但不准奏，還將催我用兵……」

反覆想來想去，他的嘆息聲便連續不斷的延綿了一整夜——他原本是個剛強果斷且能力超卓的人，從小因為家境貧苦而磨練得個性、意志都遠勝常人，平日裏少有嘆氣的時候，像這樣連番嘆息，反覆思謀，是生平僅見的事；而且，原有的英雄氣概和勇往直前的習性都被心中的隱憂掩蓋了。

甚至，他的眼神黯淡了下來，眉頭皺得更緊，臉上出現的是灰敗之氣……

而努爾哈赤的神色與他大不相同——

從葉赫班師返回的時候，他的心情雖然複雜，精神卻非常好，女真的統一大業已完成，這是女真史上的大事，意義重大，遠勝其他的一切，因此，他的心裏飽滿如鼓，昂揚如風；唯有好幾次情不自禁的想起蒙古姐姐來，心裏才湧起傷感和惆悵，而因為刻骨銘心，便無法揮去；甚至，好幾次想把皇太極叫過來——這個舉動雖然被他自己強行忍住，但是，心中的恍惚還是難以驅逐。

甚至，隊伍進了赫圖阿拉城後，他的心情仍偶或與葉赫部相浮沉；拖延了三天，才徹底脫離這個氛圍。

這一天，他像是下定了決心似的，派人去把皇太極叫來；但是，皇太極來到跟前的時候，他絕口不提葉赫的事，而是吩咐他：

「你去試擬一個攻打瀋陽的計畫來！」

說完，他連看都不看一眼皇太極那興奮、雀躍的眼神，就作了個手勢，示意皇太極告辭退出去。

而這番交付任務，他倒也不是做作，或者故弄玄虛——攻打瀋陽早就是既定的策略，遲早都要實行，讓皇太極擬戰略，當然是給皇太極一個機會——精神上徹底擺開了葉赫的困擾之後，他倍加精神抖擻，很清楚的對自己說：

「世上已無『葉赫部』，此後不用去想它了——現在要想的是明朝……要打敗明朝，使明朝和葉赫部一樣，不復存在……明朝在遼東，只剩下遼、瀋等幾座大城，不難拿下……」

他還不確知熊廷弼防守的計畫，但對自己的使命、理想，以及己方的實力都有十足的信心，因而整個人神采奕奕。

12

熊廷弼的奏疏果然如他自己所料，在朝廷引起不少反對的聲浪；這回，倒不是因為派系、人事或者「為反對而反對」的無謂的意氣，而是確確實實的反對他的遼東政策。

對遼東情勢毫無所知的大臣們，幾乎是異口同聲發出咦然的責問：

「怎的長他人志氣，滅自己威風？」

因為無知，所以反對採取守勢，主張進剿——朝中絕大多數的人都說：

「薩爾滸之敗，實是奇恥大辱；朝廷以熊廷弼為能人，委以重任，乃是指望他勇往直前，一舉殲滅奴酋，一洗薩爾滸之恥，重振我大明天威，怎可不進剿，不收復，而停兵於遼陽呢？」

更有人說：

「清河、撫順、開原、鐵嶺，都是要地，陷落之後，影響重大，熊廷弼如不及早收復，將坐大賊勢！」

「起用他時，萬歲爺有旨：恢復開原乃禦虜安邊急務，而今，他不攻只守，豈非辜負了萬歲爺的聖眷？」

這些話越說越多，越說越激烈，終至於沸騰起來，也波及到其他：

首先，被逮問入獄的楊鎬，不得不拿出更多的錢財來打通關節，求請保命；而在戰場上裹足不前，也被拿問進京下獄的李如柏，在衡量了自己父兄都已不在、家族勢力已經式微、自己不戰而退的罪名很難減輕的狀況下，在獄中畏罪自盡。

其次，內閣首輔方從哲原本就因為兒子不爭氣，鬧出事來，令他焦頭爛額而盡可能的告假，躲在家裏韜光養晦，多日不出，卻被這事逼出了大門。

他不得不回到朝班上，料理這件事；而事情委實棘手、難辦，他頭疼極了。

一連好幾天，他都只能使個「拖」字訣，不直接面對問題，讓朝臣的聲浪降了些下去；然後硬起頭皮去向朱翊鈞稟報。

他蓄意製造成一個氣氛，那便是朝臣反對熊廷弼守策的意見不強烈——一面進行，他一面暗自禱告：

「神明庇佑啊，讓這事早點過去——」

當然，他希望朱翊鈞採用熊廷弼的遼東政策，並不是真的重視、支援熊廷弼所擬的計畫，而是「多一事不如少一事」的不想負責任——興起辭官的念頭已經有好幾回了，只奈朱翊鈞不批准，還不得「頤養天年」而已；他希望，朱翊鈞能准了熊廷弼的奏，那麼，無論熊廷弼「守」得如何，遼東的問題都可以再拖上一陣子，而自己也可能在這段日子裏辭成了官，那麼，就無須再為遼東的事傷腦筋了。

這把「如意算盤」打得當然是萬分無奈，但卻是他在這複雜的政治環境中最好的自處之道。

而朱翊鈞雖然體會不到他的內閣首輔的基本心態並不是為國為民，也不瞭解遠在關外的遼東情勢，但這一次卻作出了令人大感意外的事——他竟親自閱讀了熊廷弼的奏疏。

這是多年來的第一次，方從哲驚異得發出一聲狂喊來：

「奇蹟出現了——萬歲萬萬歲——」

接下來，朱翊鈞的表現更令他喜出望外——朱翊鈞親自批准了熊廷弼的奏疏。

他幾乎不敢相信這竟然是真的……許久之後，他才為這意外的豐收找到說明：

「果然是天威難測啊！」

他不瞭解朱翊鈞的心，不瞭解朱翊鈞這三十年來僅見的一次「勤政」是怎麼發生的，只對降臨在自己身上的奇蹟感到驚喜；熊廷弼亦然，接到聖旨，焚香叩首謝恩的時候，心中除了欣喜以外，還帶著三分驚異。

朱翊鈞其實仍在病中，而且病情日漸加重，重得令他再次感覺自己的生命已萎縮、枯竭得僅剩一小口氣；他多日不曾下床，太醫們分班，日夜守候，一刻也不敢稍離；所進的飲食和藥物都採用最最珍貴的材料，以維持生命；但，他仍然覺得頭暈、胸悶、足疼、氣弱，偶有神智清醒的時候，便默默的對自己說：

「朕要歸天了——」

而且，他常在從昏睡中醒來，發現自己氣息猶存之際感到僥倖和意外，彷彿像揀回了自己的生命似的暗自驚喜；而在這樣的時刻，他也偶或檢討起自己的一生。

他並不是個資質低下的蠢人，果真潛心省思，便會興起荒誕的感覺來……

一生的光陰都虛度了，即位之初，天下人都期待的「萬曆之治」已成泡影——自己在歷史上會落得個什麼樣的評價呢？

他不自覺的輕輕一顫。

而熊廷弼的奏疏趕得湊巧，在他發出戰慄之後的第二天送到。太監們原本不敢指望他會親自閱讀奏疏，只因茲事體大，所以抓住他片刻清醒的時機向他稟報，一聽他要「御目親覽」，喜出望外之際，當然不會去關切他的心情和心思，更聽不到他的心中正響起的一聲嘆息：

「總不能讓遼東在朕手裏丟了吧——」

神虛氣弱，他直挺挺的躺在富麗豪華的龍床上等待生命結束，這個想法彷彿是最後的覺醒；於是，生平所作的最後一次努力思考出現了。

必須保住遼東——也就是說，必須想出保住遼東的辦法，必須作出保住遼東的決定——否則，自己就成了個失卻國土的昏君，丟了祖先留下的大好江山的敗家子。

基於這個鞭策，他勉強自己打起精神來，專注的想了一下。

他想起了熊廷弼在出京前曾經提出的三個要點：固守、進剿、收復，也仔細的看了看熊廷弼現在所上的奏疏❶。

遼東殘破，兵力不足，缺糧缺餉缺馬缺武器，非短期內能改善；而這些問題無法改善，就無法進剿、收復。

「現今唯有固守遼陽，增兵增餉，調派良將，操練兵馬，則三、兩年內可望剿滅奴酋……」

「目下不宜用兵，否則將重蹈薩爾滸大敗之覆轍；而且，遼陽為遼東的首府，一旦失守，後果將比前此戰敗嚴重十分……」

奏疏他看明白了，於是再看熊廷弼陳擬的新計畫。

「於四處險要之地設兵堅守，可阻奴酋——」

這四處險要的地名全是陌生的，於是叫太監查出來，拿地圖來看，接下來便准了熊廷弼的奏。

「讓他試試看吧，先守住遼陽吧！」

他叫了方從哲來，親口「下旨」，在方從哲的驚愕中，他發出命令：

「戰無勝算，確實應改採守計——我朝多次用兵，率多耗費錢糧，折損戰士；如今國庫已空，兵將亦少，就依熊卿所奏，固守吧！」

說完這些話，他的力氣也幾乎用盡，精神全萎，氣息越來越微弱，終至於再也支撐不住，眼皮闔了起來；太醫們連忙趕上來，跪在龍床邊為他把脈；方從哲能做的只有連連三叩首，然後退出去。

遼東的事總算作了明確的決定，然而，這麼一個看似簡單的決定，卻使他在病中耗盡了精神元氣而更衰弱，方從哲退出後，長達十天的時間，他都委頓得連眼皮都睜不開，除了一息尚存外，十足是個屍首。

直到兩個多月以後，他的精神才略為恢復兩分，得以睜眼看看錦帳之外的光景，而世界已是另一番景象了。

首先，季節已成隆冬，天寒地凍，世間悄然寂然，但有好消息傳進耳中：熊廷弼竭盡所有的努力，終於替他守住了遼東殘餘的國土，沒有再丟失任何一塊土地，一座城池——雖然最真實、最具體的主要原因還是因為努爾哈赤在這段時間裏沒有發動攻勢。

註一：熊廷弼詩文、奏疏等著述甚多，俱收錄於《熊襄愍公集》。他在出任遼東經略時的奏疏，為日後研究遼東問題的重要史料；所提出的問題，除了攻、守的政策之外，對於遼東的官將、兵士、百姓、軍器、糧餉、馬匹等事均有深入、完整的報告，對於造成遼東殘敗的原因提出了外患以外的內憂問題，翔實的說明了遼東的全貌。

第十九章

數聲鐵笛響秋風

1

新的一年很快的到了，在火花四射的鞭炮與歡慶的鑼鼓喜樂聲中，天命五年和萬曆四十八年同時揭開序幕。

元旦這一天，後金舉行了盛大的慶典，先是在赫圖阿拉城郊的高臺上行祭天儀，努爾哈赤親自冒雪登臺祭天；然後，接受萬民歡呼；緊接著又檢閱了自成軍以來戰無不克的八旗鐵騎，讓雄壯的軍容和鮮明的旗幟再次震撼天地……

而朱翊鈞放棄了與臣民一同佇立於天地之間，一同展現雄圖，一同祈福，一同歡慶的機會——一如長達三十年的惡例，他下令「免朝」。

「元旦朝賀儀」繁縟冗長，早在多年前就已令他深惡痛絕，無論多麼能烘托出帝王的尊貴榮耀，他都不願再捱忍；尤其是到了這一年，他確確實實因為體力不支而無法親臨大典，接受朝賀。

元旦這天，他倒是在辰時三刻就睡醒了，睜開眼睛眨了眨，慢慢的吸了幾口氣，再徐緩的發出一聲「嗯」。

守候著他的小太監立刻趕上來伺候，但他沒有要起床的意思，讓太監們餵他喝上幾銀匙參湯之後，又闔上眼睡去了。

再醒來時已近正午，精神並不怎麼壞，但還是不想起床；心念轉到「今天是大年初一」時，也只是隨口問一句。

太監們向他稟奏：

「一大早，方閣老援例，率文武百官在午門外行慶賀禮，遙叩萬歲聖安，禮畢，又到仁德門外致禮……」

他聽完，發出個簡單的「哦」聲，就算功德圓滿了。

太監們又說：

「皇太子曾攜皇太孫來乾清宮外行禮，叩請萬歲爺聖安！」

他還是只以一聲「哦」來應對。

但，接下去，太監們對他說：

「皇后娘娘派人來告罪，說她本該親率六宮妃嬪來行禮，怎奈她自入冬以來便臥病不起，至今未癒，不能起身……」

而這件事，聽得他連「哦」的反應都沒有，眼睛轉了幾轉之後，視線定定的停在錦帳頂上，臉上一點表情都沒有。

太監們還有話要補充：

「鄭娘娘——」

不料，這三個字才出口，卻發現，他早已閉起眼睛，恍恍惚惚的入睡了；太監們當然只有閉起嘴巴。

直到兩天後，他才有了吩咐：

「派個人去坤寧宮說說，請皇后多保重——」

至少已經有十年沒見面了，他的正宮皇后，結髮之妻；他的吩咐聲小得不能再小，口氣更是平淡，似乎像急著掩蓋心中的複雜感觸，反而變得不自然似的；又像是不得不做做樣子，以免被人當作寡情來說；卻更像是多出來的一絲歉意，借此傳達了過去；而心裏究竟在想些什麼，他根本不說，因而也就沒有人知道。

但，無論他的心中在想些什麼都不要緊了——挨到四月裏，王皇后就離開了人間，任何語言對她來說都沒有意義。

她將葬入定陵，這是最終的結局——生前長達十年不見，死後卻因名分而同穴。

而這件事也引發他觸及另外一個想頭：

「還有一個人也會入葬定陵……」

他忍不住發出了喃喃的語聲，並且輕輕一顫。

心裏想到的那個人是皇太子常洛的生母王恭妃——

「朕歸天後，常洛即位，必然尊他的生母為『皇太后』，依例可與朕同葬定陵……」

這兩個姓王的女人，死後將與他長相左右，連化為枯骨以後也要永遠延續下去，千年萬年都不會改變。

「活著的時候，一起住在宮裏，還可以避不見面，死後得同在一室，想不見也不行，想換個人也不行……」

定陵的地宮陳設緩緩的浮現到眼前，他看到的是一間巨大而豪華精緻的房子，當中停放著三具棺槨，屬於他置身的一具在正中，兩旁各駐據著一個沒有得到過愛情的女人！

他的心輕輕的抽搐，而許許多多的回憶也就趁隙回到心中，他想起了那年定陵初建時，他帶著鄭玉瑩親臨查看，而陵中有許多精美講究的陳設出自鄭玉瑩的構想……

他險些出口：

「宣鄭貴妃——」

念頭一起就放下，是因為——對一切都沒興趣了。

而得到王皇后薨逝消息的鄭玉瑩則是彷彿在這一瞬間失去了魂魄，整個人有如一具殭屍般直挺挺坐著，臉上一點表情也沒有，連眼珠子都沒半絲眨動的意思……像是天外飛來一道魔咒，將她鎮住了。

侍立在旁的浣紗和畫屏被她的反應嚇壞了，惶恐的注視了她許久，懸著一顆心，鼓起勇氣來，小聲的喚她：

「娘娘！娘娘——」

然而，她一點反應都沒有。

浣紗、畫屏急得險些失聲而哭，只是怕驚嚇了她，硬忍住了，繼續的叫喚她；奈何她還是沒有反應，只得伸出手來輕搖她的臂膀，一面低喊：

「娘娘，您怎麼了？」

說著，兩人四手不知不覺的加重了勁道，越搖越用力，最後竟成大力的捏住她的膀子，掐出了瘀青來，才總算把她的魂魄給叫回來。

而神智一返，鄭玉瑩卻像是同時發出「哈」的笑聲和「哇」的哭聲，失控似的嘶聲叫起來。

但，她的聲音於常人而言，並不容易分辨，只覺得彷彿要刺破人的耳膜似的難聽，而且越叫音量越大；頃刻間，整個翊坤宮裏的宮女、太監都聽見了，一起趕了過來。

鄭玉瑩的身體從椅子上站起來，然後轉圈子，衣袖和裙襬便全都飛旋起來，扭成一團，臉卻高高仰起，宛如欲迎風飛去的模樣，口中叫聲不停，但依稀可以分辨出是笑聲了，而眼中汩汩出淚，不多時就把整張臉染濕。

圍上來的太監、宮女們無不駭然，暗自在心中胡亂思忖：

「娘娘可是得了失心瘋？」

卻怎知，這些念頭還沒有轉完，鄭玉瑩的雙腳已經活了起來，幾個圈子旋完，她竟像飛舞似的往宮外飄出去。

浣紗尖聲喊叫起來：

「娘娘，您要上哪兒去？」

鄭玉瑩充耳不聞，全身像飛蛾欲往火光撲去一般的堅決，而且又哭又笑，大幅邁步，什麼都不顧……

身後的太監、宮女們一面不時發出驚駭的尖叫，一面趕上來攔她；一名太監壯起膽來扶她，小心翼翼的哄著她說：

「娘娘，外頭風大，出去不得——」

哪裏知道，鄭玉瑩不但什麼話都聽不進耳朵裏，還像全部的潛能都被激發了出來似的，力氣變得奇大，一把掙脫他的攙扶，兀自飄飄的往外奔去；卻因為這一使力，三寸金蓮重心不穩，登時踉蹌起來。

緊隨在後的太監一看機不可失，立刻伸手從背後將她攔腰抱住，再上來幾個人，分別從左右兩旁扶住她的雙臂，一起將她半抱半拖的硬扶了回來，讓她在榻上躺下來。

大家猶怕她再起身飛奔，分出兩個人守住她；其餘幾個人聚成一個小圈，低聲商議：

「傳太醫來看看吧——」

而略為通曉鄭玉瑩心事的幾個人也委婉說出意見：

「心病還須心藥來醫啊！」

於是，雙管齊下：一面宣召太醫來診視，一面派人去接來馮非煙。

「老夫人最知道娘娘的心，必能說得娘娘好轉來……」

而等到馮非煙走進翊坤宮的時候，鄭玉瑩已經服下了太醫開出的安神藥，精神狀態略為穩定了些，但，模樣還是非常狼狽。

她全身汗濕，綯成一團的衣裳不曾換下，隨著她蜷曲的身體一起瑟縮，看來便邋遢不堪；頭上的釵環都掉了，鬢髮零亂糾結披散，有如一堆亂麻，臉上的胭脂花粉俱已絲毫不存，浮腫的黃臉上凸著一對紅眼，嘴唇灰白，額上隱約布著許多青筋。

馮非煙一看，先暗自抽了口冷氣，心裏涼颼颼的偷想：

「我這個高貴嬌媚的貴妃女兒，今天怎麼像個乞丐婆似的？」

而其實，在入宮的路上，她就已經從太監口中得知了事情的簡單原委，心裏有了盤算，鄭玉瑩的模樣雖然大出她的意料，卻沒有使她亂了方寸，束手無策——她悄悄作了個深呼吸，下意識的伸手理理鬢，走上前去，露出笑容來向鄭玉瑩說：

「恭喜娘娘，賀喜娘娘——恭賀娘娘大喜！」

鄭玉瑩轉過眼來，茫然的看著她，嘴唇掀動了一下，舌頭卻是麻的，沒有說出話來。

馮非煙彎下身子，伏在她耳畔，輕輕補充一句：

「娘娘等了幾十年的日子，已經到了眼前，只要一伸手就捏住了！」

一句話說到了讓鄭玉瑩又哭又笑的要害上，霎時，雙手不由自主的一顫。

馮非煙乘勝追擊似的再加上一句：

「娘娘，其實，咱們府裏在幾個月前就已經著人去採買——這會，正在用最最上等的黃金，最最上等的珠寶，給娘娘打造鳳冠，還有各色綾羅綢緞，裁製新衣……務要讓娘娘受冊那日，美得令天地失色呢！」

鄭玉瑩的眼珠子能轉了，好一會兒之後，從喉嚨中擠出聲音來說：

「真等這一天呢——」

說著卻又哭了起來：

「怎麼就等了這好幾十年……把人都等老了！」

而儘管她依然又哭又笑，儼如瘋狂，卻已能說話，也展現了她仍有清楚的思考，馮非煙和翊坤宮這一干太監、宮女們心裏的石頭也終於落了地。

馮非煙索性不間斷的一路勸下去：

「娘娘，你可一點都不老哪——聽娘的勸，打起精神來，換件衣裳，洗把臉……保管你登時又是三十年前的絕色模樣！一會兒，讓她們上碗銀耳蓮子粥來，進了飲食，精神更好了，去乾清宮見見萬歲爺，好言好語的跟他商量個冊新皇后的日子……這多年，沒有白等呀，都已經等到了，當然要打扮成個天仙模樣，高高興興的去把皇后的大印捧回來……」

鄭玉瑩果然給她說得心口鬆動，情緒舒緩，竟能慢慢的從榻上坐起身來，也肯聽她的勸，進了幾口粥……

嫋嫋的坐回鏡檯前，宮女們連忙擁上來，拿熱手巾擦臉、調整胭脂、梳順長髮……冗長的梳妝程序開始了，時間彷彿退回到許久以前。

她已有多年懶得耗上一兩個時辰做出精細的妝扮——橫豎不見君王面，哪裏還有妝扮、修飾的興致？這一回，也只為了聽從馮非煙的勸，到乾清宮去走一趟！

情緒漸漸平靜，視線也就集中到了鏡中的自己，而且，越看越專注，越像要找回多年前的自己……怎奈，越看也越從心中升起一聲聲嘆息。

畢竟年華老去了——她發現，自己已經胖得有點走樣，臉頰微腫，下巴鬆弛，眼角還隱隱浮著皺紋，髮色也沒有以前油亮——一連幾年不在容顏上多費心力，登時就立竿見影的顯老。

鏡中的自己已不折不扣的是個年逾半百的老婦——她由不得喟然長嘆，也細細的屈指計數：

「萬曆四十八年——」

這是一個多麼特別的紀年！對她來說，又是多麼不尋常的一年！

她不由自主的回想起三十多年前的日子，初進皇宮，初承恩澤，而後，歲月就在邊受寵邊想皇后寶座的美夢中度過——當初又怎能料想到，這個「等」，竟要等上三十多年！

王皇后帶病延年，位居中宮，其實無異於在冷宮中度過三十多年的日子，生有何歡呢？多活一天多受一天冷清的折磨而已，卻也害苦了她！

曾經寵冠後宮的歡樂日子都已成過去，視如心肝寶貝的兒女們長大後離宮遠去，用盡心機、使盡手段圖謀的事一直不成——直到這萬曆四十八年，事情才峯迴路轉，柳暗花明。

她看著鏡中的自己，感慨萬千：

「難道這是上天弄人？」

情緒已經不比初聞王皇后死訊時的起伏激盪，但是，平靜下來的思緒更複雜。

「現在再做上皇后，又有什麼意思呢？」

心中興起的是一種興味索然的淒涼意，青春已然流逝，朱翊鈞已不值得去愛，親生的兒子已出京就藩，永遠不會回到身邊來，也沒有機會當皇帝了；這苦苦爭奪未遂，而現在自動降臨的皇后寶座，能為她帶來什麼呢？

她忍不住把心事向唯一可以信任的母親說：

「即使我做了皇后，也不可能改立太子了——常洛繼位會是個改不了的事實，即便常洛有了三長兩短，龍椅也輪不到常洵來坐！常洛已經有了兒子，帝系總是那一支的！」

她很勇敢的面對事實：

「當時沒搶到，就注定輸了！」

說著，她索性倒抽起一口冷氣來：

「現在，怕不連上乾清宮都是多餘的！」

妝梳了一半，她忽然打起退堂鼓來，幽幽的抬眼看著馮非煙，向她說：

「我看，別去了！到了這個時候，皇后和皇貴妃已經沒有什麼不一樣了！」

哪裏知道，這一回，馮非煙的想法與她大不相同——馮非煙所展現的，竟是任誰都沒有的深謀遠慮——她屏去為鄭玉瑩梳了一半妝的太監宮女們，只餘親母女兩人，才一句話切中要害的說：

「娘娘，凡事不能只看表面、只想一層哪！」

然後，她詳加分析：

「以萬歲爺目下的情況，做皇后、做皇貴妃確實沒有什麼兩樣了；但是，往後呢？做皇太后和皇太妃可是大不相同啊！尤其是在常洛的手下過日子——娘娘請想，常洛做了皇帝以後，難道會忘了以前的苦日子嗎？要是他動手報復起娘娘來，日子可怎麼過？有了皇太后的名分，他總還讓著三分吧！好歹都能搬進慈寧宮裏頤養天年，要是身分只是個太妃，就到冷宮裏去了……娘娘請想想，常洛他親生的娘，日子是怎麼過完的？」

這席話聽得鄭玉瑩全身汗濕，瞠目結舌，好一會兒方回過神來。

現實逼人，她再也不敢鬧情緒了；於是，重新叫了太監宮女們進來，繼續為她梳妝打扮，準備上乾清宮。

她是不宣自來——理由當然充分：

而且，走得進乾清宮的訣竅她已經使用了三十多年，無往不利——準備大把的銀子，太監宮女們每人一份，就絕不會有人阻攔她直接走到朱翊鈞的龍床前。

「請萬歲爺的聖安！」

她頭梳富麗的「丹鳳朝陽」髻，插了金釵珠翠，身上穿著簇新的薔薇色羅衫，連珠百褶裙，越發像一朵薔薇在老去、凋謝前不甘心似的掙扎著展露出最後的嬌豔來；而為了掩去歲月的無情，她特地施用了加倍的胭脂與香粉，身上的香氣濃得更加薰人，有如垂死前迴光返照般的分外郁烈。

然而，這些著力，竟至於完完全全的白費了，對朱翊鈞沒有起上半絲半毫的作用。

朱翊鈞原本肥胖的身體已經消瘦得只剩下一半，直挺挺的躺在龍床上，一動也不動，任憑全身香得醉人的她在龍床前等了好幾個時辰，也依然沉沉睡著，既不睜開眼來，也沒聞著她的香，直到她實在等不住了離去時，他還在昏睡。

第二天、第三天……鄭玉瑩幾乎天天在馮非煙耐心的勸說和分析利害得失、曉以大義下邁步到乾清宮，等候朱翊鈞醒來，發出冊立她為皇后的旨意；怎奈，日子一天天過去，朱翊鈞根本沒有清醒過來的時刻，更遑論於開口說出冊立的話。

她每天都在空等中度過，也眼睜睜的看著朱翊鈞的身體一天天的瘦下去，生命一天比一天微弱。

他每天都在昏睡，依賴太監們一日數次餵參湯維持生命，勉強延續著心跳和呼吸。兩個月後，她徹徹底底的放棄了希望，開始和馮非煙商量起其他的自保之道來。

時間很快就進入炎熱的七月，朱翊鈞的生命僅只維持到萬曆四十八年七月二十一日——大明朝的史官必須以新的篇章來記錄此後的史事了。

而使用「天命五年」紀年的後金國，正一本蓬勃興旺的整體氣象，繼續推動時代前進。

努爾哈赤一面仔細留心熊廷弼的遼東政策，一面開始與蒙古察哈爾部的林丹汗互通往來，林丹汗驕恣、自大，且因明朝以財貨相誘，便心向明朝，並沒有與後金交好的誠意，之所以遣使送信，目的在於試探後金稱臣於他、向他進貢的可能；因此來信的口氣極其狂妄自大，自稱是「統四十萬眾蒙古國主」，稱努爾哈赤為「水濱三萬人女真國主」；見了這封信，部屬們全都氣憤填膺，但，努爾哈赤忍下了，回了封信，約他共以大義為重，一起出兵，不料林丹汗竟惱羞成怒，扣留了送信的使臣，賴得這兩名使臣自行乘隙逃回——整件事，整個過程都不愉快，但畢竟沒有造成衝突，他便暫且放在一邊❶。

真正令他悲傷的是三月裏，一向讓他視為手足、對後金建國貢獻良多的費英東病逝。

五十七歲的費英東從二十五歲就來追隨他，一起為完成理想的事業而努力奮鬥；三十多年來，文武雙全的費英東既輔佐他治理政事、拓展外交；也多次率軍出征，每戰皆捷，立下許多功勞；少年時代，費英東與額亦都等人合稱「五虎將」，而後，改稱「五大臣」，同為一等大臣、札爾固齊，並授一品總兵官。❷

費英東博學深思，英武勇猛，而且個性正直忠誠、剛強堅毅，責任心特別重，交付給他的任務沒有不盡心盡力、圓滿完成的；一生行事，沒有一樁不令人讚佩。

怎奈，古往今來，沒有人能敵生老病死的自然法則；費英東從幾個月前得病，在短時間之內急速惡化，羣醫束手。

從一得報費英東病重，他就親往探視；之後，每隔幾天就走一遭……費英東辭世的時候，他趕到了，見著了最後一面，握著費英東的手，流著淚說：

「你是我的親兄弟……也是後金開國的第一功臣……你一生辛勞，為後金子民建立巍峨之邦，千年萬年，全國子民都感念你的功勳……」

費英東已不能言語，唯有輕眨一下眼；他的繼妻和十個兒子都圍在身邊，額亦都、安費揚古、何和禮、扈爾漢也都上前來握他的手，他逐一環視，而後緩緩合眼。

這一天，所有的人都留下來舉哀，直到深夜才返回；但是，喪失手足是永遠不能平復的傷痛，過了很長一段日子，才能漸漸的壓進心底裏潛藏著。

而後，他選擇了在八月裏試探性的對瀋陽用兵。

出發前，他得到了大明國喪的消息，但是，原訂的計畫已經展開，他思考了一會之後就決定不予改變或擴大戰爭的規模；於是，依舊派出少數人馬攻取了懿路、蒲河二城——

戰爭結束後，他向部屬們說：

「收兵紮營後，更不可稍有大意、輕忽；那熊廷弼不是庸才，明朝剛死了皇帝，情勢會有變化，要分外注意他的動向！」

原先熊廷弼所採的「固守」之策，有可能因新君登極而被逼得改成「進剿」——他不能不小心。

哪裏知道，這一回，事實的發展竟和他的預估大相逕庭——到了九月裏，熊廷弼這位令敵我皆敬的遼東經略竟然被免職了。

原因不在於他出了什麼差錯，而是明朝朝廷中發生了令人料想不到的意外大事：常洛即位為帝位後，才只一個月的時間就薨逝了，只能再換一個新皇帝，並帶來新變動……

註一：《清鑑輯覽》記本事：「先是察哈爾林丹汗及喀爾喀五部眾貝勒遣使來。林丹汗使臣康喀爾拜虎所齎書，曰：『統四十萬眾蒙古國主巴圖魯成吉思汗，問水濱三萬人滿洲國主英明皇帝安寧無恙耶？』語多驕慢，貝勒諸臣得書皆怒，或欲斬其使，或欲將使者劓鼻馘首而後放歸。上曰：『吾亦未嘗不怒，但與使者無與，吾亦有以報之。』至是遣使碩色、吳巴什，齎書報察哈爾林丹汗曰：『閱來書，自稱四十萬眾蒙古之主，稱吾為水濱三萬人之主，奈何恃其眾以驕吾國耶？爾國有知識，來書宜云：明，吾仇也，願同心協力以助之；如是立言，不亦善乎？乃惟搆怨於素無嫌怨之國，皇天后土，寧不鑒之！』林丹汗得書，縶留我使臣碩色、吳巴什，上遂殺康喀爾拜虎。後碩色、吳巴什密與守者謀，遂潛脫歸。」但，此記可疑，例如：當時還未定「滿洲」之名。

註二：費英東在清史上的評價非常高，《清史稿》本傳論：「佐太祖成帝業，功最高。」崇德元年始建太廟，以費英東配享。順治十六年，讚為「開創佐命第一功臣……進爵為三等公。」康熙九年，聖祖親為文勒碑墓道，稱其功冠諸臣，為一代元勳。雍正九年，世宗命加封號曰信勇。乾隆四十三年，高宗命進爵為一等公。

2

朱翊鈞薨逝時，由於病情拖延了許久，朝臣早有心理準備，也得以從容的援例以「頒布遺詔」的方式來對一些弊政做改革。

令天下百姓怨痛已極的「礦稅」趁這個機會取消了，朝中一些空出已久而又極其重要的官職、因朱翊鈞不臨朝而無法遞補官員，也得以開缺了；朱翊鈞不肯啟用的內帑私房銀子則先發出二百萬兩，分別犒勞九邊，尤其是遼東的士卒……萬曆朝的弊政開始有了去除的契機。

希望重新回到人們的心中。

常洛於八月一日舉行登極大典，定年號為泰昌，預定以明年為泰昌元年；幾位以往風評不錯、負有名望的人或升了官，或被起用入朝；內閣大學士懸缺的名額由史繼偕、沈潅、何宗彥、劉一璟、韓爌等人補足；鄒元標、王德完、孟養浩、姜應麟、鍾羽正、馮從吾等四十八人都被起用為官，一時間，恍然出現了「中興氣象」❶。

然而，這新氣象不過是表面——可怕的隱憂正在暗處悄悄蔓延。

朝廷裏儘管多人升了官，卻不是每個人都升了官，沒有得到好處的人心裏便產生不平；新起用的知名之士多達四十八人之數，卻不是沒漏了一個，未獲起用的人當然又是另一種想頭——新的鬥爭情勢已隱隱成形。

而這還是隱性的、並非立刻顯露的爭鬥，另外一股已發展到一觸即發的事端，既已在皇宮中醞釀了許久，便早就成為半公開的狀態。

事端的進行與發動者當然是鄭玉瑩。

聰明的她一旦不鬧情緒，便能冷靜而理智的思考；對於她自己所處的整體環境和問題的重點，都看清楚了，也早就透過馮非煙的傳遞和父兄們商量出了對策。

長達幾十年的爭鬥，自己算是輸了，而今，為了自保，她必須盡力巴結已占上風的昔日大力打擊的敵家……

她拿出了私房銀子，讓馮非煙從鄭府的姬妾中挑選出最能歌善舞的美女，加強訓練之後，再挑選出其中長相最好、歌舞最佳的八名，偷偷送進宮來，在常洛即位的當天夜裏就以慶賀的名義送進乾清宮去，以博他的歡心。

而且，她早就放下身段，極力交結常洛的後宮佳麗。

常洛的後宮不多，太子妃郭氏早已去世，皇長孫由校的生母王才人也已去世，日常最寵幸的佳麗有兩名，身分都是「選侍」，而且都姓李，於是以所居方位區分，一稱「東李」，一稱「西李」❷；以往，她是不屑一顧的，而現在，情形不一樣了。

她先是從自己的箱籠中挑出幾件精美貴重的首飾，命宮女送去給西李——她看準了，西李出身寒微，從小沒有受用過好穿戴，進宮之初的身分是奴僕性質的宮女，談不上講究衣裳首飾，即便給常洛挑中了，做了選侍，得了寵，也因為常洛自己在朱翊鈞面前不得寵，手頭緊，不會有好東西賞賜給她。

「像這樣的人，眼皮子淺——」

沒見過繁華世面，沒受用過好東西的人，極容易收買！

果然，西李在收下幾件珠寶之後，只花了一點點時間，略微整修了一下儀容之後，就急急忙忙的親自趕到翊坤宮來「謝恩」。

而且，她一見到鄭玉瑩就雙膝著地，磕著頭說：

「臣妾叩見皇貴妃娘娘，娘娘千歲千千歲！」

這是大禮參拜，而鄭玉瑩笑盈盈的親手扶她起來，萬分親切的說：

「這又不是在朝班上，行什麼大禮！來，來，來，咱們娘兒倆好好的話話家常，什麼禮都別拘——自家人嘛，禮多了，反而嫌生疏了！」

說著，又忙忙的命宮女們看座，上茶，一迭聲的吩咐：

「天熱，拿涼的瓜果來！茶食只要清淡的！」

吩咐完了，猶嫌不足，補充著說：

「各式吃食多備一份，一會兒，給李娘娘帶回去！」

常洛宮中，向來沒有精緻美味的吃食，而且西李是生平第一次被人稱做「李娘娘」，話出自鄭玉瑩口中，聽進她的耳裏，令她感動得險些熱淚滾滾……

於是，這原本有如陌路的「婆媳倆」的距離立刻拉近了，近得毫無距離。

而一項條件交換的約定也就在三天後展開。

先提出的當然是鄭玉瑩——一開始，她拿話打動西李的心：

「皇太子一旦繼位為帝，就要冊立皇后——好孩子，我怎麼替你想想，就覺得心疼；這麼好的人品，就差在還沒生出皇孫來，在名分上總是吃虧的，將來，說什麼都矮半截……」

說著，她的眼眶竟然紅了起來；隨後，眼珠子轉了幾轉，緩緩落下淚來。

西李不是沒有生育，但生的是個公主——常洛一共生了七個兒子，陸續夭折了五人，養育成人的只有王才人生的長子由校，劉姓宮女生的五子由檢；皇長孫由校已經十六歲了，朝臣們基於以往冊立常洛的曲折過程，早有人未雨綢繆似的提出冊立「皇太孫」的呼籲；總之，未來的皇位繼承人絕非她所生，已是個鐵的事實。

因此，鄭玉瑩的話單刀直入的刺中了她內心深處的要害；而鄭玉瑩還一邊抹淚一邊不停的往下說去：

「你可要提早打算打算，千萬別走上我的老路呀——你看看我現在，表面上風風光光的，心裏是空的！我還不是沒生了皇子哪，只奈何，出京就藩了，這輩子，想再見一面都難！要不是還有你這麼個好媳婦兒能說說話，可不是十足的一個孤老太婆嗎？」

一席話說得西李也「兔死狐悲」起來，跟著辛酸落淚，心中的危機感更是骨碌碌的隨著辛酸的感覺往上冒；於是，她向鄭玉瑩求請：

「我該怎麼辦好呢？娘娘教教我吧！」

鄭玉瑩故作沉吟狀，好一會兒之後，才把早已想好的計謀說出來：

「先想法子登上皇太子妃的位子——」

她為西李分析，這件事的成功率很高，因為太子妃郭氏早在幾年前就病逝，太子妃位一直懸缺，沒有重新冊立，但只要提出，就能行——這是名正言順的事，沒有人會反對；而目前，常洛身邊的佳麗，最得寵的人是她，當然應該冊她為皇太子妃。

但，事情也不是一定能成：

「得防著大臣們主張另選淑女冊立——所以，這事除了皇太子答應以外，還得萬歲爺答應，大臣們也不反對——」

西李出身微寒，勢單力孤，除了在常洛面前說得上話以外，別的方面都無法進行；爭取朱翊鈞和大臣們同意，她更辦不了。

於是，兩人的「互助」盟約成形了——

鄭玉瑩提議：

「我助你成為皇太子妃，也勞你在皇太子跟前美言，設法讓萬歲爺立我為皇后！」

西李先問一句：

「萬歲爺病著，要怎麼具體做才能讓萬歲爺立娘娘為皇后呢？」

鄭玉瑩胸有成竹的說：

「簡單得很，在遺詔中加上便是——向來，遺詔都是儲君和儲君的人馬代擬，只要皇太子肯，便什麼也不難！」

說完，她堅定的許諾：

「我若登上皇后之位，便有十分的把握，有權立你為皇太子妃；一等新君繼位，我便是皇太后，你便是皇后！」

西李懂了，連進行的方法都有了……

就在朱翊鈞崩逝的第二天，常洛親口對大臣們傳諭：

「父皇遺言：『爾母皇貴妃鄭氏，侍朕有年，勤勞茂著，進封皇后。』卿等可傳示禮部查例來行。」

但，大臣們卻不是如他這般智商不高、不善思考的愚庸之輩，這話所引起的當然是反對的聲浪。

大臣們先是竊議：

「皇太子可是瘋了？忘了以往鄭貴妃是怎麼對待他的？竟然說出這樣的話！」

接著，大家異口同聲的說：

「此事絕不可行！」

註一：詳見《明史．光宗本紀》及諸列傳。

註二：《明史．后妃傳》所記，東李正直、沉默寡言，曾代撫育朱由檢。她於天啟元年二月被封為莊妃，魏忠賢與客氏得勢後，憤鬱而死；西李則所行不正，鬧出了很大的糾紛。

3

等不及乾清宮重新粉刷就急急忙忙的搬了進去，倒也不完全是出自常洛個人的意見；身邊的太監們，乃至於西李都異口同聲的說：

「乾清宮是天子寢宮，殿下既已繼位為大明天子，當然越早進住乾清宮越好！」

西李甚至加上一句：

「還等什麼呢？吃了這麼多年的苦，好不容易才有這一天哪！」

常洛是個沒有主見的人，聽了這話，覺得有道理，便點頭同意，讓身邊的人一起忙碌，趕在三天之內完成遷移的一應事宜。

而就在忙亂的過程中，不太聰明的他竟然出現了生平唯一有過的靈敏——他如茅塞頓開般的想道：

「啊，這樣忙亂，就可以不處理立皇后的事了！」

連最熱中鼓吹冊立鄭玉瑩為皇后的西李，也因為忙於遷移到乾清宮的諸多瑣事，無暇催逼他……

他暗自鬆了一口氣，像撿到了逃避面對的理由似的竊喜：

「至少這幾天，她不會老叨念這事了——大臣們的話，也可以應允他們了！」

朝臣的反對意見早已明白的叫嚷出來，而且由禮部右侍郎孫如游出面，上的反對疏也已經送到他跟前，以一句「臣詳考累朝典故，並無此例」的話，斷絕了商量的餘地，表明了朝臣的態度——他從來沒有跟大臣們打過交道，這即位前提出的第一件事，就碰了個軟釘子，弄得他為難極了。

現在，總算可以對他們說：

「此事暫緩吧！」

這樣，君臣雙方都有臺階可以下了……

八月一日，大明皇宮舉行了盛大的典禮——依據大明儀制，皇帝即位所行的「登極儀」，再次進行一遍，重複一切繁文縟節。

禮部的官員忙得不可開交的按照典籍上的記載進行——文字的記載人人都背得出來，但，上次朱翊鈞即位大典是四十八年前舉行的，當時參與過的大臣都已不在人世，因而無人可以提供經驗，無人可以諮詢，只能依靠「背書」來作為依據：

「……先期，司設監陳御座於奉天門，欽天監設定時鼓，尚寶司設寶案，教坊司設中和韶樂，設而不作。是日早，遣官告天地宗社，皇帝具孝服告几筵。至時，鳴鐘鼓，設鹵簿。皇帝袞冕，御奉天門。百官朝服，入午門。鴻臚寺導執事官行禮，請陞御座。皇帝由中門出，陞座，鳴鞭。百官上表，行禮，頒詔，俱如儀……」

因此，一切「照書行事」，行禮如儀。

而常洛本人為了這場大典，緊張得好幾天無法入睡，使得原本瘦弱的身體更顯骨立——他從小在畸形的環境中長大，既沒有受過良好的教育，缺乏學養與見識，也從來沒有出席過大場面、主持過大典禮，一下子面臨這「天下第一」的新君登極大典，心中興起的第一個感受不是興奮，而是恐懼；接著，他全身發抖，手足發冷，心神慌茫。

從一出生就為朱翊鈞種下的惡因顯現出了惡果……

簇新的龍袍穿上身後，他的感受是極度不自在，皇冠太重，第一次上頭，壓得他下意識的低頭縮肩彎腰，幾天來迅速消瘦的身體使原本量身訂做的鞋襪都嫌大了；一切都不合身，彷彿一切都是錯誤的製作。

八月初一當天，他從凌晨就開始準備，香湯沐浴，梳髮修臉，整頓儀容；太監們在為他梳髮的時候，驚見他的頭髮在短短幾天中變白了不少，沒人敢告訴他，悄悄的為他藏進髮叢中遮掩起來；但是，白髮好藏，臉上的衰氣無法隱藏。

數夜未眠，他的眼眶一圈烏黑，像兩個深陷的窟窿，臉頰上沒有肉，沒有血色，沒有光澤，只有皺紋，身體給重重的皇冠和龍袍壓彎了腰，走路的腳步卻是飄浮的——登上寶座的時候，他看起來不像是尊貴的帝王，像個幽靈。

大臣們向他山呼萬歲的時候，他感到頭暈，噁心，想吐，臉上出現痛苦的表情，幸虧和大臣們隔著好一段距離，沒有人看清楚，也沒有人感受到這不祥之兆！

這樣苦苦捱忍、支持了一天下來，回到乾清宮的時候，他虛脫得只剩一絲虛浮的餘氣；太監們扶著他，像扶著一具殭屍，行過荒涼的大明皇宮。

但是，一腳跨進乾清宮，情況立刻為之一變。

先是緊隨著太監們一聲「萬歲爺回宮」的吆喝之後，乾清宮中響起來一陣柔美宛轉的絲竹樂聲，悠然盪漾，然後是女聲的合唱：

花榭香紅煙景迷……紫燕一雙嬌語碎，翠屏十二晚峯齊，夢魂消散醉空閨……

他從來不曾領略過音樂，也沒有讀過詩詞，聽不出來這些女聲合唱的詞曲是五代毛熙震所作的花間豔詞，但，直覺的感到好聽，感到心神蕩漾……於是，原本恍惚的精神倍加迷亂，朦朧中覷眼一看，歌舞中的八名美女竟個個賽過天仙，媚得消魂。

鄭玉瑩的「厚禮」登時發揮出百倍以上的功效……

他連名字都來不及逐一問上一遍，便命令太監將她們全部留下，夜宿乾清宮。

連日來緊張、焦慮、勞累的感覺既彷彿在這一剎那間全部消失了，也彷彿借著這八名美女帶給他的消魂蝕骨的感覺發洩了這些積壓已久的緊張、焦慮和勞累；甚至，自出生以來就加諸在他身上的畸形的際遇所帶給他的苦悶，也像是在這一夜的縱慾中，發散了出去。

他有如得到了解脫……

然而，為了這僅有的、剎那的解脫的感覺，他付出了天大的代價——第二天早上，他無法起床；到了正午將近的時分，乾清宮太監為他宣來的太醫們，滿頭大汗的為他診治虛脫之症。

霎時間，大明王朝的朝廷上再次布滿大臣們沸騰的聲浪，嘈雜得有如萬蜂千蠅一起哄叫，雜亂得也有如一片轟轟轟嗡嗡嗡，令人難以分辨其中的內容。

真正想要探知朝臣的議論的人，只有集中所有的力氣，豎起耳朵，全神貫注，才能約略從混亂中聽出幾分頭緒來——

一部分的人先是發出驚疑、惶惑，且帶著不安和憂懼的語言：

「新君即位，大典之後，當夜病倒……這，這，這是本朝開國以來從未有過的事啊！」

個中甚至有壓低了嗓子，隱約透出個恍如無有的聲音來：

「恐係不祥之兆呢！」

而另類的聲音卻是昂揚的：

「這必是鄭貴妃的陰謀所致——」

這幾人的消息靈通，於是把事情的來龍去脈給說了個明白：

「鄭貴妃獻珠玉和美女給新君，表面上是道賀，實際上不懷好意——姑不論她是為了自保，還是為了圖謀太后的寶座，要大力巴結新君；就只看她所使的方法，嘿，八名千挑萬選找來的美女，個個長於房中媚術——這不是害命毒計，還是什麼？」

「新君一夜納八女，焉能不病？」

「鄭貴妃至今猶不死心，必欲為福王爭取龍椅呢！出此齷齪的下策，將令人神共憤——」

這話一出，羣情更是激憤，膽子大的，甚至恨聲謾罵：

「這個妖孽，先皇在日，已因她的蠱惑，時起紛爭，時出亂事；如今，又來殘害新君，圖謀不軌；真是禍水，禍水！」

於是，又有人接腔：

「我等絕不可坐視這妖孽再肆行不法下去——必須合力討伐，以阻其惡！」

這話獲得的共鳴更多，不少人開始攘臂揮拳，高聲叫著：

「對，對，對，務要阻其惡！」

說著，這些人便聚集起來，商量對付鄭玉瑩的方法；而這麼一來，朝班之上的秩序更顯零亂，聲音更加嘈雜，因而掩蓋了幾許悄悄發自內心深處的嘆息和檢討：

「鄭貴妃進獻美女，固然是居心叵測之舉；但是，納與不納，卻在新君自己——唉！大典之後，不問國事，先納美女，能不以『荒淫』二字來論嗎？」

「想當年，為『立國本』，鬧得君臣不和，僵持多年；又怎知，大家費盡力氣，苦苦爭來的『泰昌皇帝』，竟是個荒淫之君——不但白辛苦了一場，還只怕，將大明江山弄得更壞！」

這些聲音隱而不顯，只悄悄的在人心中蔓延；比起對鄭玉瑩的討伐聲來差了許多。

但，即使眾人會整了意見，同意聯名上疏，指陳鄭玉瑩的罪行，對實際上阻止鄭玉瑩為惡來說也還是慢了一步——早在眾人奏疏送達皇宮之前，鄭玉瑩就已經展開了第二波行動。

她早作了安排，將自己的親信太監崔文昇派出去，任司禮監秉筆兼掌御藥房太監，到了這當兒，崔文昇便大大發揮功能——他利用職務，向新君「進藥」，而所進的赫然是通瀉的大黃。

他所持的理由是「瀉火」——新君因縱慾過度而得病，這是火氣過旺，導致心脈壅塞，只須「一瀉」清火，病即痊癒。

於是，身體已近虛脫的新君在他的「伺候」下服了大黃，一晝夜間連瀉三、四十次，支離於床褥間，頓成衰竭。

第二天的早朝當然更沒有辦法舉行，而新君病重的消息傳到了朝廷，打聽清楚個中情由及經過情形的大臣再也無法忍耐了。

「簡直是謀殺——」

幾乎眾口一聲，人人高喊高呼，甚至有人激動得要立刻快步衝入皇宮去捉拿鄭玉瑩……

洶洶淘淘，漫天風浪……

大臣們很快就展開具體行動——這一回，聯名的奏疏在現場立即寫就，快速完成；大家除了聯名指陳鄭玉瑩的惡行之外，也要求親自晉謁病重的新君，並且立刻下崔文昇獄，審問實情，查個水落石出。

這一回，大家總算同心協力了，而其中態度、言論最激烈，帶頭進行得最積極的兩人乃是東林出身的楊漣和左光斗。

4

顧憲成生前苦心經營東林，宛如深深的在泥土中埋下一顆種子……第二代的弟子長成了，中試任官，成為大明朝廷中的一員，掀起新的風雲來了。

楊漣字文孺，應山人，是萬曆三十五年的進士；中試之初，授常熟知縣，在任上被舉為廉吏第一，不久就擢為戶科給事中，接著轉任兵科給事中；他為人磊落負奇節，剛直敢言，因此，官雖不大卻樹立了很好的名聲，儼然成為東林第二代中的佼佼者。

左光斗也是萬曆三十五年的進士，他字遺直，桐城人；中試後先是任中書舍人，以任事廉正清敏而選授御史，巡視中城，任內勇於任事，以捕治吏部豪惡吏，獲假印七十餘，假官一百餘人而震動朝野。

兩人既同出於東林，又為中試的同年，私交甚篤，對許多事情的看法、意見也都很一致，因此在朝廷中互為援引；也連帶的與同為東林中人、同為萬曆三十五年進士的袁化中、周朝瑞、顧大章及為高攀龍入門弟子、萬曆四十四年中試的魏大中、黃尊素、李應昇、萬燝，四十一年中試的周順昌、繆昌期、周宗建等志同道合的人互通聲氣，隱隱結合成一個東林在朝廷中的無形的小團體，遇事常能發揮出極大的作用和影響。

這一次——打從朝廷中開始傳出鄭玉瑩希冀皇后寶座的消息來以後，楊漣和左光斗就聚集了這批朋友商議討論，然後提出激烈的反對意見，引起輿論的呼應；而後，孫如游出面以禮部官員的身分上疏，阻止了這件事；不料，才短短幾天，宮闈之中又發生這新君即位當天就因縱慾而病的事端，這一羣正直耿介的人當然立刻發出重大的聲音。

楊漣第一個發難，接著眾口呼應，形成無可阻擋的聲浪；而且，具體的做法也訂了出來，逐一進行。

除了形成輿論之外，大家且把矛頭指向鄭玉瑩在朝為官的內侄鄭養性，逼迫他向鄭玉瑩傳遞朝臣的意見，並且施予重大壓力；一面聯名上疏……

事情很快就得到令人滿意的發展：

三天後，重病的朱常洛親自接見楊漣、左光斗等幾人，以微弱但頗具誠意的口氣說了幾句慰勉朝臣的話，也表示接受大家的意見，將治崔文昇之罪，並且疏遠鄭玉瑩。

楊漣直言：

「鄭貴妃意在太后之位，臣以為切切不可——萬歲爺應以嫡母禮尊大行皇后，以生母禮尊本生太后；貴妃於萬歲爺，既非嫡母，也非生母，不可越禮！而且，其身分既為『前朝太妃』，不宜再居翊坤宮，宜早遷出！」

這個話，朱常洛也接受了，他虛弱的點點頭，說了聲：

「朕傳諭司禮監去辦吧！」

事情落到司禮監上，王安深刻明白，並不好辦，派別人去不管用，只能親自出馬——饒是這樣，也還費了大半天唇舌，最後請出「祖宗」禮法來，才使鄭玉瑩勉強同意擇日遷居到慈寧宮去。

朝臣儼然獲得了空前的勝利，楊漣、左光斗，乃至於他們的東林友好們的名聲也就驟然提高了許多。

當然，朱常洛對楊漣的印象更是深刻了許多，幾天後再次召見大臣的時候，便特別指定楊漣一起晉見——他其實很想做個好皇帝，智商雖低，還是能分出好歹；楊漣令他印象深刻，直覺的認為那是個應該重用的能人；甚至，楊漣的正直令他恍恍惚惚的想起多年前教他讀書的郭正域來，引發他心中生出一些特別的感受。

因此，即便是精神和體力都不濟，他還是盡可能的和楊漣說句話，以示不尋常：

「楊漣忠心可嘉，朕心甚慰！」

而這對楊漣來說，既是天大的榮耀和恩典，也激發了他生出「知遇」之感和誓死以報的情懷。

他也自知，原本因官職僅為給事中，根本沒有資格進宮面君，這番破格，除了朱常洛個人以外，也包含了外在環境的因素——思考之後，他越發的知道自己該怎麼做。

「君恩浩蕩，我等絕不可辜負——」

他召集所有志同道合的東林友人，說出心中的想法：

「目下，萬歲爺即位不久，處境艱難，內則宮闈多事，外則朝政未定，且又重病在身，正需我等同心協力，效命盡忠，為萬歲爺分憂解勞……」

接著，他胸有成竹似的逐一說明自己打算做的「效命盡忠」的事：

「鄭貴妃雖答應遷居慈寧宮，但未必肯安分守己；她向與選侍西李交好，而今，西李以侍疾為由，逕自遷入乾清宮居住，並以撫育為由，留皇長子於宮；某曾聞內侍傳言，西李出身寒微，惟以通媚術見寵，這等女子，豈可正位中宮？我等須早日上疏，建言選天下淑女，立賢德者為皇后——」

道德感、責任心和報君恩的多種情懷混合在一起，使他的精神特別昂揚，因而根本不考慮自己是否有資格過問立皇后的大事，也完全遺忘了多年前，朱翊鈞還是個年輕的、充滿了希望、可以期許的皇帝時，因為立太子的事和大臣們鬧得不愉快，乃至於產生許多不幸後果的前車之鑒——他勃發的正義、道德和出自高度理想化的人生觀掩蓋了一切，使他執意要使歷史重演般的干預皇帝私人情感問題。

其次，他也盡心盡力的為朱常洛全盤設想國計民生：

「吏治不正，財用困難，民間天災不斷，又逢連年加稅，致使民生凋敝，怨聲四起，都是當務之急；更迫在眉睫的，是遼東的邊患——女真酋首努爾哈赤興兵作亂一事，非同小可，我等萬不可掉以輕心，萬須竭智盡忠，謀劃出一舉平定遼東之策……」

他說的這些，左光斗等人都大有同感，於是，眾人意見一致，便要立刻付諸實行；楊漣先就「選淑女，立皇后」一事草擬奏疏；只有魏大中問了一句：

「此奏，是否先與內閣諸老商議一下？」

但，心中急切欲「報君恩」的楊漣立刻否定這個建議：

「不必——奏疏要上便上了，再與他人商議，人多口雜，事情又要拖延！」

魏大中心裏還是有一點放不下，掙扎著再說上一句：

「立皇后乃是大事，不先與內閣大學士們商議，似乎……有點……於禮欠周吧！」

他說話的時候，一面看著其他人的神色與反應，期望得到奧援；不料，其他的人中竟沒有一個應和他這番溫和行事的意見，他暗暗嘆口氣，不再多說了。

楊漣則是洋洋灑灑的將這道「請選淑女，立皇后」的奏疏一揮而就，一面說：

「內閣諸老若是不高興，便由他不高興好了——若是萬歲爺見了奏疏不高興，便怪罪到我楊某一個人身上好了！某忠心為國，盡心為君；為所當為，言所當言，不怕獲罪！」

於是，這道奏疏便完全由他的意思主導，飛快的被送進皇宮。

然而，這一次，朱常洛的反應大大出乎這羣人的意料之外——朱常洛既沒有答應楊漣的請求，也沒有任何不高興的表示，實際的狀況是：根本沒有反應。

楊漣沒有如預期般的再次被宣召進宮……

一天，兩天……到了第十天，楊漣開始興起不安之感，忍不住悄悄的向左光斗說了句：

「難道今上也和先皇一樣，根本不讀奏疏了？」

這個問，左光斗當然無法回答，只有鄭重的告訴他：

「猜想無益，耐心等候吧！」

於是，他陪著楊漣數日子，一天，兩天，三天……，兩人一起等著。

卻不料，數了幾天之後，所等到的不是朱常洛的聖旨朱批，而是一個震得令他們昏死過去的晴天霹靂：

朱常洛於即位剛滿一個月的當天駕崩了。

霎時，大明皇宮中籠罩了空前的愁雲慘霧，新君即位才只一個月就駕崩，不但是哀事、喪事，也是自開國以來兩百多年間第一次遭逢的特殊變故，幾乎所有的人心中都升起了震驚和恐懼，掩蓋了原本應有的悲傷。

幾個上了年紀、在皇宮中執役多年，知道許多陳年往事的老成的太監、宮女們，打從乾清宮傳出第一道哭聲開始，就在全身戰慄中喃聲私語：

「這難道是天意……當初，萬曆爺就不肯立這小爺，是給大臣們吵得沒法子了，才勉強立上的；照萬曆爺的意思，這小爺福薄，受不住九五之位呀！偏是大臣們鬧事，硬要違反天意行事……天意哪裏是違反得了的呢？小爺福薄，大典完了就病倒，幾天就不治，連一天朝也沒上過……」

而緊接著的是有若失禁似的發抖：

「逆天行事，終究要受不祥之報啊……」

於是，這幾個人越發的邊打著寒戰，邊哀哭起來，哭得心肺俱裂似的傷痛，也就更加讓人明白，他們不只是在為皇帝駕崩而哭，更且是在為大明朝的不祥之報而哭。

朱常洛嚥氣的時刻為九月初一日五更——這一年仍以萬曆四十八年為紀年，他的生命等不及使用屬於他的「泰昌」的年號——而無論是否確實為不祥之報，他的死亡確實是在他即位當天即已出現徵兆。

氣血衰竭了，縱慾之後，他覺得全身的血都往下流去，從腳底往外流去，流出身體之外，一滴也不留。

全身虛脫，氣若遊絲，而腦海中開始浮起若有若無的幻覺，恍恍惚惚中，似乎前方有人在向他招手，那是一團模糊的影子，男女莫辨，人鬼難分，像風一般飄忽著；而後，那個影子開始出聲喚他：

「常洛……常洛……」

聲音一樣男女莫辨，聽來似熟悉又陌生；熟悉得有如心中渴盼了千萬遍，卻陌生得從來不曾具體聽到過；那是父親與母親融合的聲音，是他從小就投射的孺慕之情，從來沒有得到過的天倫之愛……

他下意識的想張口喊叫：

「爹——娘——」

心裏不曾想到，他實質上的父母已與他幽冥相隔，而自己的生命已經衰竭得沒有力氣張嘴出聲，虛弱得連眼皮都眨不動，只微一掙扎，人便昏迷過去。

幻覺登時消失，眼前和心中都是漆黑一片。

昏昏沉沉，黑黑茫茫……睜得開眼的時候，已是好幾天之後，昏睡中，他恍如遊魂般的在天地間飄蕩了一周，好不容易才返回；八月十二日，他總算覺得自己恢復了幾分力氣，於是，召見了幾名大臣，和大臣們說了幾句話；恍然間，希望又隱隱升起。

然而，這好不容易由昏睡、靜養而稍見起色的健康竟只是曇花一現——兩天後的八月十四日，他服下崔文昇所進的大黃藥，整個人再次委頓得瀕臨死亡。

太醫們盡力搶救，再次為他延續了生命，八月二十日，他再次召見大臣，勉強打起精神來說了幾句話，情況還算可以；但是，大臣們退去後，精神一鬆懈，人就立刻如一灘爛泥般的癱軟在床上，隨即昏死過去，許久之後才悠悠忽忽的醒來。

才不過說上幾句話，竟如上山打老虎般的費力——即使睜開了眼來，他也無法坐起身；四肢彷彿透支過度似的乏力，頭也暈得厲害。

就在這剎那間，一個念頭飛進他的心裏：

「朕已將養了這許多天，還不見起色，難道……病將不治嗎？」

這麼一想，立刻落下淚來；向來膽小、怯懦、沒有安全感的他一向對死亡充滿恐懼，而現在，竟要這樣孤獨且措手不及的面對死亡——他戰慄著，用自己的雙手遮住眼臉；過了許久，喉嚨中才發出一個抖音來：

「王安——」

王安伺候他多年，可以說是一手將他帶大的人，小時候，不管出了什麼事，他總是哭著叫王安，躲進王安的懷裏，王安也總是盡心盡力的顧他護他……然而，這一回，王安沒有回應。

好一會兒之後，他隱隱約約聽到一個聲音在說：

「萬歲爺想是糊塗了！王安不是給升了職，當司禮兼掌印太監去了嚒？怎麼這會子還叫王安？」

他分辨出來了，那是李選侍在說話；緊接著，李選侍也用極其威權的口氣發出命令說：

「糊塗話不用理他，叫王安就讓他叫去吧，真要使喚的時候，多幾個人上去伺候也就是了！」

整座乾清宮中再也沒有人多話了……他愣了好一會兒，呆了好一會兒，心裏漸漸升起一絲怒意和一絲寒意，忿忿想著：

「這是什麼話？簡直不把朕放在眼裏！白疼她了……」

氣息雖弱，無力出聲斥責李選侍，但卻不是激不起半絲火星——就在這剎那間，他被激出生命中最後的意志力：

「朕絕不能死……就這麼死了，不太甘心了……那許多年的苦就白吃了，日子白等白熬了……朕，什麼也沒落著過呀！」

生命中從未有過的強烈的求生意志如火焰般燃起，促使他的精神又健旺了幾分。

八月二十九日，他重新產生的精神力量讓他在召見大臣談話時，支撐的時間久了些，內容也具體了些。

來晉見的大臣由內閣首輔方從哲率領，其餘諸輔韓爌、劉一璟及六部尚書等人緊隨在後；叩安之後是君臣間的禮儀應對，接著話入正題，方從哲簡明扼要的陳奏了這些天來所應處理的幾件大事；然後略提了萬曆皇帝安葬定陵的事宜，以及禮部正在擬定的上已逝的萬曆王皇后、王恭妃尊諡，追封郭元妃，王才人為皇后的事❶。

郭元妃本係太子妃，王才人為皇長子由校生母，兩人均逝於萬曆年間，現在都應援例追封皇后；這些，他都沒有特別的意見，但是，他卻像身不由己似的又加上一句話：

「李選侍跟朕說過好多回了——卿等就便辦理，封她個皇貴妃吧！」

卻不料，這句話還沒有全部說完，置身在帷幃之後的李選侍突然掀開帷幃，沉聲喝道：

「請皇長子進來說話！」

皇長子由校原本侍立著陪見諸大臣，他才十六歲，和父親一樣生得蒼白瘦弱，膽小優柔，沒有智慧，沒有主見；更且因為生母早逝，由西李撫育，早就養成「聽話」的習慣——一經叫喚，立刻乖乖的走進去。

過了好一會兒，他才踱步出幃，神情呆若木雞，語言卻很清楚——他忠實的傳達：

「父皇，西娘娘交代，要封皇后！」

「什麼？」

這下，君臣十幾個人全都瞠目結舌的頓住，氣氛立刻變得僵滯而惡劣，誰都認為這事不宜，卻沒有人想得出話來表明意見。

幸好就在這時，一名太監的稟報聲傳來，打破了沉悶：

「鴻臚寺官李可灼來思善門進藥——他自煉丹藥，來獻聖主！」

方從哲等一干大臣立刻皺起眉頭，稟說：

「此人早在七天前就號稱要獻藥，但，茲事體大，臣等以為不宜率爾納之；更何況，李可灼稱己所煉為仙丹，臣等更不敢信！」

然而，他的心裏卻因此興起了新希望：

「若果真是仙丹，朕就有救了！」

他不想死！好不容易才做上皇帝，絕不甘心就此死去；因此，即使只有一分希望，也要牢牢抓住！

大臣們不敢隨便相信人間世有仙丹，他卻寧可相信李可灼將帶給他神奇絕妙的仙丹！

於是，他奮起力氣，連喊三聲：

「宣——宣——宣——」

太監們也就立刻傳旨：

「宣鴻臚寺丞李可灼見駕——」

李可灼來了，跪在他的面前，仔細的「望聞問切」一番，然後，仔細的說明他的病源、病情和自己要提供的醫治方法，更重要的是將號稱「仙丹」的靈藥講了個一清二楚：

「臣費數十年之心力，研煉此味配方，丹成之後，取名『紅丸』；其方由紅鉛、秋石、人乳、辰砂等炮製而成，功能滋補培元，養氣壯腎❷……」

李可灼的口才極好，一席話深深的打動了他的心，使他對「紅丸」的藥效產生極度熱切的寄望；因此，儘管大臣們的態度都持慎重與懷疑，也阻止不了……

中午時分，他服下第一顆紅丸；晚上再服下第二顆紅丸。

沒有人知道這兩顆紅丸進入他的身體裏面之後究竟起了什麼作用，也沒有人知道他在連服了兩顆紅丸之後，身心的感受究竟是什麼——太醫還來不及診斷、研判，他自己更是來不及說出口——時間僅前進到第二天凌晨的五更天，他的生命就終止了。

註一：神宗王皇后謚孝端，王恭妃謚孝靖，兩人均與神宗合葬於定陵。光宗郭元妃謚為孝元皇后，王才人謚為孝和太后，均與光宗合葬慶陵。

註二：有關「紅丸」的配方，說法甚多，且多涉明朝朝野間普遍流行的服用丹藥的習慣，其中最常見的說法是其主要原料為女子經血。但無論如何，朱常洛因服紅丸致死，乃是史實。

5

楊漣急急忙忙的趕到內閣，方跨下馬車，一眼看見比他早一步到達的左光斗正要舉步上階，連忙快步趕過去，追上了，兩人並肩；可是，兩人的心裏都已急得絞出油來，沒有心思作禮貌性的寒暄；甚至，連開口說話，交換個意見的念頭都沒有；只互視一眼，就不約而同的匆匆進門。

已經有好幾位大臣先他兩人到達，大家不約而同的流露著一模一樣的神情——每個人都緊皺眉頭，面色沉重，一言不發，低頭默坐——連主動邀齊大臣們前來、身居主位的內閣首輔方從哲也不例外，黑著一張臉，眼睛黯淡得宛如沒了天日。

氣氛凝重得較諸朱翊鈞殯天時壞上十倍、百倍……大臣們無須呼吸就嗅得出當前的氣象，體會得到時事的惡敗和自己處境的艱難。

「稍有不慎，便致粉身碎骨……不只是個人，整個大明朝都處在極凶惡的關鍵上！」

這是每一個人的共識，大明朝所面臨的是空前的危機——但，一等方從哲邀約議事的朝中重臣都到齊之後，說明了實際情況和議事內容，大家才發現，具體的事實，竟然遠比早先有的這份共識還要壞！

這空前的危機不只是朱常洛即位只一月就駕崩的國喪——

方從哲連說話的聲音都是黯啞的：

「各位想必都已收到了王司禮送出來的揭帖！」

他自己手裏也有一份，那是王安命心腹小太監送出的，上面蓋有王安的鈐記，內容除了告知朱常洛駕崩一事外，還附加一件勾了朱圈的要事：

「選侍欲擁立皇長子而挾，仿前朝垂簾聽政！」

文字雖只寥寥數語，但所述事由卻極其嚴重；大臣們幾乎每個人都收到了；而方從哲還透露出更嚴重的內幕：

「本閣曾留下內監多談幾句，才知，西李這番動作，乃是鄭貴妃在背後指使；而且，西李目下越禮占居乾清宮，不肯遷出，並且執意要皇長子留居慈慶宮，亦不讓皇長子赴乾清宮；是以王安著急了，深恐皇長子出事，或被挾制；他斷然挺身而出，大送揭帖，是恐宮中有變，向外求援——他以為，目下唯有仰仗外臣之力才能收拾宮變！」

說罷，他重重的嘆了一口氣，然後再加重語氣：

「是以本閣請各位火速前來，商量對策！」

劉一璟立刻呼應他：

「此事甚急，當須盡速！」

楊漣的性子更急，登時就站起身子，大聲的說：

「我等應現在立刻進宮，晉見皇長子；並立刻商定皇長子繼位的一應事宜，面奏皇長子；同時催促西李移宮，由皇長子遷入乾清宮——事宜迅速，可防生變！」

皇長子由校，原本已準備擇日冊立為皇太子，奈何朱常洛猝逝，還不及行冊封儀，未具儲君的身分；如今，須以直接繼位的方式登上九五——這些，大家都贊成楊漣的意見；於是，一行人立刻起身，浩浩蕩蕩的前往皇宮，以為朱常洛哭臨的名義請入皇宮，並請晉見皇長子。

卻不料，才走到宮門口，就被守門太監擋住了：

「萬歲爺駕崩了，宮裏頭亂糟糟的，外臣不宜擅入，各位大人請回，過幾天再來吧！」

方從哲登時為之氣結，怒道：

「這是什麼話！萬歲爺乃一國之君，突然駕崩，是國之大事，本閣率朝廷重臣入宮哭臨，哪有返回之理？」

那守門太監卻不與他說理，而一味拒阻：

「方閣老還是改日再來吧——等宮裏下諭旨宣閣老和諸大人進宮哭臨的時候再來吧！」

話越說越不像樣，方從哲被氣得發起抖來；原本在後列的楊漣更是氣極，激動得踏著大步趕上前來，朝那守門太監怒喝道：

「天子駕崩，大臣入臨，乃是國禮——你是受何人指使，阻擋朝廷重臣進宮？你可知廢禮之罪，及辱天子從官之罪？」

他聲色俱厲，正氣凜然，喝得那名太監不敢仰面正視他；左光斗也趕上一步，朝那名太監大聲質問：

「天子駕崩，嗣主尚在稚齡，你帶著幾十名太監阻擋朝廷重臣入宮，究竟是何用心？敢是有所圖謀？」

這麼一來，那守門太監不敢再攔阻，這行人才得順利入宮。

到達乾清宮前，王安已經得報，趕來相會；一見面立刻哭訴：

「本朝的國祚，將要毀於婦人之手了！」

接著，他仔細說明：

「萬歲爺崩於五更，西李先是企圖秘不發喪，連皇長子也不知會；咱家一聽，事情不對了，趕到慈慶宮去見皇長子；西李也趁這當兒，與鄭貴妃密商，娘兒倆拿定了主意，挾住皇長子，一個要封太皇太后，一個要封皇太后，一起垂簾聽政；咱家只有具帖，送交各位大人，請各位大人來給皇長子做做靠山，免得皇長子受制於這兩個婦人！」

方從哲聽後，急切的問：

「那麼，現在的情形怎麼樣了？」

王安嘆了口氣說：

「西李根本不把本朝的祖制放在眼裏，霸住在乾清宮不肯遷走，這會還在鬧著呢——依制，乾清宮是天子寢宮，妃嬪們只能奉召而來，不能久居；西李受了鄭貴妃的教唆，隨著萬歲爺遷居乾清宮以後就賴著不走；唉！妖孽啊，霸住乾清宮，就是以天子自居了；她可不只想垂簾聽政，根本是要和武則天一樣，當個女皇帝啊！」

這麼一說，羣情更加激憤，異口同聲的叫道：

「皇天在上，后土在下，哪裏容得她胡來！」

而頭腦冷靜的劉一璟更進一步的想到了事情的重心：

「須防她挾皇長子而竊位——我等今日便完成擁立大典，詔告天下，新君即位，先斷了她的想頭，再設法讓她移宮！」

這個意見大家都贊成，於是，王安命隨身的心腹太監：

「去慈慶宮請皇長子前來！」

一面親自陪著諸大臣進乾清宮，在朱常洛的靈前跪哭行禮。

不料，變故又生——

禮罷，這干人在乾清宮中枯等了許久，竟不見皇長子到來，引頸企盼再三，總算有腳步聲響起，卻是王安派去請皇長子的心腹太監慌慌忙忙的奔回，焦急的喘著氣報告：

「皇長子已行到暖閣，卻被西李派的人阻攔，不讓過來！」

「什麼？」

事情令人震驚，西李的囂張更令人震驚，王安登時罵聲衝出口：

「好大的膽子！一個小小的選侍，連個妃位都沒夠上，竟然敢對儲君無禮！這，可還有王法嗎？」

說著，他下意識的揮起衣袖：

「咱家親自走一趟！」

然後，他向大臣們拱拱手：

「列位大人，請稍候一會！咱家親自去請皇長子上乾清宮來！」

方從哲等人曉得他是皇宮中地位最高的司禮監掌印大太監，身分、權柄都是「一人之下，萬人之上」，皇長子被阻的事，也唯有他親自出馬才能解決——於是，大家一起向他致意：

「司禮辛苦！」

而他也索性擺開排場——手一揮，原先侍立在遠遠的角落處的二十四名司禮監太監立刻「嘩」的一聲，整齊一致的跑著小步子來到他跟前，排成兩列，然後恭敬的將手搭在腰上，低頭彎腰行禮，眾口一聲的說：

「司禮公公吩咐！」

二十四人齊聲，聲量當然大；而王安只輕喝一聲：

「跟我去恭請皇長子入宮！」

二十四名太監又是眾口一聲的說：

「是！」

然後，兩列人整齊一致的跟在王安身後，舉步出門，一面走又一面齊聲高喊：

「司禮監恭請皇長子入宮——司禮監恭請皇長子入宮——」

二十四個人齊聲高喊，音量又大了一倍，越發顯得聲勢浩大，威風十足。

大臣們一聽，先放下一半的心，人人暗忖：

「王安在宮中的勢力不見得會輸給鄭貴妃和西李，有了他，皇長子可保無虞！」

而事實也果如所料——王安去了不多時，聲浪就傳回來：

「皇長子駕到——皇長子駕到——」

發出這齊聲喊叫的當然還是跟隨王安前去的司禮監太監，而傳進大臣們耳中，人人精神一振，心中暗念：

「和鄭貴妃、西李的第一仗，可是打贏了！」

每一個人的眼中都開始露出神采，而且都下意識的挺了挺胸，伸直了腰……

太監們的高喝逼近了，皇長子朱由校隨之現身；他瘦小單薄的身體和充滿稚氣的臉也因為有了王安的緊隨扶持，原先發出的顫抖不特別明顯了，原本茫然不知所措的神色也在逐漸褪去，不懂事的他還因為自己被這樣威風的迎請，而露出了喜色。

大臣們一見到他，立刻默契十足的一致行動——在方從哲的帶領下，全體一起跪倒在地，口裏齊聲頌呼：

「萬歲萬萬歲——」

卻沒料到，這個場面竟使事先未經他人提示、毫無心理準備的朱由校大大的嚇了一跳，一向反應遲鈍的他竟而瞠目結舌的愣在當場，一句話也說不出來，更遑論有所回應；一個原本可以大大發揮的天賜良機，竟然頓成一片空白，場面尷尬極了。

王安只好靠近身去，悄悄一捏朱由校的手臂，湊在他耳邊低聲的說：

「說，平身！」

朱由校並沒有回過神，會過意來，但總算按照王安的示意，照本宣科似的吐出「平身」兩個字來。

氣氛也總算有所改善，於是，方從哲按照預定的計畫進行——他恭敬的對朱由校說：

「陛下請到文華殿升座，容臣等行大禮！」

朱由校沒聽清楚他話中的含意，轉頭看看王安，王安悄聲對他說：

「出門，上轎去！」

這話懂了，於是，朱由校依言在前呼後擁中走出乾清宮，登上宮門左側停著的轎子；不料，倉促間，轎夫竟不在，急得王安吼叫道：

「這些狗奴才，就曉得偷懶——快去給我找來！」

而大臣們既不防遇上這麼個失誤，心裏越發急得有如火燒，幾個年紀還不太大的人，如楊漣、左光斗、周嘉謨等，索性親自抬起了轎子；王安忙來攔，改由司禮監太監們來抬，這樣走了好幾步，轎伕才趕上來，總算順利的把朱由校抬上前往文華殿的路。

不料，才走到半路上，竟然有一批鄭玉瑩、西李的太監們湧過來鬧事——這些人，原本就已先聚集在屋子裏等著，等到朱由校的轎子和大臣們經過時，一起開門衝出來，七嘴八舌的喊：

「皇長子，哪裏去？」

「皇長子年紀小，一向怕見生人，別跟了這羣人胡亂走！」

「皇長子，奴才們送你回宮去！」

一邊喊叫，一邊湧到轎子前，有幾個膽大的人甚至已經伸手往轎子裏探去，一把抓住朱由校的衣服，硬要把他拉出轎來；朱由校給這場面弄得慌了，急切間，「哇」的一聲痛哭起來。

王安發出了憤怒的喝吼：

「你們好大的膽子！」

說著下令自己麾下的司禮監太監：

「將這羣人拿下，治罪！」

楊漣則是氣得兩眼幾欲冒火，看出了人羣中為首的一個，上前去出其不意的揮手，「叭」的一聲給了那人一個耳光，然後厲聲喝罵：

「瞎了眼的狗奴才，敢在光天化日之下拉扯大明儲君，還不伏首認罪？」

這一發威，才將這批企圖奪人的太監給鎮住，不敢再動手，並且緩緩退開，王安麾下的司禮太監湧上來，護住轎子，王安靠近轎子去哄慰朱由校：

「皇長子，沒事了！坐穩了，要起轎了！」

但，受了驚嚇的朱由校卻自顧自的蒙著臉哭，對他的話有若未聞，遲遲沒有止淚露臉。

這個情形，看得王安忍不住打心底深處發出一個幽微、深刻的嘆息：

「這個孩子，簡直和他的父皇是一個模子裏倒出來的！沒有出息的呀……大明朝的國祚究竟有沒有希望？老天爺怎麼總是讓大明朝生出這樣的皇長子來當皇帝呢？」

但是，這話不能出口——不但得硬忍下去，不能說，還得再耐著性子，好言好語的勸導朱由校；費了好大的勁哄得朱由校不哭，才能繼續上路，前往文華殿。

大臣們也在耐著性子等他哄妥朱由校，所有的嘆息聲當然也得和他一樣硬忍在心裏；這樣前前後後鬧了將近一個時辰，才到達文華殿。

升了殿，大臣們開始按照大明的儀制行禮——先向「皇長子」行叩慰禮；接著，「皇長子」

進位為「皇太子」，再行五拜三叩禮；然後，朱由校以「儲君」的身分與大臣們商議眼前的大事，包括為「先皇」發喪和「新君」即位大典的一切事宜。

朱由校的主持當然只是形式，但，他的身分就此確立，鄭玉瑩與西李的奪權計畫在初步上是失敗了，一場將帶來嚴重危機的風暴被撲滅了；對諸大臣而言，大明朝的國祚在大家的同心協力下保住了。

而這次議事也進行得特別順利，大家意見一致，並且選定九月初六日為舉行新君登極大典之日，定年號為天啟，以明年為天啟元年；而也因為「泰昌」的年號成為一個無法起用的名詞，大臣們又作了一番商議，決定追溯自八月以後為泰昌元年，八月以前依然為萬曆四十八年——權宜之計，一年分用兩年號❶。

於是，這一年，大明朝出現了兩個年號，換了三個皇帝，成為開國以來最荒謬的一年。

註一：《明史．左光斗傳》記此議經過甚詳。

6

這一年，六十二歲的努爾哈赤仍然有著健壯的體格、強旺的精神和敏捷、縝密的思考力；每天忙著致力於後金國的發展，訓練軍隊，廣屯糧食，治理百姓，擬定伐明的計畫；年中，他的側妃順利的為他生下第十六個兒子❶，使得原本就容光煥發的他因這喜事而更加顯得意氣飛揚，虎虎生風。

他為這新生的嬰兒取名為費揚古，親自抱在懷裏給來道賀的王公大臣們看，一面笑得兩頰如紅果，一面對大家說道：

「瞧這小子，一生下來就大手大腳的，長大了準也跟他的哥哥們一樣，是員虎將，帶著人馬去給咱們後金國開疆拓土！」

而就在第二天，他接到來自明朝的消息，得知明朝在短短一個月間死了兩個皇帝；更令人咋舌的是，年輕的泰昌皇帝竟是因為縱慾傷身，服食大補的「紅丸」而死，他幾乎不敢相信這消息是真——

「怎麼會這樣？才三十多歲的年紀，多納幾個妃子就一命嗚呼？」

他覺得匪夷所思。

「世上竟有這麼衰弱的人，真是不敢相信！」

但，無論他相不相信朱常洛的死因，明朝在一個多月的時間裏換了三個皇帝，卻是個斬釘截鐵般的事實，根本無須置疑，無須費心推想。

因此，有關明朝皇帝與女色的話，他只隨便聽了一聽，隨口談問了幾句，頃刻就打住，取而代之的，是另一股勃發的、積極的念頭。

他思忖著：

「明朝出了換皇帝的事，就不會有什麼餘力來顧遼東……換皇帝必然換大臣，要是連熊廷弼都給換回去，可就太好了！」

因此，他一面派人加緊注意熊廷弼的動向，一面將一部分的計畫先付諸具體行動；首先，他叫來阿敏和莽古爾泰，交付任務：

「你們兩人帶五千役夫，去薩爾滸山上築城，限在今年內完成；這項行動須隱密，不可聲張；築城的同時，你們須全力詳細觀察地形地勢、周遭環境，並且各自試擬一份布兵計畫、伐明路線圖來！」

而且，他想好了幾個方法，讓小股人馬分批出動，不停的騷擾明境、搶奪糧食——這種機動性的出沒，會讓明軍和百姓都疲於奔命，可收一事幾得之效。

然後，他找來何和禮，交代他：

「你親自到朝鮮走一趟，多備厚禮，交結他朝中大臣，讓他們更心向我國！」

這層用意，他仔細的向何和禮說了個明白：

「去年的薩爾滸之役，朝鮮出兵助明——這件事，我常放在心上推想全盤；首先，我想著，幸虧我邦早就與朝鮮通好，建立了交情，也有準確的消息，得知明朝令朝鮮出兵，這才能做好工作，讓朝鮮只在表面上應付明朝，出兵相助，實際上並不賣力，在戰場上虛應一下就棄甲投降；其次，我想到，朝鮮雖然實際上心向我邦，但畢竟還是明朝的屬國，論關係還是明朝為重，所以，對朝鮮的工作仍然要加強——你此去的第一任務是加強關係，使朝鮮不再出兵助明，其次是買得人心，與我國暗通消息——即便朝鮮再度出兵助明，動靜也都在我掌握中！」

何和禮恭敬的應了聲「是」，也為他提出具體的參考意見：

「臣以為，大汗宜早將朝鮮收服，使朝鮮成為我邦屬國——至遲應於統有全遼之日……」

他考慮的不只是軍事上的問題，還包括了民生：

「遼東今年苦旱，莊稼收成不佳，百姓乏食；若能責令朝鮮進貢，問題就解決了！」

努爾哈赤聽了，微微一笑，說：

「二十多年前，日本出兵攻打朝鮮，不也是為了這個？」

說著，他拍拍何和禮的肩頭：

「等拿下全遼，大家好好計議計議——東邊朝鮮，西邊蒙古，都是要費心思的地方！」

然後又補充說：

「你這趟去，以三個月為限——冬盡以前一定得回來！我估計，明朝一連換了三個皇帝，政局一定有變，朝廷中一變，遼東人事也會跟著變；現在雖然還不確知，但，再等也不會超過三個月……」

他需要何和禮在三個月內完成任務，返回國中為他辨別的事——他是個敏銳的人，直覺的認為，不出三個月，遼東的情勢必然有變：

「無論換不換掉熊廷弼，都會有變動！」

明朝的變動就是他的機會——他具備著蒼鷹般銳利的雙眼，猛虎般驍勇的戰力；他眈眈而視，蓄勢待發！而明朝的情況竟果然如他所料，不久就有了變動，尤其是遼東的人事布置。

朝廷中，風波險惡、驚心動魄的九月初一終於過去了，然而，亥時一過，子時來到，時間進入九月初二日以後，這羣已經一天一夜未曾交睫的大臣們還在繼續商議事情。

除了年事已高的方從哲等少數人實在支撐不住了，就近在裏屋歇息，其他的人不但了無睡意，不感疲倦，精神狀態還加倍勃發、昂揚，一直聚首談論下去。

也許是因為遇到的危機是開國兩百多年來所空前僅有，大家的精神都被反激出潛力來；而且，白天與鄭貴妃、西李兩度交手都「戰勝」，使大家的情緒都處在高度的興奮中，商議起後續的行動計畫來便特別起勁。

大家的共識是：

「今天，一定要逼使西李移宮——」

具體的做法是宮中、朝中聯手催逼——皇宮中，朱由校雖然稚弱無能，但王安卻握有實力，大有可為；朝廷中，當然會同心協力的向西李進攻——裏應外合，勝算穩持。

於是議定大家聯名上疏，直指西李應依祖制，立刻移居仁壽殿，騰出乾清宮來，備新君移入，奏疏上的每一字每一句，都盡量用重，以向西李施壓……

奏疏早在天明前就完成，而大家還是了無睡意，於是繼續談論；等到奏疏送出去後，大家的精神更加奮亢，索性開始準備起入宮的事宜來。

天色一亮，大家就齊赴宮門外——新的一天開始了，新的戰鬥也將要開始了。

西李也是一夜未眠，但與大臣們不同的是，她的情緒壞透了，焦慮、煩躁、不安、氣憤以及隱隱浮動的恐懼感一起糾結在心中，令她的心片刻也澄靜不下來。

她不時的喃喃自語：

「由校竟敢不聽我的話，跟著外人跑到文華殿去！好幾年，白養了他一場……外臣們都在使壞，容不得我，非叫他聽我的不可……」

偶爾，她也怔怔的叨念兩句：

「要不是先皇兩眼一翻，說走就走，又何至於此啊！」

她當然萬分不甘心——就因為朱常洛突然駕崩，她的皇后寶座飛了——

「死人哪！臨死都不替我說句話，寫好封誥！」

她恨，恨得咒罵，罵得咬牙切齒，怨憤得掉出了眼淚；但是，心裏偏又清明明的體認到：罵有什麼用呢？只有面對現實，想出法子來控制住朱由校、對付了朝裏的大臣，自己才有立足之地，否則，就只有和別的前朝妃嬪一樣，住到養老的冷宮裏去，孤零零的等死！

鄭玉瑩早就提醒過她：

「什麼寵妃都是一樣的下場：竹籃打水一場空！除非生的兒子做了皇帝，當上了皇太后，否則，就是到冷宮去等死！即便是死了，也說不定要在空屋子裏悶上好幾天，發臭了，才有人知道呢！」

她當時就聽得直打冷戰，而今，體會得更深了——那樣的慘事和自己的下場幾乎只有一線之隔。

鄭玉瑩固然不甘心，不肯罷休，自己更比鄭玉瑩還要不甘心——鄭玉瑩年逾半百，而自己不過二十出頭，未來的日子遠比鄭玉瑩要長了許多；如若果真被逼入冷宮，漫長的幾十年日子，可怎麼捱忍呢？

非要拿到「皇太后」的尊號不可！

卻偏偏，情勢已經變得這麼壞……她不自覺的心酸落淚：

「王安加上外廷大臣，勢力有多大呀！一起對付我一個人……」

在皇宮裏，她是孤獨的——以往，仗恃著得寵，根本不把其他的選侍、才人放在眼裏，甚至出手欺侮她們，因此根本沒有朋友；而當時雖然得朱常洛的寵，卻因為朱常洛不得朱翊鈞的寵，連帶的沒有餘力給她賞賜，她便沒有能力交結位高權重的大太監，也沒有能力多設置自己的心腹太監、宮女，更想不到要交結外臣——朱常洛一死，她徹徹底底的成了寡婦！

唯一能推心置腹談話的是鄭玉瑩，現在，更且同病相憐，利害與共……

於是，她交代乳娘好生照顧小公主，自己帶著貼身宮女香兒逕往翊坤宮。

不料，才走到宮外就發現情況不對——

鄭玉瑩已經答應搬到慈寧宮去住，雖然只是當時的「緩兵之計」，只說要搬而沒有說定搬出的時間，以爭取到圖求轉圜的時間；怎奈，情勢並不容她拖賴——司禮監派出了大批人手，以協助遷居為由，行監督她盡速搬遷之實。

大勢已去，翊坤宮中的太監、宮女們只有配合——西李所見的情況是一團混亂：眾人七手八腳的搬東西，已有幾隻箱籠被抬到了長廊上，還有一組人正在抬傢俱出門，邊抬邊吆喝，聲音轟然刺耳，場面令人心驚，但是無奈，只能等著這組人出門之後才得跨檻而入。

屋裏更亂，浣紗和畫屏正帶著幾個宮女，手忙腳亂的把一些日常用品裝進箱子裏，衣裳鞋襪，瓶罐杯壺，香爐花盆，有些散在地上，有些已經不小心打破了……原本富麗堂皇的翊坤宮已形如三等市集。

西李看得瞠目結舌，說不出話，而後，淚水無聲自流，全身一片冰涼，昏茫慌張的心裏只剩一個念頭：鄭玉瑩的情況比她自己還要壞上幾分！

浣紗抬眼看見了她，分身走過來，小聲的說：

「奴婢失禮，娘娘恕罪……今天，定得全部搬完……實在忙亂……」

她頭髮零亂，額上冒汗，語言帶哽，而這幾句話聽得西李心裏越發酸楚，再三強忍之後才能問一句：

「鄭娘娘……可好？」

浣紗登時兩眼轉紅，硬忍著沒讓淚水流下，卻說不出話來，勉強伸了一下手，往寢殿指了指；西李會意，舉步往裏走；畫屏趕過來，向西李哽咽著補充：

「請娘娘費心勸勸——這兩天，做得太絕了，連老夫人都不讓進宮來，沒人勸……」

又是一句刺心的話，西李無言以對，低下頭，默默的往寢殿走。

門沒有關，但是，西李走到門口就停下腳步，想讓浣紗、畫屏先進去通報一聲，卻發現，兩人並沒有跟過來，想係分身乏術，或者，放棄了——她頓了頓，還是認為不宜貿然進入，於是立定了，探頭往裏看。

四周空蕩蕩的，只有鄭玉瑩獨自坐著，因為背對，看不見她的神情，只見她身著睡袍，頭髮披散，想係尚未梳洗，懷裏卻抱著琵琶信手撥弄，只是不成曲調，只有咿呀的幾聲。

西李納悶，胡亂思忖著：

「什麼節骨眼了——怎麼還有心情彈琵琶？」

而已經多年不彈琵琶的鄭玉瑩卻是技藝生疏了，撥來撥去，始終不成曲調；但，這也無妨於她吐露心聲——索性停了手，隨口低低的唱出：

曾宴桃源深洞，一曲舞鸞歌鳳；長記別伊時，和淚出門相送……

像是在唱著多年前的回憶，多年前的繾綣與纏綿，但她心情殊異，竟把原本悠美柔婉的詞曲唱成帶著悲涼、悽惻、哀傷的輓歌，以追悼往日的時光和情懷。

西李完全不識得這些，不明所以，愣愣的聽著；鄭玉瑩卻唱到了自己的痛心處，一闋詞沒唱完就失聲痛哭起來，而且隨手把琵琶扔在地上，發出刺耳的巨聲；接著舉起手來，蒙住自己的臉，拉扯自己的頭髮，發出嘶啞如裂帛的號哭聲；然後，身體跌落下地，壓在琵琶上，繼續嚎啕痛哭，哭悼自己已經死亡的心。

西李被這情景嚇傻了，完全沒想到該上前扶她、勸她，而是如泥塑木雕般的站著，失神的張望，視界中失去了一切，包括鄭玉瑩；好一會兒之後，才有一絲神智返回來，告訴自己：

「她當然傷心、悲痛……不怪她這樣……」

又過了好一會兒之後，心裏再多上一絲清明：

「我勸不了她……她也幫不了我……」

認清了，也就面對現實——她默默的退離翊坤宮，返回乾清宮去。

一路走著，眼前還不時浮起鄭玉瑩伏地痛哭的畫面，再想到自己連唯一的救助對象都不存在、已徹底陷入孤絕的困境，心口便一片冰涼，身體不住顫抖，腳步踉蹌；好不容易回到乾清宮，一進門就聽見小公主的哭聲，情緒又更加惡劣，勉強耐著性子哄小孩，自己的心比油煎還難受；入夜且失眠，到了天明時分，她的精神已瀕臨崩潰，只剩一絲本能的、死裏求生的意志力在支撐著她，拿定主意：

「不管怎麼樣，我先占著這乾清宮；要由校拿皇太后的名位來換，否則絕不搬出去！」

而衝突一觸即發——

大臣們的聯名上疏在天微亮的時候就被送到慈慶宮，辰時三刻，朱由校把這份奏疏看了一遍，遇到艱深的字眼，看不懂，便命太監講解；這樣，耗去了許多時間，到了巳時過半，才把奏疏看完。

但是，儘管艱深的字都讓他弄明白了，看完後，他卻一臉茫然，不知所措；愣了好一會兒之後才想到解決的辦法，於是立刻命人：

「找王安來，來料理這事！」

王安其實正在與大臣們商量事情，一聽召喚，立刻趕過來，進門以後才知道是這麼一件事，心裏不免又暗發一聲長嘆，但也耐著性子教導朱由校：

「大臣們請准令李選侍移居仁壽殿，請殿下早日入居乾清宮——殿下只須在奏疏後批個『依卿所奏』，或者吩咐秉筆太監代寫，再發下去，就行了！」

「原來，挺簡單的！」

於是立刻按照王安的教導寫好，王安出來後，向諸大臣說：

「殿下准奏了，執事太監們會去知會西李的！」

不料，到了下午，乾清宮中毫無遷移的聲息傳出；王安派了小太監去看，卻回報說：

「乾清宮的門都關上了，只開了幾扇小窗；守門的太監說：選侍午睡，誰都不能去打擾！」

大臣們一聽，個個都氣壞了，異口同聲的罵：

「簡直目無王法！」

左光斗怒不可遏，搶先道：

「我再上一疏！」

他立刻奮筆疾書，洋洋灑灑的滿紙，而且索性出重話，直拿西李比武則天：

「……今不早斷決，將借撫養之名，行專制之實，武氏之禍再見於今，將來有不忍言者！」

甚至，他蓄意讓宮內傳抄一份送到乾清宮去……

西李原本粗通文墨，較之朱由校還好上幾分，因此不須解說就看懂——當下，她勃然大怒，一把將這抄本扯了個粉碎，罵道：

「太過分了！拿我比武則天——這是句人話嗎？」

盛怒之下，她命令太監：

「這左光斗是什麼人？吃了熊心豹膽了？傳旨宣他入見，我來親自問問他！」

哪裏知道，她的人到了左光斗跟前，登時就吃了癟——左光斗傲然挺立，以極其不屑的口氣和高亢的聲音凜然說道：

「我是大明天子之臣，非天子召不赴，一個後宮婦人，憑什麼宣召大臣？」

這話傳回乾清宮，西李更加憤怒，厲聲痛罵：

「這是什麼態度？大明朝怎麼有這種大臣？」

她索性一不做，二不休：

「請皇長子過宮來，我與他商議如何懲處左光斗！」

派遣完太監，她嘿然冷笑：

「由校可是你們要擁立的『大明天子』哪，由他親口來說，處死左光斗這個『大明天子之臣』吧！」

又哪裏知道，事情更不能如她的願——

她派去的太監在麟趾門上遇見了楊漣，這一次，楊漣的態度改變了——他和顏悅色，好言好語的對這幾名太監提出勸告：

「殿下目前是東宮太子，幾天後就是皇帝；選侍身分低微，哪有宣召皇帝的資格呢？你們再退一步想，殿下已經十六歲了，不是個小孩了，做了皇帝以後，更是什麼都不一樣了；你們若是老幫著李選侍欺凌殿下，日後殿下會不追究你們嗎？」

一席話聽得這幾名太監冷汗直流，連聲說是，退開後，當然不敢上慈慶宮去傳話；有形的風暴總算給壓下去了，然而，隨著時間的前進，朱由校舉行登極大典的日子一天天逼近，無可免去的衝突便如箭在弦上般的繃緊。

雙方「決戰」的日子到了——

西李硬賴到九月初五日，已是最後的關頭。

大臣們破釜沉舟似的發出宣言：

「明日便是大典之日——哪有皇帝即位之後，仍返太子宮居住之理呢？」

幾天來，王安也做了「釜底抽薪」的工作：向原本忠於西李、為西李辦事的太監宮女們曉以大義，讓他們轉變效忠的對象。

「皇宮的主人終究是皇帝！」

新朝的新君和前朝的寵姬，分量誰輕誰重？打從楊漣在麟趾門向西李的太監們作了開導時就已經生出作用，讓大家開始在心中衡量起來；這番，再經過王安的點破，作用更大了。

西李名下，最得力的一個太監名叫李進忠，一陣思忖後，當機立斷的帶著自己的人馬悄悄投效王安；這麼一來，其他的人也紛紛跟進，不過短短兩三天時間，西李身邊已經沒剩幾個可供使喚的人。

到了這天，一早起來，乾清宮裏只剩下香兒和抱著小公主的乳娘，連同候梳洗、打來洗臉水的人手都不夠；她又是氣憤，又是傷心，滿口罵著：

「這般沒心肝……」

但是，只罵得一句，眼淚便撲簌簌的落下來，襯著一張未經梳洗的臉，看來分外狼狽。

香兒只好柔聲安慰她：

「娘娘，別傷心了！日子總有得過的！」

一面左顧右盼，然後面對現實：

「娘娘且請稍等，我出去打水回來！」

說著，毅然決然的拿起水桶，開門走出去；西李叫住她吩咐：

「叫幾個人回來伺候！」

香兒嘆口氣說：

「算了吧！雀兒都往高枝爬呢！娘娘想開點，就容我一個人回來吧！」

西李怒道：

「這些狗奴才！」

香兒回過頭來勸她：

「娘娘寬寬懷，別往氣頭上想！」

說著，她舉步就走；西李還想叫住她，說幾句話，不料，稚齡的小公主突然放聲哭起來，她心頭一緊，返身去看小孩，話便頓住了。

但是，耳中灌滿了小孩的哭聲，心裏便更煩，一面本能的伸手過去，拍著乳娘懷中的小孩，幫著哄慰：

「喔……乖……不哭哦……」

一面卻皺著眉頭問：

「怎麼哭成這個樣子？」

乳娘小心翼翼的回答：

「不知道呀──才吃過奶，不會餓的嘛！」

她搖頭嘆息：

「一大早就這樣哭──哭得人都煩死了！」

乳娘不敢應聲，低下頭，伸手輕拍小公主的背，避開她的目光。

她倒沒有繼續計較小公主的哭，只是，懶得再幫著乳娘哄慰，自顧自的坐到鏡檯前去；一抬眼看到鏡中蓬頭垢面的自己，臉色蠟黃，眼皮浮腫，嘴唇發青──她不自覺的一愣，然後，心緒開始往下沉。

「皇帝已經死了，哪裏還有寵姬的世界呢？打不打扮，又有什麼不一樣？」

她索性直挺挺的看著那張連自己都嫌醜的容顏，一動也不動的坐著。

好一會兒之後，香兒回來了。

力氣小，提回來的熱水只有小半桶，但總夠她淨臉的了，只奈，她已連淨臉、敷粉、施朱的欲望都沒有──香兒沾濕了手巾，她只讓貼了一下臉就算了，吩咐香兒說：

「給我梳梳頭，隨便挽個髻──別的，我都沒有興致弄了！」

橫豎大勢已去——

香兒拿起梳子給她梳髮的時候，順便告訴她：

「方才我遇見幾個人，告訴我說，朝裏的大臣們，打天不亮的時候，就等在宮門外，這會子，全都上慈慶宮去晉見殿下，說要商議個要緊的事——」

她聽了抿緊嘴，一會兒之後，發出一聲冷笑來：

「什麼要緊的事？還不是一起設想趕我搬出乾清宮的主意？」

說著，頓了一頓，再發出一聲冷哼：

「由校長大了，翅膀硬了，心裏向著外人，再也不聽我的話了——他的那班大臣，加上王安，多大的權勢哪，聯手對付我這個手無寸鐵的寡婦！」

然後，她問：

「他們讓我搬到哪裏去住？仁壽殿？噦鸞宮？」

這個話，香兒不敢回答，只管默默的低頭為她梳髮，按照她的吩咐，梳了一個簡單的髻，髻上只插了一朵為朱常洛帶孝的小白花。

完成後，香兒小聲的對她說：

「娘娘請再稍等一會，我去取碗清粥來！」

連早餐都沒有人送進來了……

但，她似乎已經接受事實，既沒有再為這淒涼的情景動怒，也沒再傷心落淚，她像是累極了，不想再掙扎了，也像是放棄一切了——包括進餐，她都放棄了：

「不用——我不餓！」

她木然的坐著，臉上什麼神情也沒有；身體一動也不動，久了，便僵了；到了巳時時分，她被一陣敲門聲驚醒。

香兒下意識的喃喃自語：

「咦？會有什麼人來？」

她吩咐：

「你去開門吧！」

一會兒之後，香兒喘著氣，慌慌張張的跑回來：

「是王司禮——他帶了好多司禮監太監……宮門外頭，全給圍滿了！」

「哦——逼宮了！」

她的心沉到底了，頭一陣暈眩，咬了咬牙，硬撐住了，吩咐香兒道：

「你出去，好生對王安傳話——單請他一個人進寢殿來說話吧！」

香兒應聲「是」，小心翼翼的去了；過了一會兒，陪著王安單獨走進來。

西李卻已經站起身子，背對著門口；她親自抱著仍在啼哭的小公主，撫拍背臀，嘴裏輕聲說話，像是在哄著她而實際上意在言外：

「兒啊！你別哭了！咱們孤兒寡婦，是給欺負定了！你哭也沒有用的！除非咱們娘兒倆一起哭死了，到地下找你父皇去！」

九月初六日，朱由校順利的在皇極殿即皇帝位，接受滿朝文武官員山呼萬歲；典禮完成後，他在太監們的前呼後擁中返回後宮，直接進到乾清宮。

從西李遷離乾清宮到大典完成之時，再怎麼從寬計算也只有十二個時辰左右，但是，在王安的一聲令下，上百名太監宮女一起動手，洗的洗，擦的擦，換去所有的家具、陳設、用品……朱常洛和西李居住過的痕迹都被徹底抹去，一套全新的床、櫃、桌、椅、屏風、槅架被抬進來，配著全新的錦帳、被褥、繡枕、桌巾、椅帔、簾幄、地毯和陳設用的古玩、字畫、花瓶、盆景，十足襯托出新朝代、新皇帝的新氣象來。

而王安自己卻累壞了——由於這「變宮」須在限定的十二個時辰內完成，他不放心，要親自監督；而同時，皇極殿中正在進行為行登極大典的布置，他也不放心，要親自監督；於是，一身顧兩邊，每個時辰交換一次，一晝夜下來，體力和心力都過度透支，等到事情一忙完，精神一放鬆，一口鮮血便「哇」的一聲從口中噴出來，身體直挺挺的向後倒去。

他原本體格就不甚健壯，中年以後時常生病；這一次，打從朱常洛服「紅丸」駕崩開始，他的心情陷入極度悲痛中，健康就已大受影響；接下來，為了對付鄭玉瑩與西李企圖垂簾聽政和西李占住乾清宮所造成的危機，又強行打起精神，支撐著病體，咬著牙衝破困難和凶險，與大臣們並肩作戰，終於擊敗了兩個有野心的女人，逼使西李「移宮」；整個過程驚心動魄，情緒激烈起伏，更是嚴重的摧殘……終於，他支持不住了。

而大臣中，在「移宮」一事最盡心盡力、奮戰不懈、力爭到底的楊漣，也在新君的登極大典完成後大病一場——「移宮」的前後幾天中，他不眠不休，在不知不覺中鬢髮全白；年紀還不到半百，已然滿頭銀絲，而精神仍然昂揚，仍然竭智盡忠的為大典思謀；而後，大事一了，他在返家途中就暈眩於馬車中。

反而是大家所奮力護持的主人翁朱由校，因為不懂事，既感受不到幾天來的驚濤駭浪，體會不到其中的艱難兇險，便無身心交瘁的折磨；甚至，他像無關痛癢似的，情緒毫無起伏；更且，他的內心中是渾噩的，不但沒有靈敏的感應力，沒有細密的思考力，就連一般普通人皆有之的、簡單的、屬於自己的想法都沒有。

他的生母位僅選侍，無所謂聰明才智可言，因此，在先天上，和庸魯的朱常洛都無法給他優秀的稟賦；他生於萬曆三十三年，斯時，朱翊鈞已多年不上朝，大明王朝的生命呈現的是一股衰朽之氣，他所置身的大明皇宮更是一幅末世的、畸形的景象；他生長的小圈圈——慈慶宮尤其不曾給予他正常的生活和教育。

當時為皇太子的父親因為不得祖父的歡心，在皇宮裏雖貴為儲君，生活上的供應卻差得遠不如民間的富家；因此，精神與物質兩皆欠缺，更無理想抱負可言；「梃擊」案發生之後，甚且沒有了安全感，膽小懦弱，退縮怕事，在精神上已非正常的人。

他的生母出身寒微，被選入皇宮，本是執賤役的宮女，懷孕後才得到「才人」的名號；她生性老實木訥，生活在物質不豐的慈慶宮中本來就十分吃虧，而在西李得寵後又倍受排擠，甚至被凌辱、暴毆，沒幾年就不明不白的死了。

當時他年幼，朱翊鈞隨口說了句話，指定他由西李撫育；這麼一來，西李不敢太過分虐待他，也不致缺衣乏食，但是在精神上施以嚴厲的壓制，管得他無話不聽；他因而沒有思考的習慣，沒有主見，並且依戀自己的乳母客青鳳，以客青鳳為孺慕之思的發洩對象。

但，無論是朱常洛、西李或客氏，都沒有認真的關注過他的教育問題；以致他和朱常洛小時一樣，遲遲沒有啟蒙讀書，到了十歲還是個文盲。

這個情形比朱常洛小時還要嚴重——朱常洛小時由於身分是皇長子，而且引起了立儲的紛爭，成為朝中大臣關切的對象，不時有大臣上疏提出「出閣講學」的要求；而他的身分是皇孫，他的存在不被大臣們注意，沒有人為他上疏爭取受教育的機會……他和小他五歲的弟弟朱由檢❷一起被耽誤了。

到了十二歲那年，他才和七歲的弟弟一起啟蒙讀書；他的資質差，學習能力竟比年幼的弟弟差上一大截，一段日子下來便落後了許多，看得師保們全部搖頭嘆息不已。

然而，等到經歷「紅丸」、「移宮」兩樁大變故的時刻，他竟受用到了駑鈍的好處——巧者勞，智者憂，他這愚庸者無須勞也無所謂憂，得到了童騃般的幸福快樂。

大典完成後，他坐享其成的進入乾清宮——轎子抬到乾清宮的宮門前，兩名太監上前將他半扶半抱的捧下轎來，托著他的手臂進門。

門裏面的一應布置都已經打理妥當，他的乳母客青鳳率領所有的太監宮女來到門前迎接，黑壓壓的跪了一地。

而他一見到客青鳳，就把自己的身分和應有的禮儀給拋到九霄雲外了，嘟起嘴撒嬌說：

「奶娘，快幫我把頭上的東西拿下來，重死我了！」

皇冠用十足的赤金打造，重得他受不住；而且，話一說完，他立刻就要往客青鳳的懷裏鑽去。

幸好客青鳳的年紀比他大了十多歲，懂事得多，知道在乾清宮眾多服役的太監、宮女面前應該顧上身分，更不宜顯露出兩人間的特殊關係，於是，小聲的哄勸著他說：

「再忍忍，等回屋裏再弄嘛！」

她不過三十多歲的年紀，容顏姣美，說話的聲音非常輕柔，語氣更是溫和，任誰聽了都覺得有如春風拂過，清泉流過，有說不出來的妥貼與舒服，從小由她哺乳的朱由校更是一聽到她的聲音就軟了半截，什麼都聽從。

因此，他乖乖的再忍耐了一會兒，直到走入寢宮，四下裏沒人了，才一歪身賴倒在她的懷中。

不多時，全新的、繡著九條龍的錦帳中便傳出了客青鳳的咯咯輕笑聲。

「哎喲！我的小祖宗……都做了皇帝了，還要吃奶！」

註一：努爾哈赤共有十六個兒子，八個女兒：
長子褚英，賜號洪巴圖魯。
次子代善，賜號古英巴圖魯，後稱大貝勒；其後封禮親王。
三子阿拜。
四子湯古代。
五子莽古爾泰，稱三貝勒。
六子塔拜。

七子阿巴泰。

八子皇太極。後稱四貝勒，其後繼帝位，為清太宗。

九子巴布泰。

十子德格類。

十一子巴布海。

十二子阿濟格，後封英親王。

十三子賴慕布。

十四子多爾袞，後封睿親王。

十五子多鐸，後封豫親王。

十六子費揚古。

長女東果，嫁何和禮。

次女嫩哲，嫁常書之子達爾漢。

三女莽古濟，先嫁哈達貝勒孟格布祿之子吳爾古代，夫死再嫁蒙古敖漢部瑣諾木杜稜。

四女穆庫什，先嫁烏拉貝勒烏占泰，後改嫁額亦都。

五女嫁額亦都之次子達啟。

六女嫁葉赫那拉氏蘇鼐。

七女嫁那拉氏鄂托伊。

八女嫁蒙古喀爾喀台吉古爾布什。

註二：光宗共生七子，其中五子夭折，僅存由校、由檢二子；由校生三子，全部夭折，是以逝後傳位由檢，即崇禎皇帝。

7

楊漣只休息了一天，服了幾帖藥，自己覺得精神體力都恢復了，第二天就取消告假，回到朝班去。

心中有一股勃發之氣在支持著他，使他的生命力變得超強，很輕易的戰勝了病魔；緊接著，喜事也來了——他的官職升遷為兵科都給事中。

這是擁立新君的「功臣」中第一個升官的，他連連謙稱不敢當，再三推辭，但畢竟詔命已出，哪能因他謙辭就收回呢？三辭之後，他便改成叩首謝恩，莊嚴肅穆的接受了新職。

左光斗第一個來向他道賀，寒暄、致了賀意之後，立刻語重心長的向他說出內心深處的期盼：

「年兄這番高升，是開了一個大好的頭；接下來，新朝新政，還會陸續有人事上的變動——時機大好，我輩東林中人，好好的掌握住這波變動的機會，則又將有一番大作為！」

楊漣對這話極有同感，立刻回應——他先是謙稱一句：

「愚弟其實是『拋磚引玉』啊！」

接著立刻暢言：

「自葉閣老去職，我東林中人久難左右政局，現在，果然有機會了！」

方從哲的無能早已令人不滿，雖然在這次擁立新主的事情上一反鄉愿常態的出了許多力，但，「形勢比人強」，新君登極後開展新政，勢必要撤換內閣首輔。

繼位者如係東林中人，甚或葉向高重新入閣，那麼，「東林執政」的時代就要到來了；而能影響首輔人選的，目前，居第一分量的人就是楊漣！

楊漣雖因年輕、資歷不足，自己還未達入閣的資格，但以「紅丸」、「移宮」兩案之後，聲名大噪，天下皆知，成為朝中名臣——左光斗猶且分析：

「先帝曾特召年兄進宮面聖，是有『顧命』之實，於今上又為擁立第一功臣——如今，年兄在萬歲爺跟前說話的分量超過了內閣首輔……」

他甚至斷言，楊漣這次升遷，只是「先期」之舉，接下來，勢必還會有「連升三級」的情形；而楊漣在朝中的分量越重，對東林就越有利！

美好的希望，光明的遠景，都已經來到眼前！

於是，兩人索性仔細的計劃起來，逐一細數「應該」出任要職的東林人士：葉向高、鄒元標、趙南星、高攀龍……也開始遙想著，當這些正人君子們執掌大權之後，將大力推動政治改革，使已處在衰敗狀態的大明王朝得到新生……

而在內閣首輔的人事發生異動前，遼東的人事有如首當其衝般的率先發生異動，而且目標集中——異動的其實只有一個人：熊廷弼。

熊廷弼原本與東林有隙，雙方的恩怨早在萬曆三十九年就結下了。

那年，熊廷弼任南直隸提學御史；江南向為文風鼎盛之地，文士最受禮遇，但也因地方過度重視文士而形成強悍的士風，受學的生員成為天之驕子，常以些微小事羣起抗爭，或包圍官府，或焚燒縉紳房屋，不時有案例呈報朝廷；熊廷弼在上任之前，已對這種惡風有所耳聞，苦思改善之道，上任之後，採取他在遼東任官時一貫雷厲風行的方式壓制江南文士，對鬧事者處以重罰，於是減少了生員抗爭的事情，但也引來多人怨恨。

接著，他大力改革江南教育變遷的種種流弊，而結下更多仇怨。

原來，依制，提學官三年一任，任內要舉行兩種考試，一種是歲考，另一種是科考；歲考以六等試諸生優劣，科考亦按成績優劣分為六等，第一、第二等受賞，取得參加鄉試的資格，稱為科舉生員，置於末等者，則喪失參加鄉試的資格，無疑與功名絕緣；因此，全國的讀書人既因前途操在「考試成績」中，讀書的目的也就是為了考試，所讀的書全係應試的八股範文；心懷理想的熊廷弼不認同這種世俗流弊，大力改革，以矯文風，每試必要求士子書寫經論四篇，未交者不予列入一、二等；這麼一來，又斷送了許多人的前途。

而且，他為矯弊，打擊地方惡勢力，在任上大力提拔寒微之士，黜退鄉紳津要子弟，尤其以東林子弟為多。

在他看來，東林子弟大都仰仗父兄的庇蔭，嬌生慣養、沽名釣譽，而不潛心用功讀書，甚至不受教、不虛心處世——他必須裁抑。

歲試的時候，他索性將東林領袖顧憲成的長子顧與渟置於末等，使顧與渟絕了科舉之路——這無異於公然向顧憲成挑戰，後果也就可想而知。

而今，東林得勢了……

無須東林諸人暗示什麼，朝廷中自然有人搶先一步出面彈劾熊廷弼，更何況，不贊成熊廷弼的遼東政策的，也確實大有人在。

先是與熊廷弼有夙怨的吏科給事中姚宗文一面在朝中誹謗，一面上疏彈劾，批評他只堅守不出擊、不進攻、不收復失土的政策是「養敵」。

接著，兵部主事劉國縉因為原來主張募遼人為兵，募得一萬七千多人，不久卻逃亡過半而被熊廷弼奏報朝廷，也銜怨在心，開始報復；他本為姚宗文的座師，兩人結合在一起，攻擊熊廷弼的力量就更大。

而後，御史顧慥跟著彈劾熊廷弼出關逾年，毫無建樹；馮三元則彈劾熊廷弼無謀者八，欺君者三，如不罷廢，遼必不保；接著，張修德再彈劾他破壞遼陽；給事中魏應嘉也跟進……熊廷弼先是抗疏自辯，但，不利於他的彈劾，一而再，再而三的湧到，他無力招架了，只得上疏自求罷斥，並且繳還尚方寶劍。

於是，朝廷改以袁應泰出任遼東經略。

而一聽到這個消息，皇太極脫口衝出一句話來：

「父汗真是料事如神——」

他向代善說：

「什麼事，都逃不出父汗的掌握，別說是眼前看得見的、聽得見的，父汗都一清二楚，就連遠在明朝的事，父汗都能早個許多日子就料準了……」

他心生崇敬，於是滔滔不絕的說了一大段話；而才因不久前發生的一樁變故，導致心中不自在的代善聽了，並不接腔，而是淡淡一笑帶了過去；讓原本神情中帶著光芒，語氣中帶著興奮的皇太極只好慢慢的收斂起興頭，換個話題來說。

而這僅是表面上的情景，兩人內心中的聲音根本是另外一種——

代善心裏先是冷冷一哼：

「父汗料事如神，明察秋毫……你這不是指著和尚罵禿嗎？」

他才因父親的「料事如神，明察秋毫」的超能力所發現的細微之事而獲罪——那一天，父親突然發出一個命令，說，大福晉富察．袞代竊藏金帛，勒令離棄。命令上只有這一樁事，而且絲毫沒有提起他來，但，他心裏有數，又深恐父親過些時日便將懲處他，因而寢食不安了許久，好長一段日子都不敢設想自己的生死，每夜都在惶恐中憂懼，不知道天亮以後，父親會不會斷然下令處死自己。

那段日子裏，他不斷的想起自己的同母兄長褚英來，褚英死因成謎，人都道是為父親親自下令處死，而那時母親已經亡故，他與身邊的每一個人、乃至每一個兄弟姊妹都不敢開口問句為什麼……

許多天過去後，他才開始稍稍放下心來——離棄了富察．袞代之後，父親似乎有意要儘速淡化這件事似的，再也不曾開口說出過任何一個字；見到他時，眼光和態度也一如往常，彷彿什麼事都不曾發生過；他暗叫一聲險，項上的人頭總算保住了。

又過了許多天後，他才敢偷偷派出心腹手下去打聽事情的全部真相；回報的消息卻只限於表面：

早在三月間，努爾哈赤的庶妃德因澤就曾偷偷檢舉富察．袞代的行為說：

「大福晉兩次備佳肴送給大貝勒，大貝勒受而食之。一次備佳肴送給四貝勒，四貝勒受而未食。大福晉一天兩、三次派人去大貝勒處，大約商議要事……大福晉且曾有兩、三次深夜出宮院！」

努爾哈赤沒有立刻採信，他派出扈爾漢、額爾德尼、雅遜和莽阿圖四名大臣詳細調查；調查的報告為何，只有努爾哈赤本人和這四名大臣知道；而努爾哈赤在聽完報告之後，沒有作出任何表示。

但，不久後，又有新的告發進入努爾哈赤耳中：

「諸貝勒、王公大臣集會商議國事時，大福晉飾金佩珠、錦緞裝扮，藉口有事而來，竟公然傾視大貝勒……」

這次，努爾哈赤才作出處置——

消息的內容很簡單，卻聽得代善渾身直冒冷汗，一面仔細尋思：

「我對德因澤庶妃，一向客客氣氣的，從來沒有過不愉快的事，她怎麼會在父汗面前中傷我呢？即便她妒忌袞代，也無須牽連上我呀！更何況，妒忌袞代並無必要，袞代早已失寵，目前最受父汗寵愛的是阿巴亥，論妒忌，該去中傷阿巴亥才是！」

他的心腹手下解疑似的提醒他：

「會不會是有人指使庶妃，讓她在大汗面前搬弄口舌？」

接著又一路推論下去：

「這個指使人，也許真正要對付的人是大貝勒您——目下，大汗年事已高，心中正在思謀傳位人選；您現為諸貝勒之長，又向以『寬厚』得人心，是最有希望的繼位人選，因而成為這人的眼中釘！」

於是，這個指使人呼之欲出：

「這人也志在汗位，打擊了您，他就能接掌汗位了！」

「放眼諸貝勒中，也唯有這人——」

名字沒有說出口，但，說話的人伸了一下手，手勢屈了一指，伸開四指……

代善越發全身汗濕，嘆了口氣說：

「我自知少了份霸氣，不是雄主之材，從來沒有覬覦過汗位，皇太極又何必出手對付我呢？更何況，父汗英明，以後傳位給誰自有主張，任何人都運作不了——」

但，話一出口他就察覺，說這些是毫無意義的，於是立刻吩咐手下：

「所有的事都不要再說了，否則，事情會變得更壞、更複雜，讓父汗知道了，又將引起風波！」

而且，頓了一頓之後，他竟說：

「何況，究竟是不是皇太極，亦未得知！」

積累多年的人生經驗和智慧告訴他，目下，對自己最好、最聰明的做法就是盡力掩蓋，並且遺忘這件事——一如努爾哈赤的態度，當作事情根本沒有發生過！

但，夜深人靜的時候，他也不免偶或情不自禁的捫心自問：

「這事也得怪我自己，袞代送食時，還沒有什麼意思，至多是試探而已；皇太極說什麼也不肯吃，我卻忍不住去吃幾口……唉！結果是一步錯，步步錯呀！」

如今，鐵的事實擺在眼前：他已經與繼承汗位絕緣！

處在這樣的當口，他非常明白，自己必須接受事實，甚至，更聰明的做法是積極協助皇太極登上汗位，這樣，至少還可以得到個「擁立之功」！

因此，他盡力調整自己的心態，「扮演最適合自己的角色，認真執行這已確立的原則」——當然，他的人生修為還沒有達到爐火純青的境界，儘管在理智上已經想得通透了，卻也無法完完全全的控制住自己的情緒，有時，見到皇太極的時候，心裏還是免不了不自在……

而皇太極卻體會不到他心中這許多幽深曲折的想法，只當他是對「熊廷弼去職」的事不感興趣，因而改口對他說：

「咱們上戰場立功的機會又來了——熊廷弼一走，父汗必然立刻準備進攻瀋陽和遼陽！」

這一回，代善答話了：

「是啊！你趁早好好準備，認真操練兵馬，好在戰場上大放異彩！」

而這話卻是句令皇太極無法繼續下去的內容，弄得皇太極登時暗自尋思：

「他是怎麼了？已經一連好幾個月都這樣陰陽怪氣的……」

人心隔肚皮，而且藏著許多玄機；親兄弟也透視不了，他大感無奈；而話既不投機，也就不想多說，索性掉頭就走；出門以後，他本想策馬到原野上奔馳一陣，走到半路，卻看見去到朝鮮的何和禮回來了，人馬剛入城，正與他迎面相對而來。

他一看，立刻把代善的陰陽怪氣給抛到九霄雲外去了，滿臉笑容的催馬快步趕上前去叫喚：

「姊夫——你可回來了！」

何和禮雖然風塵僕僕，但是精神上毫無倦色，一雙眼睛炯然發亮，看到他，高興的回應，親切的問：

「要出城去！」

皇太極連忙搖頭：

「不過是遛個馬，這會子當然不去了！」

於是掉轉馬頭，與何和禮並轡而行，陪著何和禮前進，一路上，他認真的詢問關於朝鮮的種種，何和禮也很詳盡的告訴他，最後且說明了自己的觀感：

「朝鮮人將二十多年前，日本派軍入侵的事稱作『壬辰倭禍』；但卻沒能將上次慘禍的教訓牢牢記住，依然武備不修，文官內鬥，百姓逸樂，委實可惜了一片穀糧滿倉的大好河山！」

皇太極詫異的問道：

「難道偌大的國中，會沒有一個有見識、記得教訓的人？」

何和禮微微一笑說：

「當然不是連一個都沒有——而且，不只一個——一部分的人憂心忡忡，著書講學，告訴弟子們應當記取過往的教訓；但是，作用不大，這些人既非國君，也非大官權要，於全國來說，又只是小數之眾，再怎麼說破嘴，也不管用！」

皇太極聽了連點兩下頭，神情認真，若有所思，過了好一會兒向何和禮嘆出一口氣來說：

「我真想親自到朝鮮走一遭，仔細看看他們的情形——只可惜，這種差使，父汗總是派你去，不考慮我！」

他的意思不過是認為努爾哈赤總以他年輕，有待歷練，不足以獨當一面；尤其是去到外國，需完成多種任務的事，總是派遣老成者擔任；但，何和禮沒細思，脫口就想說：

「以往，父汗都是派費英東去的！」

而話到舌邊，忽然想到，好讀書、學問淵博的費英東已經不在人世，心中驀的一酸，眼睛也紅了，但，他無意在這個時候與皇太極談起費英東來引發心中的悲傷，於是強自忍住，過了一會兒，換了一種語氣對皇太極說：

「你別急，再過些時日，父汗也許會派你去攻打朝鮮呢！」

皇太極笑了，笑容中帶著自信，也潛藏著三分自負的說：

「但願這一天早日來到——我決不會令父汗失望，一定一舉攻下朝鮮！」

何和禮伸手豎了豎大拇指：

「好兄弟！難怪你大姊總是跟我說，你最像父汗，心裏一股昂揚之氣，什麼難事都不怕，什麼大事都想做！」

但，皇太極一聽這話，神情突然變得嚴肅起來，認真的問：

「大姊真的這麼說嗎？平常，她跟二哥最親，最疼多鐸，最……最不常跟我說話！」

他似乎意在言外……

而何和禮也突然警覺到了，暗想：

「東果跟代善同母，長姊多疼幼弟，是人之常情；但，皇太極怎麼突然重視起東果對他的看法來了？以往，他不是這樣的呀……啊，他畢竟已不是小孩子了，快三十歲的人，不會完全沒有心眼……難道，他是在試探什麼嗎？」

這麼一想，他立刻「閉嘴」，以免有是非，幸好，路也走到了。

他決定不先回家，吩咐從人道：

「你們回府，跟格格稟報，我先去見大汗！」

而皇太極也不見外，陪著他逕自登堂入室，去到努爾哈赤跟前；他的心裏對朝鮮充滿了特別的感覺，人走到門口，還兀自對何和禮說：

「父汗對朝鮮的情形，必然有他獨特的看法和打算——我猜，此刻，他一定急著想聽你此行的全部經過！」

哪裏知道，這個推測竟大出兩人意料之外的發生了失誤——努爾哈赤正專注的思考另一件要事，眼見何和禮和皇太極走進來，竟連「朝鮮」這兩個字都沒有提起；而且，在何和禮行完禮，準備向他報告朝鮮之行的當兒，還被他阻擋了回去。

他搶先說話，令何和禮沒有機會發言：

「明朝派了個叫袁應泰的人經略遼東❶——消息已經來了，你們來得正好，來看看這個人的情形，好好研究研究對策！」

於是，何和禮和皇太極入見的重心由朝鮮移到了明朝，父子婿三人一起關注明朝新上任的遼東經略袁應泰其人。

袁應泰是鳳翔人，萬曆二十三年的進士；以往曾任臨漳知縣，在任上非常認真做事，治水尤其有辦法，很受百姓愛戴。

後來，他升官任工部主事、兵部武選郎中等職，卻在任淮徐兵備參議的時候，遭逢了事故。那一年山東大饑，他想盡辦法賑災，設粥廠供流民就食，活人無數，因而贏得百姓的推崇尊敬；不料，卻因收額外稅及漕折馬價銀來賑災而受到戶部的彈劾，說他擅用公帑；當時他已升官副使，但也只得去職。

好些年後他才得到起復的機會，任河南右參政；接著又以按察使治兵永平，成為熊廷弼最重要的後勤部屬；他負責練兵繕甲、修亭障、飾樓櫓，關外所需要的物資，他都盡力調補周全，使熊廷弼無後顧之憂……

「此人官聲不錯，應不是泛泛之輩！」

這似乎是結論，但，努爾哈赤卻說：

「他既是我國必須對付的敵人，便須仔細瞭解他的長處，更得仔細找出他的短處——」

像是交付給了何和禮和皇太極一樁任務似的，徹底研究袁應泰的優點和缺點。

皇太極思索了好一會兒之後，極其慎重的提出看法：

「他以往所任的縣官、工部官員等職，都無關於用兵作戰；任職兵部，最著名的事是賑災——此人從未親臨戰場，也從未規畫過戰事；甚至，以往從未出任方面大員，更不曾出關赴遼，突然來到遼東任經略，應是諸事都不熟悉！」

努爾哈赤點頭稱許：

「嗯！你挺細心！」

接著問何和禮：

「你的看法呢？」

何和禮原本聽了皇太極周密的分析，便有意讓皇太極多表現，自己不想多說；但，被努爾哈赤問到了，還是只好說幾句，但是蓄意收斂，只談了一個重點：

「我僅以他因賑災而去職的事考慮：此人內心慈善，做事也很有擔當，敢為救百姓而挪用公帑；但，也可說是個『有仁有勇而無謀』的人——賑災的方法很多，為什麼採用個會獲罪的方法呢？仁而不知法，有擔當而不擇善策；此人的心性即是天大的短處！」

努爾哈赤仰天大笑起來：

「此人不足以成大事，更不是我後金國的對手！」

皇太極立刻追問：

「父汗可是打算趁他剛上任，初到遼東，還不很清楚遼東的情形時，就先下手，殺他個落花流水？」

但，努爾哈赤搖了搖頭：

「即便他新來乍到，諸事不熟，熊廷弼留下的各項建樹也還堅穩，我方何必去打硬戰？再過一段日子，熊廷弼的一切建樹都敗壞了，我方進攻，才無須費太大的力氣！」

而且，他還想等薩爾滸城築成後再出兵……

「明年春天吧！」他思考了一會，很確實的說：

「太過仁慈的人不適合治兵，也不適合用兵；拖上幾個月，等袁應泰自己把遼、瀋的兵備敗壞掉大半再動手——」

註一：《明史．袁應泰傳》記：「泰昌元年九月擢右僉都御史，代周永春巡遼東。踰月，擢兵部右侍郎兼前職，代廷弼為經略，而以薛國用為巡撫。」

8

冬至這天，北京城中下起了鵝毛般的細雪，飄飄瀟瀟，嫋嫋娜娜，宛如天上飛下了千萬個身著白衣，頭披白紗的舞姬，輕旋柳腰，輕轉裙襬，交疊足尖，緩揮雙臂，翩然起舞，幻成一幅絕美的詩境。

文人雅士為這美不勝收的幻境吸引得目不轉睛，渾然忘我，回過神來之後才想到要賦詩歌詠；尋常百姓家則立刻聯想到了「瑞雪兆豐年」的實際意義，開始高興起來；更有人當作是換了新皇帝的祥瑞吉兆，和心裏對盛世豐年的嚮往結合了起來，於是燃起新希望，也就越發的放縱孩童們興高采烈的去打雪仗……

然而，這場雪對居住在大明皇宮裏的王安來說卻不是美事。

他的病原本經過一段時日的調養之後已經逐漸好轉，眼見得將要脫離湯藥，不料天氣一冷，虛弱的身子禁受不住，將癒未癒的病情立刻轉壞，又得重新調養；而後，雪一下，情況更糟。

屋子裏升著銅火盆，暖得有如春季；他在病中，當然不敢出門，儘量在屋子裏將養；但，伺候他的小太監們一旦進出，就帶動一股冷風進來，令他不由自主的咳起嗽來，一咳便咳上十來天。

而身體越是無法康復，心中就越著急、煩躁——司禮監原本是十二監之首，位高權重，掌管的事務也多，更何況，這一年換了三個皇帝，要處理的事情特別多，責任特別重，原本一天都偷不得閒，怎當得一病兩三個月呢？

他命人將公事送到臥房裏來看，奈何體力不支，一天看不完一半之數，遑論還有其他的事要辦，以及朱由校得費心照顧，朝政得用心關注了。

司禮監中不是沒有他的心腹——要人的話，一聲令下，至少有幾百太監聽命於他——但，大部分都是平庸的人，忠心有餘，才能不足，很難為他分憂解勞、辦事擔責任；唯一能夠算是他得力助手的，只有一個魏朝，而自他病後，魏朝一個人張羅一切，上下打點，忙累不堪，已瀕臨病倒了。

這天一大早，魏朝來看他，兩眼通紅，布滿血絲，臉上儘是倦容，不用問他也知道：

「事情多，沒怎麼睡——」

他忍不住對魏朝說：

「你歇兩天，天大的事都放下來，不然，大家一起病倒，情形更壞！」

說完話，他又咳起來。

魏朝沒敢接腔，恭恭敬敬的垂手而立；一旁伺候的小太監一個連忙送熱參茶過來，一個輕輕拍他的背、撫他的胸，總算讓咳嗽暫時降下去。

然後，他才又對魏朝說：

「你看看我——這德性，還不知道要耗多久呢！」

接著，很誠懇的說：

「你盡量挑幾個幫手吧！別挑剔了，只要能用就行了！」

魏朝囁嚅了一下，最後鼓起勇氣來向他報告：

「我原認得個人，進宮十多年了，在惜薪司執役，這人很機靈，很懂事；可我就是打不定主意，不知道該不該重用他！」

王安問：

「有什麼顧慮呢？」

魏朝回答：

「頭一樁，他沒有讀過書，不識字，到司禮監來不大相宜；其次，他進宮以前的往事不太光彩，聽人說，他那時的人品很差——」

他說的這個人名叫魏忠賢，肅寧人；年輕的時候是個市井無賴，好賭博，錢輸多了，給人逼債，走投無路之際自閹入宮，先是分在孫暹名下執粗使役，後來夤緣入甲字庫，開始有了露臉的機會，有時也表現得很得體；不久，他做了一件非常特別的事：設法求請讓自己去為並不得寵的王才人典膳。

當時，人皆巴結得寵的西李，王才人的門下冷清得可以羅雀，但他卻像是看準了似的，一心一意服侍王才人，因為，她是皇長孫的生母！

多年後，果然證明他眼光獨到——皇長孫順利長成，做了皇帝，當然對他特別留有印象，在幾千名低位階的太監羣中還記得他的名字……

王安沉吟了，問道：

「他進宮以後還賭錢嗎？」

魏朝回答：

「這倒不曾聽人提起過！」

王安出神冥想片刻，對他說：

「他不是幼年入宮，和一般從小進宮來的人比起來會有點不一樣；往好的想，他已經在外頭歷練過了，見過世面，懂事，懂人情世故，心眼也活，不比咱們自己養大、調教的小太監，一輩子就待在這麼個大房子、小房子裏，傻頭傻腦的，有的還硬是不開竅，打死都不成材；但，往壞的地方想，見過世面的人心眼多，容易弄權……」

他是個精細的人，凡事都會仔細想上好幾層；頓了一下之後，再問一句：

「這些日子裏，他幫你料理過事情沒有？」

魏朝回答：

「我這裏沒有，倒是給萬歲爺辦了一件事，逗得萬歲爺很開心；昨天又交給他一件事兒，這會，他大約已經想妥當了！」

接著，他略為說明：

「前些日子萬歲爺見了魏忠賢，不知怎的，竟想起他小的時候，魏忠賢不但做的小點心特別好吃，還會做木工，給他做過小桌小椅，還有一個小木球，讓他玩了好些天，玩得高興極了；

他要魏忠賢再做一個來玩，魏忠賢不但立刻就動手做，還一面稟奏萬歲爺說，他入宮以前，認得個朋友，做木工的手藝比他好上千百倍；他只會做木球，他那個朋友卻會做套球，球心還有球，能套六個呢；萬歲爺一聽，樂了，立刻說要找這人進宮來，要魏忠賢立刻辦；也算魏忠賢有本事，十幾年不見、不通音訊的人竟然只費了幾天的時間就給找著了；帶到萬歲爺跟前，當著萬歲爺的面做了個套球，高興得萬歲爺又笑又跳的轉圈子！」

王安聽得嘆了一口氣：

「萬歲爺還是個小孩子！」

接著再問：

「還有一樁呢？」

魏朝紅了一下臉，小聲的說：

「萬歲爺要封客青鳳，不知道該封什麼好，要魏忠賢幫著想主意！」

一聽這話，王安露出了個特殊的笑容，半帶調侃似的說：

「客青鳳是你的『對食』❶，萬歲爺怎麼反而讓魏忠賢去傷這個腦筋呢？應該由你想的嘛！」

魏朝訕訕的說：

「啊，我原該避嫌！」

王安卻說：

「你且先忙兒去吧！要不要重用這個人，過兩天再決定；你得便的時候，先留意留意他現在的言行！」

於是，魏朝告退。

但，等到兩天以後，是否重用魏忠賢，竟已不須考慮——王安與魏朝都失去了這事的決定權，因為，魏忠賢已因引進巧手木匠而博去了朱由校的歡心，更因為替客青鳳想出了既得體且令她滿意的封號，讓客青鳳高興得對他另眼相看，為他向朱由校進言，已經成為乾清宮裏的紅人了。

幾天後，朱由校正式下詔，封客青鳳為「奉聖夫人」，魏忠賢則自惜薪司升遷為司禮太監。

不明白客青鳳在乾清宮中有特殊身分的楊漣，對於她被封為「奉聖夫人」的事感到大不以為然，私底下跟左光斗說：

「本朝開國以來，從來沒有過新君即位，先封奶媽的——或許萬歲爺年幼，顧念奶媽哺乳抱扶之情，但，哺乳之情，厚與財物即可；如此這般的下詔冊封，豈不令天下臣民竊笑？」

他打算上疏勸諫，請朱由校取消這道封誥。

但，左光斗卻在思考了一會兒之後，建議他：

「此事蹊蹺，或許個中有什麼你我均不知道的情由——不如先與王司禮商議商議，弄清楚萬歲爺的心思，再上疏也不遲！」

楊漣同意了，於是聯絡王安；王安卻因在病中，不好出宮相見，派了兩名心腹來見他；等問清楊漣所要商議的事情之後，王安卻急了，連忙硬撐起精神，親筆寫了信，差人分別送給楊漣和左光斗。

兩封信的內容大致相同，兩人接信後，見面一商量，倒是頗為贊成王安的意見。

左光斗率先說：

「此事與朝政無涉，亦與社稷無涉，不如，就由他去吧！」

而私底下，他卻悄悄的嘆了一口氣：

「幼主登極，這是第一樁想做的事，不好潑盆冷水過去！」

楊漣默然，心裏雖然有幾分認同王安和左光斗的想法，卻仍然存著一絲上疏勸諫的想頭，兩片嘴唇微微的顫動了一下，已全數翻白的長鬚跟著無風自動；屋外在下著大雪，他的心輕輕發顫，從心底升起幾許寒意來。

好一會兒之後，他半啞著喉嚨向左光斗說：

「無論如何，此事形同兒戲！」

左光斗瞭解他心中的感受，也索性把自己心中最誠摯的肺腑之言說了出來：

「依愚弟看，趕緊忘了這件事吧！王司禮的信裏像是話中有話：無關朝政，無關社稷——宮闈之中，諱莫之深，你我終究是外臣，怎好干預呢？更何況，萬歲爺即位後，對年兄可說是言聽計從，年兄建言的內閣首輔及諸要職之人選，他全部一口答應，實可謂『皇恩浩蕩』；宮闈中如有無關朝政、社稷的事，還是給萬歲爺留個面子吧！」

他的話也是持平之言——朱由校對楊漣的尊重和禮遇已經是少見的殊恩。

幾天前，楊漣上書指陳，方從哲年已老邁，無法再有建樹，建議更換內閣首輔，並且建議召前內閣首輔葉向高起復，再度出任內閣首輔——更換內閣首輔，本是朝廷中最大的事，而朱由校不假思索就點頭同意，並且立刻派人去葉向高的家鄉傳旨；接著，楊漣建議重用高攀龍、鄒元標等東林人士，朱由校也照單全收，按照楊漣開列的名單用人。

甚至，被黜革、解職的官員名單也都按照楊漣的意思……

從這個角度一想，楊漣便徹底放棄上疏勸諫了，他打心底裏認同了給小皇帝留點顏面、不過問宮闈小事的做法，同時主動對左光斗說：

「是啊！該知足了！」

「確實如此，咱們把心思多用在朝政上吧！東林執政的日子快到了，締創一個『天啟之治』才是正事呢！」

希望已經到臨，美好的遠景就在眼前，些許無關緊要的小事就不要計較了——兩人取得了共識，不再討論客青鳳的封號問題。

然而，兩人所關注的「大事」，也不過是東林的人即將出任的職位而已——兩人都不諳軍事與國防，心思很自然的不關注遼東，更不關注因朝中人事紛爭而造成職位變動的袁應泰……

袁應泰正在趕路，出山海關赴遼東的路上正逢大雨，滿地泥濘，車輛馬匹都行走困難，越發把剛剛平步青雲、做了遼東首席大員的袁應泰急得眼睛裏冒出火花來，手心裏搓出油汁來。

無論是多麼雄偉的山勢，險峻的地形，他都無心欣賞觀看，一路上，憋在喉嚨裏的唯一的聲音就只是：

「趕路，趕路，趕路……快快給我趕路！」

他急著想盡早趕到遼陽，除了因為遼東飽受後金的威脅，他責任心重，想早日上任以守衛河山的原因之外，還想趕在熊廷弼離開遼東以前，親自見上一面。

於熊廷弼，他不但有深厚的私人情誼，更且因為熊廷弼是他心目中唯一真正懂得遼東的人，他想確確實實的向熊廷弼請教，廣求熊廷弼的治遼經驗，以作為自己的參考。

而且，在內心最幽微的深處，他還有一點特別的感觸，想親自一見熊廷弼。

熊廷弼這次去職，固然造成自己升官，他悲己喜；但是，實際上，自己卻替熊廷弼大感不平。

「廉潔自持，治事勤敏，勇毅敢當；以及熟知遼事，令敵生畏……這些，都是朝臣中無人能及的！」

而這次去職的真正原因，實為早先得罪了東林——這事的前因後果，他遠比一般人要多清楚內情。

熊廷弼本人出身寒微，既無父執兄長可以仰仗，更無餘蔭可以承襲，全憑自己刻苦力學求上進，因而既養成了他吃苦耐勞、腳踏實地的習性，但也致使他心中懷有一股不平之氣，個性激烈、執拗，潛藏著異於常人的想法：特別討厭有父祖餘蔭可承的世家子弟，總認為這些得天獨厚的公子哥兒們，都是浮誇的紈褲，沒有扎實的學問，卻是社會上的特權分子，和在困苦中成長的自己沒得比，因此一有機會，就要出手重加貶抑。

那一年，他將並非紈褲子弟，卻是名父之子的顧與渟置於歲考的末等，根本不是顧與渟不認真讀書作學問、考試成績差，而是出於他這種不平衡、打了結的心態作祟，既先入為主的對顧與渟有惡感，而後又蓄意貶抑……這事雖使他自己當時心中痛快了好一陣子，卻在多年後嘗到了苦果。

東林的聲勢再度抬頭，將在朝中形成龐大的政治集團與勢力，熊廷弼這次丟官，想再起復，還不知要等到何年何月何日！

他感慨萬千：

「都是意氣用事啊！結果是使我大明朝短折了可用的人才！」斷送了顧與渟的前途，是朝廷損失了一個人才；罷去了熊廷弼的官職，也是朝廷損失了一個人才！

「目今，敵國外患進逼；但，我朝的可造之才都因內鬥而折損——」

他自己是因兩方內鬥而「漁翁得利」，但，心中不但不竊喜，反而憂慮重重……而思慮既多且複雜，偏偏又遇旅途不順，令他的情緒壞上加壞！

隔著車窗看著嘩啦啦的雨點如羽箭般撲打，彷彿要直接打在他臉上似的，他緊緊的皺著眉頭，鬢邊的斑白急速延展。

而正準備離開遼東的熊廷弼，鬢邊的斑白也正在急速延展。

對於自己的去職，他心中當然遠比袁應泰忿忿不平；更因為對遼東的情勢遠較袁應泰瞭解，因而糾結於心中的各種思緒、感觸和憂慮，也遠較袁應泰複雜。

動身前兩天，他就無法入睡，獨自一個人在燈下默坐，聆聽自己心中的怒潮澎湃、來回衝擊所掀起的震耳欲聾的轟然巨響。

他清楚的記得，自己初抵遼東的時候，不辭勞苦的跋山涉水，親自考察地形地勢，而後，制定出「堅守四險要，坐鎮遼瀋，徐圖收復」的策略；他覺得自己所定的策略沒有錯，一點都沒有錯；那是在整體的情勢大不利於己方的狀況下，根據現實環境所擬出來的最好、最可行、最能收實效的策略，先固守，不躁進，再俟機而動。

按照這個策略進行下去，他自覺可望在五年左右的時間裏收復全遼——雖然，現實的環境中能供給他的資源實在少得可憐。

他希望有十八萬的兵員可用——這是他在再三考量之下，擬出的最低的員額——奈何，朝廷根本無法支應；遼東本身的駐軍在經歷了薩爾滸之役的慘敗之後，死的死，傷的傷，逃的逃，再減去老弱者，真正能派上用場的僅有三萬左右；而且，糧草、器械、馬匹俱皆缺乏，已經徹底山窮水盡，他的希望是癡人說夢！

那時，他不得不一面設法在遼東自行募兵，加緊操練；並且採行嚴申軍紀，遏止逃風，嚴懲貪瀆，破格用才等方法來充實戰力；一面卻只能以「虛張聲勢」的方法來對付努爾哈赤。

他不停的派人散播消息，說明朝正在調集人馬，將出動三、四十萬大軍前來遼東鎮守；又說，朝鮮方面已答應派出三萬大軍，連同擅用火器的鳥銃手一萬名，一起到遼東來助明守城……

思慮縝密的他當然知道，身經百戰的努爾哈赤未必會受到這些傳聞的影響，更不會改變繼續吞併明朝山河的雄心；自己也不敢奢求做這些努力可以達到那樣的效果，只求能使努爾哈赤的攻勢延緩，使自己爭取到一些能擴增戰力的時間；其次，是希望能借著這些傳言，使己方的士氣提升、信心增加，間接提高戰力——遼東的文武官員、將士兵丁，全都畏努爾哈赤為虎，能夠用這個方法來化解一、二，也是個大收穫！

他猶記得自己一上任，先命僉事韓原善到瀋陽撫視軍民，韓原善竟因為瀋陽是努爾哈赤下一個要攻擊的目標，而害怕得不敢去；他只好改派也是任僉事之職的閻鳴泰前往，閻鳴泰只走到虎皮驛就慟哭著跑回來；最後，他只有親自前往……而即便是他親自帶著重要的部屬前往，到了瀋陽，他打算乘雪夜趕到撫順，總兵官賀世賢還大力勸阻，理由是：

「太靠近後金據地了，萬一遇上後金軍，必然有死無生！」

一句話，聽得他心中暗嘆不已，只礙著新官上任，不好太厲聲斥責官階已至總兵的部屬……

他只平靜的說了句：

「冰雪滿地，努爾哈赤料不到我會親赴撫順！」

說完話，一馬當先而去，諸將才不得不緊隨著跟上來；到了撫順之後，他的心中又增添三分寒意——兵災之後，原本繁榮之地，已成數百里杳無人迹的荒涼景象，活似一個鬼域！

他就在雪夜的鬼域中設奠祭吊陣亡的官兵將士，痛哭而回……這一回，他深刻的體認到：

「敵軍並不是天兵天將，並不可怕！怕的是我軍已喪失信心！」

而經過這事，將士們的信心稍稍恢復了，不少人認真的服從他的領導，穩住了軍心，再開始積極招募壯丁加入軍伍。

但，人與心的問題解決了之後，現實的問題仍然存在：糧草、器械、馬匹不足；而且城牆多處毀壞，需要修復，而修復又需費用！

他多次上疏，要求朝廷撥給錢糧馬匹器械；怎奈，朝廷所予，往往只有所需的十之一、二，甚且時時拖延數月才撥下，使他經常陷於羅掘俱窮的困境——

那一次，是萬曆四十八年的三、四月間，存糧已盡，而戶部根本沒有撥予的消息；他整日枯等，望穿秋水，竟無鴻鵠，眼見士兵即將淪為餓殍，他在萬般無奈中與諸將環立，彼此不忍仰視，而終至悲從中來，失聲痛哭；最後，還是向民間百姓借糧，才度過困厄……

「唉——」

種種往事回想得他歸結於一聲長嘆，既是無力、無奈的綜合，也宣洩著心中的悲憤。

「完全不懂遼東的人，劾我不進攻後金，收復失土，只一味固守——滿朝文武，竟然都附和這種無知的說法，遼事還有什麼可為呢？」

要人沒人，要馬沒馬，要糧沒糧的地方，還能固守一年多，沒讓努爾哈赤再出兵打下哪一座大城，已經是個奇蹟了！

官是丟了，但他仍然有一股發言的衝動——想寫下書信，留給來接任經略之位的袁應泰：

「我的遼東政策絕對沒有錯——目下的遼東，只能堅守，不能輕進！堅守五年，儲備足夠的戰力，才可進兵後金，收復失土；現在率爾對後金用兵的話，必致全軍覆沒、全遼淪喪，後果不堪想像！」

甚至，他連這「不堪想像」的後果，也想硬起頭皮來向袁應泰明說：

「遼東一陷，後金軍必然集中全力進攻山海關，而後，長驅直入，中原便易主了！」

這是亡國的隱憂！

然而，果真蘸了墨，舉起筆來的時候，他卻頓住了，心裏苦苦的掙扎：

「我怎好對他說這些呢？讓他才剛上任，心中就立刻蒙上陰影嗎？甚至，也立刻被言官彈劾，立刻去職？」

這是個是非混淆，黑白不分，黃鐘毀棄，瓦釜雷鳴的時代，袁應泰即使個人願意繼續推行他的遼東政策，也未必能真正的實行；說了也只是徒然增加袁應泰的痛苦而已……

因此，即便是袁應泰趕在他離開前到達遼陽，兩人一起見了面，他也將這些話硬生生的忍在心中，沒有說出口。

註一：明朝的皇宮中准許太監、宮女們配對做「假夫妻」，無婚姻之實，但可以「一起吃飯」，共同生活，並稱這種「配偶」為「對食」。

9

時節進入天寒地凍的隆冬，大雪如欲封凍整個世界似的疾下不止，幾個日夜下來，地上積雪達寸餘，屋頂堆高，樹枝增胖，稍微陡峭的山路因為路滑而無法通行，人們畏寒，全都閉門不出，飛禽走獸也不見了蹤影。

這一年的冬天特別冷，雪也下得特別大，彷彿是上天對大明朝一年間換了三個皇帝、兩個年號的事特別注意，因而加重了寒冷的分量似的，不停的把白雪潑向人間……

但，這封凍和酷寒的天候不但沒有把大明朝廷裏的氣象給薰陶成一片冰冷，還反而促使大臣們的心更熱絡，情緒更勃發。

冬天已經過了一半，春天當然已經在望。

每個人的心中都充滿了希望，楊漣所提出的「共創『天啟之治』」的口號既得到了共鳴，也響徹了雲霄，朝廷裏已經比季節還要提早一步的進入了春天，呈現著一片欣欣向榮的氣象。

被視為不適任、昏庸老邁的方從哲解職，出京返鄉養老；內閣首輔的預定人選葉向高雖然還在推辭謙讓、不肯赴京就任中，首輔一職暫由次輔劉一璟兼代，但，大家心裏都明白：

「葉向高的辭讓是慣例，是形式——再下一旨，他就接受了！」

因此，這是件「指日可待」的事，絲毫不影響希望與遠景。

其次，東林的「正人君子」們，全都獲得了重用，登上了高位，執掌實權：

昔年與鄒元標、顧憲成並稱海內「三君」的趙南星在萬曆二十一年大計京官的事件中下野，二十多年來，他在民間的聲望越來越高，但始終未獲起復；這一次，他本在朱常洛即位後以太常少卿起復，旨下後立刻又改右通政，進太常卿；而當他自原籍走到京師時，皇帝已經換成朱由校；東林得勢，他還沒有就任就升官任工部右侍郎，不久拜左都御史——這個職位，更能讓他一伸「以整齊天下為己任」的志向了。

打從上疏論張居正的「奪情」就名滿天下的鄒元標，已下野將近三十年；他里居講學，從他受學的人越來越多，影響也越來越大，他的名望更是越來越高，只要一有人上疏舉薦社會賢達，必然以他為首；朱常洛即位的時候，召拜大理卿；他還沒有到達京師，官位已進為刑部右侍郎。

顧憲成的繼承人、現任東林書院山長的高攀龍，雖然在萬曆朝中僅做過行人、添注典史等小官，卻因為在學界的聲望高以及東林中人楊漣、左光斗等人的力言，鄒元標未就任即疏薦的緣由，也以光祿丞起復。

原本任吏科給事中，因為直言上疏，激怒了朱常洛而被貶責的周朝瑞則官復原職。

袁化中升官御史。

孫慎行召拜禮部尚書。

魏大中升工科給事中。

周宗建擢御史。

其他如馮從吾、顧大章、葉茂才、劉宗周、丁元薦、雒于仁等等也都或升遷，或因舉薦而得位……

滿朝官員中，東林占了過半；許多個重要地方的地方官，也是由東林中人出任——「東林執政」的夢想已經如旭日般升起，一面走向日麗中天的境界，一面放出萬道金色的光芒來。

當然，潛藏的隱憂也在緩緩成形——盛極了的團體必然遭忌，這本是千古不易的定律——朝中的「非東林」成了勢單力孤的少數人，不滿之情，不平之心無可阻遏的升揚了起來。

浮現到表面來的第一樁是御史賈繼春的上疏，借著再論「移宮」一事來攻擊楊漣。

賈繼春利用西李的反撲力量來作文章——

西李自移宮之後，不但喪失了原來所享有的一切特權，連原來做過的一些昧心事也因為失去了掩蓋的能力，而被接二連三的抖出來追論；這一次，是她昔日的心腹太監劉遜、劉朝、田詔等人被揭露出曾盜宮中寶物，因而下獄，偏偏這幾個太監的供詞中又牽扯了她的父親，說她父親負責在宮外接應；這麼一來，她蒙上了主謀之嫌。

她無計可以開脫自己，只得用「一哭二鬧三上吊」的方法來自衛；於是，她揚言要帶著親生女兒八公主一起自盡，「到九泉之下去侍奉先帝」。

不久，噦鸞宮也就開始往外傳送「李選侍投繯，皇八妹入井」的謠言，希望借這個謠言來轉移大臣們的注意點。

而賈繼春抓住這個話頭，上疏議論「移宮」案；認為大臣們不該於新君一即位就勸他凌逼庶母，致使皇宮中生此人倫慘劇，也使先帝泉下不安。

這些話，雖然沒有指名道姓，矛頭卻是對準了楊漣和左光斗。

但，楊漣、左光斗，乃至於兩人背後的東林勢力，又豈是等閒？於是立刻展開還擊，辯駁賈繼春的話；接著，周朝瑞也加入戰局，指責賈繼春生事……

事情在由皇宮中降下朱由校的諭旨後才告終結，朱由校曉諭說現今李選侍與皇八妹都安然無恙，並且歷陳李選侍的過往之惡，但自己仍顧念她曾侍奉先帝而厚養，要廷臣們放心。

前前後後，歷經了好些日子，賈繼春總算落得個「啞口無言」的下場，不再攻擊東林；但，這並不表示他心悅誠服的認輸……表面上的平靜並不是真正的平靜，他所引起的事端也只是個起頭而已。

更何況，朝廷中還有其他的「非東林」——一些自認為無法躋身東林的、曾與東林對敵的、自知會被東林目為「小人」的，為了求自保，已經有人悄悄的結合起來，組成另類黨派，準備在必要的時候與東林對抗；其中更有少數政治觸覺特別敏銳的人，已感覺到了，朱由校冊封客青鳳為「奉聖夫人」一事的特殊與微妙，開始在暗中打聽事情的全委，並且設法結交客青鳳……

春天到來的時候，萬物復甦，蟲蟻也將跟著活躍起來。

第二十章

翠影紅霞映朝日

1

春天將臨的時候，後金國的八旗勁旅又有了新任務。

經過一個冬天的蟄伏，所有戰前的準備工作都已完成，特別趕製的鈎梯、營車、武器和儲備的糧草全都一如預期的周全；關於遼瀋方面的情報也源源不斷的傳送而來，敵情已經瞭如指掌……努爾哈赤對這一切都滿意極了。

他有必勝的把握，擊敗明朝，擁有整片遼東的土地，成為全遼的君主、大汗……

行事時間也全部確定：

「二月，下奉集堡與虎皮驛——」

「三月，集中全力進攻瀋陽！」

所有的戰前準備他都親自視察過，戰略親自制定，地圖上密密畫著許多紅圈……

新築的薩爾滸城如期完工，成為他向明朝用兵的一個重要的中間據點，他也打算在攻下奉集堡與虎皮驛之後，在薩爾滸城犒賞役夫。

奉集堡和虎皮驛雖然不是著名的大城，但卻是重要的戰略要地——奉集堡位在瀋陽東南四十里處，是瀋陽的犄角，而且東北距撫順、西南距遼陽各九十里，既是往來各地必經的交通要道，也是咽喉要衝；虎皮驛則位在奉集堡西南，是奉集堡的犄角。攻打奉集堡和虎皮驛，即是進兵瀋陽、遼陽的前哨戰。

二月十一日，努爾哈赤親自率領大軍出發；這一次，他點撥人馬的時候作了特別費心的安排，盡量讓每一個人都有表現的機會；讓年輕的一代有歷練的機會，因此，何和禮、安費揚古、額亦都和扈爾漢全都被賦以留守赫圖阿拉的任務，一向在戰場上表現卓著的四大貝勒——代善、皇太極、阿敏、莽古爾泰——也退居二線；而以平日裏較少獨當一面的七子阿巴泰、十子德格類、十二子阿濟格等人為先鋒，負責第一波的攻擊。

八旗勁旅每旗調撥兩千人馬出征，共一萬六千，分八路進發。

相較之下，奉集堡的守備力就差得多了——由於地方小，全部駐軍不到五千人馬，總兵官李秉誠更非傑出人物，戰爭還沒有開始，勝負就已經可定。

接獲後金軍來犯的消息時，李秉誠所決定的應戰策略便是個天大的錯誤。

他既未向其他的地方發出緊急求援，也沒有考慮集中兵力固守城池，而是率領三千騎兵出城六里安營迎戰。

不懂得用兵之道的他，心裏存了個天真的想法：

「我這三千精銳，如若一戰而捷，敵軍也就自動退回去了！」

而後，他接到報告，說敵軍逼近了，又發下個天真的命令：

「先派兩百騎兵為前探，其餘人馬備戰候命！」

號令發下去後，他麾下的兩百騎兵應命而出；卻不料，才不過一個時辰，傳進來的哨報就是他始料不及的惡耗：

「我軍與後金軍左翼四旗相遇……已全數陣亡！」

他這才自美夢中驚醒，緊隨之來的是恐懼、惶怖和茫然；而哨報又傳：

「後金軍已直逼我營而來！」

一個「走」字在心裏升起，他結結巴巴的下令：

「速速……拔營……退……回城……」

行進到半途，才又想起，應向瀋陽、遼陽等地求援，匆忙間，立命左右隨從去辦；而一腳跨入奉集堡，還沒來得及喘口大氣，更緊急的哨報來了：

「敵軍追到了，即將包圍全城！」

他慌了手腳，過了好一會兒才說得出話來：

「準備放砲——」

一面總算還記得自己的身分，強自撐持著精神，安撫部屬們說：

「不礙事的，城上有砲，必能打退敵軍！更何況，我已派人求援，只須撐過現在這一兩個時辰，援軍就到了！」

這話雖同時兼具自欺與欺人的作用，但是毫無實際效果——城上發的砲固然打死了幾名後金兵丁，但卻抵擋不住排山倒海般的衝殺，甚至，穩不住自家軍心。

努爾哈赤親自在城北的高崗上指揮，他的四個兒子阿巴泰、德格類、阿濟格、巴布泰分別率領人馬進攻四面的城門，色彩鮮明的旗子一揮，一萬多人發出震天的喊殺聲，將奉集堡的四門都圍了個水洩不通；城上設置的大砲對近距離的甲士不管用，而且，負責發砲的士兵也跟其他守軍一樣，棄戰而逃了。

德格類率先攻破北門，長驅直入；接著，東、西、南三門也衝入了後金軍；但，巷戰沒有發生，城中更沒有人抵抗——守軍都已逃光，百姓們主動歸順。

不到半天的時間，戰爭就結束了。

卻在戰爭結束後，明朝的一支援軍在總兵朱萬良的率領下到達奉集堡。德格類和阿濟格、巴布泰、阿巴泰四兄弟已經會師，正在清點人馬，準備返回，向努爾哈赤覆命，一聽報告說明朝援軍來了，德格類笑說：

「我去看看，有什麼人是不怕死的，捉幾個回赫圖阿拉使喚！」

四兄弟中，阿濟格的年紀最小，玩心猶重，立刻叫說：

「十哥，我也去——方才，明軍都跑了，我連筋骨都還沒有鬆開就沒仗打了，好憋呢！」

德格類笑呵呵的點頭：

「待會讓你過過癮便是！」

一面又對他說：

「索性把岳託、碩託和薩哈璘也帶去，讓他們多點歷練，二哥跟前好交代！」

岳託、碩託和薩哈璘都是代善的兒子，岳託是長子，年紀只比德格類小一歲，卻比阿濟格大七歲；薩哈璘比岳託小六歲，也還比阿濟格大一歲——兩人吃虧在輩分，獨當一面做主將的機會不多。

阿濟格平常和薩哈璘玩得沒大沒小的，快忘了輩分，而如兄弟一般，這下當然鼓掌叫好：

「我還要跟薩哈璘較量較量，誰射下的明軍腦袋多！」

哪裏知道，這個想法落空了——

這羣少年們飛身上馬，率了一千旗軍出戰；不料，來援的朱萬良是個膿包，一見後金軍衝殺的架勢，既不敢應戰抵擋，更不敢守禦，索性轉身就逃，所率人馬當然作鳥獸散了。

勝利來得太簡單，簡單得讓這些一心想立戰功的大孩子們毫無用武之地……來到努爾哈赤跟前繳令的時候，薩哈璘忍不住向努爾哈赤求請：

「瑪法，這場戰，沒動上什麼手，孫兒練了好久的武藝都沒能派上用場；下一回，您派孫兒打個難一點的仗，好嗎？」

努爾哈赤笑著答應了他，但也提醒他：

「不是每一個敵人都會不戰而逃的！無論打什麼樣的仗，都不能小看敵手……下次，瑪法讓你顯顯身手，這幾天，你好好作個準備！」

薩哈璘高興了起來，手舞足蹈的轉著圈子，笑著說：

「瑪法派我去打虎皮驛吧——」

而在大明皇宮中，是搶先在春天到來之前就進行了一場形式特殊的戰爭，令已做了三個月皇帝的朱由校無法招架。

引起戰爭的是一樁無可避免的事——

由於朱由校即位後的第一個元旦即將到來，這一天，將是「天啟」年號啟用的第一天：「天啟元年元月元日」；大臣們一致認為，當天的朝賀儀應當特別盛大、隆重，才顯得出這一天的特別意義，因而要戶部特別多籌費用，以使儀典辦得盡善盡美。

而就在討論元旦朝賀儀的過程中，有人提出建議：

「是否同一天冊立皇后？或是趕在元旦前冊立？」

這個建議引起的聲浪非常大，大臣們立刻紛紛就「立皇后」這件事熱烈的討論起來。而後，這個建議的兩種作法衍生成三種——原來，有人贊成於元旦同日冊立，也有人贊成提早幾天，在元旦前冊立；討論時又有人提出：

「立后是大事，草率不得，寧緩不急，不如等開春之後！」

持此說的立論點是，朱由校即位前，未立妃嬪，未有預定的后妃人選，現今立后，還須先詔選天下淑女，不能沒有寬裕的時間！

這個說法言之成理，也得到不少人支持；於是，三方激戰，爭論了兩個時辰還沒有得出結論來。

時間已近中午——整個早朝的時間一半耗在這上頭了。

朱由校茫然的看了看立在身邊的魏朝，魏朝移近兩步，輕聲的建議他：

「請大人們明日再議吧！」

小皇帝呆坐了一上午，肚子早餓了，甚至，想解手了！

於是，退朝。

然而，一回到乾清宮，迎面而來的又是椿難以解決的事——

一腳跨進宮門，他立刻覺得不對勁；眼前少了個重要的東西，心裏便空茫茫的，像走進了一座荒原；他下意識的詢問跪在地上迎接他的三十幾名太監、宮女：

「奶娘呢？」

太監、宮女們齊聲發出的「奴婢們恭迎萬歲爺回宮」才剛響完，迴聲正款款推進，這突然冒出的話便顯得特別尖銳，像隨著他不自在的情緒直接反彈出來似的。

平日裏，他下朝的時候，等在宮門口迎接他的太監、宮女們，都是由客青鳳率領，以客青鳳為主……

他連聲再問，然而，不但沒有人回答，還不約而同的全部低下頭去，像逃躲似的避開他的目光；他向無馭下之術，連如何問話都不懂，而心裏的焦急與慌張一起飛快攀升，令他險些失聲痛哭出來。

「奶娘呢？」

再問了一聲，不得回答之後，他索性三步併作兩步的往裏走去，直入寢宮；然而，寢宮中錦帳、被褥、雙枕和一切陳設全都依舊，唯獨不見客青鳳的人影。

他怎麼也忍不住了，失聲大哭起來，一面顫聲連問：

「人呢？人呢？」

多年來依戀成性，忽然無緣無故的不見了蹤影，他立刻陷入惶恐中——身邊空了，心裏也被掏空了，世界不一樣了。

「她到哪裏去了？」

叫嚷聲中，他突然想到，來迎接他的太監、宮女們神色全都不對，於是頓悟了：

「他們全都知道的——只是不肯講出來！」

想到這點，他生氣了，開始對著全部的人吼叫：

「說——全都給朕說清楚！」

然而，還是沒有人開口；他又氣又急，淚流滿面，全身顫抖：

「朕要治你們的罪！」

說著，一迭聲的嚷：

「叫魏朝！叫魏朝來！」

但，魏朝下朝之後，先到司禮監看王安去了……

幸好，一會兒之後，魏忠賢趕到了他跟前。

魏忠賢急忙奔跑而來，臉紅氣喘，額上沁著汗珠；進門之後，立刻「咕咚」一聲跪倒在地，磕著頭說：

「奴婢來遲，萬歲爺恕罪！」

然後放低音量，小聲而恭敬的說：

「奉聖夫人在奴婢那兒——奴婢費了許多工夫，才勸止她出宮，因而來遲，求萬歲爺免責！」

而聽了這話的朱由校根本沒有心思責備或寬恕他——朱由校立刻止淚，驚喜交加的說：

「什麼？在你那兒？快快讓她回來呀！」

魏忠賢「咚咚咚」的連磕了三個響頭，小聲的說：

「萬歲爺，這事急不得呀！」

接著，仔細說明詳情：

「一個多時辰前，奉聖夫人心裏不痛快，命奴婢去找她兒子和兄弟來，接她出宮去；奴婢哪敢私下出宮去替她辦這事呢？只有耐著性子，好言相勸；哪裏知道，奉聖夫人著實的生氣了，奴婢左勸右勸，都難以消減……直到這會兒，奴婢趕來見駕的時候，都還鼓著腮幫子呢！」

說著又連連磕頭：

「萬歲爺恕罪，奴婢實在沒有本事，能替萬歲爺請奉聖夫人回宮來！」

朱由校咦然道：

「是什麼人得罪了奶娘？」

魏忠賢搖搖頭說：

「夫人沒對奴婢說！」

朱由校再問：

「她究竟為什麼生氣！」

魏忠賢囁嚅著說：

「奴婢……不知道！」

朱由校想了想，對他說：

「不管為什麼，她要怎麼消氣，朕都依她的——你去跟她說，先回來吧！」

說完話，立刻再追加一句：

「朕先賞她四樣首飾，全由她自己挑——你先陪她到內庫去挑，挑好了，立刻回乾清宮來！」

魏忠賢滿口應「遵旨」，再次磕頭說：

「奴婢立刻去辦！」

朱由校也立刻應承：

「辦得好，回頭重重有賞！」

於是，魏忠賢哈著腰退出乾清宮，回到自己的住屋去為朱由校挽回客青鳳，心裏暗自竊喜不已；而朱由校獨自留在乾清宮中，時間卻不好捱。

太監們幾次來請示傳膳，他沒有食慾，不覺得餓，也沒有心思，而總是隨口指示：

「等奶娘來了再傳吧！」

偏偏，魏忠賢一去，過了許久還不見返回，他坐著乾等，心裏且恍恍惚惚的起伏：

「奶娘究竟為了什麼事生氣？她究竟肯不肯回來？」

這樣越想心裏越慌，等待的滋味也就更難受；過了好一會兒之後，他才想到，拿出木匠給他做的套球來玩；這一玩，玩得興起出神了，時間才變得好打發。

到了下午未時三刻，客青鳳總算在魏忠賢的陪伴下，姍姍的回到乾清宮。

她挑好的首飾裝了四個錦盒，由四名小太監捧著，直接為她送到寢宮；而她自己也一言不發的直接走進寢宮，連看都不看朱由校一眼。

反倒是朱由校打從一見她回宮，就放下木球，起身相迎；雖然不被她理會，也還陪著笑臉，一路跟她走進寢宮。

哪裏知道，客青鳳依舊在賭氣，眼見朱由校跟在她身後只兩步，索性直直的走到龍床邊，將鞋一脫，上床睡了。

朱由校伏在床邊喚她：

「奶娘！奶娘！」

她根本不應聲，而且索性把錦被拉上來蓋住自己的臉。

朱由校無奈，只得親自動手放下錦帳，自己脫了鞋，爬上床去。

一床正黃色繡著九龍翔舞的錦被如覆在海浪上般的起伏著，下面墊著的褥子全都亂了，絲線繡的花鳥蝴蝶都無法分辨了。

許久之後，才有客青鳳的輕輕一哼，說：

「你都要立皇后了，還要我這老太婆做什麼！」

朱由校這才恍然大悟，這一天，她究竟為什麼生氣，本來還想著：

「大臣們在朝廷上講的話，她怎麼這麼快就知道了？」

但是，他已全身汗濕，疲累得只想闔眼而睡，只有滿口應承說：

「好，好，好，你別生氣，叫他們把事情往後頭挪就是了！」

話出口之後，他更不敢賴——第二天上朝的時候便曉諭羣臣，立后的時間，盡量往後延，以避免客青鳳再度與他冷戰。

2

天啟元年的元旦慶典，果然按照大臣們的規畫，舉行得特別隆重、盛大；無論是朝廷行的朝賀儀，還是民間的各種熱鬧活動，都遠比往年費心安排，規模遠比往年擴大，氣氛也遠比往年歡騰，甚至，還帶著往年所沒有的、人人都在期盼的祥瑞之氣。

「東林執政」的夢想既已實現，盛世的腳步當然已經逼近了，千百年後在青史上熠熠發光的「天啟之治」即將展開——在人們已經失落了「萬曆之治」、「泰昌之治」的期盼的同時，這股祥瑞之氣的形成就特別重要了。

因此，這一年的喜慶活動也延續得特別久；往年只到元宵為止的歡騰熱鬧，今年一直延續到二月——彷彿是人心中隱隱有一股想設法留住這道祥瑞之氣的力量，而不肯讓正月的歡慶離去似的，硬是要和時間耍賴。

冊立皇后的時間則預定在四月，正好可以再將喜慶和祥瑞之氣一併延續下去……

卻不料，時間才進入二月，晴天霹靂般的噩耗就接二連三傳來。

奉集堡失陷和虎皮驛失陷的消息都是以「八百里快傳」送到京師，迅即進入朝廷；接著，遼東經略袁應泰的緊急奏陳也送到了，很明確的指出：努爾哈赤下奉集與虎皮乃是「拔角」，真正的目標是瀋陽和遼陽；而且，動手的日子近了；他向朝廷告急，希望增兵援遼，並且早日撥給足夠的糧餉、武器和馬匹。

這幾聲霹靂，驚醒了方酣的好夢，對於甫出任要職的東林人士們，更是嚴酷的考驗。

面對著努爾哈赤的八旗鐵騎，必須拿出一套實際的辦法和足以抗衡的軍事力量來對付，形而上的道德、心性、學問，全都不管用。

而「東林」自形成一個實質的團體以來，在朝者標榜的自我期許是做「正人君子」，在野者的立身方式是講學、聚會、批評時局、痛斥小人；兩者最常討論的是君子與小人之辨，而都沒有具體的、審慎的思考，並提出一套屬於東林的政治主張來；執政者應如何治國平天下，如何安內攘外，如何具體實施等真正能救國救民的實際事務，更從來沒有進入過東林的議題。

以往，「東林執政」只是一個遙遠的夢想，並沒有人認真思考過，當執政的機會降臨的時候，應以什麼方法來治理國家，挽救已經千瘡百孔的大明王朝；更沒有人逐一針對現今大明朝所面臨的國防、軍事、財政、經濟、吏治……各方面的困弊，思索改善之策；但，經過「紅丸」、「移宮」兩案的強力催生後，執政的機會憑空而降，所有的問題也隨之降臨。

大家心目中的內閣首輔第一人選葉向高仍在家鄉，主事的劉一璟召開了緊急會議，商討遼東的危機；重要的人全都到齊了，這才悚然驚覺，東林中人，沒有一個懂得遼東問題，也沒有一個懂得軍事。

「如何對抗努爾哈赤的侵略？」

這下，連以在「移宮」案中對李選侍占住乾清宮一事發出義正詞嚴的指責，態度剛烈，不畏生死，厲聲抗爭而名噪一時的楊漣、左光斗也啞口無言了。

整整一天下來，沒有商談出任何一條方案來；袁應泰所請求撥給的糧草、器械、馬匹都無法籌措支應，更遑論如何保護瀋陽、遼陽了。

這才有人悄悄的懷念起熊廷弼來，但，熊廷弼早已因得罪東林，遭到彈劾，罷職家居好幾個月了，又徒喚奈何呢？

同時，更可怕的隱憂還在陸續浮現：取代熊廷弼出任遼東經略的袁應泰也和東林的「正人君子」一樣，不懂軍事，不會治兵，不擅用兵……

袁應泰也是個正人君子，對大明朝忠心耿耿，天日可表；他一受任遼東經略，就刑白馬祀神，立誓以身委遼，竭盡心力守衛遼東；到任後，更是夙夜匪懈，全心用事，每天都在與幕僚商議、苦思固遼之策；而後，他接受幕僚們的建議，以熊廷弼的被彈劾為殷鑑，放棄熊廷弼擬定的「堅守」政策，改以「進取」、「收復」，定出「三路伐金」的進兵計畫，而且擇在近日內出兵，先取撫順。

於是，他向朱由校上疏，詳細說明計畫，也獲得了嘉勉；然而，時間才只過了短短的一個月，還沒有發展到與敵軍對壘的情勢，他就感到力不從心，原定計畫完全無法實行……他是個兩榜進士出身、長期擔任文官的「正人君子」，從來沒有率領、指揮過軍隊，能力和個性也與熊廷弼大不相同，一個月的時間就立見真章。

熊廷弼的個性剛強負氣，寧折不彎，治理軍隊以嚴峻著稱，賞罰分明，一絲不苟；而且勤於操練，軍紀肅然，自己且凡事身先士卒，甘苦與共，因而將遼東原本弛弱的軍隊整頓得大有起色；而他卻秉持著「以寬和治下」的以往一貫的做官原則來治軍，不以嚴刑重罰來約束屬下，軍隊的素質立刻急轉直下。

軍紀敗壞了，士兵疏懶了，而且，根本不聽他的號令……還不到第一個月尾，他的心裏已經煩憂不已：

「我向朝廷奏陳，說明春出兵進取撫順；如今，麾下人馬全都不聽使喚，可怎麼好？」

而當時，他根本想不到，他所預定要進攻後金、收復撫順的時間，正好是努爾哈赤預定要奪下瀋陽、遼陽的時間……

出發前，努爾哈赤逐一視察各種戰備，校閱人馬；最後，他把皇太極單獨叫到跟前，交付給他一個特殊的任務：

「李永芳交給你指揮——」

李永芳在撫順之役投降，由於是第一個投降歸順的明將，努爾哈赤對他非常禮遇，比照明制，授他三等副將之職，還把七子阿巴泰的女兒嫁給他，稱「撫順額駙」；李永芳也很盡心報效，攻清河、鐵嶺等役都從征，立下不少戰功。

這一次，李永芳更將有大作用，早在好幾個月前就奉派去進行一樁與其他人大不相同的戰前工作……

隆冬之際，耳目靈通的努爾哈赤獲得確實的消息：

「蒙古諸部大饑，許多饑民入塞乞食，遼東幾處富庶之地，每天都有成百成千的蒙古饑民湧入，擠滿道路！」

這事有機可乘，他想好方法，指派李永芳去執行：

「瀋陽和遼陽都是你熟悉的地方，如今，蒙古饑民湧入，秩序亂了；你去走一趟，一來，暗中聯絡這兩城裏心向我後金的人，二來，挑些可用的蒙古饑民，給他們吃食，令他們為我所用；第三，帶些我邦原籍蒙古的人丁，扮成饑民，混入這兩城中……」

這三種，都是能發揮大作用的人；不料，李永芳去了沒幾天之後，回報的消息還更好：

「袁應泰下令招降蒙古饑民，給予衣食，編為明軍，居於遼、瀋二城，我已相機行事……」

努爾哈赤一聽就大笑起來：

「漢人說的『婦人之仁』，這袁應泰絕對當之無愧！」

他也知道，李永芳自己不便出面，諸事都得透過以往的老關係進行，因此，一面也提醒李永芳「小心謹慎」……

一面指示李永芳：

「須先取信於袁應泰！」

而今，萬事齊備了──他明白的指示皇太極：

「開戰時，城中的內應非常重要，聯絡的事，要做得靈通、迅捷、準確；其次，李永芳獨處敵後，萬一被袁應泰發覺了，要全力救援！」

他交付給皇太極這帶兵打仗之外的秘事，同時也教導了善用間諜的作用與方法；甚至，他把李永芳這一組內應的人馬交給皇太極來領導，也有另一層特殊的考量；但是，他沒有說出來，而只是交代：

「你務要用心，盡力！」

皇太極恭敬的回應：

「父汗放心！孩兒絕不負父汗重望！」

他不多說了，揮手命皇太極退出去。

大軍出發了——三月十日，一場重要的戰役即將展開，這是風起雲湧的日子。

他在黎明前起床，穿戴戎裝……

頭盔和衣甲都已半舊，顏色不再是耀眼的鮮亮，而是呈現著穿戴日久的溫潤，彷彿是淬鍊後的內斂與沉潛；他的鬚眉和髮辮都已半白，目光已不再散發出與旭日爭輝的耀眼光芒，而轉變成深沉內斂的光華，那是經歷了歲月的磨洗後，人生的智慧得以蓄積，生命的氣質由昂揚轉化為沉潛，形成一股專屬於他的獨特的氣度，使得兩鬢斑白的他流露出來的領袖風華與魅力，更加令人折服。

這年他六十三歲，正擁有著人生的高峰。

「我將帶領全體女真人走向康莊大道——」

他清楚記得自己少年時代即已許下的宏願，而回想起來，既感欣慰，也多了一份莞爾。

如今，後金已成大國，他的子民不止於女真人——蒙古人、漢人、朝鮮人的數量幾乎與女真人一樣多！

而且，他估計，統有全遼之後，後金國的子民人數最多的會是漢人，將有女真人的好幾倍多！

他幾乎要向自己開個玩笑：

「當時年少，眼界不夠大——現在，該把當年的誓詞改一改——以後，向上天說，我將帶領所有居住在遼東的人們走向康莊大道！」

再接下來，入主中原以後，誓詞再改一次……

他昂首向天，瞇起了眼睛，悄聲的說：

「上天知我，這樣的『三心二意』，並非不敬！」

屢屢變更誓詞，其實是成長，是他的成長，也是後金國的成長！

他索性焚香向上天祝禱敬謝，同時也讓所有從征的戰士和他一起高聲向上天祈佑：

「上天佑我後金大軍，旗開得勝，凱旋而歸！」

幾萬大軍齊聲高喊，聲浪響徹雲霄，連帶的，士氣也升高了十分……

這一次，他調派出征的八旗鐵騎每旗七千人，共五萬六千人馬，由他親自率領，國中只留下少數人馬，由額亦都率領，鎮守赫圖阿拉——額亦都近來身體小恙，他蓄意讓額亦都免去這一趟出征的勞苦——其餘的人，全部從征。

無論是已經追隨了他將近四十年的老夥伴安費揚古、何和禮、扈爾漢，還是新生代的子侄兒孫——他的子孫中，年滿十六歲的就一概從征——他都分配了任務。

跨身上馬的時候，全體將士兵丁發出了震天撼地、巨雷似的歡呼聲；然後，依從號令聲一起上馬，整齊劃一的跟隨他出發。

三月裏積雪已融，春風拂過的原野上蘊含著蓬勃的生氣，嫩芽已在枝梢招展，小草如彩墨般迅速暈開，瞬間鋪滿大地；旭日東升，整片無垠無涯的大草原上都閃耀著金光。

五萬六千人馬的隊伍奔馳過草原，聲如奔雷，勢如海嘯，更加使景觀偉壯得有如開天闢地般的磅礴；也代表著，又是一個新的時代即將到來。

在一列鼓樂、儀衛前導下，率領大軍前進的努爾哈赤從馬上仰首望天，迎著旭日，全身散發出金色的光芒。

而接到緊急通報的瀋陽城頓成鼎沸——

「奴酋傾巢而出，兵臨城下！」

消息飛報到遼東首府遼陽，袁應泰一面十萬火急的飛報朝廷，陳述瀋陽當前所陷入的危機，請求調軍支援；一面就瀋陽和遼東現有的兵力作緊急守衛部署。

瀋陽城中現駐的兩名總兵官尤世功與賀世賢，雖非不世出的名將，但也是積有戰功、頗受重用的人。

兩人都是榆林人，不同的是，尤世功是鄉試武舉出身，歷瀋陽游擊之職；當時，努爾哈赤攻撫順，張承廕戰敗，他獨自脫歸，本坐革職；但經略楊鎬上任後，力言他在戰場上身負重傷，才堪策勵，於是補武精營游擊；薩爾滸戰役發生，他被派在李如柏麾下，因而得免；戰後缺乏人才，他升任副總兵守瀋陽，用事認真，很受熊廷弼器重；袁應泰上任後，計畫三路出兵攻打後金，擢升他為總兵官，擔任伐後金的主將。

賀世賢則本是被蓄養的家將，自行從軍後，憑著在戰場上殺敵的首功升遷到瀋陽游擊、義州參將等職；接著，因為遼東多事，他從清河之役起因赴援而積功，升到了副總兵之職；薩爾滸之役，他也在李如柏麾下；戰後，他升任總兵官；家將出身的他，個人武藝十分了得，使一柄鐵鞭，在馬上施展起來，有以一當十之勇，也為他贏得了威名……

兩人升任總兵官都還不到半年的時間，但是，所有的名將都已在過往的戰役中陣亡，他兩人已是瀋陽城和袁應泰唯一可以倚仗的人了。

而兩人倒也不是無能之輩，尤世功尤其知曉兵法，立刻定出守衛之策。

瀋陽城的建築頗為堅固，利於固守；但，尤世功認為仍應加強；於是親率兵丁一萬名，在城牆周邊掘塹濬壕，樹大木為柵，列楯車火器木石，作為環護，並且調派兵丁列陣於環護之後，更加強城上的火砲軍與弩箭手，多備土石等物，嚴陣以待。

努爾哈赤的大軍則在出赫圖阿拉之後，費時近半天，到達薩爾滸城，然後直撲瀋陽。

原先，熊廷弼為護守瀋陽、遼陽而設重兵屯駐的「四險要」，已經因人去政息而荒怠廢置，大軍行過，竟如入無人之境，連小規模的遭遇戰都沒有發生——守軍早在聽到風聲時就棄職逃走了。

到達瀋陽城外二十里之後，全軍停下腳，擇地紮營，然後，努爾哈赤親自接見早從半年前就混入瀋陽城中居住的死士，以及李永芳派來稟報消息的心腹。

不到半個時辰光景，他就對瀋陽城內外最新的兵力部署瞭如指掌。

然後，他命令皇太極：

「明日攻城，用戰車衝鋒，馬步繼之，包圍全城——你先作準備，調派妥當！」

接著命令阿敏：

「趁天色未黑，你且派幾十個人逼近城去，隔壕偵測，並誘明軍出戰！」

阿敏應聲：

「是！」

這是「戰前戰」，目的是測試、瞭解明軍的實力與反應。

一個時辰後，阿敏前來回報：

「明方總兵官尤世功親率家將出城搏戰，我軍陣亡四人——其餘人馬已回營，明方也退回去了！」

說著又補充：

「瀋陽城周挖有溝塹，設置陷井，井底插有尖樁，並覆蓋秫稭，虛掩浮土；我軍陣亡的四人中，有一人是落入塹中，一人身中羽箭，僅二人死於搏殺……」

各種情形都有助於研判敵情，決定明天的攻城方法……略一思考之後，努爾哈赤已成竹在胸，隨即下令：

「將軍中所攜木板、雲梯隨戰車前進，遇到溝塹，架上木板為梁；如城中發射火砲、矢石，頂木板為罩！」

接著又命莽古爾泰：

「調三千士兵，連夜挖土，裝置車上，遇溝填土！」

而後，他指示諸將：

「方才，我軍以數十騎偵測，尤世功竟親率家將出戰；顯示明軍主將沉不住氣，率爾親戰；

明天，你等先誘他出戰，詐敗後退，等他輕進後再以精騎四面合圍！」

這四面合圍的任務他交給年輕的兒孫們，讓他們多磨練，也多立戰功：

「阿巴泰、德格類、阿濟格、巴布泰，帶杜度、岳託、碩託、薩哈璘並肩作戰——」

第二天，天才露一線白光，皇太極就來請命：

「我軍全部準備周全，何時出動，請父汗示下！」

他自領的軍隊是正、鑲兩白旗，因而身著內罩鎖子甲的雪白戰袍，頭戴插雙紅翎的銀盔，腰上左佩長劍，右懸箭袋，襯托著他整個人更顯英武俊偉，而且流露出一股沉定穩重之氣來。

二十九歲的他，正自然而然的收斂起少年的勃發飛揚之氣，緩緩升起成熟與明智來，因而別具風華，也比立在他一步之遙的代善、阿敏和莽古爾泰要出色幾分。

但，努爾哈赤只是看他一眼，心裏動了一動，並不說一句關於個人的事，而且以極度嚴肅的神色、語氣命令他：

「卯時三刻擊鼓吹號，辰時正進攻！」

說完，起身出帳，在左右侍衛們的簇擁下上馬，帶著不親上戰場的何和禮、安費揚古、扈爾漢到預定的高地上指揮作戰。

皇太極和其他的貝勒、將領們則按照自己已被分配好的任務各就各位……

出動的時間到了。

號角嗚嗚響起，努爾哈赤將手中的令旗一舉，載運著土袋，負責填壕的戰車從東北方出發；接著，負責挑戰的阿巴泰從東方出發，親自督率全軍攻城的皇太極則身先士卒的站在第一線，往來督戰；代善負責進攻西門，阿敏進攻南門，莽古爾泰進攻北門；先行的戰車上減少一半士兵，改運架在壕上為梁的大木板；騎兵隨後，再次是雲梯車，一起衝向瀋陽城。

合圍的隊伍前進至半的時候，皇太極舉起手中的小白旗，在半空中一揮，頃刻，在陣後待命的弓箭手與弩箭手一起出列。

皇太極再一揮旗，大喝一聲：

「射——」

聲猶未畢，萬箭齊發——箭比車馬快，用以掩護攻城的隊伍；而箭矢去勢強勁，挾帶著風雷般的衝力，且多如密雨，竟宛如憑空降下千萬隻巨鷹，一起張開翅膀，遮蔽了旭日東升的天光，也一起兇猛的撲向獵物，吞噬整座瀋陽城。

守在城關上的明軍膽戰心驚的面對著：

「天都黑了——」

膽小的人已經把持不住的發起抖來，不少新募的人，第一次上戰場，從來沒有見過這樣排山倒海，遮天斷地似的驚心動魄的場面，被嚇得人都傻住了。

而即使是經歷過多次戰役，在刀林槍雨中搏過命的老將，也看得暗自心驚——尤世功曾經在撫順之役中與後金的八旗勁旅交手作戰，本來自許「知敵」，此刻更忍不住暗嘆一聲：

「後金軍真是一日千里——攻撫順時，還沒有這樣的規模……」

他的心裏更沒有把握能守住瀋陽：

「我軍總數七萬，但，一半以上新募……唉！究竟能擋後金幾分呢？」

他也不得不誠實的向賀世賢透露：

「敵軍勢力超強，我等須小心應戰，否則，會步上撫順等城的後塵！」

賀世賢皺起了眉頭說：

「唯有一舉擊敗他們，令奴酋自動退去！」

說著，他索性命人取酒來，咕噥一聲，一口將一罈酒喝盡，熱辣之氣從口下衝到腹，在身體裏化成燃燒的烈火，膽量也就升了上來，於是，紅著臉，昂起脖子，大喝一聲：

「家將們，隨我出戰！」

尤世功想要攔阻，但是念頭並不強烈，而且自己也拿不出更好的退敵之策來，只好由他去了。

賀世賢行伍出身，所蓄懷有弓馬武藝的家丁家將已逾千人，本是一支很能派上用場的隊伍；一聲令下，隊伍齊集，簇擁著他舉起鐵鞭，翻身上馬，出瀋陽東城門應戰。

一行人奔騰而出，在門外遇上前來挑戰的阿巴泰。

阿巴泰自己不會說漢語，特意指派一名原籍為漢，由降丁編入他麾下，而且嗓門大，口齒伶俐的軍士上前罵陣：

「賀世賢，你這懦夫！窩囊廢！縮頭烏龜！我後金大軍在薩爾滸將爾等殺個屁滾尿流的時候，你那主子李如柏嚇得轉身而逃，你也跟著他夾著尾巴逃回，你是懦夫！沒用的王八，烏龜！窩囊廢！」

賀世賢出身寒微，本性粗魯，哪裏經得起這樣的辱罵，登時暴跳如雷，大喝一聲：

「你才是王八烏龜——」

彷彿欲撲上去將那辱罵他的人一口咬死似的，他催馬揮鞭，怒氣沖天的殺過去；身後的千餘家將也衝上去，一起喊殺，一起出手；剎那間，長槍短刀，斧鉞錘戟齊上，如猛虎如怒獅般的張牙舞爪，狂嘯而上。

阿巴泰連忙命部屬們上前抵抗，大家七手八腳的應戰；但，他自己既不上前，號令也不甚明確，隊伍雖有幾百人，卻沒能連結成陣，也不相援應；甚至，有人膽小怯戰，沒兩個回合就落荒而逃，也有人僅只手腳受了皮肉之傷，就高喊投降，或者棄械回馬；阿巴泰本人更是機靈，一看己方居了下風，只觀望了一會兒就後退遁逃。

賀世賢得意了：

「原來，後金軍放起箭來嚇人，真正搏殺起來，根本不濟事！」

於是鞭梢一揮，指示家將們前進，自己一馬當先的去追阿巴泰，一面罵道：

「你這膿包，也配當主將——看本官將你擒來，祭我大旗！」

一名家將趕上來向他報告：

「那人是奴酋的兒子！」

賀世賢越發神氣活現：

「擒住了他，正好逼奴酋退兵！」

追趕的腳步於焉更快……眼看將要追上了，阿巴泰卻忽然像脫胎換骨似的變了一個人。

一批士兵牽著大䩞披著甲的戰馬在等候，阿巴泰奔逃到戰馬前，勒住胯下的馬匹，卻不掉轉馬頭，而是倏的飛身下馬，又立刻旋身騎上戰馬，不過轉瞬間就換了一匹馬；然後，長槍一抖，槍尖銀光飛濺；臉上的神情完全變了，變得英氣逼人，銳光四射。

賀世賢不自覺的一愣，但他畢竟是經歷過多次戰爭的老將，立時曉悟：

「糟了！這是誘敵之計！」

他離城已遠，無法迅速退回，只能苦戰；而阿巴泰的號令就在這瞬間響起：

「德格類、杜度攻左，巴布泰、岳託攻右，薩哈璘隨我上——」

他聽不懂女真語，不知道阿巴泰在叫喚些什麼；但，知不知道都已經不重要了……

尤世功站在高聳的城關上，親眼目睹賀世賢的追敵和阿巴泰的回身，心裏暗自叫出一聲「不妙」來，立刻思謀，要分兵去救，奈何眼前的情勢根本不許可。

城牆的外周早已圍滿了後金軍的戰車和雲梯車——防護的溝壕半被土袋填平，半被架上木板為梁，已經起不了作用——後金戰車上的士兵都已下車，再以繩梯登城，而雲梯車高與城齊，已經有不少輛逼近城牆，與守軍搏戰起來；騎兵們則在城下衝殺，整座城陷入十萬火急之中，危機一步步加重。

他曾多次下令放箭、開砲，但，阻擋敵兵的效用並不大；更壞的是，火砲使用的次數太多，砲身太熱，以至於一裝藥就噴，反而炸傷己方的軍士，只好捨棄不用。

唯一還能寄望的是，袁應泰曾給他消息，將派援軍萬餘，自遼陽北上救援。

「如若援軍趕到，裏外夾擊，尚有兩分勝算——」

因此，眼看著賀世賢陷入被圍的局面，他下意識的喃喃向天祈禱，告求援軍早日趕到；頓了一下之後才收回心神，面對現實，苦思在援軍到達前的應敵之策，竟而滿頭大汗。

偏又在這時，一名親兵趕過來向他報告：

「西門警訊，請求支援！」

他暗嘆一聲，皺緊了眉頭說：

「已無人手可以支應——」

但是，張眼向遠處一望，賀世賢的人馬也隱隱有向西移去的趨勢，心裏畢竟放不下，於是改口，下令：

「三百家將隨我赴西門，其餘人員，固守此門，不得有誤！」

說著，急急忙忙的下樓，上馬，趕赴西門馳援。

進攻西門的主將是代善，所率的是正紅旗軍，軍服一色通紅，從城上一看，竟似一片血海，而這片血海正如怒濤奔騰般的翻湧而來，捲起一波波殺氣。

雲梯上身著血紅軍服的後金正紅旗軍已有百人以上跨過城牆，撲進來肉搏；沿繩梯爬上來的人更多，在城上殺得一片腥風血雨……再往遠一看，賀世賢和一小部分人馬也已經移近，只不過仍陷在後金軍的包圍中，且戰且走。

他的情緒加倍激動，眼眶裏幾乎冒出火來，索性下令身邊的士兵：

「跟我去救援賀總兵！」

他命弓箭手掩護，開西側門而出，直奔賀世賢所在的方位……

賀世賢身上已中了好幾箭，正負傷而戰；他從東門向西而來，非常艱苦的且戰且走，好不容易逃出了阿巴泰、德格類和巴布泰的圍攻，走了沒幾步，又遇上以逸待勞，等著他送上門來的阿濟格，立刻又陷入苦戰。

一千多名家丁家將已戰得所剩無幾，他力已竭，且又負傷，確實需要救援……然而，還等不到尤世功來到身邊，全身的力氣就已經用盡，鮮血從身上的十幾處傷口中汩汩而流，已然全部流光，他想奮力舉鞭再戰，但再也使不出力氣來；胯下的戰馬更是支持不住，帶著重傷緩緩跪倒，連同馬背上的他一起倒在地上。

而尤世功根本趕不到他的面前來──一出西門，還沒前進幾步，就遇上代善的次子碩託。

碩託原來的任務是攻城，正在親督士兵們抬著巨木撞開城門，一看有明將從側門出來，連問都不問是誰，就先策馬來戰。

他還不滿二十歲，深具「初生之犢不畏虎」的特性，無視於尤世功身後還跟著三百人馬，單槍單騎衝上去，一心獨挑尤世功。

幸好戰陣之上，後金騎兵甚多，有人見了，立刻高喊：

「來助小爺！」

於是，立刻聚攏來一隊人馬，一起攻向尤世功的隊伍；幾個衝刺之後，尤世功的人馬少了大半，獨戰尤世功的碩託也占了上風；半個時辰之後，尤世功授首，其他倖存的少數人索性投降了。

不多時，賀世賢和尤世功兩名總兵官的頭顱被高掛在竹竿上，舉向城樓……

城上的守軍哪裏還有戰鬥的心思呢？只能堅閉城門，苦候援軍。

明朝奉命支援瀋陽的軍隊有兩股人馬，一是由總兵官童仲揆、陳策率領的川浙兵，由原駐地遼陽北上；一是由石砫女土官宣撫使❶秦良玉率領的援遼軍，由四川的酉陽、石砫長途跋涉而來。

童仲揆也是武舉出身，歷任都指揮等職，掌四川都司，萬曆末升任副總兵，奉命督川兵援遼，與同官陳策並任援遼總兵官；袁應泰計畫三路伐金，用大將十人，各率兵萬餘出征，他二人都是被重用的主將；不料，努爾哈赤「先發制人」，進攻瀋陽——兩人的任務便如嘲諷似的由進攻敵方改為救援己方。

秦良玉則是著名的巾幗豪傑，她是忠州人，嫁石砫宣撫使馬千乘為妻；馬千乘是石砫世襲土官，楊應龍謀反於播州的時候，他雖因弟弟馬千駟娶楊應龍之女而為楊氏姻親，但仍忠於朝廷，與酉陽宣撫使冉躍龍同征楊應龍，楊應龍敗後，馬千駟伏誅，馬千乘仍任宣撫使；而當馬千乘率三千兵丁從征播州的時候，秦良玉別統精卒五百裹糧自隨，連破賊眾，立下無數戰功；戰後論功，秦良玉為南川路戰功第一；但，她並不居功，封賞悉歸馬千乘。

直到馬千乘為部民所訟，瘐死雲陽獄中之後，她才代領其職，任石砫宣撫使。

她為人饒膽智，善騎射，兼通詞翰，儀度嫻雅，而馭下嚴峻，每行軍發令，戎伍肅然；所率部眾號「白桿兵」，戰力超強，是支威名長在、遠近皆憚的隊伍。

這一次，朝廷議「援遼」，因為國內已經抽調不出足夠的人馬來，只好把腦筋動到西南的土司上；於是下詔調酉陽兵四千，由宣撫使冉躍龍率領援遼；調石砫兵一萬，由秦良玉率領援遼；永寧土司奢崇明自請率馬步兵二萬援遼，當然照准；於是，大隊人馬由西南遠赴遼東，支援明朝對抗努爾哈赤。

但，奢崇明久存異心，出兵援遼只是藉口，率領軍隊出發後，到達重慶就停步不前，並且在暗中進行起叛變的準備來；真正進發援遼的只有酉陽、石砫兩土司的人馬，而酉陽宣撫使冉躍龍因為年老，派了兒子冉天胤、弟弟冉見龍等人領兵，與石砫兵同路，於是以秦良玉為首。

由於路途遙遠，步兵行軍緩慢，而軍情又異常緊急，於是秦良玉規劃任務，調撥冉天胤、冉見龍率酉陽馬軍千名、自己的哥哥秦邦屏、弟弟秦民屏率石砫馬軍千名，先行進發，日夜兼程，趕到遼東。

這支援軍先到遼陽，與童仲揆、陳策軍會師後，一起開拔，同赴瀋陽；一路上，人人心中焦急如焚，恨不能插翅而飛；童仲揆麾下的游擊周敦吉更是屢次進言，反對在路上停駐休息，認為應盡速直奔瀋陽：

「我等應及早趕到，和城中守軍內外夾擊，才有勝算，否則，將陷於苦戰！」

就戰略而論，這話很正確；只可惜他為川兵出身，不瞭解努爾哈赤的八旗勁旅，想不到努爾哈赤用兵的神速，以致這話雖然正確，卻沒有實質意義。

瀋陽城的陷落，快得令人不敢置信——援軍們才到達渾河，還來不及派人聯絡，就迎面遇上自瀋陽城中逃出的殘兵潰卒。

「支撐不到一晝夜？」

霎時間，人人瞠目結舌。

倖存的人稍事說明情形：

「尤、賀兩位總兵官陣亡，而城中早已混入後金的奸細，既在城中放火，也斬斷吊橋，打開城門，迎後金軍入城……我等實在無法抵抗！」

劫後餘生，這些人說起話來猶自不寒而慄。

童仲揆、陳策卻不得不打起精神來，面對眼前的困厄——救援已經徹底絕望，自身也已陷入極為不利的險境。

幾個人研判的結果都一致：

「後金軍必然來擊我軍——」

援軍總數只有一萬多人馬，而且正走到渾河邊上，於實力、於地利都大遜於後金；苦思之下，勉強訂出戰略來：

「我軍全數渡河結營，恐怕來不及；不如分兵為二，一半先渡河，在橋北結營，另半在橋南拒守，兩者亦可互為援引！」

分配的結果，由周敦吉、秦邦屏、秦民屏、冉見龍、冉天胤率半數人馬先渡河，童仲揆、陳策率副將戚金、參將張名世等守橋南。

然而，這幾個人再次低估了後金八旗勁旅的行軍速度——周敦吉等人剛過橋，根本來不及結營布陣，敵軍已經逼近眼前。

由四鑲旗所組成的隊伍，分別飄揚著黃、紅、藍、白鑲邊的旗幟，馬上的騎兵各穿一色軍服甲冑，鮮明奪目，宛似挾帶著催命符般的奔馳而來。

第一眼望見的哨兵大驚失色，立刻吹起號角，周敦吉連忙下令各軍應戰……兼程趕路，飢疲不堪的軍士們竟連喝水、進餐的時間都沒有，慌忙間匆匆上馬，倉促應戰。

後金軍的前鋒由努爾哈赤的孫子們擔任：杜度、岳託、碩託、薩哈璘；四個人全都銳氣十足；勇不可擋，衝殺起來，人人爭先，連帶使被率領的兵丁士氣如虹，發揮了兩倍的戰力。

石砫的白桿兵雖然向以驍勇著稱，怎奈遠路趕赴，未進飲食，且處在完全陌生的環境和不利的情勢中，一交手就被打得大敗。

秦邦屏、秦民屏兄弟兩人的武藝原本都十分了得，但在這種情況下，只施展得出三分來，偏偏又落入杜度、岳託這四人的夾攻中，應付得險象環生，幾個回合下來，秦邦屏被杜度一槍刺中，險些落馬，賴得秦民屏力救，冉天胤和冉見龍趕過來助他抵擋杜度，這才撿回一條命。

不料喘息未定，後金的主力軍在皇太極的親率下到達戰場，人馬逾萬，登時將戰場圍了好幾匝。

一見到皇太極的大軍到達，幾名小將的精神又倍加振奮，戰得更勇。不多時，周敦吉身受六處重創後落馬，秦邦屏更無第二次僥倖，也在圍攻中陣亡，冉天胤和冉見龍在亂兵中被衝散，無法再並肩作戰，分別死在刀劍之下，唯有秦民屏在幾名親兵的死命護衛下逃出了後金的包圍圈……

短短一個時辰，戰爭就結束了；但，皇太極並不準備收兵，而是下令：

「整隊——立刻渡渾河，殲滅所有的明軍！」

說罷又把四名小將叫來吩咐：

「明方援軍中有一部分來自浙江，浙兵善用火器，你等不可大意！」

而且仔細交代：

「以往，我軍常以頂大木板來擋火器；但這趟出擊，沒有帶大木板來，也無法就地備辦，臨陣時，只能靠閃躲應變，俟他火器用完再全力搶攻；我估計，他等遠道而來，不便多攜重物，而且原來的任務是支援瀋陽，因而所帶火器不會太多，不消三、五回合就會用盡！」

四人中，薩哈璘的年紀最小，又最好搏戰，他放心不下，特地吩咐薩哈璘：

「你不可躁進，跟在你兄長後頭！」

而就在這時，哨兵上前來報告：

「另一支明朝的援軍由北而來，主將是奉集堡總兵李秉誠、武靖營總兵朱萬良等，人馬總數約五千——」

他思索了一下，下令：

「杜度、岳託率五千人馬，回頭迎戰李秉誠、朱萬良，不可使他兩軍會合——」

於是，兵分兩路，一起出發。

童仲揆和陳策則因為這些過程而爭取到一些布置的時間，作了戰前的準備；由橋北逃回的一小部分殘兵也重新整隊，付予新的任務。

兩人將火器列在陣前，戰車居次，配以弓箭手，最後一圈才是馬、步兩軍。

敵蹤一現，立刻發射火器——情況確實如皇太極所預料的，浙兵施展了專長。

後金軍只能閃躲，或者以手中盾牌抵擋；但，戰無不克的後金軍早已養成了每戰必勝的信念，即便一交手就有不少死傷，還是硬挺著向前衝殺；分兵以後，四小將以碩託為首，他奮力前衝，督軍搏殺，幾個回合後，肩臂為火器所傷，還是不肯稍緩攻勢，苦戰了一個多時辰，總算被他衝入敵營。

薩哈璘隨後，率領旗下騎兵衝鋒；而明軍的火器果然只用得一時，火藥罄盡後，便只能進行短兵相接的肉搏戰；這一來，明軍便不是對手，支撐不了多少時候就死傷累累，横屍遍野。

但，浙兵生性頑強，雖敗也不肯投降，人人殊死奮戰，陳策、童仲揆先後陣亡，下屬的戚金、張名世及所領的三千兵丁，全數戰死。

收兵以後，皇太極先命人給碩託裹傷，再出發返歸，在路上與擊潰了朱萬良、李秉誠的杜度、岳託會師……

註一：明制，西南地區設土官以治，據《明史．職官志》載：土官的等級最高為宣慰使司，長官為宣慰使，官階為從三品。其次為宣撫司，宣撫使的官階為從四品。又有安撫司、長官司、蠻夷長官司等。

3

八百里快傳到京，朝廷中又是一陣地動山搖。

快到只有兩天的時間，瀋陽城陷，援軍盡歿——朝廷裏文武百官，沒有人能對這事說出片言隻字來，更沒有一個人能拿得出對策來；唯一能做的事是一起跪在金鑾殿上，向皇帝叩首，托、托、托、托的，用額頭撞地毯，以表示愧疚與無能為力。

十七歲的朱由校茫然四顧，面無表情；這些事情對他來說都太遙遠、太陌生了，遼東，後金，以及一連串陣亡的名字，以往從未聽聞過，腦海裏毫無印象，心裏發著一陣陣恐慌，完全不知道該怎麼辦。

他還是個孩子，而且心智又遠較生理稚弱了一倍；生命中最熟悉、最親近的是奶娘和太監，而不是國家大事……即位是因為父親意外死亡，在此之前，他完全沒有做皇帝的願望與準備，從來不知政事為何物，敵國為何物；即位後，他最直接的想法是重用楊漣等人舉薦的德高望重的「君子」來處理所有的事；卻從來沒有想到過，他按照正人君子們提出的「知人善任」的帝王法則，重用的大有名望的博學之士，竟全數對遼東問題一籌莫展，只會跪在他的腳下，念著陣亡將帥名單，而後老淚縱橫。

「哭，哭，哭——」

整個早朝，只有一個內容，他只聽到一種聲音，而他自己也想放聲大哭。

好不容易忍耐到下朝，返回乾清宮以後，他才如願以償的趴進客青鳳的懷中去哭了個夠。

哭得情緒全部宣洩了之後，他才讓客青鳳給他淨臉，換下衣襟全濕的衣服，吃起時新瓜果、精緻小點來；然後，他把痛哭的原因向客青鳳說明：

「朝廷派到外頭去打仗的人馬打了個大敗仗，都被殺死了！」

客青鳳更不懂遼東問題，聽得一頭霧水，心中卻為難——她既不知道該怎麼接話，勸慰他幾句；又怕沒話安慰，他又要大哭起來；勉強擠盡了腦汁，才想出一句話來說：

「這事交給大臣們去辦就行了，他們好歹會想出辦法來的！」

朱由校嘆了口氣，囁嚅著說：

「他們也在哭，全都跪著，抱著膝蓋哭！」

客青鳳忍不住要笑出來，使盡全力咬住牙，才總算憋住了，順著話頭再安慰他：

「沒關係的，等他們哭夠了，就會去想辦法，而且很快就會想出來！」

說著說著，心中忽然閃過一個念頭來——她想到讓朱由校不再為遼東的事而煩惱、而失聲痛哭的辦法了。

於是，她說：

「大臣們都讀過很多書，腦袋裏裝了很多學問，不管什麼事都難不倒他們——你先別急，這兩天可有好玩的東西呢！魏忠賢找來的那個工匠說，他不只會做木球，還會做好多東西，只要是萬歲爺想得到的，他都做得出來；這會子，他正在魏忠賢屋裏，給你做幾個手腳、腦袋都會動的木人兒呢！」

果然，朱由校一聽這話，注意力就全部轉向——他高興的拍著手說：

「那好極了！叫他快做！」

說著，立刻接下去：

「啊，叫他移到乾清宮來做吧，朕才好親眼看著……上回，他做的木球真好，朕可想學他的本事呢！」

客青鳳一看奏效，當然立刻笑吟吟的順勢接下去：

「好，好，好，立刻派人去宣！」

朱由校補充著說：

「連魏忠賢也一起叫來，好幫著解說做法！」

客青鳳當然又是連著三聲「好好好」，然後說：

「萬歲爺要叫他來，那可是皇恩浩蕩喲，魏忠賢爬都爬來了！」

朱由校笑了：

「叫他爬著給朕騎馬！」

於是，遼東問題給徹底的丟到腦後去了，他度過了一個快樂的下午和晚上；第二天索性連早朝也不上了，命太監傳旨，說自己身體不適，要大臣們先商議出遼東問題的對策來，再行上疏；然後便宣魏忠賢和木匠進乾清宮伺候。

一整天下來，他玩得陶然忘我，當然也就更不會預料到，第二天，遼東遭到了更大的浩劫——

努爾哈赤在三月十八日宣布下一個軍事行動：

「這一次攻掠瀋陽，是天佑我後金國，也是將士們齊心用命締造的佳績；而今，敵兵大敗，膽破心驚，我軍應乘勝追擊，直下遼陽！」

命令一下，全軍歡呼——處在大捷大勝的氣氛中的後金軍，情緒高漲，士氣沸騰，全都有必勝的信心，人人都願乘勝追擊！

於是，他開始發布任務……

其實，在攻克瀋陽之後，他已在瀋陽停駐了五天，料理善後，犒賞軍士，也讓自己多點從容思考的時間，作出周全的準備。

這五天中，他僅讓少數幾名侍衛跟著，連同老臣安費揚古、何和禮和扈爾漢，以及特別指派的皇太極陪在身邊，騎著馬，走遍瀋陽全城，作整體性的巡視，而後，思考規劃未來的藍圖；他考察瀋陽全城，處處留心，處處思量；到了第四天，他向大家說：

「咱們好生琢磨琢磨，瀋陽是大城，而且，地當要衝，能控制四面八方，也利於往來輸送……也許，咱們以後遷到這裏來……」

但是，皇太極在經過仔細的觀察和縝密的思考之後，提出了自己的意見：

「父汗，孩兒以為，瀋陽城的地理、地勢雖好，規模雖大，但建城已久，房舍街路已嫌小嫌陳舊；這一次，我大軍攻城，已壞多處城牆，而且經此一役，也足證瀋陽城的防衛工事不足禦敵；而且，城中沒有宮室，房舍也少……我赫圖阿拉現有人丁數萬，一旦遷來瀋陽，百姓無房舍，軍隊無營地進駐；是以，應延緩些時日遷入，而應先擴建舊城，多蓋房舍，容我子民居住，並建宮室，為父汗宮殿……」

聽了這話，努爾哈赤先是一愣，隨即沉默下來；但是，過了一會兒之後，他突然展開笑容，看著皇太極說：

「很好！你想得很周到！」

接著卻問他：

「以你估計，重新營建瀋陽城，需要多久時間？」

皇太極回答：

「從前，父汗營建赫圖阿拉城，費時逾年；重新營建瀋陽城，規模更大，所費時日，恐須加倍！」

努爾哈赤先是瞇起了眼睛，望向遠方，既望著過去白手起家、營建城邦的歷史，也望著未來的美好願景；心裏湧起了萬千感動，也湧現著萬千希望，於是他淡淡一笑，隨即下令給皇太極：

「俟我軍班師返歸後，你就開始籌劃此事！」

皇太極很意外的得到這個任務，不由自主的浮起了欣喜的笑容，立刻恭敬的行禮：

「孩兒遵命！」

而努爾哈赤也將心思關注的重點從瀋陽城拉出來，重新回歸於宏觀全局的規畫——他向安費揚古等人說道：

「遼陽離此不遠，我軍無須徒費時日的凱旋班師、重新出發，而宜一路直下遼陽！」

這個想法，大家都是贊成的：

「遼陽是明朝的遼東首府，攻下遼陽，便形同攻下遼東的十之八、九——」

而他提出的是必勝的把握：

「自熊廷弼去後，明軍日漸鬆疲；遼陽號稱十萬人馬，其實能用者不過半數，戰力在我軍之下；何況，李永芳、佟養性等人已聯絡遼陽富家，迎接我軍——」

深諳世道人心的他非常清楚，富家遠比一般人容易策動——富家最怕戰火使自己的財產受到損失，絕大部分會選擇拋棄明朝，迎接後金，佟養性、李永芳等人的任務一定能完成。

因此，命令宣布的時候，其實已經萬事俱備，於是，大軍立刻開拔。

而遼陽告急的八百里快傳火速送到京師之後，朝廷中的憂煩焦慮之氣加重了一倍，一籌莫展的情況也如故，以致原本屬於「非東林」而被排擠的人們越發認定，新的機會來了，於是更加積極運作，形成一股越來越濃的特殊氣氛。

在皇宮中亦然……

重病中的王安硬撐起一口氣來，打著精神，叫魏朝來問話。

他先是暗示魏朝主動說明詳情：

「我好些日子不能出門，宮裏、朝裏的事，都只能仰仗你們來跟我說說了！」

而魏朝似乎不敢開口說話，甚至不敢面對他似的低下頭去，避開他的眼神。

王安等了許久沒有回應，忍不住了，悠悠的嘆出一口氣來說：

「我想，我一來是老了，二來，是病得太久了，沒有用了，就連你也不肯跟我說說心裏的話……唉！我是沒用了，可也總當你是自己人哪！」

魏朝不等他把話全說完就「咕咚」一聲跪倒床前，連磕了好幾下頭，淚留滿面的說：

「您老人家就打我吧……罵我吧……」

然後，他一咬牙，挺起了脖頸，一字一頓的對王安說道：

「萬歲爺的心已經變了，已經好些天不上朝，也不理會我了，甚至，連您老人家的名字也沒再提起！現在，他的心裏只有兩個人，客青鳳和魏忠賢，別的都不在意了！」

這下，王安詫異了：

「怎麼會？」

他直覺的問：

「客青鳳是你的『對食』，萬歲爺既把客青鳳放在心裏，怎會不理會你？至不濟，你讓客青鳳替你說一聲，萬歲爺總還會聽聽你的陳稟呀！」

魏朝握緊了拳頭，綳緊了牙，過好一會兒才掙扎出聲音來：

「客青鳳已經改成是魏忠賢的『對食』了——這是客青鳳跟萬歲爺求請，萬歲爺親口准許的！」

王安越發不解：

「怎麼回事？你不是一向跟客青鳳處得挺好？已是多年的『對食』了嗎？」

魏朝吞吐了一下，卻在霎時間漲紅了臉，好一會兒之後，才小聲的說：

「我弄不來魏忠賢的那些邪門玩意兒，討不了客青鳳的歡心！」

這下，王安恍然大悟了：

「魏忠賢是成年以後才自閹入宮的，在外頭見過世面，會玩的奇淫巧具多，把你給比下去了，客青鳳也就變了心——客青鳳一變心，萬歲爺當然跟著變！」

他畢竟是皇宮中的資深太監，閱歷既多，就很容易把事情想得通透——魏朝的話雖只說到個人的事，但是一講完，他立刻就想到了全盤大局：

「你在萬歲爺跟前說不上話了，朝裏的大人們跟宮裏也就斷了線……如今，遼東正在鬧事情，這可是個緊要關頭呢，宮朝之間萬不能離心……更不能由得萬歲爺不上朝，否則，不但步上萬曆爺的老路，還只怕會弄得大權旁落呢！」

說著，他更明確的指示魏朝：

「萬曆爺是厲害的，人儘管不上朝，大權卻沒旁落到別人手裏，是以宮裏沒出過英廟時的王振那般權閹，朝裏也沒出過世廟時的嚴嵩那般權相；但如今這天啟小爺就不行了，連萬曆爺的兩三分厲害都沒有的！照你說，魏忠賢這個人，只怕不是個等閒的貨色，你可得多留神，提防他弄權！」

魏朝應了聲「是」，又囁嚅的說：

「只怕難以提防了——他除了能弄淫具取悅客青鳳以外，還找來了個木匠，給萬歲爺做了好些木玩意兒，讓萬歲爺開心得不得了，天天都傳他到乾清宮伺候；反而是我，到不了萬歲爺跟前……」

王安長嘆一聲，而後閉目冥思，過了好一會兒才睜開眼來，指示他說：

「看來，只有聯絡外臣了——你去找楊漣楊大人、左光斗左大人，把宮裏的情形跟他們說說，讓他們俟機上疏勸諫吧！」

說著又補充：

「趁著遼東軍情緊急的事由，要萬歲爺天天上朝，一天都不能躲懶——上朝也會日久漸成習的，只要挨上一年天天上朝，也就能十年二十年的天天上朝；但，一旦躲了懶，一天不上，兩天不上，也就會弄得十年、二十年都不上朝了……千萬要跟大人們說好，只要萬歲爺有一天不上朝，就要勸諫，絕不能不上朝成習！」

而這一連串的長話說完，他已經累得上氣不接下氣，好在原則和方法都已經教給魏朝，自己應當要休息了，於是，魏朝起身告辭；他卻還有事梗在心，於是又追加一句：

「楊大人、左大人都是正人君子，宮裏的事，你須毫無隱瞞的去說個明白，也好讓大人們幫著拿個主意！」

魏朝已經轉過身子舉步，聽他再說話，便停步回頭，然後連聲的應「是」，一面卻因眼見王安已虛弱委頓不堪，心裏更加在複雜的滋味中增添三分難受，因此特別以堅定和肯定的口氣，拍胸脯保證似的對王安說：

「您老人家放心，這些，我一定做到！」

而他自己卻反而不放心——不放心王安的身體——出了門後，加重語氣交代小太監們：

「王司禮的病，拖了這許多時日，如今春暖花開，好生調養的話，很快就可以痊癒；你們可都要加倍仔細，好生伺候，讓王司禮早日康復，大家才能有好日子過！」

他的心裏雪亮，自己根本不是魏忠賢的對手，要想在乾清宮中重占原來的分量，除非王安病體痊癒，重新視事，壓住魏忠賢；否則，即使聯絡了外臣，作用也不大：

「萬歲爺片刻也離不開的人是客青鳳，不是楊大人、左大人那些個正人君子！」

當然，別的指望並不是沒有——他曾暗自設想：

「下個月就要冊立皇后了，也許新后入宮以後，萬歲爺自動疏遠了客青鳳，魏忠賢就少了十二分的助力……也許，才把風水再轉到我頭上來……」

這樣，他想過來又想過去，心中冷熱交替，情緒起伏不已；而一切的想頭全都是虛幻的，無法具體顯現的，弄得他的心更著不到邊際；直到兩天後，他才遵照王安的囑咐，親自去找楊漣和左光斗商議宮裏所起的種種微妙的變化。

可是，身為宮監的他，對朝廷裏的人和事都不夠熟悉，竟感受不到，朝廷中也跟皇宮裏一樣，正有一股新勢力在逐漸成形、發展、凝聚——「非東林」勢力的具體成形，就如魏忠賢的崛起一樣，正迅速的發展蓬勃；甚至，即將與魏忠賢合流。

「非東林」的主要組成勢力——三黨——在經歷了多年的演變、與東林勢力的此消彼長，而後由隱形發展得具體成形，更且化暗為明的與東林互鬥，當然有其形成的背景和力量❶；而且無論魏朝感不感受得到，都已於事無補。

三黨已經重組完成，而且有聯合的趨勢，主要的領導人正漸漸浮上檯面；勢無可免的政治鬥爭更是快步走向一觸即發的時刻。

註一：詳見謝國楨著《明清之際黨社運動考》。（臺北，商務印書館，一九六七年出版。）

4

戰爭一觸即發，三月十九日，雙方決戰。

在旭日耀眼的光芒下，努爾哈赤將手中紅旗向前一指，代善和阿濟格便率領正、鑲兩紅旗軍一起從陣營中衝出去；然後是阿敏和莽古爾泰率領著正、鑲兩藍旗軍衝出去；一左一右，各一萬人馬，合成包抄之勢，居中的是皇太極，率領兩白旗軍衝鋒，正面攻擊；緊接著，一萬名善射軍列隊排開，箭如狂風暴雨，和馬蹄揚起的塵沙組合成天羅地網，籠罩了四野。

殺聲在戰鼓與奔馬的交響中更尖銳的拔起，轟然如巨雷四下，此起彼落，震裂原野……兩軍對壘後，立刻展開一場殘酷的殺戮。

這一次，後金軍令出即行，除了留下少數人馬留駐瀋陽之外，全軍五萬，出虎皮驛，渡渾河，直撲遼陽。

乘勝再戰的大軍，士氣高昂，軍容壯盛，所經之地，旌旗蔽空，天地變色；身為最高統帥的努爾哈赤全身戎裝的騎在高大的駿馬上，全身散發出一股英武之氣與燦然之光來，和必勝的信念融為一道旭日般的光華，照耀著全軍。

而袁應泰卻在得報的一夜之間愁白了滿頭的髮，宛似忽然蒼老了十年——他原本已為瀋陽的陷落而憂急攻心，精神與肉體都處在勉強支撐的狀態，一聽到後金軍來攻遼陽的消息，險些「哇」的一聲從嘴裏噴出鮮血來。

勉強的撐住了、忍住了，他發揮出生命中所有的意志力來面對眼前的險惡。

他其實是生平第一次面對真刀真槍的戰爭，第一次親上戰場；而也幸好他從無戰爭經驗，不知道戰爭的真相，精神上的負荷還不大，沒有壓迫得他成為瘋狂。

遼陽城中原駐有兩名總兵官，加上兵敗逃來的三名，共有五人，分別是侯世祿、李秉誠、梁仲善、姜弼、朱萬良，在他的召集下一起商議應敵之策。

「大敵當前，我等須同心協力，拚死守衛遼陽城——」

議事之初，他開宗明義的提出要點，接著便徵詢諸將的意見；大家提出後，他也全部虛心接受。

候世祿因為在遼陽久了，熟悉地形，特別提出一個具體的做法：

「引太子河水注壕，可以加重遼陽城本身的防衛力，助阻後金騎兵！」

太子河有支流流過遼陽之東，水量豐沛，順勢引河水到城壕中，形成「護城河」，便如同天險——這個提議當然獲得贊同。

朱萬良則提出：

「遼陽本城城池險固，應緣城布兵，全力固守；並派人馬於城外五里處結陣抗敵，以形成藩籬……」

這個戰略，是吸取了瀋陽戰敗的經驗：

「敵軍太銳，無城外陣營先行阻擋，使敵軍直接攻城，便一舉而下！」

於是，大家商議出一個結果：

「分兵五萬，出城結陣，其餘固守城池，並互為援引——」

既有結果，便立刻實行；出城的五萬隊伍，以騎兵為主，步軍次之；守城的軍士則以步軍為主；並撥出一部分人力去挖、鑿水道，引太子河水入城壕。

任務分配妥當之後，各軍上路。

袁應泰自己的任務是親自出城督戰——他不顧勸阻，毅然而行。

出發前，他向天禱告：

「天佑我大明，使我軍旗開得勝，擊退敵軍！應泰守土有責，竭力盡忠，惟天日可表！望皇天后土垂憐！」

出城後，他發揮了與士卒同甘共苦的美德，連實際埋樁、紮營、列車、布拒的事，都親自陪著士卒們進行，一面出語嘉許慰勉，在精神上減去士卒的辛勞，也藉此提升士氣；入夜以後，他更是衣不解甲的親自巡營……

他固是忠臣、好官，但，這一切努力絲毫不能減去半分後金軍超強的攻擊力——

明軍所布的陣勢原本為前後三層，緊密布防；在遼陽城外的廣闊平野上形成三層鐵幕；而騎兵衝刺的野戰卻正是長於騎射的後金軍的拿手本領，三面包抄之術更是八旗勁旅最常演練的戰技，一交手就占了上風。

負責中鋒主攻的兩白旗軍，衣甲頭盔旗幟皆為銀白，在強烈的陽光的照射下疊映成一團燦爛奪目，令人無法逼視的白芒，馬隊前衝，宛如一支巨大的雪羽箭，直射敵人的咽喉。

除了受傷的碩託之外，杜度、岳託、薩哈璘三名小將全數擔任前鋒，率領精騎衝在隊伍的最前面，擔任最兇險的任務；皇太極還將自己年方十三歲的長子豪格也混編在前鋒的騎兵隊伍中，讓豪格親身歷練戰事，行前特別訓勉他：

「這次打遼陽，是我後金統有全遼的關鍵，非常重要，你效命立功，同時學習戰場上的一切事務！」

一面且鄭重的提醒他：

「你年紀小，第一次上戰場，須靠自己平日學得的武藝自保、殺敵；戰場上絕無僥倖的事，想打勝仗，只有全力以赴！」

他蓄意磨練豪格，竟而沒有特別多派親兵保護，而任由豪格上馬出陣；然後，他自己也在侍衛們的簇擁下上馬，準備親自出戰。

開戰以後，他全神貫注的直視前方，目光宏觀全局，心中無一絲雜念。

整幅畫面盡收眼底：

騎兵奔馳在平野上，起伏如浪潮；後金的白、紅、藍三軍因色彩醒目而特別容易辨認，各軍的表現更是一目了然，主攻的兩白旗軍因為距離近，搶先衝到敵前，廝殺了起來。

搶在隊伍最前面，不時揮舞盾牌，擋開迎面而來的羽箭，而後舞起長槍，直接與敵搏戰的是薩哈璘；明軍迎擊的隊伍，從旗幟上看，是李秉誠所率、原守虎皮驛的部隊，馬上的武士在戰鼓聲的催動下奮勇向前。

薩哈璘的長槍勢如巨蟒，舞得殺氣騰騰，而又靈活自如，不多時就刺死了一名明軍，登時引來一陣歡呼，前鋒軍的士氣也就更加昂揚，搏命衝殺得更加驍勇；緊接著，紅、藍兩軍的前鋒也到達了，分從兩邊攔腰衝入敵營，將明軍的陣腳衝得大亂。

明營中開始施放火器，發出奔雷般的巨響，但，火器不利於近距離，作用不大，只使得兩軍的搏殺陷入混亂的局面。

而就在這時，努爾哈赤的旗令發下——

皇太極緊隨在代善、阿濟格、阿敏、莽古爾泰衝出後，親率主力出擊；戰鼓聲越發震天，馬蹄聲轟然，戰車的巨輪旋轉如飛。

血戰更加激烈，原本已冒出綠草的平野開始滲血入土，也開始為倒下的人馬旗幟武器所覆蓋；戰爭進行中，慘叫呼號聲漸起，漸與戰鼓聲混合，漸成無法分辨……

薩哈璘在馬上越戰越勇，殺戮也越來越多；他沒有負傷，但一身銀白的衣甲沾滿了敵軍的鮮血，染成通紅，他便一身血衣的在戰場上往來搏鬥，殺得眼都紅了，見到皇太極的時候，情不自禁的大喝一聲：

「八叔，我軍大勝——」

喝聲未畢，前方響起了一陣雷霆萬鈞般的歡呼和喝采，挾帶著連續的喊聲：

「貝勒英勇——貝勒英勇——」

皇太極笑說：

「又殺了敵將了！」

薩哈璘更加興奮，策馬就要趕過去觀看，而圍成一團的後金軍中已經有幾騎搶先來報喜；一路高喝著：

「貝勒英勇，殺了李秉誠——」

皇太極看那幾騎是鑲紅旗軍，推想是阿濟格拿下了李秉誠的人頭，立刻向薩哈璘說：

「去向你十二叔道喜！」

自己也一起趕過去，但是一面吩咐左右：

「準備發令——敵將授首，必然會有人馬竄逃，命鑲白旗軍追擊；遼陽城中如有人馬來援，分正紅、正藍兩旗軍截擊！」

說著又命：

「飛報大汗，我軍旗開得勝，敵將授首！」

說完，繼續策馬前進，指揮將士誅殺殘餘的明軍……

戰場上的攻殺之勢已經緩和下來，大敗的明軍分出一隊人馬護衛袁應泰退回遼陽城；而遼陽城西門湧出了一隊支援、接應的人馬，正快速的趕來；留在戰場上的明軍卻因為沒了主帥指揮，不但無所適從，也喪失了戰鬥的意志；不多時之後，便有一隊人馬趁亂逃了。

而這一切，都在皇太極的掌握中，他從容的指揮己方人馬，逐一解決明軍。

戰爭結束以後，他親自向努爾哈赤報告詳細的情況：

「我軍在陣上殺敵兩萬餘，德格類率鑲白旗軍追擊明之逃軍，共殺敵五千，受降一千；巴布泰、杜度截擊遼陽援軍，殺三千——」

這戰果比原先預估的好，當然讓努爾哈赤很滿意，而新的命令也隨即發下：

「明日卯時三刻大軍集合，隨即進攻遼陽城！」

因為有內應，遼陽城中的一切他都瞭如指掌，使用的戰略當然是針對明軍的守衛部署和實力強弱而定：

「攻擊的重點放在東門和小西門，以主力軍進攻，其餘幾門，出發時虛張聲勢，用以掩護即可；此外，明軍引太子河水注於城壕，須特別因應——調三千人手，一半負責堵塞城東入水口，另半負責挖開小西門閘口，引水出壕！」

隨即又特別指示皇太極：

「今夜務必派人與李永芳通消息，令他作好接應的準備！」

而當這一切都交代完畢之後，心中無事，他便帶著十足的信心安然就寢，並且很快就進入夢鄉——比起徹夜挑燈與部屬們苦思退敵之計、派人連夜出城討救兵的袁應泰來說，當然是天壤之別。

天亮後，這天壤之別延伸到了兩方的軍隊——遼陽城的守軍幾乎都處在焦慮不安、驚慌惶恐的情緒中，明知還有一場硬戰要打，夜裏卻無法成眠；而既不得充分休息，便再有超強的意志力，也撐不起委頓的精神與困倦的肉體，比起後金八旗勁旅的好自安眠、醒來後精神抖擻的情況，恰成強烈對比，使得兩軍的戰力在開戰前就能由微知著……

辰時正，後金的八旗勁旅團團包圍了遼陽城。

由極高、極遠處下望，數萬人馬如蜂窩般密布，如蟻羣般攢動，層層相疊，裏住了遼陽城。

在努爾哈赤的指揮下，八旗軍分左右兩翼合圍，左翼紅、黃兩旗主攻西門，右翼藍、白兩旗主攻東門，而第一波攻勢的目標卻只是掩護——一支三千人的隊伍正在搶全力破壞水壕的防衛工事。

將近半個時辰的時間，任務完成了，東面的入水口被堵住，西門的閘口被打開。

皇太極親自來向努爾哈赤報告：

「已經開始洩水，約莫一個時辰左右可以洩盡！」

努爾哈赤輕點了一下頭，以肯定的口氣說：

「很好——準備在水洩盡後推楯車攻城！」

而得到同樣報告的袁應泰是心頭雪上加霜，一片冰涼。

士卒們沒日沒夜趕著做出來的防衛工事全完了，沒有在對敵的時候派上任何用場——站在城樓上，耳際裏交響著城下傳來的混雜成一種震耳欲聾的、無可細辨的戰爭的巨響，眼前是撩亂的戰爭的畫面，兩相衝擊，他幾乎崩潰。

總兵官梁仲善和朱萬良一起來向他請示：

「敵軍的攻勢正逐漸加強，我軍須列楯，施放火器抵禦……」

這些，他當然同意；一面也再三加重語氣：

「傳令士卒，務要全力防守——」

但是，說完話，再往城下看一眼，憂急又再加十分：

努爾哈赤親手揮起了正黃與鑲黃兩面令旗，霎時間，他親統的兩黃旗軍率先發動凌厲的攻勢；能擋火器的楯車一輛輛的逼近城樓來，高大的雲梯車上也架起了楯牌，擋住守軍發射的火器，接著，藏身在楯牌後面的武士趁隙跨足過來在城垛上與守軍肉搏；防守東門的守軍禁受不住這強勁的攻勢，已經被攻破了一個缺口；緊接著，兩紅旗軍也奮力前進，喊聲震天；冒死從繩梯上爬進城垛中血戰的人越來越多，多到無法計數，頃刻間，城垛上便殺成一片血海……

他心裏明白：

「大勢已去了——」

腦海裏一片轟然，但，意識中仍有一股力量在湧起，促使他想大聲的說話，訓勉士卒們與城共存亡；不料，就在這當兒，一小隊人衝到他跟前，喊道：

「大人，快走！」

他還認得出為首喊叫的那人是總兵官侯世祿，分辨得出侯世祿在大口喘著氣之下發出的不甚清晰的聲音：

「梁總兵陣亡了——敵軍轉眼就會殺到此處！」

這噩耗是不折不扣的五雷轟頂，他全身僵硬，雙腳癱軟，臉色死灰，魂魄飛散了，一切知覺都喪失了，當然更無法言語。

侯世祿當機立斷的命令親兵：

「扶大人退回城中！」

兩名親兵上來，一左一右的扶起袁應泰的雙臂，奈何他已無法動彈，扶也扶不動；侯世祿只得使了個眼色，讓兩人架起袁應泰的胳膊，抬起下樓，上馬退逃而去，直奔城內的官署。

努爾哈赤則是接到了捷報：

「右翼四旗已登上東城！」

他當然高興，抬頭一看，果然，城樓上已經換插了後金的旗幟；雖然遠看只是一個個的小點，但，顏色鮮明，隨風招展，心中的快慰便隨之升起；再一看，天色已漸暗，時刻已近黃昏，於是，他轉頭問說：

「左翼四旗的戰果呢？派人去看看！」

左翼四旗的主要任務是攻打小西門——

不多時回報說：

「已奪下吊橋，正在攻城！」

這當然是勝利在望，於是，他命左右們準備：

「咱們起身過去吧！」

而舉步不久，迎面奔來了阿敏、莽古爾泰派遣通報的飛騎：

「西門快拿下了！天已黑，貝勒們準備舉火把照明，連夜登城！」

這個壯舉，努爾哈赤當然稱許：

「好——一鼓作氣！」

他立刻下令：

「備火把！」

於是，入夜以後，遼陽城外的戰場上通明如白晝，巨細靡遺的照見酷烈的戰況……

眼見東門已下，不甘落後的阿敏和莽古爾泰便更加緊的督軍奮戰；奪下吊橋後，士卒一起前衝；而城壕的水已流乾，人馬涉壕便易如反掌；兩人不但親自在陣前督戰，還親自擊鼓催進，將士氣提得更高。

火光照耀下的後金軍也就更加勇猛，城牆外布滿了雲梯、楯車和繩梯，上面盡是奮不顧身，勇往前進的士卒，明軍射下大量羽箭，但是阻擋不了後金的勇士，不多時便有上百後金士卒奪隙登城；而後，衝入城垛、在城樓中血戰的勇士一面丟下手中的火把，將城樓燒了起來。一燒不可收拾，城樓當然陷於後金之手；明方的幾個官員一看大勢已去，監司高出、牛維曜、胡嘉棟及督餉郎中傅國等人便趁亂逃出城去，而總兵官朱萬良、姜弼陸續戰死，又使守軍的士氣大落，原本已敗的戰局，越發無法支撐……

天色漸明，旭日再次東升的時候，火把盡滅，而戰爭已經結束。

後金軍以最快的速度整隊，排成一列列整齊劃一、井然有序的隊伍，八旗連結成壯盛的軍容，迎接後金天命皇帝努爾哈赤進城……

夜裏沒有如袁應泰所預期的發生全城殊死抵抗的巷戰——李永芳的內應工作做得非常成功，遼陽城中有諸多豪門巨族心向後金，被招降的蒙古饑民也在教唆下鼓動百姓歸順後金，因此，滿城軍民，竟有半數以上已備妥酒食、做好開門設宴迎接後金大軍的準備。

當後金軍攻破小西門，登城而入的時候，李永芳派人在城中燃火把為信號，原先已經混入遼陽城中負責接應的人也一起現身；於是裏應外合，極少數還想死守的將士儘管拚命抵抗，但是沒有支撐多久就被全數殲滅。

袁應泰原本在侯世祿的保護下退到了位在城東北角的鎮遠樓上，入夜以後，他自己定了定神，穿戴起全套官服，佩上官印與尚方寶劍，最後正了正烏紗帽，向天一拜後自縊殉難；他的僕從為他縱火焚樓全屍，也全了他的志節……

消息飛報到京城，大明朝廷層層累積的愁雲慘霧使原本金碧輝煌的宮殿都黯了，璀璨的琉璃瓦屋頂更彷彿被堆壓成一片沉黑……大臣們在舉國的震驚聲中苦思對策，而率先被提出來的意見卻是建議：

「京師戒嚴，九門晝閉，以防奴騎直下——」

而這個最最消極的建議竟然被沒有安全感的在上位者接受了，從兵部、內閣而皇帝，飛快的批准，並且採行；但，噩耗卻沒有因此而停止，依舊每日由快馬送進京城來——城門雖然關閉，奏疏還是進得來的。

努爾哈赤在奪得了瀋陽、遼陽之後，一面下令原住的漢民剃髮、梳辮，改著後金服飾，以示歸順；一面傳檄令兩地周遭的各城、堡、衛、營投降歸順，而羽檄所到之地，官民兵將無不自動剃髮降服，短短幾天之內，共七十多地歸降，遼陽以北，遼河以東，已無半星之地屬於明朝所有❶！

失地的通報一日數起，令人怵目驚心；而稍有見識的人，心裏同時升起一股隱憂：

「努爾哈赤是何許人？豈會擁有河東之後就心滿意足了？河西危矣！」

春日裏百花盛開，佳氣薰人，但，大明朝所迎向的未來卻不是充滿了美好與希望……帝國的生命力已經老朽，早已失去了春天而被嚴冬的死寂緊緊的包圍，即將步入更封凍的季節，步向絕境，哪裏是實際季節的春氣能夠解救、使之重生的呢？

而新興的後金國，卻方自萌芽抽枝而逐步茁壯成林……經歷了將近四十年努力奮鬥的努爾哈赤，站穩他立國的根本，生命結出了豐美的花苞，即將開展成滿枝繁花。

入據遼陽後，努爾哈赤立刻展開一連串的措施；首先，他體恤士卒們連續攻城的勞苦，令參與戰事的人馬先休息十天，僅由後備的人員負責守衛，但醫護人員須加倍工作，盡速為傷者治傷，文吏須盡速編造降者、俘者名冊，戰爭的善後工作也必須如常進行。

休息十天，同時是大軍將在遼陽停駐十天的命令——他給自己的時間也就只有這個短短的十天。

於是，他極盡全力，辛勤工作，充分利用每一點時間；白天，他往往帶著少數幾個人，走遍遼陽城中的每一個地方，親自仔細察看，以深入瞭解各方各面的狀況，遇有高樓更是親自登臨，到最高處觀看一切；隨侍他的巴克什們則隨時隨地作記錄，連同他隨口說出的話也一併記下，天黑時返回行營會整，入夜後交給他，他仔細閱讀後再作周密的思考。

十天下來，他對遼陽的瞭解已巨細靡遺，深刻詳盡，能作出最好、最正確的決策——就在第十天，他召集臣屬們舉行會議。

人一到齊，他就開門見山的說出要點：

「我軍取得瀋陽時，我曾粗略察看，覺得瀋陽有王氣，而且地理位置好，怎奈城小而且陳舊、年久失修，多處毀壞，必須重建才能居住；現在，得了遼陽，兩相比較，遼陽的城池一樣因年久失修而多處毀壞，但是地方比瀋陽大了一倍，富庶繁華，糧食充足，能容大軍駐居；而且，遼陽向為明之遼東首府，遼陽易幟，意義重大，因此，我決定遷都遼陽——大軍不班師，僅派部分人馬回赫圖阿拉，負責搬遷的事。」

而對臣屬們來說，事情突如其來，既沒能先作考慮，便提不出具體的意見來，唯有一個小小的疑問在大家交換過眼色後說出：

「赫圖阿拉是祖居之地，是後金建國定都的『京師』……棄而不用，是否有違祖上的心意？」

但，對這個疑問，努爾哈赤報以非常爽朗的哈哈一笑：

「赫圖阿拉固是祖居之地，但我後金國的規模已經擴大了數十倍，不能再以赫圖阿拉為都——以往，建州左衞所轄不過彈丸之地，以赫圖阿拉為都，綽綽有餘；而今，全遼多半為我所有，赫圖阿拉已經不足使用——但，我將都城遷到遼陽，並不是打算全然放棄赫圖阿拉不用；赫圖阿拉可作為舊都，留駐一部分人馬，作輔、協之用！」

話說完，他仍嫌不足，補充道：

「我的遠祖也曾多次搬遷，直至近祖才定居於赫圖阿拉——因此，祖上擇居的原則是挑選最優、最合適的地方，而不是固守一地；更何況，我女真各代祖上，見我完成大業，建國稱號，一定人人額手稱慶，哪裏會要我退守於一個舊日的小城呢？」

這麼一說，人人欣然點頭；五大臣之一的安費揚古便率先發言：

「大汗識見高人一等，我國確實應該遷都到遼陽來；而且此地當明朝、蒙古、朝鮮接壤的要衝，位主軸，居中樞，得地利之便，有利於日後的發展。」

努爾哈赤則說：

「遼陽城牆破舊，目前先加以修葺，暫時安居，待一切安頓下來後，應再重新計畫，別築新城，以長治久安，永垂後世！」

何和禮接著發言：

「我國得到遼陽，乃是天命所授——天命不可抗逆，我國確實應遷都遼陽；而且，我軍既已據有遼陽，就不必班師，一來，往返赫圖阿拉，徒然費時；二來，可防明朝奪回遼陽；三來，大汗既受天命，宜在遼陽接受朝賀，而後繼續用兵，直下遼東全境！」

他說到了未來的重點上——「繼續用兵，直下遼東全境」——這是目前最大的願景，人人有同感，一致鼓掌認同，於是事情拍板定案。

第二天，一小隊人馬出動，返回赫圖阿拉去做搬遷的工作，另外又組了一個小隊，籌備定都的慶典，全都限在半個月內完成。

事情並不複雜，更不困難，半個月，如期完成。

由於蒙古姐姐、札青都已去世，袞代已被棄離，他的家眷便由阿巴亥率領，側妃、庶妃、未成年的子、孫，浩浩蕩蕩的一大羣人，乘坐馬車到達遼陽。

原先留守赫圖阿拉的臣屬和部分軍隊、百姓以及所有從征人員的眷屬，則在額亦都的率領下到達了遼陽。

患病的額亦都雖然因此而多受勞累，體力損耗，健康更差，但因為心情好，精神昂揚，眸中依然有光；他的女婿皇太極率隊出城二十里迎接，一見面他就發出爽朗的笑聲，並給皇太極許多誇讚和稱許；見到努爾哈赤時，他用力的點著頭說：

「遷到遼陽好，地方大，顯出大國的風華——」

他是第一個追隨努爾哈赤的人，辛苦奮鬥了一生，終於開創出一個泱泱大國的規模來——他雖因病而說話的聲音小了，也不再眉飛色舞，意氣飛揚，但是心裏充滿了感動，充滿了欣慰，聲音中便有一股特別的力量，是生命中的過去、現在與未來全部凝聚在一起的力量。而過往的回憶湧了上來，努爾哈赤為之熱淚盈眶，情不自禁的握著他的手說：

「好兄弟，咱們的理想正一步步的實現——真做了番大事業，這輩子，沒有白活啊！」

說完立刻決定，將在慶典上宣布，把遼陽城的第一區賜給額亦都，一起分享辛苦奮鬥的成果……

慶典在三天後舉行，他登上城中心新築成的高臺上，先是焚表謝天，接著接受大臣、貝勒、將領、八旗軍隊，以及蒙古各部代表、新歸順的降官、漢民們的道賀與歡呼，然後，他犒賞全軍、獎勵有功將士、撫勉歸降軍民……整整一天下來，遼陽城中張燈結綵，歌樂四起，處處呈現普天同慶，歡欣鼓舞之氣。

接受歡呼的剎那，羣情沸騰；他在春日的豔陽光中仰首向天，讓陽光的萬道光芒和他全身所散發出來的耀眼光華互相輝映成永恆的璀璨。

——卷五完

註一：據《清太祖武皇帝實錄》記載：

遼陽既下，其河東之三河、東勝、長靜、長寧、長定、長安、長勝、長勇、長營、靜遠、上榆林、十方寺、丁字泊、宋家泊、曾遲、鎮西、殷家莊、平定、定遠、慶雲、古城、永寧、鎮夷、清陽、鎮北、威遠、靜安、孤山、灑馬吉、靉陽、新安、新奠、寛奠（寛甸）、大奠、永奠（永甸）、長奠、鎮江、湯站、鳳凰、鎮東、鎮夷、甜水站、草河、威寧營、奉集、穆家、武靖營、平虜、虎皮、蒲河、懿路、汎河、中固、鞍山、海州、東昌、耀州、蓋州、熊岳、五十寨、復州、永寧監、欒古、石河、金州、鹽場、望海堝、紅嘴、歸服、黃骨島、岫岩、青臺峪等大小七十餘城官民，俱剃髮降。

附表 明清之際簡要大事記（明萬曆四十年～明萬曆四十八年、泰昌元年、後金天命五年・西元一六一二～一六二〇年）

西元／明曆	明朝	女真	日本・朝鮮	西洋
一六一二 萬曆四十年	本年顧憲成去世。 五月：張承胤任遼東總兵。 九月：薛三才任薊遼總督。 十二月：張濤任遼東巡撫。	九月：征烏拉部，克臨河六城。 十月：多爾袞生。		
一六一三 萬曆四十一年	十一月：郭光復任遼東巡撫。	正月：滅烏拉部。烏拉貝勒逃往葉赫。 三月：幽禁褚英。 十一月：征葉赫部，克其十九城寨。		俄國混亂時代（一五九八～一六一三）結束，國民大會選舉克海爾・羅曼諾夫為沙皇，羅曼諾夫王朝（一六一三～一九一七）開始。
一六一四 萬曆四十二年	二月：李太后去世。 八月：葉向高致仕。	十一月：派兵襲錫林、雅攬二路。		
一六一五 萬曆四十三年	梃擊案發生。	八月：處死褚英。 十一月：派兵征渥集部額赫庫倫。 *本年確立八旗制度，並設理政聽訟大臣五人，札爾固齊十人。	日本德川家康攻陷大阪，豐臣秀賴自殺。	

年代				
一六一六 明萬曆四十四年 後金天命元年		正月：努爾哈赤在赫圖阿拉稱汗，建國號「後金」，年號「天命」。 五月：發布《汗諭》。 七月：派扈爾漢等統兵征薩哈連部。 十月：扈爾漢招服使犬路、諾洛路、石拉忻路路長四十人。 *本年鑄「天命汗錢」。		
一六一七 明萬曆四十五年 後金天命二年	三月：汪可受總督薊遼。 九月：杜松任山海關總兵。	正月：蒙古科爾沁貝勒明安至赫圖阿拉。 正月：派兵收東海沿岸散居部民。		
一六一八 明萬曆四十六年 後金天命三年	四月：李如柏任遼東總兵。 閏四月：楊鎬任遼東經略。 *本年開始加派遼餉。	四月：努爾哈赤以「七大恨」告天，誓師伐明。破撫順。 五月：克撫安、三岔等屯堡。 七月：攻清河堡。 九月：命築界凡城。 十一月：葉赫貝勒金台石派兵攻輝發。 *本年布占泰病死於葉赫。		神聖羅馬帝國境內斯特里亞國王斐迪南二世，信奉天主教，屠新教徒甚慘。帝國皇帝魯獨爾夫命斐迪南二世兼波希米亞國王，而國民皆為新教喀爾文派，乃擁立腓特烈五世為國王，引起魯獨爾夫遣兵討伐，戰爭自本年持續至一六四八年，共三十一年，史稱三十年戰爭。

一六一九 明萬曆四十七年 後金天命四年	二月：楊鎬在遼陽誓師，分兵四路進攻赫圖阿拉。 三月：薩爾滸之役。 六月：熊廷弼任遼東經略。 *本年荷蘭侵占臺灣。	正月：派兵征葉赫，並收東海虎爾哈部散民。 二月：築界凡城。 三月：薩爾滸之役。 五月：接見朝鮮使臣。 六月：陷開原，大軍駐界凡。 七月：占鐵嶺。 八月：擒蒙古喀爾喀部貝勒介賽。 十月：滅葉赫，統一扈倫四部。 十一月：蒙古林丹汗來使傲慢，被留。與喀爾喀五部貝勒盟誓。	朝鮮奉明朝命，出兵援明朝軍，參加薩爾滸戰役；軍由都元帥姜弘立率領，未全力應戰，並投降後金。	荷蘭海軍於爪哇登陸，築巴達維亞城。
一六二〇 明萬曆四十八年、泰昌元年 後金天命五年	*本年一年三帝。 七月：萬曆皇帝去世。 八月：泰昌皇帝即位。紅丸案發生。 九月：泰昌皇帝去世，天啟皇帝即位。移宮案發生。熊廷弼罷官。 十月：袁應泰繼任遼東經略，薛國用任遼東巡撫。	正月：遣使報林丹汗書。 三月：費英東去世。 八月：派兵取懿路、蒲河二城。 八月：陷十三山寨。穆爾哈赤去世。		三十年戰爭，波希米亞王國軍潰，腓特烈五世出奔。神聖羅馬帝國北境信奉新教路德派諸王侯，及丹麥王國、瑞典王國，均起兵攻皇帝魯獨爾夫。西班牙王國出兵助魯獨爾夫，戰爭擴大到美洲諸國殖民地。

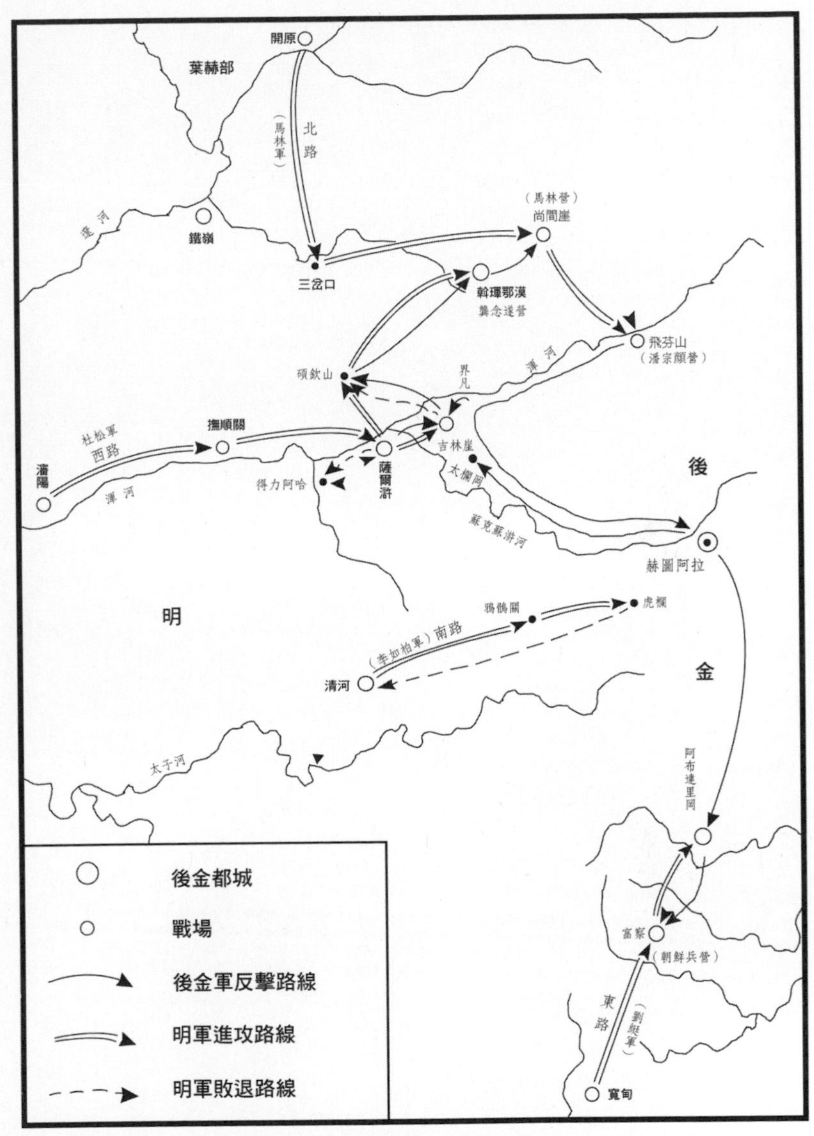
開原
葉赫部
北路
（馬林軍）
遼河
鐵嶺
三岔口
（馬林營）
尚間崖
斡琿鄂漠
龔念遂營
飛芬山
（潘宗顏營）
渾河
碩欽山
界凡
撫順關
杜松軍
西路
瀋陽
吉林崖
薩爾滸
得力阿哈
太欄岡
渾河
蘇克蘇滸河
後
赫圖阿拉
明
鴉鶻關
虎欄
（李如柏軍）南路
清河
金
太子河
阿布達里岡
富察
（朝鮮兵營）
東路
（劉綎軍）
寬甸
後金都城
戰場
後金軍反擊路線
明軍進攻路線
明軍敗退路線

薩爾滸之戰示意圖

卷六　元亨利貞

第二十一章

洪濤萬丈湧山起

1

一幅剛繪成、墨色新而亮、羊皮紙猶且散香的地圖被攤了開來，因為面積超大，便以兩張桌子拼在一起，才得完整可觀。

努爾哈赤背剪著雙手，低著頭，眼睛眨也不眨一下的仔細注視著；後金國的版圖擴大成起兵之初的百倍，原來的據地建州左衛在新繪的地圖上僅是個小小的方寸之地，必須仔細注意才看得到；而擴展、延伸的每一個地方都是在刀槍箭雨中血汗交織，搏命換來的；如今，整個遼東地方十之八九都插上了後金的旗幟，流下的血汗都已幻化為璀璨之光……對這一切，他衷心的感到滿意。

而地圖上的遼陽城，目前是後金國的最南界，依山傍河，控有沃野千里；他的目光停駐在遼陽許久，臉上微帶著笑意，心裏陷入了長長的思考中。

遷都遼陽之後，他時常不由自主的陷入思考中——屬於他的時代已經到來了，他當然要審慎的規畫——而一面仔細凝望地圖，一面進行思考，就更多了些特別的地方。

從赫圖阿拉到遼陽，是一條漫長、曲折、但已為他闢建成康莊的大道，荊棘都已拔除，阻礙全部消失，道旁盡是延伸成一望無際的豐美的芳草與繁花；而今，橫在遼陽前方的道路也盡收眼底，他開始仔細思索：

「這條路能通到哪裏？」

順著地圖看下去，是遼東的其他城鎮，而超乎於實際地圖之外的，他更樂於閉目遙想：

「越山海關……直抵北京！」

消息傳到耳裏來過，他攻下遼陽的時候，北京城立刻宣布戒嚴，關閉城門……這麼一想，他露齒而笑了。

現在是屬於自己的天命六年，後金國已奠下堅實的基礎，將要快速的把前面的道路闢建、延伸、拓展到北京城：他相信，只須幾年的努力，清除了荊棘與障礙之後，那會是一條讓子子孫孫走得順坦的康莊大道。

眼前浮起了北京城繁華、文明的景象，寬廣的街道，整齊的房舍，金碧輝煌的皇宮，詩書翰墨滙聚的國子監……那是普天之下，最大的都城；是他多年來最嚮往的地方——他想起了自己往年的心願；將赫圖阿拉建設成北京城的規模；而今，心願改變了，他期許自己成為北京城的新主人！

「再有個五年、十年吧！」

天命六年，他已經擁有了新的、明確的進發目標，而且充滿了自信，認為自己一定能夠達到——現在是訂立具體實行辦法的時候。

因此，他閉上的雙眼瞬即張開，射出灼然的光芒來，再次仔細注視地圖上一個接一個的城邦，甚至，他伸出手去，以手指測量地圖上的距離，算計著從遼陽到達下一座攻擊目標的路程……

而在他的心中已然在望的北京城，卻正在進行著無可避免的變動與爭鬥，使得華美的外表下所掩蓋的盡是醜陋與邪惡，加速促使帝國走向崩潰。

天啟元年四月，天暖日麗，萬物滋長，皇宮中舉行了已經拖延到無法再拖延的冊立皇后的大典。

大明朝冊立皇后的儀典❶有一套早自太祖開國不久就制定的進行方式，冗長而繁複，莊嚴而華麗；受冊的新后頭戴精緻、華貴的九龍四鳳冠，身著金線繡鳳褘衣，足踏珠履，按部就班，完成須進行一整天的典禮。

這一次，被立為中宮皇后的女子姓張，年十五歲；她因品貌端正，知書達禮而中選，成為「母儀天下」的天啟皇后。

但，天啟皇帝朱由校卻不但沒有因為舉行盛大的典禮、得到了端莊賢淑的皇后而感到歡悅，享受到新婚的甜蜜，反而深受其苦；在這之前，他為了安撫客青鳳而煩惱了許久，折騰得心力交瘁，所給予客青鳳的許諾和賞賜不計其數，甚至讓目不識丁的魏忠賢擔任司禮太監；而在這之後，他更是興味索然——

新冊立的張皇后是年方十五歲的冰清玉潔的少女，和在床笫間風情萬種的客青鳳比起來無疑是塊木頭！

新婚之夜，他睜眼發呆到天亮，心火由熱而冷，四肢懶得動彈；好不容易捱到雞叫，更鼓五響，他跳下嶄新陳設的龍床，直奔客青鳳的居處，一頭鑽進從小熟悉的客青鳳的胸膛，貪婪的吸吮起來，整整一個時辰之後，才心滿意足的沉沉睡去。

而對張皇后來說，是不幸命運的開始；才入宮門，悲劇的種子已經埋下，而且後退無路，只有一步步的向前，往絕境走去。

晨起之後，她端然獨坐妝檯前，讓宮女們為她梳妝、更衣、著冠，而後，在前簇後擁中出宮，登殿，按照儀制，接受命婦們的朝賀；整個過程中，樂音四起，道賀之聲盈耳，但，心中毫無欣喜的感覺。

她只是守禮、遵從禮制，完成所有該進行的動作、程式，使整個典禮圓滿無誤而已。

而完全不瞭解這對新婚夫婦的相處情況、內心世界的滿朝文武大臣，除了例行的上表道賀之外，也開始考慮採行新的行動：

以楊漣為首的東林第二代成員聚在一起，商議出結論：

「萬歲爺已行大婚，中宮有主；客氏乳母，不宜久居宮中；我等應上疏請旨，客氏出宮！」

而且，劍及履及的立刻執行——在婚禮舉行後的第四天行百官慶賀儀、第五天行盥饋儀之後，御史畢佐周、劉蘭率先上奏疏，緊接著，劉一燝也鄭重發言。

誰知道，幾天以後，朱由校給下來的答覆竟然是：

「皇后年幼，且初進宮，一切都陌生，有賴奶娘保護、教導，怎能讓奶娘出宮另住呢？」

而且，當天又發下另一道旨意：詔賜客氏香火田，敘魏忠賢治皇祖陵功！

看到這份諭旨，這幾個人只差沒當場暈過去；而且，人人都在心中暗叫一聲「不妙」：

「萬歲爺的想法竟如此荒誕！」

一股隱憂自心中升起，熟悉前朝典故的大臣們立刻聯想到：

「宮闈之中，些須小事都會影響朝政……如今，客氏與魏忠賢都以異常而得寵……恐非福兆！」

幾個人苦思、商量不出個所以然來，最後，想到了找魏朝來問個明白，卻又遲了一步——魏朝早已失勢，被遣到冷宮執役了。

情況比想像中猶且壞上幾分：

王安病勢稍癒後，重回司禮監，奈何魏忠賢已成後宮第一紅人，他在衡量情勢後，自己主動向朱由校請辭司禮監之職；朱由校原本有挽留之意，卻在客青鳳的一個眼色之下，同意了王安之辭，改以魏忠賢取代。

王安既已徹底失勢，更何況是魏朝呢？

陰影又加重一層，人人如臉蒙黑紗……許久之後，左光斗先嘆出一口氣來說：

「我等既失宮中奧援，不能再得『裏應外合』之便，今後，唯有在朝政上多使點勁了！」

他的話中既隱藏了許多不便啟齒的憂慮，也包含著自我安慰的意味。

但，耿直的楊漣毫不修飾的說：

「得提防魏忠賢坐大成權閹！」

他比其他的人對事情的反應更激烈一些，原因除了個性使然，還包括他剛經歷一場政治鬥爭，心情特殊——那是去年十二月的事，屢次上疏彈劾他、與他作對的御史賈繼春窮追不捨的繼續攻擊他，甚而出言污蔑，弄得他憤而抗章乞去，並且立刻出城候命，幸好朱由校隨即下旨褒揚他忠心正直，要他回朝；而後，賈繼春被切責，罷官，風波才平息下來。

而其實，他這句話只說出心中所想的十之一、二而已，隱藏、壓抑下來的心聲還更多——經歷了半年多時間，他已經隱隱感覺到，大家幾乎拚掉了命，在「移宮」一事中維護的朱由校，其實是個心智不健全、個性不正常、能力不足、智慧低落的人，大明朝交到這麼一個皇帝手裏，根本是一件非常危險的事！

如若宮中由王安掌權，朝政由東林操持，事情還有可為；偏偏，王安已經失勢了。

「魏忠賢能在這麼短的時日中擠掉王安，就不會是等閒之輩！」

十七歲、依戀乳母、幾近童騃昏愚的小皇帝要不受制在這個年逾半百、經歷過風浪的「非等閒之輩」手裏，幾乎是不可能的！

現在，唯一能寄望的只有期許魏忠賢的心性如同王安般正派，那麼雖掌權也是行正事，才能保得宮中不生風波。

他暗暗細思：

「本朝既有英廟受制權閹王振，導致『土木之變』的慘禍，復有武廟貪嬉戲，劉瑾攬權；世廟迷道教，政事落入權相嚴嵩之手，而致朝政荒弛、國勢日衰的局面……聽說，魏忠賢已引進一名巧手木匠，閹割入宮，在乾清宮中做木工以娛聖心……唉！魏忠賢的心性是否正派，直接關乎我大明國運，目下偏又無人可以左右，看來，唯有聽憑天意了……大明朝的續存滅絕，已非人力能定的了！」

剛強的他，心中首次出現了消極、悲觀的想法，想得自己隱隱的從腳底升起一絲寒意來，直撲心頭;他不得不立刻用力搖頭，甩開這些令他不敢出口、更不敢面對的事，盡量不讓它停留在心中。

甚至，他怕其他的人提出類似的想法來，而必須一起面對，索性設法將話題從魏忠賢身上移開去;好在朝裏要費神商研的事情多得罄竹難書，不難移轉大家的注意力，頭一個，遼東的問題便是千斤重壓。

不但沒有人拿得出徹底解決遼東問題的良方來，便連逼在眼前的人事任命，也吵吵嚷嚷的莫衷一是，拖延了好幾天都無法拍板定案;最後，還是靠著魏忠賢的決斷力才解決了問題——

由於實在沒有可用的人才，而遼東的情勢已危如疊卵，迫不容緩，於是在熙熙攘攘中，有人提出重新起用熊廷弼的建議，接著便陷入討論來討論去的冗長過程中，直到朱由校坐在龍椅上打起瞌睡來，也還沒有結論，御座旁的魏忠賢忍不住發出尖聲的一喝說:

「列位大人們，請速議定吧!萬歲爺睏了，要退朝了!」

他的身材頗為壯碩，腰背極直，臂長肩闊，容貌中帶著三分英挺和三分俊偉——若非他已受閹為太監，便是不折不扣的美男子。

而他這一語對大臣們來說，也大有「驚夢」的效用，大家收拾起言不及義的談話，一起恭請朱由校來裁決。

於是，魏忠賢伸手搖醒朱由校，讓朱由校來決定;睡眼惺忪的朱由校根本聽不清楚大臣們在說些什麼，下意識的順口說道:

「好，好，好，都依卿所奏!」

羣臣跪下叩恩後，這些有如酷刑般的聽政過程總算結束，他得到了解脫似的在太監們的前呼後擁中啟駕回乾清宮；到了半路上，才像忽有所覺似的問著魏忠賢：

「他們剛才講的，要重用的，都是些什麼人？」

而魏忠賢雖然才得勢、擢升到司禮監不久，對朝政和大臣們還沒到瞭如指掌的熟悉程度，但他本性聰明，記憶力絕佳，早朝上大臣們的談話，既聽得一字不漏，也記得一字不漏，更能作出分析、歸納來——於是，他言簡意賅的向朱由校稟報：

「諸位大人們議定，重新起用熊廷弼，並治以前彈劾熊廷弼的幾人罪；同時，擢王化貞為右僉都御史，巡撫廣寧；用薛國用代殉職的袁應泰任遼東經略！」

朱由校愣愣的想了好一會兒，想得眼珠子呆滯了許久，才彷彿得到解決方法似的再問魏忠賢：

「熊廷弼我想起來了，但，王化貞是誰？薛國用是誰？」

他的問題很簡單，是朝中大臣，但他對這兩個名字毫無印象，如此而已；而不久後一樣提起這兩個人名的努爾哈赤，心裏的想法卻是複雜的。

秉持一貫的「知己知彼，百戰百勝」的原則，他早已取得了王化貞和薛國用的詳細資料——這兩個人任官遼東，已有好一段日子，連祖宗八代都不難打聽。

接替袁應泰職務的薛國用，曾任山東右參政等職，原本是以右僉都御史之職代巡撫遼東，這回，廷議召熊廷弼起復，但熊廷弼已回原籍，道遠無法立刻上任，而遼事緊急，才讓薛國用以身在遼之便即時繼任；他年事已高，身體多病，雖然往昔任官有醇謹的美名，但，根本無足為懼。

王化貞則是萬曆四十一年的進士，由戶部主事歷右參議，分守廣寧；往昔，蒙古的炒花諸部乘亂打起入塞的主意，他以「撫」的方式讓蒙古打消念頭，因而在朝中受到了讚美，他也就從此打定「撫」的策略，一受威脅便發帑金安撫，保住了廣寧無事——多年來，他其實沒有真正的治遼之策，也從無實際的戰爭經驗。

結論是，這是兩個庸才——唯一必須小心謹慎對付的，只有一個熊廷弼。

但，這兩個人畢竟身居要職，有其他的作用；因此，他反覆思索：

「他們與熊廷弼的關係如何？會是支持，還是掣肘？影響重大，得多打聽——」

他繼續出兵據有全遼，進而入主中原的既定計畫是不會改變的，眼前所面對的明朝新上任的三名官員，不過是一點小障礙，只要多費點精神，並不難除去，但卻不能大意；因此，他加倍派出人手……

六月裏，熊廷弼從湖北江夏到達北京，而從他一接到起復的詔書就開始苦心思慮的守遼之策，在經過長途跋涉的路上反覆思索之後，已然成熟、完整；一到京師就很具體的提出來。名為《三方布置策》，方法是以全局為出發點，從海陸三個方面加以部署：陸上以山海關為大本營，以廣寧迎擊為正兵，海上以登萊渡海為奇兵。

他並作詳細說明，三方實以廣寧為重點，以馬步軍正面迎擊後金軍，以形勢格之，綴敵全力；登萊為側翼，從後面牽制後金軍向遼西的全面攻擊，並伺機從天津、登萊出發，經海上督舟師入南衛，動搖後金人心，使分心內顧，則遼陽可復。

這個策略一提出，立刻獲得對遼東問題一籌莫展的大臣們的推崇、讚美，都說是興遼的上上之策，根本沒有聽懂內容的朱由校也就跟著點頭；於是，內閣擬議：登萊設巡撫如天津，派陶朗先出任；山海關特設經略，節制三方，統一事權。

緊接著，熊廷弼的新職被發布：他進位兵部尚書，兼右副都御史，駐山海關，經略遼東軍務。

熊廷弼也立刻上疏，謝恩之外，請尚方寶劍，並請調兵二十餘萬，同時要求戶、兵、工三部全力配合，給予足夠的兵馬、糧餉、器械；以及起復原先被誣的幾名遼東官員。

這些，朱由校當然全都點頭答應；到了七月裏熊廷弼將要啟程前往遼東的時候，又特別給予了前所未有的殊榮。

賞賜的物品是麒麟服與彩幣，而且，宴之郊外，命文武大臣陪餞；出發時還特命京營選鋒五千護行……

身受了這一切隆恩的熊廷弼當然感激涕零，誓死以報，一路上，他的所思所想，更是完完全全的放在如何竭智盡忠，守衛遼東上——怎麼也沒想到，他一到遼東，就與新任巡撫王化貞發生衝突。

起因是王化貞規畫的軍事部署不為他認同：

王化貞到了廣寧後，看廣寧城在山隈，登山可以俯瞰城內；又恃三岔河為阻，而三岔河的黃泥窪水淺，徒步可涉，整座城便毫無地勢可以依憑防禦；何況經過遼陽城陷落的變故後，軍民逃竄殆半，城中只餘五千弱卒，一旦遇敵，根本沒有還手的能力；於是，立刻著手招集散亡，又得了萬餘人，然後聯絡朝鮮求援，並安撫流民；這才把廣寧的情勢慢慢穩定下來，也使他聲名鵲起；接著，他再進一步部署，要沿河設六營，每營置參將一人，守備二人，劃地分守；並在西平、鎮武、柳河、盤山等諸要害，各置戍設防。

但，熊廷弼反對沿河置兵；因為，明軍的軍力薄弱，應該集中力量固守廣寧；如以現有的這少許人馬分設六營，很容易被敵人各個擊破！

偏偏，王化貞的個性剛愎自用，既不懂軍事，還要自以為是、堅持己見，立將計畫上奏朝廷；熊廷弼也緊跟著上疏，陳言自己的反對意見；而才像找到救星似的召熊廷弼起復的大臣們當然傾向他的意見，駁回了王化貞的計畫——兩人間的心結就此結下了。

打聽到這個消息的努爾哈赤立刻高興得大笑起來，隨即對正陪著他研擬新訂審理訴訟程序的何和禮、皇太極等人說：

「熊廷弼已經守不住遼東的寸土片瓦了！」

他的語氣中挾帶著興奮，因而越發顯得鏗鏘有力，也更明確的指示：

「作好一切準備，時間一到就立即出兵，攻打西平、廣寧等地！」

時節已將入秋，正是備戰的適當時候。

他吩咐皇太極：

「瀋陽、遼陽等役後歸附的降兵降將，還不很熟悉我後金的軍政，須加緊操練；糧食須先儲備，器械、馬匹，都不可欠缺……這些，你都要親自查點檢視！」

定居遼陽才只短短幾個月，要使一切事宜都飛快的步上軌道，非得加倍勤於用事不可；好在兒子們都大了，能分攤工作；尤其是皇太極，已成他最好的幫手，他也在蓄意的磨練皇太極，盡量把事情都交給皇太極執行——年已六十三歲的他心裏很清楚的體認到，皇太極在十五個兄弟中的領袖羣倫之勢已隱隱形成，在「四大貝勒」中雖然排名最後，但各方面的表現都最好，而且氣度大，智慧高，潛力無窮；現在是幫手，將來就是繼承人，他當然要著力培養。

只是，心裏在觸及這樣的念頭時，難免又觸動了另外一條暗藏的心弦，令他不由自主的出神了好一會兒。

遷到遼陽的時候，他冊立阿巴亥為大妃；從十二歲就來到他身邊的阿巴亥已是三十多歲的婦人，為他生了阿濟格、多爾袞、多鐸三個兒子；阿巴亥小時聰明美麗，成年後幹練精明，伺候他的生活起居很令他滿意，成為他身邊不可或缺的人之一；而阿巴亥的心中有著一股非常特別的希望。

沒有一個女人不把心思用在為自己的子女打算上——阿巴亥當然不例外。

從被立為大妃的那一天開始，她就開始有意而裝作無意的間接透露心聲，希望他重視她所生的兒子，尤其是剛滿十歲的多爾袞。

甚至，她幾次以旁敲側擊的方式說話，向他提出對兒子們的看法：

「阿濟格的資質最適宜做個武將，多鐸還小，須等大些才看得出格局來；多爾袞則文武兼俱，聰明好學，也最有帝王相！」

話當然是意在言外，但，聽到這些話的他，只能裝作沒聽懂，不露出任何神色來面對，而悄悄嘆氣：

「畢竟是婦道人家，只有小聰明，沒有大見識……」

阿巴亥看到的只是做「大汗」的表象，有權有勢，八面威風，並不明白建國、治國是艱難、辛苦的重責大任，一心想要他答應下來，立多爾袞為繼承人，將來接掌大位；而且天真的以為，這事只要說動了他，就可以成功了。

她的想法非常幼稚，而且完全不瞭解他的心，也不懂得他處理這事的原則，立繼承人必須選擇最適當的人，而不是最得歡寵的十歲小孩；他在思考人選、作出選擇和決定的過程中，心思都極為慎重、冷靜、客觀、縝密、周全，從大處著眼，而且面面顧到。

後金國已經建立，接下來要做的工作是一面繼續開疆拓土，完成入主中原的理想；一面大力建設、治理已得的土地、人民，使國家強盛、百姓安樂；而這兩大任務都是千鈞重擔，將來接掌大位的第二代領導人必須挑得起來；因此，必須是一個智力、能力、實力都強，軍功、政治經驗都高，且受眾人擁戴的人——具備這樣的條件，除了個人努力之外，還須長時期培養，以及整體環境配合；稚齡的多爾袞哪裏夠得上這些呢？

「做娘的，沒有不偏疼自己的親生兒子……只不過，心裏若存了不尋常的指望，就不免要落到竹籃打水一場空的結果……」

話是不忍心對阿巴亥說出口，但是時時在心中盤桓不去，久了還有點難受。

再回過神來看看皇太極，三十歲的皇太極雄姿英發、意氣飛揚，看得他又多出一道特別的感慨；而絲毫體會不到他此刻的複雜心思的皇太極，已經胸有成竹的準備向他提出對出兵西平、廣寧的看法——皇太極恭敬的陳說：

「孩兒前幾天曾就遼陽的降卒中選出熟悉廣寧地勢的人來，仔細的問過話；也曾向李永芳詢問了關於王化貞的情形，特向父汗稟告——」

註一：據《明史·禮志》所載「天子納后儀」，首言：「婚禮有六，天子惟無親迎禮。漢、晉以來，皆遣使持節奉迎，其禮物儀文，各以時損益。明興，諸帝皆即位後行冊立禮。正統七年，英宗大婚，始定儀注。」並詳言納采問名，前期擇日，納吉、納徵、告期及發冊奉迎、出閣、受冊、婚禮完成後的次日至第五日例行的各種不同的禮儀；婚禮當天所進行的大典，內容更是繁複。

2

天已微明，雞鳴已起，而熊廷弼尚未就寢，猶自埋首燈下，草擬一份攻擊王化貞的奏疏。

前一天生了整天的氣，他情緒激動得幾達無法克制的地步，若非王化貞不在眼前，他已經拔劍刺了過去，取下了王化貞的項上人頭。

沒奈何下，他只能以謾罵洩憤，倒掉不少火氣之後，才能提筆擬疏，而嘴上猶在自言自語：

「王化貞實在可惡……可惡！」

自衝突發生以後，王化貞幾乎每一件事都蓄意與他作對，弄得他於氣憤之際，上疏朝廷請求申諭王化貞，不得藉口節制，坐失事機；沒想到，王化貞接到聖諭後，僅是表面上敷衍的口稱「遵旨」，而暗地裏變本加厲的對付他。

久歷官場的王化貞懂得「釜底抽薪」的鬥爭術——明知道自己在遼東的軍事問題上絕鬥不過熊廷弼，便轉向在朝廷裏尋求奧援，用大臣們的力量來對付熊廷弼，以使熊廷弼為朝廷貶斥，第二度退離遼東。

這個鬥爭術實行起來易如反掌。

他早已在朝中結交了不少權要，兵部尚書張鶴鳴[1]就是其中重要的一個；而且，預定在十月中到達京師、接任內閣首輔的東林大老葉向高，乃是他的座師，而熊廷弼與東林向有夙怨，他當然有把握說動葉向高，偏袒他而排擠熊廷弼！

八月裏，熊廷弼上疏朝廷，陳言三方布置須聯絡朝鮮，應派使臣前往，並推薦自幼生長海濱，熟悉朝鮮事務的監軍副使梁之垣擔任出使朝鮮的任務；疏上，朱由校立刻批可，並且按照行人奉使的慣例，賜給梁之垣一品服。

梁之垣受命後，才剛與有關部門商議兵餉等事，準備起行，不料，時事生變——就在這時，王化貞不經熊廷弼同意就派都司毛文龍去襲取已被後金占領的鎮江，然後寫了份將戰績擴大好幾倍的奏疏向朝廷告捷。

捷報到京，舉朝大喜，歡聲雷動，每一個人的精神都為之振奮不已；這是多年來遼東第一次傳來的捷報啊，洗刷了以往步步敗退的恥辱；而在歡欣鼓舞的氣氛推動下，於軍事是門外漢的官員們竟然擬旨，命登萊、天津發水師二萬接應毛文龍，命王化貞督廣寧兵四萬進據河上，合蒙古軍乘機進取，而由熊廷弼居中節制。

文書送到遼東，懂得軍事的人一起傻眼，各鎮更不敢發兵；偏偏，王化貞還接二連三的上疏，說自己已取得蒙古西部的炒花等人的承諾，願意出兵來助，機不可失；張鶴鳴採信了他的話，力主馬上進軍；甚而立刻發下命令，由熊廷弼進駐廣寧，薊遼總督王象乾移鎮山海關來配合王化貞的計畫。

王化貞也就越發大言不慚的繼續上疏，陳言立即出兵的必要，以致兵部竟接二連三的催進；而適時，後金因為鎮江被奪，索性出兵，在鎮江附近的衛屯劫掠，造成大批百姓蒙受損失；王化貞逮到了藉口和時機，在朝廷中掀起更大的用兵聲浪來，並且率領人馬渡河，準備與後金開戰。

熊廷弼無奈，只得率兵出關，暫駐於右屯，同時上疏朝廷，陳言遼東的整體情勢與王化貞用兵的錯誤。

他認為，毛文龍襲取鎮江的時候不對——三方兵力未集，各路的配合與援應都還沒有準備好，而毛文龍提早出兵，不但破壞了三路並進的計畫，也招致後金報復，使遼民被屠。王化貞的「奇功」，於他看來乃是「奇禍」！

但，疏到朝廷，所引起的反應卻於他大不利——官員們既因鎮江之役是多年來唯一的捷報，且又多與王化貞交好，當然認同王化貞的「奇功」，於是矛頭一致的攻擊他。

他被弄得氣憤填膺，索性連上幾疏，仔細向朱由校陳言王化貞的錯誤，並且連帶指出張鶴鳴的錯誤；甚至說：

「臣既任經略，四方援軍宜聽臣調遣；然鶴鳴逕自發戍，不令臣知。七月中，臣咨部問調軍之數，經今兩月，置不答。臣有經略名，無其實……」

而這麼一來，張鶴鳴對他更加銜恨，也索性與王化貞結合得更緊密，聯手對付他，人馬糧餉都不撥給他，連梁之垣的朝鮮之行都因此而得不到兵餉——他越發成了「有名無實」的經略，而和張鶴鳴、王化貞之間的仇怨也就越結越深了。

轉眼到了十月，廣寧進入危險期——廣寧的百姓人人都認為，進入隆冬後河水結冰，後金軍便要出兵攻廣寧，逃得了的人大多提早竄逃了——敵軍未至，廣寧已成一座危城。

偏偏王化貞又在這個時候突發奇想、自作聰明的派人去聯絡了李永芳，以及蒙古的林丹汗、炒花等人，接著便向朝廷上疏說：

「李永芳將反正，做我反攻後金的內應，蒙古方面也將出兵四十萬，助我攻後金——我軍收復失土，已經指日可待！」

於是，又博來滿朝掌聲，全力支持他的計畫；張鶴鳴更是在朱由校跟前反覆陳說，竭力讓朱由校點頭認可。

但，熊廷弼一聽這話，立刻痛斥：

「李永芳的話根本不可信——」

他急切而果斷的指出：

「李永芳早已做了後金的額駙，娶了努爾哈赤的孫女，對努爾哈赤忠心耿耿；努爾哈赤打瀋陽、遼陽，李永芳都出了很大的力，也得了很大的獎賞，授三等總兵官；在這樣的情況下，李永芳絕無反正的可能。」

甚至，他提出警告：

「不但不能相信李永芳會反正，還須防他以此為名，混入我軍來為後金作間諜——目下，廣寧城中必定已潛伏了許多後金間諜，大家都得小心！至於蒙古的助戰，更不可率爾輕信；蒙古諸部一向輕諾寡信，萬一屆時援軍不來，後果更不堪設想！」

而一心與他唱反調的王化貞不但不理會他的話，還在朝臣方面加緊用力；於是，滿朝都充滿了詆毀他的聲音。

緊接著，朝臣們且以實際行動支持王化貞，否定了熊廷弼所舉薦、要在遼東任用的人；連已被批准的遣梁之垣赴朝鮮的事，也被故意的稽餉而無法成行……

消息傳來，熊廷弼當然怒不可遏：

「你們處處掣肘，陷我於孤立；如今，連我要用的幾個助手都被你們搗蛋做掉……」

他火冒三丈，開始一迭聲的痛罵：

「誤國的庸人，該下十八層地獄……遼東準定斷送在你們這些人手裏……」

直罵到入夜以後，他才能坐下來提筆——

已然三度到遼東任官的他，其實還不曾真正與努爾哈赤在戰場上相遇、交手；若干年來，他經歷的大小戰役都是與朝臣們鬥爭，每一個戰敗的紀錄都是政治鬥爭的產物，而非沙場血拚；也因此之故，他的心情分外悲憤；寫到最後一個字，放下筆來的時候，忍不住恨聲叫嚷：

「我寧可單人匹馬去到後金，拔劍獨鬥努爾哈赤，也不願這樣徒費力氣、無止無休的與這干小人在筆墨上纏鬥啊！」

悲憤之外還挾帶著排山倒海似的無力感：自己是個有名無實的經略，哪裏還負得動守衞遼東的責任呢？

他幾乎忍不住要順手撕掉已經擬好的、攻擊王化貞的奏疏，而改成向皇帝請求：

「讓我罷官吧！」

而當熊廷弼的奏疏送到京師的時候，朱由校已經對任何奏疏都失去了「聖目御覽」的興趣，他的這封也不例外，被直接交到內閣去處理；而一落到偏袒王化貞的閣臣手裏，當然不但不會有任何改善的作法，還導致更多的抵制。

熊廷弼在遼東的處境便一天壞過一天……

而朱由校根本不關心這些——他對朝政和閱覽奏疏，本來就毫無興趣，既得了魏忠賢這樣聰明、能幹的司禮太監，能為他處理事務，又有一干被輿論推崇的君子們在朝為官，便樂得在後宮中專注於自己感興趣的事了。

他雖然從小讀書不多，面對著全國的軍政、財經等等各項要事的時候，會讓人很明確的感到他資質不佳，見識太少，能力太低，反應遲鈍，性近癡愚，根本不是做皇帝的材料；但，天賦中並非一點可用之處都沒有——從魏忠賢為他引進的木匠身上，他開啟了自己最優於別人的一項潛能。

小時候，他認一個字，得花好幾天的時間；長大後，讀熟一篇百把字的短文章，沒有十天半月是絕不可能的；但，現在，他學做木工，卻如有神助般的一學就會。

魏忠賢引進的木匠名叫趙明，本是個沉默寡言的人；對於教導皇帝做木工，基本的心態上先帶著八分的誠惶誠恐，只奈於不敢違命，不得不盡心盡力的教；不料，才只半天工夫，他就驚訝萬分的瞠目結舌，掙扎了好一會兒，本無奉承之意，更且本無諂媚阿諛之能的他發出了由衷的讚嘆：

「萬歲爺真是天縱英明——恐怕連魯班再世，也要自嘆不如呢！」

雖然第一次所傳授的本領只不過是做一張小凳子，但是，朱由校的表現實在是太優秀了。

「奴婢敢論定，萬歲爺的天賦，世上無人能及！」

而剛完成第一件作品的朱由校，心裏更是樂不可支，臉上笑得嘴形成長弓，眼中散發出異彩，一面對趙明說：

「朕小的時候，皇祖父在位，皇宮裏總是在動土木，每天都有地方敲敲打打，熱鬧極了！那時，心裏最巴望的事，就是能和匠人們一起做木器；所以，想要他們把本領都教給朕；誰曉得，這個心願跟奶娘一說，她頭一個就不答應——那時，奶娘每天都要跟朕說上好幾遍，好好讀書，將來做個好皇帝，那才是她一輩子的指望；還一再叮嚀，這個話不能跟旁人說，因為，皇祖父知道了，會不高興的，說不定就多疼皇弟幾分了！朕給她嚇得打消了念頭；誰想到，這會子，朕做上皇帝了，她就讓朕自自在在的學這本事，再也不搖頭了！」

這個話，趙明接不上腔，只有一個勁的應「是」，而後悄悄的把頭低了下去；幸好，朱由校說這話，只是在真誠的吐露心聲，並沒有其他用意，趙明沒有回應，他也不在意——他真正在意的只有趙明教給他的本領！

捧著自己親手完成的作品，他又得意，又高興，還兼擁有了充實與滿足的感覺；隨即賞賜了趙明，也立刻再度投入製作木器的快樂中。

到了夜裏，他仍埋首在敲敲打打中，忘情所以，累得客青鳳三催四請，才把他哄上床睡覺；第二天，他當然不想上朝了——一睜開眼睛就吩咐傳趙明。

趙明和魏忠賢一起進入乾清宮；魏忠賢口稱是來向他請安，他也就順勢吩咐：

「到朝廷去看看，有事，你就替朕辦一辦！」

然後，他立刻投入木工的學習與創作中……一連幾個月下來，他幾乎每天都能完成一件以上的作品，手藝更是一日千里般的進步，精妙的程度已經直逼趙明，「青出於藍」的時日已經在望，而「遼東」這兩個字，當然是丟到九霄雲外去了。

十月裏，再度出任內閣首輔的葉向高到達京師，正式上任；這是件重大的事，他不能不親自見一見這位「兩朝首輔」，於是，很勉強的上了一次朝；但是，面對著白髮蒼蒼、滿口福建鄉音的葉向高，他既無話可說，也聽不懂葉向高在說些什麼；心裏發慌，腦中一片混沌，只能胡亂說幾句應付的話：

「葉先生一路辛苦——唔——朕心甚慰——」

接著便忙忙的宣布退朝，飛快的返回乾清宮，重新埋首於木工之中，不一會兒工夫也就忘記了這朝班之上的尷尬情景。

從此之後他不曾再對葉向高說過話——連這事都派魏忠賢代辦了。

到了歲末，天啟元年的時光即將圓滿結束，他得意洋洋的把自己做好的木器都擺在乾清宮中陳列，把空間都堆滿了；然後，他讓客青鳳陪著他，一件一件的欣賞。

從簡單的桌、椅、榻架、屏風到精巧複雜的連環抽屜、球心球、套杯、木偶……每一件都讓他看得興高采烈，而重新再陶醉一次。

客青鳳當然懂得湊趣，笑吟吟的讚美每一件作品，將氣氛和他的心情一起引領到更美好的境界，一面又加重語氣對他說：

「得賞賞魏忠賢哪！他不但給找來了趙明，還幫著管好了宮裏、朝裏的事——有了這兩樁，萬歲爺才好專心做這些呢！」

這個話，朱由校立刻點頭稱是，心中更加認定，檢視自己這一年來做木工的輝煌成績，魏忠賢確實是最該獎賞的人！

因此，他隨口應承：

「好，好，好，你看他想要什麼，就賞他什麼吧！」

客青鳳越發眉開眼笑：

「那，我就先替他謝恩了——」

一面更盡心盡力的哄他高興，哄他更全心的投入於做木工中——她生性聰慧敏銳，眼珠子一轉就想到了上好的主意和說詞；於是，順手拿起一隻做得栩栩如生的木雞，讚嘆出聲：

「喲，瞧瞧，這隻雞的頭冠、眼神、羽毛、身體都帶著昂揚之氣，傳神極了！」

但，緊接著，她若有所憾似的輕搖了一下頭：

「就可惜這雞不會伸長了脖子叫——要是能做成會動的雞，可就更傳神了……萬歲爺不妨跟趙明仔細琢磨琢磨，把木頭東西都做成活的；雞能伸脖子，狗會搖尾巴，兔子會跳，小豬能吃……」

朱由校的眼睛發亮了，登時鼓著掌說：

「你說的是啊！朕怎麼沒先想到呢？快叫趙明來，陪朕合計合計，以後，朕做的木工就多了新花樣了！」

於是，趙明便連除夕也不得休息的來到乾清宮「伴駕」，陪他設想未來新的一年中的新計畫……一元復始，萬象更新，他做木工的手藝將更上一層樓。

而努爾哈赤也在歲暮的除夕省視自己這一年來的工作成績，並且確定明年新計畫實行的時間。

整整一年下來，他和朱由校大不相同的是沒有親手做出任何一件木器來，而全心致力於國家的發展，成績輝煌。

從赫圖阿拉遷都到遼陽，國家的層次提高了許多；而後，他也積極的進行政治上的建設，先是命人將明朝的法規律例削刪呈報，供作參考；接著，他定訴訟程序，並任命管理貿易的額真；又命八旗各設學校，選巴克什為師，召兒童入學，遼陽城中原有一批舊校舍，省去了興建的時間，文教得以大力推行；接著，頒布「計丁授田」令❷，將新取得的廣大領域中的「無主農田」清理出地目，分配給壯丁耕種，並制定各種管理的辦法，以提高農業的發展，增加糧食的供應。八月裏，他派出人手，在城東太子河畔建築遼陽新城；十一月裏，下令廢止明朝以戶徵賦的舊制，改行按丁貢賦制；蒙古喀爾喀部台吉固爾布希等率眾歸附，他優禮了固爾布希，將第八女嫁給他，並撥了兩個牛彔給他，授以總兵官之職；然後，他下令遷徙鎮江、鳳凰、湯山、長奠、鎮東的漢民到奉集、薩爾滸一帶，使五城空若無人，再命阿敏率兵攻打毛文龍，斬明兵官一千五百人……

對這一切，他都感到滿意；一年的時光中，一天都沒有虛度，日日都在辛勤用事，拓展國勢。

「自二十五歲起兵至今，後金的發展是一天比一天好，一年比一年好！」

他當然歡喜。

但，這一年中，並非事事如意——額亦都於六月間去世❸，使他的心情和精神都受到嚴重的打擊。

額亦都抱病遷到遼陽，處在一片欣欣向榮的新氣象中，精神很昂揚，但疾病始終未癒，健康狀況極不理想；入夏以後天氣炎熱，不利病情，病況更壞，精神也漸漸差了。

這期間，他多次率皇太極等親自到額亦都家裏探望，見額亦都的病情一次比一次加重，心裏的烏雲就一次比一次加濃，逐漸凝聚成無法揮散的黑石，而且轉化成不能言說的悲痛，使他不自覺的眉頭深鎖，眸中含淚。

反而是額亦都在見到他的時候，總是竭力勉強打起精神來，以欣慰的語氣對他說：

「建國大業已成……事業做得比年輕時的理想要大得多……真好……」

理想已經完成，個人的生死便不重要——額亦都的話既是發自內心的真誠，也是反過頭來安慰他，要他把自己的生死看淡。

但他哪裏能釋懷呢？畢竟是一起出生入死，締創事業、完成理想、大半生歲月長相左右的夥伴——

額亦都臨終時，他率皇太極親自守候，與額亦都全家的人一起相陪；額亦都的繼妻、次子達啟之妻都是他的親女兒，一起守候，同時悲傷得痛哭流淚，許久不能停止；停靈期間，他三次前往哭臨；一有人勸他節哀，他反而更加哀傷，流著淚說：

「費英東去世，是上天砍去了我的左手；如今，又砍去了我的右手……」

於是，不但沒有人能勸解，反而引發起更多的哀傷，而致一起流淚哭泣，尤其是與額亦都並肩、共事多年的安費揚古和何和禮，常是互相擁抱著痛哭。

直到半年後，痛哭的次數才漸漸減少，但還是不時想起額亦都來，想著最初與額亦都並肩作戰的情景，想著額亦都幾次奮勇力戰、身受重傷的情景……諸多往事總是想得他熱淚盈眶，無以自制；甚至，他不時把年幼的孫子們叫來，同他們仔細陳說自己與額亦都之間的情誼，要他們深刻的瞭解額亦都一生的作為，並且永誌不忘。

一年將盡，他思前想後，直到子夜還不曾安歇……

註一：張鶴鳴字元平，穎川人，萬曆二十年的進士，歷任知縣、南京兵部主事、陝西右參政等職；後巡撫貴州，以平苗立威，遷兵部右侍郎，總督陝西三邊軍務，未上，轉左侍郎，佐理部事；當時兵部事亟，增設二侍郎，但他不肯赴任。天啟元年，遼陽被破，兵事益亟，右侍郎張經世督援師出關，部中無侍郎，下詔催他上任；至則論平苗功，進本部尚書，視侍郎事。當尚書王象乾出督薊、遼軍務，遂以他代尚書之位。

註二：據《滿文老檔》記載，天命六年七月十四日，努爾哈赤下「計丁授田」令，將土地平均分配給兵丁耕種。《汗諭》中明令：「每一男丁，種糧田五日，種棉田一日。……每三男丁種官田一日，每二十男丁中，徵一丁當兵，以一丁應公差。」（「日」為土地單位，約六畝）其後又於天命十年十月初三日，下「按丁編莊」令，每莊男丁十三人，牛七頭，地百日，其中二十日交納官糧，八十日供壯丁食用。

註三：額亦都去世時年六十歲。天聰元年，皇太極追封額亦都為「弘毅公」。崇德初，配享太廟。順治十一年，世祖命立碑旌功，親為製文。

3

「我認為，應盡快對廣寧用兵——」

帶著已完成的作戰計畫，皇太極悄悄的約了代善來找何和禮商議，真正的目的是希望何和禮動員安費揚古與扈爾漢，一起到努爾哈赤跟前進言，盡快出兵。

「應盡快」的理由非常充分：

「明方經、撫不和、無法共事，自行削弱了防禦力；我方兵馬、糧草、器械，乃至城中內應都已準備充足、安排完善，只須一聲令下就穩得城池——大軍告捷，父汗心中必然快慰，能使悲痛之情移去幾分——」

這三個理由何和禮都非常認同，接過作戰計畫來，仔細看完一遍之後，更願全力支持，一面幫著補充幾個細節，一面建議：

「這事，大汗一定會答應的，不過，也約阿敏和和莽古爾泰一起去吧——用兵畢竟是大事，大家意見一致，同心合力，才是百戰百勝的關鍵！」

他似是同時在暗示皇太極，「同心合力」是非常重要的事，凡事都要爭取阿敏和莽古爾泰的支持——既同為「四大貝勒」，怎能各自為政呢？

明朝因經撫不和而給己方可乘之機，不就是一面借鏡？

而這是身為「大姊夫」的他，多年來暗藏在心、最想說給弟弟們的一句話——現在也是個時機。

說完，他且分神注意代善和皇太極的反應；令他欣慰的是，兩人的反應很好——代善不出言，但連連點頭，皇太極則說：

「是的，待會兒我就去找他們商議這事！」

何和禮不確知他是不是聽明白了自己的弦外之音，但見他眼中閃閃發光，認定他即或還沒有全盤明白，也必能將事情辦得圓滿周到，於是放心了，不知不覺的露出了笑容。

而這些事先的溝通、協商，僅只費去半天時間；這天下午，眾人便齊聚在努爾哈赤面前。

儘管作戰計畫主要由皇太極起草，但此案由大貝勒代善先發言：

「自我方得遼陽後，明朝將遼東巡撫衙門遷往廣寧，是以廣寧既駐撫，又駐兵，成為明朝在遼東的首府和第一重鎮；但戍守的明軍大半是新募、新調而來，員額雖多，素質卻差，糧食、器械俱缺，以致實力不強；而且，有能人之稱的經略熊廷弼與巡撫王化貞不和，自率五千人馬往右屯駐守，明軍的兵力分散，防禦力更弱，是有機可乘；而我軍一切都已準備周全——」

他侃侃而論，內容精要，重點明確；努爾哈赤靜靜的聽著，容色祥和，同時微微頷首，而內心被引動得發出了巨浪滔天般的呼嘯：

「下一個目標是廣寧——」

廣寧——是這個地方——就要揮軍廣寧了——

他的心開始發出陣陣撼動，從內心深處竄升的火苗在瞬間燃燒成烈焰，瞬間延伸到全身的每一滴血中，熊熊奔騰……

廣寧——只是簡單的兩個字，只是一座沒多大防禦力、唾手可得的城池，但對他個人來說，卻是一生中最刻骨銘心的地方，多年來潛藏在生命最深處的記憶——

往昔的狂風暴雪、恩怨情仇，經這一觸及，全部回到心頭，眼前飛過自己在狂風暴雪中逃離廣寧的情景，心神重重的震動著。

而完全不知道他的往事的代善，一路滔滔不絕的往下說：

「明之河西十一衛，以『廣寧』命名的有九衛，實際位在廣寧，有重兵屯守的是廣寧衛及廣寧中、左、右衛，共四衛；廣寧四周還有環衛城，規模較大的是鎮武、閭陽、右屯及杜家堡、西平堡；目前，熊廷弼親駐右屯，王化貞親駐廣寧，總兵劉渠率兩萬人守鎮武，祈秉忠率萬人守閭陽，副總兵羅一貴率三千人守西平堡……」

理智告訴他，這些報告的內容非常重要，必須仔細傾聽；於是他竭力控制心神，壓制住往事，投注於現在；代善說完，由皇太極提出作戰計畫，內容更重要，他要求自己更專注的傾聽：

「熊廷弼率往右屯的五千人，是原廣寧的精兵，加以此人頗有能力，宜先避開；西平堡守軍只三千，宜先取西平，再圍廣寧；廣寧城在山隈，形勢若盤，俗稱『盤城』，並恃三岔河為阻；原本是易守難攻的地方，但因我方早已派人潛伏，策動將領投誠，配以『裏應外合』之策，是以十拿九穩；但西平堡守將黑雲鶴、羅一貴均不受我方收買，不肯投歸，必須以力戰取勝……」

皇太極口若懸河，將預擬的戰略、戰術說得明白曉暢，聽完，他頓了一下，提出反問：

「我軍進攻西平堡，明方如由鎮武、閭陽、廣寧出兵來援，應當如何？如熊廷弼來援，應當如何？」

皇太極朗聲回答：

「我軍兵馬、器械都優於明方，出兵一萬進攻西平堡，如明方鎮武等軍來援，可以分兵一半迎擊，一半攻城；如熊廷弼來援，應避其鋒，以後備軍逕取右屯，使熊廷弼回師救右屯，我軍再追擊，便成前後夾擊之勢，可望打敗熊廷弼！」

設想很好，很周到，他立刻表示同意，下令按計畫進行，並分配任務給每一個人——這番行事依舊一本平日的冷靜、理智。

但，會議結束，眾人全數退出後，心潮便控制不住，洶湧澎湃，交錯翻騰，一波接一波的把往事推擠到眼中來，使他情緒激動，而感到全身燒灼如火浴。

十九歲離家，隻身到廣寧作人質，是生命中第一個重大轉折；二十五歲隻身逃離廣寧，卻是一生事業的開始……離家時含淚拜別父、祖，竟是三個人最後一次對望；逃離廣寧時，回眸一望月光下的雪靈，也是最後一次對望……他的心重重一顫，隨即酸楚得無以自制，不自覺的落下淚來。

當時是個手無寸鐵的孤兒，要為死去的人復仇，難如登天，要率軍攻打廣寧，更是難如登天；但，歷經這幾十年的努力，一切都不一樣了——至多一個月後，廣寧就能納入後金的版圖。

他清楚記得自己曾經咬牙切齒的立誓，總有一天要打下廣寧，而這一天，已近在眼前。

儘管復仇的火焰早已轉化為開疆闢地、入主中原的宏願，攻打廣寧的意義已完全不同，他的心仍然顫動不已……終於，他離座起身，緩緩舉步，走到大廳中，在西炕牆上的神案前停下，仰望神案上的父祖牌位和「萬曆媽媽」神偶。

出神凝視了許久之後，他以平靜的語氣吩咐侍衛：

「這趟出征，給我隨身帶著這尊『萬曆媽媽』——」

這是道最特別的命令，以往從來沒有過，也沒有人知道這是為什麼，要做什麼，但，沒有人敢問；所有的人同聲回應：

「是。」

4

新的一年到來了。

大明國度裏，百姓們雖因賦稅大量增加、盜賊蠭起，經濟力大幅衰退，生活支出不得不減少，但畢竟人人都重視年節，一起勉力進行各種歡慶活動，營造出熱鬧、喜樂的氣氛來。

宮廷中則無視於民生凋敝的問題，一切儀典全部按章按例舉行，奢豪如故，歡慶如故；朝中大臣也一切如故，元旦朝賀，進行冗長的禮節，不時山呼萬歲，費去許多時間來製造「薄海歡騰，喜迎新春」的假象，而暫時忘卻現實中的各種危難。

唯一的例外是內閣首輔葉向高——他病了，而且是真病，因此沒法參加各種慶典。

他本有宿疾，早在萬曆年間為官時，健康狀況就很壞，本以為辭官返鄉後能夠靜養、改善；不料，事與願違。

先是他的獨子葉成學在他到家前一天因病去世，不及見最後一面，令他悲慟萬分，健康再受摧殘；三年後，與他從小相依、相親的弟弟葉向亮病逝，再度給他嚴重的打擊，健康便無法改善，時常臥病；之後且在「一年三帝」之際病重得頻危，好不容易才奇蹟似的緩過來，慢慢能起坐。

朱常洛、朱由校分別降旨召他進京，重新出任內閣首輔時，他本擬上疏直陳，自己因老病，不能再擔重任；但，一個新的念頭成形，使他改變了主意。

那是里居七年多的時間裏，又重新體認了民生疾苦後，重新升起的一道使命感。

他是福建福清縣人，生於嘉靖三十八年；在這前一年，福清縣被日本來的倭寇攻陷，燒殺擄掠，將原處海口、繁華富庶的福清縣摧殘成人間地獄；第二年，倭寇捲土再來，他的母親在逃難中途與夫失散，逃往外家被逐，獨自在敗廁頹垣中生下他；其後又多次背著他逃難，多次逃過凶險死難❶——他從出生到襁褓期，即經歷了多次「險死倖存」的際遇，遠較一般人悲慘，也使他從小就對百姓生活的苦難有著深刻的體認。

而他在萬曆四十二年八月，辭官返鄉後，所見到的民間苦難已非來自倭寇——倭寇已被戚繼光剿滅，不再為禍大明百姓；但，來自大明官府的苛捐雜稅、貪官污吏，帶給百姓的苦難還更甚於倭寇。

里居期間，他多次為本鄉人仗義執言，與欺壓百姓的官吏爭論，為百姓解決了許多問題；卻也聯想到，福清一縣對大明全國來說無異於「九牛一毛」，在福清以外，還有更多的百姓在蒙受苦難，而辭官里居的自己既看不到，也幫不上忙——

「欲造福全國百姓，唯有還朝任官——」

更何況，時局已經與以往大不相同——他常收到來自京師的書信，每一字、每一句都在告訴他，新的希望到來了，新皇即位，氣象一新，東林執政，將一改積弊；而且從皇帝到大臣都眾口一聲的說，希望他重新擔任內閣輔臣，為大明開創「天啟之治」。

他心動了，疾病痊癒後便開始整裝就道，跋涉過迢遙長路，重返京師，重任內閣首輔。

到達的時間是天啟元年十月——朱由校已做了一年多的皇帝——覲見的時候，朱由校對他很客氣，但是沒有具體的話說，使他暗自納悶；接著，大臣們爭相來拜會他，尤其是「東林」諸人，更有滿腹私密要傾訴，而他只聽完少數幾個人的話，心就全涼了。

才只短短一年多的時間，大權就全落魏忠賢之手——

「『天啟之治』已成泡影！」

他顫顫的想，體認到此行是錯誤的，也開始後悔自己沒有先見之明，竟重返政壇；而坐在面前的人們猶且對他寄予重望，希望他重新視事以後能戰勝魏忠賢，奪回政權……

唯有報以苦笑，而心裏布滿了無力感，精神便差了；兩天後，他勉強打起精神步入內閣辦公，第一樁橫在面前的要事就是遼東問題，而事情困難得令他無法處理。

里居七年多的時間，遼東的情勢有著大幅改變，現今的情況他完全陌生；而經略熊廷弼上的奏疏主張「守」，巡撫王化貞主張「戰」，是完全相反的策略，他無法作出正確的判斷和選擇，不知道該支持誰，採用誰的意見；愁煩和憂急一下子湧到心頭，使他心悸、頭痛，舊疾復發，勉強作出個裁示：

「由兵部部議，再恭請萬歲聖裁吧！」

然而，事情並沒能脫手；不多時，王化貞給他的私人信函到了面前。

王化貞是他的門生，信中的言詞非常謙卑、恭敬，並且送上厚禮；他估計，以王化貞的個性，必然早已遍結朝中大臣，一定能爭取到支持；反觀熊廷弼，不但早就與東林諸人交惡，而且倨傲自負，不向任何人婉言求請。

他不由自主的深深嘆息——兵部部議的結果已經可以預知了，但，支持王化貞的決定是對是錯，便無法預知；他更感無奈，只有喃喃自語：

「就憑天斷吧——」

大明的命運只能委之天意，而臥病的他連撚香向天祈福的體力都沒有……

元旦當天，他病得更厲害，便連祈福的念頭都沒有了；直到元宵將近，病勢才減輕了些，神智清明的時候也多了些，便有好幾次想到：

「再歇個幾天，身體好點了，年節假期也過了，會同兵部議事吧……大家再仔細琢磨琢磨遼東的事……」

他畢竟不放心，反覆的想了又想；但，一切都來不及了，事情等不到他病癒——元宵過後沒幾天，變故就如排山倒海般的湧來。

由遼東往京師遞送「八百里快傳」的馬匹和馬上的差役沒日沒夜的拚命趕路，馬蹄踏破了美麗的雪地，掀起混著雪漿的泥濘，人與馬都在大雪天中奔波成全身汗濕，而且一到達就累得全身虛脫，暈死過去。

兵部尚書張鶴鳴在片刻之後看到了這份「八百里快傳」的內容：廣寧及諸多環衛城都淪陷了！

他吃驚得險些也暈死過去，但是不得不硬撐起精神來，聯絡內閣其他輔臣，一起去向朱由校稟報噩耗。

朱由校早已沒有心思接見外臣，實際上現身來聽取報告的是方得寵得勢的太監魏忠賢——朱由校正埋首於乾清宮中，引繩削墨，揮刀弄鋸的做他所熱愛的木工，釘錘之聲在他的心中掩蓋了遼東的金戈鐵馬。

魏忠賢也一樣不諳「遼事」，但是，對政治興致勃勃的他，衷心的想多瞭解些遼東的問題——他是個極其聰明的人，深知「當家做主」的人，必須清楚所有發生的問題，才能對症下藥的拿主意：因此，他極有耐心傾聽大臣們訴說。

正月十八日，努爾哈赤命族弟鐸弼、貝和齊，以及額駙沙津和蘇巴海等統領小部分人馬留守遼陽，自己親率諸貝勒大臣，帶領八旗大軍，浩浩蕩蕩的向遼西進發；路經鞍山、牛莊等地，於二十日渡遼河，直逼西平堡。

接到報告的王化貞登時慌了手腳，一面倉卒布兵，一面四下求援；但，一如熊廷弼事先提出的警告，他早先所寄望的「李永芳反正」的事根本是個幻影，聯絡過的蒙古炒花、察哈爾部林丹汗，兩部所許諾的四十萬援軍也無一人一馬來到，急得他幾乎連肚腸都打結。

他麾下共有十三萬人馬，但，自己心裏有數，真能上戰場、肯為國與敵搏命的不到半數——與後金的八旗勁旅比較起來，實力非常薄弱。

勉強部署出防守的策略：派總兵劉渠領兵二萬人守鎮武，祁秉忠領兵萬人守閭陽，分南北兩路與廣寧成犄角；另派副總兵羅一貫率三千人守西平堡，又在鎮寧駐兵；他自己親率重兵駐廣寧。

這個戰略的要點在於以鎮武、閭陽、西平、鎮寧四堡屏障廣寧，阻擊後金大軍。

而努爾哈赤依然採用「集中兵力，各個擊破」的戰略進兵；渡過遼河後，大軍於二十日圍西平。

得到戰況報告的熊廷弼登時就作了研判，也登時破口大罵：

「王化貞這豬，笨到把十三萬人馬分兵五處；忘了薩爾滸之役的教訓了？努爾哈赤最拿手的就是『各個擊破』啊！」

但，情勢畢竟已經到了十萬火急的地步，不是怒罵就可以改善的——他當然清楚，於是邊罵邊發出文書，要王化貞親出督戰，並檄其他三萬人馬去支援西平。

守西平堡的主將有兩名，一是副將羅一貫，一是參將黑雲鶴。

努爾哈赤一戰先捷——大軍圍城，羅一貫堅守城中，黑雲鶴率隊出戰；兩軍相遇，因為實力懸殊，戰爭只進行了一個時辰就結束，黑雲鶴陣亡。

皇太極命人帶著黑雲鶴的人頭，去向坐鎮在大帳中的努爾哈赤報捷；而就在這時，偵騎前來報訊，明方派人馬來援西平。

全力圍城、進攻的策略必須改變了——努爾哈赤指示：

「分兵一半去迎擊明方援軍，另外一半留下，繼續攻城！」

戰場的情況有了些許改變，由於少了一半人馬進攻，被圍的西平堡得以稍稍喘口氣；但，於明方而言，並不是好事，甚至是潛伏的危機浮現到表面來的時刻。

入夜了，雙方收兵；軍士們都歇息了，而努爾哈赤的大帳中依然燈火通明；一支由五個人組成的小隊正在嚴密的監控中入帳見他，向他報告事情，也帶著不為人知的秘密約定離去。

第二天，後金的右翼四旗軍在阿敏和莽古爾泰的率領下，於平陽橋與明方的援軍相遇。援軍來自三方，分別是守鎮武的劉渠、守閭陽的祁秉忠，以及王化貞的心腹將領孫得功所率的廣寧兵——三方合起來有三萬多人馬。

孫得功將自己所率人馬分成左、右翼兩重，同時非常客氣的對劉渠和祁秉忠兩人說：

「兩位總兵向來百戰百勝，請建第一功；末將為兩位掠陣，等兩位旗開得勝之後，末將尾隨衝殺！」

於是，劉渠和祁秉忠兩人先領兵出戰；不料，剛一交鋒，孫得功的人馬不聽號令，失去控制，而且向前胡亂衝擠，將前陣衝亂，然後畏戰竄逃；這場戰當然勝負立現，陣營被自己人衝亂了的劉渠、祁秉忠在大勢已去的情況下雙雙陣亡。

而大捷之後的阿敏和莽古爾泰立即整軍返回，重新投入包圍西平堡的行列。

到達時，大功已將告成——由皇太極率領的攻城的人馬已經占到了上風，猶作困獸之鬥的羅一貫已無多少殘餘的力氣，掙扎到黃昏時分，城中火藥和羽箭都已用完，軍士只剩寥寥幾人，羅一貫的眼睛為流矢所傷，不能再戰；他的親兵想背他逃走，被他拒絕……向天一拜之後，他從容拔刀自刎。

環衛廣寧的四堡全部落入了後金的版圖，廣寧成了一座危城。

自從遼陽易幟後，廣寧成為明朝遼東巡撫的駐地，乃是實質的首府，但，城中的富家大戶早已逃奔一空，官員兵將及無力遷居的百姓們全都人心惶惶，六神無主，不少「識時務」的人暗通後金，以求生路；全城駐守的軍隊總數雖然高達好幾萬，但是無人肯聽號令，更無人敢面對戰爭。

王化貞一接到西平陷落的消息就立刻督軍守城，奈何根本沒人理會；卻在他愁急得不知所措的當兒，親兵來報，孫得功回來了。

猛一聽，他驚喜交加，心口怦怦大跳，下意識中認為，救星到了……

臉上、身上髒兮兮，十之八、九的地方都沾著污泥和血跡，神情倉皇的孫得功往他跟前一跪：

「末將領死——末將奉大人命援西平，不意戰敗；勉力逃歸，向大人領死！」

他當然飛快的親手扶起孫得功：

「戰敗之事免議——只要守住廣寧，另有重賞！」

一面又督促他：

「敵軍將至，你快去守城吧！」

孫得功立刻大聲應道：

「末將遵命！」

說著，轉身跨著大步出去了。

「總算還有一個可用之人——」

看著孫得功離去的背影，他像是重責大任都託付了出去似的，悄悄鬆出一口氣，自顧自的走進內室去看軍報。

不料才過了片刻光景，一陣雜亂的步履聲傳到耳裏，才抬頭，參將江朝棟已經快步衝進來，嘴裏呵呵的喘吐著氣。

他不假思索就怒聲而罵：

「怎的無禮？」

但，江朝棟已經顧不得這些，搶上來，一把拉住他的手臂，急聲喊道：

「大人快走……快走……慢一步就來不及了！」

然後，邊說邊強力挾著他，快步奔向馬廄，一面說明：

「廣寧已經完了——孫得功早就做了後金的內應；方才他一出衙署就立刻發炮，堵上了城門，不讓軍民出入，也封了銀庫和火藥庫……」

一聽這話，王化貞全身冰冷，險些活活暈死過去，頓了一下之後咬了咬舌尖，讓自己面對現實；一面卻忍不住流下淚來，哽咽的向江朝棟說：

「幸虧有你！」

危難之中，這忠心的部屬委實令他感動，兩人成了「相依為命」的手足；一起咬著牙撐起精神，一起逃命；不料走到馬廄一看，所有的馬都被人牽走了，只剩下兩隻駱駝；走到城門口，又被亂兵亂民截堵，連駱駝也不見了，兩人竭盡全力，才在歷經凶險後勉強逃出……

情況壞得無以復加——聽完陳述，竟連魏忠賢也瞠目結舌，半晌說不出話來，更遑論是拿出善後的決策。

而努爾哈赤逕自在正月二十四日進入廣寧城。

和幾天前圍攻西平堡時遇到明軍的奮死抵抗，因而在城破時必須踏著屍體前進的情況大不相同：這一次，戰爭根本沒有發生，他進入的方式不是攻擊，而是空手接收一座降城。

早已為他所收買的孫得功，既秉承著「識時務為俊傑」的理念投效，當然認真辦事，接下來便很盡心盡力的打點了廣寧城集體投降的一切事宜——王化貞逃走後，孫得功派出大批人手，四處曉諭軍民百姓，要大家靜定下來，在自家宅中等候全城易幟，他保證來接收廣寧城的後金軍將秋毫無犯。

人心安定下來之後，他召集了城中的官員、將領、生員等組成獻城代表，並且率先剃去前額的髮，梳起辮子，改穿後金的窄袖服飾；接著，設龍亭、抬轎、打鼓、吹喇叭、奏嗩吶，出城三里，夾道跪迎……

場面盛大而尊榮，看得出來，孫得功已竭盡所能，他當然感到滿意；進城之後，坐上巡撫衙門裏的高座，接受完了滿城軍民的歡呼，他便立刻獎賞孫得功；一面追問：

「王化貞呢？死了？還是逃走了？」

孫得功不敢隱瞞，紅著臉說：

「他奪路出城，往大淩河的方向而去；末將沒敢阻攔，也沒派人追趕！」

努爾哈赤倒沒有怪罪他，甚至，非常體恤的對他說：

「你是不方便的！不要緊！」

接著下令：

「著李永芳帶人去追！」

命令發下，霎時間，一支兩千人馬的隊伍迎著風雪奔馳而去……

王化貞狼狽得徒步前進，一向養尊處優的他從來沒有長途行路奔逃過，極不適應，路上摔跌了好幾次，腿腳扭傷了，口中急喘不已，身上一無所有，身邊只有江朝棟一路照顧他，半扶半拉的挾著他走；行到將近大淩河的地方，他的傷腳腫大、破皮，難以舉步，江朝棟只得奮力背起他前進，這麼一來，速度更慢，他難過得紅了眼，衷心的對江朝棟說：

「真難為你了！你的好，我永生記得……但，只怕追兵一來，全無葬身之地；不如，你別管我了，自己逃命去吧！好歹留得一條命！」

江朝棟不想按照他的話做，但也想不出具體的話來安慰他，索性悶不出聲，全部力氣都用來背他走路；又走了一段，遙遙望見前方有人馬過來；他立刻停下腳步，仔細觀看；一會兒之後，人馬走得近些了，辨得出隊伍前面的大旗上繡的是個「熊」字，他才失聲歡呼起來：

「啊！是熊大人帶兵來了！大人！咱們有救了！」

卻不料，王化貞登時面如死灰，全身顫抖；一會兒之後，突然發出了尖銳得如撕裂布帛般的叫喊：

「你殺了我吧……我……我……我……沒臉見他呀！」

他整個人都失控了，從江朝棟的背上用力掙脫，滾落到地上，滿地打滾，而且邊叫喊邊嚎哭起來。

江朝棟不防他會變成這樣，心地純厚實在的他茫然不知所措，傻愣著，訥訥的反覆說：

「大人……大人……別這樣……別這樣……」

聲音不大，也發揮不了什麼作用，甚且像是說給自己聽的……風雪卻大了起來，天地間更加茫然。

幸好在熊廷弼率隊到達時，王化貞已經因為體力衰竭而暈了過去，免去了見面的尷尬；而李永芳和所率的追兵晚了半天才到達大凌河。

撲了空的李永芳只得返回廣寧，據實向努爾哈赤報告：

「熊廷弼不計前嫌，救了王化貞，並將自己的兵馬分與王化貞率領，兩人卻不守寧遠與前屯等處，而全力保護潰民入關；我軍一路追去，但熊廷弼採『堅壁清野』之策，一路焚毀民家及所積聚糧草，使我軍乏食，不得不返回！」

努爾哈赤聽完，先是發出一聲讚嘆：

「這熊廷弼確是個了不起的人！」

隨即笑了起來：

「他這回失了廣寧，他家皇帝先不饒他——以後，再也無法與我為敵了！」

而少了個敵手，心裏也像空了一塊，他竟自言自語的說道：

「唉！他若生在後金，為我所用，一定也是我的開國大功臣之一！」

但是，再一轉念，這種事，多想無益，索性丟過腦海去——他知道怎麼處理。

於是，他立刻召來八旗貝勒，吩咐說：

「遼西一地，以廣寧為首，周圍還有大小城堡四十幾座，你們分配一下任務，每人去取幾座；此外，撥派人手，將廣寧的餉帑、糧食、軍器、火藥、馬牛、布帛、財物等運回遼陽；遼西的百姓，令他們遷到河東去……」

料理完這些，他沉默了好一會兒，緩緩的作了個深呼吸，使起伏激盪的心緒平和下來，然後朝侍衛們說：

「與我奉『萬曆媽媽』來！」

接過來，他捧在胸前，眸中不由自主的發熱，心中百感交集，吁出一口長氣後吩咐：

「打道——上李成梁府！」

而這地方眾人皆陌生，唯有新歸附的孫得功熟悉，當然派他帶路；不料，孫得功一聽這任務，立刻面有難色，支吾了一陣子後恭敬的請示：

「可否請大汗延後幾日再去？」

努爾哈赤不解，孫得功卻在搜盡枯腸，想出合適的詞彙之後，結結巴巴的詳細解釋：

「原本，那幢宅院很大，無人居住，年久失修，多處敗壞，只有狐鼠寄居，宵小暫藏；前幾年，因大汗對明朝用兵，每下一地，就有當地難民逃來，無處居住，便據住廢宅……現今，至少住了兩萬難民，髒亂不堪，臭氣薰天；而且不時有人死去，無法掩埋……須大肆清理，才好進入……」

這話令人驚異，令人無法置信，但，也能推論，這話不假——

當年顯赫一時的李成梁固然已入黃泉，他的兒子們都不成材，下場非常壞：李如松追擊蒙古布延可汗時戰死沙場，屍骨無存；李如柏於薩爾滸之役時因不敢出兵獲罪，在獄中自盡；李如梅被言官劾罷，幾次尋求起復未遂；李如楨曾守鐵嶺，鐵嶺失陷時，他人在瀋陽，不敢救援，已獲罪下獄，並已判斬……

才不過短短幾十年，遼東至尊的「關外第一家」已經煙消雲散——大朝朝猶且已成強弩之末，何況是李成梁一家呢？

但，那裏畢竟埋葬著一段永生難忘的歲月，一個萬分特別的記憶——努爾哈赤為之感慨不已、惘然出神，而心裏仍然受到深深的引動，於是，他和顏悅色的對孫得功說：

「一切無妨！」

孫得功不敢再多說，乖乖帶路，走得近了，遠遠一看，實際的情況比他所陳述的還要壞上許多倍——地方已不能稱之為「府第」、「宅院」，而是一座難民窟。

建築物僅餘斷壁、頹垣、破瓦——花木、梁柱、門窗都已被伐為薪，亭台已夷，園已不成園；屋宇多數倒塌，亦不成屋；占住其中的難民無不衣衫襤褸，蓬首赤足，而且人數眾多，連園中露天處也成臥席，擠得水洩不通，兼以病患、嬰幼啼哭聲不絕，強者凌弱，鬥毆聲不絕，慘叫聲不絕，瀕死者奄奄，飢餓者啜泣；地上垃圾與糞便橫陳，角落堆放死屍，竟引來鷲鷹啄食……

景象慘絕人寰，令人悲憐而不忍目睹；跟隨在努爾哈赤身後的代善、皇太極相互對望一眼，交換了意見，然後一起鼓起勇氣上前勸諫：

「父汗請留步吧！」

確實是必須留步——難民太多，毫無立足的空隙，無法再走近。

唯有發出一聲重重的嘆息，為這個地方作下明確的註腳。

但，努爾哈赤並沒有立刻退離——他先是默默的佇足觀看，悵悵出神，任憑回憶和失落在心中交織；片刻之後，他以沉定的語氣吩咐代善和皇太極：

「支取足夠的糧食、衣物、藥品給孫得功，命他率原廣寧軍發放，先解決飢寒、疾病要事；然後，率這批難民一起遷離，赴河東定居！」

這是善策，孫得功立刻拜倒：

「末將先替難民們謝恩——謝大汗隆恩！」

努爾哈赤繼續吩咐：

「此地太過殘破，無法清理——難民們遷離後，放把火燒了吧！」

讓它化作一陣青煙——這是李成梁府最好的結局，而對他來說，四十年來打在心頭上的一個結消失了。

低下頭，他凝視捧在胸口的「萬曆媽媽」，眸中依舊發熱，但心情不一樣了。

返回的路上，他想多看看一般百姓的狀況，特意多繞點路，一走卻走到了李成梁的欽賜石坊前。

石坊沒有受到任何破壞，完好如故，坊上的浮雕和所有的刻字也如故，連歲月磨洗的痕跡都沒有留下，他停下馬，重新仔細看上一遍。

孫得功小心翼翼的問：

「請大汗示下，這座石坊，要如何處理！」

努爾哈赤忽然淡淡一笑，仰頭望向無際的天空，隨即朗聲說道：

「留著吧——留給後世的人看看！」

蒼天朗朗，而他的心一片豁然，開闊、澄淨、安詳，直是人生又進入新的境界。

幾天後他就返回遼陽，一路上，心裏盤算的是：

「這次用兵，收穫豐碩；遼西這大片沃野，無數百姓，盡歸我所有了；如何治理，須得用心——」

註一：葉向高撰《蒼霞草》卷十，〈先母林孺人壙志〉云：「時島夷肆虐，海上居人奔竄，母逃之外家，適彌月，俗謂女誕其家者不利，諸族人共驅母出，母皇遽出，依敗廁頹垣而生孤，故孤少名曰廁，示艱難也。」《蒼霞草》卷十五〈家譜內傳〉又記幼時母親和庶母輪流背他逃難，遇倭寇，躲入草叢，倭寇以長槍亂刺草叢，僥倖沒被刺中；逃難當時，許多人家無法照顧幼兒，大多拋棄，唯有他因兩位母親竭力相護才得保全。

5

大明朝廷再一次的如被置入蒸籠裏，位列其中的人莫不骨肉靡爛，心肺碎解，痛苦難當……除了以做木工而自得其樂的朱由校之外，人人都陷落在深淵裏。

從遼東回到京師的熊廷弼和王化貞，立即進了監獄，罪刑雖未定，但，刑部尚書王紀、左都御史鄒元標、大理寺卿周應秋等人都主張論死；兵部尚書張鶴鳴則是惶恐得自請到前線視師……而這些都只不過是懲處過失，僅是枝節而已，真正的問題重心——遼東的國防——就沒有人提得出具體的主張來。

內閣與兵部的官員們愁眉苦臉的商議了好幾天，唯一決定下來的事是京師再次戒嚴，以防後金軍越山海關而來；但，這只是個最最消極的做法，不但於遼東問題毫無幫助，反而導致人心惶惶。

遼陽、瀋陽失陷時的「遼東失地，京師戒嚴」消極做法，已經使許多人對朝廷及國防失去信心，早有不少民間富家在悄悄的往南方遷移；這一次，不到一年的時間再失廣寧，而朝廷依然毫無對策，不但百姓們南遷的數量立刻暴增，便連朝廷官員也有不少人開始盤算起來：

「從山海關到京師，只有兩天的路程——實在太危險了！」

心思還有些兒放在國家、社稷上的，便考慮上奏疏，建議遷都南京，以避後金鐵騎長驅直入；自私一點兒的人，索性辭官——甚至有人打算「不告而別」，棄官南遷避禍。

主持會議的是內閣首輔葉向高，他的病勢才剛減輕一些，本不宜過度辛勞，但是，發生的是重大事故，不能不要求自己打起精神來任事，怎奈，他和諸多位居要職的東林君子一樣，有著聲名、道德與學問，也比其他人多懂了些人情世故與為官學，而這些本領遇到遼東問題就施展不開；他急得鬚眉俱白，立時和因「移宮」案而急白了頭的楊漣相輝映；但還是於事無補，一大羣人商議了好幾天以後，只勉強解決了人事的問題。

遼東雖已成「危地」、「絕地」，但畢竟還有部分「國土」未為敵下，守得住這些殘山剩水，京師才能安枕，因此，經略等官急須派人擔任，而兵部尚書張鶴鳴既去，遺缺須補——這幾個職位都是眼前最重要、最十萬火急、最需要能人來擔當的重任。

但，朝廷裏還有什麼「能人」呢？

總算想到了一位：孫承宗。

但，舉薦孫承宗的話，還須費上另一種力氣：說服朱由校。

因為，早在遼陽、瀋陽失陷時，就有御史方震孺請罷當時的兵部尚書崔景榮，改任「知兵」的孫承宗，大臣們則推舉孫承宗任兵部添設侍郎，專門負責遼東的國防；但是朱由校不同意，事情只好作罷；而朱由校反對的原因卻不是因為討厭孫承宗，而是特別喜歡孫承宗——孫承宗是萬曆三十二年的榜眼，歷任編修等職；朱由校即位以後，以左庶子充日講官，而後進少詹事；他的容貌奇偉，聲音宏亮，講論經史，口才好得有如句句珠璣，深得帝心，因此，朱由校不欲他離開講筵赴遼東；不久前，他被擢升禮部右侍郎，協理詹事府，顯見得，所受到的重視又上了一層樓。

但，事情並非沒有希望；因為，朱由校自沉迷於做木工以後，早已不上經筵、日講了；孫承宗所受到的加倍重視，其實已是「有名無實」——在這種情況下，朱由校極有可能同意孫承宗出掌兵部。

而真正點頭同意的人是魏忠賢——

這一天，魏忠賢掐準了時間，拿著大臣們的奏疏，到乾清宮來見駕。

朱由校正在全神貫注的將量好尺寸的木塊鋸開——他作了精巧的設計，要做一隻頭會轉動、嘴會打開、尾巴能搖擺的木老虎，而虎腹中又挖空，裝上許多小抽屜，用來放置胭脂花粉。木虎的設計，他已經構想了整整兩天，草圖已畫出來，材料已準備好；並預定在十天內完成這件作品，以便在三月初一當天送給客青鳳——客青鳳的生肖屬虎，生在三月，他要給她一件世上最特別的生日禮物：

「這隻木虎，會是世上最精巧的木器……是天下第一的器物……朕親手來做，管教古今無人能及！」

他專注的進行這件工作，整個過程中，廢寢忘食，樂在其中……而事情既然在乾清宮中發生，魏忠賢當然瞭若指掌——要掐準時間，實在是太容易了。

身後只隨侍著幾名小太監，別無排場；他快步走進乾清宮，畢恭畢敬的在朱由校面前跪下，咚咚咚的連叩三個響頭，然後朗聲說：

「奴婢稟奏萬歲，內閣的大人們送來緊急奏疏，請萬歲裁示！」

正在專心工作的朱由校被打斷了興頭，只得停下鋸子，抬起頭來看看魏忠賢，然後皺起眉頭，以責怪的口氣發話：

「朕不是告訴過你，有事兒，你就替朕辦妥當，別來煩朕！」

說著，他不由自主的將心裏的不高興發洩出來，因而加重語氣：

「你沒瞧見，朕正忙著呢！這事打岔不得的，只要尺寸有半分半毫失誤，這隻木虎就不對勁了！不是肚子闔不上抽屜，就是兩排牙齒合不上呢！」

魏忠賢一聽，立刻惶恐萬分的伏在地上，口裏連聲的說：

「奴婢知罪——奴婢該死——奴婢祈請萬歲爺寬恕，奴婢盡力去辦事，將功來折罪！」

朱由校揮了揮手道：

「你快去吧！以後，朕沒喊你的時候，別隨便跑進來打岔！」

一面且吩咐趙明：

「咱們繼續動手吧！」

魏忠賢又連磕了三個響頭，然後才起身，低著頭，徐徐的踏著後退步，悄然無聲的退出了乾清宮。

出了門，走到長廊上，他才慢慢的露出得意的笑容來；然後，一路細思，回到司禮監的時候，已經拿好了主意。

自己中年入宮，多年來，擔任的都是卑下之役，以因緣際會而掌了權，其實基礎未穩，聲望不足，在宮中沒有堅實的班底，在朝中也無太親近的大臣，更不熟悉政事——全面的處境都冷靜的想了個清楚，他便知道自己目前最迫切需要的是什麼。

「結交大臣——」他很明確的對自己說：

「以往，王安的權勢和他聯結朝臣是大有關係的，如今，我取代了他的位子，要想坐穩，就要連他的這層關係也接收過來！」

而這一次——他第一次直接替朱由校料理朝政——正是他討好、巴結大臣們的機會。

他當然知道該怎麼做，甚至，連下一步都想好了。

「索性，安排楊漣、左光斗這班子人，一起升了官吧！」

楊漣升官都給事中，左光斗升官左僉都御史；至於孫承宗的事，那就更好說了——他決定給予比大臣們所要求的還要再高些的官位！

第二天，這個「皆大歡喜」的聖旨就發下去了：

孫承宗以兵部尚書兼東閣大學士，入直辦事。

幾天後，孫承宗再被任命以閣臣掌部務；而熊廷弼的經略遺缺由原任添設兵部左侍郎的王在晉加銜兵部尚書兼右副都御史，經略遼東、薊鎮、天津、登萊。

新的氣象又降臨了，大家一致把希望寄託在孫承宗身上，更彷彿是蓄意要誇大這個新希望，以便掃去心中陰影似的，大家為這道新的人事命令所舉行的歡慶宴會數倍於往昔……

而就在這特殊的氣氛中，朝廷中又升起另外一個聲音，這個聲音不若慶賀孫承宗受到重用的那般響亮，發出的光芒也不甚燦爛奪目，但是挾帶著一股潛藏的超強力量。

緣起於御史侯恂上疏，請求：

「見在朝覲邵武縣知縣袁崇煥，英風偉略，不妨破格留用……」

侯恂是名父之子——父親侯執蒲名列東林，望重一方——弟弟侯恪亦已中試❶，父子三人同在朝為官，且為執政的主流中人，說起話來的分量當然不同於一般人；而且，他的保薦袁崇煥，並不是隨興的戲言，更不是礙於人情；而是衷心的認為，遼事緊急，朝廷正在用人之際，袁崇煥是真正的人才；破格任用，能有大作為。

除了上疏以外他還很鄭重的當面向葉向高、孫承宗推薦：

「袁崇煥若受重用，必然成為國之棟梁……」

他自許出身名門，閱人無數，絕不會看錯人；再三陳說，雖然，袁崇煥中試任官才只三年，資歷不深，但他曾和袁崇煥談論邊事，很佩服袁崇煥的見識，因而大力推薦。

這個請求被同意了。

於是，萬曆四十七年中進士、任邵武知縣的袁崇煥被破格任用，擢升兵部職方主事。

袁崇煥是個特立獨行的人，心志與眾不同——雖然他早年的作為大致與常人一般：讀書、學作八股文、參加科舉考試、落第後再試、三試後考中，被分發到邵武縣做縣官，開始仕宦生涯；不同的是，他特別關注、付出極大心力的不是自己在仕途上的發展，而是時代的重點，國家的問題，尤其是遼東的問題。

這緣於他少年時代曾認識一些解甲歸田的邊卒，時常與之閒談，對邊疆問題及用兵之道有了初步的認識；此後他多次進京趕考，在京師、在往來途中，交友與見聞都大幅增加；當時

「遼事」方起，開始形成兵禍，他聽到不少議論，自己也常加入議論中，發表意見；同時又認識了一些參加過戰爭的老兵，以及由遼東來到關內的人，向他陳述了許多遼東的具體情況；漸漸的，他對遼東的瞭解多了。

而後，他考中了進士——這一年是萬曆四十七年，考試之前，他到達京師，正逢薩爾滸戰敗的消息傳來，心情立時受到重大的震撼與刺激，久久無法平靜；幸而中試，授官邵武知縣，而心思時時飛向遼東；因此，在三年的縣官任內，他一有閒暇就自修兵學、研究遼東情勢；三年下來，積累了滿腹心得，時機到時，在侯恂面前侃侃而談，內容精要獨到，使侯恂為之動容。

「薩爾滸之敗，主要在於戰略錯誤；我大軍分四路合擊，兵力分散，予敵各個擊破之機；而且各路軍未能會合即遭到攻擊，其中原因一為出發時間、路線規畫錯誤；二為不通曉天時，不察知地利，不明敵情，孤軍深入，否則，努酋人馬總數不過六萬，焉能敗我數十萬大軍？」

他其貌不揚，說話的語速快、鄉音重，不易聽懂；但整個人以個性剛烈堅毅而形成一份非常特別的氣質，話說到遼東時更是挾帶著一股熱切、激昂、且強大的力量，能使人不知不覺的感受到他心中所澎湃的意氣與心志，瞭解他卓越的見識和潛藏的能力——於是贏得侯恂的讚佩與保薦。

而對他來說，由縣官擢升兵部職方主事，是生命的重大轉折，是一生事業的開始，此後將大展胸中的抱負。

因此，甫一上任，他就將多年來積累的心得寫成洋洋灑灑、長達萬言的〈治遼之策〉，暢論當前的遼東問題應以加強防禦為先，次及徐圖恢復，並提出實行的重點為練兵整軍、築城固守、由海上牽制、聯合蒙、朝結成防線等十大要項；書成後奉與長官、同僚，目的既為提出自己的意見，與大家交換、會商，也希望意見能被接受，能具體實行。

雖然這不是一份正式的奏疏，不會經御批後交付執行，而僅在少數人中間流傳，但，不少讀過的人產生了共鳴，給予熱切的回應……

於是，朱由校的木虎完工以前，朝廷中的氣氛已經變得虎虎生風起來。

註一：侯執蒲是萬曆二十六年的進士，七年後擢升御史，當同為言官的陳于庭上疏彈劾不適任的內閣輔臣朱賡時，侯執蒲大力響應；但，朱賡沒被扳倒，反而是侯執蒲出為楚臬（按察使），他索性辭官返鄉，幾年後才起復。侯恂和侯恪同為萬曆四十四年的進士，侯恪學問、文章極優，被選入翰林院，纂修《光宗實錄》等史籍，自己的詩文著作亦豐。侯恂則歷任行人等職，擢御史。其子侯方域亦有文名，後為「復社四公子」之一，與陳貞慧、冒襄、方以智齊名。

6

雪花飄飛中，杏花綻出紅豔來了，春氣破冰而出，展現了一股衝擊後的蓬勃，力道也分外強韌，使迎著春氣的人，精神特別抖擻。

努爾哈赤在二月十七日離開廣寧，返回遼陽；他早已命人重繪地圖，將新收入版圖的這大片沃野標示清楚，而心中所思索的幾項治理之道的重點也已經定案，預備一到達遼陽就宣布實施；但是，才走到半路上，他就像迫不及待、要提早實施似的，一等紮好營，進了大帳，立刻傳喚皇太極等貝勒來講話，將計畫中的許多細節交代得更周密。

於是，便連旅途上的時間也不曾白白虛度，全都作了充分利用……

他擺在頭一樁優先的事，是料理有關蒙古的各項事宜——他直覺的認為，眼前，與蒙古各部交往的事較諸治理新擁有的地方的事更急切、更重要——與諸貝勒們議事的時候，他便開宗明義的提出：

「風聞，我軍下廣寧前，王化貞曾派人聯絡蒙古察哈爾、炒花等部；察哈爾部林丹汗更且曾答應出兵四十萬，助他對抗我軍；後來，林丹汗雖沒有依約行事，但，我等不可以不多注意這件事——」

四十萬大軍的實力不容忽視，林丹汗這個擁有實力的英主更不容忽視；而他與林丹汗之間的積怨已深，雙方已不可能如科爾沁部、喀爾喀五部般的結為友邦，攜手並進，共創新時代……

早在萬曆三十二年，林丹汗以十三歲的少齡即汗位的時候，他就密切注意林丹汗的動靜與發展；但，雙方似乎沒有交友的緣分，始終沒能建立友誼。

長大成人後的林丹汗，更且與他產生了遙遠的距離和深刻的鴻溝——林丹汗很明顯的將友誼之手伸向了葉赫部，而且娶了金台石的孫女為福晉——他滅葉赫之後，雙方自然成了仇家。

而且，明朝也看準了察哈爾部是雄霸蒙古的大部，林丹汗是舉足輕重的人物，於是設法拉攏林丹汗，增加了多達數倍的歲幣，以使林丹汗心向明朝，助明對抗後金。

這麼一來，仇上加仇……

前幾年，他先後與科爾沁、喀爾喀等部交好之後，也曾經試圖與林丹汗化敵為友，但卻失敗了——天命四年十一月，他派出使臣聯絡林丹汗與喀爾喀五部貝勒；喀爾喀五部的反應極好，於是雙方各派使臣在岡干色得里黑孤樹處會盟，對天地盟誓，永結為好❶；林丹汗的態度卻非常壞，而使友誼之橋徹底斷裂、粉碎。

這一次，林丹汗沒有如約出兵助明，他認為，會是其他的原因所造成，而非有意交好後金——因此，他曉諭諸貝勒：

「林丹汗有實力，且生性傲慢，不但不會與我國交好，而且眼見我國疆域日廣、國勢日強，心中更會極不是滋味——我推測，無須多久時日，他便會出兵來攻我國；我國須早做準備！」

攻下廣寧以後，後金的國土伸展到遼河以西，與蒙古僅是一線之隔，不能不提防林丹汗的四十萬大軍！

因此，他宣布要實施的第二件大事也是有關蒙古的：

「將已歸附我國的蒙古軍也編成旗籍——就稱『蒙古旗』❷吧！」

他原已設立過蒙古牛彔，但，規模小，人數少，層級低，擴大設旗，既能一視同仁的收納已附的蒙古軍民，並吸引境外的蒙古軍民來投附，也便於訓練、治理，凝結成一股大力量，平日、戰時都能發揮出大功能。

第三件宣布的，才是有關於後金國的內政大事。

經過長時期的思考，他逐漸體悟、創建出一個新的觀念來：

「以往，人說，成大事的三大要素，天時、地利、人和……人光是『和』還是不夠的，還得要『合』——人都只有一分力，合起來便有十分、百分、千分、萬分……後金初建，規模、力量都不如明朝和蒙古，『和』、『合』是第一要項……」

兒子多達十幾個，有十個已經成年，各擁武力，前些年，冊了「四大貝勒」，而今，他決定增為八個「和碩貝勒」，分掌八旗❸，八旗合成一體，力量非常可觀，但，須有善策，防止分散——一分散力量就小，而如果發生「爭立」、「互鬥」的事，後果會壞到難以想像，一定要及早制定完善的政策；而且，須讓兒子們徹底明白，國家越大，國事越多，事多任重，必須羣策羣力，一起分擔，才能挑起重責大任……

反覆推想，終於具體成形；這一次，他便把已經寫好的《汗諭》拿出來，命筆帖式大聲誦讀：

「汗諭：八大貝勒共治國政——」

這是他想好的、未來的後金國的政治體制：由八旗貝勒共同治理國政，而不再將大權集中在大汗一人手裏❹。

筆帖式替他朗讀內容：

「繼朕而嗣大位者，毋令強梁有力者為也。以若人為君，懼其尚力自恣，獲罪於天也。且一人縱有知識，終不及眾人之謀。今命亦爾八子，為八和碩貝勒，同心謀國，庶幾無失。爾八和碩貝勒內，擇其能受諫而有德者，嗣朕登大位。若不能受諫，所行非善，更擇善者立焉……」

在他的構想中，未來的汗位繼承者，由八和碩貝勒共同推舉；所有的政事，由八和碩貝勒共議後裁決、推行，軍權亦由八貝勒分別執掌。

八人合智、合力，共同治國，八人分別執掌國政，也合而為一，推舉出大汗，是最理想的制度。

筆帖式讀完後，他略作說明：

「我年事已高，這份《汗諭》交給你們，作為日後行事的依據！」

話都說完了，然而，諸貝勒聽了，竟沒有一個人自認完全瞭解他的用意和想法，因而沒有一個人說話；大家都低著頭，宛如毫無意見似的接受了命令，卻在退出門後互相交換起詫異的眼色。

沒有人出聲，但有共識：

「父汗這是什麼意思？他不指定繼位的人，而要我等共推？為什麼要這樣？」

卻不料，就在這當兒，一名侍衛快步跑出來說：

「大汗請四貝勒返廳，還有話吩咐！」

這麼一來，幾個人更是詫異，皇太極則是略帶著尷尬的神色告別眾兄弟，轉回身，重新見努爾哈赤。

代善看著他的背影，悄然一嘆，發出個低微得幾近於無的感慨：

「畢竟，父汗還是最看重他——」

然而，努爾哈赤召回皇太極，所談的話卻不過是家常——努爾哈赤有如隨口說說般的問：

「和你大福晉處得好嗎？」

皇太極先娶的元妻鈕祜祿氏已逝，他指的是後娶的正妻，蒙古科爾沁部莽古思貝勒的女兒博爾濟吉特・哲哲。

哲哲嫁來已八年，尚未生育；而這是椿政治婚姻，夫婦感情對兩國關係不無影響。

但，皇太極沒有料想到他會有這麼一問，心中詫異更深，但也不假思索，立刻回答：

「很好。哲哲非常賢慧！」

努爾哈赤自顧自的點了點頭，再接著說：

「科爾沁部的女兒嫁來我國的很多，與你兄弟為妻的，已有十人了吧？科爾沁部與我國關係密切，永結為好，應再多所婚嫁！」

這下，皇太極有所領悟了，馬上應承：

「父汗所言極是！」

努爾哈赤看了他一眼，一面掐著手指頭數了幾個數，才又說：

「你的弟弟們，有年幼未聘的，我也打算再聘科爾沁部的女兒；至於你——你已聘的布木布泰，目下年紀雖小，但還是早些娶過來吧！聽說她非常聰明懂事，有大家風範；早些來到我國待年，可以早成你大福晉的好幫手！」

又是一句出乎意料之外的話，皇太極不自覺的先微微一愣，隨即恭敬的應命：

「是，孩兒遵命！」

努爾哈赤吩咐他：

「科爾沁部與我國一向關係密切，這一次是『親上加親』；你先準備好，親去科爾沁商議此事，訂下婚期！」

皇太極更加恭敬的應：

「是！」

努爾哈赤便緩緩說出其實是重點的話：

「你以談親事為由，親去科爾沁一趟，面見莽古思、塞桑兩貝勒，和他們商議商議對抗林丹汗的大計……明天就動身吧！」

註一：據《清太祖高皇帝實錄》記載，天命四年十一月，努爾哈赤命大臣額克星格、綽護爾、雅希禪、庫爾纏和希福五人，攜帶誓詞，與喀爾喀五部貝勒的使臣，會於岡干色得里黑孤樹處，對天刑白馬，對地宰黑牛，設酒一碗、肉一碗、土一碗、血一碗、骨一碗，對天地盟誓。《實錄》並記誓詞，內中詳記喀爾喀五部二十七貝勒、台吉的名單：杜稜洪巴圖魯、奧巴戴青、厄參、巴拜、阿索忒晉、芒古爾代、厄布格德衣台吉、烏巴什杜稜、古爾布什、代達爾漢、莽古爾代戴青、畢登士、葉爾登、綽虎爾、達爾漢巴圖魯、恩格德爾、桑阿拉寨、布他齊杜稜、桑阿喇寨、巴呀喇土、朵勒濟、內齊、衛徵、俄爾寨土、布爾哈土、額滕、厄爾濟格。

註二：蒙古旗的編制發展成形，一如「滿洲八旗」與日後編成的「漢軍八旗」，並沿用至清末；至今蒙古仍有許多地方以「旗」命名。

誓詞中，努爾哈赤自稱「滿洲十旗執政貝勒」，也是當時除八旗外尚有左、右翼二旗的一證。

其歷史沿革為：

一六二一年（天啟元年，天命六年）開始設蒙古牛彔。

一六二二年（天啟二年，天命七年）設蒙古旗。

一六二九年（崇禎二年，天聰三年）有蒙古二旗。

一六三五年（崇禎八年，天聰九年）蒙古八旗分設完成。

註三：杜家驥《八旗與清朝政治論稿》（國家清史編纂委員會·研究叢刊·北京·人民出版社·二〇〇八·三）頁十三，提出「八和碩貝勒就是指的八個旗主」。

註四：古代游牧民族的政治體制，傳統上即為「共治」與「大汗推舉制」，如成吉思汗逝後，繼位人選係「推舉」產生。努爾哈赤的構想或源於此，但他逝後，後金由「四大貝勒」共治的時間很短，政權不久就集中於皇太極一人，而真正成為漢制的「皇帝」。

7

「有什麼法子，可使蒙古諸部出兵助我擊滅後金？」

「擊滅後金」，是明朝目前最重大的一項任務，誰能建此奇功，誰就是國之棟梁；怎奈，事情難如登天，新上任的遼東經略王在晉，自己苦思良策不得，一見到總督王象乾就虛心請教。

對遼東問題，王在晉是個「門外漢」，原本並無意取代熊廷弼出任這個要職，怎奈「皇命加身」，只有硬著頭皮上任，沒幾天就愁白了頭。

王象乾久在薊門，與蒙古諸部相處已久，算得上是「蒙古通」；王在晉與他原是舊識，早年私交甚篤，而今共同面對遼東的殘局，無須再假客套、兜圈子，心裏的話全都可以開誠布公的說出來。

「如今，遼東殘破，估計我朝現有的遼東兵力，至多不過五萬人，能戰者半數——這，怎擋得後金的鐵騎呢？更何況，內地也已臨民生凋敝、盜賊蠭起之局，自顧猶且不暇，哪裏還能再援遼東？算來算去，唯有借助於蒙古之力了！」

王在晉滔滔不絕的分析了情勢與問題重點，王象乾仔細的傾聽著，既十分認同他的看法，也頻頻點頭：但是，聽完了話之後，卻沉默了許久，然後才面色凝重的嘆出一口長氣來，壓低了聲音說：

「蒙古兵強馬壯，咱們哪裏有什麼法子讓人家來幫著打仗呢？這些年，能讓他們不鬧事，就已經要謝天謝地了！」

說著，他悄悄的透露：

「這份安靜，是花銀子買來的呀！現在，給察哈爾部的歲幣銀，已經水漲船高到每年四萬兩銀，還得把給其他諸部的歲幣銀全都交給林丹汗，讓他統籌發放，他才肯不發兵往長城裏頭打呢！」

王在晉聽得冷汗直冒，立時發出一聲「咦」：

「竟有這等事？林丹汗，囂張成這樣？」

這些是他所不知道的「秘辛」，因為，兵部並未透露過這個與林丹汗私下講定的條件，是以人皆認為林丹汗心向明朝；而他在驚惶之後，也立刻想到另一個層面：

「林丹汗控制了其他各部的歲銀，豈不牢牢的挾制了各部？各部都聽命於他，他的勢力便越來越大……」

王象乾滿臉無奈，黯然的搖著頭說：

「所以嘛，請狼來趕虎，兩頭都是禍害呢！王化貞當時是瞎打主意，要林丹汗出兵四十萬到遼東助戰；林丹汗失約不來，廣寧落到了努爾哈赤手裏；要是林丹汗來了，廣寧就落到林丹汗手裏了！」

王在晉結結巴巴的問：

「王化貞之意，是想收漁翁之利吧……趁他兩方爭鬥，死傷累累之際，守住遼東之地！」

王象乾尷尬的苦笑一聲：

「那也得有相當的實力，才夠格當漁翁呀，我朝現有的兵力，根本不足以當個漁翁——打個具體的比方來說，兩虎相爭，一死一傷之後，那傷虎還有剩餘的力氣，一低頭就將眼前的病兔子給吃了！」

王在晉目瞪口呆的愣了許久，過了好一會兒才說：

「如此說來，這林丹汗也是個禍害？」

王象乾仔細的對他說明：

「蒙古人的心裏，總想再出個成吉思汗，稱霸天下呢——你回頭算算，打自我朝建國，蒙古人退出長城外，至今兩百多年，蒙古已出過多少個雄心勃勃，企圖再成霸主的大汗？昔年，土木堡一役，英廟北狩，便緣於也先的稱霸之心；而後的達延汗、俺答、土蠻，哪一個不想一統大漠，入主中原呢？事雖沒成，可給我朝帶來多少戰亂？如今這林丹汗，實力強過土蠻許多，有帳房數千，四十萬大軍……唉！少招惹他吧！」

「我原打算借蒙古之力收復廣寧，既不可行，只好另作規畫了！」

因為是多年好友，王象乾拋棄了「鄉愿」的應對習慣，誠心誠意的給他建議：

「別打收復廣寧的主意——橫豎那不是你弄丟的，無須負責；何況，收復之後再丟的話，罪名就更大了！更何況，後金兵強馬壯，我等根本不必再作『收復失土』的美夢；如今，只要能守住山海關，護衛京師，便是當前第一功臣了！」

王在晉茅塞頓開，再三稱謝之後，放棄原訂計畫，與他商議起固守山海關的事宜來。

最後，兩人決定：

「用重兵駐守山海關，並在山海關外八里鋪築重關，用四萬人馬來防守，層層環護；這樣，可擋後金南侵！」

兩人都認為，這是上上之策——既然能保京師，便能保住自己的前途！

卻沒想到，得計後的王在晉剛準備將這計畫奏報朝廷，他的幾名部屬就提出強烈的反對。

第一個就是袁崇煥。

袁崇煥剛做了幾件特立獨行的事，贏來眾人的驚訝與敬佩，聲名也隨之大起。

首先是廣寧失陷，大臣們在混亂中議事，商討對策之際，就任兵部主事還沒多久的他，一聲不響的私下單騎出關，實際瞭解山海關內外的情勢；眾人認為他失蹤了，他卻帶著豐富的考察所得返回，在朝中提出詳盡的說明和分析，並且放言：

「給我錢糧馬匹，我一人守遼東就足夠了！」

這雖然是過於膨脹的大話，但在朝廷正急需「邊才」之際，不少大臣對他的豪氣、膽識和辦事能力都非常推崇，雖不會真的讓他一人去守遼東，但主張給他機會，重用他；於是升他為兵備僉事，到關外監軍，並發給二十萬帑金，供他招募新兵。

到任後，因為關外為哈剌慎諸部所據，便暫駐關內；不久，諸部受款，王在晉便命他移駐中前所監軍，並經理前屯衙事；不久又派他赴前屯安置流離失所的百姓，他完成任務，並夜行於荊棘虎豹中，至四鼓入城——這個壯舉令將士們敬佩不已，也使王在晉非常倚重他，將他的官職題為寧前兵備僉事。

但，他私心中卻認為王在晉是個庸才，沒有遠略，必定治理不好遼東事務——這回，一聽王在晉提出在八里鋪築城、扼守山海關的做法，立刻大聲疾呼：

「這是個下下之策，絕對不可以這麼做！」

緊接著提出反對的是任贊畫經略軍前的孫元化——

孫元化是徐光啟的學生，習西學，專長是西洋礮法；他本是孫承宗舉薦的人，到職後主建礮臺教練法；因為有此專長，袁崇煥常抱著學習心向他請教有關西洋礮法的種種。也常與他交換對遼東問題的看法，而成知交——再加上沈棨等同僚，幾個有膽略、有見識、年輕氣盛、一心想有作為的人，思考的重點整個放在國防與戰略上，而不是只求保住自己官位的「做官學」上，更體會不到王在晉的心情與用意；於是，聚合起來向王在晉力爭。

而王在晉哪裏會接受這羣年輕屬僚們的意見呢？將他們斥退後繼續推進自己的計畫。

袁崇煥、孫元化、沈棨悲憤填膺，相對而坐，厲聲批評王在晉：

「照他的想法做下去，關外將全失——關外一失，山海關便失屏蔽；山海關一失，京師便失屏蔽——此人將成千古罪人！」

而在悲憤之際，袁崇煥被激起了奮鬥的勇氣——他本是個性獨特的人，遇到困難的時候不但不會退縮，反而更著力向前衝刺——

「大明江山，不能任由這個庸才奉送於後金；我等守土有責，不能眼睜睜的看著這個庸才作出誤國決策；他一意孤行，我便直接上告朝廷！」

官卑職小，難以上奏於帝；他便決定致書上告內閣首輔葉向高——這是越級上告，於禮不合，但他認為，必須這麼做，才能阻止王在晉進行錯誤的政策，才能挽救遼東的命運，他義無反顧。

於是，他連夜奮筆疾書，第二天一早就以快馬送出；

書信的內容中不但詳細分析守八里鋪的錯誤，也提出了在寧遠築城、堅守寧遠的意見，並且非常誠懇的要求，自己願到寧遠，擔任第一線的守備工作，扼止努爾哈赤南侵……

葉向高接到信後，因為不懂遼東問題，無法作出裁決，於是召開會議討論這件事；這封信立刻在朝中掀起一陣旋風。

會議中，所有的人都因為自己未曾親臨遼東，不熟悉遼東的情勢，對這兩種不同的戰略無法作出選擇：而勇於任事的孫承宗決定親自到遼東走一趟，實地考察情勢，再決定戰略；於是，會議有了結論。

幾天後，被加以「太子太保」銜、賜蟒玉、銀幣的孫承宗快馬加鞭的到達了遼東，全神貫注的仔細考察，徹底的瞭解遼東問題；遼東的情況於焉開始產生新變化。

孫承宗的人品、道德、見識、用心都不是王在晉、王象乾者流的等級，所思所想、所作的決定也就大不相同——在經過一番仔細的察考省思，也召來王在晉仔細詢問後，他斷定王在晉放棄關外的做法是錯誤的，袁崇煥的意見才是正確的，他決定採用袁崇煥的意見。

回到北京後，他直接向朱由校進言，重新部署遼東的戰備，朱由校當然全部聽從他的意見。

聖旨很快就頒下去：王在晉以不足擔當重任而改任南京兵部尚書閒差，八里鋪築城的計畫不必再議，袁崇煥則受到重用，負責積極進行守寧遠的計畫。

不久，因為朝中沒有適當的人可以擔任遼東經略的職務，孫承宗便自請到遼東督師，並且任命閻鳴泰為遼東巡撫。

八月裏，孫承宗到任，隨即調整遼東的人事，校閱兵馬，汰弱留強後重編隊伍，嚴加訓練，並且築營舍、建砲臺，派出袁崇煥親自招撫流民、安頓百姓……

時節已入秋，天地山川倍顯蒼茫蕭瑟，而像在淬鍊人的精神與意志；他不眠不休、夙夜匪懈，同時也將一個信念深深的植入每一個部屬、將領、士卒們的心中：

「我等誓死阻遏努爾哈赤南侵——」

而努爾哈赤卻在入秋以後受到一個新的打擊——與他同齡的安費揚古病逝了。

他悲傷不已，好幾天都不肯開口說話；到了第十天，主動派人傳皇太極來說話；第一句話就是：

「我的年紀已經很大了，幫手漸漸的少了，許多事，都要盡快完成才是！」

但，年輕的皇太極體會不出他的心情，以為他是對許多事的進度不滿意，立刻俯首認錯：

「父汗責怪，孩兒督促諸事不力，願領責罰！」

努爾哈赤嘆了一口氣說：

「這事怪你不得！」

但，皇太極心中的警惕沒有消失，一面恭敬的陪侍著，一面審慎的等待下面的指示。

而努爾哈赤儘管心中感慨萬千，卻沒有太多具體的事要他去辦，只是隨口說著：

「以往，我總沒想到『年紀』這上頭，沒理會自己老了；立下『八大貝勒共治國政』的《汗諭》時，雖是為『來日』著想，但沒去計較那是多久以後的事……唉！這會子，不一樣了，我覺得『年紀』在逼人了——你看，費英東、額亦都、安費揚古，一個個的離我而去了……再也不能幫我完成伐明大業了！」

這個話，皇太極不好接腔，只能低下頭，恭敬的聽著；而努爾哈赤的情緒始終沉湎在感慨中，接著又像是喃喃自語般的說：

「有了年紀的人，一天都得當兩、三天用，才能把想做的事在有生之年做完啊！」

說完很溫和的拍拍皇太極的背：

「你須牢牢記得這話，免得到老來，有許多心願未了，望你到我這年紀的時候，想做的事已逐一完成。」

皇太極心口一熱，立刻回應：

「是的，父汗的教訓，孩兒永遠不忘！」

雖然，他還是不能完全體會到「老」的意義，但在談話過程中，他感受到了父親正在傳達給他人生的經驗，說給他的無論是教導還是訓勉，都是至理名言，也體認到父親希望在有生之年完成心願的想法……霎時間，他的心裏升起了一股感動，覺得「父子連心」，而此刻，父親也同時在向他傾訴心聲。

此刻的父親不再是高高在上、心中只有軍國要事的大汗，不再是以嚴肅的態度、果斷的語氣發出命令和吩咐的一國之君，而是童年時抱起自己共乘一馬奔馳的阿瑪，是為他講述祖先故事的阿瑪。

這樣的交談其實是生命的交流與融合，他覺得非常溫暖。

相對的，入秋以後的大明皇宮是另外一種氣象：朱由校徹底的和大臣們斷絕了會面與交談。萬曆年間的情形重演，宮朝之間如隔銀河，且無鵲橋可渡！

所不同的是，朱翊鈞躲在後宮中的日子是沉迷於數銀子的嬉戲、享用福壽膏帶來的幻覺，朱由校則專注的陶醉於做木工的樂趣中；朱翊鈞所寵者只有一個鄭玉瑩，朱由校則除了客青鳳之外還兼溺魏忠賢！

而這不同其實只是形式不同而已——祖孫兩人怠於臨朝的特點乃是一致的。從瀰漫著福壽膏的香氣到刨鋸釘錘之聲盈耳、木材油漆滿地，長達幾十年的時間，乾清宮都成荒誕怪異的所在，而不似大明天子的寢宮。

這一天，朱由校又完成了新的作品——秋節將至，他做出了整套的應景木器，有吳剛伐桂、玉兔搗藥、嫦娥奔月三大主題，合起來是一組完整的吉器。

他確是不世出的木工奇才，手藝不但早已青出於藍，還時時創造出新的技巧與設計。新完成的「吳剛伐桂」，濃密的桂葉圍繞的樹幹內藏鏤空抽屜。可以放入香料，讓薰人的香氣由樹梢的枝葉中的密洞裏散出；「玉兔搗藥」則是雙喜燈，燈芯暗藏在木杵中，通到貯油的臼底；「嫦娥奔月」更見巧思，雕成風華絕代的美麗的嫦娥，上從髮髻、雙鬢直到衣袖、飄帶、腰巾、裙裾上都暗鑿了簪花的孔，既是座精緻絕倫的花器，也將嫦娥的容顏用鮮花映襯得天上無雙；三件吉器，用在中秋夜的明月下清供，自然最是別出心裁……

朱由校對自己的手藝滿意極了，一高興，索性下令大量仿製一批，賞賜有功大臣。

於是，趙明十萬火急的找來一些北京城中手藝好的工匠，連同挑出來的一些手巧心活、能幫替的小太監，一起為朱由校趕做複製品；一時間，乾清宮成了名副其實的作坊，多達百名的匠人沒日沒夜的趕工製造木器。

而朱由校猶嫌不足，索性命令魏忠賢：

「乾清宮地方太小了，你給朕張羅張羅，另外蓋一間大屋子，專門做木器！」

魏忠賢當然滿口應承：

「奴婢立刻去辦！」

他並不是隨口敷衍而已——說到做到的，他立刻親自帶著人，四處察看皇宮中還可以蓋房子的空地，一一列明後，送來請朱由校挑選；朱由校也就越發忙得不可開交，一面親自考慮地點，一面親自設計起工坊的建築來。

朝政當然沒漏掉一件的全部交給了魏忠賢。

大臣們再也見不到皇帝了，上的奏疏全部由魏忠賢指揮秉筆太監們批示，沒有人弄得清楚，頒布下來的聖旨，究竟是皇帝的意思還是太監的意思。

朝廷中當然有人議論這件事——無論是否名列「東林」，無論態度、想法、立場為何，都聚集起一羣與自己意見一致的人，私下談論得熱烈無比，也即將對這事展開具體的行動來反應。

一些靈敏的人認為：

「機會來了——只要搭上魏忠賢的線，就不難平步青雲！」

以前，朱翊鈞在位的時候，宮中根本沒有能把持朝政的掌權大太監，所以，此路不通；朱常洛即位以後，王安得勢，但，王安很明顯的傾向東林，非東林也就此路不通；而今，不一樣了。

魏忠賢掌權以後，雖然總在有意無意間向東林示好，想拉攏東林；但，他以往與東林並無淵源，且以他入宮前的不良紀錄，很難為講究品德的東林看重，因此，雙方未必能建立密切的關係——非東林的機會來了。

而名列東林的「正人君子」們又是另外一種反應。

大家幾乎異口同聲的說：

「我等須聯名上疏，勸諫萬歲，一不可荒廢朝政，二不可授權太監——目下，遼東面臨外敵，情勢危急，國中府庫空虛，民用不足，以致盜匪、亂事頻生，可謂內憂外患相逼之際，唯萬歲爺勤政愛民、勵精圖治，才可開創中興之局啊！」

接著，又大力批評魏忠賢：

「此人原本是個不學無術的無賴，因緣際會的入宮執役，卻不肯謹守本分，妄想寵遇，竟引進工匠，蠱惑帝心；一旦攬權，必然作惡多端——」

於是，又開始商議起對付魏忠賢的方法來。

但，魏忠賢還沒有做出具體的惡事來，找不到下手點，彈劾、輿論制裁都用不上；最後，有人提議：

「不如聯絡王安，讓王安多收集些魏忠賢為惡的佐證，然後，一起到萬歲爺面前舉發！」

這個提議，立刻得到一致的贊成：

「這法子好——更何況，如今萬歲爺根本不上朝，宮中無人的話，我等見不到龍顏，確應與王安聯合行動！」

於是，兩件事一起進行：一面草擬奏疏，一面派人去找王安。

然而，這兩件讓東林諸君們自以為得計的辦法，卻是個先將王安推入死地，而後發展成無法收拾的局面的下下之策。

這羣正人君子們忽略了一個基本重點：朱由校早已不閱覽奏疏了，所有大臣們上的奏疏，都是直接送到魏忠賢手裏；而魏忠賢儘管目不識丁，卻不影響他瞭解奏疏的內容——只消派個太監念給他聽就行了。

這一天，他聽完東林的正人君子們所上的〈請親臨朝政疏〉後，氣得五臟六腑一起顫動；但是，在表面上，他盡力維持了個不動聲色，若無其事的吩咐小太監將這份奏疏存檔，再繼續為他念下一封奏疏。

直到料理完大小政事，回到住房，身邊只剩下客青鳳一人的時候，他的氣才發作出來，恨恨的咬著牙對客青鳳說：

「他們勸萬歲爺不能把朝政交給『出身不正之閹』呢——這是句人話嗎？我對他們是客氣到十分了，一心想著與他們交好，大家都得利；誰想到，他們竟上這樣的奏疏！」

說著，他用力吐出一口口水，啐道：

「以往，我可是熱面孔貼上冷屁股了！以後——哼！看誰狠——」

客青鳳當然站在他這一方——她幫腔似的冷冷的哼出一聲道：

「這批人不但給臉不要臉，還不知道自己是誰呢！萬歲爺會聽幾個糟老頭子的話？才怪——奏疏寫得起勁，可都要落得個敬酒不吃吃罰酒的下場了！」

兩人你一句、我一句的直罵了個大半夜，睡著了才休；不料兩天後就有負責監視王安的小太監來報告：大臣們派人偷偷的來找王安商議事情！

魏忠賢本是聰明絕頂的人，一聽，不假思索就冷笑一聲：

「還能商議什麼！不過是找王安想法子晉見萬歲爺，要萬歲爺親政，還要萬歲爺疏遠我這個『出身不正之閹』！」

客青鳳怒聲罵道：

「混蛋——」

緊接著，她一咬牙，拿定主意，沉聲對魏忠賢說：

「先把王安做掉！」

魏忠賢沒料到她會這麼說，登時嚇了一跳，下意識的問：

「你說什麼？」

客青鳳冷冷的回答：

「常言道，先下手為強，後下手遭殃！」

魏忠賢遲疑了一下，囁嚅著說：

「這……等我再想想……」

不料，客青鳳登時變臉，瞪起一雙眼睛，狠狠的看著他，嘴裏發出凌厲的語氣：

「別沒出息了！拿出點膽量跟氣概來——不然，人家先動手了，活活掐死你，然後拖出去餵野狗！」

魏忠賢兩肩一縮，低下頭，避開正視她利如鷹隼的眼光，然而又覺得她的話有道理，因此，即便手腳有些兒發軟，也連點了兩下頭，微帶結巴的說：

「好……好……我去辦……」

客青鳳索性替他想好進行的辦法：

「你找個跟東林的人不對頭的大臣，叫他彈劾王安，然後你擺個寬大的樣子，只罰王安降南海子淨軍——等他到了南海子，就好辦了！」

魏忠賢問她：

「南海子那邊，你有人手？」

客青鳳說：

「西李跟前紅過的那幾個人，現在都在南海子——放心，他們都聽我的！」

魏忠賢哪裏會不放心呢？

「我立刻去辦！」

於是，被誣陷、降級、謀殺的事，按部就班的發生在王安身上，不到一個月的時間，三個程序都完成了❶。

而朱由校根本不知道這件事。

多日不見，他的心裏早已遺忘了「王安」這個名字——對現在的他來說，「王安」還有什麼重要的呢？他哪裏會分心注意呢？現在的他，全副的心神都貫注在做木工上，最想要的東西是一座能供他專心工作、足夠容納所需的專用大工作坊，最仔細研想的事是如何完成下一件作品……其他的，他什麼也沒有放在心上！

世上沒有比完成作品更重要的事——

幾天後，魏忠賢又來向他稟報、請求他答應一項新的計畫：

「奴婢擬自宮監中挑選忠誠、勇武者，施以戰陣訓練，俾使能更周全的護衛聖駕！」

他也一樣沒有心思細聽，一樣不想分神思考，一樣不肯放下手上的活計，抬起頭來看魏忠賢一眼——一如往常的，他僅發出個有如咕噥般含糊的聲音：

「你自個兒去辦吧——好生行事！」

於是，魏忠賢擁有了「內操」：他從太監中挑選了一萬名勇武強壯而又效忠於他的太監，組成一支新的隊伍，給予最優厚的待遇，製作嶄新的制服，配以最精良的武器、馬匹，實行嚴格的軍事訓練。

「不久之後，訓練完成，『內操』將有驚人的實力！」

他信心滿滿——政權已經在握了，再有一支私人武力，將更能縱橫睥睨的操控一切。

註一：《明史．宦官傳》記：「忠賢……嗾給事中霍維華論安，降充南海子淨軍，而以劉朝為南海子提督，使殺安。劉朝者，李選侍私閹，故以移宮盜庫下獄宥出者。既至，絕安食。安取籬落中蘆菔啗之，三日猶不死，乃撲殺之。安死三年，忠賢遂誣東林諸人與安交通，興大獄，清流之禍烈矣。」

8

天啟三年到來的時候，朱由校的手藝又創造了新的高峰。他原來的「木工師傅」趙明的手藝早已落於他後，僅能充任他的助手——他真正成為普天之下的領袖，領導著大明朝的木工手藝蒸蒸日上。

這一次，他為自己做了一件禮物，慶賀自己率領大明朝步入天啟三年。

原先的構想是將整個大明王朝的國土縮小到一張桌面般大小，做成一座擺飾；北自長城，南至於海，山川嶺嶽，都城鄉鎮，全都按照比例做出來；但，想了幾天之後，他便宣告放棄，另想其他；因為，當構想進入具體籌備的時候，他發現，自己對所謂的屬於自己的大明國土十分陌生，更無特別的感情或深入的瞭解，因此，既沒有很大的興頭動手做，心靈深處也無法投入這件作品的精神——他認為「天下」毫無意義。

兩天後，他得到了新的想法：做一座大明皇宮。

感覺不一樣了——這是他熟悉的地方，從出生至今，從來沒有離開過！

他也想起了小時候，偷偷的看著整建宮殿的匠人們忙碌的敲敲打打，刨刨鋸鋸，滿心豔羨的往事……而今，小時的心願不但得遂，甚至可以擴大規模！

興奮之感油然而生，他立刻埋首於工作中；此後好長的一段日子都心無旁騖，只充分享受創作之樂。

作品完成以後，擺在桌面上展示，他自己背剪雙手，專注的看了又看，打眼眸深處發出滿足與喜悅的笑意來。

橫陳在桌面上，宛如一張棋枰，而整座宮殿布列其上，更像一局棋……他親手雕鑿的大明皇宮，和真實的建築物只有大小的差別，內容完全一樣；畫棟雕梁，飛簷藻井，白玉台階，曲折迴廊，前朝後廷，層層落落，井然有序；他看了又看，自己愛得不忍轉移視線。

然而，到了第二天，他突然發現這件作品有著嚴重的缺憾，立刻失聲尖叫起來：

「皇宮裏應該有『人』才是——朕怎麼疏忽了呢？」

不過，這個發現並不嫌晚……片刻之後，他想好了主意，事情無須「補救」，疏忽掉的「人」只須另做，再擺到「皇宮」裏去即可；甚至，這麼一來，這些「人」並不固定住，而是活動的，更有真實感！

原先的疏忽，未必是壞事呢！

於是，他更起勁的投入工作，開始設計、製作總數過萬的木偶；從以他自己為仿本的皇帝到皇后、妃嬪、宮女、太監、文武百官……木偶的顏面形容、身材尺寸、服飾冠帽，全都與真人一般無二！

大功告成之後，他當然更加高興，像下棋一樣的將這些「人」擺到棋枰上去，然後，前進後退、左行右走……所有的「人」都如棋子般任由他操縱——包括「皇帝」朱由校！

他把皇帝木偶放到龍椅上去，然後，文武百官一起跪倒，山呼萬歲——形式一如大明朝的早朝儀制。

接著，官員們開始向皇帝奏事，偶爾也因意見不合而互相爭論、罵嘴……

一套「早朝」演練完畢，他覺得有趣極了，於是，毫不厭倦的從頭又再演一遍，將所有的木偶操縱得栩栩如生——雖然在現實生活中，他已許久不上早朝，也沒能操縱任何人；甚至，他是個被操縱者。

每一次，魏忠賢來向他請示事情的結果就是反而得到更大的權力……他總是在忙於搬演木偶們上朝奏事的偶戲，而責怪魏忠賢打斷他的興頭，命令魏忠賢全權負責；天啟三年本是「京察」之年，他手中的木偶大臣們也將如真實的朝廷般舉行「京察」之典，作為操縱者的他正忙得不可開交。

因此，他完全不瞭解朝廷中的情形，聽不到任何一個臣子的聲音，不知道大家的心情，更體會不到這次「京察」背後所藏的隱憂。

他手中的木偶也不會發出這樣的聲音：

「又是京察之年了——」

但，年近八十、鬢髮已共霜雪一色的鄒元標，忍不住在感慨萬千之際，吁出一口長氣來，而後喃喃自語，發出這麼一個具體的聲音。

高齡的人睡眠少，他每每總在三更之前就起床，漱洗之後在庭院中來回走五百步以健身，而後讀幾頁書，再更衣著冠，五更以前離家上朝——皇帝雖然不上早朝了，他卻不肯廢禮，每天和一部分同樣堅持理念的大臣們，風雨無阻的上朝，一次也不曾偏廢過。

半年前，他與老友馮從吾等人在京師創辦了「首善書院」❶，仿效東林書院聚眾講學，事情多了，但也都是每天一大早先到宮廷外等候上朝，而後到金鑾殿上等皇帝現身；直到時間過了以後，才到書院去。

唯獨這幾天，因為是年假，朝班不開，書院也休息了，他才不在五更以前出門去；而在走完了五百步以後就坐在書房裏展卷閱讀。

但，反常的現象出現了——大半生的歲月裏，他最喜愛的事是讀書，常常一卷在握便渾然忘我；而這一天，他竟無法專心讀書，像是心中多了一尾泅泳著的魚似的，牽引著他的精神四處遊走，令他再三勉強都無法集中心思。

沒奈何下，他索性放下書冊，站起身來，走到視窗，隔著窗紙眺望隱現的天光，也整理自己的心緒，設法澄明下來。

感覺上，總像隱隱有個東西如異物突起在心裏……

許久之後，他才追尋到源頭——

是因為「京察」將至！

朝廷中又將有鬥爭與變動了；而自己也難以置身事外——事先的預兆早在兩個多月前就發生過，自己正是當事人之一！

自己心緒不寧的原因總算給找到了，但，隨之而來的隱憂還更重：

「那件事，只不過是浮在水面上的冰，結在水底下的冰是更多、更厲害的……」

幾個月前，他曾經考慮過舉用李三才❷——李三才是個能人，早年為官，政績很好，卻因與東林的關係以及名氣大、能力強、得民心而遭忌，早在萬曆年間便罷官落職為民。天啟元年，遼陽失陷的時候有御史房可壯連疏請用李三才，於是詔命廷臣集議，但歷經幾次會議，都沒有定案；之後，便有支持李三才起復的人來向他請託，希望他能助一臂之力，上疏舉薦；他基於「東林」的密切關係，一口就答應了。

不料就在這節骨眼上，反對李三才起復的人發出了強烈的聲浪，列舉李三才以往任官時的「十貪五奸」劣績，乃至於橫加誹謗，隨口誣以沒有真憑實據的罪名，全力阻撓李三才起復；他的奏疏還沒有上，索性就取消了。

因為，已在官場幾度浮沉的他，已經深刻的感覺到，事情不單純，其中不僅牽扯到東林的關係，也另有「是非恩怨」存在；如果自己硬是強力運作讓李三才復官，將使李三才陷身在難以自拔的是非漩渦中，反而害了李三才；而李三才如不獲起復，那麼，所有的攻擊與誹謗也將很快停止，反而保住了李三才的名譽。

這是他仔細思索後的決定，不料竟引來東林中人不滿——原本也受託要為李三才進言的僉都御史王德完就首先發難，當面譏嘲他、給他難堪。

他沒有計較王德完的語言，因為，那僅是對他個人的不禮貌而已，沒有什麼好計較的；真正令他心裏難過、憂慮的是隱藏在事件背後的、實質上的政治鬥爭。

打從朱由校即位以後，重用東林的人，朝中要職，多由東林中人出任，因此，朝野之中，人人都認為「東林勢盛」，非名列東林便無法在朝中立足。

但，從李三才這件事看來，他覺得，「非東林」的反撲勢力已經形成，而且已經是股很不小的實力。

他因為李三才的事，直接遇上過這股力量，因而感受比其他人來得深刻，而後，在經過一陣仔細的觀察、冷靜的思考之後，他斷定，朝廷中原有的「三黨」已經合流，而原來既非東林，也非三黨的一些人正在聚合，正逐漸在與三黨結合——原本一盤散沙的「非東林」，開始走向了團結之路。

而這樣的發展，卻是因為東林諸人的推動、促成——東林大力排擠非東林，一棒子把原本各自為政的非東林人士都打到一處去了。

其實，朝廷中所謂的「三黨」，原本也不過是反對東林的三股小勢力，最早在萬曆年間就成形了；其後經過重組，而無論名稱為何，與東林纏鬥多年的實質是一致的。

以往，三黨中只偶爾出過少數幾個人擔任朝中的重位，如沈一貫、方從哲，其他的人位階不高，人數不多，三黨且不團結，力量不大；而東林也只有短短的時間，有葉向高、孫丕揚、趙南星等人位居要職，大部分的時間都在野，雙方的鬥爭不容易發展成具體行動，大部分的形式只是「口舌之爭」而已。

但，現在，情形不一樣了——

「東林已在朝中位居各要職，今年『京察』大計京官，必將痛下殺手，打擊非東林之士；而非東林的反撲之勢已成，屆時，雙方會鬥得死去活來……」

他想得自己的心輕輕一顫。

「京察」一向是排除異己的厲害工具，歷年來，利用「京察」而行政治鬥爭的事情多到不勝枚舉，每一次也都造成嚴重的後遺症，甚至，出現根本料想不到的發展和影響來。

他忽然想到：

「那是萬曆十五年吧——顧憲成因『京察』而去職，因而重修東林書院，乃有今日之東林……唉！那是三十六年前的事了……」

霎時間，惆悵與惘然的感覺布滿了心頭，身體變得僵硬了，連手指都無法動彈。

顧憲成的墓木已拱，而一向為人與顧憲成合尊為「三君」的趙南星和自己，又重返朝中任官，事情是當時所料想不到的；而且，今年主持京察的人就是趙南星！

這是上天有意弄人嗎？

他清楚趙南星的個性，是個極端「擇善固執」的人；年輕一輩居要職的楊漣、左光斗等人的個性也是極端的、固執的；這樣的組合——他連想都不用想，屆時會在京察中採取什麼樣的手段了！

一縷驚怖的神色出現在他的眼眸深處……

緩過一口氣來之後，他踱步回座，無力感更深——原本還存有的去找趙南星一談的想法已經打消了，取而代之的是搖頭嘆息：

「東林中人，有誰還聽得進去我這番『以和為貴』的勸告呢？」

年前，他主持「外察」時，作風寬和，竟受到東林中的激進的後生小子們的批評，說他不如初仕時的果敢嚴峻，說他失去了銳氣，失去了道德勇氣，甚至說他：

「廉頗老矣，猶能飯否？」

當時，他本不想理會，實在被幾個人當面指著鼻子說話，覺得應該有所表示了，才寫了幾個字送出去作答：

「大臣與言官異。風裁踔絕，言官事也。大臣非大利害，即當護持國體，可如少年悻動耶？」

而儘管表面上維持著若無其事的平靜，心情還是失衡了，不由自主的起伏了一下。

他其實是個個性強悍激烈的人，仕宦之初，就因為上疏反對張居正奪情而被廷杖八十，謫戍都勻衞——當時，有幾個人敢這麼做呢？

而現在，他絕不是因為年邁體衰、失去了銳氣與道德勇氣，之所以反對東林攻擊、排擠非東林，主張雙方和衷共濟，乃是站在國家的全局考量。

當初，為維持禮法而戰，那是一種堅持；而今，不為排除異己而戰，也是一種堅持！

而索性轉向，創辦「首善書院」，更是一種堅持——對朝廷裏的種種現象感到無力改善的時刻，他並不是陷入悲觀絕望中，更沒有放棄努力，而依然堅持著希望，將希望寄託於學術中。

甚至，私心中也仍然潛藏著特別的願望：

「東林書院講學的風旨已經變質，而今，『東林』竟成政治實體，脫離了研究學問的意義；今後，唯願首善書院脫離政治，僅在研究學問的範圍中發展；講學授業，著書立說，純以研讀、探究經史真義為要，絕不涉他事！」

東林已經變質了，名列東林的人已經有多久沒有再走進無錫的東林書院一步，坐下來靜靜的讀書、研究學問了呢？

一場政治上的惡鬥即將展開，他已無力改變，以天下為己任的心志也已經縮小到只求維持住首善書院，使它成為一方淨土而已了……

註一：據謝國楨著《明清之際黨社運動考》：「……鄒元標辦的首善書院，就是現在天主教在故都最老的南堂。」

馮從吾是長安人，萬曆十七年的進士，改庶吉士，授御史。萬曆二十年以上疏勸諫，不久就罷官；此後家居二十五年，專心研究學問；光宗即位起復，天啟二年擢左僉都御史，兩個月後進左副都御史；後與鄒元標共建首善書院；卻因他生性正直，羣小惡之，魏忠賢得勢後即罷官；後因首善書院被毀，憤鬱得病去世。

註二：李三才是萬曆二年的進士，歷任戶部主事、郎中等職，早年即與魏允貞、李化龍、鄒元標等以志同道合，相與講求經世務而為莫逆。但此後幾人的際遇都不同，李三才成為毀譽參半的人，《明史》本傳論：「三才才大而好用機權，善籠絡朝士。撫淮十三年，結交遍天下。性不能持廉，以故為眾所毀。」

9

客青鳳「啊」的一聲從睡夢中驚醒的時候，還不到三更天；魏忠賢的鼾聲正有如按照規律般的節奏，平穩的起伏著，她所熟悉的鮮花香氣也如常的由懸在帳頂四周的紗囊中透出來，睜開眼，錦帳中昏昏濛濛的，沒有光，但也是熟悉的……一切都是熟悉的，但是，她覺得心裏是空的，在夢裏被人整個的掏空了，醒來後比置身在一個完全陌生的荒原中還要難受。

她的心不停的抽搐，身體不停的顫抖……

好一會兒之後，她伸手去推醒魏忠賢，含含糊糊的說：

「陪我說說話……我不要一個人醒著……」

魏忠賢一面揉眼睛，一面勉強打起精神來；他本性機伶，雖則白天事多，累得夜裏睡得熟，但是一被推醒，仍然能猜到好幾分情況；於是，他伸手拍拍客鳳的背，哄慰她說：

「做噩夢了——不要緊的，夢都是假的，不要放在心上！」

客青鳳索性把臉整個埋進他的胳肢窩裏，顫巍巍的說：

「有人抱走了我的兒子，還把我推下懸崖……我就一直往下墜……」

魏忠賢笑了：

「不是正好反過來了嗎？你現在在天上，是高高在上的『奉聖夫人』呢！你的兒子更不用說了，要封什麼沒有？明天我給他個『侯』爵❶！」

客青鳳搖搖頭說：

「那個兒子，哪裏算是我的呢？下地才幾天，我就進了宮，十幾年以後再見上面，根本不親，像個陌生的路人；他叫不出一聲『娘』來，我心裏也沒惦記過、牽掛過……」

說著，她啜泣起來：

「都為生了他，我有好奶水，才給拉進宮來，過那沒天沒地的日子，地獄裏頭蹲上十幾年哪……」

魏忠賢柔聲的安慰她：

「苦日子都已經過去了……都熬過去了，再也不見了！如今，天底下，再也沒有比你更神氣的人了！」

不料，客青鳳越發的痛哭起來：

「你不知道——我心裏苦哇——」

魏忠賢整個腋下都被她的淚水沾濕了，見她是真傷心，只得忍著睏，拚命的想話來安慰她；但客青鳳根本聽不進去，兀自哭著、呢喃著：

「我小時候家裏窮，沒飯吃，兄姊們餓死了好幾個，我娘生小妹的時候，血崩了，娘兒倆一起死了……全村子人，我臉蛋生得最體面，有個算命先生一見我就說有夫人命，大富貴呢，誰曉得，我爹還是養不活我，才六歲就給人做童養媳……十四歲上生了兒子，我可不知道哪個是兒子的爹……那家子，兄弟好幾個，拿我當牛馬一樣的騎……要不是有好奶水，他們要賣我到窰子裏去呢……」

一席話聽得魏忠賢也心酸起來：

「真想不到，你以前，有這麼一段可憐日子……」

但是，這話反成火上加油，客青鳳越發哭個不住：

「進了宮來，才更可憐呢！」

這個情形，魏忠賢就很清楚了：

「當年，別說是皇長孫的奶娘，便是皇長孫的親娘，日子也難過得很……」

他曾經親眼看到過，得寵的西李，當眾毆打王才人，皇宮中沒有一個人肯上前維護王才人……

然而，客青鳳心中還另有委屈：

「十幾年，守活寡——」

說著，她咬起了牙齒說：

「真是抱走了我的兒子，推我下懸崖啊！」

魏忠賢悄悄的嘆了口氣，一面再重複著前面的話來勸慰她：

「不過，那都是以前的事了，都過去了！如今，你高高在上，要什麼有什麼，再也沒有不順心的事了！」

客青鳳停止哭泣，換成一聲冷哼：

「要什麼有什麼？可全都是空的呀！」

魏忠賢故意逗著她說笑：

「不空，不空，我全都給你裝滿——前天，朝裏有兩個大臣給我送了一箱金銀來，我全給你，不就把什麼空的洞兒縫兒都給填滿了？再也不空了！」

卻不料，這話非但沒有讓客青鳳破涕為笑，反而更加悵惘：

「我要你的金銀做什麼呢？我已經夠多的了，可是，管什麼用呢？」

說著，她忽然又失聲痛哭起來：

「我要一個自己的孩子呀！金銀根本買不到——」

一邊哭，一邊將頭往魏忠賢的腋下鑽，順勢埋得更緊，一邊且伸手緊緊抱住他的腰，抽抽搭搭的說：

「我要生個自己的孩子，自己奶大，自己養大，一輩子都不離開一步……生下來，再也不給人……我再也不奶別人的孩子……我要生自己的……」

她心情殊異，情緒激動，身體不自覺的使出了力氣；魏忠賢卻尷尬了，掙紅了臉，訥訥的說：

「大姐，你要什麼都有……唯獨這個，不行啊……」

不料，他也因為心情殊異，說話的聲音壓得極為低微，客青鳳根本沒有聽見，一會兒之後，情況便更加尷尬。

他只得起身，鑽出錦帳來，穿好衣服取暖，然後坐在椅子上，靜靜的等待天亮。

留在錦帳裏的客青鳳也沒再出聲，而是圓睜著一雙眼睛，任憑冷冷的淚水流到枕上，將空了一半的枕頭濡濕得更加陰冷；僵在錦被中的身體一動也不動的蜷曲著，心裏的空虛感比原來加重了十倍百倍千倍，吞噬了她的全部。

而且，悲哀的感覺交相襲擊。

她不能不面對這個殘酷的事實：儘管他能夠借助於工具而給她許多歡娛和滿足，但無法與她生兒育女！

「他是個太監——」

皇宮中唯一能生兒育女的男子只有皇帝——那個她奶大的孩子。

而她也不是沒有費過心：早在四年多以前，她就已經誘使了那個自己奶大的、心智仍屬童稚，身體已經長成的孩子，走進她所布的慾網中。

當時，她的目的不過是牢牢的抓緊他，以確保自己的榮華富貴；面對不懂事的孩子，毫無情趣可言，她為了榮華富貴而忍耐了下來，卻疏忽了生育的大事。

他立了后妃以後，她也從魏忠賢所操持的精妙工具中享受到了前所未有的歡娛，反而一天天的親近魏忠賢，但是——

「俗話說，竹籃打水，一場空啊——」

想過來又想過去，想得她通體冰涼，淚水也流乾了。

幾天後，她空虛的心中生出了新的力量，很明確的告訴自己：

「我白過了這大半輩子，落得心裏給掏空了——以後，一定要填滿！」

金銀財寶對此時的她來說，已經沒有意義，要多少就有多少，一點也不希罕——她要的是金銀財寶買不到的東西：

「孩子，只有皇帝能生——皇帝生的孩子，將來也是皇帝！」

她決定重新忍耐那個毫無情趣，只愛玩木頭，身體也像塊木頭的皇帝，以求生個孩子；而且，未雨綢繆的預作安排——

定定神，她清楚的交代魏忠賢：

「先給我預備下所有打胎的法子和藥方——只要是世上有的，就全給備下；日後，只要宮裏有別的女人懷了龍種，就給墮掉！」

她的意志非常堅定，堅定得不容魏忠賢猶豫：

「我奶大的孩子，不許他落了好處給別的女人！他的孩子，只有我生的才算。」

已經萬分懼怕與她同床共寢的魏忠賢，在她面前是矮上半截的，哪裏敢有半點遲疑、敢不點頭應是呢？

客青鳳猶且再加上一句：

「朝裏的事，都由你發落；宮裏的事，得聽我的！」

魏忠賢陪著笑臉，恭敬的應上一聲：

「是的。大姐。」

同時，客青鳳也深謀遠慮般的提醒他：

「多找幾個巧手木匠來——提防趙明黔驢技窮了，減了小皇帝的興頭，不做木工，親自上朝了！」

這話一針見血的點中要處，魏忠賢當然連聲應著：

「是的。大姐。我立刻去辦！」

註一：《明史．熹宗本紀》記熹宗即位不久即「封乳保客氏為奉聖夫人，官其子。」〈宦官傳〉記：「（即位）未踰月，封客氏奉聖夫人，蔭其子侯國興、弟客光先及忠賢兄釗俱錦衣千戶。」

10

大半年的時間裏，努爾哈赤專心一意處理蒙古的問題——他既已感受到了林丹汗的雄圖和野心，當然自己更要一步緊接一步的搶到先機，對付林丹汗。

另一方面是蒙古喀爾喀札魯特部貝勒巴克，於天命八年正月到遼陽來朝見，雙方的關係又有了進一步的發展。

早在多年前，喀爾喀的巴岳特部便歸附於後金，達爾漢貝勒的兒子恩格德爾娶了他的侄女巴岳特格格，做了他的「額駙」，成為後金的一員；其他三部：巴林、翁吉拉特和烏齊培也都與巴岳特同心齊力，與後金結為盟邦，或索性歸附，成為後金的子民，唯有札魯特部，態度反覆無常，不時出些令他不快的狀況。

札魯特部本是喀爾喀五部中實力最強的一部，貝勒介賽也是個不凡的英主，曾經自恃兵強馬壯，而與明朝交換條件般的立盟誓；喀爾喀五部在巴岳特部的主導下，遣使來共尊努爾哈赤為「昆都侖汗」時，他不但不反對，還派人來共同與會；但日後卻多次在暗中做怪，扯後腿。

最嚴重的一次是天命四年七月，後金軍攻取鐵嶺；介賽竟先接受明朝的條件，協助明軍作戰——這支軍隊埋伏在城外的高粱地裏，襲擊後金軍；交鋒的結果卻是大敗，介賽和二子、三婿、二弟及兵將兩百多人都被俘擄。

當時，努爾哈赤在經過一番思考後，沒有處死介賽，而僅是囚禁；兩年後，札魯特部遣使來談條件，願以牲畜萬頭贖回介賽，並以二子一女為質，保證札魯特部此後與後金結盟為友好，絕不為敵。

這當然是雙方關係轉變的最好的契機——努爾哈赤立刻就答應了，於是與介賽盟誓，又命諸貝勒送介賽返回，並以所質之女嫁給代善為妻。

冤家變成親家了，而後，他派人與五部會盟，札魯特部的表現非常好……而今，巴克貝勒親來朝見，當然又把雙方的關係拉得更近、更密切。

他自然要將這次的朝見視為大事。

而關於科爾沁部，所行的是另一種方式。

皇太極的「請期」之舉，圓滿達成，雙方約定在兩年後舉行婚禮；但，他也得到一個確實的消息：

「林丹汗對科爾沁部交好後金大為不滿，既要科爾沁部也嫁一個女兒給他，又將科爾沁部列為第一個要攻伐的對象——甚且揚言，將在結冰、草枯以前，夾擊科爾沁部！」

消息並不令他感到意外——其實早在他的意料之中——他也早已開始準備這遲早都要發生的戰爭。

而相對的，關於明朝的情形，他沒有採取具體的行動，但也沒有放過任何一個可靠的消息。

明朝連續任命了兩名總兵官，也都賜給了尚方寶劍——正月裏，由孫承宗所推薦的馬世龍❶

出任遼東總兵，二月裏又賜了平遼總兵毛文龍❷尚方寶劍。

這當然表示，明朝對遼東的問題十分重視……

而他也胸有成竹的想妥了應對之策：

「孫承宗固然是能人，但，能在遼東待多久呢？」

他一本對付熊廷弼的方法——避免直接對壘，等待明朝自己罷廢這些能人之後再出兵——這是不費一兵一卒的上上之策，而且，已經得到過成功的經驗了，他對自己所訂的對策非常有把握。

而孫承宗其實早在出任兵部尚書、東閣大學士之初就已經開始得罪朝廷裏的部分大臣了。

第一個原因在於他是個有見識的人，看得清問題的重心，於是一上任就上疏指出，目前的國防問題，基本上是在於「兵多不練，餉多不覈」，所以，軍隊的作戰能力差；而且，在制度上也有亟待改進的缺失：

「以將用兵，而以文官招練。以將臨陣，而以文官指發。以武略備邊，而日增置文官於幕。以邊任經、撫，而日問戰守於朝。此極弊也。」

而這些話固然說得一針見血，卻影響到許多人的利益。

「兵多不練，餉多不覈」，是因為兵懶，因為官貪；而兵既已懶慣，官既已貪慣，一旦被要求「勤」、「廉」，豈非都恨死他了？

而以文官節制武將，本是大明朝開國之初就立下的制度，以防止武將擅權，哪裏又會想到文官不懂軍事，胡亂指揮，反而壞事呢？

他既要改變已行之兩百多年的舊制，也剝奪了原本可以節制武將的文官的權限；被奪權、削權的文官當然氣憤填膺。

耿介的他盡責的針對弊病提出改革意見，忠言直述，而沒有注意到這些話已經為他招來仇怨；接下來，他開始追究遼東失土的責任，彈劾好幾個要人，這麼一來，結的仇又更多了。

而後，他支持袁崇煥守寧遠的計畫，更換了不適任的王在晉，於是，與王在晉交好的人——包括遼東總督王象乾在內——全都對他暗恨在心。

他前腳一離京師、赴遼東督師，朝廷中便立刻響起攻擊他的聲音，你一言我一語的講論不休，奏疏便如雪片般的飛進宮去。

埋首在製作木器之樂中的朱由校當然不聞不問——奏疏全落到魏忠賢的手裏。

小太監將這些奏疏一個字一個字的讀給魏忠賢聽，魏忠賢聽後沉默了下來，半晌拿不定主意。

首先，大臣們上的奏疏都寫得太「文」了，沒有讀過書的他對一些深奧的文句無法揣摹意思；其次，他不懂軍事，不知道孫承宗受到批評的戰略部署究竟有沒有道理；第三，他不懂遼東事務，無法評斷這些眾多而龐雜的意見。

苦思了半天之後，他才豁然開朗——倒不是問題迎刃而解了，而是他想到處理的方法了。

他決定挑選幾個能幹的心腹太監，攜帶一批武器為補給、金銀為犒賞，以送補給品和勞軍的名義，去到遼東，實地察看情況；同時，心裏頭存著一個微妙的想頭：

「孫大學士以前在經筵上講書的時候，很受敬重的：我若能與他結交，總可以助長聲威……

如今，他受人攻擊，也正需靠我替他化解呢！」

這是一個時機——於是，他特別交代自己派去遼東的心腹劉應坤：

「替我向孫大學士致意，得便的時候多敘敘！」

賜給孫承宗個人的獎賞是坐蟒、膝襴、金幣，當然是以朱由校的名義頒賜，但他沒忘了交代劉應坤暗示孫承宗，這些頒賜其實是他的意思——現在，所有的「上諭」、「聖旨」都是由他代發的。

而這麼一來，孫承宗便連魏忠賢也給得罪了。

劉應坤回報給魏忠賢的話是：

「孫大學士悶不吭聲兒，沒有回覆的話！」

其實，這樣的反應，對孫承宗來說，已經是極盡忍耐之能事了——他一向以「士」自許，哪裏肯結交權閹呢？

幾個月後，他所推薦任遼東巡撫的閻鳴泰成了這一波人事紛爭的犧牲品，率先去職——在表面上，閻鳴泰是主動求去的，實質上是因為受不了朝廷中言官們的彈劾。

他其實在推薦了閻鳴泰之後，已經發現了閻鳴泰無實質能力，軍事大多不與商議了，而依舊導致這樣的發展——無奈之際，他也意識到，自己的處境已經開始變壞，工作將推動得十分困難，興復遼東的願望更難實現。

甚至，一道「不如歸去」的念頭打心底升起：

「事既不可為，不如罷官還鄉，效法陶淵明，過過『倚南窗以寄傲，審容膝之易安』的日子，做個怡然自得的『五柳先生』吧！」

亂世功名竹上蝸，面對著羣小羣奸，縱有天大的抱負和本領，也全都施展不開啊！

這一夜，他思前想後，整夜都無法入眠，索性披衣而起，撚亮了燈，就在燈下揮筆擬好一份乞休疏，請求辭官歸里。

一揮而就，寫完最後一個字之後，他從口中吁出一口氣來，心裏也大大的鬆了口氣；這個皇帝昏愚、權閹當道、羣小盈朝的大明官場，根本沒有什麼好留戀的，就此揮別了吧！

霎時間，他有如丟掉了一大包積壓在精神上的垃圾一般，覺得輕鬆無比，再也沒有負擔與愁煩，更沒有責任與壓力。

註一：馬世龍是寧夏人，由世職考中武會試，歷宣府游擊，天啟二年任永平副總兵，為孫承宗所特別賞識、重用，因而青雲直上。

註二：《明史》中〈毛文龍傳〉附於〈袁崇煥傳〉後，記：毛文龍為仁和人，以都司援朝鮮，逗留遼東。遼東失，自海道遁回，乘虛襲殺大清鎮江守將，報巡撫王化貞，而不及經略熊廷弼，兩人隙始開。用事者方主化貞，遂授文龍總兵，累加至左都督，掛將軍印，賜尚方劍，設軍鎮皮島如內地。此後他著力經營皮島，橫行不法，竟而為袁崇煥所殺，引發一連串後續的事。

11

主持「京察」的趙南星一本他耿介、正直、一絲不苟、半毫不阿的個性與行事風格，執行他「整齊天下」的任務，將他心目中的奸佞小人趕盡殺絕。

這已是他第二次操持京察的大權——距離上一次的萬曆二十一年，剛好是三十年的時間。朝廷裏還有不少年事已高的人記得當年的往事，也有不少年紀不大的人聽聞過當年的往事……當時，趙南星任考功郎中，與吏部尚書孫鑨同掌京察，雷厲風行、鐵面無私的罷黜不適任的官員，不料招致反彈，而且獲罪，除了兩人去職以外，連疏救的人也全都罷官，弄得朝中善類幾空……趙南星便因此而閒居了二十幾年；直到朱常洛即位才起復。

這一次，事先便有人竊竊私議著，年事已高的趙南星會以什麼樣的態度主持現今這場「癸亥京察」呢？是一本三十年前的「鐵面鐵心」呢？還是像鄒元標一樣，執政的態度已調整到寬和了？兩種猜測都各自成理，談論了好一陣子。

直到時日逼近，這兩種猜測的談論才停止了其中之一——趙南星的「秉公無私」的態度和立場日趨明顯，大刀闊斧整頓吏治的原則也完整顯現。

一些自己「心裏有數」的官員開始恐懼起來……

這天，趙南星請來高攀龍、楊漣、左光斗、陳于廷、魏大中等在朝的東林之士，明白宣告自己將要採取的行動：

「當今吏治敗壞，為人所詬病，其因幾端；首先，大臣聚朋結黨，互營私利，互相援引、包庇，所謂『結黨亂政』，國之大患！其次，人情請託、財利賄賂作祟，使薦舉一途藏污納垢；本部曾聽說，一職出缺，圖謀者眾，巴賄之金便節節上升，有多至三、四十萬金的，聽來令人髮指！其三，上位者貪，下位者謀；如今，許多官員不以民生疾苦為關切重點，而將心思放在巴結權要上，甚而巴結後宮太監上，一旦得位，則乘機斂財；如此反覆循環，便將吏治弄得如摧枯拉朽般一路壞下去……這諸多弊病不除，我大明難有『天啟之治』之望；是以，今年的京察，本部將嚴加整治這些弊病，罷黜不當在位的小人，澄清吏治！」

一番話，說得義正詞嚴，楊漣不由自主的率先發出共鳴：

「老大人說得是！」

接著，他滔滔不絕的說了許多自己的意見，呼應趙南星的談話，也補充了一些細部；一說完，左光斗又立刻接下去……

與會的這些東林人士，意見、想法一致，個性也都有些相似，因此，全都與趙南星有著共識；而既都是趙南星的晚輩，當然就惟趙南星馬首是瞻；一席話談下來，幾乎沒有出現半絲半毫異議——大家一致贊同，並且大力支持趙南星嚴整吏治的做法，甚而在有意無意間遺漏了聽聽聲望、身分與趙南星等高的鄒元標的意見。

於是，趙南星「銳意澄清」的意見和「鐵面、鐵心、鐵手」的做法，成為東林集團共同努力的任務。

幾天以後，「毫不容情」的整肅便展開了——

趙南星既認為，大臣結黨亂政是當前吏治敗壞的首因；卻認為，已是實質的政治團體的「東林」不是「黨」，「三黨」才是名副其實的「黨」，於是三黨的成員就首當其衝的成為他「痛下殺手」的對象。

「齊黨」的首領元詩教便名列「被罷黜榜」上的第一人。

緊隨在後的是趙興邦、官應震、吳亮嗣——都是三黨中的要人，罪名當然是「結黨營私」。

但，第一波的這四個人被黜的名單一公布，立刻引起反對的聲音：既非名列東林，也不是三黨中人的吏科都給事中魏應嘉首先提出異議，認為不妥，因為，這四人雖然有結黨之實，但沒有重大的惡行，是否應受到這麼嚴厲的處分，還有待商榷。

不料，這個意見一提出，立刻引發趙南星更激烈的反應。

「擇善固執」的趙南星連夜寫出了《四凶論》的專文，以「深惡痛絕」的態度陳述這結黨的「四凶」是絕不可寬貸饒恕的「小人」，否則將導致嚴重的後果；而且，除了下筆激烈犀利之外，他更迅速的與考功郎中程正己展開行動，立刻將四人罷斥，制止反對的聲音。

接著，他繼續追究其他官員的謬失，如浙江巡按張素養曾經推薦過不當的人，罰以奪俸；陝西高弘圖、山西徐揚先等人也因提薦而遭劾……一切他認為不當的人與事，都提出嚴厲的指責，以及特別重的處罰。

他像是急欲一吐自己沉寂了二十多年，滿腹理想無法發揮的悶氣，又像是急欲在一夜之間就將大明朝的吏治整頓得一清如水似的，大刀闊斧的將每一個被他認為是不適任的官員們都逐出朝廷。

個性嚴正剛毅的他，行事的風格更加倍果敢，完全不容別人的意見和商量的空間，更不作自我檢討、反省，不對東林人士作同樣嚴格的考察；似乎，在他的標準中，只要名列東林，就是正人君子，就是適任的官員；相對的，非東林的人就是小人，必須排除。

東林的第二代中既有個性與他接近的楊漣等人，也有許多崇拜他多年的人，幫著他來進行這次「澄清朝臣」的工作，大刀闊斧的排除異己；一時間，朝廷裏風起雲湧起來。

但，事情的發展卻不如他的預想，一舉澄清大明的吏治，締創「天啟之治」；反而是鄒元標的憂慮成真了——

被罷黜的官員們當然不會「束手就黜」，而既思保位，就羣起反彈；於是，三黨聯合成同一陣線；原先並非三黨成員的一些人，則在被罷黜的陰影下感到自己力單勢孤，便索性投入三黨。

但，因為受到東林的排擠而團結、而日益坐大的三黨，仍然對己方的實力感到不足，於是有人開始主動建立管道，聯繫後宮，送入大批財禮，向魏忠賢求援……

「小人」們不但沒有被悉數驅逐，反而使朝廷中的生態發生變化；暗潮洶湧澎湃，逐漸滙聚成新的力量，即將掀起驚天動地的大變動。

朝廷之中便因而瀰漫著一股特殊的氣氛，在無形而又令人心中不安的壓力，以及有形的東林與非東林之間的惡鬥所帶來的不和諧感，雙重淤積下，這氣氛幾欲令人窒息。

人們對於「天啟之治」的夢想，早已開始產生疑慮，甚至已開始產生幻滅感……

唯獨身為一國之君的朱由校，對這一切都毫無所覺，而只專注在他自己的木器作品上。這天，他所欲興建的工作坊正式動工了。

他高興得跟個什麼似的，從兩、三天前就睡不著覺，興奮、雀躍的數計著動土的時間，甚至，一日數回走到預定的工地，忘情似的看著猶是空無一物的地面拍手叫好。

心裏面存在著美好的遠景，那完全屬於自己的工作坊中會有足夠的空間、完整的工具、良好的通風、明亮的光線……他還不只一次的對客青鳳說：

「以後，朕做木工的時候就不會吵到你了！」

客青鳳也不時的打趣他：

「等房子蓋好，你索性就搬出乾清宮去吧！要一天十二個時辰都在敲敲打打、釘釘錘錘的，也無所謂了，橫豎吵不著我了！」

他沒聽出來這話裏的譏訕意味，反而連連點頭；然而，就在工作坊動土之後的第五天，坤寧宮的張皇后派人來向他報告噩耗。

張皇后懷胎三月，不意竟小產了……

當時，他剛從工地返回乾清宮，心裏還全是興奮的感覺，一聽這話，登時瞠目結舌，好一會兒之後才發出帶著微顫的驚呼：

「什麼？怎麼會呢？」

他其實還沒有做父親的心理準備，張皇后懷孕之初，他在接受全體後宮中人道喜的時候，心裏只有些許混合了驚異與奇妙的感覺，所謂的「喜」，還是經過別人的提醒才領略到的……過後，他也不怎麼擺在心上，更少去到坤寧宮關切這事，一本平日，與張皇后一個月裏只見上兩三次面——他的時間與心思儘多是用在做木工上。

但，意外發生了，他還是感到驚異，不免連聲的問：

「怎麼會這樣？為什麼發生這樣的事？」

下意識中興起的第一個念頭便是：

「給朕召太醫來問！」

而客青鳳立刻接住他的話頭：

「唉！這種事兒，太醫也沒法子啊！」

說著，她又是連聲嘆氣，又是愁眉深鎖的傳達著她的悲傷與遺憾，一面仔仔細細的對他說：

「許是你在皇宮裏蓋房子，地氣沖到胎氣了，以前，我聽老成的婆婆、媽媽們說過，家有孕婦，是連往牆上釘根釘子、門上裝根栓子都不許的；一個不留神，就會動到胎氣！這回，也都怪你，湊在皇后懷胎的時候蓋房子，當然就出事情了！」

朱由校越發傻眼，愣了好半晌說不出話來，過了許久才問客青鳳：

「這會子，該怎麼辦呢？」

客青鳳嘆著氣說：

「還能怎麼辦？認命吧！孩子沒了就是沒了，求了玉皇大帝也活不回來了！」

朱由校又出了好一會兒神，想了想說：

「朕去趟坤寧宮，看看皇后吧！這會兒，她一定挺難過的！」

客青鳳連忙阻攔：

「你的身分是皇帝啊，怎好親自到不祥之地看這等血光的事呢？讓魏忠賢走一趟吧，他人仔細，事情辦得周到；另外呢，叫太醫開點補身的方子，算是你的賞賜，也就『皇恩浩蕩』了！」

朱由校一聽有理，於是照辦，而且多吩咐了一句：

「你跟魏忠賢說，多替朕慰勉幾句；跟太醫交代，藥材盡量用上好的！」

客青鳳回道：

「是啦，賞兩枝千年老山參吧！」

朱由校連點了兩下頭，接著又出了一會神，過後卻說：

「你說，是蓋房子沖動胎氣的——朕便吩咐他們，暫停兩天的工好了，免得再沖到人！」

客青鳳忍不住暗自偷笑一聲，臉上力持恆常的對他說：

「人是不會沖到的，胎兒才會！」

但，話一出口，又覺得不對勁，立刻補充著說：

「不過，為防再沖犯什麼，還是召幾個道士進宮來，在工地上作作法，驅驅邪吧！」

朱由校不置可否，過了一會兒才說：

「你去張羅吧！」

客青鳳卻裝模作樣的嘆著氣說：

「唉！早該召道士來的——要是先作過了法再動土，說不定就不沖胎了呢！」

說著且自怨自責：

「我也是糊塗了，沒早提醒你！」

朱由校輕輕的說了句：

「這哪能怪你呢？」

一面卻不自覺的皺起了眉頭，自己撫著胸口說：

「好悶——」

客青鳳連忙柔聲說：

「叫人來推拿吧！」

一面且殷勤的扶他上床，一面說道：

「胸口悶，準是聽了這不好的事，氣血淤住了——趕緊把這事兒給忘了，胸口就不悶了！」

嘴裏說著話，手裏忙著為他寬衣解帶；扶他躺好，蓋上被子。

一會兒功夫之後，幾個專門負責推拿的太監們來了，一起上來伺候，她才得便退開身去。負責推拿的太監們全都受過嚴格的訓練，推拿的本領高明得有如出神入化，動起手來不消半個時辰，便能令人氣血通暢，肌肉鬆弛，疲勞全消，通體輕舒，而後恬然入睡，忘卻一應煩惱。

這些太監也都經過魏忠賢親自挑選、調教——她是絕對放心的。

朱由校這一睡，便至少要兩個時辰以後才會醒過來，她可以從容的和魏忠賢親自去到坤寧宮，察看張皇后殞胎的詳細情況了。

時節正值明媚亮麗的春三月，而大明的宮中朝中，所盈溢的竟是一股邪毒之氣。

同時，春光一樣將遼東催動得百花盛開，而處在遼東險局中的人們心裏滿是黑雲與巨石，根本無意欣賞春光帶來的美麗的春柳春花……

才一聽說孫承宗送出了「乞休疏」，剛從寧遠巡視回來的袁崇煥顧不得滿身滿臉盡是塵泥，也顧不得天色已黑，更顧不得求見的禮數，急吼吼的衝進孫承宗的官署，一見到孫承宗，不先行禮就喊叫起來：

「大人要棄遼東十萬生靈於不顧了嗎？」

他身量瘦小，臉頰瘦削，面色赤黑，音量卻大，情急之下喊叫起來，氣勢更是驚人，登時把孫承宗聽得為之色變。

但，孫承宗所為之動容的，倒不是他這唐突的態度，高亢的聲音，而是這個短而一針見血的內容，準確的切入了他的內心。

他登時一愣。

而袁崇煥卻追擊似的再往下說：

「大人，切切不可——」

語氣漸漸和緩了一些，但說話的內容更加深入、中肯，更加讓他無法應對：

「自大人到任以來，辛苦部署，整頓人馬，撫慰百姓，遼東才漸趨安定，漸有防禦能力，漸可遏止努爾哈赤南侵；而今，大人萌生去意……卑職斗膽斷言，大人離遼之日，便是後金鐵騎據遼之日；大人固不在意己身的功名前程，不在意以往的辛苦付諸東流，卻何忍讓遼東的國土落入敵手？遼東的百姓陷入苦海？」

說著說著，袁崇煥的眼睛竟然紅了起來；四周的氣氛隨之變得非常沉重，而孫承宗也更加說不出話來。

兩個人的心中都充滿了難受的感覺……許久之後，孫承宗還是默不出聲，袁崇煥卻不在意自己的嗓子已變得沙啞，聲音已帶硬咽，又重新說下去：

「卑職聽說，後金據我多處國土後，凌虐我朝百姓，屠殺無辜，致百姓們羣起反抗，卻難擋他兵強馬壯，而被殺戮得更慘……」

他開始列舉種種慘烈的事實：

努爾哈赤每攻下一地，必令百姓剃髮梳辮，改換服裝，以示歸順，如果不從，必遭殺戮；其次，努爾哈赤常為方便管理或戰略需要，下諭令漢民們集體遷移，不從者殺，不耐勞苦死於途中者不計其數；其三，後金因新建基業，築城建屋等事，需要大批工役，也召漢民為差役，役工繁重，苦不堪言；其四，清查、徵收糧食，以應軍需，便常有侵奪民糧的事發生，致遼民餓死者甚多[1]……

「哀鴻遍野，生靈塗炭，遼東已成煉獄！」

他整整說了一個時辰，得出的是這麼一個令人心酸的結論，而接下去，他還再多說了一句：

「大人如若棄遼東而去，則遼東僅餘的寧遠等地很快就會落入敵手；而後，敵騎逼進山海關；只怕，大人將要親眼目睹我大明朝全部的百姓，半數死於屠殺，半數剃髮更衣，為那努爾哈赤築城建屋了！」

孫承宗終於發出了一聲濃重、低沉的嘆息，而後低低的吐出一句話：

「不要再說了！」

註一：據《滿文老檔》、《明史記事本末》等籍記載，後金占有遼東後，曾出現凌虐遼民的行為，同時也引起了遼民的反抗與逃亡等舉動。

第二十二章

紫氣關臨天地闊

1

風暖日麗的三月，天地間有一雙看不見的手，描畫出「綠楊煙外曉雲輕，紅杏枝頭春意鬧」的美景，和「羣鶯爭暖樹，新燕啄春泥」的生機，令人心曠神怡。

這一天，努爾哈赤帶著少數幾個人，繞行剛落成的遼陽新城一周——新城是攻下遼陽之後所築，離舊城只八里，位在太子河東❶。

城的周圍有六里多，高三丈五，東西廣二百八十丈，南北為二百六十二丈五尺；城門共建八座，北向者兩座，分別命名為懷遠、安遠，東向者為迎陽、韶陽，西向者為大遼、顯德，南向者名龍源、大順。

每一座門他都親自下馬仔細查看，而後，登上城樓，站在高巍的城樓上，眺望遼闊的四面八方。

沃野千里，盡皆屬於他了呀——心中當然升起了一股滿足感。

後金國的版圖已經擴增得難以一眼望盡，只有在地圖上才能看見全貌；佇立城樓眺望，遊目騁懷，其實見到的領域不到百之一、二，但，他仍然心曠神怡，得到了「擁有」的感覺。

陽光照在臉上，反射出金光。

他的雙眼炯炯有神，光芒遠勝日照，眉宇間自然而然流露出來的氣概，是飽含著從容、自信、蓬勃、強旺與堅毅不拔的英氣；脖頸上如兩顆棋子般、昔日為敵箭穿射而過留下的傷疤，並沒有因歲月流逝而磨滅，依舊鮮明的呈現著，像是為他留下一個奮鬥的痕跡與紀念般的長駐於身體上，也將生命中的奮鬥精神具體凸顯出來。

這年，他六十四歲，一生所締創的生命意義已具體成形，歷史定位也已具體成形；開國之君，創業雄主的勳業更已具體成形。

佇立在城樓上，他傲視睥睨。

這座新城，他將命名為「東京」，也準備將赫圖阿拉命名為「興京」——潛藏於心中的，當然還有一個令自己欣慰的想法：

他所駐居的都城，都將以「京」來命名，以呼應已經創建的國家——後金，將是一個泱泱大國，擁有大國的規模與格局；京師的命名，代表一個重要的精神意義！

這一切，在在令他滿意，而心中還有更進一步的計畫。

隨後，他傳喚皇太極來問：

「瀋陽城的興建工程到什麼地步了？」

他直覺的認為進度落後了，因為，在記憶中，發出興工命令至今已有好長的時日。

皇太極略帶愧色的向他回報：

「城池已近完工，但宮殿尚未動土！」

瀋陽城的修建不比遼陽——努爾哈赤心目中的瀋陽城，規模遠比遼陽要大得多了，而原來的瀋陽城卻只有遼陽的一半——要拓建的地方太多，根本不是三兩個月就能完成的。

但，工程畢竟是落後了，皇太極的臉紅了起來，低著頭，恭敬的向他說明，除了工程大以外，還有一個影響工程進度的問題：

「徵召的工役常有死亡、逃亡等事，以致人手不足，延誤工時！」

這個說法努爾哈赤不滿意，沉聲說：

「有問題，就該及早解決才是！」

說著，他立刻決定，親到瀋陽巡視，瞭解全面的狀況；皇太極不敢多話，唯唯諾諾的陪侍他上路。

一路上，他似是教訓，又像是教導似的對皇太極說：

「我知道幾個貝勒、大臣們私心裏並不贊成我再遷都瀋陽；說是遼陽本為首府，又大又富庶繁華，為什麼捨而不用？又說興建瀋陽城邦宮殿，勞民傷財，耗費過大；這些話，我全都聽說了；但你絕不能以此為慮，耽誤了興建的進度；這些話都是沒有遠見的，說這些話的人也都是見識不足之輩——你來看看，瀋陽的條件可優於遼陽太多了，光以『四通八達』來說，便是遼陽比不上的！」

他先從戰略上考量：

由瀋陽出兵征明，渡遼河前往，路直且近；北征蒙古，兩、三天就能到達；南征朝鮮，經清河進發即可！

作為經濟上的用途也非常得天獨厚：

瀋陽近渾河，通蘇克蘇滸河，於蘇克蘇滸河源頭處的森林伐木，順流而下，便當之至；且近處有山，獸多參多，礦亦多，饒資產，河中之利兼得魚水，能供民生之需；四郊多平疇沃野，水源豐足，既利於農耕也利於繼續擴展，即使人口增加到五倍之數，也能有足夠的糧食、飲水、房舍供應；交通方面，水路兩宜，能發展商貿，增設集市……

他說了很長的一段話，皇太極先是恭敬的、仔細的聽著，心裏面牢牢記住這些話，一面思索適當的語言回應；聽完後，他沉默了好一會兒，想妥了說詞後才審慎的回稟——他先是應承似的說：

「孩兒瞭解了瀋陽的優點，和興建瀋陽城的必要，孩兒會謹記父汗的教訓，也絕對不會因別人的言語而影響了父汗交付的任務！」

接著鼓起勇氣，誠實的說：

「瀋陽城興建的工程進度落後，還有一個原因，乃是孩兒不但沒有全力催逼築城的夫役，還約束下屬，不得待夫役們太過嚴苛……是以築城的速度大不如前，請父汗責罰！」

努爾哈赤感覺到個中有文章了，應該徹底瞭解情況，於是先不給他責罰，而是追問：

「你為什麼這麼做呢？」

皇太極先是輕聲一嘆：

「一開始，孩兒發現築城的夫役逃走的很多，於是一面下令嚴加捉拿，捉到的當眾處死，以作警戒；一面派人嚴加防範，不讓夫役們有機會逃走；不料，一段日子下來，不但逃走的人數沒有減少、被處死的人數不停增加，連留在原地的夫役也多有病死的，導致人手不足；孩兒這才覺得問題非同小可，更不能一力嚴加催逼，否則，會弄到一個夫役也不剩的地步，因此，花費許多時日苦思良策——」

努爾哈赤冷冷的看著他，板著臉問他：

「那麼，你想出良策來了嗎？」

皇太極立感不自在，頭低得更低，小聲的說：

「孩兒請教了別人，才得了良策；但，此策須費些時日才能見出成效，因此，先前未敢率爾稟告父汗！」

接著，他作了詳細的說明：

「孩兒於偶然間認識了一名漢人，此人姓范名文程❷，本係縣學生員，我軍攻下撫順時被擄，原發在鑲紅旗下為奴，因為學問很好，周遭的人漸漸敬重起他來，不但不以他為奴，還視他為師，請他說說漢文書上記的史事、講的道理來聽，見有不識的漢字，更是去問他，請他解說；孩兒識得此人，是因為我軍攻下遼陽時，孩兒在官衙中搜得了一批官書，數量甚多，但是大半都無人看懂；孩兒先找李永芳來問，不料他乃武將出身，讀書不多；後來才有人推薦了『范先生』來，經他一一解說，孩兒這才明白了這些官書究竟是什麼……」

他一口氣不停的說著，竟把努爾哈赤的好奇心勾起來了，聚精會神的聽著，聽完，也聯想起近日來存在於自己心中的困惑，隱隱有個新的念頭在成形；但，最關切的還是一個要點：

「他給你說了什麼良策——」

於是皇太極又從頭說明：

「首先，要讓夫役們吃飽睡足，有病診治，不使過度勞苦，並且建草房供夫役們居住，不使露宿；其次，編列成隊，仿同『牛彔』之制，使有組織，便於管理；他並說，可讓夫役們有家眷者攜來同住，令婦女們司烹煮漿洗，便各盡其用，各得其所，夫役們的逃跑、死亡之數必然大減；而假以時日之後，可將這批夫役用做專司營建的人，何處要築城營室，便全體調派過去……」

努爾哈赤聽後心裏波動得更厲害，但表面上不動聲色，沉默了一會兒，隨即命說：

「傳此人來見！」

說完，他又覺得該給皇太極一些提示，於是緩緩的說：

「最近，咱們新得的地方，常有漢人反抗的事，不能全靠壓制來解決，得想出點好法子來——你得空時要多和這些學問好的漢人談談，問問他們治理漢人的辦法……我也在想，將來要設漢軍旗，讓新降附的漢人安安心心的做後金的子民！」

說著，他且語重心長的補充：

「以往，我費心制定了許多制度，以牛彔為基，設旗，設札爾固齊……使轄下軍民全部安居樂業，連同前來歸附的、以武力降服的各部，全都融為一家，和樂無間，從無反抗、叛逃的；但，近幾年，收取的是明朝的城池、百姓，情況就不同；我反覆省思，也許，治理漢人需用另外一套辦法……」

皇太極立刻回應：

「是的。孩兒盡量學會治理漢人的辦法！」

努爾哈赤點點頭說：

「我軍一向戰無不克，但，戰勝後的治理之術必須加強——否則，戰打勝了，城池占了，百姓們全都死光了，逃光了，僅剩一座空城，有何用？我已能預見，我國立國之初，最要緊的事是征討各部，開疆闢地；立國之後，便須學治理之術——」

說著，他拍拍皇太極的肩頭：

「再過些年，後金國的皇帝做了全中原的皇帝，就無須再親披戰袍，東征西討，開疆闢地了；但是，國境越大，治理越難；我後代子孫，都須將全部心力用在治理上頭——即從現在起，大家加倍留心這治理之術吧！」

他的話包含了多重用意，而皇太極也心領神會了，於是，全身熱流滾滾，兩眼發亮，並且以一種高亢、熱切、有力的聲音應說：

「是！父汗教訓得是！」

剛說完，侍衛來報，范文程傳到。

進來的是一個二十多歲的年輕人，因為身分是奴隸，衣著極為寒酸，但是身材高偉，容貌清俊，儘管低著頭，行走的腳步小心翼翼，但舉止莊雅，神態從容，很自然的流露著一股異於常人的書卷氣。

努爾哈赤一看，心裏先暗自嘀咕：

「這模樣的漢人文士，倒是第一次見到……」

漢人文士他見得多，早從李成梁府裏的師爺、遼東巡撫衙門的文吏、北京城裏的明朝文官，多得數不清，但沒有一個人具備了這股吸引人的書卷氣——只看上一眼，他就對這個年輕人產生了好感。

范文程恭敬的向他行禮：

「學生范文程，參見大汗！」

聲音洪亮，態度不卑不亢，也是生平少見的，一向尊敬文化、看重讀書人的他，心裏又多了一分好感；於是，他的神態不知不覺的一改威嚴沉肅，變得帶著三分和顏悅色，而且特意以漢語說話：

「你本是縣學生員？我聽四貝勒說，你給他提了治理夫役的辦法——很好——顯示你是讀通了書的人！」

范文程第一次晉見他，對他完全陌生，也沒敢抬頭看他，但聽這些話和煦如春風，而且隱隱流露著智慧，心裏的感受非常特別，但是控制住心神，不動聲色，再次行禮：

「謝大汗誇獎。」

禮畢起身，他不經意的微一抬眼，不料竟與正在仔細打量他的努爾哈赤四目相對，霎時間，他的心為之重重一震。

努爾哈赤的形象竟和自己先前的想像相去甚遠——原本，他直覺似的認為，一位用兵如神、百戰百勝的英雄，內心必然充滿了英氣與霸氣，儀容必然威武豪偉，氣勢必然如天風海雨逼人；但是，眼前的努爾哈赤不但沒有流露出懾人之氣，目光還帶著幾分慈祥，親和得儼如鄰家的老祖父。

他大感驚訝，幾乎無法置信，卻就在這當兒，努爾哈赤話入正題：

「四貝勒說你學問很好，所以，我要問問你，我國當前治理漢人百姓的要項——」

這是「問策」，范文程登時恍然大悟——努爾哈赤並非只長於用兵，因此流露的氣質不是武人的剛猛；於是，心裏飛快的掠過一道思緒：

「良賈深藏若虛，君子盛德，容貌若愚——英雄亦然，真正的強者，英氣內斂不外露——而且，他要問的是治理漢人百姓的要項，顯見極其重視——由此看來，他不只是戰神，還想做明君——他心意如此，若得能人輔佐，定成一代英主！」

念頭一起，他立刻想到自己——

他是北宋名臣范仲淹的後人，家學淵源，以是自幼小讀書，便秉承古聖先賢「治國平天下」之志，學習經世濟民之道，期勉自己成為佐國良相；奈何生不逢時，學業還未完成就因瀋陽城破而被俘為奴。

理想與抱負盡皆成灰，再也不敢奢想了，日復一日的服著苦役，忍著勞苦，以求苟全性命；唯有不忍見別的人受苦之際，想出了許多法子幫助別人，想法也還是消極的，能幫一個是一個；結識了皇太極之後，能幫的人多了些——他為皇太極謀畫，解決問題，同時挽救了許多人的性命、改善了許多人的生活。

而現在——就在這一剎那間，他覺得，機會來了。

努爾哈赤當然是比皇太極更有實權的人，現在，既然主動向自己詢問治理漢民之道，那麼，應能大幅接受自己的意見，下令推行。

全面改善漢民生活的機會來了——他勉勵自己要好好的把握這機會，造福多達十幾萬被收歸後金所有的遼東漢民。

而且，他聯想到了輔佐成吉思汗治國的耶律楚材，以遼人仕元，在樹立制度、保全中原文化、安定社會、造福百姓等方面都有極大的貢獻……

於是，原本留在心中的「夷夏」、「胡漢」觀念消失了，原本正開始萌生的矛盾與掙扎全數化為烏有；再次行了一禮之後，他極誠懇、極認真的侃侃而談：

「以學生愚見，用兵之後的第一要務是安民，第二要務才是建設——以瀋陽為例，戰前已有部分人員降附大汗，這些人及家眷固然能得保全，但其他的百姓都陷入苦難中；戰時，許多房屋被毀，以致許多人無處居住，缺衣乏食，體弱者不耐凍餓而死，強壯者設法逃離，逃亡途中又死去多人，以致放眼盡是生靈塗炭……學生斗膽，懇請大汗先為百姓免去飢寒之苦，並協助百姓建屋居住，減少凍餓逃亡等事，使民心安定……」

他剖陳具體的情況，但自我約束，遣詞用句都非常小心謹慎，避免引起不悅，而且邊說邊仔細留意努爾哈赤的反應。

幸好，努爾哈赤聽完他的話後，並無不悅之色，而且，微微點了兩下頭，他這才暗暗鬆出一口氣；但是，接下去，努爾哈赤卻沉默了下來，兩眼直視前方而神色不動；他無法忖度，才鬆開一點的心弦又緊了起來，於是全神貫注的等候著；過了好一會兒，努爾哈赤才再把目光朝向他，但不再延續前面的話，而是提出新的詢問：

「有些人，並無居住與衣食的困難，卻舉家逃亡——你倒說說看，這是為了什麼？」

又是一個難題，一聽之下，范文程的心縮得更緊——這事太難回答了，他的心裏打起鼓來；但也隨即決定冒險，實話實說，於是鼓起勇氣來回答：

「不少人認定自己是大明國人，心懷大明，仍願做大明子民，因此千方百計的逃入明境。」

真實的話往往令人難以接受，果然，努爾哈赤的眉頭皺了起來，目光下沉，神色一變為凝重；皇太極也立刻緊張起來，小心翼翼的屏氣侍立，一點也不敢分神；范文程則索性低下頭，不去注視他們的神色，心裏默默的告訴自己，最壞的情況就是引起努爾哈赤勃然大怒，自己人頭落地吧；既然結局是死，也就無須恐懼，因此，站立的姿勢絲毫沒有改變。

但，情況竟然大出意料之外——努爾哈赤沉默了片刻之後，目光轉向望著皇太極，先是長長的吁出一口氣，接著緩聲說：

「他說得對——」

范文程的話一針見血的指出重點，也提醒他，這個重點將是問題的根本，解決它，比採用合宜的制度更重要：

以往，他所收服的是女真各部，部人因為原本就沒國家觀念，很容易融合為後金子民；漢人則不同，國家觀念、忠君思想已根深柢固，因此不易全數收服，融合為後金子民——問題植根於人心，看不見、摸不著，但是最難解決。

他不由自主的發出感慨，喃喃自語：

「治理漢人……難在須得從心裏著手……」

他眼望皇太極，但，皇太極不敢接腔，他把眼眸轉向范文程，吩咐：

「你且說說看，怎麼解決？」

他的神態、語氣都很平和，看來既沒有勃然大怒的可能，也像很樂意察納雅言，以謀求解決問題的辦法。

但是——范文程哪裏拿得出辦法來呢？霎時間，心弦緊得發起抖來。

事情太困難，他只有竭盡全力的設想，從往昔讀過的經史典籍中尋找答案，然後，從典籍上的記載歸納出一些抽象的意見：

「學生往昔讀古聖賢書，書中昭示後人：有德之君，施行仁政，愛民如子，天下便長治久安；大汗善待漢民，善加治理，假以時日，能得人心……」

說完，他的心顫抖得更厲害——這些話，都不是能具體施行的辦法，實質上是「空談」；不知不覺的，他冷汗直冒。

但，努爾哈赤卻深刻的明白，短時間之內，誰都拿不出改變人心的辦法來，因而並沒有責怪他的意思；頓了一頓之後說：

「你回去好好想一想，想出些具體的辦法來——想好了就來稟說。」

這話也是指示，這次的召見結束了，范文程又是暗自鬆了口氣；自省，雖然努爾哈赤對自己提的建議並沒有表示是否採行，但態度很好，而且留有餘地，這次晉見可算是成功的。

於是，他的心跳逐漸恢復平穩，再次行禮，告退。

不料，剛走到門口，侍衛就高聲傳令返回；他不明所以，只猜想著也許還有事吩咐，於是，恭敬的回到努爾哈赤跟前，重新行禮。

努爾哈赤慢條斯理的對他說：

「你現分在鑲紅旗下，沒多大作用；自今日起，改隸到四貝勒麾下，脫去奴籍，做巴克什吧；回頭，叫人給你安排！」

范文程喜出望外，又重新行禮：

「叩謝大汗隆恩！」

努爾哈赤不再言語，由他行禮、退出，而心裏飛快的思索；等他離去後，立刻把這瞬間的思考所得吩咐皇太極：

「傳我令諭，命各旗貝勒嚴格約束麾下人員，今後不准再有凌虐、欺壓漢民的事；即或抓回了逃走的漢民，也不准任意處死、毆打，須先監禁，由札爾固齊審問後定了刑名，才可以用刑——如果違反，要受重罰。」

皇太極立刻應承，接著想再請示些改善漢奴衣、食、住的具體事宜，努爾哈赤卻把話鋒一轉，對他讚美起范文程來，也連帶的給他新的指示：

「這個年輕人，確實不錯，很有見識，說的話很有道理，除了他方才說的建屋、給衣食之外，我打算先訂減少賦稅、給田耕種的辦法——你們拿個具體推行的辦法來。」

說完，頓了一頓，尋思著說：

「他若擬出好辦法來，給他一點獎賞，將來，再逐次重用——唔——漢人中如果還有這樣的人才，也都找出來，好好重用——」

這個吩咐卻使皇太極在應承之際觸動了另一道心弦，立刻陳說：

「孩兒曾聽范文程說起過，明朝有『考秀才』的辦法，三年一考，從應考的人裏挑出好人才來——」

話還沒全說完，努爾哈赤就睜大了眼睛，心跳的速度大幅加快——他被提醒了。

明朝的科舉制度他不但不陌生，還很明確的知道，那是選拔人才最好的方法。

那麼，值得仿效——

於是，他以肯定、讚許的語氣對皇太極說：

「你說得好——立刻準備，訂出辦法，擇日公布——我國也行『考試』之制，先『考秀才』，讓讀過書的人都來應考，中試的便是『秀才』……漢人准以漢文應考，中試的『秀才』能幫著治理漢人……」

他極其興奮，情緒極為高昂，因而說話的尾音上揚——雖然他還體會不到，開科取士任官，同時具有收攬人心的作用，但僅是能選拔人才、為他治理百姓這項功能，就足以讓他萬分欣喜。

皇太極當然配合著他的心意，全力推動這項政策，召來范文程，很快的擬妥仿明制考選秀才的辦法。

新的政策推行無誤，實質上，這事具備一個新的意義，代表著後金國的文治又進入一個新的境界，是新世代的開始……

註一：努爾哈赤於天命六年（一六二一年）三月占領遼陽後，由赫圖阿拉遷都至遼陽；翌年二月建新城，稱為「東京」。據記載，距離舊城只有五里。

註二：《清史稿．范文程傳》記：

「范文程，字憲斗，宋觀文殿大學士高平公，純仁十七世孫也。其先世，明初自江西調瀋陽，遂為瀋陽人，居撫順所。曾祖鏓，正德間進士，官至兵部尚書，明史有傳。文程少好讀書，穎敏沉毅，與其兄文𡨋並為瀋陽縣學生員。天命三年，太祖既下撫順，文𡨋、文程共謁太祖。太祖偉文程，與語，器之，知為鏓曾孫，顧謂諸貝勒曰：『此名臣後也，善遇之！』上伐明，取遼陽，度三岔攻西平，下廣寧，文程在行間。」

此文其校註有二：

①高平公，案宋史卷三一四范純仁傳作「忠宣公」。

②案《清史論叢》第六輯，張玉興〈范文程歸清考辨〉云，天命三年，努爾哈赤率兵攻破撫順，范文程被擄，隸鑲紅旗下為奴，至天聰三年考試儒生，文程始出籍置文館，且漸遷升，頗受重用。就某種意義言，文程為清所不自覺造就出之第一代漢旗人才，歷事三朝，對其一統有重要貢獻。故清基於政治考慮，初時則隱晦其被俘為奴之實，雍乾以後則進而作偽，使由「階下囚」一變而成「座上客」。

有清官私文獻謂文程「來歸」云云，其肇因即此。

2

大明朝廷中關注的重點與後金國完全相反——君臣上下，既不思開疆闢地，也不學收攬人心及治理之術；甚至，連迫在眉睫的遼東國防問題，也少有人關切。

朱由校的心思只用在做木工上，大臣們的心思全用在排除異己的鬥爭上，根本沒有人理會努爾哈赤想進軍中原，取代明朝統治天下的雄圖壯舉。

而朝廷中內鬥情況的激烈，也遠超過遼東的戰局；東林欲借「京察」罷黜非東林的行動沒有達到預期的效果，重要原因之一便是朱由校早已不看奏疏，大權盡在魏忠賢手裏，還沒有明確決定自己的政治傾向的魏忠賢，對雙方的惡鬥，抱持著觀望的態度，因此許多奏疏都暫被保留，被罷黜的人也就沒有真正的去職，得以有力量反擊東林。

雙方似乎勢均力敵，日復一日的纏鬥著……

真正獲利的贏家只有魏忠賢一個人——被東林攻擊的人們紛紛向他求援，每天都有一箱箱的金銀財物送到他跟前來。

他出身寒微，少小之時，三餐不繼，衣不蔽體；自閹入宮之後，所執為賤役，多年得不到出人頭地的機會；而現在，什麼都不一樣了——他當然充滿了揚眉吐氣的快感，從而更加倍珍惜自己現在擁有的這一切，也更加倍費盡心思，鞏固自己已得到的權力。

多年的歷練早已磨練出了他異於常人的政治智慧，使他遠較一般幼年入宮、未涉世事的太監們更懂得如何經營「司禮大太監」的身分，如何使自己的地位、權力與利益都蒸蒸日上。

這一回，他冷眼看著朝臣間的內鬥，在作了一番縝密的思考之後，決定第一個階段先採取「隔山觀虎鬥」的客觀、中立態度。

非東林的人送來的財禮，他當然不拒收，但也不立刻「拔刀相助」，甚至，不立刻表態站在非東林這一邊。

「忙什麼？再等等——等他們再多送點財寶來……等東林這邊的動靜……等他們雙方再鬥些時日……」

他清楚自己所扮演的微妙的角色，瞭解獲取最大利益的方法；私底下，他也跟客青鳳討論著說：

「現在好比是兩虎相爭，我是獵人，往哪邊一站，射支箭到對方，哪邊就贏了！」

客青鳳玩笑似的嗔他：

「瞧你，可真沒良心！那些什麼三黨的人，前前後後不曉得給你送了多少金銀來，你還不肯出手幫幫忙！」

魏忠賢笑說：

「我給他們壓下了東林的奏疏，就是幫忙了！」

但他也誠實的向客青鳳吐露心聲：

「說真格的，我想等等，還有一層：三黨送的金銀財物雖多，總也不如東林的好名聲、好招牌值錢！我其實是想向東林靠過去的，賺他個讓天下人敬重，沒有銀子也值得！」

客青鳳提醒他說：

「你別忘了，東林那批人，總以為自己有道德、有學問，動不動就要端正天下；上回，不是說你是『出身不正之閹』嗎？肯讓你靠過去嗎？」

魏忠賢淡淡一笑說：

「我早年不過是白嫖白賭，混混日子，又沒有真做過什麼傷天害理的事！上回他們說的，我當然心裏有氣，就連孫大學士不賞臉，我也一樣忘不了；只不過，我想圖個好名聲，只得寬懷大量些，不跟他們計較！」

客青鳳聽了，先是覺得有理，便不再多問，但是一會兒之後，忽然又觸動了想頭，連忙再跟魏忠賢說：

「你既想往東林這邊靠，怎麼還收三黨的財禮呢？」

這下，魏忠賢邪邪的笑了：

「有什麼收不得的呢？是他們自己要送來的呀，我又沒有開口要！再說，等我靠定了東林，他們難道還敢來要回去不成？」

客青鳳登時「噗哧」一聲，笑了出來，一面啐他道：

「你這人，心眼裏頭就是帶了三分奸，三分邪，三分壞！」

魏忠賢哈哈的朗聲笑了起來：

「給你說的，我簡直是個魔頭了！」

客青鳳卻說：

「你呀！就是不夠狠！叫你殺王安，吞吐半天，下不了手；叫你給皇后打胎，猶豫好一陣子；婆婆媽媽，優柔寡斷，還能成什麼魔頭！」

魏忠賢微紅了一下臉，訕訕的說：

「我不是給你逼得什麼都做了嗎？怎麼還不夠狠？」

這個話，客青鳳就一笑置之了；而魏忠賢自己規畫出來的立身宮朝的準則又更堅定、更確立了。

幾天後，孫承宗的「乞休疏」送到了京師，他立刻決定慰留，而只讓閻鳴泰去職，改用張鳳翼擔任新的遼東巡撫；關於「京察」案的雙方互鬥、爭論，他也一本初衷的不置可否，任由這內鬥繼續發展下去……

張鳳翼是代州人，萬曆四十一年的進士，曾任戶部主事、廣寧兵備副使、右參政等職；而也因為他曾任職廣寧，在朝中沒有治理遼東的人才的情況下，揀到似的升遷為遼東巡撫。

但，他其實不懂遼東問題，也不懂軍事；個性膽小怕事，毫無擔當——整體說來，他不是奸惡小人，而是個庸懦之輩。

這次升官，對他自己來說，不是件好事——從被告知這事，到接到聖旨的剎那，心中都在打退堂鼓；怎奈更無膽量抗拒朝命不到遼東上任，這才勉強舉步出關。

一路上，他整日怨天尤人的嘀咕：

「王在晉的戰略才是正確的呀，堅守山海關，擁險拒敵，足以自保；怎麼孫大學士偏要聽袁崇煥的意見，去守寧遠？寧遠與敵近在咫尺，又無山嶽險阻可以屏蔽，乃是險地啊！去守寧遠，實在是去送死啊！」

他幾度悲從中來，為自己的生命安危而憂慮不已；然而，正當他抱著這樣的心情走到山海關拜見孫承宗的時候，袁崇煥剛剛完成一個艱難的任務回到山海關。

那是袁崇煥自願請命前往的，去到蒙古喀喇沁，親撫諸部……

原來，自廣寧失陷以後，寧遠以西的五城七十二堡便為蒙古喀喇沁諸部占據，明軍的前哨不出關外八里鋪；袁崇煥此行的任務便是收復自八里鋪至寧遠間的二百里地，並且招撫軍民，穩定情勢，準備屯戍。

三個人一會面，張鳳翼先打心底深處叫起苦來：

「又是一個不怕死的！可別把我拖下水！」

而孫承宗和袁崇煥兩個卻大談起「相機進取、徐圖復興」的遠景來了。

袁崇煥先是詳細說明此行的經過，喀喇沁諸部的反應和寧遠一帶的情勢，接著呈上已作好的築寧遠城的草案，大力暢言：

「守住了寧遠，五年之內，全遼可復！」

他認為，寧遠可守可攻，而遼東雖已殘破，卻非無法挽救，甚至，他仔細的研判了敵情：

「後金建國不久，根底不厚，八旗勁旅，總數不過十萬，並非不能力敵！」

孫承宗既重視他的意見，也對他的許多想法產生了共鳴，因而談得十分投契，卻讓張鳳翼越聽越膽戰心驚起來。

因此，當袁崇煥最後提出了意見：

「遼撫應移駐寧遠，以振軍心，以利鎮守！」

而孫承宗點頭表示同意的時刻，他立刻顫巍巍的出聲反對：

「啊，不可！山海關才是應駐之地！」

於是，第一次會面，三個人之間就產生了裂痕：張鳳翼索性轉向，聯絡了同樣主張退守山海關的王象乾、萬有孚等人來反對孫承宗、袁崇煥的意見。

遼東的問題也就一如大明朝廷：孫承宗和袁崇煥在抵禦外患之際，須先費盡大半的力氣面臨內部鬥爭。

而也因此之故，沒有一件事、一個計畫能進行得順利圓滿。

築寧遠城更是一個浮到表面上來、讓人人都看得見的例證，將問題顯現得更清楚——

一入秋，築城令便發下去，孫承宗指派祖大壽執行，召集軍民夫役，全力興築寧遠城。反對的聲音並沒有平息，王象乾、張鳳翼、萬有孚、劉詔……不停的你一言我一語的發言，不但在遼東說得洶洶淘淘，還上疏朝廷陳說；但，孫承宗已經下定了決心，不理會這些人，而命祖大壽於預定的九月裏開工。

然而，到了十月裏，袁崇煥親自帶著副將滿桂到寧遠巡視的時候，竟發現，祖大壽怠職得離譜，不但進度遠遠落後，甚至根本沒有認真執行任務。

袁崇煥登時大怒，下令先按軍紀處分祖大壽。

然而，就在話出口後，心中忽然浮起一個念頭：

「祖家世代為鎮遼名將，祖大壽此人一向忠勇誠信，勤於任事，這次，怎會怠忽至此？」

想著，怕是王象乾等人背地裏向祖大壽施壓、阻撓或掣肘，以致祖大壽無法執行任務；於是，他改變命令，不先處罰，而傳見祖大壽親自詢問原因。

不料，祖大壽來到他跟前後，提出的說明竟是：

「是末將自己的意思——末將認為，遼東的政令，每每朝令夕改，守寧遠城的決定，要不了多久就會改變的，即使築好了城也是無用；而士卒們已經夠辛苦的了，何必再讓他們做這個徒勞無功的苦役呢？」

這些話令他驚愕不已，但反而改了態度，認真的問：

「祖將軍怎麼會有這樣的想法呢？」

祖大壽淡淡一笑，以極尋常的口氣回答他：

「末將世代為遼將，見得多了！」

說著便舉了個簡單的例子：

「前些時候，熊廷弼熊大人經略遼東，苦心制定了『三方布置策』，結果呢，一天都沒派上過用場，士卒們白忙了一場，最後什麼用處也沒有，廣寧一丟，熊大人就進了監獄了！」

聽完他的話，袁崇煥沉默了，一股難受的感覺迅速布滿全身。

「朝政不修，竟使原本忠勇的將士都對未來喪失了信心！」

而對於祖大壽喪失了信心的想法，他很能夠體會——離京前，他曾經親到獄中會見熊廷弼，請教關於遼東的問題，也聽熊廷弼深入的剖析了當時「三方布置策」壞事於王化貞的前因後果；他聽後憤慨許久，甚至，一針見血的指出過：

「我朝的致命傷在於內政，而非外患！」

熊廷弼則中肯的對他提出建議：

「內政不修，庸人當道，不但使得遼東外患頻仍，連失國土，也使得戍守的將士離心離德，信心喪失；今後，想要固守及恢復遼東失土，不但須有上上之策，還須使政策能持久施行，否則，朝令夕改，諸事難行！」

而來到遼東後，他也親自見識到了王在晉、王象乾、張鳳翼等這一干平庸之輩的淺薄無知……

心潮起伏，許久沒有語言；最後，他勉強想出一句話來對祖大壽說：

「現在，遼東事務由孫大學士主持，情形便不一樣了！」

不料，祖大壽報以一句「正中要害」的詢問：

「但，孫大學士能在遼東任官多久呢？」

袁崇煥再次為之語塞。

遼東的方面大員更換如走馬燈，這是一個不爭的事實；他的心裏暗自一嘆：

「正因如此，才予努爾哈赤有可乘之機啊！」

他其實對祖大壽的話很有同感，心中也充滿了不確定的感覺，只是不敢說出來而已。

孫承宗已上過「乞休疏」，自己曾在當時苦勸他留在遼東……取代閻鳴泰任巡撫的張鳳翼極其不堪，若非有孫承宗在，守寧遠的計畫早就被取消了……

這些內情，他更不敢告訴祖大壽……沉吟了好一會兒之後，他改以另外一種想法來啟發祖大壽：

「凡事，總要盡力而為啊！朝政不修，我等使不上力，但，防禦遼東，卻是眼前能盡力的！更何況，將軍世居遼東，生於斯，長於斯，忍令遼東陷入敵手嗎？」

接著，他侃侃而言，說明自己的心志：

他是廣西人❶，中試以後，只做過三年的邵武知縣，受職遼東以前，足跡沒有到過遼東，對遼東的一切都不熟悉，更無深厚的感情；但，來到遼東以後，所見皆是生靈塗炭的情況，悲憫之心油然而生，責任感日復增強，捍衛國土的信念成為精神的重心，戰勝了對朝政不修的無力感。

「是以，我將竭盡心力，守衛遼東！」

他說得祖大壽悄悄低下頭去……

第二天，他公布了親自制定的寧遠築城的規制：

城高三丈二尺，雉高六尺，址廣三丈，上二丈四尺。

這項工程由祖大壽親口允諾，自率參將高見、賀謙督責進行，預定以一年的時間完工——這趟巡視，總算產生了效應。

然而，他才穩定住寧遠，回到山海關，馬上又面臨新的事端：孫承宗與王象乾發生了激烈的衝突。

起因竟然不是後金，而僅是由蒙古所引發。

林丹汗的部眾趁明朝與後金在遼東爭戰的矛盾空間，四出劫掠，孫承宗麾下的副將趙率教為維持轄地的平靜，派軍捕盜，之後斬了四人；而一向以財物巴結林丹汗，以換取邊境太平無事的假象的王象乾聞報大為驚恐，怕林丹汗動怒，派軍來犯，竟主張殺了趙率教去向林丹汗請罪，孫承宗當然不肯，於是兩人爭執起來。

而就在這時，事故又添了一件；孫承宗派往戍中右的王楹因護兵丁出外採木，被西部的朗素所殺，孫承宗大為震怒，命令總兵馬世龍率軍征剿朗素；這麼一來，王象乾更緊張了，索性偷偷知會朗素，要朗素隨便綁幾個人，稱做是殺王楹的人犯來獻，以求個和解，自己卻許了朗素增市賞千金。

但，孫承宗哪裏肯點頭呢？衝突便更加擴大，兩人怒目相對，拍案叫罵：孫承宗索性上疏朝廷，陳言王象乾庸懦，不適任……

幸好就在這當兒，王象乾丁憂，解職返鄉去了，衝突才停止。

然而，整體的情況並未因此改善——王象乾一走，張鳳翼因為失去了意見相同的總督相互援引，更怕孫承宗要他移駐寧遠，竟開始在暗中作起鬼來。

他自忖扳不倒孫承宗這位有「帝師」、「內閣大學士」、「兵部尚書」、「督師遼東」等大頭銜的頂頭上司，便把目標放在官位低的總兵馬世龍身上，以攻擊馬世龍，使之去職的方法來剪除孫承宗的實力；於是，發動他在朝中的朋黨，接二連三的上疏，極力詆毀馬世龍。

而孫承宗又得撥出許多心力和時間，來對付這股扯後腿的力量……

聽完這些，袁崇煥的心中登時一熱一涼：熱的是因憤怒而氣血上湧，引發他大罵：

「敵軍正在虎視眈眈的要南下犯境，孫大學士竭智盡忠的為保境安民而日夜匪懈，寢不安枕，食不知味；而這些人不但不知同心協力護衛遼東，還要在背地裏作怪，可恨極了！」

涼的則是想起了祖大壽的話：

「孫大學士能在遼東任官多久呢？」

他很明白，孫承宗自到遼東督師以來，還沒有跟努爾哈赤在戰場上交手，而已經和朝中的庸懦之輩打過無數次口舌戰了，耗得他已然身心半疲；「乞休疏」上過一次，被慰留了，誰知道下次再上的時候，皇帝會不會點頭批准了呢？

「到那時，遼東將全數淪陷，敵軍將直撲山海關……」

而山海關又能守多久呢？從山海關到京師僅有兩、三天路程……

他不敢再想下去了。

更壞的是，北京城中的情況他完全料想不到，不知道其中隱藏著更大的憂患、災難和滅絕。

魏忠賢給自己加上了「提督東廠」❷的權力——詔命當然是以朱由校的名義發出去的，一切合法。

而在這道正式的詔命發布以前，他又受到了一次趙南星與東林人士的羞辱，因而使他原本的歡喜快慰減了色，精神上更是怏怏。

事源於他想向趙南星示好，不但蓄意在人前人後推崇趙南星，也主動派人登門請見，不料竟被趙南星正色拒絕；而後，因為選通政司參議，兩人並坐弘政門，他滿臉陪笑，趙南星卻絲毫不假詞色；他耐著性子，好言好語，總算讓趙南星開了口，不料，趙南星卻一本端然肅穆的態度，出言教訓他說：

「主上沖齡，大家都把全部心思放在輔政上，玩權弄法和私相連結都是不對的！」

這是當面給他難堪了，他氣得當場臉色發青，硬忍著不出聲，直到返回後宮以後才吼叫著痛罵半天……

客青鳳陪著他生氣，索性建議他：

「你乾脆死了這條心吧！理他有沒有好名聲？誰對你恭敬客氣，你就對誰好，才是正理啊！」

這一回，魏忠賢聽進去了，頻頻點頭：

「以後，我也要對他們不客氣了！」

客青鳳想了一想道：

「你現在是司禮大太監的身分，他們敢給你臉色看！依我看，提督了東廠，在那班子人眼裏，也還不夠高，得再有別的，才壓得住他們！」

於是仔細圖謀：

「你弟弟不是有還沒許人的女兒嗎？讓她來做皇后，你不就成了國丈爺的哥哥？身分更高了——」

她一向討厭張皇后，不只是酸味作祟，還包括了張皇后個性剛正，視她為邪淫而鄙薄她；更何況，張皇后嘴裏不說，心裏卻明白，殞胎一事出自她的主謀……總之，留著張皇后「正位中宮」，總是件壞事，不如趁這個時機廢了張皇后！

於是，幾天後，宮裏朝裏就充滿了她命人放出的謠言，說張皇后不是張國紀的親生女，而是張國紀的家婢，冒充女兒——這樣出身低賤的人是不配做皇后的，應該廢了另立。

除了朱由校以外，幾乎所有的人都聽說了這個謠言，一時間哄成最熱門的話題，甚至傳揚到民間，成為街頭巷尾、茶餘酒後閒談的解悶品，於是，張皇后受到的打擊和傷害更大。

而一向與張國紀有著良好友誼的東林人士看不下去了——個性剛正的楊漣率先為張皇后打抱不平，他召集了東林的友好聚會商議，一開口就聲援張皇后：

「我等務要聯名上疏，反對廢后——」

他氣憤填膺，侃侃而言：

「皇后知書達禮，能親筆賦詩作書，怎會是家婢冒充？這是誣陷之詞啊！」

接著，他逐一細說：

「宮中早有傳言，說皇后殞胎，乃是客、魏設謀，逐去部分坤寧宮中的太監、宮女，代以他們的心腹，於為皇后推拿時動手腳，捏損胎元，甚且險傷皇后性命——客、魏欲陷皇后，已非一朝一夕的事，我等絕不可讓毒計得逞！」

他的話當然獲得共鳴，東林也就越發的走上與魏忠賢對立的道路……

註一：袁崇煥的籍貫《明史》本傳記為廣東東莞，但他參加科舉時的資料是廣西藤縣，近人考證，他祖籍東莞，祖父袁世祥約在嘉靖初年遷藤縣。

註二：明代最主要的特務機關有東廠、西廠及錦衣衛。

①東廠

《明通鑒》卷十七記載：

「永樂十八年八月……置東廠於北京。初上命中官刺事……至是以北京初建，尤銳意防奸，廣布錦衣官校，專司緝訪。復慮外官不徇，乃設東廠於東安門北，以內監掌之。自是中官益專橫不可復制。」

主持這幾個特務機關的是掌印太監一員，他的全副官銜是「欽差總督東廠官校辦事太監」，簡稱「提督東廠」，廠內的人稱之為「督王」或「廠公」。

這些特務偵察訪緝的範圍非常廣泛，上自官府，下至民間，都有他們的蹤跡。

②西廠

西廠設過兩次，一次是憲宗成化十三年，由太監汪直主持，當時，所有的人數和權勢都超越了東廠，而橫行不法，受到大臣們的彈劾，而後汪直亦失寵，遂廢止，歷時五年多。

第二次設置是武宗正德九年，《明史·武宗本紀》載：「正德元年……十月戊午，以劉瑾掌司禮監，邱聚、谷大用提督東西廠」。前後為時也約有五年。

③錦衣衛

據丁易著《明代特務政治》記：

「明代兵制，自京師以至各郡縣，都設立衛所，外邊統之都司，內則統於五軍都督府。此外還有所謂「上十二衛」（後又增為二十六衛），是內庭親軍，皇帝的私人衛隊，直接受皇帝指揮，不隸屬於都督府。

錦衣衛就是這「上十二衛」中的一衛，它的來源是朱元璋即吳王位時所設的拱衛司。洪武二年將司改為親軍都尉府，管左右前後中五衛的軍士，又以儀鑾司隸屬之。十五年取消府司，便置立這個錦衣衛。所以它一面繼承了這個親軍都尉府的「侍衛」之責，一面又擔負了儀鑾司掌管鹵簿儀仗的任務……因為是貼身衛隊負了保護皇帝之責，他們事前就必須有所防備，於是便時時四出，作秘密調查工作……

又因為直屬皇帝，任何人都可以直接逮捕，不必經過法律手續，皇帝要逮人，也直接命令他們去逮，並且還叫他們審問，這就是所謂錦衣獄或詔獄。錦衣衛便成為明代的一個巨大的特務機關，和東廠遙遙相對，而並稱「廠衛」。

錦衣衛所屬有七所，還有南北兩個鎮撫司，南鎮撫司掌管本衛刑名，兼理軍匠。北鎮撫司是洪武十五年添設的，職務是專理詔獄，所以權勢極大……成化元年增鑄北司印信，一切刑獄不必關白本衛。連本衛所下的公事，也可直接上請皇帝解決，衛使不得干預，外庭三法司自然更不敢過問。所以鎮撫職位雖卑，權力卻特重。

而更甚者，「廠」、「衛」結合為一體，又以「司禮監」太監統領，大權集於一人之手，為害更大，日後魏忠賢之權傾一時，與此有密切關係。

3

時序進入天命九年，後金國一本往日欣欣向榮的腳步，展開蓬勃興旺的前景。

暫緩了對外邦用兵，努爾哈赤把大部分的心力用在安定內部、厚植國力以及連結友邦上；首先，他費了許多心力，全面治理新降納地區的漢民，公布了幾項政令，第一是諭令漢民各守舊業，一切沿襲以往；國中也沿襲明制徵收賦稅，但只收本稅，免除所有附加的苛捐雜稅；第二是頒行「以漢治漢」的原則——無論是降是俘的原明朝官吏，全都在原崗位任職，有功者升級加賞，但也任原官，以方便處理民、政各事；並公布未來選拔秀才的辦法，使有志從政的讀書人及早準備；更延續著早在天命六年就頒布的「計丁授田」和「按丁編莊」的辦法，大力推廣執行，使每丁都分到田地耕種，並建立莊園；同時，他加強採礦、冶煉等工作，提高武器製作的技術，也命人研製黃色火藥，製造火器，務使後金從民生到軍事都有充足的發展；同時減少了漢民反抗、逃亡的事。

在友邦的連結上，主要的對象當然是朝鮮與蒙古。

他以往對朝鮮下的工夫逐漸有了回收，不但朝中文武官員暗中向他通消息的人越來越多，還有將領偷偷表示，願率所部前來歸附——他已經可以預想到，一旦這事成真，既多了些人馬，也更能掌控朝鮮的內部。

至於蒙古，後金與科爾沁、喀爾喀等部的關係更是日進千里。科爾沁部將再增加一個女兒嫁來後金——他為年已十二歲的多爾袞向科爾沁部求婚，已獲桑阿爾寨台吉同意；兩部且將在二月間舉行一個盛大的會盟，各派代表與盟，向天地立誓，永遠修好，永為盟邦。

為皇太極所聘的齋桑之女布木布泰，則預定在明年迎娶，屆時，雙方的關係當然會更緊密。

喀爾喀部則又是另一番局面。

早先歸附的額駙恩格德爾台吉決定舉家遷來後金國定居——一接此信，他當然萬分高興，早早就準備好賞賜給恩格德爾台吉的莊園、奴僕、金帛……

他笑著輕拍恩格德爾的肩，朗聲說：

「多了你這個好幫手，後金國將更興旺了！」

後金國已具備成為大國的基礎和實力，他有信心，問鼎中原、消滅明朝的日子越來越近了。而大明朝中無論是皇宮裏還是朝廷中的當權者，全都像是在協助他完成心願似的，竭力進行著各項消滅明朝的工作——

朱由校的工作坊很順利的如期完工，無論建築還是陳設，全都合乎他的心意，令他滿意得一置身其中便覺通體舒暢，而更能全心投入於他所熱愛的木工中，常常夜宿其中，一連幾天都不回乾清宮……乾清宮的主人實質上已換成魏忠賢與客青鳳。

在皇宮中，魏忠賢的權力已大得形成「一人之下，萬人之上」的局面，而這「一人」卻非將一切都交給他的朱由校，而是客青鳳——他心中真正懼怕的、凡事言聽計從的人是客青鳳，因為她所渴望的生兒育女，乃是他唯一做不到、不敢面對的事。

無論他的權勢有多大都無法使自己再擁有生育的能力，無論他廣搜了多少奇淫巧具來取悅她，還是無法為她填補這個缺憾……在幾次奪帳而出之後，他已經連天黑都害怕起來，更害怕面對床帳，有時且在夢中發出驚怖的狂喊：

「大姐……你饒了我吧！」

出聲的同時，他小便失禁，溺濕了床褥，因而更加窘迫不堪，恨不得自己立刻死去，以逃開這喪失了尊嚴的羞恥。

每到夜裏，他便覺得自己根本不是人，是四不像的怪物，而在心裏無聲的呻吟著：

「我為什麼要入宮來做太監……做了太監，就甘於執苦役做粗活也罷，為什麼又貪慕權勢，得巴結這個虎狼般的女人……」

這種感覺，日復一日的增加，逐漸累積成他無法負荷的重壓，因而到了日出之後，他變本加厲的擴張自己的權勢，以填補心中的缺憾，得回失去的尊嚴。

他不再寄望倚重東林的名聲來美化自己，便像擺脫了個包袱，豁出去了似的為所欲為；朝廷中任何一個人——只要是送了財禮的——來依附他，他都接受；而他既能「挾天子」，當然就有官員的任用權，一旦控制了人事，也就等於控制了一切。

內閣大學士的人選中，他早已趁著幾次調整的時機，把與自己親近的顧秉謙、魏廣微等安插進去，為東林所排擠的三黨成員，只要主動來投附他，就絕對不讓丟官……

宮中朝中的人開始尊稱他為「九千歲」，他不但坦然接受，還索性以此自居，命令所有的人以後不要再使用原來的「魏司禮」、「魏公公」的稱呼。

他傲慢的宣稱：

「我只比皇帝萬歲差這麼一點啊！」

而這話到了客青鳳口中，就不免要再加上斜眼睨視的神情和曖昧的笑意：

「是只差那麼一點！」

她當然是另有所指：現在，他的權勢在實質上已經凌越了朱由校，整個人唯一比朱由校差的地方，就是生育能力。

整個大明皇宮中，只有朱由校具有生育能力——朱由校原本還有個弟弟朱由檢，但才一長成少年，便受冊封為信王，離宮出居信邸去了——

而最令她怨恨的是，這個唯一具有生育能力的人，已經不再與她交歡。

除了後宮妃嬪如雲之外，他更沉迷於製做木器，心裏再無色欲……膩在她懷裏吸吮、把玩雙乳的情景已成了再也喚不回的往事，她的心裏遂成為雙重的失落與空虛，無論擁有了其他的什麼都無法填補。

她轉而把一腔怨憤發洩在欺凌後宮中的其他女人身上，除了誣陷張皇后以外，范慧妃、李成妃、張裕妃，乃至於前朝朱常洛的趙選侍，全都遭了她的毒手，不是被幽禁餓死，就是矯詔賜死；而對她們趕盡殺絕之後，她的心裏還是不得滿足，未獲平衡……這一夜，她索性趁著魏忠賢再次被她撥弄得羞憤欲死之際，出言命令：

「你還是給我弄個真男人進宮來吧！」

魏忠賢嚇了一跳道：

「那怎麼行？宮裏，怎麼能隨便弄男人進來？」

客青鳳冷笑一聲道：

「有什麼不行？你不是九千歲嗎？你辦的事，誰敢說個不字？」

魏忠賢道：

「宮裏有宮裏的規矩，你又不是不知道！那是不行的！」

客青鳳一聽，更加惱火，惡言相向道：

「有什麼不行？天底下還有比你這德行更不行的事嗎？窩囊廢，只有太監才會不行呢！弄人進來不行，那麼你接回去行不行？有本事就給接回去呀，別動不動就尿褲子！」

情緒惡劣，罵出來的話便一句比一句尖銳、犀利、刻薄，於是有如千萬把尖刀一起刺向魏忠賢，傷得魏忠賢在精神上成為鮮血噴湧的粉末，嘴裏壓擠出一絲扭曲、變形、微弱，而帶著至巨至大的痛苦、顫抖著的哀號聲：

「不要說了……都依你……依你……」

而這麼一來，他個人固然得到解脫，大明皇宮卻從此蒙上淫穢之氣，醜惡得無人能想像。

朝裏的大臣們偶爾得到些間接傳出的訊息——不到真實情況的一半，但已經夠了——憤怒之火從人們的心中燃起，而且在剎那間就衍成熊熊烈焰。

這一天，楊漣和左光斗一起具名，邀約了東林友好，一起到趙南星府中議事：因為情勢已經壞到極其嚴重的程度了，除了葉向高、韓爌以任內閣首、次輔，身分上不便外，便連德高望重、與趙南星齊名的鄒元標也出席了，於是，會議首推二人為主，接下來第三人，楊漣便力推高攀龍。

高攀龍謙辭不得——楊漣、左光斗等人是他的學生——於是，向來沉默寡言的他只得破例擔任會議主持人之一。

討論的主題當然是「魏忠賢亂政」。

大家逐一列舉魏忠賢的種種惡狀，說到激昂憤慨處，幾欲捶胸頓足……整整一天下來，魏忠賢所有的惡行全都給討論得一清二楚。

但是，一羣人說來說去，內容全在魏忠賢的罪惡上打轉，而始終討論不出一個具體對付魏忠賢的辦法來：有人主張上疏彈劾，立刻有人反對，說是徒勞無功，皇帝根本不看奏疏，上了也是白上；但反對者也提不出更好的方法來，於是又開始了漫無頭緒的討論，反反覆覆的說過來說過去，直到入夜，除了將魏忠賢及其依附者冠以「閹黨」的名稱外，別無結果。

但，會議必須結束了——趙南星和鄒元標的年事已高，熬不得夜。

因此，一場原本異常重要的會議又淪為一場空談：一羣品學兼優的「正人君子」只落得發洩了一些痛恨魏忠賢的情緒而已，別無其他的收穫。

不料，幾天後，魏忠賢採取了「先發制人」的行事原則，搶先出手對付東林中人。

早已在朝中廣布耳目的魏忠賢當然探知了東林的集會，以及會中詬罵他的情形，索性先下手為強。

他指派早先為了巴結他，和他的外甥傅應星拜了把子的給事中傅櫆，誣陷名列東林的中書汪文言，而且極其迅速的將汪文言下鎮撫司獄；接著，他指示鎮撫司，要在汪文言的供詞中攀上楊漣、左光斗等人以罪，然後借此興大獄。

霎時間，朝廷中的氣氛一變。

人心惶惶，傳言滿天……大難將來的陰影籠罩了朝中的每一個人。

東林的成員立刻因應變故，準備反擊；於是，在內閣首輔葉向高的帶頭下，開始和被稱為「閹黨」的魏忠賢及其依附者展開一場惡鬥。

雙方過招，險惡得更勝遼東的戰火……

葉向高原先一本他小心謹慎的做人處世術，抱持著息事寧人的念頭，同掌鎮撫司的劉僑疏通，希望這場刑獄止於汪文言個人；劉僑答應了，於是汪文言的供詞中僅承認自己貪污，而不涉及其他東林的人。

但，魏忠賢一看這偵訊的結果，立刻勃然大怒，索性將劉僑罷職，改派自己的心腹許顯純去掌管鎮撫司——事情是不會善罷干休了。

緊隨而來的是一連串的示威行動：魏忠賢一反以往的猶帶三分容忍東林，七分發展自己勢力的做法，對李應昇等人所上的奏疏，一概矯旨詰責：而且擺明態度，他將不顧一切的大開殺戒。

首先，他指揮許顯純，以酷刑威逼汪文言，務要在供詞中誣攀多名東林人士，以便株連。

東林當然不會束手就擒——白髮蒼蒼的葉向高不能不挺身而出，會同所有的東林中人商議對策。

然而，商議的結果還是一如以往的淪為空談，「沒有結果」，沒有談出具體的做法，沒有應對之策，有的只是意氣，以及一個新的體認：

「東林在朝的人雖然不少，卻已經沒有政治實權了……『東林執政』早已改成『閹黨執政』了……」

葉向高以內閣首輔之尊都沒法子處理好汪文言之獄的株連，可以想見，他只擁有一個空殼般的首輔名義，而毫無權力與影響力……人人的心頭都蒙上一層陰影，怎奈，誰都拿不出除去陰影的辦法來。

最後，能做的事只有散會，各自返宅，而個性剛烈激昂的楊漣，從頭到尾心中都燃燒著怒火，返宅後，胸臆劇烈起伏得無法入眠；他先是思前想後，憤怒得全身顫抖，而後索性到書齋中伏案執筆，將一份奏疏一氣呵成的寫完。

但，寫完以後，心緒非但沒有稍微平靜下來，還更加澎湃激盪，甚至，「移宮」的往事全部回到心頭；他悲憤的想著：

「當日，我等不計個人安危，冒險犯難，逼迫西李移宮，使今上順利接位，入居乾清宮，而免於政權落入婦人之手，行『垂簾聽政』之實；不料才短短幾年……」

朱由校已極少住在象徵「天子居」的乾清宮了，大多數時間住在工作坊中做木工！

當時，幾乎拚掉性命的努力，於實質上來說已經付諸東流。

他清楚的記得，當時自己一夜之間鬚髮盡白，而成功的為朱由校爭來了政權——心緒又加倍激憤了：

「當時，誰會料到，這好不容易才掙來的政權，他會親手轉送給魏忠賢？」

他索性再次提筆，在奏疏上增加了許多攻擊魏忠賢的語言，也把原來的內容作了些許修正，更改自己嫌溫和的地方，代之以激烈的語氣。

天亮後，他迫不及待似的早早出門，去找左光斗；一見面就衝口而出：

「絕不能容那逆閹再猖狂下去了！」

他取出擬好的疏稿，展開來讓左光斗閱讀；左光斗當然省會得到「茲事體大」，於是慎重得正襟危坐，一個字一個字的仔細讀去；一開頭，楊漣就直言：

「高皇帝定令，內官不許干預外事，只供掖廷灑掃，違法者無赦。聖明在御，乃有肆無忌憚，濁亂朝常，如東廠太監魏忠賢者。敢列其罪狀，為陛下言之。忠賢本市井無賴，中年淨身，夤入內地。初猶謬為小忠、小信以倖恩，繼乃敢為大奸、大惡以亂政。祖制，以擬旨專責閣臣。自忠賢擅權，多出傳奉，或逕自內批，壞祖宗二百餘年之政體，大罪一——」

左光斗才讀出所列的第一條大罪，就先皺起了眉頭，看著楊漣說：

「實情確是如此，魏忠賢攬權，把持擬旨一事——但只怕，你這份奏疏一上去，就到了他手裏，萬歲爺根本看不到！」

楊漣道：

「這個我知道——我也有因應之策：等面聖時親呈，就到得了萬歲爺手裏了！」

於是，左光斗點了點頭，繼續往下讀去。

楊漣洋洋灑灑的羅列了魏忠賢共有二十四條大罪，弄權玩法，排擠忠良，任用小人，陷害后妃，植黨營私，設立內操，蓄太監為兵，收受賄賂……每一條都是魏忠賢罪證確鑿的惡行。

但，左光斗讀畢全文，立刻勸阻他：

「你所言雖然句句是實，但不宜率爾行事——如今，魏忠賢的權勢大得驚人，在宮中、朝中都已無人能及；你這疏，即便到了萬歲爺手中，能有什麼作用還未可知，萬一落到魏忠賢手裏，事情就糟了——依我看，且先別魯莽行事，還是跟葉閣老、趙、鄒等長者商量看看再說吧！」

楊漣倒抽了一口冷氣說：

「你怎麼退縮起來了？」

左光斗連連搖手說：

「不是的——這事無進退可言，而是魏忠賢已非等閒之輩，上彈劾疏須得謹慎！」

然而，情緒處在極端憤慨中的楊漣，對他這保守的想法起了反感，登時就憤憤的說：

「那麼，你便謹慎自持吧！我可不想再姑息養奸下去了！」

說著，他一把從左光斗手裏奪過草疏，同時起身舉步離去。

左光斗沒料到他的火氣這麼大，趕緊追上去，而急切間起身，步子都踉蹌起來；追上他後，結巴的喊道：

「別……別這樣……咱們再商量……」

然而，楊漣哪裏還有商量的餘地呢？用力一揮衣袖就奪門而去了，而且很快就按照他自己的想法進行，將奏疏當面遞呈給朱由校。

幾天後，他等到了機會——朱由校偶然驚鴻一瞥似的在早朝的時刻出現了，他立刻將準備好的奏疏雙手奉上。

情形和他預想的差不多，朱由校沒有多說話，但是命隨侍的太監收起奏疏，曉諭：

「朕帶回去看！」

而帶回去之後，情形才開始偏離他的預估——朱由校一回到後宮就忙不迭的要到工作坊做木工去了，帶回來的奏疏自然而然的又交給魏忠賢處理。

不明所以的魏忠賢以恭敬的姿態接了過來，再以恭敬的姿態親送他到工作坊，然後返回司禮監，替他瞭解奏疏的內容。

目不識丁無妨，自有人念出來，聽完內容後，魏忠賢幾乎氣炸了，隨即咬牙切齒的咒罵：

「好端端的日子不過，竟慫恿皇帝來治我的罪？仗著你是『移宮』的功臣，就把眼睛擺在頭頂上……我不整治得你哭爹喊娘，教我下輩子還當閹掉的太監！」

罵夠了以後，他立刻找來許顯純、王體乾等一干心腹，仔細商量對策。

商量的過程中，他恨聲不絕，不停的加重語氣指示這羣心腹們：

「怎麼來把楊漣千刀萬剮才好，這個人，太可惡了……」

4

遼東發生了幾起小規模的戰爭，五月裏，明朝掛平遼總兵官印的毛文龍派兵沿鴨綠江而上，越過長白山，偷襲後金，卻被守軍擊敗，半數被殲，半數退回；而這半數倖存者也未必是幸運者，得生不過多兩個月而已。

因為，這事激怒了努爾哈赤，即使是在他還不打算發動大規模的戰爭的當兒，也仍派出一支隊伍攻打毛文龍，殺五百，焚去毛文龍貯存的糧草而還，以作為警戒。

事情很快的過去，心裏的怒氣也就散去了；而真正使他的心情陷入無法拂去的悲傷中，和無法排遣、化解、忘懷的哀戚中的事，是何和禮病逝❶。

何和禮是他的大女婿，個性溫和，人緣極好，在眾臣、將之間發揮了極大的「增進和睦」的功能；而且治事勤敏，忠誠負責，任勞任怨，是眾人一致推崇的賢良；怎奈，不敵病魔，得病不久就離世。

這是連續幾年來，他常常要承受的打擊──費英東、額亦都、安費揚古相繼病逝；去年十月，才四十八歲的扈爾漢病逝；今年二月，小他十五歲的幼弟巴雅喇病逝──每一次，他都難過得心如刀割，甚至幾天不進飲食，以致整個人瘦上一圈。

他不停的喃喃呼喚每一個人的名字：

「你們都是我真正的手足啊，骨肉相連，怎麼竟接二連三的離我而去呢！為什麼沒能留一個在我身邊，和我一起共度老年呢？」

少年時代一起開創事業的「五大臣」，一個也不在了，哀慟之際，他連帶的感到孤獨，甚至，覺得自己已經老了……一連許多天，他默默的回想往事，回想昔日與這些夥伴們並肩作戰的情景，回想從前那份深厚的同心協力的情誼，想著，便加倍傷痛，直到進而回想大家一起胼手胝足開創後金國的過程，才開始轉向積極奮發：

「當年，大家共同的理想和心願，如今，僅剩我一人來完成了……」

後金建國之初，規模剛具雛形，各方面的建設都才開始；制度初建，方始付諸執行；瀋陽的城邦與宮殿也還須等幾個月之後才能完工，而伐明的大業尚須努力……幾天後，他再度下令，各方面的進度都要加快，自己也重新打起精神來，投入規畫新的伐明戰役中。

他得到過消息，明朝正在築寧遠城，即將竣工；孫承宗是個大有能力的人，他也在密切的注意著，而且早在心裏打定主意：

「等孫承宗去職的時候再出兵吧！」

熟知明朝情況的他預估，孫承宗的下場將一如熊廷弼——熊廷弼第三次從遼東去職後就進了監獄，已將近兩年的時間了，還沒有明確的審判下來——孫承宗一到遼東就與王象乾等人意見相左，而今，王象乾、王在晉、張鳳翼等人雖然已經先後離職，換上了幾個沒有固定主張和意見的人來，但是庸庸懦懦，成不了事，焉知不會又扯了孫承宗的後腿呢？

「只要孫承宗一走，便縱有一百座新築的寧遠城，也擋不住我八旗勁旅的攻勢！」

他想得非常篤定，一面命令皇太極：

「多派些人去探聽寧遠的虛實，將城裏城外都畫成圖樣來報！」

而後，他仔細研究起寧遠新城的形勢……

寧遠城建築的過程中遭逢了許多困難，物資短缺，人手不足，經費不敷……種種困厄，全憑袁崇煥、滿桂、祖大壽等人發揮出超人的意志力，帶領全體士卒咬牙忍耐，以加倍的勤勞克服所有的困難，才奇蹟般的使築城的工作如期完成。

九月裏，袁崇煥親率總兵馬世龍、王世欽領水陸馬步軍共一萬兩千名到寧遠巡視新城，而後到廣寧、十三山、右屯，再由水道泛三岔河返回——寧遠的防線於焉正式底定。

返回後，他向孫承宗作了詳細的報告，同時也提出另外一個建議：

「應興築錦州城，並設兵右屯，一如寧遠防線，組成錦、右防線；組成後，兩線互為奧援，守則更為堅固，攻則背有憑恃；防線既成，可年年前移，復遼有望了！」

而孫承宗卻一面嘉勉他，一面持保守的作法：

「目前遼東的供應均缺，築寧遠城已然捉襟見肘，再築錦州，必難支應……目下時機未到，留待以後再說吧！」

但也不是全然放棄——他告訴袁崇煥說：

「我先上疏朝廷，請撥餉——如獲准，便有餘力進圖！」

於是，他立刻上疏，詳細說明遼東的現況，也再三陳言，興復遼東的大事已展露希望，請撥餉銀二十四萬，俾便作進一步的努力。

不料，這封以「八百里快傳」送到京師的奏疏，一到皇宮裏就失去了蹤影，彷彿根本不存在似的——當然就沒有引起任何反應。

苦等了兩個月沒有等到任何答覆，孫承宗心裏也醒悟到了：

「魏忠賢把持了一切，奏疏必然不曾經聖目御覽，是以毫無回應！」

他當然不甘就此受制於魏忠賢，於是，他和袁崇煥商量著說：

「魏忠賢把持了一切，唯有親自面聖，才能突破他的封鎖——我便以賀聖壽入朝為名，面奏機宜，可以直接請命！」

他畢竟是「帝師」，親自到皇帝面前說話，比別的人要容易許多，只是，腳步得加快……而魏忠賢也正在加緊部署，以展開他反擊東林的行動——

他已有足夠的實力和人手，甚至，因為投歸於他麾下的人原本都是為東林排擠的「小人」，比他還更痛恨東林，一聽說他要對付東林，不但拊掌叫好，一起全力投入，還盡力邀約幫手，於是形成更大的力量，「分工」起來，效率高得驚人。

以次輔顧秉謙為首的一組人先合力將所有東林中人，以及與東林有交情的人開列出一張名單來，而後將名單上人的一切資料都調查個一清二楚，上自父母、師從，下至親戚、朋友、子侄，科考紀錄，曾任官職，以往的風評，特長與優缺點，乃至於可以拿來大作文章的缺失……

許顯純、崔呈秀這組人馬專門負責入人於罪，霍維華等人則處理教唆言官上疏彈劾的程式，任司禮太監的王體乾索性建議用廷杖來威脅廷臣，一等魏忠賢同意後他便忙不迭的調集心腹太監們演練廷杖，務要訓練到能把人當場打死為止。

不須多久時日就萬事齊備了。

偏巧就在這個時候，工部郎中萬燝不知利害的一秉「忠君報國」的信念，上疏彈劾魏忠賢。這封奏疏理所當然的被直接送到司禮監，魏忠賢便連夜召來顧秉謙、魏廣微等黨羽會商。彷彿為了驅除魏忠賢心中的黑暗似的，司禮監裏點起了雙倍燈火，使得整座屋子光亮得如在午時的豔陽下；卻也因為這樣，投射在人身上映出的黑影特別分明，形成明與暗的強烈對比，一如宮朝即將展開的強烈對立，也投射出魏忠賢的內心已經作出「大開殺戒」的決定。

奏疏由王體乾親自朗讀，全場的人一起傾聽，聽了幾句後，魏忠賢臉上的肉微微抽搐，而在強光的映照下顯得特別清晰，聲音卻是冷的，冷如冰：

「你們都聽到了，這廝放了些什麼屁──他既然一馬當先，咱們就先拿他開刀──」

第二天，萬燝被處以廷杖，而且當廷打死。

這麼一來，朝廷中當然眾聲譁然，議論大起。

而魏忠賢根本不把朝廷中的議論聲當一回事，很明確的指示黨羽們：

「萬燝的事只是『殺雞儆猴』而已，儆過了之後，仍要拿猴王開刀，別的猴才會服貼──東林之所以敢叫叫嚷嚷的，頭一個仗恃就是葉向高──把葉向高趕出朝廷去吧！」

於是，黨羽們飛快的安排，製造了一些事端羞辱葉向高，讓葉向高主動辭官。

高齡、多病的葉向高哪裏抵擋得了這股惡勢力呢？更何況，他早就對朝政灰心、絕望到底；辭官、離京都只是形式罷了❷。

魏忠賢滿意了，接著，又逐一罷斥了趙南星、高攀龍、陳于廷、楊漣、左光斗、魏大中……

而就在這個時候，孫承宗返京的消息傳到了。

最先得知這個消息的人是魏廣微，他立刻產生了「作賊心虛」似的聯想，認為孫承宗是因為東林中人被黜，特意趕回來為東林撐腰——於是，他向魏忠賢說：

「孫承宗手擁重兵，這下，是來『清君側』的——東林在朝主兵部的人還有侍郎李邦華等幾個，裏應外合起來，大家要沒命了！」

基本心性的底層其實帶著三分膽小的魏忠賢這下緊張了，登時格迸著兩排牙齒，恐懼萬分的說：

「『內操』只有萬人，如何擋得他遼東十萬大軍？」

他急得哭了起來，躲在房裏全身發抖；反倒是客青鳳沉得住氣，拿得定主意——她咬著牙，堅定的對他說：

「事到如今，哭有什麼用呢？快去約齊了你的人馬商量對策呀！」

說著，嚥了一下口水，硬著頭皮跟他說了一句狠話，拉起他的信心來：

「你怕什麼呢？橫豎皇帝在咱們手裏，孫承宗真敢殺進宮來的話，把皇帝架出去擋就是了！」

話雖有如出自潑皮無賴之口，但對魏忠賢來說卻是一顆確確實實的「定心丸」，於是不自覺的連連點頭：

「是啊，你說得有理！」

於是，走出房去的步子不發抖了。

而黨羽們到齊之後，接二連三提出的意見，又讓他放心不少——在座的都是官員，對政治的運作術瞭解得比他深入，也比他懂得拿捏；魏廣微、顧秉謙等人既已入閣，更熟悉其中的奧妙，因而建議他：

「疆臣未奉旨不得入京，乃是本朝祖制；孫承宗既督師遼東，就不能隨便離職赴京；而今，他先犯了大忌，九千歲不妨發出聖旨，指責他違反祖制，令他退回；其次，防他違命進京，可命兵部調派大軍，嚴守京師，關閉九門，不許出入；九千歲再派「內操」人馬助防九門，如孫承宗違命到達京師，也只准他一人進城……」

聽完這話，魏忠賢連聲大叫：

「太好了！」

於是由顧秉謙執筆，飛快的替朱由校下旨指責孫承宗，然後連夜責成兵部以三道飛騎去阻止孫承宗入京……

孫承宗在到達通州的時候接到了朱由校的聖旨，內容令他遍體生涼，心寒徹骨，而事情又百口莫辯，無可奈何下，只得打消進京陛見的念頭，黯然返回。

他其實沒有率領任何兵馬進京——連護衛都沒有，跟隨他進京的只有一名老僕和任贊畫的鹿善繼而已！

然而，魏忠賢既已展開了鬥爭他的行動，當然並不會因為「大軍壓境」的誤會澄清了而停止，更何況，他這趟進京之行，確實是個可以大大發揮的口實，魏忠賢的黨羽李蕃、崔呈秀、徐大化等人便開始「車輪戰」似的輪番上疏攻擊他，甚至拿他來與唐代的叛將李懷光相提並論，弄得他一回到遼東就重新再上「乞休疏」。

註一：何和禮去世時六十四歲；其後於太宗朝進爵為三等公，順治十二年追謚溫順，勒石紀功。雍正九年，加封號曰勇勤。

註二：葉向高於天啟四年再度辭官歸里，於天啟七年去世，年六十九歲。

5

雪勢不大，但雪花飄落的速度徐緩而遲重，形成了一股沉滯的氣氛，也把天地間遮掩得如同罩上了一層白紗，使世人的視線朦朧得不辨所以，山川城邦都模糊不清，路徑方向全被迷失，是非黑白亦已喪失標準。

在返回山海關的路上，面對著這片蒙昧茫然，孫承宗索性關上了車窗，不去注視；車廂裏黑漆漆的，伸手不見五指，他的內心也是漆黑的。

絕望的感覺吞沒了他一向堅強的精神，剝奪了他奮鬥的勇氣，置身在黑暗中的他，反反覆覆的哀嘆著：

「權閹攬政，亡國不遠矣……」

而一回到山海關的衙署中，他立刻閉門不出，不發表任何言論，也謝絕與聞外界的一切訊息。

他交代管家和幕僚們：

「唯一要做的事便是乞休——辭官歸里，再也不涉官場是非！」

他同時交代，除了朝廷送來准他辭官的聖旨之外，他不與聞任何事，不見任何人；甚至，他以更堅決的態度對自己說：

「國事已不可為，我便閉門讀書吧——趁此餘生，仔細讀透古史，盡數歷來朝代興亡的教訓，做個冷眼閱古史的人！宋之蘇舜欽以漢書下酒，是何等瀟灑啊，冷眼讀古史，自己是置身事外的，心中便平和愉悅，無悲無痛，方可忘卻當代的這一團混亂，躲開眼前的是非！」

而且，他說到做到的付諸實行，便連魏忠賢的黨羽們恣意攻擊他、中傷他的消息傳來，也完全不予聽聞。

但，這麼一來卻苦了袁崇煥。

袁崇煥幾乎一日三趟來到督師衙署前求見孫承宗，怎奈每次都由應門的管家告訴他：

「大人吩咐，請各位大人們各盡其心，各司其職，不必以他為念；他已乞休，如今，只待聖旨到來便要歸鄉，因而不便會見訪客！」

閉門羹一日三次，最後連管家都心軟，再也說不出口了；偏偏孫承宗一本「鐵石心腸」的個性，即使連管家都替袁崇煥說情，他還是不肯接見；而袁崇煥生就了一副「不氣餒、不退縮」的倔性子，不達目的誓不罷休的來求見……兩個個性相近的人展開的有如一場拉鋸戰。

日子一天天的過去，兩人始終沒有會面，而孫承宗的乞休也沒有為朝廷批准。

關鍵當然還是操在魏忠賢手裏。

對孫承宗萬般不放心的魏忠賢，並不會因為以假造的聖旨逼使孫承宗返回遼東，就閉門高枕安睡了；他派出大批人手偵查，密切注意孫承宗的一行一止；而得到的回報既確證孫承宗僅以輕騎簡從進京，返回遼東後立刻閉門不出的事實，心中便暗自升起了幾分慚愧的感覺。

「大軍逼京之說是空穴來風？我竟冤枉他了……」

但是，這話又不能說出口，更不能明白的指示黨羽們停止攻擊孫承宗——他怎能公然認錯呢？

只能用一些間接的方法留任孫承宗：他指示幾個御史，上疏說大敵當前，遼東的人事以安定為宜；然後用這個理由發出聖旨，慰留孫承宗。

聖旨到遼東，孫承宗不能不出迎——守候已久的袁崇煥才總算在過完冬天，進入新的一年後，如「皇天不負苦心人」一般的見到了長官的面。

沉潛多日的孫承宗，心境的修為更上了一層樓，不但臉上已無任何激憤的神色，言談間也平靜得完全沒有火氣；他依禮迎接聖旨，客氣的與來宣旨的行人寒暄，而沒有片言隻語談到自己；聽宣完了聖旨後，更沒有具體的反應——整個人從內到外都是淡然的、平和的，有如已然隨遇而安了似的恬適。

而一等接旨之禮行畢，宣旨的行人離去之後，他更是若無其事——甚至，他有如根本不曾注意到袁崇煥在側，轉身就要退入內堂去了。

發急的袁崇煥便顧不得禮儀，搶步上前去擋在他面前，高聲的叫喚：

「大人——」

而後立刻換成輕聲：

「大人，可否聽我說幾句話？」

這麼一來，孫承宗再也不好不理會他，拱手施禮與他落了座，命下人們上茶——果真要仔細聽話了。

袁崇煥立刻把握機會，侃侃而談，而且先揀要緊的說：

「遼東的情勢又將有變了——卑職已經得到確實的消息，朝鮮的兩名將領韓潤、韓義帶了人馬投歸後金，而後金在瀋陽興築的城池和宮殿都已完工，正在準備遷移到瀋陽；後金國已經完成了一個大國的格局，連興築瀋陽的城池、宮殿的形制都仿自北京城……實是堪憂啊！」

說完，他且補充一句：

「近日，卑職又獲新報，有後金的軍隊出動；卑職依其前進的方向和路線推測，目標乃是旅順；怎奈，卑職麾下兵馬極少，且必須堅守寧遠防線，無法分兵去救援……估計，旅順支撐不了多久！」

他急切切的說著，但，孫承宗只是靜默默的聽著，聽完以後好半晌沒有回應，有如泥塑木雕般的垂眉凝目。

氣氛僵滯得如一汪死水……

袁崇煥的情緒被壓縮得陷入地底，而瀕臨爆裂的邊緣；他的難受已非言語可喻，只奈是在自己一向尊敬的長官面前，必須竭盡所能的忍耐，更何況，孫承宗的心情他也體會得幾分……於是，再三要求自己：

「再忍耐一會兒……好不容易才見到他的面，一定得等到他說句話……他一身關係遼東安危，而且朝廷下旨慰留，終究會有個主張……」

冬天已經過去了，滿滿覆蓋了整個遼東的冰雪已有多數消融了，綠意正從一片慘白的縫隙中掙扎著冒出頭來……生性剛強奮發、積極前進的他，在極度困難的環境中還仍然抱著三分樂觀、三分希望，對守衛遼東的使命更是存著強烈的信心。

卻怎奈，他的勃發之氣感染不了孫承宗——

沉默了許久之後，孫承宗終於發出了聲音；但，第一聲傳出的卻是軟弱無力的嘆息，又過了好一會兒之後才開始說話：

「我近日閉門讀史，深有所感；興亡更替，似乎都有天意，非人力所能勉強！」

袁崇煥一聽，下意識的發出「啊」的一聲驚呼，而後自己警覺到了，又立刻打住，神情中飽含著失望，雙眼不由自主的顫動；而且，他再也忍不住了，索性挺起胸膛來，有如抗辯似的昂聲向孫承宗說：

「大人，事在人為啊！即使事有不成，也該抱著『盡其在我』的信念去做！何況，大人已為朝廷慰留，遼東的重責大任全由大人一身擔當……大人心存『不可為』之念，不獨負了朝廷重託，也負了連同卑職在內的數十萬遼東臣民兵將的重望！」

然而，儘管是這麼重的一句激話出口，孫承宗的神情也沒有因此而被激出反彈來，但是，在這一剎那間，他下定了決心，要將朝廷中魏忠賢弄權的真相全盤說給袁崇煥聽——袁崇煥雖已在不久前因巡防五城之功而升了官，進位兵備副使、右參政，但也還在「官卑職小」之列，不但沒有進入權力核心，便連與聞機要也還未逮；更何況，袁崇煥中試之後只做過三年邵武知縣，就到遼東任職，沒有做過京官，對於京師的一切和朝廷中的情形都是陌生的，甚至，還不清楚「魏忠賢」是何許人！

他決定巨細靡遺的說清楚，以使袁崇煥明白自己倦勤的所有的原因，也提供袁崇煥做個參考，日後在宦途上若遇魏忠賢，該如何面對……

事情從頭說起，於他並不難──他是「帝師」，宮朝中事，沒有他不知道的；他甚至追溯到朱由校出生之年的萬曆三十二年，那年，後金尚未建國。

在他看來，那些年代才是關鍵時刻，皇帝不上朝，是天下大亂的開始；不獨吏治、財用、兵備、民情都開始衍生問題，還連帶的招來外患；而衰亂的種因已經種下，繼位的兩代皇帝卻不但沒有「中興」的能力，還遠比朱翊鈞更加淫亂荒唐，尤其壞的是又多了宦官弄權，把持朝政。

他誠懇的、毫不隱瞞的告訴袁崇煥：

「目下，朝中的正人君子已去職大半，代以魏忠賢的私人，種種不法行徑已公然進行；想要在朝中安於位的，都得向魏忠賢輸誠，賄以厚禮；葉閣老去職後，內閣大學士的人選完全由魏忠賢決定，目前當紅的是顧秉謙、魏廣微等幾人──我方才所接的聖旨，其實是這般人所為，今上是毫不知情的……」

接著，他更明白的說：

「下旨慰留，其實是做給天下人看的表面文章！否則，天底下哪有沒糧沒餉的督師！」

一切都受制於魏忠賢，有如四肢都已被綁縛，動彈不得，更何況還得面對魏忠賢黨羽的攻擊──

「原本，遼東的事並非不可為；但如今，魏忠賢不讓我為啊！我已無法面聖，還能做些什麼呢？」

話說到問題的重心，他的神情首度由維持了許久的平靜祥和轉成了黯淡，很明顯的流露出了對未來不抱任何希望的感受……聽得啞口無言的袁崇煥心如刀割，熱血沸騰，雙眼竟不由自主的紅了起來。

然而，大明朝廷中實際的情況又遠比孫承宗面臨的這些困厄更壞上十倍、百倍——浩劫到來了，時節在進入夏季以前，楊漣和左光斗就被逮捕下獄，原本百花盛開的春日霎時為黑霧黑雲所籠罩，大明朝廷快速的步向一場由魏忠賢掌控的腥風血雨中。

6

後金國的春三月正如蒼穹晴空萬里無雲、大地繁花千里綻放般的明亮、燦爛；努爾哈赤的腳步也走向一個新的里程。

新築的瀋陽城完工，浩浩蕩蕩的大隊人馬，從遼陽出發，遷入新城；下自百姓、牲畜，上至八旗統領、兵丁以及王公大臣，各家眷、家人，全都跟隨著他遷入瀋陽。

原本規模只有遼陽城一半大的瀋陽城，經過擴建以後，已經遠遠超過遼陽；新築的城牆厚實堅固，城樓高聳，城周廣濶，遠遠一望就能感受到偉壯的氣勢，令他打從馬上望見時就滿意得連連點頭，一面且在心中暗自推許：

「皇太極果然能辦事！這座城，雖然蓋的時間拖久了些，卻真蓋出了規模和氣勢！」

甚至，他隱隱感覺到，這座新城，蓋得有王者之氣，有開創與勃發之氣，有立足厚重之氣，也有傳之千年萬代之氣；遠遠望著，心中升起了一股特別的感受，也很想把皇太極叫來說幾句，但是，念頭一起，又立刻打消：

「別去誇他，免得他有了驕氣！」

存了「磨練」之心，他便忍下了心裏的話，更何況還有別的顧慮——阿巴亥就在身邊，聽到讚美皇太極的話，不免心裏發酸，沒人的時候便要向他叨念，再三強調多爾袞更優秀——因此，直到進城以後，他都保持著沉默；而進城以後，策馬在寬闊整齊的街道上，他的滿意又增加了好幾分，雖然還是沒有說出口來，但笑意已經洋溢在臉上。

走過幾條大街後，他到達新修築的宮殿前——屬於他個人的住所也已經完成了❶。

格局是「前朝後寢」，而規模當然比他以往的宮室要大得多了——

以往獨棟式的木樓已為二進式的宮院取代，前面有宮門三楹，門內為一進院，院正中築著高臺，臺上有川堂；後面是二進院，正中是正殿三楹，東西各有配殿三楹；整座宮院寬敞開闊，整潔明亮，屋宇多而井然有序，層次分明，並且與前廷清楚的分隔開來。

而這也給他一個適當的時機分隔——他立刻命阿巴亥去查看各宮院內的布置、陳設，自己才像脫身而出似的由兒子們陪著去查看前朝。

作為他理政所用的前朝，建築了一座宏偉的大殿，整體的造型是亭子式八角重簷建築，白石基台、階梯、欄杆，朱紅圓柱，方位為坐北朝南；殿前是鋪上了整齊的石板的大廣場。

陪著他繞行一周，親自視察每一座建築的代善、皇太極向他請示：

「請父汗為大殿命名——」

他想了一想，答說：

「就名為『大政殿』吧！」

但是，隨即又說：

「這大殿建得偉麗精緻，但是，殿前這大片廣場上空無一物，看來有點不協調呢！」

皇太極立刻解釋：

「這是為方便父汗召集各旗貝勒、將領們議事時，容各旗設置帳幕之用，因而不建屋宇，不種花樹！」

此說成理，努爾哈赤接受了，點了點頭之後就沒再說話；但，到了第二天，他一早就派人把皇太極找來，對他說：

「我想了一夜，決定在廣場上加蓋十座亭子——」

這是反覆思考的結果：

「以往的舊俗，汗王召集會議時，各將設置帳幕，席地而坐……但，那是未建城邦宮室時的舊俗，為祖先們留下的游牧舊習；而今，後金的家國城邦都已完備，游牧的舊俗已經改變，宮殿中的建築也就須因應今習而有所變通！」

具體的做法他已成竹在胸：

「大政殿前分左右兩列，各建五亭，分別為左右翼王亭、兩黃旗亭、兩紅旗亭、兩白旗亭、兩藍旗亭！」

皇太極立刻領命：

「孩兒馬上去辦！先將亭子的圖樣畫出來，送過來請示父汗裁示！」

於是，事情飛快的進行；不久之後，這項工程按照計畫動工，在夫役們的通力合作下，挖土奠基，架木上梁，上漆鋪瓦……嶄新的宮殿中多了這項新的工程，雖然平添許多工作時的嘈雜噪音，敲打刨鋸之聲不絕如縷，卻也顯得特別熱鬧，特別興旺，特別蓬勃。

而大明皇宮中也充斥著工作時的嘈雜噪音，敲打刨鋸之聲不絕如縷——朱由校的木工越做越多，規模越來越大，所有手巧的太監都被調來充當他的助手，幫他做木工，而且還不停的增加員額，於是，原來的工作坊嫌小了，還得再建一座更大的；完成的作品也沒有地方陳列了，於是，他下令蓋一間全新的、空間非常大的殿堂，專門用來陳列他的作品。

有如要與後金國的瀋陽宮殿相呼應似的，大明皇宮也動起了土木……只是用途和目標截然不同而已，而且更壞的是，朱由校的耳中充盈著伐木叮叮之聲，再也聽不到其他的聲音——不但魏忠賢的為惡他完全不聞，就連被魏忠賢非法逮捕入錦衣衞鎮撫司的東林人士，在遭受酷刑時所發出的慘叫，他也毫無所聞。

註一：據《滿文老檔》及康熙時繪《盛京城闕圖》所記，努爾哈赤遷瀋陽時，新城未完全施工完畢，所居先為「汗宮」，其後才完成皇宮建築。

原先的「汗宮」位於城內北側正中，是兩進的長方形院落。內院建於高臺之上，坐北朝南，中宮三間，頂黃琉璃瓦鑲綠剪邊；東西廂房各三間，用綠色琉璃瓦頂；前設內門一座，有台階下通外院地面。各宮皆硬山出廊式，台基高約二尺，明間開門，前有數級踏垛。

「皇宮」的建築在天命年間完成的主要為「大政殿」，其餘的部分大都是在太宗天聰至崇德年間完成；此後在乾隆年間有若干擴建（如存放《四庫全書》的文溯閣）；現今瀋陽故宮的面貌大致為清代原貌。

7

接到楊漣、左光斗、魏大中、周朝瑞、袁化中、顧大章六個人被捕入獄的消息時，高攀龍才剛回到東林書院，重新開始講學沒幾天，幾年來在朝廷中經歷的繁雜的人事紛爭、罷官前後的激烈鬥爭造成的心緒起伏還沒有完全平息下來，一路南歸的旅途辛勞也還沒有完全消除，他其實是處在身心俱疲、精神委頓的當兒；之所以決定立刻恢復講學，原本是寄望借著重回講學的生涯來使自己遺忘官場的一切，使自己重新找回精神上的支柱，撫平心靈上的創傷，不料，新的打擊竟迅速尾隨而來。

手裏捧著遠方的來信，只讀了半頁，他就驚痛得幾乎癱瘓倒地……

新入門的弟子還不清楚他在朝廷中經歷的變故，也不知道書信的內容，只能猜測那是「噩耗」，於是七手八腳的趕上來照顧他，扶他到榻上躺下，也端來熱茶奉上，同時私下商議：

「是不是請郎中來看看？」

他的氣色已經壞到成灰黑色，所有的人都怕他病了；他的老僕也聞聲趕進來，但是一看這情形，猜到是「心病」，又怕人多口雜，郎中來了反而不便，於是，對這羣少年書生們說：

「各位少爺們請先返回吧！容先生休養幾天——重新講學時，老奴會一一報信的！」

而當弟子們全都退出後，他關起門，走近高攀龍身邊，問說：

「老爺，我去請郎中吧！」

但，高攀龍搖頭：

「不用——」

說著且吩咐他：

「這幾日，還會有要緊的書信到來，你多留點神，切不可遺漏了任何一封，都要拿來我面前！」

老僕應「是」之後，他再說：

「你先下去吧！」

老僕不放心，猶豫著說：

「老爺氣色不怎麼好，留我在屋子裏伺候吧！」

他不置可否，但，即便老僕留在身邊，他也不想說話，緩緩閉上眼睛，顫顫的在心中壓擠出無聲的悲呼：

「東林的人，幾乎都已罷官歸里，根本礙不著魏忠賢的事了，如何他還要興獄，逮捕這許多人……究竟，他會怎麼做呢？」

他收到的信是魏大中的次子魏學濂寫來的——魏大中被捕時，他的長子魏學洢微服間行，一路尾隨進京去了，臨走前，交代弟弟通知東林諸人——信中詳述了魏大中被誣陷的罪名、被捕前後的情況，以及全部被捕入獄的名單。

罪名還是由汪文言身上作的文章……

他把事情仔細的想了個通透，感慨萬千之際，開始反覆喃喃自語：

「東林重用汪文言，結交王安，是能執朝政的一大要因；而今，魏忠賢借汪文言興獄……這是『福禍皆由一人而起』的說法嗎？」

汪文言原本只是個縣吏，是于玉立看他智巧任術，負俠氣，而遣他入京刺事，並為他輸貲為監生；汪文言確也很為東林盡心盡力，當時，三黨的勢力還很薄弱，常被汪文言以小聰明打擊；而後，聰明靈巧的他觀察到了當時仍為「東宮伴讀」的王安賢而知書，又為皇太子親信，未來將有無窮的發展空間，於是傾心結納，為東林搭起了一座聯絡後宮的橋梁。

「移宮」一案，固是東林入朝執政的最重大原因，卻源自於汪文言的結交王安；然而，一等魏忠賢殺了王安之後，汪文言的處境也就急轉直下了。

先是府丞邵輔忠彈劾了汪文言，接著取消他的監生資格，出京以後又逮捕他問罪，釋放後，葉向高有意維護，用他任內閣中書；但是，魏忠賢整肅東林的行動已經展開，他成為第一個刀下之鬼，並且被魏忠賢用來誣陷東林，縱使葉向高費盡力氣也維護不了了。

魏忠賢的黨羽們最早的打算是命人彈劾汪文言，然後下汪文言獄，企圖使用「屈打成招」的方式讓汪文言在供詞中牽連楊漣、左光斗等人；不想，汪文言是個鐵漢，雖受酷刑而不肯誣攀；但，整個情勢發展下去，卻導致葉向高去職，接著，趙南星、鄒元標、楊漣等人都紛紛罷官下野，朝廷中原本由東林入居的要職一下子全空出來，並立刻由魏忠賢的黨羽們補上。

這些人——包括高攀龍自己在內——離京的時候都悄自思量：

「我等全數下野，可讓魏忠賢心滿意足了嗎？」

當時，誰也不曾料到，魏忠賢並沒有因為東林人士已被趕得一個也不剩就罷手了……

已經成為「九千歲」的魏忠賢每到夜深人靜時就會想起以往受的窩囊氣，本性聰明的他更且清楚記得東林的人罵過他的每一句話，給過的每一個臉色，尤其是遇上在客青鳳面前自卑、羞慚得抬不起頭來的當兒，他的記憶就更明確，更深刻，報復心也就更強。

而有了權勢的他，自有黨羽們會細心揣摹他的想法，規畫整肅東林的辦法——即使已經罷官還鄉的人，也一樣重新逮回京師來問罪。

於是，重新再拿汪文言的事當藉口，先下汪文言獄，再派出錦衣校尉捉拿楊漣等六個人，理由是他們與汪文言有關。

其實，真正的原因呢？

高攀龍想得頹然長嘆。

「都只為得罪了魏忠賢啊！」

他與所有被捕的人都是至交，魏大中且是他的弟子，一同在朝為官，還有什麼不明白的呢？六個人都是正人君子，都嫉惡如仇，都排斥過三黨成員，都對魏忠賢不假詞色於前，出言反對弄權於後；都是為了心中的一腔正氣，得罪了邪佞。

不明白的只有一點：魏忠賢將用什麼樣的罪名整肅他們呢？會將他們定出什麼樣的罪名？判處什麼樣的罪刑？

寫信給他的魏學濂是孫輩，在信中的語氣是哭求他設法解救父親；而讀完信後的他，固然憂心如焚，恨不能以自身去代，卻根本想不出具體的營救方法來……

8

暮春之際，天氣和暖，最適於工作；瀋陽皇宮中建築十王亭的工程順利進行，也如期完工。

施工期間，努爾哈赤幾乎每天在現場漫步一周，親自觀看施工的情形，時或勉勵參與工作的人員，時或糾正錯誤；而最特別的一次，卻是他有感而發的對隨侍在側的皇太極說：

「這座宮殿是你親自督造而成，親眼見著由一磚一石，一瓦一木的奠基、堆壘……想必，你會對這裏分外有情吧！要知，宮殿乃是王朝的重心，你既親自督造了皇宮的建築，也經歷過我後金建國，長達數十年的辛苦積累與經營，以及為開疆闢地而轉戰千里、浴血奮戰，為治理百姓而制定政令，為提升、進化為文明大國而制定文字，廣興文教……而今，就我看來，這兩項是一致的，都是『萬丈高樓平地起』——」

皇太極聽了，頗有感悟，很恭敬的回應：

「是的！孩兒能體會父汗的訓示，我後金國的一切都如建築這座宮殿，甚至，也如建築一座亭子，是一磚一石、一瓦一木的奠基、堆壘而成，是父汗率領著全體子民流血流汗，歷經千辛萬苦，創建而成！孩兒體會得這一點，更因自己是為後金流血流汗的一員，身在其中，經歷一切過程，便分外有情！」

努爾哈赤很欣慰的點點頭，而心念忽轉，給了他一些意在言外的新啟發：

「以往，我年少時，在廣寧李成梁府居住了六年；當時，我孤身一人，一無所有；而李成梁統領明朝駐遼東的八萬多名大軍，封伯爵，位極人臣，府內豪奢之至；但是，不過短短幾十年，李氏一門因李成梁老朽去職而衰敗，昔日稱『關外第一家』的府第已成廢墟——這是一面明鏡，建屋固然艱難，建成之後固然榮耀，但，如若後力不繼，或者子孫不肖，便守不住；所以，『創業維艱，守成不易』是至理名言！」

皇太極心領神會：

「父汗的話也是至理名言——我軍下廣寧時，孩兒親見李成梁府破敗的情況，當時，孩兒心想，房屋田舍都只是無生的土石木瓦，使之興築為巍峨巨宅的是人，使之破敗成一堆斷牆朽壁的也是人；所以，李家真正破敗的是人——是李家子孫不肖，沒再出一個英雄人物，才使得家業衰敗，府第毀壞！」

努爾哈赤笑了：

「很好，你明白得非常透徹——那麼，你自己的子孫該如何調教成英雄人物，以免這座宮殿淪於破敗，你也能明白透徹了！」

皇太極悚然而驚，一頓之後，非常恭敬的單膝下跪、叩首：

「是！謝父汗訓誨、提示，孩兒永記不忘！」

努爾哈赤仰首向天，微微點頭。

「你起來——我還有事要說給你！」

說完，他緩緩舉步，走向下一座正在興建的亭子；皇太極站起身，亦步亦趨的跟在他身後，仔細傾聽他說話。

「以往，我曾多次去到明朝的國都北京城；要是論都城的規模，皇宮的富麗，那確是遠勝現今的瀋陽城和這座宮殿；但是，人心與氣數都已呈衰敗——朱家皇帝子孫不肖，遠比李成梁一家嚴重——我多次觀望，多次反覆推想，認定，北京的皇宮必將易主；所以，現今這座瀋陽城，這座後金皇宮，建築的規模不如北京城，並不重要，重要的是我們以此作為據點，揮軍伐明，入主中原……到那時，遷居北京城，以北京為國都；瀋陽城將一如現今的赫圖阿拉城，為後金興起之地；但，這兩個地方都是我們白手起家的實證，要留給後世子孫看個明白，所以，規模雖小而有意義，不可令它破敗！」

皇太極聽得瞠目結舌，但是，一頓之後，他心中豁然開朗，思緒一片清明。

「父汗雄才大略，高瞻遠矚，胸襟氣度、格局視野、識見抱負全都高人一等，令孩兒敬佩得五體投地！」

他是由衷之言，發自內心深處的誠摯；甚至，他在徹悟之後，認定了父親是借著興建十王亭來曉諭他許多至理，從萬丈高樓平地起而論創業與守成，進而昭示入主中原的大業，每一句話都是教育和啟發……他覺得自己得到了許多，內心中充滿了感動，而使眼眶濕潤起來。

父親是個巨人，而自己是父親的傳承者，也要學習做個巨人——他期勉自己，一切都要做到和父親一樣，並且善加教育子孫，使子孫也能做到和父親一樣。

唯有從自己到世世代代的子孫都做個像父親一樣的巨人，才不會使父親辛苦創下的基業淪於破敗；而今日的建築，雖然只是非常小的規模，小到只有十座亭子，卻是未來的大帝國的基石……他暗暗許願，一定要做到！

於是，他非常認真的向父親訴說：

「孩兒曾聽范文程講說經典史籍上的記載，有句話說得很清楚，他說，古聖先賢的理想是：為天地立心，為生民立命，為往聖繼絕學，為萬世開太平；以往，孩兒因為這話是無形的，因而時常思索含義，直到現在，孩兒真正體悟到了，父汗建國的胸懷就是這句話的含義——」

努爾哈赤微微一笑：

「很好，你漸漸的能把書上記載的無形的道理，和實際上有形的作為融合在一起了！」

皇太極紅了臉：

「這是因為孩兒從小追隨父汗開創江山世代，積累多年，才對這一切都有深刻瞭解！」

努爾哈赤點了兩下頭：

「你心思比別人細，眼睛就看得比別人深——」

但一句之後隨即停止，不再往下說，用意還是在不多誇獎他，以免他生出驕氣；而後，再給他一個新的啟發和新的任務：

「都城和宮殿同時是凝聚人心的地方——這十王亭竣工的時候，便該有一次盛會；你去準備，召兩翼及八旗貝勒來會吧，大家各據一亭，不同於昔日的帳幕，心中會有新的感受，更能激發出新的理想來開創新局；也可以趁此盛會，曉諭政事、宣達政令，並且，使大家一心一德！」

皇太極立刻恭敬的領命：

「是！」

於是，十王亭興建完工，也代表整座宮殿全數完工的第三天，瀋陽皇宮中舉行了一次雙重的慶賀大典，既是慶賀新宮落成，也是慶賀努爾哈赤遷入新宮，而實質上的意義放在「萬眾一心」上——

實際上進入皇宮參加慶典的人數並不多，左右翼與八旗貝勒各率一百名侍衛、親兵入宮，立在屬於自己的亭子外圍而已——總數千名，和努爾哈赤的近身親衛、大臣們一起與會，全場的人數不到二千；但是人人精神飽滿，豪氣干雲，流露著八旗鐵騎慣有的蓬勃強旺之氣。

吉時既到，努爾哈赤在前呼後擁中緩緩步向大政殿，高坐殿上，接受「十王」朝賀稱頌和羣眾歡呼；年逾一甲子的他，身著後金國自創的帝王服飾，頭戴朝冠，足登長靴，佩玉帶，垂東珠，精神健旺而神色自若，很自然的流露出一股雍容博大的氣度。

歷經歲月的磨洗，往昔那股懾人的英氣、逼人的銳氣和超人的霸氣都已化為沉潛，更強更韌，無所不在，而無形；他早已不再隨身佩劍，心中亦無劍氣，眼眸深處所流露的光芒是深沉內斂，融合了先天的剛毅和後天的智慧，以及因為心懷理想而蓄積出的屬於他個人的特殊氣質。

他是一名開創者，開創了新的時代……

端坐大政殿，面向十王亭，在羣眾的歡呼聲中，他的唇角微微上揚，充分的流露著內心的愉悅；而且聯想到了皇太極所侃侃而談的「為萬世開太平」，心裏湧起了熱潮，於是，他在心裏默語：

「皇太極說得好，為萬世開太平……這是我後金建國的宏願……建國是宏偉之業，完成這個宏願更是宏偉之業……有形的宮殿已築成，具體的國朝已建立，這無形的宏願要全力推展，永不停息……」

9

春天走到盡頭，便連晨起的風也變得乾燥燠熱，迎面吹來，令人感到煩悶；漱洗罷的張皇后原本也一如往昔的獨自靜坐，展卷讀書，使自己的精神完全脫離現實環境，進入書卷中的高潔澄淨中。

她專注的低吟著書中的詩句：

道由白雲盡，春與青溪長。
時有落花至，遠隨流水香。
閑門向山路，深柳讀書堂。
幽映每白日，清輝照衣裳。

詩句是唐朝劉眘虛的〈闕題〉，但她直覺的認為那是自己的心聲；詩中的情境是她一向所嚮往的、追尋的、夢寐以求的，她借著閱讀而獲得的心靈上的嫏嬛福地，依靠這個收穫來遺忘現實生活中的險惡與痛苦。

身分上是貴為母儀天下的皇后，而實質上，她卻活在隨時有殺身之禍的險境中，隨時都會被魏忠賢和客青鳳奪去性命，一如她腹中的胎兒。

剛進宮的時候，聰明的她很快就發現了魏忠賢和客青鳳在宮中的作威作福、弄權攬政，當時，她想向朱由校建議逐這兩人出宮；但，不久之後她又發現朱由校和客青鳳之間存在著不正常的畸形關係，而朱由校癡愚得受制於她，幾經考慮之後，她打消了向朱由校進言的念頭，然而，還是難以倖免的遭到了客、魏的毒手。

她當然體會得，自己定是客青鳳的眼中釘，卻沒有預料到，客青鳳會使出這麼惡毒、卑下的方法來。

剛失去胎兒的時候，她痛不欲生，不進飲食，全賴朱翊鈞的劉昭太妃向她伸出慈愛之手，每天細心照顧，婉言開導，才使她重拾勇氣，堅強起來，超越悲痛。

儘管名義上的身分高為「攝太后事」，劉昭太妃一樣奈何魏忠賢、客青鳳不得，甚至，也只能避開鋒頭，以「明哲保身」的方式隱忍求全；但，劉昭太妃畢竟是上了年紀、歷經三朝、見過更替的人，心中自有一番對人生的領悟，常掛在口裏勸導她的便是：

「凡事往長久看，立身退一步想，心裏頭就沒有什麼過不去的了！」

甚至，劉昭太妃還暗示性的舉舉過往的例子：

「鄭貴妃當年寵冠後宮，西李也得意過、威風過的，現在，可是『泰極否來』了！熬得久的人，終歸看得到『現世報』！」

留住自己的命，看別人的下場——劉昭太妃有著與眾不同的人生觀，也開始影響了她。

閒暇時，劉昭太妃將「梃擊」、「紅丸」、「移宮」三案為她細說從頭，讓她對宮闈中事瞭解得更多、更深入些，也從而思索出如何保護自己的方法，使自己不致在這複雜、敗壞的深宮中再受到傷害。

皇宮裏接二連三的發生不幸的事情，客青鳳的魔掌在嫉妒心的指使下伸向了諸多無辜的女子，魏忠賢為虎作倀，逐一吞噬花朵般的生命。

朱常洛的趙選侍被矯旨賜自盡，罪名也是「莫須有」；可憐無辜、無依、無靠的弱女子，只有將朱常洛賜給她的東西都陳列在案上，西向禮佛，再三痛哭後自縊。

張裕妃貌美而個性直烈，當然更成了客青鳳所必欲去之的人，一樣找不到罪名來「處置」，卻被客青鳳派太監強制將她囚禁在別宮，斷絕她的飲食，要將她活活餓死；適逢天下大雨，飢渴不過的張裕妃爬行到門檻邊，想接順簷而下的雨水喝，卻就此死在淒冷的雨中，瘦小的身軀在僵硬成槁木的兩天後，看守她的太監才通報這件事。

范慧妃有孕，也難逃噩運的遭到客青鳳的殘害；孩子沒了，自己還反過頭來被冠上「殞皇子」的過失論罪；心性正直的李成妃「見義勇為」，在侍寢的時候，悄悄為她向朱由校乞憐，哪裏知道，「沒心眼」的朱由校反把事情說給了客青鳳，這麼一來，李成妃當然遭殃了。

她一樣被幽禁起來，也如對付張裕妃一般的斷絕了飲食……

事情發生後，一樁樁的傳到她耳裏；她不時為這些如花朵凋零的女子而悲痛落淚，哀哭多日；不時為自己雖然身分貴為皇后卻無法救援而難過不已，每每長夜不寐，為這些受害者向天默禱、祈求來生勿入帝王家，但也不再「雞蛋碰石頭」一般的向朱由校提出整頓後宮的建議，更不再以閱讀〈趙高傳〉來譏刺魏忠賢。

她引導自己的心走進書卷紙頁之中，那裏是一片淨土，她像修行般的皈依了，心中開始得到祥和與寧靜。

皇宮中又在蓋房子了，敲敲打打的雜亂之音吵得別人情緒煩躁，她卻如若未聞；朱由校偶爾會命人送來精心完成的木器，再也不對他存有任何指望的她既不多看一眼，也不放在心上，彷彿世上根本沒有這件東西似的。

她只專心讀書，只有在偶爾不經意的時候才會想起魏忠賢和客青鳳的名字來，但也只是發出一聲輕嘆就作罷了，在那一剎那間，心中浮起的念頭也不過就是劉昭太妃的話：

「留著自己的性命，看別人的下場！」

她將耐心的等著，等看魏忠賢的下場。

而在魏忠賢的心中，已經沒有她的名字了——對這麼一個只空有名分，毫無實質作用與影響的皇后，還有什麼好在意的呢？

他在意的人全是以前給過他難堪的——東林中人，即使並沒有真正的組成「黨」，現在也被他冠以「東林黨」的名稱了。

橫豎是要入人於罪，無論加上什麼名稱都是一樣的！

他麾下的人馬崔呈秀、王紹徽、魏廣微等人已編列了名冊，把凡是和東林沾得上一點邊的人都列上，不但一個都疏漏不了，還秉持著「寧可錯殺一百，不可走漏一人」的原則，盡可能的羅列，務求其廣，因而名冊造了厚厚的好幾大本，列名的將近萬人，附以翔實資料，以供他隨時派出錦衣衛或者東廠太監捉拿。

至於已經關入鎮撫司獄中的楊漣等六人，崔呈秀等人也在處心積慮的設謀。

他作了重點指示：

「這幾個人太可惡了，務要給『死罪』！」

於是，崔呈秀等人先行私下商議好進行的方法。

入人於罪容易，入人於死罪則必須將罪名膨脹上好幾倍……

商議完了之後，黨羽們來向他說：

「原先，以汪文言為由逮捕楊漣等六人，由汪文言的供詞中牽連出來的，只是這六人『貪贓枉法』而已，罪名不足以論死；不如將供詞再做更改，改成是受楊鎬與熊廷弼之贓，貽誤軍機，致遼東戰敗——那麼封疆事大，便足以請死了！」

這個建議更切中他的下懷：

「好極了！我正惱熊廷弼呢，正好拿這個理由，一併凌遲了！」

熊廷弼因廣寧陷落而入獄已經三年了，這期間，主張處以死刑的意見頗多，最後刑部定出的也是死刑；但，熊廷弼輾轉託了人來向他關說，願送他四萬兩銀子，請免死刑。

他答應了，於是交代下去，延緩行刑，而且準備一收到銀子就指示御史們上疏為熊廷弼說情，說上一段日子後再以此要刑部更審、重判，然後開脫他無罪出獄。

這樣完美無缺的進行辦法都想好了，執行的人選也挑好了，偏偏，熊廷弼「光說不練」，沒有真把四萬兩銀子送來，派人去催，卻說：「家貧，籌措困難，正在設法張羅。」重複了幾次以後，他改變了主意。

迎合他心意的黨羽們也就立刻跟著說：

「區區四萬兩銀子，哪裏放在九千歲的眼裏？九千歲是氣他態度不敬啊！這樣的人，判個凌遲還嫌輕呢！」

10

記寫著熊廷弼被判「凌遲處死，傳首九邊」的「邸報」❶送到孫承宗坐鎮的山海關時，他僅只看了兩行，已經盡力維持了好長一段日子平靜的心情又激動起來，再也無法控制……

他下意識的一掌拍在桌面上，將桌上的擺設與面前的茶盅都拍得震動起來；然後，吩咐從人：

「快請袁大人、馬總兵來！」

而在等待袁崇煥和馬世龍到來的當兒，他的心情更加煩躁，竟連坐都坐不住，兀自背剪著雙手，邁開大步在屋子裏胡亂蹀躞著；只奈，便是這樣也無法化解……兩人到來的時候，他的情緒已惡劣得使肝火飛快上升，將雙目都逼成火紅。

因此，兩人一見到他就大吃一驚，敏感的袁崇煥甚且不及思索就脫口而問：

「大人，出了什麼事了？」

「熊大人定的罪是『凌遲處死，傳首九邊』，並和東林牽連在一起——東林已失勢，楊、左等六君已下獄，罪名竟然是受熊大人之賄！」

袁崇煥一聽，下意識的發出不以為然的驚呼：

「胡說八道！熊大人跟東林一向是對頭，交惡多年，雙方哪會有『賄』可行！」

但，話一說完，他立刻醒悟：

「宋之岳飛，罪名不就是『莫須有』嗎？」

緊接著，悲憤之感湧上來了：

「熊、楊諸君都是清廉得一貧如洗的人，竟然被魏忠賢冠以這樣的污名……」

說著，他的雙眼也發紅了。

而孫承宗想到了其他各個層面，憂慮還更深：

「照這個情形看來，魏忠賢是擺明了要整治東林的人……恐怕，不只是捕了楊、左等六人就會善罷干休的！」

僅就他所知的，魏忠賢心中有怨的人並不只這六位：

「趙、鄒、葉、韓……只怕，只要是與東林有關，或者以往曾上疏議論過、彈劾過魏忠賢的人，都將有禍事上身了！」

他這麼說，也是在提醒袁崇煥——袁崇煥與東林沾得上邊，因為，他的座師乃是韓爌，而舉薦他由縣令破格直升兵部主事的侯恂也名列東林，現在都是魏忠賢的眼中釘！

至於他自己的處境，更是未卜已知——

他突然像失笑似的歪了一下嘴，直眼看著袁崇煥說：

「老夫上疏陳言，說熊大人攻防兩用的『三方布置策』是上上之策，廣寧失守乃是經撫失和、王化貞不知兵所致，非戰之罪，應著熊大人出獄，重回遼東任事，並贖前過——這是多久以前的事哪？那份奏疏，該早就到了魏忠賢手裏了吧！」

說著，他仰天大笑起來，笑得前仰後合，同進，老淚縱橫。

生平第一次見到他這種「失態」神情的袁崇煥和馬世龍，忍不住互相交換了個眼色，但也都立刻低下頭去，默然不語。

好不容易等到他的笑聲停歇，大家想說幾句勸慰的話，他卻立刻接著說：

「來，來，來，咱們來數數，自古以來，有多少忠臣良將，不是死於與敵軍對壘的戰場，而是死於朝中羣小的誣陷──」

他的心情與神情都是悲憤與無奈融成的悲涼，聲音嘶啞如裂帛，聽得袁崇煥心如刀割，而不由自主的忘了勸慰，說出更悲涼的話：

「熊大人一生中最大的恨事，只怕就是從來沒能與努爾哈赤在戰場上一決勝負，而竟死在魏忠賢手中！」

孫承宗淒然道：

「昔年，伍子胥將死之前，厲聲說，挖下他的眼睛懸在姑蘇城上，他要親眼見越軍攻入吳國──熊大人將傳首九邊，等他的首級送來山海關時，我也將他的眼睛懸在城樓上吧！」

他意有所指，對遼東的邊事已經不抱希望了──這幾個月來，他雖然「力持平靜」的主持遼東的大局，戰爭也沒有發生，表面上，一切都相安無事，但在實質上，他過得一天比一天困難，是無形的困難，難得令他說不出口，而且無力也無法改善。

魏忠賢假朱由校的聖旨留任他，表面上看似乎是尊重他已極，但，實際上仍對他施以「掣肘」之術；使出的第一個法子是不撥給足夠的糧餉，使他自困，而且已經奏效。

巧婦尚且難為無米之炊，他麾下十幾萬大軍，擔任守邊重任，缺糧無餉的後果將嚴重得不堪想像：輕則軍中鬧兵變，重則索性叛投敵國……他為此焦頭爛額，苦思應付的良策，一面每天發好幾道奏疏送進京去，催討糧餉，一面規畫裁軍，減少員額，以減少糧餉支出；一連幾個月為這事心力交瘁，唯一能暗自慶幸的只有一件：

「幸好努爾哈赤沒趁這時打了過來！」

他裁軍的原則當然是「汰弱留強」，連同不適任的將領也一併罷去，以節省用度；但，心裏雪亮，應付了這樁，下一樁掣肘的事又會接踵而來，無窮無盡，只要在位一天，就得花下大把力氣，應付魏忠賢掣肘！

而這一切，袁崇煥也心知肚明，聽完孫承宗的話，還更難過的聯想到：

「他確實無法再為遼東盡力……東林失勢了，魏忠賢一黨絕不會容他再鎮遼東……」

原本性格剛烈、積極，凡事勇往直前的他，竟而打心中升起了生平第一次產生的無力感；他也猜想得到，孫承宗必然要第三度上「乞休疏」了，而曾經費盡唇舌勸說孫承宗打消辭意的他，已經疲累得再也說不出話來。

雖然心裏還是有一些異於孫承宗的想法，雖然心裏正在隱隱浮現一個衝動，想向孫承宗喊出一聲：

「知其不可而為吧！努爾哈赤的大軍就在前方，咱們同心協力，能擋一天就算一天吧！」

但，這個衝動的力量太薄弱了，還沒有具體成形就退散下去，他什麼也沒說；而且，回到自己的行轅之後，心情又更加沉重起來。

情勢實在太壞了，他不能不悲觀的設想：

「孫大人去後的遼東，能擋得住努爾哈赤的八旗鐵騎嗎？」

孫承宗如果致仕，朝廷當然會派人接替、繼任，而所派的也必然是魏忠賢的人馬……

「萬一是個不懂軍事的，如王化貞、王在晉、王象乾者流，遼東就全完了！」

他已然「領教」過王在晉和王象乾的軍事知識，回想起來，平添恐懼，於是令他有「杞人憂天」般的設想：

「無論其他的條件如何，只要他不懂軍事，或者膽小怕事，就會如王在晉一般，堅持要採行『守關內』之策，而棄關外千里之地……」

他自己所擬的「守寧遠」之策是幸虧遇上了有見識、有擔當的孫承宗，大力支持；而一旦孫承宗不在了，計畫還能持續下去嗎？「守關內」是個錯誤的戰略，萬一新任的督師堅持主張守關內……

他不由自主的想起了當初，祖大壽不怎麼盡力築城的往事……

這樣，反覆的想過來，想過去，心頭的巨石一塊接一塊的堆疊起來，壓得他胸口悶得有如要窒息，而且無法排解；難受的感覺如濁浪排空般的吞沒了他。

偏偏，緊接著從朝廷中傳來的消息，又是一樁比一樁壞，壞得沒有任何語言可以形容，也使他的心情壞得沒有任何語言可以形容。

被逮捕的東林人士，全部被刑斃於獄中——

首先被慘無人道的酷刑摧殘而死的是汪文言，由於他不肯在供詞中承認楊漣等人收受熊廷弼之賄，而身受毒刑，刑餘仍不肯誣攀，便索性刑斃。

而即便汪文言不肯誣攀，也無妨於魏忠賢要置東林諸人於死地的目的——替已死的汪文言寫份供詞有什麼難呢？

於是，楊漣、左光斗、魏大中、周朝瑞、袁化中、顧大章全部成為貪贓者；然後，六個人都在許顯純的主持、安排下交給錦衣衛都督田爾耕來拷打追贓。

「這幾個，都是九千歲最痛恨的人——」

許顯純只這麼一句話，田爾耕就知道該怎麼來討好、巴結魏忠賢了。

他所施用的是天底下最殘忍的酷刑，而且每五天就上刑一次，令這六人在審訊期間全身體無完膚，骨碎齒落，求生不得，求死不能；而且因為要「追贓」，還要繼續牽連這六人的家人，責令交出贓款；越發掀動如腥風血雨般恐怖的氣氛。

事情拖延到七月裏，飽受摧殘的楊漣、左光斗、魏大中、周朝瑞、袁化中被刑斃獄中，顧大章自縊而死。

接著，矛頭指向了一樣為魏忠賢所痛恨的東林領袖趙南星。

橫豎只是「欲加之罪」，許顯純也就以「汪文言獄詞牽連」為由，捉拿趙南星提問，橫加羞辱，最後定他貪贓一萬五千兩，責令追回。

而趙南星一生為官清廉，家無恆產，哪裏拿得出這大筆的銀兩來呢？最後，依靠了親故捐助才湊齊；而「活罪」還是難免，高齡的趙南星被判遣戍，兒子、外孫一起分遣。

接下來，議處鄒元標。

鄒元標早已告老還鄉，而且在幾個月前壽終正寢，沒有必要冠上什麼罪名了，於是，魏忠賢指示說：

「找個時機毀掉首善書院就行了——什麼書不書院的，還不就是東林那一套，聚眾講學，說些大逆不道的話，可厭得很！」

但對於已死的李三才、顧憲成等人，就不「從寬處置」了——他指示：

「這幾個人，帶頭鬧『東林』的，死了也要削奪前爵——找幾個御史上疏來議論吧！」

而關於熊廷弼，罪刑既定了「凌遲處死，傳首九邊」，當然就無須再費事了。

「就等秋決吧！」

八月，很快就要到了。

註一：明代的「邸報」其性質大約為政府的公報，發布人事命令等等，為手抄本，逐日發布。而各地重要地方官員都雇專人在京師抄錄，每隔幾日傳送一次。

現今傳世的明代邸報，唯一實物為臺北中央研究院歷史語言研究所所藏《崇禎年章奏殘冊》十二本，經蘇同炳先生研究，歸納三要點：

1、它們是以有格紙寫的手抄本。逐日記的文字內容，可多至一萬字。

2、邸報以傳鈔章疏為主，間及朝中的人事動態。

3、裝釘成冊的邸報，以每日為一本，前有要目。除重要章疏全鈔外，例行性及不重要的章疏，只摘錄其事由及奉旨情形。

其詳細內容及相關問題可參見蘇同炳先生撰〈明代的邸報〉、〈明代的邸報與其相關諸問題〉、〈《萬曆邸抄》述評〉等文。

第二十三章

大廈如傾要梁棟

1

秋高氣爽的季節，最適於操馬練兵，後金國又舉行了一次大規模的軍事演習。

這是遷都瀋陽之後第一次舉行的兵馬大操演，不但努爾哈赤本人特別重視、八旗貝勒們力求表現，就連旗下的兵丁們也個個卯足全力，展現武藝；尤其是在遼、瀋等諸戰役中投降、歸附的明、蒙、朝鮮兵將，新成為後金八旗軍的成員，在經過一段日子的訓練後，第一次得到表現的機會——雖然是演習，但卻能在大汗的親自閱覽下一展身手，便人人踴躍上前。

更何況，後金對演習的賞罰辦法訂得一如真正的戰爭，使得大家加倍奮勇努力，爭取好成績，以博取獎賞。因此，這一天，瀋陽城外幾十里地盡是人馬與旗海，戰車密布得大地上不見黃土與綠草，旗幟張揚得高空裏不見藍天與白雲；號角響徹，鼓聲震天，馬蹄奔馳，八旗戰士們認真的搏鬥，攻守有據，進退有序……

擔任演習總指揮的四大貝勒——代善、阿敏、莽古爾泰、皇太極，當然更是全力以赴的親自披掛上陣，親自指揮攻守；而八旗貝勒中，有一個是第一次統領大軍馳騁的，那便是阿巴亥最鍾愛的多爾袞。

多爾袞年只十四歲，還算不得已成年；但，努爾哈赤畢竟經不起阿巴亥再三請求，提早給他獨當一面的機會，分了自己的人馬給他，讓他與阿濟格一起統領正黃旗的軍隊❶。

而多爾袞確是個稟賦優秀且勤奮、努力的人，自從分得人馬之後，不但每天親自操練，以使麾下的隊伍訓練得更精良，還凡事都虛心的向努爾哈赤派給輔佐他的幾名老臣請教，這樣「邊學邊做」，在短短的一段時日中就有了很不錯的成績，贏來不少讚美……

努爾哈赤端然高坐臺上，放眼四望台下的演習，看到滿意處，嘴角很自然的掀起笑容，而後連連點頭，向左右侍衛們說：

「看看，我後金這支八旗勁旅，精敏勇猛，確實是所向無敵之師啊！」

說話的語氣中也包含了幾分自豪、自負，而實質上，他的心裏還響動著一個聲音：

「有這所向無敵之師，何愁不能入主中原呢？」

一個美好的畫面在眼前浮現了：

他親自率領這支軍容壯盛、所向無敵的隊伍，走出瀋陽，向著山海關進發；而後，一舉攻破山海關，直下北京……

「北京皇宮裏的那張龍椅，就快換個主人來坐了！」

想著想著，他的笑意更濃，心裏湧現的畫面也就更明晰、更美好。

以往，他八次到北京，遠遠的瞻仰過北京皇宮富麗雄偉的外觀；第一次眺望時，他想著：

「屋子裏頭不知道又是個什麼樣的光景，幾時得便，能進去看看多好！」

第二次，他鼓起勇氣來向接待的官員打聽皇宮裏面的情形，開始對它的建築形式、陳設有了初步認識；而後，一次次的累積聽聞，再加上想像，心中逐漸建構起完整的圖像，「金碧輝煌，美侖美奐」的說法成為具體的確認；意念也從想要觀看轉變成想要入據——四十多年來，這份雄圖從無到有，從萌芽而茁壯的過程，恰恰是一生奮鬥的完整過程！

也許，他是幸運的，他的奮鬥始終有著明確的目標，一生所行的道路不偏不倚的通往璀璨與永恆，他為自己擇定的人生方向準確無誤。

「我有生之年的最後一段路，就是從瀋陽走進北京皇宮！」

在操練兵馬的同時，他的心裏發出了堅定的聲音，宛如再一次宣告自己的志向似的激越；因此，儘管眼睛面對的是八旗勁旅分組演練的攻守與進退，心中升起的意念卻盡是北京的皇宮……

而在北京的皇宮中，也正在操練兵馬。

魏忠賢所設立的「內操」，和他所擁有的權力一樣急速擴增，一段日子下來，不但員額擴增到三倍以上，擁有的各種配備更是遠超過正規軍隊，形成了驚人的實力。

「內操」的成員雖然都是太監，但，集合了東、西廠與錦衣衛，便等於是特務與刑獄兩方人馬的結合，再經過軍事方面的訓練——他自許，「內操」的實力是天下無敵的，對付朝廷中任何一個不聽話的大臣都是遊刃有餘的。

「無論文臣武將，只要我一聲令下，就手到擒來！」

成竹在胸的魏忠賢洋洋得意的說：

「東廠原本長於偵查、刺探，只要有人在心中暗藏不服之念的，都能調查得一清二楚；而有了『內操』，即使是蓄了家將的大帥，也難敵、難抗、難逃我的捉拿了；拿來以後，交給錦衣衛鎮撫司去辦，要不了幾天就一乾二淨！」

他對東廠和錦衣衛鎮撫司為他整治了楊漣、左光斗等東林要人的成績感到滿意極了，下一批要整治的人也已經預定，近日裏就要採取行動，他有意讓這批「內操」的成員參加行動、施展本領，方法也已經想好：

下一批「黑名單」上的人，因為都已罷官歸里，散居於全國各地，緝捕的事須費點手腳，正好讓廠、衛顯顯身手！

他預定派出五千以上的人馬，以浩浩蕩蕩的聲勢前去捉拿這一個個手無縛雞之力的讀書人——這當然不是怕人手少了，捉拿不了，而是蓄意招搖，以同時收收「殺雞儆猴」的威嚇之功。

因此，儘管這支「內操」打自組成以來就天天操練、從不懈怠，他仍然特地舉行一次大規模的操演檢校，把聲勢做得更大些。

這一天，他甚且親自去說動朱由校暫時放下手中的木工，一起校閱這支「內操」。

他向朱由校進言：

「奴婢親自調訓的這支『內操』，忠誠精良，個個武藝超羣，勇不可擋，必能為萬歲爺效命！」

而猛一聽這話的朱由校卻會錯意了，立刻高興得拍著手笑說：

「啊，啊，太好了！就叫他們立刻到遼東去，把後金國的軍隊都殺光吧！回來，朕重重的封賞他們！」

魏忠賢竭盡了全力才忍住笑，然後耐著性子向朱由校解釋，「內操」的成員乃是太監，並非正規軍隊，用途當然就不是開拔到邊關殺敵、保家衛國——「內操」設立的目的是在對付朝中的官員！

「為澄清朝中吏治，緝捕失職官員，以及護衛萬歲爺……」

他當然盡揀好聽的話講，當然不會誠實的說，「內操」實質上是他的私人武力，專門為他撲滅反對的聲音，誅殺反對的人員，是他以「九千歲」執政的一大後盾，未來更要為攬權的他效命……

而他也必須說服朱由校來親自校閱，因為，這麼一來，這支「內操」便成為朱由校親自主持的組織，有了合法的地位！

事情一點也不難，他徹底瞭解朱由校的心性，懂得說什麼樣的話能打動「龍心」——忍住笑之後，他一本正經的說：

「奴婢精心培訓出來的隊伍，演練起來，煞是好看；一萬名『內操』，排成整齊的隊陣，發個指令下去，立刻變換隊形，看起來像萬花筒一樣呢！」

果然，朱由校被哄得眉開眼笑，興奮、雀躍的親自主持這場盛大的校閱與演習。

魏忠賢倒也沒有欺騙朱由校——這場演習果然如萬花筒般的好看。

被挑選出來參加「內操」的太監，全都是體格健壯、相貌堂堂的人，每個人都頭戴簇新的高冠，身穿五色錦衣，披斗篷，足登白長靴，佩長刀，騎駿馬，排列成整齊一致的隊伍，第一眼看去，已覺壯觀無比；而後，全隊隨著號令聲響，快速變化隊形，忽而成梅花，忽而成疊山，忽而成波浪，忽而成連環……人馬身上的顏色在日光的照耀、隊伍的變化中幻為五光十色，看得人眼花撩亂，疑真似幻。

坐在龍椅上的朱由校看得目不暇給，下意識的用力鼓起掌來，口裏叫喊著：

「好看！好看！操演得好——」

然後，他向魏忠賢說：

「果然好看！都有重賞！」

他把發賞的權力交給魏忠賢，讓魏忠賢替他獎賞操演「有功」的人；而他自己也得到了極大的收穫——這次的「內操」演習為他帶來新的製作木器的靈感。

第二天他就完成了構思，接著開始繪製圖樣，幾天後就正式動工……

一段日子之後，這件新的作品完成了。

陳列在桌面上的木器是一座縮小的大明皇宮，皇宮的廣場上也在操練兵馬；一個個栩栩如生的木偶合組成「內操」的隊伍，一樣能如萬花筒般的變換隊形，看得人目不暇給；木偶腳上的白色長靴在行進間發出逼人的青光來。

朱由校對這件作品滿意極了，每天親自操控木偶，進退變化，全都掐得緊準，毫無失誤，因而在視覺上達到了美不勝收的程度，甚至比真人的操演還要好看；他玩得樂此不疲，廢寢忘食，於是完全沒有注意到，真實的、由魏忠賢一手組織、訓練出來的「內操」成員已經開始走出皇宮，去對付心裏懷有對魏忠賢不滿、不敬或不忠的人們，而即將掀起一場更慘酷的血腥。

由足登白色長靴而得名的「白靴校尉」成了一個代表恐怖的稱號，所到之處，人人聞之色變；竟而連一般市井小民也不敢在茶樓酒肆中談論起魏忠賢來，以免被偵查得知，捕捉進獄，遭受酷刑拷打；在朝廷中，更是人人心知肚明；只要以往與東林沾得上一點邊的人都要倒楣了，重則如楊漣、左光斗般慘死獄中，輕則如趙南星丟官、遣戍；再嚴格一點的說法是，現在，唯有歸附魏忠賢，成為閹黨的一員，否則，隨時會被白靴校尉逮捕，整治至死！

普天之下，便只剩下朱由校的心中不知道白靴校尉的厲害了，他的手裏把持著白靴校尉的木偶，進行著各種隊形變化的操演，認為這是世上最有趣、最特別、最最迷人的遊戲。

同為一國之君，他和努爾哈赤同時主持著不同形式的「操練兵馬」，以不同的形式達成「消滅明朝」的目標；努爾哈赤以「敵國外患」的身分由遼東一路南侵、西進，朱由校則是授權魏忠賢，扮演蛀蟲的角色，將打自萬曆朝就已經開始潰腐的帝國加速蛀光，化為一堆粉末。

他所製造出來的木偶、魏忠賢所訓練出來的內操和努爾哈赤所建立起來的八旗勁旅，操練起來都是一片色彩斑斕，令人目眩神往，而作用一致——實質上全都是大明朝的奪魂旗。

而唯一為了護衛大明朝的殘餘生命所舉行的軍事演習，卻因為經費、物資兩相缺乏，規模小得令人感到寒酸，唯有依賴主事者超人般的意志力才能堅持著進行下去。

那是在對敵第一線的寧遠——

這年夏天，是寧遠城築成的一周年；一年來，袁崇煥和所有將士的辛勞有了具體成果，寧遠城不但站穩了腳步，奠牢了基礎，也成為流離失所的百姓們重新獲得的安身立命的所在，開始在城中定居，耕作植墾，聚集落戶，接著，商旅也開始往來，販有易無，貿易經營，市面繁榮了起來，使寧遠城漸成富庶之地，遠近望為樂土。

於是，袁崇煥重新請求孫承宗支持他原先已被否決了的恢復錦州、右屯諸城的計畫。

這一次，孫承宗答應了。

錦州、右屯、松山、杏山以及大、小淩河都開始重新修復，並且派軍屯駐，以與寧遠城聯結為一條堅固的防線——這些地方的城郭一修繕，寧遠便不再是一座孤城。

冒著火焚般的烈日，全體將士再次汗流浹背，辛苦營建……

袁崇煥最感欣慰的情形出現了：他麾下的每一個人都認真賣命，盡心盡力；他計畫中的每一個任務，每一件工程都提早完工！

在最困難的環境中，因為人的同心協力而發揮出最大的潛能，完成了幾乎是不可能達到的任務；他感動得熱淚盈眶，再三向全體將士們說：

「各位真正是大明朝的基石啊！捍衛江山百姓，全都是靠各位的血汗換來的！」

他激動得想向所有的將士深深一拜，表達心中的敬意，同時真切的向全體部屬們說：

「大敵當前，築城只是護衛國土的第一步，今後，我等還須更盡力的守住城池，才能使敵軍不再吞併我大明的國土、百姓！」

未來的道路非常漫長，非常崎嶇，未來的時日還將更艱苦，而且，戰爭發生的時候，情況是九死一生；選擇了以保衛國土為己任的他，需要更堅強的意志與更不拔的毅力，也更需要這些夥伴們與他一起努力奮鬥；他不是不明白，自己只有這區區的人馬和菲薄的物資，以及這些用最儉苛的方式修繕起來的城池，用來抵擋努爾哈赤那兵強馬壯的八旗勁旅，確實無異於螳臂擋車；但即使是螳臂，他也要奮力伸出去抵禦外敵。

秋深了，原野上的草色全數化為枯黃，秋風蕭蕭，颳得黃葉滿天飛舞，使早寒的關外充滿了蕭瑟之氣，也使他胸臆間的悲壯之氣更濃更烈，因而大聲的對自己說：

「盡其在我！奮盡全力而後已！」

他以此勉勵自己，以使自己的意志更加剛毅、更加堅強，更加足以成為棟梁，支撐起即將塌陷的天！

卻怎奈，他在面對孫承宗的時候，聽到的是另一種聲音——

孫承宗黯然的對他說：

「每天都有消息傳來，魏忠賢越來越不像話了，萬歲爺完完全全的成了他的傀儡，讓他為所欲為；至於老夫的部分，情形也是雪上加霜——朝中攻訐的人下手日重，甚且牽連上馬總兵，誣他貪淫脬削；唉！『項莊舞劍，意在沛公』的道理有誰不知道呢？不過是要老夫去職而已啊！」

這個話，對他來說當然是莫大的打擊，他為之沉默了許久，然後婉言勸慰：

「大人且以江山百姓為念，再忍一忍吧！」

孫承宗卻報以一聲苦笑：

「魏忠賢哪裏容得一名異己為江山百姓而忍呢？」

但，他畢竟不是個天性軟弱、沒有作為的人——對於遼東的防衛，他早有卓越的看法，已做好通盤的考量，即使自己不安於位，也仍有許多作為要交付給部屬們執行。

他鄭重的對袁崇煥說：

「不談個人去留吧——依老夫推測，努爾哈赤遷到瀋陽已有一段時日，只怕，該就緒的都已經就緒；接下來，就是用兵的時機；他來攻城掠地，你的寧遠便首當其衝，必須早作準備！」

說著，他很果斷的作出指示：

「你把這幾尊『紅衣大砲』搬到寧遠去吧，後金的八旗軍來了，總可以擋上一陣！」

「紅衣大砲」是向外國的商船買來的，威力遠比自製的火器要強得多；只是，孫承宗自己還沒有使用過，究竟有多少威力，並不能定得很準確，因此，他特地指派一名精通火器製造和使用的部屬到袁崇煥麾下效命。

而後，在「紅衣大砲」運到寧遠城時，他也特地親往寧遠，親自主持將士們的軍事演習，親自校閱兵馬。

寧遠城的守軍總共只有一萬多名，馬匹不到三千，寒酸得連「馬三步七」的比例都夠不著，甲冑、武器更是不足，士卒身上的軍服全顯得破舊；但，這一萬多名將士個個精神抖擻，朝氣蓬勃，步履雄壯整齊，動作堅實有力，因而使全軍顯現著士氣高昂、勇毅果敢的氣象，看得孫承宗頻頻點頭，一面稱許著說：

「真是難為大家了！」

同時，他也讚揚袁崇煥：

「確實做得好！全軍人數雖少，但個個都是好漢，都能以一當十！敵軍若來，必然敗退而回！」

他的話，當然不無安慰與提高信心的用意——這也是他唯一能為袁崇煥與寧遠城做的事了。

而事實也一如他自己的預料──

寧遠的校閱、演習之後才兩個月，孫承宗就罷官下野了。

實際上的原因固然是因為魏忠賢把持了一切，使他無法安位，導火線卻是因為他所重用的馬世龍在行事上發生失誤，被閹黨之眾抓到了小辮子，而後窮追不捨的攻擊，逼使兩人自動求去──

馬世龍是寧夏人，本世襲武職，又中了武舉，於是歷任宣府游擊；天啟二年升任永平副總兵，當時署兵部的孫承宗一眼見到身材魁梧、相貌堂堂、器宇不凡的他，認為是難得的將才，大力重用，他也就從此平步青雲的得意官場。

孫承宗先是推薦他為署都督僉事，充三屯營總兵官；自己出鎮遼東時提拔他為山海關總兵，俾領中部，調總兵王世欽、尤世祿分領南北二部；第二年正月且為他爭取到賜尚方寶劍，實授府銜的榮耀；而馬世龍也對這份知遇之情銘記在心，盡力圖報；凡是孫承宗交付下來的任務，全都不辭辛勞，竭盡全力的完成；對於孫承宗守關外、支持袁崇煥築寧遠的計畫，他更是大力配合；寧遠城竣工後，他親自與袁崇煥一起出巡寧遠等五城，也因為這次巡城辛勞，他獲加右都督之銜。

但，世事總是禍福相倚，他既為孫承宗所提拔、重用的人，在朝中便理所當然的被視為是孫承宗的人馬，一旦有人想要攻擊、陷害孫承宗的時候，也就理所當然的首當其衝。

各種攻擊、誣陷他的奏疏多如雪片，也讓孫承宗費去許多力氣替他抵擋；他自己更是想盡辦法來應付這個困局，而身為武將，最好的「止謗」的方式當然是建功──他本來最弱的一點、最易落人話柄的事便是未有傲人的軍功，全憑孫承宗的提拔而平步青雲——苦思既有所得，他當然要儘快的付諸行動，以建立軍功來對付朝中的攻擊。

時到九月，機會來了。

一名降人劉伯漇來向他獻策，提供了一則可以攻掠敵城的計謀。

劉伯漇自言他熟悉幾座已為後金國所據的小城的真實情況，並且提供消息：

「耀州城自從落入後金國手中之後，漢民心中多所不服，早已秘密組織起來，準備擇日舉事，誅殺後金官員兵將，復明大旗；而且，後金的幾名守將彼此意見不合，時相爭鬥，兵士們不知聽誰的指揮才好，全都散亂成一團！」

說著且從懷中取出一份名冊來，上面所記的便是已經立誓一起舉事，襲殺後金官員的「義民」名單。

馬世龍接過來一看，竟有數千人之多，心裏登時暗叫一聲：

「這不是天賜良機嗎？」

劉伯漇建議他：

「請大人立刻派兵攻打耀州，以收裏應外合之功！」

甚至，他流露出一副悲天憫人的神情，對馬世龍動之以道義、使命、職責：

「耀州的義民忠於明朝，意欲舉事，對抗後金；但，百姓畢竟不是正規軍隊，萬一不是後金駐軍的對手，將成千古之憾！如若大人出兵攻城，裏應外合，則必有十分的勝算……大人身為大明總兵，拯救黎民乃是天職；更不能坐視不顧，讓耀州的義民冒險犯難，赤手空拳的對付後金啊！」

馬世龍聽了當然心動，立即找來部屬們商議，大家也都認為，這樣的「裏應外合」，確有十成十的把握；於是，他立刻決定出兵。

擔任這個十拿九穩的任務的人，最後選定了前鋒副將魯之甲、參將李承先率三千兵馬攻打耀州。

出發的時候，所有的人一起高呼，預祝旗開得勝，聲浪非常大，軍士們的情緒升到了最高點，誓師和祭旗的儀式都進行得歡欣鼓舞。

不料，隊伍出發後的第二天，傳回來的竟然是噩耗——隊伍自娘娘宮渡河，夜襲耀州，卻在柳河敗歿，死士四百多，棄甲六百多，其餘投降——三千人馬無一生還！

接到報告的馬世龍當然如臨晴天霹靂，震得他目瞪口呆的傻在當場。

一會兒之後，他回過神來，立刻派人去找劉伯漒來問話，但是，全營中哪裏還有劉伯漒的蹤影呢？

他醒悟了，而且醒悟得全身劇顫，冷汗直流：

「我著了努爾哈赤的道兒了！」

悔之已晚，唯一能做的事就是自袒上身，去到孫承宗面前跪地請罪：

「末將誤中奸計，越發的連累大人了！」

註一：杜家驥《八旗與清朝政治論稿》（二〇〇八年三月．北京．人民出版社），頁十九：「女真、蒙古等少數民族也有父親晚年與嫡出幼子同居，進而身後將自己的遺產全部分予這嫡出幼子的習俗。」並論，天命後期，努爾哈赤將原本親自統領的兩黃旗中的正黃旗給阿濟格、多爾袞；年幼的多鐸與他同主鑲黃旗，代表身後將繼承鑲黃旗。但皇太極繼承汗位時，將兩黃、兩白旗色對調，使自己領有兩黃旗，多爾袞兄弟領有兩白旗。（這對調僅是旗色、服色調換，人員不調換。）

2

「高第——這是個什麼樣的人？」

魏忠賢不識字，沒法子閱讀有關高第的一疊厚厚的資料，想叫小太監來讀，又嫌費時：好在跟前環立的全是「自己人」，索性直截了當的開口問，無須怕招人見笑。

他雖然權勢已經大得可謂超過皇帝本人，但畢竟攬權的時間還不長，對於朝中大臣的底細還不能人人都摸透；既然魏廣微等人推薦高第接替孫承宗的職位，他就向魏廣微發問。

而魏廣微對高第也沒有深入的認識，之所以大力推薦，是因為高第開出的買官的價碼，是幾個競爭者中最高的，如此而已。

因此，他據實向魏忠賢報告：

「這人是萬曆十七年的進士，年過七十了，因為一直沒有擔當過大任，臨老來不甘心，就出高價，來買高位；拿畢生積蓄換個『兵部尚書、經略薊、遼』的銜兒過過癮吧！」

魏忠賢哈哈一笑，卻問：

「他從來沒有擔當過大任，到這把年紀了，第一回挑大任，吃得消麼？遼東那個鬼地方，成天打打殺殺的，他『經略』得了嗎？」

魏廣微回答說：

「我打聽過，這個人膽子小，行事保守，因而一輩子沒做過大事，不過倒也沒有做錯過事——膽子小的好處倒是給他對上了！想來，他去經略遼東，不會有什麼大作為，卻也錯不了什麼的！」

說著，他立刻補充：

「當然，更要緊的是，他的心裏向著九千歲，肯報效的銀子比別人多——」

魏忠賢下意識的點起了頭：

「大臣，當然是要聽話的、孝順的……」

魏廣微趁勢進言：

「這個人去換了孫承宗最好——遼東兵員多，要是去了個強的，九千歲不又得三天兩頭的提防他要引兵入關，『清君側了』嗎？」

這下，魏忠賢不考慮了，立刻回應他：

「你說的對，就讓他去吧！」

於是，魏廣微也高興的笑了起來——魏忠賢一點頭，高第許給他私人的銀子也就進袋了，收穫是雙重的——事情的發展真是太美好了！

接著他便向魏忠賢請示：

「交給內閣來擬旨吧！」

魏忠賢點頭認可，一切拍板定案，聖旨以朱由校的名義發出。

十月裏，孫承宗交出印信，離開遼東，返回家鄉閒居，高第浩浩蕩蕩的到達遼東，接替他的職位。

遼東的人事再次面臨「煥然一新」的情況，又將造成新的情勢變動；而這對努爾哈赤來說，當然是天大的好消息。

努爾哈赤高興得向子侄們說：

「漢人有句話，叫做『自毀長城』，明朝的皇帝給實踐得這麼透徹，可真是我後金國的第一大功臣啊！」

接著，他又解說：

「八月裏才剮了熊廷弼，十月裏又走了孫承宗；明朝能鎮遼東的就只有這幾個能幹的人，卻都不用我出手，只讓他們自己的皇帝動動嘴就殺光了！」

而孫承宗這一走，他出兵伐明的時機又到了。

打開新繪製完成的地圖，第一個目標直指寧遠：

「目下，明朝最逼前的一道防線以寧遠為主，連接右屯、松山、杏山、塔山、連山、錦州和大、小凌河幾個城鎮；這道防線一破，就直逼山海關了——這道防線乃是孫承宗辛苦經營起來的，孫承宗一去職，防線必然鬆下來，我軍必能取勝！」

他打聽過，新任的經略高第是個庸懦之輩，絲毫不足懼。

於是，他發下命令：

「積極準備！兩個月後出兵！」

令出之後，舉國的人都忙碌起來，從儲備糧草、整頓器械等瑣事到擬定戰略、戰術等重大決策，全都有專人在各司其職的進行——包括努爾哈赤本人在內，人人夙夜匪懈的工作著。

而這些忙碌的情況才進行了不到一個月，隱伏在敵後、盡忠職守的探子們傳回一個大好的消息——

新上任的經略高第下的第一個決策就是撤除關外的防線，退回山海關內——他的遼東政策一如王在晉，不思進取，只求苟安。

早在出京之前，他就揣摩到了魏忠賢及閹黨羣小們的心態，他們既掌權而又不懂遼東問題，於是，他根據孫承宗下臺的事實，發表了一套嚴厲批評孫承宗的遼東政策的談話，把孫承宗訂的「守關外以捍關內、先固守以圖恢復」的策略貶得一文不值；自己訂個退守的策略，到任以後，立刻付諸實行。

一道命令下來，錦州、右屯、大凌河、寧遠、前屯諸城的守軍盡皆撤回山海關，糧草、槍炮、彈藥、器械等物資更要先移送關內，百姓則隨軍遷移，關外已經收復的四百里地全部放棄。

他猶且在命令中大言不慚的說：

「前柳河之失，皆緣若輩貪功，自為送死——」

似乎，他的棄守是為了保全軍民，不再「送死」的上上之策——

努爾哈赤一聽就大樂：

「明朝又送了一個我後金的建國功臣到遼東來——」

他出兵的準備工作還沒有完成，高第就已自動撤防。

「無須費力攻打寧遠、錦州了，我軍可以直下山海關！」

甚至，他想得更前進一步：

「高第這種膿包，哪裏擋得住我八旗精銳呢！下山海關，那是指日可待的事！」

這一夜，他竟高興得暢飲而醉。

同一時，魏忠賢也在高興的開懷暢飲，而心情好得為一生中前所未有的這個時刻，他的酒量竟好到了千杯不醉。

最後一個令他心中存有顧忌的孫承宗已經去職了，今後，生命的大道上便連一顆些微大的礙眼細砂也不見了！

朝廷中再也沒有一個不視他為君為父的人——凡是名列東林的人都倒了楣，在位的全都是他的黨羽！

他連已逝的鄒元標也不放過，早在前些時候就下令毀了「首善書院」，現在的說法又更進了一步：

「批評朝政，月旦人物，引起天下紛亂的，始自『東林書院』；想來，『書院』根本不是什麼好東西，天底下，不管是什麼書院，都給我拆了吧！」

於是，「首善書院」首當其衝的被毀，一向受人尊敬的鄒元標雖沒有被他授意從墳墓中挖出來鞭屍，但是在他的黨羽們的運作下，被誣以各種醜名，並且把著作貶得一文不值，繼而燒毀。

接著，禍事遷延到其他的書院——阿附他的人當然就按照他的話展開行動，摧毀所有的書院……預計，不出幾個月，大明境內便連一所書院也沒有了。

得到這個報告時，他點頭稱許：

「很好！這羣愛耍嘴皮子的書生，沒了書院當依據，就開不了口了！」

他要世上再也沒有反對他的聲音，人人都跪倒在他的腳下，向他稱頌。

「九千歲」的尊號他是滿意的——倒不是他自願做個「一人之下」的人，而是心裏很明白：

「『萬歲』這兩個字才是個虛銜呢！那個小孩子，不是什麼都聽我的嗎？」

更何況，黨羽們已經在暗中準備，打算發動全國的地方官，在每一個地方為他興建生祠；預計，無須一年的時間，大明朝境內每一個州縣都會矗立起他的生祠來，人人都向著他的塑像頂禮膜拜！

「可不成了活神明了麼？」

說著，他哈哈的笑了起來，而且是打心底裏由衷的發出來的……

他真正的、實在的嘗到了權力的滋味，心裏湧起了有生以來的第一股滿足感、充實感；以往盤據於心的挫折感、自卑感，乃至於身為太監的殘缺感，全都化為了烏有，權力填補了他心中的一切空虛與缺憾。

這天夜裏，他竟彷彿忘了自己是個太監似的，一反往常對客青鳳的慾火充滿恐懼與羞憤的情形，雄赳赳、氣昂昂的張開雙臂，如蟹鉗似的緊緊箍住客青鳳。

處在情緒極度的高揚與興奮中，他下意識的全力施為，身體器官中最堅硬的牙齒便成了他最直接使用為發洩的工具；他出死力般的噬咬著，氣喘吁吁，全身汗濕，精神上進入一種奇特的、亢奮的、忘我的狀態，儼然一名鐵甲武士。

他不再是垂頭喪氣、無法展翅啼叫的閹雞，不再是不雌不雄的怪物……在升起的幻覺中，他是個能征服一切、掌握一切、擁有一切的超人；他的雙臂力量大得無窮，彷彿急欲將懷中的客青鳳箍緊了壓縮成粉碎似的；堅硬的牙齒威力更是驚人，有如蠶食桑葉般的吞噬，彷彿要將客青鳳的每一寸肌膚都嚼入腹中……他全身熱血沸騰，動作粗暴剛猛得成為凌虐，客青鳳叫起痛來，卻反而將他刺激得加倍奮亢，使出來的力道更大，逼得客青鳳幾乎窒息。

而他也越發進入一個異常的、荒誕的幻覺世界，精神上瀕臨瘋狂，卻又忘情所以，乃至於連小便再次失禁也毫無所覺，因而不再如以往那般清醒的面對自己是個太監的事實，羞憤得恨不得立時死去……他像是真正的瘋了，在被自己的尿液與汗水浸得濕透的床褥上，盡情的施展自以為具有的能力。

直到折騰得他自己身體上精疲力盡，精神上如灌飽了風的皮囊般充滿了滿足感之後，才停止下來，隨即呼呼入睡，臉上且帶著酣然暢然的笑容。

而不曾真正得到交媾的歡娛的客青鳳，不但無法入睡，且難過得哭了出來。

被魏忠賢尿濕的床褥，騷臭味直撲鼻端而來，魏忠賢熟睡後如狼嚎般的鼾聲更是刺耳，而睡熟了的魏忠賢，身體猶然緊緊的壓著她，令她動彈不得，不得不迎著他口鼻中呼出的熱氣，但是背與臂卻開始被一股寒氣侵襲，冷得她在魏忠賢的重壓下掙扎出顫抖來；她分辨得出，這股寒氣是源於魏忠賢尿濕了床褥，驀的，她覺得噁心之至。

勉強忍住了欲嘔的意念，她開始奮力掙扎，好不容易才將魏忠賢的身體推開了些，讓自己的身體抽些出來，卻登時覺得全身痠痛難當，立時流淚痛哭起來。

不料，這一哭，疼痛竟又加倍，這才意識到，自己已被魏忠賢咬得遍體鱗傷，多處皮破血流，淚水一淌，無異傷口抹鹽，於是，連哭都只得強忍。

心裏越發的難過，咬牙切齒的忍著不流淚，慢慢的移動身體坐起來，一面忍不住咒罵：

「簡直豬狗不如——」

偏偏，欲待下床，一眼又看見魏忠賢那閹割過的身體，癒合已多年的創口上留著明顯的疤痕，與欠缺的肢體形成一個畸形的畫面。

她再也忍不住了，「哇」的一聲吐了出來。

然而，她這一切反應不過是在為自己身體上的創傷和魏忠賢的變態行為而難過，絲毫沒有意識到，她個人遭受的魏忠賢的蹂躪，根本不足為道；真正該難過的是整個大明朝都在遭受魏忠賢的變態行為的蹂躪。

甚至，大明朝的命脈也一如魏忠賢般的遭到了閹割，變成一具醜陋的、畸形的軀殼。

她翻江倒海似的嘔吐著；吐盡了一切；然而，即使她吐盡了有形的穢物，依然於事無補——她污穢的生命和因她的污穢而導致的魏忠賢的崛起，已經根深柢固的成為一段吐不掉、洗不淨的穢史。

無人可以拯救……

3

袁崇煥氣急攻心，整張臉在白雪紛飛中轉成火紅，喉中迸出裂帛般的吼叫來：

「什麼？盡撤關外之兵？豈有此理——誰出的餿主意？」

他本是個性激烈的人，遇到這等大事，當然越發激憤、衝動，更無可按捺，一路吼叫下去：

「孫大人的心血都白費了！全體弟兄的辛勞都白費了！還要把關外這四百里地都白白的送給努爾哈赤——這人，是賣國賊啊！」

來向他稟報這事的督屯通判金啟倧，冷靜的向他作出分析：

「錦、寧防線好不容易才建成，錦州、右屯、大凌河三城更是前鋒要地，決不可撤兵，否則，復遼的指望會永遠落空！其次，百姓們都已安居城內，士農工商，各立其業，一旦撤兵，又要令百姓遷移——」

說著，金啟倧的神情再增添三分憂慮，嘆了一口氣之後，以低沉的聲音往下說：

「已經收得的國土再入敵手，已經安定的百姓再令遷移，必然大失人心！卑職以為，為政之道，最忌朝令夕改；寧遠城築成竣工，才只這短短的時日，突然下令棄守，不知朝廷中內情的百姓們必然感到錯愕，乃至於抗命不遷，最終更會不再信服朝廷……人心一旦崩潰，哪裏還有

『戰守』可言？還有『城關』可守呢？遼東自薩爾滸之役大敗以來，有形的戰敗、失地，無形的人心、士氣都受到嚴重的摧殘，再也經不起人心渙散、崩潰的打擊了，錦寧防線如若撤守，便是雪上加霜啊！」

而這些道理，他又怎會不懂呢？甚至，他還看到了更深的層面：

「錦寧撤防，敵軍將直逼山海關；高第如此無能，如何能擋？更何況，人心已經崩潰，便有百萬雄師也不管用了；屆時，敵軍直入京師，又該如何？江山變色，百姓流離，社稷不保——豈只是遼東的問題呢？」

說著，他咬牙切齒的加重語氣：

「本官當然要力爭！」

而且，他立刻不假師爺之手，親自動筆作書；不多時，一封致高第書已經草就，他擇要大聲念出來：

「兵法有進無退，三城已復，安可輕撤？錦、右動搖，則寧、前震驚，關門亦失保障。今但擇良將守之，必無他慮——」

一面念著，一面且對金啟倧說：

「這封送去山海關——另外，本官還要上疏朝廷，力言不可輕易撤守的道理，使朝廷明白輕重利害，不致誤採高第的說法！」

以往，他也曾「越級上告」過，直接致書內閣首輔葉向高，反對王在晉築城八里鋪的決定……情緒激動中想起這段往事來，竟令他忘情所以的拿往事來比照現在——他大聲的說出回憶中的往事：

「最後，畢竟使膽小、無能的王在晉去職！」

那段往事，金啟倧也是知道的，但是，情緒比袁崇煥要冷靜幾分的他，考慮了一會兒之後，審慎的提出意見：

「大人——卑職斗膽進言，朝廷中的情形，今非昔比，『上告』一事，須得三思……」

這話確是提醒袁崇煥注意起險些遺忘的事：內閣首輔的人選已經從東林的葉向高改為由閹黨把持——不久前，內閣才發生過人事變動，入閣的是禮部尚書周如盤和由少詹事升禮部右侍郎的馮銓等人——這些人，都不是正人君子，更別想他們會像孫承宗一樣支持他的做法。

因此，這次「越級上告」，會有什麼樣的結果，就很難預料。

而醒悟以後，兩人不約而同的發出一聲長長的嘆息，接下來，四目相視，無言以對，而心裏的看法一致——

現今，「越級上告」是不可能成功的事！

沉默了許久之後，心裏矛盾、掙扎的情形開始由激烈而緩和而得出結果，他仰天長嘯：

「盡其在我吧！」

於是，他一面派快馬送書去給高第，一面又不假師爺之手的親自草擬起奏疏來……

而努爾哈赤又是另一種情況：

他積極備戰，精神亢奮得夜裏經常無法入眠，腦海中浮滿了各種宛如真實的畫面，從大軍進逼山海關到進逼北京城，每一種可能發生的情況都由想像轉化成圖像，不停的在他眼前交替浮動、閃爍、跳躍而至於重疊成一團模糊。

尤其是在合眼之後、尚未入睡之際，每每出現這種種幻覺，也同時催動著他的情緒往上攀爬，令他興奮得心跳加快、全身熱血沸騰，終至於無可奈何的放棄睡眠，披衣下炕。

他的雙手不自覺的輕輕顫抖，目光炯炯有神，更勝白日，呼吸也顯得急促；點燃油燈之後，他開始在屋子裏踱起方步，守護在門外的侍衛們聽到了，探身進來請示，卻被他揮手示意退出去。

夜裏不寐，於他而言並不是太特別的事——多年前，他便因僅以十三副甲起兵征戰而事必躬親，常忙得日夜不得息，直到近些年，國家的基礎已立，規模擴大，兒孫們長成，國中的人手也足了，而自己的年事已高，這才不再夜不合眼、辛勤工作。

但，像今天這樣的情況，卻是生平少見的——這一次是失眠，而不是忙得夙夜匪懈。

因此，他反覆的踱著步子，心裏所盈溢的竟不是往昔那股奮發的、有力的、想極力衝破困難時擁有的勇敢、自信與幹勁，而是一種難以具體比擬的說法，彷彿是一種過度亢奮所帶來的反作用似的慌茫感；又像是多年的沉潛即將獲釋、長期的努力即將結果、盼望多年的願望即將達成的前夜，緊張的情緒尾隨興奮而來，令他拿捏不住，以至於戰慄……甚至，在這多重複雜的感受中隱隱還存在著些許焦慮。

這一切都是以往不曾有過的，因而使他的情緒飄忽起來，無法再用理智克制。

他甚且有了難過的感覺，胸口悶悶的；停下腳步來，盤腿坐著，偏又更清楚的聽到了自己略為急快的心跳聲，在靜夜裏形成精神上的雙重壓迫。

好一會兒之後，他奮起意志的力量來，檢視省思自己這異樣的情緒：

「今晚，究竟是怎麼了？」

他明白自己正處在大業將成的前夕，不該有任何控制不住的情況發生——無論是外在的情勢，還是自己內心的情緒——而且，年事已高，為了難以捉摸的情緒而失眠，將影響健康！

因此，他希望能找到使自己失眠、鬧情緒的原因；從而對症下藥的來超越這件事，讓自己重新回到恆常的穩定中，打贏即將到來的、生平最重要的戰役，衝破明朝的山海關防線，直撲北京，入主中原……

窗外在下著雪，還未成飛嘯之勢的北風緩吹，譜出天地間輪轉不息的冬之樂章，而他的精神卻無聲無息的進入天人交戰之中。

清明的理智提醒著他，這微妙的情緒必須克服、消滅，身為後金國天命皇帝的自己必須維持正常、穩定的精神與良好的健康！

思索之後，他將這一切反常和這次失眠，都歸之於大業完成前夕的興奮與緊張，而蓄意不去觸及其他可能有的原因；接著，他告訴自己，這該只是大戰前夕的精神反彈，到了戰爭開始的時候，就不藥自癒了。

他戰勝自己的信念一向如戰勝敵人般堅強，這次也不例外，他強硬的要求自己撇開情緒的困擾。

身為後金國天命皇帝，生命中應該只有開創新世代的使命，而不能摻雜入無謂的情緒……

想得通透了，他重新躺臥下來；哪裏知道，一合上眼，幻覺依然湧出，心跳依然加快，彷佛根本不肯接受自己的指揮。

他的難受竟有幾分轉成了痛苦。

驀的，一個想法偷偷爬上心頭：

「難道，我已經老了……老得管不住自己了？」

緊接著，他更無可遏抑的想起了許多人來：額亦都、費英東、何和禮、安費揚古、扈爾漢，乃至於雅爾哈赤、穆爾哈赤、巴雅喇……這一想，更是悚然而驚：

「他們都已不在人世……論年紀，每一個人都比我小……」

以往沒有觸及過的「衰老」一詞，一下子逼近到眼前來了……

他第一次咀嚼到這滋味，心裏登時興起了各種錯綜複雜的想法與感受，也就越發無法入睡；甚至，一個更加激昂的想法在心裏澎湃起來：

「我年事已高，得盡快打下北京城才是！」

歲月不饒人，更不等人，他卻是個要從歲月手中奪到勝利的人，要趕在有生之年完成理想，達成願望。

「越快越好，恨不得明天就出兵！」

心中有幾股熱氣在奔騰，也令他有如被氤氳的熱氣逼出了這個聲音似的，一面握緊了拳頭伸到半空揮舞，一面不自覺的全身發顫。

於是，徹底失眠乃成定局。

偏偏，身為一國之君，其實是孤獨的，心裏的話無人可以訴說；成千上萬的子民，文武官員，乃至於妻妾兒女面前，都不能流露一二……他只有獨自忍受著這分煎熬。

好不容易忍到天亮，可以名正言順的起床了，卻才發現，一夜不眠，精神和體力都差了，站立的雙腳竟然傳來虛浮的感覺。

「真是老了——」

他默默的想著，從前，幾天幾夜不睡，也還是生龍活虎的呢！

而現在——更悲哀的是，有了身分，即使全身都充滿了倦怠感，也不能讓人知道，因此不但不能說出口，還得更費力的鼓起餘勇來遮掩，以免被近前來為他梳洗、更衣的貼身侍衛們發現！

早餐送上來了，但他突然發現，自己沒了胃口——這也是生平第一次！

他沉默不語而心中悄然驚疑，而且不自覺的嘆著氣；一會兒之後，他克制住了這些，並且有如反彈似的生出新的力量來，讓自己下了一個決心：

「索性就提早出兵吧！」

雖然在兵法上來說，隨便改變出兵的時間，並非上策，但，提早出兵卻可使他超越不穩定的精神狀態——於是，他立刻吩咐侍衛：

「傳貝勒們，立刻到大政殿議事！」

同時，他也在心裏想好了決定提早出兵的說詞……

不料，到了殿上一看，又有新的意外——他下令召集的八旗貝勒竟然只有七個人到達，垂手肅立在殿上等候。

這也是前所未有的情形，他不自覺的為之皺眉，雖沒出聲，心情卻又壞了一分。勉強按捺下來，依舊以肅然的神色上座，接受子侄們行禮；幸好就在眾人行完禮的當兒，缺席的皇太極出現了。

他快步進殿，腳步仍然是穩重的，呼吸卻有點兒急，額上微沁汗珠，很明顯的是急忙趕赴而來。

一到殿上，他立刻單膝下跪：

「父汗恕罪，孩兒來遲——」

說著，他不等努爾哈赤表示寬恕，就急切的說明遲到的理由：

「孩兒在途中接到緊急報告，以致誤時！」

而他真正為之發急的還是這份緊急報告，於是不假停頓，連著一口氣說下去：

「林丹汗即將出兵攻打科爾沁——」

這話一出，全場震驚。

努爾哈赤下意識的發出一聲大喝：

「什麼？」

霎時間，他銳氣盡復，精神勃發，目光犀利而清明，定定的注視著皇太極，全副心思集中在他所說的事上。

皇太極隨之詳加說明：

「奧巴台吉已派人來求援，也在積極備戰；我國的探子早先一步探知這事，搶先一步來報，因為事急，孩兒先聽探子說完話，收下文書，再趕來見謁父汗，請父汗示下……」

說著，呈上剛接到的文書。

努爾哈赤接過來，仔細的閱讀，然後，面色凝重的沉默了好一會兒，接著卻忽然一笑，以淡淡的口氣說道：

「很好！秋去冬來，是時候了，等了這許多年的林丹汗，終於出動了！」

而就在這一剎那間，提早攻打明朝的想法改變了——林丹汗自己送上門來了，怎能不先解決呢？

於是，他曉諭諸貝勒：

「科爾沁部早已與我國聯姻結盟，遭到攻擊時，我國一定要出兵救援！」

額外插進來這場戰爭，竟像是天意指派了一道力量，來協助他遺忘自己的年齡與引發的感慨、轉移他蒙受的大業將成的壓力，及帶來的緊張、奮亢，和導致的情緒失衡……

這一夜，他安然入眠，醒來後便親自去主持點撥人馬的事；隨後，他交由皇太極率領隊伍，向科爾沁出發。

4

冬天到了，連一向溫暖、明媚的江南也被雪花覆蓋了，天地間一片茫茫的白，白得令人沒來由的感到心慌。

背剪著雙手，孤獨的站立在長廊上的高攀龍茫然的望著雪花飄舞，望久了，眼一花，什麼也沒有了，眼前就是個空空的白洞。

也像是世界走到盡頭，生命走到盡頭了，什麼也沒有了。

他的視覺喪失了，而後，原本響在耳畔的風聲雪聲不見了，聽覺也喪失了……逐漸的，什麼感覺都沒有了；全身只剩下心底深處還有一點點力氣，在掙扎著凝聚成一個微弱的聲音告訴自己，災難的腳步逼近了。

東林書院早已奉「九千歲」之命被禁被毀，往昔常相聚首、講學論道的師長、友好們已半數到了泉下，而魏忠賢還不會放過這剩下的半數。

楊漣、左光斗等人在獄中遭受酷刑，死狀慘絕人寰的情形，他沒有親眼目睹，但多次聽人傳述談論；接下來將繼楊、左等人被害的名單，他也猜測得到；包括了他自己在內的或為東林名人，或者以往曾經得罪、批評過魏忠賢的人，都難逃白靴校尉的捉拿。

生命將如雪花般的飛舞一陣之後成為茫茫的白洞，上面一無所有……

訴說這些話的聲音十分微弱，而且愈來愈弱，很快的全部消失了，彷彿是一個人在迴光返照時竭盡全力的發聲，不久就斷氣了，一切都化為烏有。

他茫然的站立著，全身都僵硬了。

兩天前，魏忠賢開出第二批要逮捕的東林中人的名單，捉拿人的白靴校尉想必已經上路了；他其實早已想得通透，想要免去被捉拿進京嚴刑拷打的方法只有一個，那便是先行自裁——他也早已下定決心。

唯有這樣，才能免去屈辱與摧殘，維護住自己身為讀書人的尊嚴。

「再也沒有第二法了！」

早在多天前，他就想清楚了；橫在眼前的，就如這毫無生機的白雪幻成的白洞一般，什麼也沒有；而想透了之後，心中竟是一片靈明。

唯一還會輕輕觸動心弦的只有幾許念頭：

他想起了已經高齡而被判遣戍的趙南星，不知是否平安？又想起了魏大中的長子魏學洢已經因悲慟父喪而死，僅餘的次子魏學濂是否能倖免？

而後，他想到了大明朝的未來。

「人，有生必有死，東林中人，區區微命，在千古中，在人世間，不過有如蜉蝣，有如草芥，無足為惜，死便死耳！但只是，我等全數下世之後，不但大明朝政全數落入魏忠賢的掌握，民間輿論也全為魏忠賢所控，將成個什麼樣的世界呢？無須多少時日，大明朝的命脈就要斷送掉了！」

他的心輕輕的抽搐了一下，但隨即又恢復成半僵硬的止息狀態，什麼也不想了。

往昔存在於心的那份治國平天下的理想與使命全都消失了，挽救世道人心的重責大任也都放下了，大明朝的命運已非瀕臨死亡的他所能改善……他什麼都不想了，最後僅存的一絲自我期許只是：

「視死如歸，以維持最後的尊嚴吧！」

而魏忠賢正志得意滿的面對著匍匐了一地的滿朝文武官員，由衷的發出呵呵的笑聲，張開雙臂，作出一個抬舉的手勢，高聲說：

「大家都起來吧！」

他的聲音不脫太監本色，高亢尖細，有幾分刺耳，也帶幾分雌音，而且尾音上揚，越顯細裊，也更異於常人；尤其是在這情緒高揚的時候發出來，又特別多了幾分陰陽怪氣的味道。

幸好，跪在地上的大臣們早已經習慣了他的聲音和語氣，毫無半絲異常的感受，但也沒有遵照他的話站起身來——大家竟有如集體產生了默契似的，不但繼續匍匐跪地，而且還再次叩起首來，重複著稱頌：

「恭祝九千歲，福如東海，壽比南山——」

頌聲繞梁，與回聲重疊，竟然有如永不止息般的響個沒完，而使魏忠賢一聽再聽，心境從受用無比發展到了悄自冷笑：

「這班人，平日裏號稱什麼讀聖賢書，兩榜進士出身；如今，為了保住個芝麻綠豆般大的官位，就跪在我跟前，學狗叫似的，叫個沒完——」

拍馬屁的稱頌聲，聽個幾句，著實令人高興開懷，但若反覆喊上一個時辰還不停，便令人不耐煩了。

「便是向皇帝山呼萬歲，也沒扯這麼久的！」

而更壞的是，因為別的事惹得他不耐煩的人，都可以捉來治罪，唯有像這樣因拍他馬屁而令他不耐煩的人，治不了罪……

實在忍不住了，他只得招手叫王體乾過來附在耳邊交代：

「叫他們停了吧——我還有正事兒要跟他們說呢！」

而王體乾也還費了好大的工夫才抓到頌聲的空隙，大聲命令：

「九千歲懿旨，大家平身，恭聽九千歲口中金玉！」

總算讓拍馬屁的歌功頌德聲暫停了——而其實，這一次名為給魏忠賢作壽的慶典，本質上就是件拍馬屁的事，除了歌功頌德、諂媚阿諛之外，並無其他的話好說，每個人除了求魏忠賢給功名利祿之外，更無其他的事要做。

整個大明朝中也已經演變成除了拍魏忠賢的馬屁以外沒有其他的話好說，沒有其他的事好做的情形了；大臣中寡廉鮮恥的程度已成為大明開國以來之冠，道德敗壞、人心墮落以及所導致的政治腐敗的程度也已創下新的高峰，大明朝快速的進入瀕臨死亡的黑暗時期。

由政治腐敗而導致民生凋敝、動亂四起的現象已在全國各地浮現——由於求得一官，須先孝敬魏忠賢一筆為數可觀的財物，任官之後更得不時打點，在在都超過俸祿所得百倍千倍，以致沒有任何一個官員能不貪污而存活；而貪污的來源當然是大官取自小官，中央取自地方，小官與地方官員取之百姓，百姓不堪忍受或無以維生的便淪為盜匪，搶劫州縣、富家……

吏部尚書周應秋，本是魏忠賢收了十萬兩買官銀之後又反覆考慮許久才任用的人，上任以後，他也確實不負魏忠賢的「恩典」，替魏忠賢賣官斂財。

無論是中央還是地方，只要是派放官吏，便按官階的大小索價，竟有如收取「新官上任稅」似的，一文都不能少；而官員們又有誰敢不按「定價」交出銀兩呢？這麼一來，每天都可以有萬兩以上的銀錢收入，竟而使他得到「周日萬」的稱呼……

而隨著這「日進萬銀」湧起的動亂，既已萌生，也就一發不可收拾，宛如野火般快速蔓延。

早在天啟二年，山東一地就掀起過以白蓮教為號召的變亂，鄆城的徐鴻儒、曹州的張世佩、武邑的於宏志等人，號召教民攻城掠地，響應的羣眾人數高達十幾萬，前後歷時一年多才告平息；而今，重新發生動亂的地方更不只山東一地。

盜匪猖獗本源於民生凋敝，使原本為安善良民的人因飢寒起盜心而淪落，因此，一向貧瘠的陝西地方便首當其衝。

遠自萬曆年間開始，因賦稅不停加重，導致貧瘠地方的百姓生活困難，一旦再遇天災、人禍、貪官、苛吏，問題便雪上加霜；天啟五年，魏忠賢的心腹之一喬應甲被派任陝西巡撫，從此，陝西淪為人間地獄。

無法忍受喬應甲的剋剝、無以維生的饑民們先是不約而同的離家覓食，成為流民；繼而聚合起來打家劫舍，奪取衣食，衍成「流寇」。

大明朝越發成為一株外遭斧鑿，內遭蟲蛀，己身染病的古樹，葉片已凋落大半，枝幹斷裂枯朽，埋在地下的根也已千瘡百孔，而風雨霜雪仍不停的交相煎逼……各種惡性循環反覆進行，生命力全失，尚存的餘氣不過是奄奄一息。

全國將近一億的人口中，活得笑口常開、心滿意足的只有兩個人：魏忠賢與朱由校。

魏忠賢已經是大明朝實質上的主人，但，他哪裏會以國祚和生民為念呢？如今，他個人的權勢和財富都已無人能及，他的閹黨黨羽們猶且不停的對他歌功頌德，不停的為他斂財，也根本不曾把百姓生不如死、社會已發生動亂的事告訴他，每天，他只享受著自己至高無上的實質身分。

而且，自從他有如豁然開朗般的對客青鳳施以凌虐之後，以往唯一令他羞憤、難過的事也已經不存在了；他不再害怕與客青鳳同床共枕，更不為自己的不能人道而感到痛苦；原本為了滿足客青鳳而特地為她找來的「真男人」，早已被他悄悄的下令處死了；精神上已經自我膨脹得無窮大的他，認為自己是無所不能的。

他往往使出連自己都想像不到的蠻力，勇猛得如狼似虎，進行各種變態的動作，凌虐得客青鳳哭號慘叫，他便從陣陣淒厲的叫聲中獲得尊嚴、自信和假象的滿足。

而當他的變態行為超過了客青鳳所能負荷與忍耐的範圍時，客青鳳索性為他挑選宮女去「伺候」，作為代罪羔羊；宮女們大多幼年入宮，不若客青鳳歷盡滄桑，更難以忍受他的變態行為，竟有人在一夜之後自盡，以逃避再度受虐；也有人不堪忍受，當場死去；甚至，有人在他忘情所以之際，被他緊扼脖頸，窒息致死；而他就在屍體上恣意施展各種凌虐，且因能致人於死，他的征服感幻覺就更強烈，所得到的快感與滿足感可以高到沸點。

他徹徹底底的認定自己是無所不能的超人，因此，非常快樂。

而朱由校所得到的快樂又是另外一種幻覺，因而境界與層次都屬於另外一個畸形的世界。

他製作木器的手藝已經精妙到登峰造極的地步，超越任何一個古人；而在他的內心中，除了製作木器之外再也沒有其他的人、物、事存在；他徹底成為一名遺世獨立的工匠，為他的作品而活，除了自己的作品以外，生命沒有其他意義。

這段日子裏，他專注於一件新的作品中——這一次，他雖然一樣以大明皇宮作為作品的基本背景，但在精神上又有新的突破。

他所製作的大明皇宮已不是寫實的現今面貌，人物更已不限於現今的皇帝、皇后、太監、宮女、魏忠賢以及廠衛、內操——他想做出來的是過去的時空、過去的人物。

彷彿歷史感突然降臨到他的心中，而使他在設計作品時突破了既有的格局似的，企圖心擴大了許多，從而想要完成一套大明朝開國兩百多年來的皇宮史似的巨作。

第一個進行的當然是太祖朝。

他根據畫像，製作出了維妙維肖的明太祖、馬皇后以及開國功臣、諸王等人偶；而當時的皇宮在南京，他沒有去過，但，問題不大；檔案中有著明確的文字記載，詳細的圖樣繪本，都可以供作參考，他一樣可以做出形似且神似的太祖皇宮。

接著是惠帝，再接著是成祖、仁宗、宣宗……

大明朝的列祖列宗，一脈傳承，每一朝的皇帝都有不同的容貌、身材、個性、作為，皇宮的建制也都有或多或少的不同，他都一一詳加考據，細心雕琢，務求完成的作品臻於真善美的境界。

製作過程中，他有著複製歷史的感覺，更因為這些列祖列宗都是他血濃於水的祖先，心中又特別多出一份緬懷之情，因而不自覺的加倍用心，不但全部精神與時間都投注其中，心智更是有如入魔一般。

第一座「太祖朝」完工的時候，他整整三天三夜望著這件作品發出癡迷的笑，直到肉體支持不住困倦的時候，才不自覺的帶著笑容沉沉睡去，在夢鄉中，他全部的心神都感到滿足與快樂。

而他既處在這樣的情況中，醒來的時候關注的事就莫過於繼續製造下一件作品——魏忠賢在做些什麼、他的臣子們在做些什麼、他的百姓們在發出什麼聲音，乃至於屬於他的江山世代即將瓦解，他都完全不知情，也毫無想要知情的念頭。

於是，更遑論於敵國的領袖們此刻所發出的行動了。

5

方頭大耳，肩寬腰闊，全身充滿了雄武之氣、令蒙古各部聞名色變的林丹汗，在發動戰爭之前，舉行了一次規模盛大的校閱典禮。

早在一個多月前，他就發出命令，令已經表示臣服於他的大小諸部出兵助戰，克期前來會師；果然，約定的時間一到，來自各部的人馬一起到達，與他自己麾下已被點派出征的人馬會合，總數共有十五萬之眾。

因此，這一次的校閱大典，不但規模之大雄冠全蒙古，更且為自達延汗以後，百餘年來參與的人馬、部眾最多的一次，早在大典舉行的半多個月前，原本被冰雪封凍的大漠就已經沸騰了起來。

「這是百年盛事呢——」

人人奔相走告，竟而使得不少未被徵召從征的人自願前來投效，加入出征的隊伍，使得大軍的總數又增加許多，聲勢更加浩大。

而親自規畫校閱大典的林丹汗，對羣眾反應的熱烈很感欣慰，但對這句「百年盛事」的形容大不以為然。

他向左右們說：

「校閱十幾萬人馬之典，只是戰前的準備而已，算什麼大事？」

燕雀不知鴻鵠之志，於是，他再三說明：

「等到來日，我察哈爾部統有全蒙古，征服後金國，入主中原，恢復大元天威，那才能算是『百年盛事』呢！」

蒙古人退回蒙古、大元帝國瓦解，至今已歷兩百多年，雖然也曾出過好幾位英主，風起雲湧的率領千軍萬馬叱咤於大漠之中，但，恢復大元帝國的雄心壯志卻始終未能達成，而成為莫大的憾事。

從小，他聽上了年紀的人為他講說祖先的故事時，最常說的一句話便是這份遺憾；自從順帝退出中原後就再也沒有回去過，整個蒙古人中再也沒有出過像成吉思汗那樣的大英雄，連達延汗也功虧一簣，賫志而歿。

「連英勇神武的達延汗都沒能完成這個使命哪！」

達延汗是他的七世祖，是一百多年前縱橫大漠，領袖羣倫，麾下鐵騎勇猛善戰，所向無敵的大英雄——達延汗五歲即汗位，長大後征服內外蒙古各部；然後幾度攻入長城，威脅明境，明朝的人稱他為「小王子」，聞風喪膽……

每一場戰役的前因後果、戰況的描述與影響的析論，他全都聽得津津有味，內心中不自覺的興起了強烈的英雄崇拜；而後，他也聽過阿勒坦可汗攻破長城，兵圍北京城的故事，聽過圖們可汗大掠明境的故事，更且親自見到過祖父布延可汗大敗李如松時帶回來的戰利品；這一切，在在都令他激動得全身發顫，熱血沸騰。

而在他的內心深處，真正的、最最最崇拜、最想效法的人還是遠祖成吉思汗。

那是真正以一身功業締造輝煌，永垂不朽的大英雄、大人物。

他多次將聽來的史事加上自己的想像，模擬著成吉思汗的功業，眼前也就時時浮現成吉思汗率領千軍萬馬橫掃天下的畫面，心中更是暗自許願：

「將來，我也要和成吉思汗一樣，開創出舉世無敵的大業！」

白日裏，只要身邊沒有人的時候，他便向著無盡的蒼穹祝禱；夜裏睡不著的時候，常走出帳篷，望著滿天星斗吐露出心事……雖然是純稚的童年，壯懷與雄圖已經確立；一樣是緬懷祖先，但，他的情懷和做法都不同於朱由校。

十三歲那年，祖父布延可汗去世，由於父親莽和克台吉早已去世，大汗之位由他繼承；而且，祖父在臨終的時候，交給他一件比大汗之位還更有意義的東西，那便是傳國玉璽❶。

經過老臣們的詳細解說後，他對「傳國玉璽」有了深入而明確的認識：早在秦始皇時代就以玉雕成印璽，用為皇帝的信物；而後代代傳承，歷經每一朝每一代的皇帝之手，乃是普天之下最最至高無上之物，象徵著尊貴的身分和齊天的權力。

玉璽傳到元朝之後，原本也一如往昔的深藏於皇宮大內，不輕易示人；但到元末，順帝北走，攜玉璽同行，於是，玉璽到了蒙古。

蒙古大汗之位代代傳承，玉璽也代代傳承，由每一代的大汗執有。

然而，玉璽傳到岱總可汗脫脫不花手裏的時候，竟然被他不慎失落了，其後，岱總可汗為瓦剌部的也先所敗，於逃亡時被前岳父殺死，玉璽的下落便難以追尋。

不料，事隔一百五十多年之後，奇蹟出現了——布延可汗在偶然中獲得了這枚象徵普天之下至高無上的身分與權力的傳國玉璽。

諸多老臣們非常清楚的記得那永生難忘的一幕：

布延可汗親自打開那破舊髒亂得如同垃圾般的黃縷布包，一個木雕的盒子露了出來，木盒的外表也已陳舊、晦暗得無半點質感，唯有木雕的九龍圖形還保留著些許講究的遺痕；但，一打開木盒，竟是一團璀璨的光芒。

全場的人不約而同的發出一聲驚呼，布延可汗更是全身戰慄，淚光閃爍。

許久之後他才發出一聲低微而帶顫的呼聲：

「啊！真的是傳國玉璽——」

激動和感動混成一道有生以來最特別的感覺，持續了許多天。

接著，他舉行了盛大的慶典，向臣民們公開說明得璽的經過和意義，並且昭示：

「這是祥瑞之兆！是天意欲庇佑我邦！今後，我邦必更加富強安樂！」

而在私底下，他更是不只一次的向親近的老臣們說：

「這玉璽原本是中原之物，是我祖先征服了中原，做了中原的皇帝，才成為玉璽的主人；先前，這玉璽失去蹤影，而竟在一百多年後現身，恰巧為我所得，這難道是在傳達天意，我蒙古鐵騎，又將入主中原了嗎？」

說著，他跪倒於地，叩拜上蒼，一面流著淚喃喃祝禱：

「天意啊……天意啊……天意要令我效列祖列宗之能，入主中原啊……」

兩百多年來的宿願，就要在他身上實現了，他的情緒激動得無法自持……

老臣們在傳述這段往事的時候，情緒也激動得無法自持；聽了這大段往事之後的他更是——

年僅十三歲的他，雙手高高的捧起傳國玉璽，全身熱血沸騰的仰天高呼：

「天意使玉璽重現，是要我入主中原啊！」

一生的志業已向天宣誓……

一眨眼，二十多年的歲月過去了，他每一天都在向完成這份志業前進。

第一次付諸實際行動是二十一歲那年，導火線是炒花派人來邀約，一起出兵攻掠明境，年少氣盛，已摩拳擦掌的等待了許久的他當然不會放棄機會，一口就答應了；於是，他這「初生之犢」和犯明經驗豐富的炒花聯合起來，同心協力的將矛頭指向明朝的邊境。

炒花算來是他的長輩——打從多年前，炒花就是最常和他的曾祖父圖們可汗並肩作戰，攻打明朝的戰友——在炒花的經驗和他的英銳互相配合下，這一役的收穫非常大，不但把明軍打得敗不成軍，還劫掠到大批人畜財物，也使他的威名立刻傳揚開來。

而與明朝纏鬥了大半生歲月的炒花，還教給他能得到更多好處的做法。

炒花不贊成「乘勝追擊，直下中原」，而是挾兵勝向明朝談條件，要求撫賞、開馬市貢市。

他也想通了其中的睿智處：

「多得好處，厚植實力，將更有力量進取！」

於是，按照炒花的意思與明朝談判，等拿到財物之後就退兵，過一段日子後再捲土重來，再乘勝挾賞；這樣周而復始，果然在短短的幾年內，他所率領的察哈爾部無論人畜財物、實力戰力，各方面都增加了好幾倍。

他高興得暗自算計：

「再有個三年的時間，我部的實力就會是蒙古各部第一，吞併各部，不是難事；而後，再積聚個五年吧，就能一舉下明了！」

但，不久之後，他發現這兩大計畫中間，還需要加入一樁重要的事，那便是消滅努爾哈赤所建立的後金國——以往，他一直認為後金不過是女真小邦，人少勢弱，不足掛齒，因而根本沒把後金國當成敵手，列入消滅的計畫中；而現在，情形不一樣了，努爾哈赤以「七大恨」告天，起兵伐明之後，連下撫順、開原等大城，實力已不能忽視，必須消滅，否則，將是個大絆腳石；甚至，倒過頭來威脅他稱霸及入主中原的計畫。

於是，他開始思索對付努爾哈赤的辦法，一面巧妙的利用明朝苦於後金的侵擾之際，向明朝提出願出兵助明以交換財物的要求，訛來大批賞賜後，只隨隨便便、敷衍似的派出些許人馬助戰，甚至，暗中要這些助戰的人馬只虛張聲勢，在旅途上拖延時日，而不真正助戰；總之，一切全為自己的利益打算。

明朝萬曆四十七年，已有兩名妻子的他，再娶葉赫部長金台石的孫女為妻——這是樁政治婚姻，具有的功能便是對付努爾哈赤。

雄才大略的他早已對努爾哈赤下了一番打聽的工夫，關於努爾哈赤的一切他都知道得十分詳盡；過去與現在，長處與短處，友邦與敵仇，全都瞭若指掌；最後，他認定葉赫部與努爾哈赤之間糾葛了幾十年的恩怨情仇，是個可利用的空隙。

「結合葉赫部，一起對付努爾哈赤！」

他並沒有輕視對手，努爾哈赤的實力已經十分可觀，單憑察哈爾部或葉赫部單獨行動，都敵不過努爾哈赤，唯有兩部合兵才有勝算。

政策於焉確定，新娘也就遠從葉赫部娶進自己的大帳中。

但，這把兩部合兵的如意算盤卻沒有打通，原因倒並非他的婚姻不夠美滿，發揮不了政治作用，而是努爾哈赤以迅雷不及掩耳之勢快速的出兵，消滅了葉赫部。

接到消息之初，他先是一陣錯愕，繼而悶悶不歡，愁眉深鎖了好多天，胸中梗著一口說不出來難受的氣：

「想要借力使力的事，整個落空了……更何況，努爾哈赤滅了葉赫，聲勢更大了；我還能對付得了他嗎？」

直到明朝的薊遼總督派遣使臣來找他，談過話之後，這口鬱悶之氣才化為烏有，心情豁然開朗。

原來，明朝方面和他的用心是一樣的——努爾哈赤東征西討、開疆闢地，對明朝的影響太大了；已經連續丟城失地，又慘遭薩爾滸之役大敗的明朝比他還急於對付努爾哈赤，之所以來找他，當然是希望與他合作，一起對付努爾哈赤。

明朝開出許多優厚的條件來籠絡他，首先是增加歲幣，由原來的四千兩增加十倍到四萬兩；雙方談判之後，又多增加一項優惠：明朝同意把給蒙古其他各部的歲幣全部交給他統籌處理，統籌分發給各部。

這次談判的結果，他獲得的利益可觀得無可估計，不但得到了共同對付努爾哈赤的盟邦，也因為控制了明朝給蒙古其他各部的歲幣，使他可以「挾歲幣以令諸侯」，讓蒙古各部臣服於他。

因此，他在不久之後與努爾哈赤的書信往來中，索性態度傲慢的自稱為「四十萬蒙古國主、巴圖魯成吉思汗」，稱努爾哈赤為「水濱三萬女真國主」；對努爾哈赤邀約他共同對付明朝的事，不但拒絕，還拘禁了努爾哈赤派來的使臣。

他的心裏非常明確的定下了未來的計畫與步驟：

「我先滅後金，再圖明朝——」

這次向科爾沁用兵，真正的目的也是為了對付努爾哈赤。

在公開的宣告中他說：

「『科爾沁』是『帶箭的侍衞』啊，既源出成吉思汗之弟，便與我部同姓，本該效忠我察哈爾部的，卻反而去與努爾哈赤勾結，增長後金的實力，實在可惡！怎能不出兵懲罰他們呢？」

在私心中，他更認為這是一場「戰前戰」——打了科爾沁部，既是給努爾哈赤一個下馬威，也等於是向努爾哈赤宣戰。

而且，懲罰了科爾沁部，還可以收到「殺雞儆猴」之效，使其他的蒙古部不敢再與努爾哈赤往來；被孤立的努爾哈赤將容易對付些。

總之，這場戰是奠立他的雄圖霸業的前哨戰，他十分重視……

登上校閱台的時候，他的心中既充滿了自信，也隱藏著幾許特殊的目的。

大漠的冬季是一片冰天雪地，他的戎裝也是一色的銀白，映襯著他褐紫色的臉，和一雙細長的眼睛，一起散發出銳利、懾人的光芒。

他的身材一如其他的蒙古武士，不高而威武強壯，雙腿因長年騎馬而微彎成弧，使走路的腳步小而急、快，但是重心沉穩；登上高臺的階梯時，他的腳步成為眾目所矚的中心，每踏上一步就引起一陣歡呼。

戰袍隨風飄揚飛舞，他個人的光芒散發得更加炫目……在高臺上立定後，他向台下的十多萬人馬高高舉起雙臂，回應那響動大漠的歡呼聲浪。

無論如何，屬於他的新時代已經在眼前展開了。

而在同時，努爾哈赤在校閱兵馬的儀典舉行前，猶自諄諄囑咐將要率軍出征的皇太極、莽古爾泰，以及從征的豪格、碩託、薩哈璘：

「你等雖對科爾沁部十分熟悉，但畢竟遠在他鄉，不比遼東，凡事都掌握得住；大軍遠征，最要緊的一是弄清天時地利，二是糧草補給——古來許多大戰，失利的一方常是因為迷路，落入敵人包圍；或不知天時，受困於風雪；或不得水源，人馬困渴；或分兵別途，減弱實力；或糧草不繼，後援斷絕；這些，你們都須牢牢記住，力求避免！」

說著，他且引薩爾滸一役為例，提醒他們：

「薩爾滸戰役，敵敗我勝的原因你們都很清楚——敵敗的原因更要牢記，切不可犯上！」

而他要反覆講說，當然不是沒有原因：

「明朝的皇帝不思作為，所以，明朝的國土雖大，人員雖多，卻不足為懼；林丹汗則不然，他是個極想有作為的人；我還聽說，他因信佛，命人譯了許多佛經，廣為流傳，因而廣受愛戴、尊禮；更何況，麾下兵強馬壯，帳房千餘——這個人比明朝的皇帝要了不起得多，也遠比明朝的皇帝要不可忽視！」

與明朝已經交手多次，他創下了每戰皆捷的戰果，早已不把明朝放在眼裏；但，面對林丹汗，這還是第一次——

這一次，他實質上派出了兩萬人馬，但對外只號稱五千，以淡化這事；而在將領的分派上，他以碩託、薩哈璘率五千精騎任先鋒，皇太極率豪格及一萬精銳為中軍，莽古爾泰率五千人馬殿後；在戰略上則指示他們：

「一路上互相照應，隊伍不可分離；到達科爾沁後，須與科爾沁本軍合兵，不可單獨行動，與林丹汗交手，以擊退敵軍為目標，得勝也不可追趕！」

說完這些，他才鬆了口氣，然後帶著大家走出大政殿，親自校閱即將出征的兵馬。

登上高臺，校閱兵馬，他的心中忽然升起一股很特別的感覺，既不同於魏忠賢，不同於林丹汗，也不同於自己以往的心情。

大半生出生入死的征戰歲月，都已化為後金立國的基礎，數不清這是生命中第幾次校閱兵馬了，在大戰前夕，接受歡呼，訓勉將士，鼓舞士氣，展現實力……而今，每一個目標與任務都與建國的使命融合為生命的一部分，心裏升起的是充滿了感情的親切，士兵們的歡呼聲直接和他心中的回應融成一片，引發他迴盪起深深的感動；這和以往校閱兵馬時秉持的純然理智、冷靜的心情大不相同。

以往，他心中的感受是領兵出征，務求必勝，心中所思所念全都是戰爭的準則，敵我情勢的分析，戰況的預估；而現在，這些任務交給了兒孫，心中竟逐漸產生微妙的變化，不知不覺的有了新的感受，覺得眼前的千軍萬馬是他畢生心血的灌注，確確實實的血肉相連……整個後金國都是他的血肉。

耳畔重疊著歡呼的聲浪：

「我軍旗開得勝——旗開得勝——」

霎時間，他的心頭一熱，眼中也一熱，竟險些流下感動的淚來。

勉強忍住了，他轉頭吩咐皇太極：

「你要加倍用心用力，帶領他們，旗開得勝！」

大軍出發後，他的心情仍然停留在特殊的感受中，一言不發的在白雪紛飛的廣場中佇立了許久，直到人馬遠去的背影蹄聲俱皆消失，地上的足印被落雪掩蓋得了無痕跡，自己的雙腳也陷入雪中半寸之多。

侍衛們過來恭敬的請他進屋，他心不在焉，不置可否，雙腳倒是不自覺的跨了步；而一面走著，一面自己警覺到了，頓了一下，收斂起心情來；進屋之後，立刻吩咐：

「取地圖來——」

現在，他想要仔細觀看的地圖大得拼上兩張桌子都不夠展開，解決的辦法是：

「釘在牆上吧！」

片刻之後，整片山河盡收眼底。

新繪製成的這幅地圖按照他的指示，包含了已經屬於他的、將來要屬於他的地方——東起與朝鮮相鄰的鴨綠江，北至大興安嶺，西抵蒙古察哈爾部，南越長城到明朝的北京城。

地圖上繪出的山河城鎮的位置都非常精確翔實，翔實得令他眼一花就恍然如見敵我雙方的兵馬布列其中；他忍不住喃喃自語：

「此去科爾沁部，一路經撫順、開原……不過幾天路程……」

他的視線也一路從瀋陽走向撫順、開原，進而到達科爾沁部。

「順利的話，不須一個月的時間就返回瀋陽了！」

一戰而捷，凱旋班師——

他的期許中帶著滿滿的自信，心裏也暗自沉吟：

「我再三交代的話，皇太極一定放在心上……我八旗勁旅身經百戰，而林丹汗所部，以往只打過以劫掠人畜財物為目的的小戰……只要不出意外，皇太極必可獲勝！」

這是後金第一次與林丹汗交戰，他估計，林丹汗這次應不會全力以赴、傾巢而出——不容小忽、志在天下的林丹汗不至於不懂戰爭，對於出兵攻打科爾沁部的目的和戰略戰術都會有所拿捏，必然不會傾盡全力；他之所以反覆叮嚀皇太極，是要他重視林丹汗這個重要的對手，而對於眼前的這場戰，經過理智的分析之後，他極有獲勝的信心；也估算得到這場戰獲勝之後，得到的另一個重大的收穫：短期之內無須再憂慮林丹汗可能造成的威脅了。

而接下來的計畫他已確定：

「等皇太極班師，便向明朝進兵——」

於是，視線開始南移，山海關、北京城……地圖上的北京城發出如磁石般的吸引力。

表面上，他仍然默不作聲，內心中澎湃的聲浪卻比平日增加一倍。

午餐後，皇太極派遣的報信使到了，他親自接見，但是，內容簡單尋常，毫無特別之處：

「四貝勒一路前進，平安順利——」

半天以後，第二波回報的人到達——皇太極一本常例，沒有什麼特別的事，便每隔兩個時辰派人報一次平安——這次的通報，乃至於第二天、第三天的通報內容都一樣，「平安順利」，別無他事。

第四天，內容多了些：

「我軍到達科爾沁部，科爾沁部的幾位貝勒都親自離帳遠迎，並且各出精銳，與四貝勒會合，一起相援奧巴台吉！」

「唔！快開戰了！」

戰爭經驗豐富的他，無須屈指就算得出這場仗將在幾天後進行，滿懷信心的他立刻向左右們說：

「等捷報吧！」

他相信，一天幾次的回報，將要擴增許多內容。

不料，幾天後，皇太極派來的信使向他所作的報告，內容竟是大出意料之外：

「林丹汗率大隊人馬包圍奧巴城後，發動的攻勢不大，奧巴城守住了；但，過了幾天，林丹汗就自動退兵，我軍到達時，人馬已經走光了！」

竟然是這樣的情形——他吃驚，納悶，登時說不出話來。

信使們繼續向他報告：

「四貝勒恐其中有詐，沒有追趕，但也沒有撤下防衛；他吩咐，靜待三日，再作定奪！」

皇太極明智的決定，他其實不需聽報就猜想得到：

「皇太極最喜歡讀『三國演義』，書裏每種謀略都記得一清二楚，當然會防著這是『誘敵深入之計』；我也交代過他，『窮寇莫追』——」

接著他沉吟了一下：

「靜待三天，那就等吧！」

但也加重語氣交代信使：

「著四貝勒詳加打聽，仔細研判，林丹汗無論是真退兵還是假退兵，原因是什麼——」

他一向善於拿準事情與問題的重點，這次也不例外——他認為，林丹汗絕非庸才，進與退都有重大原因，弄清楚原因，將更容易戰勝、消滅林丹汗。

十幾天後，皇太極帶著隊伍回來了。

所有例行的儀式進行完之後，緊接著舉行會議，主要的發言人是皇太極。

年輕、健壯的皇太極雖然歷經長途跋涉，看來風塵僕僕，卻沒有倦容，神采奕奕、滔滔不絕的述說此行的經過情形。

山川與地理特徵、城寨與蒙古情勢都已是次要，他只簡略說說——關於林丹汗的種種，才是真正的重點。

他很詳細的向努爾哈赤說明：

「孩兒多方打聽，也和科爾沁諸貝勒再三反覆推敲，猜測他出兵和退兵的原因——出兵的原因雖然包含多種，但不難分析，一是他惱怒科爾沁與我後金交好，想懲罰科爾沁，借此立威，以減弱我後金的盟邦；二是他始終視我後金為敵，亦借此向我後金宣戰；但這兩者都只是『明』面的原因，『暗』的一面，據大家猜想，只怕他拿了明朝的好處，相助明朝攻伐我後金！至於退兵的原因，大家只推論出兩點，一是或許他懼怕我等援軍強大，自知不敵，不戰而退，但這也只是往『明』處想；『暗』的方面，猜想，或是明朝許了他的好處又反悔了、減少了、取消了，他一陣惱怒便退兵了！」

他一口氣說完，努爾哈赤則是全神貫注的聽著，心裏飛快的思考著，最後，語重心長的作了結論：

「這次，林丹汗突然退兵，實質上也就是減去了我國伐明時腹背受敵的隱憂——他若果真和明朝鬧翻了，倒真是件大好的事呢！」

他擅用「各個擊破」之術，明、蒙如果失和，他只需重施故技，就可以慢慢的將這兩方分別擊倒……

註一：秦始皇創「皇帝」一詞，並以藍田山所出之玉製璽，名「傳國璽」，文為丞相李斯所書：「受命於天，既壽永昌。」；秦亡後傳漢，但在董卓之亂中遺失；後又為孫堅、袁術等人所得，既而傳魏、晉等朝，但在南北朝之際已失璽下落，難以考據。

唐代太宗別製一璽，改稱「傳國寶」，文為：「皇天景命，有德者昌。」至後唐廢帝因石敬塘篡立自焚，玉璽亦不知下落。

石敬塘另製一璽，文為：「受天明命，為德允昌。」其後契丹滅晉，璽入契丹，於遼亡之際為天祚帝耶律延禧失落於桑乾河。

宋代曾有多次奸臣偽造玉璽、託言玉璽出現以蠱惑皇帝的事，因此金兵入汴梁時收得玉璽共十四──其偽當可推論。

元代所傳、元順帝北走所攜的玉璽難以考據究竟是得自宋宮的十四璽之一，還是重新另製；但，《清史列傳．多爾袞傳》所記，日後從蒙古獲得玉璽，是「交龍紐、鐫漢篆曰：『制誥之寶。』」，則非秦、晉、唐等朝所制之璽。

6

對努爾哈赤來說是大好的事，對袁崇煥來說，卻是件大壞的事——

接到林丹汗退兵的消息，他喟然長嘆：

「唯一能夠從背後牽制努爾哈赤的力道也沒有了！」

他陷入徹底孤立無援的絕境中。

同朝廷爭取堅守錦寧防線的奏疏不知道寫了多少封，快馬送進京城，卻奈何根本得不到回音：寫給高第的書信，提出的一席話，早已成為遼東地方傳頌一時的名句，獲得了許多共鳴：

「兵法有進無退，三城已復，安可輕撤？錦、右動搖，則寧、前震驚，關門亦失保障。今但擇良將守之，必無他慮。」

然而，對這話發出共鳴的人，都是有膽識、忠誠正直而又確實為遼東籌謀的人——以送賄於閹黨而升官的高第根本不是這種人。

儘管這義正詞嚴而有遠見的名句傳揚滿遼東，直接致書的高第卻不但宛如未聞，沒有任何回應，還更加積極催促部屬們執行盡撤關外之軍的命令——連袁崇煥轄下的寧遠、前屯也不例外。

於是，激烈的衝突爆發開來。

負責執行撤軍任務的裨將帶著高第的親筆命令來到了寧遠城，逕自向袁崇煥傳達命令，而袁崇煥登時拍桌子罵人：

「這根本是叛國！要將我大明國土、城池、百姓都白白的送給後金！」

脾氣上來了，他什麼也顧不得，心中的激憤全部一瀉而出，索性一股腦的高聲斥責起高第來，一面向高第派來的人說：

「撤軍一事，你們可拿得出朝廷聖旨？否則，便是矯詔——」

這人一到寧遠就發現苗頭不對，從一開始就採「忍氣吞聲，委曲求全」的態度面對袁崇煥，希望能在袁崇煥發完脾氣後完成撤軍的任務；然而，不消幾句話之後，心裏就已經有數：袁崇煥是無論如何也不會接受高第的命令，自寧遠撤軍的。

尤其是當袁崇煥順口冒出「矯詔」這二字時，聽得他心中一片冰涼：

「卑職確實不是奉朝廷的聖旨行事，而僅是高大人所遣，更當不起『矯詔』的重罪——」

這事只能承受回去被高第責罰的後果，不能不打退堂鼓。

而袁崇煥還兀自厲聲宣告：

「本官是朝廷任命的寧前兵備道，誓死捍衞寧、前二城，護我城池百姓！」

那人更是只有摸摸鼻子，向他拱手行禮告退：

「卑職職小權輕，不敢再多話了！」

然而，心中對他的烈性生出了敬意，臨別之際，恭敬而誠懇的對他說：

「袁大人請多保重！卑職無力相助大人堅守城池，返回後唯有早晚焚香，祈求上蒼庇佑大人守住寧、前二城！」

這話於無奈、無力中出自真誠，確也令人感動；於是袁崇煥朝他們拱手回禮，說道：

「身為大明之臣，都各盡其心吧！」

怎奈，這些崇高的精神意義，於現實的情形毫無助益；高第調不動他，索性採用「不予理會」之策，任他孤守寧、前，一面又加速催促其他的地方撤軍；於是，錦州、右屯、大小凌河、松山、杏山、塔山等地的守具、屯兵、百姓都被驅趕入關，廢城中委棄米粟十餘萬，而時在隆冬，路途之中，行走艱難，死亡載途，哭聲震野，民怨沖天，軍心士氣也就更加渙散。

外敵尚未發動攻勢，百姓已因國內的庸人當道、橫行而死難滿地。

偏偏，這些地方都非袁崇煥所轄，無法伸出援手……痛心疾首的袁崇煥只有一效孫承宗的往例，上疏辭官。

但，有如命運在捉弄他似的，這次上疏，朝廷很快就給下批示，不但不准他辭官卸任，遠離遼東，還升了他的官，任命他為按察使，視事如故。

這是一道令人啼笑皆非的聖旨——他「守關外」的意見與高第相牴觸，而朝廷卻一面要他「視事如故」，一面讓高第撤軍「守關內」；政策兩相矛盾，莫衷一是！

「其奈天何——」

袁崇煥悲憤得仰天疾呼，然而，蒼天何嘗會給他回應？

而情勢已迫在眉睫，遼東危如累卵——消息傳來，努爾哈赤已經調集了三十萬大軍，即將擇日出發，殺向南來！

寧遠、前屯兩地的守軍總數，即使連老弱殘卒一起算上，也只有一萬五千人……敵軍還未到臨，他所承受的精神壓力已達千鈞。

而對努爾哈赤來說，原訂要攻打的目標是山海關，但臨時插進來這個消息：

「袁崇煥抗命不撤，堅守寧遠！」

「袁崇煥？」

努爾哈赤詫異了：

「不是什麼大人物嘛！敢抗命不撤，擋我雄師？」

這人像是有熊心豹膽——但，這個名字委實不夠響亮，比起熊廷弼、孫承宗的名氣來，差得太遠了，他仔細的在腦海中搜尋了一遍，找不到什麼深刻的印象，顯然不曾參與過重大的戰役。

而等到臣屬們遞上有關袁崇煥的資料，讓一名筆帖式念出來的時候，他更是啞然失笑：

「萬曆四十七年的進士，任邵武知縣；天啟二年被薦舉，破格拔擢為兵部職方主事——一個還沒有真正上過戰場的後生小子嘛！」

這麼一個人，年紀四十出頭，做過三年縣官；來到遼東四年，目前真正的官職是「寧前兵備副使」，加「按察使」銜；在遼東最重要的政績是築了寧遠城，別無其他。

臣屬們的意見是：

「這麼個人，哪裏是我方的敵手呢？」

大家七嘴八舌的說：

「他從來沒有打過仗，才會自以為能抵擋我國的八旗鐵騎——明朝的制度，以文官挾制武將，其實一大堆考八股文出身的文官，根本不懂軍事；就像以前那個袁應泰——這人也姓袁，一樣的蠢笨吧？」

努爾哈赤則是淡淡一笑：

「好歹有膽，倒也是條漢子！」

接著，他命人仔細說明寧遠城中的實力：

「現有兵丁一萬五千人，並有大將滿桂，副將左輔、朱梅，參將祖大壽，守備何可剛，前屯守將趙率教，並在袁崇煥帳下效命！」

這樣的實力又是薄弱得可笑！

幾名將領中只有滿桂確是名將，祖大壽出身遼東將門世家，稍有名氣——其餘簡直「不足掛齒」！

於是，會議很快就進行完畢，努爾哈赤作出最後的裁示：

「先去招降吧，不降再用兵——寧遠、前屯兩地應在十日內鏟平，繼而直下山海關——這次戰役，仍然以山海關為終極目標；大家各作準備，正月二十出發，代善、阿敏前鋒先行，攻下寧遠、前屯後不班師，直接往山海關進發，二月初一奪下山海關！」

他的話豪氣干雲，充滿了必勝的信心，鼓舞得士氣非常高昂；相對的，也顯出了他的戰前準備工作做得非常完善。

這一次，由於預定的戰爭規模比以往大上許多，他除了調齊八旗勁旅全數參戰外，還特別向與他交好、結盟的蒙古各部徵召人馬，總共聚集了三十萬之數，組成一支陣容浩大、堅強的隊伍；並且準備好大批武器、糧草、車輛、攻城裝備，以及精心設計的戰術、戰略和特製的秘密武器。

「一舉攻破山海關，直入中原——」

這會是生平最重要的一場戰役——已完成充分準備的他，因此而格外興奮。

而在寧遠，大雪狂飆，天地間更顯悲壯肅殺；大戰將臨，四野中愈見慘酷凶機……

抱著破斧沉舟的決心，做螳臂擋車似的壯舉的袁崇煥，夜以繼日的忙碌著，準備應戰。

他所能運用的資源非常貧乏，可做戰前準備的時間非常急迫，整體的環境乃至於一切條件對他來說都是不利的，以致他必須竭盡心力，發揮出最大的潛能來進行。

第一道步驟當然是召集將領們議定戰守之策。

而就在會議召開前片刻，努爾哈赤招降的書信送到了。

努爾哈赤開出的條件非常優厚，比照撫順的降將李永芳，招為額駙，並授總兵官之職；信只讀了一半，他的心中就騰起怒火，引發成無可遏止的衝動，立刻把信箋撕成粉碎，臉色因而漲成通紅，情緒因為受到刺激而加倍澎湃，但也提醒他特別注意：

「努爾哈赤慣以厚利誘降，收買內應——以往破遼、瀋、廣寧等地時，都以此奏效；這一次，把主意打到我頭上來了——連我都想誘降，還會不對別人下手？我須嚴加防備！」

而後，他在會議中再三強調，加重這方面的措施——

會議先議原訂的重點：戰略。

有兩大原則可供選擇，一是堅守城池，二是分兵出城迎擊。而幾乎所有的將領都反對迎戰，主張堅守。

祖大壽率先發言：

「我軍勢單力孤，不宜分散實力，出城迎戰，以免被各個擊破！」

而且，他引以往幾次戰敗城陷的例子作說明：

「且看以往，瀋陽之失，先是總兵賀世賢率千餘人馬出城迎擊，戰敗身死，尤世功往救，一起陣亡，敵軍遂乘勢殺入；遼陽之役，五總兵率軍出城五里處結陣，戰敗，第二日城陷——這些，都是不可忘卻的教訓！」

接著，他且說出一個獨到的見解——諸將領中，滿桂是蒙古人，趙率教是陝西人，其餘幾人也都來自關內，唯有他世居遼東，對女真人的軍事有深刻的了解。

「後金的八旗勁旅多是騎兵，原本長於野戰衝刺，短於攻打高險城池；因此，努爾哈赤的攻城致勝之道大半是仰賴計謀、策略的運用；而今，我方的致勝之道，應該是反其道而行！」

這話得到了一致的共鳴，於是戰略確立。

接著，金啟倧提出另一個意見：

「八旗軍長於野戰衝刺，必然拙於火砲使用，尤其是西洋火砲，是他們從未見聞的，我軍施放起來，必然令他們無法應對！」

這也是一個重要的意見，寧遠城中現有十一門西洋火砲，部屬茅元儀曾親自向夷人學習過施放之法❶，並已經將方法傳授給好幾個人，現在軍中效力的孫元化、彭簪古、羅立等人，都懂得火砲施放法。

「這該是我軍最大、最重要的一個優勢了！」

聽完話後，袁崇煥喃喃的自語了一句，信心開始建立了，比之於早先「死守」的想法多了一分樂觀。

註一：日後茅元儀著《武備志》一書，對明代的戰爭、武器都有詳盡的記述，並繪有各種圖說；有關寧遠之役的戰況及「鐵頭子」、「萬人敵」等武器、配備，圖繪甚詳，成為研究明代戰爭的重要文獻。

7

天啟六年，正月初一，原本例行的元旦慶典在不知不覺中被人們遺忘了，後金全國和寧遠城中都在進行著緊張忙碌的備戰工作，人人全神貫注，心裏完全沒有了別的。

後金國中，真正要出發上戰場的人數是六萬，半數是蒙古各部的助戰軍，半數是八旗本軍；行程已然確定，將在十四日誓師出發，十六日到達東昌堡，十七日西渡遼河……這一夜，暴雪如疾雨，如密網，如一雙雙無形的、操控著天地的巨掌，把持了一切，掩蓋了一切，獨斷的展現著令人心悸的蒼茫。

北風呼號，恍如與白雪聚合成海嘯，奔騰翻湧，摧折一切，使大地成為死寂的冰原。

直到子時過去，丑時過去……直到天地的界限間翻出一線魚肚白的時候，冰原才開始有了轉變，先是出現了幾許黑點，若隱若現，而後，越顯越大，並且不停的往前移動……

晨曦一現，黑點有如卸去外罩似的立時分明，有如隱形人現身般的在剎那間入目，天地間的景色立刻改觀，一變為鐵騎奔騰，雄偉壯盛，氣勢磅礡——八旗大軍無視風雪的存在，準時出動了。

努爾哈赤親率六萬人馬，迎著晨曦與風雪，昂然飛奔，以氣吞山河之勢，浩浩蕩蕩的馳向寧遠城。

寧遠城中則早在一個月前就趕製砲車，將十一門購自西洋的「紅衣大砲」撤入城中，架設於城中適當之處，並且調派兩百名士卒，盡速向金啟倧、孫元化、彭簪古、羅立等人學習施放之術，一面也發信到山海關請援。

同時，袁崇煥開始實行「堅壁清野」之策，焚燒了城外的民房，命百姓們帶著守城的器具入城，不留下任何物資給後金軍；並且命同知程維楧率親信部屬嚴加搜捕為後金收買的叛民、奸細，防止情報外洩，並派諸生巡守街巷路口，嚴防後金的內應作亂；賦予金啟倧的任務則是守護軍糧，以防被焚被劫，並且按城四隅，編派民夫，供應守城將士飲食、運送武器火藥；另一方面，他又飛書檄令前屯守將趙率教、山海關守將楊麒，如果遇到寧遠逃回來的兵將，一概斬首示眾，這樣，民心士氣都堅定了下來。

日子一天天的逼近了，每一項工作都在他親自的、嚴格的監督下逐一完成。

唯獨請援沒有獲得回應——他接到的報告是，道臣劉詔已經統兵兩千出山海關應援，卻被高第給叫了回去；李卑的援兵蜷縮在中後所，李平胡的援兵不滿七百人，退守在中前所；山海關總兵楊麒因受制於高第，動彈不得，高第則索性三令五申，諸軍不得出援寧、前！

這些報告當然令他為之氣結，卻也體悟到一點：

「求人不如求己，援軍不來又何妨？我等奮勇力搏，一定能守住寧遠！」

他的精神力量已因不停的激勵、奮鬥、冒險犯難而日漸壯大，早已足夠獨自擔當大任！

而且，他堅信，情勢儘管不利，局面儘管艱困，自己和自己麾下的一萬多名將士都是不怕死、不畏難的鐵血漢子；這一天，他便召集了滿桂、祖大壽、何可綱、左輔、朱梅等人一起對天立誓，死守寧遠；而且，他刺血為書，告示全軍，曉以「忠義」的精神，激勵士氣，他的精神與意志升騰到最高點，發出的慷慨激昂的談話化成一股巨大的力量，感動了全體將士，人人都跟著他舉臂高呼：

「我等誓與寧遠城共存亡——」

他的情緒沸騰得有如無火自焚，整個人的生命和這座城池，乃至於整個時代都融成一體，因而再三重複著從心底深處發出澎湃的吶喊：

「這一役，非但關係著寧遠城的存亡，也關係著大明朝的存亡——我全體將士，務要全力守城——」

而努爾哈赤的大軍逼近了。

正月二十三日，後金伐明的大隊人馬到達寧遠城外，在城外五里處橫截山海大路紮營，並在城北紮設大營。

準備充分，滿懷信心的努爾哈赤隨即吩咐：

「傳令下去，明日辰時正攻城！」

卯時三刻以前，一切都要準備就緒——他的習慣，是在卯時起床，天色剛露一線曙光，象徵著勝利在望，辰時攻城，陽光和雪光一起映照著他無堅不摧、無敵不克的八旗雄師。

皇太極來向他請示，他沒忘了交代，入夜以前再給袁崇煥送一封招降的信去；更沒忘了召見擔任前鋒的統帥代善、阿敏，再叮嚀幾句。

晚餐過後，他便提早歇息了，沉沉穩穩的酣然入眠。

而袁崇煥整夜不寐，衣不解甲，親自帶著一隊兵丁，連夜在城中作最後一次巡防，登城檢查每一道防禦裝備，心情在緊張和焦慮的交相侵襲下，完全不知道睡眠為何物。

心中不停的澎湃著一個針對自己發出的聲音：

「明日這一戰，關係重大，已不只是決定寧遠城的存亡，而是關係著大明朝的存亡；是以，只許成功，不許失敗！」

天將亮的時候，他走完全城，返回行轅；精神處在異常的振奮中，也就了無倦意，不準備休息，只打算略進飲食後再外出督防，而就在這時，軍士來報，他的客人求見。

那是朝鮮的譯官韓瑗——

韓瑗原本奉命到北京入朝，不料才走到寧遠就遇上努爾哈赤率大軍來襲，只得留在寧遠，暫住袁崇煥的行轅；做了這樣特別的異鄉客，他當然懸著一顆心，睡不安枕，於是早早的起床來見主人。

而主人的神情是鎮定的、瀟灑自如，毫無沉重憂急之色，彷彿成竹在胸、穩操勝算，竟使他自己的情緒也在不知不覺中安定下來了。

袁崇煥從容的派人請來幕僚，陪他一起談古論今、閒話興亡，立時把早餐桌上的氣氛帶領得如進入太平盛世一般。

用過餐後，袁崇煥甚至取消了外出巡防的原訂打算，邀他下起棋來。

他猜想不到袁崇煥的心情，一陣忐忑之後，終究還是問了一句：

「大人不親自到城上坐鎮嗎？」

袁崇煥卻以極平淡的口氣回答他：

「我軍必勝，無須坐鎮！」

他更驚訝了：

「我國中，人人一聽努爾哈赤的威名就心驚，寧遠城的守軍竟恰恰相反！」

而直到戰爭開始，他才體會到袁崇煥表面上若無其事的苦心，那是為了安定軍心，實際上，心情緊張到極點——

辰時過後不久，第一道炮聲傳進了耳中。

原本手中握著棋子沉吟思考的袁崇煥登時「啪」的一聲將棋子落盤，卻失手將整盤棋都弄亂，他的目光已不在棋盤上，而是向空射出兩道利光，嘴裏發出一聲輕哼：

「來了——」

戰爭開始了。

寧遠城上炮聲響起，地震山搖，飛砂走石……

後金的指揮營中吹起了號角，也擊鼓催軍……

努爾哈赤精心設計的攻城戰術和秘密武器一起展現出來——原本準備用來進攻山海關的利器提早出動到這場戰役來。

這組經過特別嚴格訓練的人馬命名為「鐵頭子」，攻城的威力大得驚人。

「鐵頭子」的成員每個人身上都披著兩層鐵甲，馬的身上也披了一層鐵甲，衝殺起來成為一具「鐵的組合」，無人也無物可以抵擋；攻城的堅車以生牛皮蒙住車頂，四周裹鐵，前方配上利器，用來撞擊城牆牆腳，鐵裹車再架在雲梯上面，直接撞擊城牆高處；而鐵裹車中又都藏著「鐵頭子」，一靠近城牆，立刻用鐵鍬挖撞城牆，發箭射人……

戰還沒有正式開打，才完工不久的寧遠城就已經被這些鐵甲部隊撞擊、挖掘得千瘡百孔，滿目瘡痍，磚塊、木石紛紛落下，城基被挖得盡是洞穴，遠看像一塊為蟻羣蛀咬的木頭，在快速的步向被蛀空、化為一灘粉末的命運。

緊接著，主攻部隊出動了；十幾部大型的雲梯車推了過來，每一部雲梯上都有兩、三百名鐵甲武士，一腳跨過城牆，就在城垣上與寧遠守軍展開激烈的血戰，城下則是衣甲鮮明的騎兵衝刺，滿山遍野，數目多得數不清。

震天的殺聲掩蓋了天地間的一切聲音。

寧遠城的守軍吃力的防守著，袁崇煥原本所作的防禦部署，每將各分責任地，由滿桂提督全城並守東面，左輔守西面，祖大壽守南面，朱梅守北面；並訂相互援應之策；後金軍先是集中攻打城西南角，左輔領兵堅守，祖大壽率軍應援，齊心協力的奮勇抵禦。

袁崇煥精心設計的戰術和秘密武器也出場了——寧遠的守軍除了從城上投下暴雨般的矢石之外，又從城堞間推出多個大木櫃，一半留在堞內，一半探出城外，櫃中的甲士便在木櫃的掩護下射箭投石，矢石用完時再將木櫃拉回裝置，裝好再推出去投射；城樓上裝置的十一門紅衣大砲更是發揮了超過估計的威力，每一砲打出去，立時發出轟隆巨響，緊接著，土石飛揚，人馬被震上半空，慘叫連天……

戰爭進行了一個時辰之後，擔任前鋒主將的代善和阿敏接到報告：

「貝勒爺，情況有點不對勁——」

一名督戰的游擊從最前線趕回來說明情形：

「寧遠城上有些火力奇大的火砲，轟得人馬有點受不住；蒙古來的隊子尤其糟，像從沒見過火砲似的，一聽轟聲就傻了，連躲都不會；馬匹更壞，受了驚，四下亂竄，怎麼也制不住，反而把咱們的隊伍跟好好的鐵頭子都竄亂了！」

他兩人原本也聽到了轟隆震天的砲聲，但眼前盡是瀰漫的煙霧塵沙，遮蔽了戰場，還沒想到已經出現不利己方的情況，一聽這話，立刻警覺。

阿敏飛快反應：

「什麼？我親自去瞧瞧！」

代善則給自己另外一個任務：

「我去向父汗說明情形，請父汗裁奪！」

一面且吩咐親兵：

「有任何情況，直接到大汗處通報！」

說完，兩人分頭執行任務。

阿敏一口氣不停的與那名游擊飛奔前進，不料，趨得前來，正逢寧遠城中又放了一砲，打在前方，又是一陣塵土飛揚，不但讓他更看不清戰場，便連胯下坐騎也被砲擊驚得不安起來，再三勉強才肯往前再走幾步；又過了一會兒，塵土散了些，他才能隱約辨物；睜大眼睛看了許久，總算研判出戰況。

「攻城的隊伍確實亂了陣腳，也折損了不少……但，我方仍居上風；而且，再挖一陣子，寧遠城就該倒塌了……」

他在心裏盤算了一下：

「再加緊進攻，只要再挺一個時辰左右，城牆就給挖穿了！」

「鐵頭子」撞牆、挖牆的成績斐然，舉目看去，已經鑿開了三、四個兩丈多高的大洞，而只要再繼續鑿下去，鑿穿了城牆，火砲的威力再大也不足為懼了。

於是，他下令：

「著全軍奮勇再進——前進者加兩倍賞，後退者斬！」

甚至，他吩咐左右親兵：

「你們都去督戰！殺幾個後退的當警戒！」

這麼一來，攻城的力量被督促得加了倍，士卒們更加奮勇向前；而且原本沒有被大砲打到、已經衝到城牆下死角的一大羣人也挺著一口氣，再奮力挖牆、撞牆，或沿牆爬上……

站在城樓上督戰的袁崇煥已經負了傷，左肩左臂上儘管已為他自裂戰袍裹了傷，也仍有鮮血滲出，將半邊身子染得血跡斑斑，但他仍不退下；從未習過武藝、文官出身的他奮不顧己的身先士卒，因而使得全體將士更加感動，戰況雖然險惡，竟無人後退。

但，精神的力量畢竟不能代替一切，受到他的精神感召的己方，仍然處於劣勢——裹好了傷，重新站起的時候，他舉目一望，心中登時驚急交加。

「糟了，城牆快倒塌了！」

然而，就在險惡的危難中，他被逼出了奇計：

「用火攻——快，燃火把、火毯，丟進城洞！」

「縛柴澆油，摻上火藥，用鐵繩繫下，燒——」

「取棉花，包火藥——」

情急智生，他一迭聲的吩咐士卒，以「火」來對付挖城撞牆的敵軍，片刻之後，開始奏效了。

「城洞中的賊虜著火了！」

兵丁們大聲向他報告，挖城撞牆的攻勢總算開始被遏止，敵軍死傷很多，雖然沒有大舉後退，但也不再踴躍進前。

緊接著，金啟倧苦心設計出來的火器「萬人敵」登場了。

金啟倧一向對火砲彈藥的製造、使用諸事深感興趣，一得空閒便用心鑽研，而在這險要關頭發揮了作用——他也是情急智生，被逼出了心血的結晶：將火藥放在空心的大泥團中，外面圍以木框，點燃了藥引投下城去，泥團在旋轉噴火後會爆炸，威力極強，確實是「萬人敵」——

此外，他也嘗試著將火藥包在被單中，直接投下城去爆炸。

於是，紅衣大砲震天的轟隆聲中又加上「萬人敵」的爆炸聲，越發有如天崩地裂；人的慘叫與馬的悲嘶聲雖然都被轟、爆聲掩蓋，血腥的氣息也只殘餘一兩絲夾雜於煙硝、硫黃味中顯現，而城下確已成堆屍如山的煉獄。

但，袁崇煥不但沒有鬆下一口氣來，反而越發的屏氣提神，目不轉睛的直視著城下的戰場，一面發出大聲的喝叫：

「最後的生死關頭了——大家絕不可鬆懈，繼續奮戰，一定要支撐到不見半個敵人！」

他雖是第一次指揮戰爭，卻不是沒有見識；敵軍死傷累累，但是還沒有全面撤退，在這個節骨眼上，如果己方稍一鬆懈，敵勢又將轉強，反撲的力道更大，屆時，已將力竭的己方未必能擋；唯有趁這個險勝的當口，再奮力出擊，一舉逼退敵軍，才能得到真正的勝利。

於是，他既完全沒有察覺自己肩臂上的傷口已經迸裂，鮮血直流，也未曾注意到自己的聲音已經嘶啞，逕自舉臂大聲呼叫：

「不可鬆懈——再戰——」

而寧遠城的守軍們早已廝殺得情緒激昂，熱血沸騰，兩眼通紅，心中遺忘了思考，耳中除了號令以外聽不見別的聲音；戰爭是勝是負已無人能冷靜的分辨，唯有對主帥的命令下意識的付諸實行——

紅衣大砲再接再厲的施放，萬人敵不停的投擲出去，直到城下的敵軍全都退光了，還持續進行了好一會兒，然後才發出遠比紅衣大砲、萬人敵的巨響還要高昂沖天的歡呼聲。

8

大營中站滿了人，服制一如以往的按八旗旗色著用，行列也一如以往的分旗站立，形成整齊劃一、井然有序而色彩鮮亮綺麗的畫面；但，這一天，這一切如故的畫面中透出了無形的、無可言喻的改變，似乎是這一件件穿戴在人身上的八旗軍服的顏色淡了一分，暗了一分，又減了一分，使得呈現出來的氣勢不若以往強旺勃發、虎虎生風。

現場的氣氛也相對的加倍沉重，四下裏連一絲聲息都不聞，只有一片靜肅和寂然，彷彿所有的人都被這沉重的氣氛壓抑得停止了呼吸。

從高高在座的努爾哈赤到王公大臣、八旗貝勒……乃至於級位最低的環衛大營的兵卒，上千的人員，全都有如窒息一般，而且，人皆面色黯淡，失去了往日慣有的光彩。

營中唯獨兩人缺席，那是創下生平首次戰敗紀錄的代善與阿敏，正自縛請罪，跪在營門外等候責罰令降下……

大半天的時間過去了，大營中依然沉重凝滯得半點聲息也沒有；身為領袖的努爾哈赤儘管內心中思潮澎湃起伏，表面上還是一言不發，直挺挺的坐著，竟有如泥塑木雕一般；於是，氣氛隨著時間的流逝而更加沉重。

這年是天命十一年，他六十八歲。

遭到出乎意料之外的失敗、挫折和打擊，他的心在顫抖，完全不能接受這個事實。

生平第一次敗戰——

「自二十五歲起兵，至今四十多年，經歷大小戰役不計其數，戰無不勝，攻無不克……而今，竟敗在這麼一座小小的寧遠城下？」

聚集三十萬大軍出征，他原訂的目標是一舉而下山海關——渺小得毫不起眼的寧遠城和名不見經傳的袁崇煥根本不放在他的眼中，不被他視為敵手；原本以為，那只是此行途中一塊橫在路邊的絆腳石，伸一下腿，順腳踢開了去便是；哪裏知道，竟然被這塊小石頭絆得摔了個跟頭？

第一次聽到前線傳來的戰報時，他並不予置信。

前鋒哨報說：

「明軍從城上發射極為厲害的火器，一轟就人馬騰空，炸得血肉模糊，以致攻勢受阻——」

遙遙傳來的轟隆聲響，他全部聽得見，當然確知明軍發射了火器，但是對來報的這情形感到不以為然：

「什麼厲害的火器？不過就是大砲、鳥銃，有什麼不好應付的？」

明軍常使用的火器他並不陌生，遠從少年時代在李成梁處就見識過許多；後來，李如松援朝，從寧夏運火砲到朝鮮戰場，路經遼東，他也曾特別注意；此後，攻明大城的幾役，明軍更常用火器對抗，尤其是攻陷清河城的戰役，初時，明軍的火器使他損失不少人馬，直到他想出

「頭頂木板，下挖城牆」的進攻方式，才攻下了清河。

「我軍早有下清河城的經驗，哪裏會受阻於明朝的火器？」

早已嘗到過勝利的滋味，他一向認為，火器根本不足懼；接下來的薩爾滸之役，更是印證了這項體認。

「明軍哪一路不是帶著大砲、鳥銃的呢？管什麼用？全讓我八旗鐵騎給打得落花流水——」

薩爾滸之役中俘獲的火器為數不少，他也曾召來過明朝的降卒示範使用，並派八旗兵丁學習使用之術；但畢竟嫌它笨重，運行不便，影響行軍速度，基於「兵貴神速」之理，這次出征，也就沒有帶出來。

他並不輕敵，因而決定讓秘密武器「鐵頭子」提早在寧遠上陣；心中想著：

「代善、阿敏都已身經百戰，哪裏會奈何不了區區的火器！攻清河、西平、瀋陽、遼陽，都與明朝的火砲對上過——更何況，這次的主力『鐵頭子』，比以往用的武器要猛了好幾倍！」

不料，第二波來報的軍情卻是：

「寧遠城上的火器跟以往使的大不相同，威力極大，我軍已有好幾百人死傷，蒙古助戰兵的傷亡更大；而且，火器發得太大太猛，馬匹受到驚嚇，控制不住，有許多四下亂竄，使攻城之勢更加不利！」

這話聽得他皺起了眉頭，詫異的自言自語：

「怎麼會這樣？」

但卻立刻下令：

「著『鐵頭子』加緊衝刺，先把寧遠城挖倒、撞倒，那些城上的火器也就不管用了！」

而命令儘管發出，心情已經不若先前篤定；尤其是耳際不時傳來遠處的轟隆聲，略一定神就覺得這些轟爆聲越來越密集，心中終究放不下，於是吩咐左右侍衛們：

「我親自到城下看看！」

但，這事還來不及讓侍衛們應聲「是」，就被侍立在側的皇太極出聲攔住：

「父汗，還是讓孩兒走一遭吧！」

所持的理由當然不是「年事已高，不宜親上前線」，而是「貴為大汗，無須親自上陣」——皇太極仔細的陳說：

「父汗為一國之君，戰陣之事，理當由孩兒代勞！」

這話被接受了，於是，皇太極告退，帶著侍衛親赴戰場而去。

但，這都與實際的戰況毫無助益——皇太極去後不久，侍衛來報，代善由戰場疾奔而來，急欲親自稟告戰場的情況。

他立刻傳見，代善一到跟前就跪伏在地：

「戰況非常不利——」

代善的聲音是顫抖的，但是半點也不敢隱瞞的據實報告，而且切中要點：

「寧遠城上設的火砲，比明軍以往所用的砲，威力大了許多，我軍無法應付！」

他沉著聲問：

「究竟是什麼樣的火砲！」

代善回答：

「孩兒以往從來沒有見過，這次，因為前方盡是煙硝飛沙，迷成一片，因而沒看清……但，發出來的火砲，威力有以往的十倍之大，使我軍傷亡很重！」

他下意識的發怒：

「什麼也沒看清，就被打得損兵折將？哼——連死在什麼東西手裏也不知道呢！」

代善連連叩首：

「孩兒知罪！」

而就在這個時候，又是一起失利的戰報傳到：

「明軍使用火攻，我方『鐵頭子』傷亡慘重，挖牆無法再進行——」

他的臉色倏的一變：

「連『鐵頭子』也——」

那是他耗費許多心力研究、訓練出來的最厲害的攻城隊伍，而竟然失靈——下面的話說不出來了，唯有胸腔之中湧起激盪的熱流來，猛烈的撞擊著，令他感到陣陣燒灼。

而後，皇太極快馬加鞭的趕了回來，「冒死」請他發出停戰的命令。

攻城失利已成定局。

阿敏在清點後向他作確實的報告：

「我軍陣亡游擊兩名，備禦兩名，兵丁五百餘；蒙古各部兵丁陣亡一千多名，失蹤、奔逃約五百名……」

實際的死傷人數和損失並不是很大，但壞的是其他的方面：首先，士氣受到了嚴重的打擊，第二，己方面臨了前所未有的困境：

「究竟是什麼樣的火砲，根本弄不清楚，哪裏能有應付的法子呢？」

這一夜，他完全無法闔眼，翻來覆去，左想右想，始終想不出破解這前所未見的、威力奇大的火砲的方法來，當然就更想不出克敵致勝之道；到得天將亮時，才勉強想定幾點這次攻城失利的其他原因：

「這一回，明軍的戰略改變了，不再出城迎擊，改成固城堅守……我方早已收買的奸細也沒能發揮作用……」

然而，這一切全屬檢討，已於事無補；戰敗的事實已完全無法改變。

他的心情惡劣至極，而且打心底深處發出一聲強烈的怒吼：

「寧遠不下，如何能夠破山海關，進軍中原，入主北京？」

原本做好的全盤計畫被這次意外的戰敗給打亂了，前往北京的道路上憑空掉下了一座大山阻擋；無法破解寧遠城的防禦，就走不到北京……

他的心陷入了生平從未有過的沮喪與氣悶中，下意識的雙手緊握成拳，卻無法揮灑出去。

「一座小小的寧遠城，一個沒沒無聞的袁崇煥，竟成了我入主中原的阻礙——」

天亮後，他終於忍不住發出一聲深長的嘆息，帶著沉重的心情面對現實，面對所遭逢的挫折。

一夜不曾闔眼，他的目光很明顯的不如平日神采奕奕，鬚眉、髮辮上的白絲增多了些，臉頰上的紅潤減少了些，而且，面對著站滿了大營的全體部屬，心情沉重得無法出聲。

直到中午將近，他才發出一道命令：

「分兵去打覺華島——一個活口都不留！」

覺華島在寧遠以南約十二里的海中，本以地利之便而成為明朝海運軍糧到遼東的起卸處，因而建有糧倉，派軍屯守；遼東情勢日趨緊急之後，屯守的兵員增加到七千，由參將金冠率領，亦同時負有應援的任務，儼如寧遠的一處環衛點。

時值正月，天寒地凍，覺華島的四周海面全結了冰，因而與陸地相連成一個完整的地塊，行人、馬匹、車輛全都往來通行如平地；島上沒有建城，明朝的守軍就在冰上圍糧倉結營，再在外圍以戰車環護，形成有如柵欄般的防禦工事。

而這畢竟是因陋就簡，七千守軍的實力也過於單薄；努爾哈赤僅派遣游擊武納格率領一支隊伍進攻，主要成員是蒙古騎兵，肩負的任務同時是重振士氣與信心，武納格不負使命，率領著蒙古騎兵，僅花費半天時間就達成任務。

守覺華島的七千將士全數陣亡，屯積的糧食被搶，不及運走的一切物資都被點火與糧倉一起焚毀……

打從第一次聽到後金軍往覺華島進發的消息時，袁崇煥就心如刀割。

「覺華島完了……斷無生路……」

他咬牙切齒的向左右們說：

「敗軍之將，重振旗鼓，當然重下殺手！」

結果都如所料，而他身為主官，卻只能眼睜睜的看著慘事發生，無法伸出手去救援——

寧遠的戰役於名義上來說是「大捷」，打敗了百戰百勝的努爾哈赤，遏阻了後金入侵中原；但，實質上是「慘勝」，各方的損耗都非常大；勝利之後的寧遠城有如一個奮力搏虎、虎斃而已重傷的獵人，奄奄一息的坐地喘氣，還需好一段時間才能緩緩站起身來——在這就地喘氣的當兒，哪裏還能伸出拳頭去助人呢？

原先總數僅只一萬多名的兵丁，戰後倖存的不到半數，而且人人帶傷，上自他自己、滿桂、祖大壽、趙率教、左輔、朱梅等將，下至兵丁士卒，找不到一個不掛彩的人。

而發明了「萬人敵」火器，為這場戰勝付出關鍵性的大貢獻的金啟倧卻不幸身亡了——金啟倧是在點燃火藥的當兒，一個不慎，先把自己炸死了。

仗儘管打贏了，死去的優秀袍澤卻不會復生；更何況，寧遠城在戰役中付出的代價非常大，有些屬當務之急的事，必須盡快處理；最優先的莫過於醫治傷兵，埋葬屍骨，修補被挖被鑿被炸壞的城牆建築，以及防範努爾哈赤捲土重來……戰爭結束了，身心都過度透支、肩臂負了傷的他不但依然無法闔眼休息，還得付出更大的心力料理善後，以及將詳細的戰況上奏朝廷——對於覺華島的兵禍，他實在無力出援。

除了痛心以外，他莫可奈何。

噩耗傳報的時候，他唯有親自提筆撰寫祭文來抒發心中的悲痛，告慰覺華島陣亡將士英靈……

幸好，幾天以後，朝廷的聖旨送達，帶給他幾許慰勉，使心情稍獲平緩——

他締創的這場奇蹟似的勝利，使朝野人心一振，連帶的展開獎懲，遼東的人事於焉有了變動，而這新變動正是他所期盼的。

坐視寧遠之危而不救的高第、楊麒被解職，改以王之臣任遼東經略，升任趙率教為山海關總兵——此後，他的遼東政策不會受到意見相左的經略掣肘了。

他的職位更是扶搖直上——跳升遼東巡撫，而且以敘大捷之功，加兵部右侍郎銜，賚銀幣，世蔭錦衣千戶……

第二十四章

目盡青天懷今古

1

大軍回到瀋陽的日子是二月九日——從一月二十七日滅覺華島後撤軍東歸，這段行程速度進展得比來時要慢了許多。

也許是已無「神速」的必要，也許是心情沉重的投影……也許，生命的力道逐漸減弱，腳步因而不知不覺的變得遲緩了。

時值二月，春氣漸濃，沉積的冰雪開始消融，一路行來，偶或有幾絲綠意拂過眼前，是樹芽吐新了，然而，他的心中根本感受不到。

心情始終怏怏，眉頭總是不展，夜裏睡眠的情況差，白日的精神也就不振……

覺華島的戰役，確實挽回了蒙古兵的士氣，但是改善不了他的情緒；一路上，他沉默寡言，整天悶坐車中，不但身體極少動彈，便連一向最常拿在手上觀看的地圖也不再吸引他了。

而子侄、臣子、隨從們沒有一個人敢鼓起勇氣來主動向他說話，也使得這一路的行程倍顯沉寂。

到達瀋陽的時候，大妃阿巴亥率同所有的妃嬪出迎，行禮已畢，一抬頭，阿巴亥登時心中一驚，暗忖：

「這趟來回，還不到一個月的時間，怎麼大汗竟像換了一個人似的……瘦了這麼多，憔悴得脫了形；是怎麼回事？」

她想得心口怦怦直跳，而竭力忍耐，表面上維持住若無其事的神色，恭敬的迎接、陪侍；到了晚上沒人的時候，才把親生的兒子阿濟格和多爾袞叫來問話。

兄弟倆這一次都隨軍從征——她認為能問出端倪來。

「你父汗可曾病倒過？」

這是她關切的重點。

但，阿濟格和多爾袞給她的答覆是：

「沒有——父汗只是因為攻打寧遠失利，心情鬱悶，偶或少進飲食！」

這個答覆阿巴亥不滿意，連連搖頭，極肯定的說道：

「不可能！出發前，他猶且壯猛如虎，如果不曾生病，怎會在短短二十多天中變得這麼憔悴？」

說著，她兀自補充下去：

「我來到他身邊，整整二十五年——二十五年來，他經歷過多少大風大浪？大小戰役，出生入死，何曾見他皺過一下眉頭？這回，不過是打了場敗仗——一座城沒打下來，生平第一次——那也不算什麼呀，即便真是銅牆鐵壁好了，不過就是座城嘛，歇兩天，再去打下來，不就成了？他不會把這事看成天大的！必是因為別的事情，折騰的——」

而這話，阿濟格和多爾袞都無法接腔，只有默默的低下頭去。

阿巴亥卻不放鬆，沉聲說：

「你父汗年歲大了，半點小病都生不得的，知道嗎？」

她似乎意有另指，但怎奈，這兩兄弟並不省得，低著頭滿口應「是」，像是虛心接受她的教訓，視她的話為金科玉律，而沒有自己的意見，令她直想跺腳，暗自嘆氣，而有些話實在不便明講，她只能指示兒子們：

「從今以後，你父汗的一切情形，你們都要多留心；一得閒便過來多陪陪他，讓他多看看你們、跟你們多說幾句話！」

這些，至少是具體的做法，而多爾袞畢竟是生性聰明的人，思忖了一會兒之後說：

「父汗是因為寧遠城上的大炮厲害，我軍攻城失利，這才心中煩惱；我若是能想出對付寧遠城上大炮的法子來，帶了兵去打下寧遠，父汗必然會高興起來！」

阿巴亥一聽，打心底浮起笑意，讚許他說：

「這話通透！你盡快想出能打下寧遠的法子來吧！」

說著，她頓了一下，然後抬眼直視前方，過了好一會兒才收回目光，口中先發出一聲輕喟，接著卻說：

「你得爭口氣，好好想出法子來——得趕在別人前頭去打下寧遠來，你父汗的江山才會傳到你手裏呢！」

她終於還是在多爾袞面前吐露了埋藏已久的心事，也像是在指導自己這年方十五歲即被寄予重望的兒子，未雨綢繆的爭取繼承權。

眼前的重點她全看得清，能說給多爾袞聽的卻只有這一項；而等到他兄弟倆離開後，她才能將其他的重點自言自語似的說給自己聽：

「得求求上天，要再有個十年的時間啊……十五歲，還半大不小的，要跟三十多歲的大人爭，好吃虧……要是再過十年，就不一樣了……」

十年後，多爾袞二十五歲，是步入生命的黃金期的時刻；多鐸二十三歲，和早已成年的阿濟格一起襄助多爾袞，在諸兄弟間將成實力最強的組合——三個親兄弟所統領的是原由努爾哈赤親領的正黃、鑲黃兩旗，是國中最好的精銳，也象徵著至高無上的汗位……

她是個很有心機的人，身為大妃，名分高過其他人，心眼和圖謀也高過其他人；而且長時間侍奉努爾哈赤的生活起居，處處留心，便有許多收穫。

這幾年來，她觀察到，努爾哈赤雖然公布了將來「八大貝勒共執國政」的辦法，也隱隱有以皇太極繼位大汗，以代善輔佐的意思，許多軍國大事都召他兩人共同商議、執行，但畢竟沒有明白宣告，並非定案——她認為，多爾袞是有機會的。

她也觀察到，在感情上，努爾哈赤最疼愛的孩子是多鐸。

也許是因為年齡最小，也許是因為多爾袞太聰明、太懂事，從小就是個「小大人」，不如心思單純、天真無邪的多鐸，純粹是個承歡膝下的「小小孩」，便特別偏疼。

最明顯的例子是，原本，她費盡心思，反覆多次向努爾哈赤要求，提早分人馬給多爾袞，提早給多爾袞獨當一面的機會；但努爾哈赤作出的決定卻是將正黃旗給阿濟格和多爾袞，留多鐸在身邊，將來獨領鑲黃旗——所有的兒子裏，多鐸所得最多、最厚。

但這無妨——多鐸是她親生，一定聽她的，全心全力襄助多爾袞。

真正的競爭對象是皇太極。

情勢很明朗：目前四大貝勒中，代善已因袞代送食的事放棄了繼位的意願；阿敏是侄兒，莽古爾泰是袞代所生，兩人都屬「有勇無謀」，不足為慮；唯有皇太極，各方面的條件都高人一等。

認清這個事實後，她下了很大的工夫，苦苦思索皇太極的弱點，終於想到了一個重要的、具體的弱點：

皇太極沒有幫手——首先，生母早逝，沒有人為他在努爾哈赤枕畔進言；其次，沒有同母的兄弟姊妹襄助，原為「五大臣」之一的岳父額亦都已經去世，無法為他出力；長子豪格雖已成年，但不是特別優秀的人才……

想妥後，她的心裏又多了一分勝算：

「常言道，獨木不成林，孤掌更難鳴……大汗的歡心都在我這邊，只要大汗長壽，再有個十年……」

她認定，自己既已說動了努爾哈赤將兩黃旗給她親生的兒子，也就等於得到了默許；只要再有個十年的時間，孩子們都長大了，而她也得到充裕的時間，在其他方面下工夫——她決定，接下來要逐一把其他幾旗的領旗貝勒都拉攏過來，使他們支持多爾袞，孤立皇太極父子——大位便到手了。

現在，面臨的是一個大好機會——她想著，只要聰明的多爾袞想出了打下寧遠的法子來，那麼，在努爾哈赤心中，能增加好幾倍分量，在整個後金國中，能立刻建立聲望，成為繼汗位的有力條件……

她不停的想，想得心裏發熱，眼睛發亮，而精神恍惚；因而認定，美夢即將成真。

只是，她哪裏知道，打下寧遠是何等困難的事，才十五歲的多爾袞怎會想得出辦法？而且，皇太極凡事都比別人搶先一步，哪裏會讓多爾袞趕在前頭去打下寧遠呢？

這一次，皇太極非常迅速的收集齊全資料，恭恭敬敬的送到努爾哈赤跟前——厚厚的一大疊文件，全是有關寧遠城大砲的說明。

「孩兒派遣范文程帶領十幾名部屬，全力打探，終於有了全盤的認識！」

他先作概括性的簡單說明：

「寧遠城上所設的威力超大的火砲，並非明朝自己鑄造，而是向外夷買來；當時共買三十門，現有十一門在寧遠；因為威力強大，明人視為神器，砲上都蓋了紅布，所以稱為『紅衣大砲』——」

努爾哈赤最關切的莫過於：

「有什麼方法可以破解？」

皇太極回答他：

「孩兒多方詢問，范文程等人苦思多日，結果認為，漢人說的『以其人之道，還治其人之身』是唯一的法子——寧遠用紅衣大砲防守，我國使用紅衣大砲進攻，必能奏效！」

他且詳加說明：

「紅衣大砲的射程遠，威力大，用來攻城、炸毀城牆要比用『鐵頭子』利便、快捷，而且可從遠處施放，不怕『火攻』——」

而且，他把紅衣大砲的優點作了一個綜合歸納，並且強調：

「我國的八旗鐵騎以弓馬騎射見長，少用火器，因而在清河之役時頗有死傷，且有寧遠之敗；是以孩兒認為，今後我國應加設火器軍，配以大砲、鳥銃等具，並與騎隊配合作戰，方能天下無敵，入主中原！」

努爾哈赤聽後，沉默了好一會兒才再問他：

「這『紅衣大砲』既然全數只有三十門，十一門在寧遠——我國該如何得來？」

皇太極回答：

「明朝係購自外夷，我國也何妨以重金向外夷購買；更何況，外夷既能造砲，我國人為何不能？孩兒打算，一則出重金買砲，二則出重金延聘鑄砲師前來我國，在我國中鑄造大砲，並教授我國人鑄砲術，三則挑選兵丁士卒中聰明伶俐的，學習鑄造及施放術；三事並進，火器軍可成，寧遠可下了❶！」

努爾哈赤聽得慢慢的點了點頭，一面卻沉吟起來，過後，竟發出一聲嘆息，接著說：

「火器軍可成，最少也得個五年、十年的時間呢！」

他扳著手指頭數說：

「外夷遠不可及，即便立刻派人去尋訪，沒個一、兩年的時間，難以訪求；而後，需費時或運送，或鑄造……待得兵士們習得施放術，上場殺敵——」

他數得喟然長嘆：

「五年、十年，還是少的呢！」

哪裏知道，皇太極的反應卻與他大不相同——聽完他的話，立刻不假思索的脫口而出：

「五年、十年又何妨呢？我後金建國，乃是千秋大業啊！」

努爾哈赤驀的一愣，下意識的定睛去看他。

三十五歲的皇太極臉頰紅潤，兩眼發光，整個人洋溢著無可遏抑的勃發的英氣，神采飛揚，信心滿滿。

他彷彿看到了往昔的自己……

心中五味雜陳，目光便在不知不覺中頓住了，他因而好半晌沒有出聲，甚至，面無表情。

皇太極體會不到他的心情，見他定定的看著自己而又不說話，便猜想他是在考慮紅衣大砲的事情，於是恭敬的問：

「請父汗指示孩兒該怎麼做？」

努爾哈赤長長的呼出一口氣，然後再吞嚥了一口氣下肚，這才平靜的對他說：

「就照你說的去辦吧！」

接著又語重心長的對他說：

「五年、十年以後的事，都得指望你自己了！」

他的目光中同時流露出一道柔和的慈光來，因而使他的話更像期許，聽得皇太極的心中熱血上湧，暖遍全身。

然而，皇太極離去之後，他原先支撐著全身的意志和精神突然鬆懈下來，情緒也就如斷線風箏般的迅速下墜。

心情壞透了，除了戰敗還有其他——更壞的是他體會到了衰老與衰老的悲哀——三十五歲的皇太極當然能把建國大業訂在五年、十年以後來完成，而六十八歲的自己呢？哪裏還能等五年、十年以後再完成心願呢？

原訂的計畫是一舉攻下山海關，直逼北京……但，有生之年完成入主中原的宏願，已經因為寧遠一役的戰敗而破滅了。

皇太極的話一點也沒錯，但是聽在他耳裏卻觸及了他心中這壞到極點的感受，因而使他的情緒又往下沉落一級，戰敗的挫折與打擊更難自心中消滅。

春天來了，整個遼東大地的色澤都由銀白一變為鮮綠，重新展現蓬勃強旺的生機，而他只是長吁短嘆，彷彿眼前全被寧遠城上紅衣大炮發出的煙硝塵霧給遮蓋了，看不到那原本屬於他的蓬勃氣象。

而連帶的，飲食少了，睡眠差了，老化的速度更快了。

這一天，天氣好得令人心曠神怡，晴空萬里無雲，陽光的金線灑成一地璀璨，和風緩緩推動綠野，小草披著金衣，搖成漣漪；皇太極早起出城，策馬奔馳一周後援例來向他請安，一面向他報告說：

「孩兒已著范文程派出大批人手，尋訪夷商，一面也就近在遼東找些懂得火器製造的人來，相信無須多少時日就會有眉目了！」

說時且一面悄然留意他的神情，覺得他悶悶不樂，無精打采，氣色極差，眼神也帶著些許恍惚，心裏便不免升起三分憂慮，於是提議：

「父汗，今日天氣極好，孩兒陪您出去遛遛馬吧！」

努爾哈赤倒是無可無不可的答應了，於是，父子並轡出城散心；一路行到城郊，皇太極的心中洋溢起特別的感受，突然想到了一段童年的往事。

那年，自己才六歲，父親抱著他共乘一匹高大的馬，一起在風雪怒吼中奔馳前進，一起在壯麗的天地間盡情飛躍；他的後背緊貼著父親強壯的前胸，整個人坐在父親的環護下前進，他覺得溫暖、安全，情緒高揚、興奮得與父親一起衝破風雪；而後，父親為他講述海東青與完顏阿骨打的故事……

回憶上湧，他的心情越發特異，竟然情不自禁的有如回到了當時，以往昔的稱謂朝努爾哈赤喊道：

「阿瑪——」

聲音因感動而略帶顫抖，而流露出一向埋藏在心中的孺慕之情。

哪裏知道，努爾哈赤渾然未覺……

人騎在馬背上走出了城門，心情卻沒有走出戰敗的陰影；他仍然在愁悶中，仍然神思恍惚，便完全沒有聽見皇太極發自內心深處的呼喚，而半帶著迷惘般的仰首向天，自言自語的說：

「我再三思慮、反省……是我身心疲倦、懶惰而不全力用心於治國嗎？國家安危、百姓甘苦，我不省察嗎？有大功於國家的正直之士，我沒有重用嗎？我的大臣們有不勤勉謹慎於政事的嗎？武將們有不忠勇奮發的嗎？諸子侄中有不效法我盡心為國的嗎？都沒有……一個都沒有……那麼，是什麼原因，上天不讓我率領子民直入中原呢？我全國上下，有什麼地方對不住皇天后土呢？都沒有啊……」

而這些話，他儘管不是對著皇太極說，皇太極還是聽得一清二楚；但是，既不敢接腔，也想不出有什麼方法可以勸慰、排遣，以致連皇太極的情緒也變壞了，默默的想著：

「父汗畢竟心裏難過……除非馬上去攻下寧遠來，否則，無法改善；但，紅衣大砲的問題，哪裏是一朝一夕能解決的？」

越想，他的頭越低垂，而且好半天都不敢抬起來。

註一：皇太極於天聰五年（一六三一年）自行鑄造紅衣大砲成功，並用以攻打明朝。

2

相對的，北京城中一片歡欣鼓舞……

「寧遠大捷」的消息振奮了低迷已久的人心，百姓們爭先恐後的鳴鞭慶祝，額手歡呼；朝廷裏的氣氛當然更不一樣。

原先為「遼事」而深鎖的眉頭一下子全都展開了，人人不約而同的露出充滿希望與信心的笑臉，發出各種熱切的聲音——雖然這許多聲音各有不同的出發點與形式，但到頭來全部演變成一致。

兵部尚書王永光由感慨而振奮，上疏陳言：

「遼左發難，各城望風奔潰，八年來賊始一挫，乃知中國有人矣！」

遼東經略高第上的奏疏索性厚顏的先虛報戰果，繼而歌功頌德，以掩飾他原先堅持主張撤守關內、放任袁崇煥孤軍守寧遠，甚至阻止麾下將領出援的過失——他根本未臨戰場，卻發出許多大話和謊言：

「奴賊攻寧遠，砲斃一大頭目，用紅布包裹，眾賊抬去，放聲大哭。」❶

他也故意把話說得略帶含糊，而強調敵軍在戰場上「放聲大哭」，暗示這砲斃的大頭目乃是後金的重要人物——甚至大有可能是努爾哈赤本人——這樣，「寧遠大捷」的戰果就加倍輝煌了。

但，他不肯將這輝煌的戰果歸功於孤軍奮戰的袁崇煥，以免袁崇煥的聲名、氣勢都凌駕在他之上，於是，「一石兩鳥」的將所有的功勞全歸到魏忠賢頭上——他不但隻字不提袁崇煥，還立刻追加一封私人信函給魏忠賢，極盡寡廉鮮恥之能事的說：

「寧遠大捷，全係九千歲洪福齊天，德逾聖賢，而致眾神庇佑，一戰克敵……」

於是，袁崇煥和一萬多名戰士捨生忘死的搏戰守城，一下子全變成是魏忠賢的貢獻了。

而他起了這麼一個頭，也立刻提醒了其他的人——寧遠大捷，正是個向魏忠賢拍馬屁的好機會啊，怎可落於人後，錯失了巴結魏忠賢的良機呢？

霎時間，人人奮筆上疏，歌頌魏忠賢：

「天佑九千歲，一戰克敵——」

有些人甚至每天都上一疏去稱頌，而可以用來諂媚阿諛的辭彙畢竟有限，幾天之後便因辭窮了而內容重複起來；但這些無恥之徒卻不罷休，仍然不停的歌功頌德。

如是而醜態百出，使得前線一場為保衛國土、百姓而進行的慘烈戰役，到了朝廷中演變成令人齒冷的醜劇；前線戰士的血全都白流了。

而延伸到魏忠賢身上的，又是更壞的演變。

謊話說了三遍之後，便連賢明如曾子的母親也誤信了，何況是無賴出身的魏忠賢呢？

他當然在一遍遍的諂媚阿諛、歌功頌德聲中認定了自己是個洪福齊天的人，寧遠大捷都是因為他的聖德感召，邀至天佑！

錯覺有如一撮棉花落水，膨脹成十倍、百倍、千倍……於是，他越發認定自己是千年萬代以來第一聖賢英明的人，行事也就越發的肆無忌憚。

二月裏，一個想拍他馬屁的太監李實上了一道奏，檢舉前應天巡撫周起元，吏部主事周順昌，左都御史高攀龍，諭德繆昌期，御史李應升、周宗建、黃尊素貪贓枉法、圖謀不軌。

李實其實不是他的親信，甚至，本是東林想要拉攏來對付他的人——李實是萬曆年間入宮的，幾經營謀，巴結王安，做到了皇太子的侍讀，因而成為王安麾下的一員，但是，身分不輕不重，沒有什麼特別的地方。

王安失勢以後，李實卻多虧了這「不輕不重」的身分，沒有如魏朝等人般被視為是王安的心腹黨羽而遭到誅殺，只降級離京，到蘇杭去當織造。

不久前，他得到消息，說李實私下會見了東林的黃尊素等人；他本已指示閹黨的走狗們，有空的時候「料理」一下這個人，不料，李實竟搶先向他「反正」了。

找來崔呈秀一問，崔呈秀含笑分析：

「這個老小子，必是怕九千歲治他私通黃尊素的罪，索性先出賣了黃尊素這些人，以向九千歲『交心』，求九千歲免治他的罪！」

這話正確無誤，卻也令他產生鄙夷的反應：

「黃尊素這干人也未免太便宜了吧，一個『免罪』就換上這許多條命——這也怪黃尊素沒有知人之明，白念了一肚子書，正是『給人賣了，還在替人數銀子』呢！」

不過，他正想入黃尊素這干人於罪，李實這封突如其來的奏疏正好用來做工具。於是，他堂而皇之的派出白靴校尉，按照李實奏疏上列的名單捉人。「倒省了我使別的法子——」

又一場恐怖的腥風血雨於焉展開。

楊漣、左光斗等人慘死的記憶猶新，白靴所揚起的馬蹄聲令人打從遠在三里之遙就膽戰心驚，名單上的東林人士唯有以「視死如歸」來自勉。

高攀龍索性在白靴校尉到達前就自沉於水——這天，他一早起床，先去拜謁了宋代東林書院的創建人楊時，焚了自己所撰的長文祭告；返家後，從容的寫好遺書以及給門生的信，然後言語自若，一如平時，但在天黑閉戶時，衣冠端然的投水。

而在他自沉的前幾天，白靴校尉在蘇州逮捕周順昌時，激出了重大的民變，導致極大的傷害和極壞的後果。

周順昌在朝任官時清廉有為，建樹甚多，官聲非常好，居鄉期間又有德於鄉里，時時為百姓謀福利，盡心盡力的為人排憂解難，伸張冤屈，因此在地方上很受尊敬；這一次，他竟被冠上「貪贓枉法」的罪名，不但使聽到消息的人都大感憤怒，還主動聚集起來為他喊冤。

白靴校尉到達的時候，羣眾已經聚集了好幾萬人。

這些人都是自動自發前來為周順昌請命的，上自士農工商，下自倡優隸卒各個階層，儼如民間人士大結合，而以不同的形式來表達——既有販夫走卒執香乞求，也有太學生們聯合起來向官府請願。

諸生中以文震亨、楊廷樞、王節、劉羽翰等人為首，直接去見巡撫毛一鷺及巡按御史徐吉，希望他們將民情上達朝廷，考慮取消逮捕周順昌的命令。

而魏忠賢的爪牙們又哪裏會把「民情」放在眼裏呢？

甚至，面對著不約而同聚集起來陳情的數萬民眾，這一羣慣於橫行胡為的白靴校尉們不耐煩了，拔劍揮舞，驅趕民眾，並且厲聲叱喝：

「東廠拿人，誰敢多話！」

說著還取出各種鐐銬，威嚇百姓：

「有誰敢出聲的，都拿進廠衞來治罪！」

一面喝叫，一面用力的把幾副鐐銬扔在地上，發出「狂朗」巨響。

但，這囂張跋扈的姿態不但威嚇不了人，反而引起了羣眾的反感；而蘇州人的性情原本是「外和而內剛」，經此一激，羣情憤慨了起來。

幾個人攘臂呼喊：

「聖旨本是天子下的，現在竟然是東廠的番子隨口亂講的！」

於是，更多的人回應：

「矯詔——東廠的番子矯詔——」

幾聲之後，緊接著湧起的聲浪又更加譁然：

「閹黨矯詔——」

「魏忠賢矯詔——」

「逆閹矯詔，陷害忠良——」

幾萬人一起高呼，勢如山崩；白靴校尉們雖然手持利器，卻畢竟人少，禁不起這樣強烈的衝擊，開始考慮逃竄；不料，就在這當兒，激憤的羣眾中冒出一聲高呼：

「打——」

霎時間，萬眾一聲：

「打死矯詔的番子——」

聲息未畢，拳腳已如排山倒海般撲向前來拿人的白靴校尉……

這一行原本張牙舞爪、仗勢欺人的閹眾被活活打死了一人，其餘都負了傷，爬牆逃入巡撫衙門躲著才保住性命。

原本也是閹黨之徒的毛一鷺、徐吉被這狂風暴雨般的民變場面給嚇呆了，不但不知道該如何處理，還都慌得手腳發軟，無法言語，躲在屋子裏，抱頭不出；幸好知府寇慎、知縣陳文瑞平日裏頗得民心，出來曲言解諭，才把激憤不已的民眾勸說得漸漸散去。

但，事情已經鬧大了。

重獲安全感的毛一鷺與徐吉於定下驚魂來之後，恨透了這事，索性採取狠毒嚴厲的報復手段——兩人直接飛書向魏忠賢告狀，將這場「民變」全歸之於聚集起來的百姓的錯。

而幸得餘生的白靴校尉，恨意更大，便加油添醋的歪曲事實，飛書上告，說蘇州人民造反，將要截斷水道，劫下運米進京的漕運舟船。

這麼一來，事態越發嚴重——魏忠賢得報，當然視為一樁「大亂事」，竟而調兵遣將，準備派出大軍到蘇州來平亂。

眼看大難當頭，向為人間天堂的蘇州即將成為地獄；不忍百姓受難的周順昌早在事發當日就自動投案，時在城外的黃尊素聽到這消息，也自動赴縣衙投案；而後，府縣等地方官為保全全體百姓，出面協調，以求免去兵災……

折騰了兩天之後，事情終於開始轉圜；毛一鷺既已官至「巡撫」，當然也不希望大軍壓境，屠戮百姓，影響自己的前途，於是採用「大事化小，小事化無」的原則，逮捕了顏佩韋、馬傑、沈揚、楊念如四名百姓和周順昌之僕周文元共五個人，號稱是「倡亂者」，處以斬首示眾，再飛報魏忠賢，說亂事已定，無須調軍鎮壓了❷。

總算得了個「息事寧人」的結局，以五顆無辜的人頭，換來全城的平靜，但，百姓心中所受的傷害以及對朝政的失望，卻是再也無法撫平的創痕，成為大明朝腐爛過程中的一道催化劑。

而周順昌、黃尊素、李應升、周起元、繆昌期、周宗建六人被押解到京師後，當然也就步上楊漣、左光斗等人的後塵，飽受慘無人道的酷刑之後死於獄中，使大明朝的正人君子再減少一些。

換來的當然是大明朝的加速滅亡。

魏忠賢君臨天下式的狂笑宛如代表著毀滅，一次寧遠戰役的捷報撐持住的僅是表面，僅能拖延毀滅的時日，內部已被蝕盡的朝代，根本不是暫時穩住了外患的局面就能獲得重生的。

只可惜，舉國無人體會到這一點……

註一：高第奏疏收錄於《明熹宗實錄》。

張岱《石匱書後集》中記：

「炮過處，打死北騎無算，並及黃龍幕，傷一裨王。北騎謂出兵不利，以皮革裹屍，號哭奔去。」

但詳考《清史稿》等籍，後金諸多重要人物，日後都有事蹟，表示無人在此役陣亡；而後金並無「裨王」的稱謂，此說為「道聽途說」的成分居多。

註二：這五人因為是為聲援周順昌而發難，並挺身赴死，是以深受當地百姓敬仰，就死後，有人出錢為他們安葬，日後當魏忠賢失勢自縊，閹黨被崇禎皇帝論罪，魏忠賢的生祠被廢時，便將他們葬於廢祠，供後人憑弔。

後之「復社」創辦人張溥且為之撰〈五人墓碑記〉一文：但文中之「予猶記周公之被逮，在丁卯三月之望，吾社之行，為士先者，為之聲義，散貨財以送其行，哭聲震動天地。」其詳情有待查證，蓋復社召開第一次成立大會，時在崇禎元年。周順昌被捕時，「復社」尚未成立。

3

面對著以正黃色繡九龍的絲緞裝裱、象徵著至高無上的權力的「聖旨」，袁崇煥心中百味雜陳，久久不能言語，一雙原本銳利如閃電的目光失去了神采，黯成了灰黑的沉滯之色。

原本是他親設香案，以極其恭敬、虔誠的態度迎接而來的聖旨，本以為，內容會是英明的皇帝詔示他全力防衞遼東，不料太監宣讀出來的內容卻是荒謬絕倫的，聽來有如亂棒齊下，打得他心頭一陣悲涼。

他忍不住打心底深處發出一聲怒吼：

「天底下，竟然有這等事——」

世上竟有這麼荒唐的「聖意」與「聖旨」，他幾乎無法置信，但是，眼前的一切是真非夢，不容不信……他唯有在心裏發出陣陣寒意，顫顫的告訴自己，無法繼續守衞遼東了……

寧遠之役的勝利，他比誰都清楚，那是一場艱苦的險勝，而且，勝利得來之後，敵國並沒有消失，外患的威脅仍然存在，隨時都會再度發生戰爭。

他既一再提醒部屬們，絕不可以因為得到了一次勝利，就低估了敵人、放鬆了戒心，也一再說：

「努爾哈赤必將捲土重來！」

同時，他也積極的上疏朝廷，請求增加遼東的兵員、糧餉、器械、馬匹，以充實遼東的戰備；升任遼東巡撫之後，最令他慶幸的是，意見與他相左的高第下臺了，新上任的經略王之臣因為寧遠之捷而對他非常尊重，也完全認同他提出的計畫，自己沒有半點意見，使他的遼東政策得以完全不受掣肘的推行。

他當然要恢復原訂的守關外的計畫，修復被高第棄守的城池，重新駐兵屯田，恢復錦、寧防線，以成為關外的鐵柵……

奏疏上去後半個月，聖旨下來了，對於他恢復守關外的計畫表示欣然同意；但對於他要求增加人馬物資的話卻恍如未聞，沒有任何答覆，而更壞的是將要派遣兩名魏忠賢的親信太監劉應坤與紀用到遼東來監軍！

「寧遠之捷，都是因為魏忠賢洪福齊天而得來的——我一萬多弟兄的血汗都白流了，這且不論；如今，竟然還要派太監來監軍……」

他想得全身發顫：

「天底下竟無天理——」

太監監軍的後果會是什麼，這是連想都不用想就可以得知的結果。

萬曆朝的礦稅太監四出擾民，弄得民變四起——當時來到遼東的高淮，至今猶有人一提起來就咬牙切齒，咒罵不休——而魏忠賢的爪牙，其惡更甚於礦稅太監，一旦來到這禦敵尚且疲於奔命的遼東軍中，剋剝起來，不斷送掉全遼的軍心士氣，才是奇蹟！

更何況，這件事也同時代表了魏忠賢對「能帶兵打仗」的他已經產生疑慮，派親信來監軍，所持的心態一如當時猜疑孫承宗將率遼東兵馬進京「清君側」！

他早在許久前就已經聽說，現下，朝廷中已經全部都是魏忠賢的人馬，即便原先不是的，也必須立刻表態，投入閹黨之列，否則就只有自動去職或者遭受迫害至死兩途！

自己也是「非閹黨」，更且是絕不會因為戀棧官位就依附閹黨的人……

終於，他長長的吁出一口氣來：

「我也效孫大人，上疏辭官吧！」

4

私下請來了眾兄弟們商議，皇太極以極堅定的口氣要求在座的每一個人：

「我等一定要說動父汗親征！」

他認為，率軍親征可以使努爾哈赤的精神振奮起來，能改善自寧遠戰敗以來兩個多月悶悶不樂的心情。

「父汗四十多年的戎馬生涯，全副身心已然與戰役連結成一體；唯有回到戰場上，才能使他重新振奮起來，重拾往日的強旺健勇！」

雖然這次要進行的只是一場規模小小的戰爭，原本只須派個貝勒，率幾千人馬出征就可以解決——

對象是蒙古喀爾喀部五衞王。

原來，五衞王也和喀爾喀的其他諸部一樣，與後金訂了盟約，約定「征大明，與之同征；和則與之同和。」但，寧遠一役，其他各部都依約出兵伐明，唯有五衞王背盟棄約，沒有出兵；且在戰後私下與明朝和好；最近更變本加厲的劫奪後金使者的財物、牲畜，殺害後金負責偵察、巡邏的兵士。

皇太極得報，第一個念頭動的是：

「讓德格類，還是阿濟格去走一趟？」

但，再一轉念……幾經考慮之後，他明確的對自己說：

「小題也可以大作的！」

五衞王的實力不強，如果後金出動大批人馬征伐，戰果必然豐碩，努爾哈赤的心中必然暢快。

因此，他竭力的說服兄弟們贊成他的意見，並且與他一起去請求努爾哈赤親自率軍出征……

四月裏日暖風和，芳草長成碧海，無垠無涯的連接到天際，形成壯闊的美景；披甲上馬，迎風馳騁，一股心曠神怡的感覺油然而生，多日來壓在努爾哈赤眉宇上的陰霾果然淡去了不少，而跟隨在他身後的一萬名八旗勁旅更是精神抖擻，銳氣沖天，與顏色鮮明的衣甲、旗幟一起招展出磅礡大氣來。

大軍從四月四日出發，渡遼河，西進蒙古。

四月七日，由皇太極、阿敏、阿濟格、岳託等人擔任前鋒的隊伍已經一路急進，到達了囊努克寨。

親領中軍的努爾哈赤在行程上晚了半天，但，才行到距離囊努克寨還有一個時辰的路程時，岳託已經打前方折回頭，快馬加鞭的趕來報信。

人到努爾哈赤跟前的時候，岳託兀自喘氣如牛，但是滿臉滿眼的興奮、雀躍，像怎麼也壓制不住、凸凸凸的往外冒竄的火苗。

他滿臉通紅，額上沁著汗珠，鼻尖閃著油光，但是喘得急了，反而掙扎不出話來，卻偏又有滿肚子的話要說，於是把自己掙得張大了嘴巴，手舞足蹈般的抖動，而斗大的嘴中還是只有喘聲，沒有言語。

這模樣看得努爾哈赤忍俊不住，竟而發出了兩個多月來的第一道哈哈笑聲。

然後，他親自伸手給岳託撫胸拍背，滿臉慈祥的說道：

「慢慢說……別急……先吐口長氣！」

岳託長長的吐出一口氣，隨即作了個深呼吸，用力拍著雙手，發出歡聲大叫：

「瑪法，我軍大勝啊——」

受到了這興奮的情緒感染，努爾哈赤的笑容也就一直延續下去，而且仔細的聆聽他陳說戰爭經過：

「囊努克寨約莫有一千多人馬，但在我軍到達以前就已經準備逃跑；囊努克台吉倉卒應戰，手下紛紛竄逃，戰不了多久就無法招架，於是且戰且走，想保住一命；八叔帶著人親自追趕，一箭射去，正中囊努克台吉的後心，當場落馬斃命，其他的人也就不逃了，一起投降八叔——八叔這趟的收穫可大呢！」

努爾哈赤頓了一下，隨即問：

「你八叔的聲名又提高一點了吧！」

岳託絲毫不加考慮的回答：

「是啊！大家先是歡呼『四貝勒神射』，接著又說，他最像瑪法您的神武英勇呢！」

努爾哈赤露出欣慰的笑容，點點頭說：

「很好——」

但，緊接著，眼中閃過一絲若有所失之色，喃喃自語似的說了句：

「翅膀兒長硬了，飛得挺好——」

皇太極的鷹揚之勢早已成形，這次戰役，發生於這個時刻，只是令他心中感觸更深而已……他不再多話，重新上路，前往目標。

四月九日，大軍在科坤河邊安營，而由代善、阿敏、皇太極、濟爾哈朗等人率軍前往西拉木倫河流域，沿途未遇任何抵抗，收繳了無數牲畜，更有大批牧民主動投歸，返回大營後，費了好些天時間才清點完畢。

而接下來的時日竟有如度假——再也沒有戰爭發生了，草原上氣候宜人，景色優美，四處盡是純樸自然的光景，和繁華熱鬧的瀋陽城比起來，是兩種完全不同的景觀，一住下來，他竟為之陶醉。

每天，他都在天亮前就起床，由岳託、薩哈璘等幾個孫子陪著，騎馬漫步；迎著晨曦，他時而隨興瀏覽四郊，時而專注的遙望遠山，時而和孫子們說幾句家常話，近午時分才返回營帳；午後，再度策馬在草原中隨意漫遊，直到黃昏。

幾天下來，他不由自主的發出一聲感喟：

「這是我一生中唯一有的閒散日子啊！」

以往，為了建國大業，別說是沒有過閒散日子的時間，便連想到「閒散」二字的心情都沒有！

而今，可以說是什麼都有了……尤其是已經有了能擔重任的兒子——這些日子裏，他固然閒散如度假，皇太極卻依然沒天沒地的忙碌著，率領著精騎降服、收取方圓數百里內蒙古諸部的人畜。

豐碩的成果報告每天晚上送到他的跟前來，令他明確的感受到，後金的國力蒸蒸日上，興旺強盛……

這一天，報告如常的由豪格送來，而且特別說明：

「阿瑪傳訊，說諸事已了，請示瑪法，可有其他的事要辦？如果沒有的話，他明日回營，入夜以前可到！」

皇太極人在喀爾喀部的巴林衞，距離他駐營之地並不太遠，而他並沒有特別的事要皇太極辦的，於是隨口吩咐：

「讓他早點回來吧！」

說完，他微一出神。過了一會兒，不知不覺的搖了搖頭，自言自語的咕噥一聲，說：

「等他回來以後，就班師回瀋陽去吧！這種閒散的日子過久了，人都懶了，老了……成了廢物了！」

懶、老、廢——這是生命中最壞最壞的感覺，而像一隻蠶在慢慢啃食他的心葉，吸去他身體中的精粹。

這趟親征的本意是重返戰場，以振奮精神，怎奈，蒙古各部望風而降，根本沒仗可打，這個目的也就無法達到，實際上的人畜、財物、威望的收穫雖大，卻無所貢獻於他的精神狀況。

更何況，閒散了幾天之後，他的心意起了微妙的變化，再也不想過這種終日無事，近乎於「養老」的日子。

一種帶著輕微的慌、茫以及惆悵的感覺湧到了胸臆之間，隨之而起的竟是一股無名的難受，有如從自己的生命中生出了一道可怕的力量，在逼迫自己面對衰老的事實。

他因而變得歸心似箭。

豪格體會不到他的心情，也不敢隨便說話，但對他的每一個吩咐都很恭敬的應「是」，隨後忠實的傳達給皇太極。

皇太極一樣體會不到他的心情，但是完全按照他的意思行事。

五月一日，他在草原上舉行了一場小規模的祭旗儀式，第二天，他親自接見了率眾來歸的喀爾喀部巴林衞的喇巴拖布儂、德爾喀禮兄弟之後便下令開拔，一路返回瀋陽。

十來天的路途中，皇太極不時的來陪他，然而，他沒有說話的興致，常只是隨口呼應幾句，嘉勉幾句——便連父子間的談話也自然而然的少了。

後金國中無形的氣氛也就因而成寂靜……

而明朝內部的言語多了，洶洶滔滔，喋喋不休。

接到袁崇煥的「乞休疏」，魏忠賢的幾名親信一致覺得「茲事體大」，於是採用極鄭重的態度向魏忠賢稟報，而後，慎重的討論這事，所付出的精神、心力竟遠比研擬迫害、殘殺東林諸人及處理連帶引起的蘇州民變要大得多。

大家對袁崇煥此人、此舉雖然都有不同的看法和意見，但有一個重要的共識：

「好不容易有人能擋住奴酋的攻勢，萬不能讓他去職，以免遼東再度淪為焦土！」

畢竟，後金國擁有八旗雄師，山海關的一線之隔，萬一不守，大軍到達北京，只須兩天時間；比起蘇州的問題來，不但在地理上距離近了許多，八旗鐵騎的戰鬥力也遠比手無寸鐵的百姓要可怕得多——京師一破，自己的身家性命也就不保，當然「茲事體大」。

於是，你一言，我一語，七嘴八舌之後，魏忠賢作下重要的裁示：

「給他兩句好話，叫他好好的做遼東巡撫！」

同時，他也親口吩咐正準備前往遼東監軍的劉應坤、紀用說：

「你們去了以後，盡量對袁崇煥客氣些——縱使有不愉快的事，全數往京師報來就是，不可與袁崇煥當面起衝突！」

這樣，拍板定案，實質上由「九千歲」所發出的「聖旨」便以八百里快傳送到遼東。

「褒」和「獎」都以極冠冕堂皇的文字傳達了，雖然惠而不實，但是成功的對付了袁崇煥，使他對派太監監軍一事的激烈反彈有如一拳打在棉花上，什麼力道都沒有了；心裏再怎麼氣憤，也只得勉強忍耐下來。

更何況，遼東成千上萬的生靈，都倚仗他超強的意志來撐起一片天，延續存活下去……正如他以往勸慰孫承宗的話一般，「以生靈為念」，成為他對自己的期許。

而情勢也一而再、再而三的逼迫他振奮起精神，竭盡所能的捍衛遼東——

努爾哈赤西進蒙古，在他看來，那是極其重要、將造成重大影響的事；因此憂心忡忡的向部屬們說：

「蒙古直接與我國接壤，隔以一座萬里長城而已；往昔，我國以『九邊』重鎮防禦蒙古；時至今日，與蒙古久無重大戰事發生，『九邊』的武備日益不振……萬一努爾哈赤統有蒙古，後果將壞到現今的百倍！」

因為，由蒙古入長城進中原的路線有多條，可說是防不勝防，而且，以明朝現今的國力，根本無法全面恢復漫長的長城防線戰鬥力！

他想得全身戰慄，也更加不敢稍有輕忽、懈怠之心；每天，他將所得到的努爾哈赤行經路線的訊息，命人作成完整的報告，一面上報朝廷，一面和僚屬們苦思對策。

由於他深恐自己對蒙古的地理、各部間複雜的關係和整體情勢瞭解得不夠深刻，蒙古裔的滿桂便成為他最重要的咨詢對象，每天都陪著他仔細的緊盯著地圖上的努爾哈赤行經路線，為他說明當地的情形，用以研判努爾哈赤的新發展。

而後，努爾哈赤返回瀋陽的消息傳來，此行的收穫也有了完整的數據——每一樁都聽得幾個人喟然長嘆：

「畢竟是個不世出的人物啊！我等遏止了他吞寧遠，他卻開創出更大的疆域來！」

情勢其實已經明朗，大家嘴上不說，心裏卻是雪亮：努爾哈赤的氣吞萬里之勢，哪裏是一場戰役就能遏止的呢？後金的國基已奠，又哪裏是已呈敗亡之象的明朝所能動搖的呢？

他派出大量探子，每個人都很盡忠職守的打聽消息，飛快的把這些消息傳送到他跟前來，因此，他對後金國中的大小動靜全都瞭如指掌——也就因為清楚的瞭解到後金國的強盛，他的心裏便壓著一塊永遠也除不去的隱憂。

雖然，他還不曾得知後金國中另一樁更不利於明朝的事實，憂慮也僅限於眼前，但卻是他即將遭逢的、更難以應付的情勢：努爾哈赤年事已高，後金國的政事已逐漸轉由年輕的皇太極接手，所要走上的是更強盛、更難以抵禦的新時代。

5

一切的發展都像是自然形成的趨勢，皇太極隱然成為眾人心目中的「皇太子」，他自己更是從容不迫的展現出了「繼承人」的身分、實力與氣勢。

在返回瀋陽的路途中，努爾哈赤開始正視這件事，也仔細推想事情的前因後果。

事情的發展有點超出他原先的設想與規畫——四年前，他頒布的《汗諭》中提出的後金國未來的體制是「八大貝勒共治國政」，新任大汗也由八貝勒推舉，與之並肩共坐，共理國政；如果新任大汗不適任，八貝勒也有權罷黜，另外擇立。

當時這套完整的想法是打算改變大汗一人專權的體制，建立「共治」的制度；於長遠的立國大計來看，他認為「共治」要比一人獨統的政體來得穩固，而且集思廣益，互補長短，能將國家治理得更好；而於現實的考量及埋藏在私心幽微深處的，更有許多說不出口的原因。

兒子多，而且各擁武力；和好而且同心協力的話，對外開疆拓土，必能一統天下；但若不能長保和睦，便極易形成手足相殘的禍事；辛苦建立的後金國也就煙消雲散了。

多年前，他曾忍痛殺了舒爾哈赤，殺了褚英，親自體會過親倫相殘造成的傷痛，儘管那是為了大局、為了防止禍害發生，也成功的完成了任務，沒有任何方面影響到後金國的發展，但在他的心中，畢竟還是一件極不幸、極遺憾的事，多年來這傷痛如烙印般留在心裏，始終沒有褪去……

既有前車之鑑，現在，當然要著意防止。

於是，他費盡心思考慮，終於規畫出了「共治」、「共推」的做法，既使權力分散為八人共有，限制了新任大汗的軍、政大權，卻也等於是保護了新任大汗，使他的汗位不被覬覦。

「日後，無論是誰被推舉為汗，都可長享太平！」

當時卻沒有想到，原本已經隱約有領袖羣倫之勢的皇太極，表現竟然遠比他想像中的要好上許多！

四年來，皇太極在政治、軍事、外交各方面都經營得極好，實力、威望都蒸蒸日上，不但在後金國中隱然成魁，而且幾次出援、出征蒙古，在蒙古諸部中建立起了個人的聲望——兩相配合起來，後金國中的諸貝勒，已無人能與他匹敵。

而且，他暗中觀察了一下周遭的反應，諸貝勒中竟然沒有人懷有不服之心——至少，沒有人明顯的排擠他、反對他。

「這不容易啊，所有的人都不是與他同母所出——而且，他沒有母親為他打點、籌謀……」

從十二歲就失去母親，沒有同母兄弟，成長的過程要比別的孩子孤單、辛苦；而對一個成大事的人來說，孤單和辛苦都只是一項磨練，一種考驗——皇太極終究在漫長的二十多年中接受磨練，通過考驗，從一塊可造之材發展為國之棟梁。

他感到欣慰，也不免暗忖：

「異母兄弟十幾個，加上阿敏，有七個年紀比他大，能做到沒有人不服他……不曉得他拿出了什麼辦法……」

兄弟多，最怕內鬥，能和衷共濟，後金國才能傳世久遠——能使眾兄弟團結一致的人，才是下一任後金國汗的理想人選——他大感欣慰。

甚且，他想著，無論皇太極用了什麼辦法讓所有的人臣服於他，也終歸是「有辦法」！

但，四年前所定出的「共治」的體制，竟而這樣無聲無息的、在他的不知不覺中走向了改變的途徑！

這些想來想去，心中便百味雜陳，而在將入瀋陽城門的時候，忽又想起阿巴亥來。

看不清時代的全貌和整體的情況、不瞭解他內心真正的打算、不懂得治國、傳位原則的她，猶在竭盡全力的為親生兒子圖謀大位，常在私語上進行一些徒勞無功的努力，令他感到心煩，暗中嘆息不已。

「沒給多爾袞全旗，就已經告訴她了……孩子還小，應該安分守己，好好的把孩子撫養長大……」

但，幾次點不醒她，他感到無可奈何；年紀大了，拿不出精神來折騰這些無謂的事，更不想再暗示、再開導她，唯有以「裝聾作啞」的方法來應付她。

現下，一進瀋陽，又難免要與她相對，再次聽她反覆陳說以多爾袞繼位的心願——煩惱又湧上來了。

眉頭漸漸靠攏，眼前也就暗了幾分，過了好一會兒，他連搖兩下頭。

「總要忍耐她——還是再裝聾作啞吧——」

這是唯一的對策——既然無法從這困境中脫身，便胡亂應付著吧，老夫對少妻，唯有用這法子相處下去。

想明白了，他也下定決心，讓自己不再陷在這複雜的心情中——發出一聲輕嘆之後，他對自己說：

「等她自己覺悟吧——由她去吧！」

希望落空之後，她的心或許就安定下來，能腳踏實地的過個安穩日子，於是，他要求自己置身事外。

幾天後，他的心情調適得更接近自己的理想，也因而更配合皇太極的發展，主持了另一場盛會——旅途的勞頓才剛歇過來，皇太極就來向他報告，科爾沁部的奧巴台吉帶著弟弟們前來謁見，以感謝後金國在林丹汗圍奧巴城時出兵援助的義舉。

他立刻向皇太極說：

「科爾沁是我國最重要的盟邦，便以最禮遇的方式歡迎、接待和賞賜他們吧！」

有了這句話，皇太極得以更放手做去。

五月十六日，皇太極親自帶著其他幾名貝勒出瀋陽城遠迎。三天後在兩百里外的中圖城迎到奧巴台吉一行人，就地舉行了盛大的宴會。

皇太極意氣風發的與奧巴台吉並肩而坐，一面頻頻勸酒，一面笑著回顧半年前率軍馳援奧巴城的往事，又說：

「當時，我軍馬不停蹄，日夜兼程，是唯恐我科爾沁部的兄弟們受了林丹汗的欺凌，以致一路上提著心神，吃不下東西；不比這一趟，高高興興的出城迎接兄弟，三天跑了兩百里路，就是想早點見到我科爾沁的兄弟們！」

一席話聽得奧巴感動不已，連連的說：

「您當日的馳援之情，和今日的厚待之心，都是我永生不忘的！」

說完，立刻向皇太極敬酒，表達心中的真誠，而後，兩人一起飲盡杯中的酒，也讓雙方的情誼凝聚得更濃、更重。

幾天後，一行人將到瀋陽，再次受到隆重的歡迎和接待。

努爾哈赤親自出城十里，在大帳中接見奧巴台吉；奧巴台吉率部屬叩首拜見，努爾哈赤則與之行抱見禮；接著，奧巴台吉獻上貂皮、貂裘、駝馬等禮，努爾哈赤則賞賜了雕鞍、馬匹、金頂帽、錦衣、金帶等貴重物品；而後，一起進城。

六月六日，雙方在渾河畔舉行盟誓大典，向天焚香、獻牛馬，以最誠敬的心與最隆重的儀式立下盟誓，約定兩方永以為好，並且將誓書當眾宣讀，然後焚以告天。

第二天，再次舉行盛大的宴會，在會中，努爾哈赤親自宣布說：

「奧巴台吉是個英勇的人，當察哈爾部發兵侵略的時候，他奮勇抵抗，保衛家邦；像這樣的人，上天必然會庇佑他——我順應天命，賜給他封號，名為『土謝圖汗』，並且將我的孫女屯哲格格[1]嫁與他為妻，授『和碩額駙』之位！」

說完，命人將賞賜抬出，分別是盔甲、四季衣物、各種銀器、雕鞍、蟒緞、布帛、金幣，滿滿的好幾大箱，讓奧巴台吉感動得熱淚盈眶，誓死效忠的話更是由衷的說出……

幾天後，奧巴台吉這一行人告辭返回科爾沁，努爾哈赤也報以最禮遇的親送一程、再命岳託、豪格遠送到鐵嶺方止。

而等到這一切都忙完的時候，他緩緩吁出一口長氣，自言自語的說：

「國基已定，堅實得有如金石——我可以放心了呀！」

註一：土謝圖是蒙語「依靠」、「有所告的意思」。
屯哲格格是舒爾哈齊第三子圖倫之女。
這次的婚姻是「親上加親」，奧巴的叔父莽古思是皇太極的岳父。

6

大明皇宮的金黃色琉璃瓦在日光的映照下更加倍閃閃發亮、熠熠生光，展現出至尊至貴、至高無上的氣勢來；沿著屋瓦而下的畫棟雕梁、白玉台階一起營造出豪華富貴的氛圍，配合著在皇宮中活動的人，成為人間第一的處所。

這些活動於其中的人羣，雖然容貌各異，但服飾的穿戴一致，龍袍皇冠，玉圍烏履，有如制服；身分上自太祖、成祖、仁宗、宣宗、英宗、憲宗、孝宗、武宗、世宗、穆宗、神宗而至於上一代的光宗，一字排開，端然而坐，展現出延續了兩百多年的傳承❶。

而也因為傳承著血緣，這些高矮胖瘦、臉型眉宇不盡相同的人們，都或多或少的帶著一兩分神似，隱隱有如串聯著一條不能剪斷的臍帶——雖然真人已經死亡，但這一個個由朱由校親手製成的木偶，栩栩如生得僅比真人少了一口氣和無形的生命，因而一樣流露著這份傳承。

雖然這只是木偶，他們所寄身的大明皇宮只是木雕工藝，屋頂上的琉璃瓦比真瓦縮小了千倍，映照其上的日光不過是從窗櫺中透入的一線，但，這整座積木般的大明皇宮一樣是寄身在真正的大明皇宮之中……這一個個木偶定定的注視著周遭的金碧輝煌，而且最直接面對著大明王朝的最後一代：由字輩的子孫，朱由校。

「大明王朝將在『由』字輩的子孫手裏結束……」

只奈，木偶們有嘴無聲，說不出這句已浮現於現實的天機，已成定局的偈語：這一個個沒有靈魂、沒有生命的祖先們，都只能眼睜睜的看著朱由校沒日沒夜的埋首於木工之中。

他所期以畢生中最了不起的作品終於完成了，這件有如一部大明王朝宮廷史的作品，完整的呈現了「列祖列宗」的形貌，除了他自己以外的每一個皇帝都從他手裏復活了；他當然認為這是他最重要的代表作。

完工的時候，他拿著畫像與這些木偶逐一比對——其實，他在整部作品的完成過程中，已經對自己這一代代的祖先們都熟悉得心中纖毫無誤，比對，只是為慎重起見而已——而結論當然也是「纖毫無誤」，他因而熱血沸騰，感動不已，而後五體投地的向木偶們膜拜，終而面對著木偶們出神靜坐。

然而，他自始至終都沒有發現這件作品有著重大漏失——他遺忘了自己，以及弟弟朱由檢，沒有把這兩個人也做成木偶；這使名為「宮廷史」的作品欠缺完整。

這或許是因為他欠缺一份預知未來的靈慧，也或許是因為他在創作的過程中渾然忘我。

他已多日不曾攬鏡自照，而其實，他即便望見了鏡中的自己，也會錯認為那是他已死的父親光宗皇帝朱常洛。

原本，他的容貌有幾分略像朱常洛，卻不似朱常洛那般帶著病態似的瘦削而稍顯豐潤；但，就在製作這件作品的過程中，他全心全意的投入，廢寢忘食，因而日漸消瘦，竟在不知不覺中瘦脫了形，而酷似朱常洛臨終前的容貌。

尤其是氣色衰敗如灰，更是神似，看得不少前朝留下的宮人暗暗心驚不已，卻又沒有人敢在渾然不自知的他面前說破、提出勸諫。

而實質上，他在大明皇宮裏的身分已經和「光廟」沒有什麼兩樣：一個木偶，一幅畫像，形體存在而沒有生命，沒有靈魂；於他個人而言，他並不存活於大明皇宮，而是活在他的木器藝術的世界裏；在精神的領域中，二十二歲的他獨自擁有一個完整的世外的世界。

魏忠賢才是大明皇宮的擁有者。

儘管名義上還是「九千歲」，儘管生理上無法彌補的仍為殘缺不全的太監，但他的權勢不但現今為天下第一，既超越了朱由校，也超越了大明開國以來的歷代皇帝，而成為開國兩百多年來的第一人。

他的生祠已經遍天下——沒有哪一個地方的地方官敢不為他興建——生祠的建築美輪美奐，當中供著他的畫像，而且終日香火鼎盛，超越全國任何一座廟宇，宣告著他是古往今來第一個廣受全民敬禮的活聖人、活神明，因而有著這樣前無往者、後無來者的禮敬方式——普天之下絕沒有第二個人在全國廣建生祠，連歷代皇帝都沒有！

列名東林的人一個都不剩了，他相信，普天之下，再也沒有任何一個人對他存有絲毫的不以為然了。

而他雖然對自己是個「絕子絕孫的太監」的事實無法改變，卻找來了一向最聽他話的侄兒魏良卿為子，封給了「肅寧侯」的爵位，不久又晉「寧國公」；朝臣中自願做他的義兒、義孫的人，既多得不勝枚舉，他也就視禮送得重的，親自挑選了「十孩兒」、「四十孫」來「承歡膝下」；對於門下黨羽也給予各種稱謂，文臣中專主謀議的崔呈秀、田吉、吳淳夫、李夔龍、倪文煥號稱「五虎」，武臣中主殺戮的田爾耕、許顯純、孫雲鶴、楊寰、崔應元號稱「五彪」；吏部尚書周應秋、太僕少卿曹欽程等人號稱「十狗」；皇宮裏面自王體乾而下的三十多名心腹太監則名為左右擁護……得到這些名號的人固然喜不自勝，再次獻上厚禮，接著也回收到了好處——不止這些人一路加官進爵，便連他們的親友也「雞犬升天」，進入閹黨，被賞以官位，大家樂成一團，無視於朝政更加敗壞。

白靴校尉們則成了專門無中生有、隨意作威作福、入人於罪的惡棍——普天之下已無任何的異議了，因此，他們閒來無事，便「雞蛋裏找骨頭」似的抓些「對九千歲不恭敬」的人來刑訊，以示自己在努力工作；像是薊州道的胡士容沒有好生撰寫建祠文、遵化道的耿如杞進入魏忠賢的生祠沒有跪拜，都被他們打聽得一清二楚之後捉來下獄，拷問一番後定下死罪。

派到各軍事重鎮監軍的太監則開始大幅增加——往遼東監軍的例子給魏忠賢帶來一個新的啟示：

「全國的軍權都要牢牢抓緊，先派監軍，能收服當地的總兵官最好，不行的話，就換我自己的人馬去當總兵！」

於是，他開始控制軍隊……從以皇宮為中心，擴散到內閣、六部，乃至地方的總督、巡撫、府縣，而及於每一地的軍隊，全部落入他的掌控之中。

每天，他接受皇宮中的大小太監、朝廷中的文武百官，向他齊聲頌讚：

「九千歲之聖，聖於青天，九千歲之德，德被四海……九千歲之高，曠古第一……」

大明朝的主人早已從「朱天子」改成「魏天子」，只是，壽命也所剩無幾了。

註一：明朝做過皇帝的還有兩人，一為惠帝朱允炆，「靖難」之役，為成祖朱棣篡位。二為景帝朱祈鈺，因英宗遭「土木之變」而登極，並因英宗「南宮復辟」而失位。這兩人逝後無陵，在宮廷中也常被故意略而不提。

7

直覺的想到「壽命」這事，努爾哈赤的心中多次反覆，最後，還是把皇太極給叫到跟前來說話。

「最近，我總睡不好；而且，每一合眼就夢見額亦都、費英東、安費揚古、何和禮、扈爾漢……」

他頓了一下，又繼續數名字：

「雅爾哈赤、穆爾哈赤、巴雅喇❶……」

皇太極恭敬的聽著，因為猜不到他說這些話的用意，也就不敢接腔。

而努爾哈赤卻似沒有什麼特別用意、只是閒話家常般的說著：

「我總是夢到從前，他們跟著我出生入死，攻城殺敵，建立家邦……從赫圖阿拉，到費阿拉……額亦都受過重傷，讓敵箭穿股而過，活活的釘在城牆上……安費揚古常戰成血人……何和禮是我千挑萬選，看中的女婿……扈爾漢做我的義子……」

「多久以前的事啊，卻夜夜都回到我的面前……我的心中，也從沒有一天忘記過他們……」

然而，說著說著，他的語鋒突然一轉，聲音降低了下來：

「他們的年紀都比我小，怎麼全都已經不在人世了……究竟，『病』這件事，才是最難戰勝的仇敵啊……你看，多少次戰役，都沒把他們從我身邊拉走，就只一個『病』字，就讓他們捨棄我，頭也不回的走了……」

他竟而鼻酸、眼紅，下面的話便說不下去。

皇太極竭力的想出話來安慰他說：

「他們幾位都是我後金國的開國大功臣，現在雖已不在人世，但日後必然在青史上留下英名，他們泉下有知，心中必感安慰——父汗待他們的後人也非常好，更不負他們畢生為建國付出辛勞！」

一席話把努爾哈赤說得情緒平靜了一些，卻也陷入了沉默中，而且再也沒有說話的意願，父子無言對坐了好一會兒，氣氛沉滯，片刻之後，努爾哈赤終於忍不住揮手示意：

「你忙去吧！」

皇太極只得起身行禮告退，出門以後，立刻仔細的向侍立在門外的幾名侍衛問道：

「大汗夜裏睡得不好，白日裏心情不好——這些日子裏，飲食的情形怎麼樣？」

侍衛回答：

「不好！沒有胃口，連以往的一半食量都沒有！以往喜歡的東西，現在連看一看的興致都不大有了！」

皇太極沉吟了一下，再問：

「大汗遇到過什麼不高興的事情沒有？有沒有人來跟大汗說了讓他不高興的話？」

侍衛搖著頭回答：

「沒有，打從蒙古的台吉們回去以後，大汗就什麼人都不見，今日請貝勒爺來說話，還是這多日來的第一遭——這期間，大妃請見過好幾次，大汗總說，他沒有講話的興致，改日再見吧！一改改了幾次，都沒讓大妃來說話，反倒是大妃不高興了，常罵我們呢！」

皇太極聽了，皺了好一下眉頭，再問：

「大汗就這樣，整天一個人，悶聲不語？」

侍衛回答：

「是的。大汗總是一個人坐著發呆，失神落魄的，他不說話，小的們也不敢出聲，他不讓人來見，小的們更不敢放人到他跟前去——」

皇太極思忖了一會兒，下了個決心似的說：

「這可不好，得召大夫來給看看，至少要能恢復飲食，夜裏能夠安睡——」

說著，他索性轉身再度入內，逕回努爾哈赤跟前，向努爾哈赤稟告，要為他延醫診視。

不料，努爾哈赤的反應令他無法應對——努爾哈赤先是一口拒絕：

「不用！我沒有病！」

接著以極平淡的口氣說了句：

「我只是老了！」

皇太極掙扎不出話來說，只有低下頭去，有如聽從指示和教訓般的恭敬站立。

但，努爾哈赤卻似乎連指示與教訓他的興致也沒有了似的，懶懶的彈下了眼皮，咕噥一聲，有如自言自語般的說：

「你不會懂的——」

這麼一來，皇太極越發不敢接腔，低頭站了一會兒，無可奈何的告退而去。

腳步聲遠去到了完全聽不見的時候，努爾哈赤的眼皮才緩緩往上抬起半分，緊接著，一聲嘆息長長發出。

他沒有說話，心裏的難受和悲哀都不得抒發，只能在胸臆中迴盪，因而反覆淤積得更濃更密更沉重。

兒子固然是生命的延續，是事業的繼承人；但，正在壯年的兒子無法瞭解老年人的心情——父子之間因而宛如路人。

他當然加倍思念昔日出生入死、共創大業的夥伴，年齡相近、心意相通、無話不談——生命中的夥伴乃是左右手，血脈傳承的兒子只是後代！

於是，他在不知不覺中發出一聲喃喃的自言自語：

「我老了，老到什麼事都沒勁兒！就只差，到地下去找他們聊聊了……」

而皇太極的所思所想也確實與他不同——

回到住處後，他走進哲哲的住屋；布木布泰也在，盤腿端坐在炕上讀書，哲哲坐在她的上首，手中做著針線，氣氛極好，安詳寧靜，兩人一見到他進屋，一起放下手中的東西，起身相迎。

落座後，布木布泰親自給他上了茶，哲哲卻問：

「貝勒爺怎麼皺著老緊的眉頭？遇上什麼不對頭的事了？」

皇太極悄聲一嘆：

「父汗找我去說話，可是沒有要緊的話——只說他夢見了五大臣，我看他精神很差，說話有氣無力，臉上沒半絲紅光，看來，他吃不好、睡不好，心情不好；侍衛們還說，他最近連話都懶得說；我想，這情形不好，畢竟是上了年紀的人，不吃不睡怎麼行？就說要召大夫來看，誰曉得，他一口拒絕，弄得我，不曉得該怎麼辦……」

哲哲歪著頭想了一想說：

「要不，跟其他幾位貝勒爺商量商量，瞧瞧怎麼辦才好？」

皇太極對她沒存防備心，下意識的順著她的話頭回答：

「這事，我想先跟范文程商量——別的人，不是全都向著我的，別說商量，就連消息也不能透露！」

哲哲吃了一驚，小聲的問：

「有這麼嚴重？」

皇太極沉吟了一下說：

「萬一，父汗——哦，病了，怕不有人打主意？當然不能走漏消息！」

哲哲卻說：

「紙包不住火，父汗若真有病，乃是大事，哪裏能瞞得住人呢？」

皇太極說：

「是瞞不住人啊！但，要能拖延些時候，才有從容布置的時間！」

說著，他像是破釜沉舟似的站起身子，向哲哲說道：

「我還是立刻傳范文程來商議這事吧！」

說完，他隨即開步，自顧自的走了。

目送著他的背影，哲哲的心兀自撲通撲通的狂跳一陣，過了好一會兒之後，身體才能動彈，回頭一眼看到布木布泰，才意識到還有事情要辦。

她拉著布木布泰的手，一起回到炕上坐下，然後，改以蒙古語，慎重而小聲的說：

「方才貝勒爺說的話，絕不可告訴任何人！」

說著，她略為一頓，再考慮了一下之後，索性向布木布泰說破：

「這事關係重大，你尤其不能告訴多爾袞——多爾袞的媽媽心裏不喜歡貝勒爺，常在大汗面前說這說那的，搬弄許多是非，所以，咱們一定要提防！」

她用力握緊布木布泰的手，強調似的說：

「你儘管平常和多爾袞最有話說，但畢竟嫁的是貝勒爺，遇到輕重的時候要把貝勒爺擺在前頭！」

布木布泰十二歲嫁來後金，還是小孩，因而與年齡相當的多爾袞成了最好的玩伴，名為叔嫂，情同兄妹——哲哲當然一清二楚，也就更加要把這話說個清楚。

這是個特殊的時刻，甚至，是個關鍵的時刻，將影響未來的時刻，皇太極必須小心翼翼的應對，必須爭取到時間作從容、完善的布置，並且是秘密進行……

半點疏失都不能有。

而布木布泰年紀雖小，卻遠比一般人聰明懂事，聽完哲哲這番剖陳利害的話，立刻心領神會，也立刻極肯定的向哲哲說：

「姑姑請放心，我一定牢記姑姑的話，背地裏，絕不對任何人說起這些事來……」

雖然，她並不很明白，這些話裏隱藏著無形的風暴，但，心裏卻清楚的意識到，危機已經降臨到眼前。

「大汗病了，不肯延醫……情況當然不好……」

她從小聰明懂事，喜愛讀書，因而心智遠較一般人成熟；稚齡即遠嫁，少小別母，各方面的歷練又多了一層；處身在複雜的環境中，做皇太極的「側福晉」，使她的心思被訓練得更縝密、更精細；她的「懂事」也就更超乎常人；因此，她忍不住在心裏默默低語：

「大汗的年紀已經很大了，一定得勸服他召大夫來診治啊——」

而一個月之後，努爾哈赤再也無法拒絕大夫診視。

他確實是病了——儘管無形的生命逐漸枯萎的症狀無法經由大夫的望聞問切而察知，但，具體的、有形的病況像鐵的事實般呈現在肉體上。

「大汗後背長了瘤，似為心火過盛所致——」

召來多名大夫，診斷後的結論都一樣，而為求慎重，集合了瀋陽城中的名醫會診，以及依照傳統習慣請來薩滿跳神，得出的結果亦同——罹患「發背」之疾，確定無誤。

但，能夠確定的只是病情病況，對於醫治之道，眾醫再三苦思都不得結果，於是反覆討論，再三研思。

而就在這個過程中，努爾哈赤的病情急速惡化，在短短幾天中，背上的瘤擴大、紅腫，而後開始潰爛，轉化成了癰疽。

病情變為惡性發展，更加難以醫治……

皇太極幾次召大夫們談話，又與代善等眾兄弟和大夫們討論病情，在憂慮、急切下，有好幾次出言責罵、威嚇大夫們：

「大汗乃一國之尊，你們若治不好大汗的病，還有什麼面目繼續行醫？」

但，憂急氣憤都於事實無補，羣醫束手的情形也並非施以壓力就能改善。

而且，心中並非不明白——打從寧遠戰敗以來，努爾哈赤的精神與心情就陷在深淵中，無法提升，無法振奮，至今已經半年；而同時，飲食、睡眠的情況都差，致使體力日衰——事有一體的兩面，在理智上，他早有心理準備，也已作好了準備；但在情緒上，他依然無法心平氣和的面對現實。

而諸貝勒中，更有脾氣比他火爆，性子比他急躁粗莽的人——阿敏就曾暴跳著向大夫們發出雷聲般的怒吼：

「治不好大汗的病，我將你們統統殺光——」

他將一向用來在戰場上揮舞的大刀提起來，用刀柄撞擊著地面，發出狂朗狂朗的響聲，越發把愁白了頭的大夫們嚇得膽戰心驚，全部一起跪地求饒。

後宮的妃嬪們則是沒日沒夜的求神禱天，燒香焚紙，因而使煙霧終日、整夜不散……

唯獨努爾哈赤本人彷彿大徹大悟了似的，極平靜的面對自己的疾病。

他平常已經不甚言語，但是當大夫們跪在面前發抖的時候，他命人去傳話給阿敏：

「大夫們都已盡力，不可怪罪他們！」

在私心深處中，他似乎隱隱有一份清明的自覺，體認得自己真正的不治之疾是衰老，是生命急速枯萎，使精神倦怠不振而瀕臨死亡。

以往，他從精神到肉體都充滿了戰鬥力，稍為遇到困難便勃發、奮起、搏鬥，因而百戰百勝，超越一切困難；而今，這股戰鬥力衰竭了，他連與病魔抗爭的意志力都喪失了。

生平第一次，他舉起投降的白旗，對象是「衰老」……

七月二十二日，承受著重大壓力的大夫們終於想出了一則醫治他的方法──先是有人提議：

「清河的湯泉能治百病──如請大汗以湯泉沐養，背疽或能消滅！」

這話至少帶來一絲希望……於是其他的人附議：

「湯泉有解毒去病之效，確實可以一試！」

大夫們商議既定之後，報請諸貝勒們定奪。

事屬「唯一的希望」，當然無人反對，於是第二天就出發，乘船由水路到清河，以免馬匹顛簸，加重病勢……

註一：

五大臣及努爾哈赤之弟的去世時間為：

費英東 一六二〇（萬曆四十八年、泰昌元年、天命五年）三月

額亦都 一六二一（天啟元年、天命六年）五月

（額亦都之死，《滿文老檔》記為五月，《清太祖高皇帝實錄》記為六月十四日，待考。）

安費揚古一六二二（天啟二年、天命七年）七月

扈爾漢 一六二三（天啟三年、天命八年）十月

何和禮 一六二四（天啟四年、天命九年）八月

舒爾哈赤一六一一（萬曆三十九年）

穆爾哈赤一六二〇（萬曆四十八年、泰昌元年、天命五年）九月

巴雅喇 一六二四（天啟四年、天命九年）二月

雅爾哈亦《清史稿校注》記：「其生平不著，順治十年五月追封謚，配享太廟。」

8

從瀋陽到清河的路程並不遠，但因係努爾哈赤前往養病的大事，此行便大費周章。

四大貝勒一起商討具體進行的細節，會議由代善主持，因為事急，話便說得飛快，不多時已商定四人及朝中重臣一起隨侍，前往清河；原有的醫護人員全部隨行，並調派五百精兵擔任隨船護衞軍。

事一商定，立刻展開具體行動；先是派出豪格率親信人馬，火速趕往清河，安排好住宿的事宜；接著調派努爾哈赤親領的鑲黃旗軍，暫由阿敏、莽古爾泰指揮，沿河布防，作好最周全的戒護；第一道程序是立即出動，仔細檢查碼頭及河兩岸，務要安全無虞；第二道程序是船行時，騎兵同時在兩岸護行。

而這許多人出行，準備的時間僅只短短一夜，便須費心張羅；首先，急令調來足夠的大、小船隻，接著，仔細檢查船隻各處，然後，運糧食、飲水等物上船……

過程中，莽古爾泰忽然想到了新問題，隨即提出：

「是否請大妃同行？」

阿敏不待思考就斷然搖頭：

「不要——這婆娘是非多！」

莽古爾泰立感尷尬，訥訥的說不出話來；代善連忙調解，改以溫和的語言討論這事——他先向莽古爾泰說：

「船上不比陸地，多個女人不方便！」

莽古爾泰一面低下頭，一面嘆了口氣說：

「我想著，父汗或許會問起她來！」

代善伸手拍拍他的肩：

「如果問，就拿這個話回答吧！」

一面又對阿敏說：

「父汗病重，別讓他聽到這話！」

阿敏不作聲，端起杯子喝下兩大口茶；皇太極卻在這一瞬間有了新的想法，立刻接下話去：

「二哥說得是——咱們就不談這樁了——現在，還有一樁難題，請大家一起想想，怎麼解決才好——明天一早，咱們四個一起隨侍父汗到清河，不確定什麼時候能回來，萬一明軍趁這空檔來襲呢？事情總是不怕一萬，只怕萬一，所以我認為，該先作出防備——寧可明軍不來，咱們白忙一場；而且，須防城中有漢人生事、叛逃——」

這話立刻引起共鳴，商議的內容為之一變：

「漢人得防，那個袁崇煥更不是沒本事，沒膽量——必須防著他！」

漢人生事、叛逃的情況近些時候雖然少了些，但並沒有絕跡，寧遠戰敗的教訓也使大家不敢輕敵；一致主張加強防備；商議之後定出兩個重點，一是瀋陽、遼陽等大城全面戒嚴，由留守的貝勒親自率領，巡城的次數和兵丁都增加兩倍，人丁進出都要仔細盤查；二是派出正黃、鑲紅兩旗，由本旗旗主阿濟格、多爾袞、岳託分別率領，出瀋陽城巡邊，並在邊境駐守，嚴防明軍趁機偷襲。

大家意見一致，防衛明軍比任何事都重要，於是同心協力的擬好辦法，每一個細節都商議得非常周密；全盤擬妥後，東方已白，隨即把命令發下去，付諸實行。

卯時三刻，五百護衛軍與醫護人員齊集在皇宮門外，排列成整齊的隊伍；辰時正，四大貝勒親手將努爾哈赤抬上擔架，俯臥；然後，親手抬起擔架，步出寢殿，抬上馬車。

前導開道的騎兵率先出動，步伐整齊劃一，但速度並不快，緊接著，由八匹駿馬拉行的大車啟動，為免顛簸，速度更慢，緩步往河岸前進，不遠的路走了一個多時辰才到達；然後，四大貝勒親抬擔架下車，換乘大船。

又過了一個時辰之後，奉命前往邊境駐防的正黃、鑲紅兩旗軍隊出動、領旗貝勒阿濟格、多爾袞、岳託各騎一匹栗色駿馬，各著本旗服色，領軍奔馳。

所有的人馬都曾經過嚴格的訓練，因而秩序井然，精神昂揚，即使有些人心中明知此行可能會「白忙一場」，卻沒有人拿這任務當兒戲，而一絲不苟的認真執行。

三名領旗貝勒亦然，人人專注於肩負的任務中，心無雜念，全力以赴；過了一個時辰之後，離開瀋陽城已經很遠了。

瀋陽、遼陽等城中亦然，留守的人馬一絲不苟的認真執行加強戒備的任務；因為人手少了許多，每個人的工作量便增加到三倍，由年長的阿拜、湯古代、塔拜、阿巴泰、德格類等人負責監督，杜度、薩哈璘等人親自率隊，一日四次巡查，全力確保平安無事；因而使城中的氣氛變得特別嚴峻。

阿巴亥在晨起梳妝的時候就感覺氣氛有異——她的臥房在後院，距離前殿、大門有一段距離，實際上聽不到前殿的聲音，看不到前殿的動靜，只覺得耳朵裏轟轟亂響，有如傳進了眾馬雜遝聲，隨即隱隱感到心慌。

因為沒來由，便無計消除，也就更難受；頓了一下之後，她索性暫停梳妝，吩咐正在為她挽髻的婢女：

「先到前頭去看看——要是沒什麼事，叫多鐸來見我！」

多鐸已在年滿十歲時離母另居，與其他年幼的兄弟賴慕布、費揚古別住一個院落，生活由侍衛們照顧，地方離她的住處沒多遠，一叫很快就到；但，這次出現了異常的狀況。

很快就來到她跟前的是返回的婢女，告訴她：

「三位小貝勒爺都不在屋裏，侍衛們也不在；往前邊的門上站滿了帶刀侍衛，不讓人進出，我沒法找到小貝勒爺——」

阿巴亥悚然而驚，心口大震，不自覺的提高了聲音追問：

「出了什麼事？」

婢女結結巴巴的回答：

「我問過，但是誰都不理我——侍衛們全站得像塊石頭似的，堵著門，手按在刀柄上，一動也不動；我過不去，問話，可是他們像沒看見我、沒聽見我說話似的，一點也不動彈……」

阿巴亥滿心狐疑，想了想，吩咐：

「我親自去看看！」

於是，婢女們趕緊加快速度為她完成梳妝，隨侍她舉步出門。

快到門上的時候，情況又有了變化：迎面來了多鐸與賴慕布、費揚古三兄弟。

三個都是才十來歲的小孩，不解人事，不知愁，走路的步伐非常輕快；一眼望見阿巴亥，多鐸索性快步奔來，高喊道：

「額娘——」

看到他，阿巴亥的心定下了一大半，也同時問他：

「一大早，上哪去了？」

多鐸回答：

「我們都沒出去，就站在前邊送行——是父汗和大貝勒們出去了！」

阿巴亥立時大驚失色，心跳大幅加速，聲音發顫：

「你父汗出去了？怎麼沒人來告訴我？」

賴慕布插嘴說：

「父汗不是出征，是上清河養病——病癒就回來——很快就回來的——」

阿巴亥想到他們年幼，知道的事少，問不出什麼話來，只能叫阿濟格、多爾袞來問話，於是向多鐸說：

「你十二哥、十五哥呢？去喊他們過來！」

多鐸卻說：

「他們忙去了——父汗派他們領兵巡邊、駐守，防止明朝趁父汗不在的時候偷襲；忙著點兵去了！」

事況合情合理，無可置疑；但阿巴亥的心裏更加七上八下，忐忑不安，一面詢問多鐸：

「誰隨侍去清河？」

一面在心裏反覆嘀咕：

「應該由我隨侍的……竟然連說都不跟我說一聲……真是豈有此理……等他回來，連這樁一併說說！」

她已多日見不到努爾哈赤的面，積了滿肚子的話沒處說，這下又得加上往來清河的時間，粗估，至少還要再等上一個月；心裏又氣又惱，又煩又悶，但是無可奈何——缺少政治修為的她根本體認不到，這是蓄意隔離。

9

八月的天潔淨明亮得如一匹不帶絲毫雜紋的蔚藍錦緞，清得宛如掐得出水來，倒映在水波平緩的太子河上，在層層漣漪間輕搖慢動著，恍如時光推移……

時代也在緩步推移，漸漸行到交替之際。

天命十一年，八月七日——

最後一絲希望破滅了，清河溫泉的療效改善不了努爾哈赤的癰疽，病情一天壞過一天，壞到隨侍在他身邊的四大貝勒不得不面對現實，果斷的決定：

「應速回瀋陽！」

已經危在旦夕，遲了將成為「在外歸天」的情形，總是不宜；於是，幾個人商議一定，立刻起程。

他已不能坐起，俯臥於鋪著黃錦緞的擔架上，由四大貝勒親手抬上船，沿太子河而下，轉渾河返回瀋陽。

登船之前，他的神智略有幾分清明，問了皇太極一聲：

「多久能回到瀋陽？」

皇太極回答他：

「水路便捷，只需五天！」

過了一會兒之後，他又出聲對皇太極說：

「回瀋陽後，更要著力鑄造紅衣大砲！」

皇太極聽了先是一愣，不解他怎麼在這當兒提起紅衣大炮來，繼而立刻醒悟：

「啊，這是父汗最最耿耿於懷的事！」

於是立刻應承：

「父汗放心，孩兒會盡早鑄成紅衣大砲，再恭請父汗率領大軍直下北京！」

一面說著，一面鼻酸起來，竟而淚流滿面。

努爾哈赤卻因俯臥，沒有看見他的神情，只聽到他說的話，欣慰之感上來了，因而發出了一句聲音雖然微弱，豪氣卻如昔的話來：

「很好——伐明大業，一定要完成！」

皇太極強忍住硬咽，說道：

「是的。阿瑪。」

但，這話說完後，過了好一會兒，沒有得到努爾哈赤的回應；皇太極低頭一看，他已闔眼昏睡，而口微張，涎微流，心裏更加酸楚，低下頭來，拿上排牙齒咬住下嘴唇來忍耐著。

船隻開始行走的時候，努爾哈赤陷入了時而昏迷，時而清醒，更多的時候悠悠忽忽的狀態中：他沒再說話；但是清醒過來的時候，兩顆眼珠子很明確的轉動著，與他的思緒互相印證。

他不時的想起往事來，雖然是零亂的、跳動的、不連貫的，甚而順序顛倒；但，於他而言，一點都不錯亂；一生中最重要的幾樁大事，都寫入了記憶的書冊，隨手翻閱一頁……他時而想起薩爾滸之役，時而想起古勒山之役，時而想起五大臣，時而想起蒙古姐姐，時而卻想起李成梁，又想起二夫人和雪靈來；時而，眼前浮起多年前父祖留給他的那十三副甲……甚至，他看見自己身著甲衣，率領著八旗鐵騎衝鋒陷陣，看見自己身著吉服，登上高臺，即位稱汗，為親手建立的後金國焚表上香，向天祈福，並接受羣眾歡呼……

他彷彿聽到了自己的聲音，在重複呼喊：

「我是上天的兒子，為安邦定亂而生──」

而後，又彷彿聽到了一個叫喚他的聲音：

「努爾哈赤──努爾哈赤──」

他也發出回應：

「我已開國立基，安邦定亂……」

成功的開創了新的時代，主導了時代的變動與更新；屬於他的生命意義已經完成……

於是，幾個聲音重疊在一起，在他的心中反覆迴盪……他緩緩欲睡，終至闔緊了雙眼。

而在船艙的另一頭，皇太極正在和代善、阿敏、莽古爾泰小聲的商量著事情：

「派人請她來吧──說是前來迎接父汗，她會來的！」

阿敏則氣虎虎的說：

「這婆娘，到這個時候了，還有興致搞七捻三！」

證據盡為皇太極所搜集齊全，一一攤在眼前：

一心要為自己親生子謀大位的阿巴亥，趁著努爾哈赤赴清河，四大貝勒及重要大臣都隨侍在清河的機會，積極的放出風聲，說是努爾哈赤早已親口答應過她，將來，由多爾袞繼承汗位，甚至宣稱，努爾哈赤曾親筆寫過手諭給她，作為多爾袞繼位的憑證。

這些話在瀋陽城中散播開來，登時引起許多議論與閒話，鬧得國中重要人物都遠赴清河、無人坐鎮的瀋陽城中人心浮動，謠言滿天。

留守在瀋陽的阿巴泰、德格類等人看不過去了，將這事派人來報；而皇太極早在多日前就派人密切注意阿巴亥的動向，每天都會收到部屬們送來的詳細報告……

年紀最長的代善看完所有的報告，慎重的思忖了好一會兒，再拿起一份來，念上幾句說：

「大家都對她的說法不以為然——而且仔細防備，以免鬧出亂事——」

放下之後，他有點語重心長的說：

「她畢竟還有親生三子，咱們行事須得小心些，謹慎些！」

阿敏卻對這話不以為然，撇了一下嘴說：

「現在，兩黃旗軍都不在瀋陽城中，她兩手空空，能鬧出什麼亂子來？等咱們回去，動兩根手指就逮起來了；要說她親生的兒子——多爾袞十五歲，多鐸十三歲——難道咱們還怕了這兩個小孩？阿濟格也不是什麼強手，有什麼好怕的？」

皇太極立刻打圓場——他拉了一下阿敏的衣袖，解釋說：

「二哥不是這個意思——二哥是說，都是兄弟，是一家人，不能自家裏鬥起來，更怕傷了父汗的心！」

這話說到代善的心坎裏去了，原本已因阿敏的毛躁言語而生出的不悅也立刻化為烏有；阿敏卻接著說：

「她在那裏造謠生事，才會鬧得兄弟不和，才會傷了父汗的心呢——鬼才會相信，父汗會把後金國的江山傳給一個十五歲的毛孩子！」

皇太極接口說：

「父汗念茲在茲的是伐明大業啊！你們看，父汗臨上船前訓誨的是什麼？是鑄紅衣大砲，是完成伐明大業啊，何嘗提到過由誰來繼任大汗？誰繼任大汗都是一樣的，都是要把父汗未完成的伐明大業給繼續做下去、做成功！」

這話說到了最確實的重點上，也把每一個人的心都聚到了一起，代善首先認同：

「這話是正理！」

而且，大家發出共識：

「我後金國最重要的任務是完成伐明大業，入主中原——兄弟們的拳頭一致往外打明朝，絕不可自家內鬥！」

同時也一致譴責：

「阿巴亥私心作祟，鬧得人心浮動，實在是太不應該了！」

於是，所有的人都贊成搶先一步處理阿巴亥所造成的問題。

阿巴亥親生的三子阿濟格、多爾袞、多鐸共有原為努爾哈赤親領的兩黃旗，本是全國的精銳，實力十分可觀；但，這一次，鑲黃旗軍被派往渾河、太子河兩岸擔任戒護，正黃旗軍被派往邊境駐防，阿濟格和多爾袞便領軍外出，只餘年幼的多鐸留在瀋陽；而當阿巴亥接到通知，說是努爾哈赤將返瀋陽，要她沿渾河而上，前往迎接汗駕，但沒有要多鐸隨行。

來傳令的人對阿巴亥說：

「大汗返京，生活起居須大妃照料，請大妃即刻起程！」

他催促得急，連讓阿巴亥派人去知會兒子們的時間都沒有，只交代了多鐸好生留守，凡事聽多位哥哥們的主張，便帶著兩名婢女匆匆上路。

一切都已準備齊全：馬車、船隻。

出宮後登車急行，到岸邊換乘船隻，溯渾河而上；不過一天的時間，阿巴亥就迎上了載運著努爾哈赤等人的大船。

她的心中還在興匆匆的算計：

「也許還能在這兒，討得他幾句親口話——」

這是打自努爾哈赤得病以來，她藏在心中的火苗升得最旺的一刻——早先，心中時而七上八下，時而沮喪的想到事情的關鍵：

「多爾袞畢竟只有十五歲……大汗這個時候就撒手，他便輸定了！」

然而，她不甘心，總想著，也許還有一線希望，要盡力試試。

這回，她一聽說努爾哈赤需要她照顧生活起居，召她前往迎接，心裏就更活了。

她已在瀋陽城中放出許多風聲，說努爾哈赤早已答應過她讓多爾袞繼位；而這事，如果經由努爾哈赤親口說出，甚至，只要有個不置可否的默認態度，事情就成功了。

而且，還有能作依據的明證——早先，努爾哈赤把自己親領的兩黃旗分給阿濟格、多爾袞和多鐸，便有非常明確的「繼承」的意義——她覺得，這方面的優勢是皇太極所沒有的。

「大汗從來沒有明確的說出口過，要由皇太極繼位……給他的只是白旗，不是傳位的意思……大汗立我為大妃，我是正室，生的兒子是嫡子，最有繼位的資格……只要大汗親口說一句，四大貝勒便必須遵命，一起擁戴多爾袞……」

甚至，她也想到，應該趁這趟接駕的機會，拉攏代善、阿敏和莽古爾泰……

心中充滿了希望，她的腳步在由小船換登大船的時候，竟而走得異常輕快，更無畏於舢舨的搖晃……

然而，她畢竟是個做了半生的「寵妃」的尋常女人，空有著美貌與野心，缺乏高度的政治智慧與鬥爭經驗，在在都把事情想得太簡單了——直到她登上大船，走進船艙中，才開始感覺到，事情不對頭。

她根本就見不到努爾哈赤的面，更何況是討得努爾哈赤的親口交代——她才剛立定腳步，幾名侍衛就過來了，語氣客氣，態度堅定，「請」她去到船尾靜坐，而且不容她遲疑、不容她詢問，也不容她抗拒，使她的心在一陣撲撲撲的狂跳之後往下墜落。

站立在周遭一切都陌生的船艙中，她遍體冰冷。

10

努爾哈赤的心依舊隨著水波托船而輕輕搖曳，輕輕盪漾……宛如回到太初，進入永恆；他覺得心曠神怡而物我兩忘……眼前開展著柔柔的光，暖暖的光；天上飛來了雲霞，托起了他的身體，他開始飄飛起來；耳際傳來了呼喚聲，像是最最原始的母親的溫柔的聲音：

「努爾哈赤……努爾哈赤……」

呼喚聲中挾帶著一股宛如與生俱來的吸引力，在深深的牽引著他，他情不自禁的向著呼喚的聲音飛去，因而使他完全聽不到世間的聲音……

天命十一年八月十一日未時，載運著努爾哈赤與四大貝勒的船隻走到距離瀋陽四十里的靉雞堡，船艙中傳出天崩地裂般的痛哭聲。

被隔離在船尾的阿巴亥一聽到哭聲，立刻驚覺；原本冰涼的身體猛烈的顫抖著。

她倉皇的喊叫了兩聲：

「大汗……大汗……」

但是，顫動不已的身體剛要掙扎著離座站起，她就直直的暈了過去，因而一跤摔在船板上。

一個多時辰後，她被看守她的侍衛用冷水潑醒。

船隻還沒有到達瀋陽，正在渾河上搖晃前進，她因而仍殘留著暈眩的感覺，但是，心裏卻是清明的，有著明確的體悟：

「大汗已經歸天了！」

悲哀到極致，反而哭不出來：不料一抬眼，卻看見代善背剪著雙手站在她面前。

看清楚了，但是來不及思考，她也就認不清自己的處境，反而是看見有人站在面前，得到依靠的錯覺隨之而來，登時下意識的喊：

「大貝勒——」

代善緊皺著眉頭，眼角留有淚痕，神情中飽含著哀戚之色，但態度是平靜的；甚至，他先和善的拱拱手，算是向阿巴亥盡了禮數，而後，說話的聲音也非常溫和：

「大妃此行，最遺憾的該是沒能聽到父汗最後親口說的幾句話——有些事，便只好由我來轉達了！」

阿巴亥忍不住流下眼淚，本想說：

「我一進船艙，就被你們的人趕到船尾去乾坐，由帶刀侍衞看守，形同軟禁，哪裏還能聽到大汗的話？」

但，轉念一想，現在說這些還有什麼用呢？更何況，兒子們不在跟前，自己孤身在船上，有什麼委屈也只好忍下來，於是索性極有禮貌的說：

「有勞大貝勒轉述！」

代善乾咳了一聲，依舊以平靜的、溫和的語氣說話：

「父汗遺命，大妃及阿濟根、德因澤兩庶妃殉葬——」

溫和的語氣所傳達的竟是晴天霹靂，阿巴亥傻了，圓睜著雙眼，張大了嘴，頓了一下後，發出一聲淒厲的尖叫：

「什麼——」

她下意識的手腳齊動，掙扎向前，欲待撲向代善，卻做不到——當然而然的被侍衛們攔住了。

身體動彈不得，聲音卻能發出——她號啕痛哭起來，一面厲聲叫嚷：

「他不會這麼說的！是你們容不得我！」

代善當然不會回答這句話——阿巴亥會有激烈的反應，他早有心理準備，該怎麼應付，早就胸有成竹。

他一以貫之的維持著平靜、溫和的態度，從容的從懷中取出一張紙來，遞向阿巴亥：

「筆帖式們已代大妃擬了一份自願殉葬的聲明，只待大妃過過目，便發出告示，曉諭全國！」

阿巴亥更不接受，尖叫著說：

「不，我不願殉葬——我要親自曉諭全國，我不願殉葬！」

代善淡然應對：

「大妃以為，你能生離這條船，去親自曉諭全國？」

阿巴亥登時瞠目結舌的愣住了，激動的情緒和激烈的語言再也發作不出來；一會兒之後，她渾身顫抖，咬著牙哭道：

「你們……好狠……」

然而，她的心中畢竟還是不肯完完全全的認輸，還有一絲餘力在掙扎，她拚出這道餘力來，再三不放棄的作最後的努力：

「大汗以前親口答應過我的，將來，以多爾袞繼位；多爾袞年幼，以大貝勒輔政——」

代善聽了，只給輕描淡寫的一句：

「我無法推論此話是真是假——不過，父汗從來沒有交付過我輔多爾袞之政的任務！」

說著，他索性明白的對阿巴亥說道：

「父汗心中最記掛的不是我們這些子子孫孫，是他所建立的國家——臨上船前，他說的最後一句話乃是『伐明大業，一定要完成』，這是他真正的遺言，所以，他不會讓一個十五歲的孩子繼任汗位的——」

一頓之後，他的眼神變得極嚴厲：

「父汗伐明大業未成，帶著遺憾歸天，所以，繼任的大汗必須要能繼續進行他留下的伐明大業，入主中原——這樣的大事，不是你那十五歲的孩子做得的！父汗生前，沒有特別指定由誰繼位，是因為皇太極繼位的趨勢已明，不須再多說；眾貝勒當中，也唯有皇太極能挑起完成伐明大業的重擔，後金國中的每一個人都要竭盡所能的襄助皇太極完成伐明大業，告慰父汗在天之靈！我位居『大貝勒』，原比任何人的責任都重，更要竭智盡力的輔皇太極完成父汗遺志！」

說著，他冷冷的一哼：

「你卻為了自己的私心，想要親生兒子繼位，鬧得謠言滿天，企圖破壞皇太極繼位的事；殊不知，毀了皇太極，也等於是毀了父汗的遺志與畢生心血！父汗真是白疼你了！」

而且，這話一說完，他立刻一改溫和的態度，順手將手中的紙片丟在地上，直截了當的對阿巴亥說：

「你自己想想清楚，要做得漂亮點，回到瀋陽後，你親口跟大家說要殉葬，日後，你的三個兒子也能享榮華富貴；要是還哭賴不休，就提早在這條船上殉了吧！」

說完話，他掉頭就走開了去。

沒有商量的餘地，沒有轉圜的機會……

阿巴亥有如泥塑木雕般的立著，腦中、心中空茫如黑井，昏亂如爛漿，耳中不時有雷鳴，眼中如遭電擊；沒有足夠的智慧，她無法細思代善的話，無法檢討、反省自己的錯誤，唯一慢慢的從心底升起的半絲半毫清明，是體認到自己孤身一人在船上，根本是砧板上的魚肉——她想得渾身被冷汗濕透：

「答應了他們，還能回瀋陽再看多鐸一眼，如果不答應，立刻就給他們殺了——」

而儘管看清了這一點，還是不甘心，悲涼得心裏厲聲哭號：

「大汗啊，你到底再睜開眼看看呀，你的大兒子們好狠，好毒……你看一眼，看他們怎麼對付我……我鬥不過他們，只有跟你去……」

大勢已去，這些都只是徒勞無功的垂死掙扎，過了好一會之後，她終於面對現實，流著淚，啞聲向侍衛們說：

「替我寫了什麼話，你們念出來給我聽聽吧！」

侍衛們一個字一個字的仔細念給她聽：

「吾自十二歲事先帝，豐衣美食，已二十六年。吾不忍離，故相從於地下。」

聽完，她哽咽著出了一會兒神，然後向侍衛說：

「替我告訴大貝勒，說，我要加上恩養多爾袞、多鐸的話──他們年紀還小，一定要好好撫養──」

而這個請求，代善一口答應，並且親自走回阿巴亥跟前，親口給她極肯定的承諾：

「你放心，他們是我的親弟弟，也是皇太極的親弟弟，而且，父汗生前分給他們的兩旗及賜與的財物、莊園、人丁、牲畜，全部不變──他們年幼時我等照看，一俟成年，便全歸他們掌管──這是父汗生前的安排，如有人違背，就遭天譴！」

聽完，她放心了……船隻到達瀋陽之前，所有的事情已經處理妥善。

氣氛哀戚而平靜，一切盡皆控制得體。

原本留守在瀋陽城中的諸貝勒，被連夜召回的阿濟格、多爾袞，連同王公大臣、大小官員，一起集結在渾河邊迎靈。

入夜以後，人皆手持白燭等候；點點火光，將渾河畔營造成淒美的境界；晚風輕輕吹拂，彷彿要將離世的魂魄吹送回來……

船隻在深夜才到達，停穩後，遺體依然由四大貝勒親抬，直接送入寢宮，而後，舉行哭臨之儀，所有的人跪哭祭弔，直到日出。

殉葬的名單隨即公布。

阿巴亥盛妝華服，帶著兩名未生子女的庶妃阿濟根和德因澤自縊殉死。

11

站在城樓高處遠眺，遠山的崗巒都收眼底，敵方巡邊、駐防的軍隊已經撤回，視野中再無殺伐之氣，顯得特別寧靜；唯獨難以望見瀋陽城，更難以望清城中的動靜。

但，即使是目力不能及，袁崇煥也還是定定的張望了許久，臉上的神情時而狐疑、時而深思、時而皺眉的變了好幾變。

陪在一旁的祖大壽猜不出他心中的所思所想，只有耐心的、一言不發的陪著，而使得氣氛更加沉肅。

直到日色西移，袁崇煥遠眺的目光才開始收回，腳步開始移動；之後他喟然長嘆：

「卻不知消息究竟是真是假——一個身經百戰的人，會一病就不起，說死就死了？」

祖大壽登時明白了他心中的疑慮，而下意識的、不經思索就回答他：

「畢竟是老了！七十古來稀——身經百戰，那是在青壯之齡！」

袁崇煥不自覺的連點兩下頭，但仍然說出心中的考慮：

「努爾哈赤最好『用計』，焉知不是詐死，使我軍疏於防備，再掩殺而來，還是派人去祭弔，可以一窺真假——去的人選精明些，能查訪到確實的消息！」

祖大壽遲疑了一下，提出自己的看法：

「依末將看，努爾哈赤畢竟是一國之君，如果以自己的生死大事來使計謀的話，無異於兒戲，不但於己不祥，而且愚弄了自家的兵將百姓，即使將來打了勝仗也不值——」

頓了一下之後，他更勇敢的說出意見：

「大人要遣使祭弔，末將以為，不可——」

接著詳細說明反對的原因：

「朝廷必然不允，而且將疑忌大人通敵！」

他雖是習武從戎的武將，但，父、祖世代為將，所累積的「官場經驗」遠比直接考上進士任官的袁崇煥要多得多；而且，他「旁觀者清」，比袁崇煥自己還感受得多——於是索性明言：

「大人既非閹黨之徒，更非魏忠賢的心腹，還能保住現在的官位，靠的是『寧遠大捷』；但，這是因為朝中再沒有人能守遼了，必須仰仗大人之力，並不代表『沒有遭忌』——」

他明確的指出：寧遠大捷之後，朝廷論功行賞，出生入死的袁崇煥不過升任遼東巡撫，各流血流汗、九死一生的將士兵卒都只升一級；而跟寧遠之役毫無關係、沒出半分心力的魏良卿，卻因為是魏忠賢的侄兒，竟然以「敘寧遠解圍功」，封為「肅寧伯」！

而後，魏忠賢還因「不放心」，派了太監來監軍——

這一切都代表著，袁崇煥在朝廷中的處境並不是「穩如磐石」，並不是可以「高枕無憂」的——值此之際，更不能去做一件可能會落人話柄的事！

「『通敵』之說只要一起，大人就無法在朝中立足……昔年，孫大人身為帝師，所招致的還不是這麼嚴重的罪名，猶且黯然去職……大人請三思！」

他出言懇切，卻聽得袁崇煥暗自長嘆，悄然在心中低語：

「這些我何嘗不知道呢？現今的大明，真正做皇帝的人是魏忠賢，我要不步上孫大人的後塵，那才是奇蹟！但只是，我在遼一日，便要盡一日職守，全力設法抵禦後金，安頓百姓，收復故土……」

嘴裏雖不說，眼神卻流露無遺，祖大壽一望就全都明白，而無言以對，悄然嘆息；過了好一會兒之後，他伸手拍拍祖大壽的肩頭，沉聲說：

「日後，我若遭忌去職，也只好認了；但，此刻，卻是一個特別的時刻，事情不能因怕遭忌而罷手不做——」

接著，他仔細分析：

「倘若努爾哈赤果真已死，他國中的情勢演變就更須全力關注——繼任者為誰，是否發生諸子爭立的內亂，都會影響全遼的情勢。」

說著，他像是啞然失笑、自嘲自諷似的說：

「倘若努爾哈赤的子侄們因奪位而自相殘殺了起來，我軍豈不是可以乘虛而入，消滅後金——這豈非是天助大明？天助我袁崇煥？」

祖大壽登時愣得瞠目結舌，過了好一會兒方說：

「這，有可能？」

袁崇煥「嗤」的苦笑一聲：

「奈何，世上不如意事，十之八九；努爾哈赤是何許人？會不早作安排？探子曾來報，說瀋陽城中有人言語，將立多爾袞為帝，但真假莫辨——如若屬實，倒也是天降鴻福給大明！」

祖大壽想了一想，慎重的向袁崇煥說：

「努爾哈赤作了什麼樣的安排，末將不得而知；但，末將世居遼東，深知女真人汗位繼承之制，本與漢人不同，無所謂立長、立嫡……」

袁崇煥嘆了一口氣說：

「所以，更須前往一探究竟——尋常探子們只能隱藏於民間，打聽到的都是隔了好幾層的外圍消息；遣使祭弔，才能察訪得實！」

而且，他的心中還存著另外一個用意：

「後金如若果真遭逢國喪，新君繼位，必須先安內，休養生息，任命新官，撫育百姓；這個時候，正是議和的良機……遼東殘破，若雙方議和，可使生機復甦，再成樂土！」

因此，他寧可冒著遭到疑忌的危險，也堅持遣使赴瀋陽祭吊努爾哈赤……

使者出發前，他猶自諄諄囑咐：

「努爾哈赤如若真死，務必打聽、研判出繼任的人選——」

而他儘管是個不可多得的人才，意志堅強，目光宏遠，能力卓越，卻於這件事的判斷及採取的應對方法上都後了、晚了一步，更沒能作出準確的猜測——這些使得派出的使者，此行沒有太大的收穫。

後金國的第二代領導人的產生，早在他派遣的使者到達瀋陽之前就順利完成——他的祭弔對後金國來說沒有意義。

阿巴亥放出的謠言，很快就隨著她的殉葬平息了。

八旗貝勒之間更無任何不一致的意見……沒有爭執，沒有風波，沒有衝突，更沒有內亂發生，沒有可以給敵國乘虛而入的機會……經營了多年的皇太極順利繼位。

年紀最長的代善全心全意的協助他，主動為他策畫一切——代善先是要自己的兒子岳託和薩哈璘當眾提議：

「國不可一日無君，宜早定大計。四貝勒才德冠世，深契先帝聖心，眾皆悅服，請速繼大位——」

這當然只是形式——早經代善私底下商量、約定好了的阿敏、莽古爾泰、阿巴泰、德格類、濟爾哈朗、杜度、阿濟格等多人立刻一起附議，並且共同起草《勸進書》。

第二天，代善主持了諸貝勒奉上《勸進書》給皇太極的儀典；皇太極三辭之後勉受，挑起完成努爾哈赤遺志的重責大任。

12

旭日東升，金光萬丈，照耀著從長夜中甦醒的大地，新的生命力如花朵般開展。

後金國的氣象依然勃發強旺，欣欣向榮；但是時間已經邁入了新的紀元，新的年號已經公布：

「明年為天聰元年——❶」

新的道路前方閃耀著金光，但，責任更重，行走起來將更艱辛……前往北京的目標是新君必須完成的使命，橫隔在路上的萬里長城和被目為萬里長城的袁崇煥都必須鏟除；必須付出更大的努力，完成承先啟後的建國大業。

博學的范文程為他集錄了歷史上成功的、受人景仰的第二代君王的史事，作為借鏡，並且為他詳細解說，讓他對未來所要付出的努力瞭解得更深刻些，也更能藉以規畫出自己所應秉持的建國理念與方法。

三十五歲，他已經有二十年的時間參與了後金開國的工程，並累積了相當的智慧、經驗和實力；而後，他將主持建國的工程，帶領後金撰寫一頁嶄新的歷史，進而領導整個時代的歷史變動。

九月一日，屬於他的登極大典在瀋陽皇宮中舉行。

前一夜，他徹夜未眠，守候在努爾哈赤的靈前，凝望著高高懸起、栩栩如生的畫像，一遍遍默默的向父親訴說心中的願望。

父親開創、奠基的使命已經完成，成為改變歷史的主導者，擁有了明確的歷史定位；而他是父親的志業的繼承人，傳承著無可分割的精神與血脈，也傳承著理想、責任和使命。

十一年前，父親主持的開國大典宛如回到眼前，後金開國的艱辛過程也如一幅圖卷般的在他的心頭展開。

未來的建國藍圖則經由他的心聲，娓娓的向父親訴說著。

在迎接新世代的前夕，國家的未來發展他已然成竹在胸，儘管進行的過程將充滿艱難困苦，但他充滿信心，將率領全體子民不懈不息的努力奮鬥。

「經我父子兩代的努力，必能完成為萬世開太平的使命！」

註一：多位史家認為「天命」、「天聰」是稱號，非年號。如孟森《清代史》云：

「太祖之建號『天命』，本自稱為『後金國汗』，而亦用中國名號，自尊為『天命皇帝』，其實並非年號，並未以『天命』為其國內臣民紀年之用。特帝業由太祖開創，在清史自當尊為開國之帝。入關後，相沿以『天命』為太祖之年號，則亦不足深辨。至太宗改稱『天聰』，亦是自尊為『天聰皇帝』，非以紀年。……」

據此而論，清朝建元始自太宗之「崇德」（崇德元年為一六三六年）。本書以《清史稿校注》、《清（太祖、太宗）實錄》、《滿文老檔》等書依據，仍採用天命、天聰亦為年號。

附表　明清之際簡要大事記（西元一六二一明天啟元年後金天命六年—一六二六明天啟六年後金天命十一年）

西元／明曆（後金曆）	明朝	後金	日本・朝鮮	西洋
一六二一 明天啟元年 後金天命六年	四月：王化貞巡撫廣寧。 六月：熊廷弼任遼東經略，王象乾總督薊遼。 七月：毛文龍攻鎮江。 十月：葉向高入閣。	正月：致書朝鮮國王，結好。二月：率軍掠明奉集堡。 閏二月：築薩爾滸城完工。 四月：率軍陷瀋陽、遼陽。遷都遼陽。 五月：額亦都去世。 七月：頒「計丁授田」令。 八月：築遼陽新城，為「東京」。		
一六二二 明天啟二年 後金天命七年	正月：袁崇煥任兵部主事。 二月：孫承宗入閣。熊廷弼、王化貞入獄。 三月：王在晉任經略。 八月：孫承宗任督師，經略山海關、薊遼、天津、登萊等軍務。	正月：率軍破西平、廣寧。 二月：宴蒙古厄魯特部明安貝勒等歸附之眾。 三月：頒〈八大貝勒共治國政〉諭。 七月：設蒙古八旗。安費揚古去世。		
一六二三 明天啟三年 後金天命八年	正月：魏忠賢得勢，其黨魏廣微、顧秉謙等入閣。 十二月：魏忠賢提督東廠。	正月：蒙古喀爾喀札魯特部貝勒來朝。 十月：扈爾漢去世。		荷蘭海軍自爪哇北進，占領澎湖。

一六二四 明天啟四年 後金天命九年	六月：楊漣上疏彈劾魏忠賢，閹黨禍害東林事件開始。 七月：葉向高致仕。 九月：袁崇煥築寧遠城。 十一月：孫承宗入覲被拒。	正月：額附恩格德爾台吉定居東京。 二月：巴雅喇去世。與蒙古科爾沁台吉奧巴會盟。 八月：何和禮去世。 十二月：派兵征東海瓦爾喀部。		荷蘭海軍占領臺灣。（至一六六一年為鄭成功所逐，共三十八年）
一六二五 明天啟五年 後金天命十年	三月：楊漣、左光斗等東林人士下獄。 七月：楊漣等人被殺。 八月：熊廷弼處死。 九月：馬世龍遣兵襲耀州，大敗。 十月：孫承宗罷官，高第繼任。	正月：攻破旅順城。 二月：皇太極娶博爾濟吉特．布木布泰。 三月：遷都瀋陽。 六月：派兵征瓦爾喀部。 十月：林丹汗圍奧巴城，皇太極赴援。	朝鮮韓潤、韓義兩將投降後金。	荷蘭殖民北美洲，築新阿姆斯特丹城，後為紐約。
一六二六 明天啟六年 後金天命十一年	正月：寧遠之役。 二月：捕周順昌等東林人士。 三月：袁崇煥任遼東巡撫。	正月：寧遠之役。攻覺華島。 四月：征蒙古喀爾喀五衞王。 五月：迎蒙古科爾沁部奧巴台吉。 七月：努爾哈赤病，赴清河。 八月：努爾哈赤去世，皇太極繼立。		

失必兒汗國
阿羅思
喀爾喀蒙古
察哈爾蒙古
欽察汗國
帖木兒汗國
土魯番
土默特蒙古
烏斯藏
（西藏）
女
真
朝
鮮
黑
龍
江
林丹汗據地
呼倫湖
貝爾湖
捕魚兒海
瀚
海
居延海
綏遠
寧夏
嘉峪關
甘
肅
陝
西
山
西
河
北
山
東
河
南
江
蘇
安
徽
湖
北
四川
浙江
江西
湖南
福建
雲南
廣西
廣東
長江
黃河
大同府
北京
永平
山海關
寧遠
錦州
承德
喜峰口
瀋陽
鴨
綠
江
們
圖
大
凌
河
瑜林
府谷
銀川
米脂
延安
安塞
合水
開封
洛陽
潼關
西安
南京
鳳陽
鄖陽
政權部族界
今國界
省級政區界
河川
萬里長城

明時期全圖